作者简介

江水平，本名陈明印。男，1954年出生于中国武汉。湖北省荆州市史志办专职摄影、图片编辑。

内容简介

故事以二十世纪七十年代初为背景，以湖北江汉平原为依托，再现了美丽富饶的鱼米之乡和丰富多样的物产生态；描写了湘鄂西古老奇特的民俗风情，以及洪湖水乡的真实生活。

故事以一群中学生为主线，重点描写了发生在他们身上的悲欢离合、生离死别的情感故事；细致地描写了他们之间的同窗友谊、以及少男少女的生死恋情。

小说结构严谨，环环相扣、一气呵成。生动有趣的描写，幽默风趣的语言，一个个惊心动魄的精彩情节，令人捧腹不止而又扼腕叹息！

太阳雨（上）

「小说不是大说，不是学术著作，谈不上什么大道理，更无法指导人生，它没有那么神奇和伟大。小说就是供大众消遣的民间文化，只对文学负责，不对历史负责。闲了翻一翻，能够打发一点多余的时光，也就罢了。」

——本书作者

江水平 ◎ 著

北方文艺出版社

图书在版编目(CIP)数据

太阳雨 / 江水平著. -- 哈尔滨：北方文艺出版社，
2023.3
　ISBN 978-7-5317-5252-3

　Ⅰ. ①太… Ⅱ. ①江… Ⅲ. ①长篇小说-中国-当代
Ⅳ. ①I247.5

　中国版本图书馆 CIP 数据核字(2021)第 177635 号

太阳雨
TAIYANGYU

作　者 / 江水平

责任编辑 / 富翔强　　　　　　　封面设计 / 东方朝阳

出版发行 / 北方文艺出版社　　　邮　编 / 150008
发行电话 / (0451)86825533　　　经　销 / 新华书店
地　址 / 哈尔滨市南岗区宣庆小区 1 号楼　网　址 / www.bfwy.com
印　刷 / 廊坊市印艺阁数字科技有限公司　开　本 / 880×1230　1/32
字　数 / 677 千　　　　　　　　印　张 / 30.375
版　次 / 2023 年 3 月第 1 版　　　印　次 / 2023 年 3 月第 1 次印刷
书　号 / ISBN 978-7-5317-5252-3　定　价 / 96.00 元(全两册)

目录
CONTENTS

自序 / 1

第一章 / 1
第二章 / 33
第三章 / 55
第四章 / 70
第五章 / 93
第六章 / 111
第七章 / 122
第八章 / 147
第九章 / 175
第十章 / 212
第十一章 / 253
第十二章 / 278
第十三章 / 321
第十四章 / 349
第十五章 / 411
第十六章 / 455

第十七章 / 509

第十八章 / 549

第十九章 / 600

第二十章 / 656

第二十一章 / 711

第二十二章 / 746

第二十三章 / 804

第二十四章 / 817

第二十五章 / 843

第二十六章 / 903

自　序

作家是小说之母，小说之出版，等同于母亲诞出一个婴儿。无论婴儿有多丑，终究是自己身上的一块肉。自己的孩子自己疼，人之常情。

对这丑儿，别人可以不喜欢，自己私下却不得不喜欢。因为，孩子是自己生的，长成这等模样，你怪不了别人。再说，自己就这等基因，还指望生出凤凰来？所以，后悔也来不及了——早干什么去了？

这本书正像那个丑儿，存在着先天性的缺陷和不足。本来，没打算要孩子的，怀孕缘于一时的冲动，应属于意外事故。还没学会优生和优育，也来不及给胎儿讲讲故事，听听音乐，就急忙出生了。这，就是我对本书的看法。

往事之所以是往事，是由于时间的推移和空间的转换使之成为过去。然而人是有记忆的，只要脑子没病，就会经常想起过去。因此，往事并不如烟。它真实而又顽固地存在于大脑的沟沟回回里，铭刻在大脑皮层上。非但挥之不去，有时竟历历在目，鲜活而又清晰，宛如昨日……

被时间带走的，永远不会再回来；青春之所以美，是因为不再年轻。

往事如潮，往往会心血来潮。某日冲动之下，跳下床来提笔就写。好就好在人和故事就在心里，不用专门去找；难就难在不会写大纲，也无处求教，更不知道小说有哪些要素和要求。心里怎么想，就怎么写罢，只能如此。

写了几万字后，心里狐疑起来：这是小说吗？便拿给我的老师鉴定。老师阅后肯定地说：怎么不是小说？这就是小说嘛！有生活气息，有看头，就这样写下去！

得到老师的鼓励，胆子稍稍壮了一点，便由着性子写下去。心里少了疑惑，人物和故事情节也渐渐清晰起来……

不到半年，三十二万字的上册便完稿了。出版合同摆在桌上，我拿出笔正要签字授权，突然改变了主意：上册出版了，下册在哪里？万一我有个三长两短，那不是坑了读者吗？

我不想先出上册了，开始安安静静地创作下册。

知青是个特殊历史时期的名称，也是一个普遍的社会群体。四十多年来，以知青为题材的优秀作品灿若群星，璀璨夺目！这个题材，似乎已被作家前辈们挖掘干净，这个命题也给做死了，题材也过时了，好像再也没什么可写的了……

可是，我们每一个人，都是这个世界上独一无二的，都是别人不可替代的。每个人的经历和感受，也应该是不一样的，写作的风格和角度也是不完全相同的。应该还可以捡个漏。

知青也是人，也有七情六欲，也有丰富的情感。在写作中，我更侧重挖掘人物内心活动的细微变化，揭示人物性格特点的形成，尝试去构建一个理想的人际关系，充分展现他们之间的友情、爱情和亲情……这样写写停停，停停写写，总算写完了下册。

我这辈子只当读者了，从没想过自己要写一部长篇小说。不是不想，是不敢想。我知道自己的斤两，也知道根本不是那块料……

现在再说这些话,已经没有什么意义了。但愿我这丑儿,不至于让读者过于讨厌,就此闭嘴。

2020 年 6 月 25 日

第一章

　　细算起来，米儿去世已有五年多了。他生前无家室，死后无子嗣。每到清明，除了小杏和芸草，没什么人给他扫墓。坟头荒草萋萋，坟前冷冷清清。

　　四十八年前，还是个少年的他，是顶着寒风，冒着大雪，步行从这座城市走出去的。四十几年后，他是坐着"奔驰"轿车回来的——不过，已是一匣骨灰……

　　四十八年前的今天，他从家里偷出户口簿，独自来到辖区派出所。

　　"啪"的一声，一颗木质印章落在户口簿上。按一按，缓缓揭开。长方框内，蓝色的大字触目惊心：注销！

　　这一页上的钢笔字，填写得清清楚楚：田米，男，1954年9月22日出生。注销事由：1970届初中毕业生，下放江陵县白鹭区曲湾人民公社。注销日期：1970年8月6日。这一天，离他十六岁的生日，还差一个半月。

　　从这颗印章落下的那一刻起，便意味着他已不再是武汉市的城市居民，而成为下乡知识青年。专等通知一到，择日便要开拔。

　　所谓"江陵"这地名，便是昔日"青莲居士"李太白《早发白帝城》中所云:"千里江陵一日还"之江陵。如今为江陵县,属荆州地区所辖。当年李太白在沙市居住过的"青莲巷",至今犹存。

此刻,失去城市居民身份的,正是眼前这位清秀腼腆,单薄精瘦的男孩子……

派出所专管下户口的这位女户籍员,头上戴着无檐的女式警帽,年轻而又漂亮。她万万没有想到,这枚例行公事的木章一盖下去,竟由此引出了多少生离死别、悲欢离合的情感故事!其中的哭哭笑笑,离离合合,无不令人扼腕长叹,唏嘘不已!

这位叫田米的小男孩更没料到,这次户口一注销,便再也没有回来……

田米的父亲原是一名军人,转业后被分配在一家代号为313的准军事单位工作。这也是一家部属二级机关,与该市的行政级别几乎相当。田米上面有一兄,下面有二弟和一妹,他是老二。

这孩子运气很背,出生时不到四斤,是个急着出来的早产儿。出生后母亲没有奶水,全靠奶糕和米汤喂养,勉强留下一条小命。

先天不足加上后天营养不良,身子轻薄又瘦小,北方口音的父母便叫他"小米儿"。在学校,同学们把"小"字一丢,就叫他"米儿"。

今天他将家里的户口簿偷出来,瞒着父母独自来下户口。他的学习成绩不太好,贪玩且不好学,在家里不吃香,挨了不少训斥。父母的管教和约束,令他浑身不自在,心里早就盼着

第一章

远走高飞了。

他的班主任秦老师是北方人，也是军人出身，和父亲很谈得来。见米儿年幼体弱，便想留他再读两年高中……

这单位的军代表和父亲原在一个部队，也算是战友了。他也对父亲说："组织上考虑到你家的孩子多，生活困难，可以照顾一个内招的指标。我已跟院办讲好了，让他去一总队找罗教导员报到吧！"

谁知米儿坚决不同意。他有自己的想法：再读两年高中，毕业后不还得下乡吗？白白浪费两年时间。迟早都是下，干脆这次就随大家一起走，还热闹些！

至于去父亲单位上班这件事，更加不需大脑去考虑，用脚趾头想想都能明白：那不等于还是在父母的眼皮底下受管束吗？不去不去！

要去就去农村，农村多好！太阳从地平线冉冉升起，又红又大又圆！阳光普照，田野辽阔，农田整齐如网格。蓝天白云下，金色的麦浪一望无际，随风起伏涌动，风里都带着清香！

成群结队的社员，脚踏实地，喜迎丰收！男的浓眉大眼，英武健壮；女的俊眉俏眼，活泼生动……个个挺着胸脯！有的手握镰刀抱着麦穗，笑吟吟的；有的直起腰来，正在擦汗……男女民兵肩上挎着步枪，刺刀闪闪发亮！所有人的脸上，都露出灿烂的笑容！

还有欢乐的小鸟，飞来飞去，一点也不怕人。有的竟然落在牧童的草帽上，跳来跳去地唱歌！歌声婉转动听，好像人在吹口哨……

田野里，河岸边，小路两旁，房前屋后，各种各样的鲜花随处开放，花瓣上挂着露珠，一尘不染，空气里带着花香……

这一切，都美得像童话世界，令人憧憬和向往！

如果再养条小狗，从小就好好地训练，命令它一切行动听指挥，一声口哨，它就立刻冲上去，那感觉多美！不比家里好百倍？城里有这么美吗？城里能养狗吗……米儿心里能找出一百条理由，来证明农村比城里好！

既然如此，那还等什么！先把户口一下，来个生米煮成熟饭，父母想不同意也晚了……哪怕硬着头皮挨上一顿骂，那也值得！

米儿并没去过农村，但是电影、年画、人民币图案上都有这样的描绘，这是天天都能见到的——那确实很美！

可是，随着"啪"的一声闷响，他的心还是跟着一跳！是有点儿空虚、有点儿失落，还是有点儿后悔？他也说不清。这意味着什么，他似乎有点儿明白，但又不太明白……

但有一点他心里是清楚的：应该跟这座城市说声"拜拜"了，从此再没任何关系！十六年来生于斯，长于斯，谈不上什么爱，也谈不上怨，一切都平淡如水……

坐着的那位女户籍员，见他站在地上盯着户口簿一声不响，只顾发呆，便和气地望着他，叮嘱了几句——他一句也没听进去。

回去的路上，他心里空空的，有点儿头重脚轻……忽然听到有人叫他，抬头见班上几个女生迎面走过来。

米儿又高兴了，大声问道："喂，你们去哪里呀？"

"下户口呀！你呢，下了没有？"女生们先答后问，一阵嬉笑。

"下了！你看——"米儿得意地亮了亮手里的户口簿，浑身轻松起来！

第一章

女生们脚步未停,只瞟了他一眼,便与他擦肩而过,叽叽喳喳地飘进了派出所……

看着她们花花绿绿的背影进了大门,一晃就不见了。米儿回过神来,又开始想养狗的事……刚才注销户口的那一声响,他早就忘到爪哇国去了!私自下户口这事回去怎么交代,他也懒得管。

是的,米儿是有理由快乐的。不用上学了,浑身好不自在!也不担心夜长梦多起变化了,一心在家等通知。下了户口就等于是踏上社会的成年人,父母管不着了!想到这里,他心里感到前所未有的轻松和兴奋!

这段日子里,他快乐得像撒欢的小驴,高兴得忘了祖宗似的,都不知道自己姓什么了……

通常,"同窗"的含义有几种:一种是曾在同一学校里读过书的人;一种是正在一起学习的人;还有一种,是在同一个窗户下,共用一张桌子念书写字的人。

米儿班上五十二名同学中,跟他最要好的只有三个:"花蛇"、"麻杆"和华华。他们四个从小学到初中,都是同班同学,从未分开过——绝对算是第三种"同窗"。

这次下乡编组时,成员自由组合,从中推选一名组长。于是四人围成一圈,神色庄重地伸出手来叠放在一起,一致表示愿意肝胆相照。四人本就臭味相投,自然一拍即合,竟然推选米儿任了组长!

此后的日子,四个人亲如兄弟,形影不离。关系亲密得锯子都锯不开,好得穿一条裤子都嫌肥!

花蛇甚至动情地说:"现在我们是同志加兄弟了,今后要紧密团结，互相照应。像刘备、关羽、张飞那样，不求同生，但求共死！"说这话时，激动得眼圈微微发红。

麻杆听了有点儿犹豫，问道："那可不可以谈女朋友啊？万一有了女朋友，我跟你们一起死了，她怎么办呀……"

华华是看过《三国演义》的，一听这话，便斩钉截铁地说："不行不行，那肯定不行！女朋友算什么呀？刘备说了，妻子如衣服，兄弟如手足……谈了女朋友就会重色轻友的。那怎么行？不行不行！"

不行就不行，那就都不要谈女朋友了。此后，他们几乎天天凑在一起，兴奋地憧憬着未来，编织着梦想，积极做着下乡的准备。准备工作包罗万象，比如需要带哪些东西去，他们就讨论过很多次。

米儿说："东西都准备得差不多了，有些可以共用，有些只能私用。想想还需要什么，莫漏掉了。"自从担任组长后，米儿自觉肩上的担子重了，考虑也周全些，说话也有了两分成熟。

"手电筒呢，谁有？"花蛇问道。

"真的，晚上出门路不好走，草里面有蛇怎么办？对了，还要买长筒胶鞋……"华华说着，瞟了花蛇一眼。

米儿最怕蛇，滑溜溜、凉冰冰，不声不响吐着红信子，不由得身上起了一层鸡痱子！大家决定，每人要准备一双胶鞋，必须深筒的。手电筒嘛，买两支共用……

"还要养只小狗，晚上出门带上它，蛇就不敢靠近！"米儿兴致勃勃地说。

麻杆不以为然，便道："蛇有什么好怕的嘛，又不是老鼠！不如养只猫更好，还能捉老鼠。再说蛇也怕猫呀，不是说'龙虎斗'吗……"

第一章

花蛇立刻反对,说:"猫不好!猫是奸臣,狗是忠臣。猫嫌贫爱富,它只想吃好的!你没有,它就跑别人家去了……狗就不会,不是有句话吗,儿不嫌母丑,狗不嫌家贫……"大家听了一阵哄笑,都说这比喻好像不恰当,怎能把母亲和狗放在一起来比较……

"我觉得猫最懒,只晓得吃和睡,还要人抱它,所以叫懒猫。再说,出门它也不跟着,怎么帮你赶蛇?"米儿喜欢狗,不喜欢猫,便专找猫的缺点。

华华忽然想起一件事来,摸了摸头,说:"差点儿忘了!上午碰到王娟她几个女生……听她们的意思,是想加入我们小组,说找我们几回都没找到。问我们还要不要人?"

"不要,我们人够了。"米儿冷冷地说,"这个王娟!几年都不跟我讲话了,找她讲话,她都不理我……"

花蛇也说:"不要不要。如果跟她们裹在一起,时间一长,她们想跟我们谈朋友,怎么办?那就会拆散我们兄弟了呀……"

米儿一听,吓了一跳!

麻秆眯起眼睛,说:"我看收下她们也好,可以帮我们洗洗衣服啊,做做饭啊什么的。王娟还会吹口琴,万一我们愁了闷了,就叫她吹给我们听……"

"你做梦吧,麻秆!"华华立即打断他。"洗衣做饭她们会吗?她们自己在家里还饭来张口,衣来伸手呢!你看她们那娇滴滴的小姐样子,就喜欢哭!到时候,恐怕我们还得伺候她们呢!"华华扭了扭腰肢,把手翘成兰花指,做了一个舞台上小姐的样子。四人捧腹大笑!

米儿边笑边说:"万一发愁了,还有小狗啊,有狗怎么会闷呢?她们哪有小狗好玩呀,特别是王娟……"大家稀里哗啦笑

— 7 —

成一片!

　　王娟虽然人不在场,但在背后损一损她,米儿觉得总算出了一口闷气,也跟着大笑起来!

　　最后大家统一思想:不收。还是由华华去回她们。

　　这四人中,华华成绩最好。华华正名许江华,出身知识分子家庭。上面只有一个哥哥,正在华工读大学。父亲是线路处的高级工程师,和米儿的父亲是同事。母亲是中学老师,也是大学毕业。他自己平时喜阅读爱思考,头脑灵活,鬼点子也多。

　　相比之下,花蛇家里条件就差远了!花蛇本名刘华社,家中除了母亲还有两个哥哥。父亲原是桥梁处的一名"水鬼",在一次潜水作业中不幸出了事故,永沉江底,尸骨都没打捞到。那时花蛇年幼,单位的领导为了照顾他家,特允他大哥不到年龄便顶了父亲的职,成为一名年轻的潜水员。母亲在货运码头打零工养活全家。花蛇比同龄的孩子更能吃苦耐劳,生存能力也更强。他不爱读书,却喜欢舞枪弄棒,崇拜英雄,讲义气,性格也豪爽。同学叫他"花蛇",他就当成"华社"来听,毫不介意。

　　麻秆的大名叫曾抗美,比其他三人大一岁,上面有个姐姐,下面两个弟弟,大弟就叫曾援朝。虽然这名字响亮霸气,可是全家都跟那场保家卫国的战争扯不上任何关系,不知他父母怎么想的。麻秆四岁时,父亲率全家从黑龙江齐齐哈尔调入313落户,与米儿的父亲同在一个单位,任政治部主任。麻秆长得细长瘦高,没有曲线,上下一般粗,却比同龄人高出一大截。脑袋圆而小,眼睛小而圆,五官比正常人小一号,但很精致。眼睛虽小,却很聚光,双目炯炯有神。麻秆外表滑稽,很逗人喜爱……

第一章

转眼就到了年底。几个月来，各项准备工作都已做好，专等通知下来。可是左等不来，右等也不来，眼看快过年了，大家心里不免焦急起来……

忽然一天，校方通知学生返校，说要传达最新指示。

全校师生大会上，校长亲自做动员报告。他对着扩音器说："同学们，为了落实党中央的指示精神，市里决定：本届的上山下乡知识青年，全部实行野营拉练，步行到落户的生产队……"

台下骚动起来，大家面面相觑，一脸惊讶，颇感意外！

校长提高声调说："同学们安静一下，听我说——我校距下放的地点约六百里，学校已为大家落实了十二天的伙食，并组织尖兵排作为先头部队，提前为大家安排好沿途的宿营点。运送箱包等笨重行李的汽车跟你们随行。路上用的被褥、衣物等必需品打好背包，随身携带。每班有带队的男女老师各一名，随同大家步行前往。大家不必担心，回去安心等待出发的通知吧……"

散会后大家叽叽喳喳议论不休，有人兴奋，有人发愁。

像部队急行军似的野营拉练，长途跋涉到目的地！这种军事化的方式，让米儿他们四个毛头小子感到又刺激又新鲜，向往至极！个个摩拳擦掌，跃跃欲试，恨不得马上出发……

元旦刚过，通知下来了。定于一九七一年二月十一日早上八点，在学校操场集合，欢送大会结束后，立即出发……

大家一翻日历，这一天正是农历猪年的正月十六！

此后的日子，大家是掰着指头盼。好在期间有个春节，日子倒也好过。米儿他们四人，今天在你家吃，明天在他家吃，家家都把他们当客人对待。四人感觉到，家长们都把他们当作

— 9 —

大人来接待了,这待遇前所未有过!既新奇又兴奋,简直美死了!

四个人兜里装着父母给的压岁钱,过江去了一次汉口,逛了江汉路和六渡桥,吃了一顿"四季美"小汤包,还在解放照相馆照了一张合影。一再叮嘱摄影师,照片一定要写上"革命青年,志在四方"八个字,并且要写在照片的左上角。

隔壁的解放电影院正在放电影,大家又进去看了一场新上映的《卖花姑娘》。四个人被电影的情节所感动,黑暗中哭得东倒西歪,一把鼻涕一把泪!出得门来,四个人的眼睛肿得像紫葡萄,低着头互不讲话……

时光如流水,转眼到了出发的这天早上。连日来的雨夹雪时停时起,外面天寒地冻,呵气成霜。一排排的冰溜子排列在屋檐下,长长短短像怪物的獠牙。水龙头被严寒封了喉,滴漏出来的水结成冰柱悬挂着,像人的鼻涕。路边的残雪冥顽不化,坚硬而肮脏……西伯利亚的寒潮来了……

一大早,母亲唤醒了米儿,他一个激灵翻身坐起来,忙问几点了。父亲和爷爷早已起床,默默地坐在旁边一言不发。母亲赶紧去厨房张罗早饭。米儿吃了一大碗饺子,其他人没动筷子。

集合的时间快到了。母亲在用衣角揩眼睛,父亲在抽闷烟,时不时扫一眼墙上的挂钟。

这段日子里,父母的叮嘱和爷爷的交代絮絮叨叨,重复过无数遍,耳朵都听出茧了!米儿有点儿烦。他背起背包,屁股朝上颠了两下,调整好了背带的松紧。

背包两天前就打好了,里面是一床被子,一条床单和一件毛衣。背包外面,打成九宫格的背包带上,插了一双新买的草绿色解放鞋,鞋底朝外。米儿很满意——这样子很像解放军战士啊,精神!

一出家门,外面恭候多时的寒风立刻扑上来,热情地拥抱住他,劈头盖脸地在他身上乱撕乱咬。他有点招架不住,赶紧背过身去!见后面跟着父母和爷爷,在冰面上小心翼翼地走着。

操场四周红旗招展,彩旗猎猎。四个高音大喇叭上堆着积雪,里面热气腾腾地唱道:"向前向前向前!我们的队伍向太阳……"歌声雄壮嘹亮,乐器震得人无比亢奋!会场不远处的雪地上,整齐地停着四辆崭新的草绿色"解放"牌大卡车,清一色的绿篷布,一堆人正七手八脚往车上递行李。每一辆的车头上,都扎着一朵脸盆大的大红花。车身的两边,都挂着红色的横幅标语:

"知识青年到农村去,接受贫下中农的再教育!"

"我们也有两只手,不在城里吃闲饭!"

"广阔天地,大有作为!"

"到农村去,到边疆去,到祖国最需要的地方去!"

每一条标语后面,都带有一个大大的惊叹号,看了让人振奋不已!

市里和武昌区的领导早早就到了,在旁边的雪地上站成一圈商量着什么。

寒风刺骨,送行的家长们黑压压地围在会场的四周等候着,双手笼在袖子里,口里喷着热气,不停地跺着双脚取暖。大棉帽子下,一双双眼睛只管盯着自家的孩子看。

米儿在人堆里找到了花蛇、麻秆和华华,赶紧站到队伍里。从今天开始,四个人就要在一个锅里吃饭了。

这次下乡插队的四百多名男女初中生,挺直身子齐刷刷地站在操场上,列成一个大方阵。每个人的背后都背着一个长方形的大背包。每人手上还提一个红蓝相间的大网兜,里面装满路上要用的随身物品。有些女生还把镜子也放进去了,一闪一闪的,最下层是一个搪瓷大脸盆兜着底。虽然服饰没有部队战士那样整齐划一,但是年龄都一般大,十六七岁的样子,看着倒也精神。

八点整,武昌区的一位领导跳上水泥台开始讲话:"同学们——同学们!考验大家的光荣时刻到了——"这位领导面白无须,斯斯文文却声如洪钟,嗓音很感染人:"你们响应国家的号召,紧跟党中央的战略部署,到农村去安家落户,为我们城市减轻了人口压力!为祖国做出了贡献!我代表江城几百万人民,感谢你们!"说完他先鼓掌,台下的众人也跟着鼓起掌来。

他每说一句话,嘴里就喷出一团白白的热气。接着他说:"祖国和人民不会忘记你们,咳咳!咳——"冷风灌进他张开的大嘴巴里,咳嗽把他的话截成了两半。"你们,你们今天的付出和贡献,将换来祖国的强大和崭新的未来!咳咳,你们今天的壮举,将会载入光荣的史册……"

他疏通喉咙时,口里不断地喷出白色热气,像个动力十足的火车头。

他的讲话鼓舞人心,说到人们心坎上去了,大家心里热乎乎的!老师带头拼命鼓掌。

米儿忽然觉得祖国和人民都在看着自己,感到自己肩负着神圣的使命,今后还要载入史册的。一股热血冲上来,使他眼眶一热!他挺了挺小胸脯,含泪仰望台上……

"同学们——出发!"这位领导身子前倾,右臂向前,做了一个列宁式的经典动作,果断下了命令。

第一章

话音刚落，鞭炮齐鸣，锣鼓喧天！排在右侧的尖兵排迅速出列，前面的旗手精神饱满，将手中的旗帜朝右前方一指！队伍动了。

带队的几个老师，在鞭炮的硝烟中紧张地跑来跑去调动队伍。

这时，花蛇的母亲扯着嗓子喊道："花蛇！衣服里缝了十块钱，你要饿狠了就拿出来花呀——"这一喊，引得家长群里骚动起来：

"汉生！写信回来呀！"

"猴子！晚上要盖好被！"

"小静！要和同学搞好关系！"

"二丫！你的围巾没系好——"

家长们叫着自己孩子的乳名，喊叫声越来越多，越来越大，声音里又多了些哽咽。现场乱成一片……

凛冽的北风使出吃奶的力气拼命鼓吹，教学楼的檐角发出"呜呜呜"的响声，似乎要竭尽全力去欲盖弥彰，借此威风掩盖这嘈杂的人声……

队伍出发了。米儿最后望了一眼教学楼，三楼有他的教室，窗外是笔直高大的杉树……他又抬头望望天空，天的脸冰冷铁青，只在东边泛出一点浅白，好像人脸上长了一块癣。迈出第一脚的时候，他心里忽然升起一股豪迈和悲壮……

麻杆和华华朝人群中的父母挥了挥手，便低下了头。米儿朝花蛇看了一眼，花蛇眼圈红红的，跟着队伍边走边回应他母亲："我晓得了！你回去……"嗓子一哽，声调也变了……

电影《南征北战》中有这样一句话："我们的两条腿，一定要跑过敌人的汽车轮子!"解放军战士放弃公路抄小路,翻山越岭,终于抢在敌人前面占据有利地形,取得战役的胜利。

可这里却是著名的江汉平原,极目千里,一马平川,没有一座像样的土包。一无可翻的山,二无可越的岭,人和车都在同一条公路上,人腿战胜车轮是毫无胜算的。汽车一小时跑的路,步行的人要走两天。

出发伊始,精选出来的二十名男女同学与带队的体育老师组成尖兵排,在众人羡慕的目光里,爬上了大卡车。又一起拥挤在车尾,向步行的同学们挥手喊道:"加油!晚上蔡甸见!"汽车绝尘而去,瞬间不见踪影。

"菜店?菜店在哪里?"大家互相问,从没听说过这个地名。

秦老师解释道:"蔡甸是汉阳县的一个镇,在汉沙公路边,距学校五十五里,也是我们今晚的宿营地。尖兵排乘坐的汽车很快就到了,先去为我们落实吃住和热水。"

家长和送行的人数,远远超过学生人数,在队伍的两侧和后面一路随行着。路上的行人戴着棉帽子,裹着围巾,驻足观看这上千人的队伍,学生们的身上落满了关注的眼珠子。来往车辆"嘟嘟嘟"地摁着低音喇叭,小心避让着人群,缓缓通过……

过了武汉长江大桥,对面就是武汉三镇之一的汉阳镇了。送行的人越来越少,只有几个年轻力壮的送客推着自行车,顶着寒风恋恋不舍地跟随着。

米儿走在队伍里,雄赳赳气昂昂的。望着送行的人群,眼前似乎出现了电影里乡亲们欢送子弟兵的热烈场景,心中升起一股自豪感,两条腿格外有劲!大队人马紧凑整齐,不时高唱着《三大纪律八项注意》，节奏鲜明，雄壮有力。

过了汉阳镇，往西就进入汉阳县。路两边的房屋越来越矮，越来越稀，风越来越大，行人车马越来越少，农田和枯树越来越多。一些大树的树梢上，还顶着黑黑的老鸦窝。四处白茫茫的一片，到处是雪，看不到什么人烟。这时队伍越来越松散，队形比刚出发时长了一倍，坚持送行的几个人也不见了，行军速度明显慢了下来。

有人喊脚痛，有人叫腿酸，有人说肩膀磨破皮了……

女生们纷纷问老师："还有多远呀？"

"蔡甸几时到啊？"

"已经走了几多里呀？"

秦老师说："走了二十几里，过一半了。"

前面传来就地休息的命令。天气虽冷，身上却热气腾腾，都走出汗来了！大家把背包往雪地里一扔，一屁股坐上去，喝水减衣服。

休息过后起来再走，二十分钟后，忽然下起雪来。风卷着雪花打在脸上，又疼又冷，迷得睁不开眼，队形又乱了。大家弯着腰一声不吭，垂着脑袋顶着风雪，一步一步往前挪。肩上的背包松松垮垮，有的提在手上，有的在雪地上拖，有的干脆扛在肩上。场面混乱不堪，像战场上败下阵的溃兵。

路上遇到好几拨学生队伍，同样是其他学校拉练下乡的。虽然不认识，还是互打招呼："喂——你们下哪里？"那边问。

"下江陵！你们呢？"这边答。

"我们下公安县！"那边说着又朝后一指，远远的还有一拨人马打着红旗赶来。"他们是一八六中的，下荆门！"风雪中，声音断断续续。

一路上不断遇到拉练下乡的武汉学生，有下松滋的，有下石首、洪湖、监利等县的，大致都是这个方向。这样的相遇，每次都会给队伍带来一阵生机，似乎心理上的孤独感减轻了几分，精神上也好一点。

不知不觉又走了两个小时，大家又问老师。老师随口答道："还剩十多里了吧？"

大家心里燃起一点希望，不觉加快了脚步。路两边尽是望不到边的田野，地里什么都没有，白茫茫的全是雪。房子更少了，只在雪原深处偶尔出现一片黑乎乎的树林子，老师说那些便是村庄。

肩上的行李越来越沉，双腿越来越重。两只脚板肿得又肥又厚如熊掌，夹在鞋子里，脚一挨地，如踩在针尖上，钻心的痛！大家一瘸一拐，左右摇晃。

中午吃的东西已经荡然无存，饥饿的肚子咕咕作响，只剩下两层皮，像一个空心的文件夹。队伍中有些体弱的女生，不时蹲在路边吐酸水，吐得眼泪汪汪的。有人抢过她们肩上的行李，扶着她们摇摇晃晃继续走。

一步一拖地走了两个小时，应该快到了。遇到当地的老乡一问，还有十几里！大家觉得奇怪，又问老师。

老师回答说："快了快了，那人说的不一定就准。"

既然这样，那就再走。又走了两个多小时，天快黑了。迎面雪地里过来一辆马车，再一问赶车人，回答说：还有十几里。

怎么回事？大家齐声问老师："走了四个多小时，难道一直没动啊？"

秦老师说，是啊，怎么没动啊，这怎么回事？

大家伸长脖子像狗似的，望望前途，路漫漫其修远兮；看

第一章

看后路，白雪茫茫空悠悠……一下子全都泄了气！纷纷把行李往路边的雪地里一扔，身子一倒，说："越走越远，干脆不走了！"

队伍只好停下来休息。秦老师五十几岁了，虽是军人出身，可是像这样背着行李长途跋涉，也是第一次。他一屁股坐下去，摸出一支香烟来，一掐两段，并排衔在嘴上，点燃了拼命吸……

大家好奇，问他为什么把烟掐断了吸？他说这样烟油多些，能快速解瘾。

吸完烟，秦老师张开大嘴打个悠长的呵欠，众目睽睽下，露出两颗雪亮的银牙套。然后开始诱导大家，说："同学们，再加把劲！尖兵排早已到了蔡甸，为我们准备好了红烧肉和热水，还有温暖的稻草铺……"

大家抢着说："老师你骗我们吧，哪来的红烧肉呀？"

老师说："你们不知道吧，市领导非常关心我们！为了补充体能，拉练路上每人每天免费供给半斤猪肉，这些猪肉啊——"秦老师"咕咚"一声，使劲咽了一口唾沫，核桃大的喉结上下滑动一下，接着说："猪肉啊，早已运送到沿途的宿营点了，由当地厨师烧给我们吃！全是大块大块的肥肉，用酱油焖得红彤彤的，还放了生姜、大蒜、干辣椒，香喷喷的！米饭白白的，也是热乎乎、香喷喷的。新米做的饭，比城里的要好吃……"

大家听他这一形容，都哄的一声笑了起来！似乎闻到了香味……同时肚子也更饿了，恨不得立刻见到红烧肉！

秦老师望望天色，拍拍自己的瘦胸脯，又说："你们别怕！有我这把老骨头跟着你们，拖也要拖到目的地去！把你们全都安顿好了,我再回去挨门拜访,向你们的家长报个平安,还要向他们汇报你们在路上的表现和落户的情况呢……"

望着老师深陷的眼窝,想到几年的师生关系很快就要到头了,身处这荒天野地里,大家心里一阵酸楚,几个女生哭出了声。刚离开父母第一天就遭此罪,父母不在,老师就是亲人!大家冻得鼻涕直流,赶紧爬起来又走。

天黑透了,大家又累又困又冷又饿,感觉这条路似乎没有尽头,此生永远也走不完了。不走又不行,只得浑浑噩噩地一个跟着一个走,谁也没有力气再讲话。

雪地里,一队人马在夜幕下悄无声息地行进着,像一群来历不明的幽灵……

迷迷糊糊也不知走了多久,大家腿也麻了,肩也麻了,心也麻木了……忽然前面一阵欢呼声,一辆汽车停下了。车头上热气腾腾地冒着蒸汽,两个大灯的光柱雪亮地射过来!

原来是在蔡甸镇等候的尖兵排,一直不见大队的踪影,又开汽车回来接应了!大家沸腾起来,士气大振!几个体弱头晕的女生被劝上了车,其他人嘴上都说:"没有问题,还能走!"

一小时后到蔡甸,住在该镇的中学教室里。每间教室事先都已打扫干净,并备有几十捆干稻草。在当地农民的指导下,大家七手八脚打好地铺。吃过饭,泡脚的时候,人人都在煤油灯下扳着脚板查看血泡。

米儿一数,两个脚底板共计七个大的,四个小的,手一碰,脚钻心地痛!互相一问,大家都有,数目不等……

带队的女老师进来对秦老师说,隔壁女生脚上的血泡更多……王娟她们几个趴在地铺上偷偷在哭,也不肯泡脚!秦老师赶紧跟着她过去了。

第一章

米儿他们四个人泡过脚后,再也没有力气讲话,上下眼皮黏在一起怎么也撑不开,都沉沉睡去。

睡梦中,米儿忽然感觉有个什么怪物,四脚冰凉地站在自己的左脸上!耳朵里还听见这怪物"咚咚!咚咚!"的心跳声,他惊得坐起身来,汗毛直竖!睁眼一看,一只半尺多长的大老鼠跃上窗台,从窗户破洞里逃走了……

米儿钻进被子蒙紧了头,心里好一阵恶心和惴惴不安……

出发之前,学校给每个学生发了三本红宝书。一本《实践论》,一本《矛盾论》,一本《老三篇》。这三本袖珍版小红书用料考究,小巧精致。本本印刷精美,册册装帧上乘,鲜红的塑料封皮上,烫制上去的几个大字金光闪闪!无论从哪个角度考量,都不失为艺术精品,握在手中,手感极佳,令人爱不释手!

《老三篇》中有一篇《纪念白求恩》的文章,开头这样说:"白求恩是加拿大共产党员,五十多岁了。受加拿大共产党和美国共产党的派遣,不远万里,来到中国,参加中国的抗日战争,去年春上到延安。后来到五台山工作,不幸以身殉职……"

秦老师组织大家学习,动情地说:"大家想想,一个外国人呀,那么大年纪了,却不远万里来到中国,为帮助我们抗日,连自己宝贵的生命都贡献出来了……我们眼前这六百里路,又算得了什么呢?"还说:"苦不苦,想想红军二万五;累不累,想想革命老前辈……"

这话讲得真好!同学们听了心服口服,一个个低着头,内心感到羞愧不已!

榜样的力量是无穷的。凭着这股力量又走了几天,双肩和两脚上的血泡慢慢地磨成了茧子。从一开始的肿和痛,渐渐过渡到肿和麻,麻过了,居然也不肿不痛了。以前的猴子,就是这样一步一步进化成人的吧?米儿心里想道。

第十天,拉练队伍偏离汉沙公路,走小路斜拐进入潜江县张金区的龙湾镇。这里与江陵县交界,预定计划明天进入江陵县,后天就可到达目的地。

消息传来,大家流着泪欢呼雀跃,摘下帽子和围巾,叫喊着抛向空中!

第二天上午,在龙湾中学的操场上召开表彰大会,武汉市和武昌区的有关领导们也驱车赶来祝贺。

代表武汉市委和市政府讲话的,还是那位面白无须的"火车头"领导,这次又多了一重身份:代表家乡亲人前来慰问大家!

一别十天,恍如隔世。大家围着他,好像见到了久别的亲人一样,问长问短,好不亲热。他也满怀深情,充分肯定同学们一路上发扬了"一不怕苦,二不怕死"的革命精神,表扬了一路上涌现出来的好人好事。

米儿这次竟也榜上有名!表扬他一路上虽然在拉肚子,但却不肯坐车,带病坚持步行……

同学们纷纷回过头来,向米儿投来钦佩的目光。米儿的虚荣心冒上来,胸脯一挺,骄傲而又自豪!

由于快到目的地了,心里有了希望,腿上也有了劲,接下来的这两天,走得比较顺溜。但由于抄近路,走的全是崎岖不平的田间小路。

这些小路原本就不是路,只是一些供耕作使用的田垄,路人不可并排,只能单行。于是队列变得又细又长,好几百人的

第一章

队伍,蜿蜒曲折,望不到头,看不见尾,打着红旗背着背包,像正规红军要去攻打沔阳似的。大家走不惯这田垄,不断有人摔倒,连人带行李滚入稻田,幸亏田里无水。

正值冬天农闲季节,广袤的田野一望无际,见不到一个人影。田里净是收割后留下的稻茬,黄黄的和枯草一个颜色,荒陌连天,了无生气。

翻过一道沟坎的时候,突然"嗖"的一声,荒草中窜出一只灰色的野兔,大家吓了一跳,队伍里一片惊呼!

花蛇和几个男生穷追不舍。受到惊吓的野兔慌不择路,连蹦带跳,跃过沟坎箭似的钻入荒草,不见了踪影。几个人不甘心还要追,被老师叫了回来。

队伍停下来休息,大家兴致勃勃地谈论野兔。麻杆和花蛇不死心,又下到沟底荒草中去寻找。

秦老师站在沟沿观察了一阵,说:"看来这附近有野兔窝,我们路过惊动了它们!"

有同学好奇地说:"那我们下去找找,看能不能发现野兔窝……"

"发现野兔窝又能怎么样,没有工具也挖不开呀!"华华说。

"秦老师,都说兔子不吃窝边草,这是为什么呀?窝边有草,兔子张嘴就能吃到,不是很方便吗?为什么还要冒险出去找草吃?"米儿站起来,拍拍屁股上的草屑,不解地问道。

秦老师听他问了一大堆,笑了。摇着头说:"都不是。兔子可没有你那么多想法!野兔窝的洞口都隐藏在深草中,如果吃光了,洞口不就暴露了吗?这是它们进化出来的天性……"

"如果有狗就好了,让狗去撵兔子,那肯定行!"米儿惋惜地说。

麻杆说:"那肯定不行!别人说,不见兔子不撒鹰,这说明狗撵兔子还不如鹰!在我们东北老家,抓兔子都用老鹰。老师,你说是不是?"

秦老师吐出一口烟,并不直接回答。眯着眼说:"以前我在部队时,发现了野兔窝,战士们就把干草点燃了放在洞口,把烟灌进洞里。野兔熏得受不了,就从洞里跑出来,很容易就被我们逮住了!烤熟了,油滋滋的,撒上点儿盐巴……"刚说到这里,便不说了。

大家很想知道,烤野兔肉什么味道?好吃不好吃?忽然前面传来了出发的命令。

傍晚,进入江陵县白鹭区。各公社前来迎接的领导,已经先期到达宿营地等候着。从明天起,队伍要一分为三,分别前往三个公社。

一想到明天就要分别了,同学们都依依不舍。十多天的朝夕相处和长途跋涉,一路相扶相帮,又同吃同住,使大家对这个集体产生了浓浓的感情。分开后彼此都前往一个陌生的地方,相距遥远且交通不便……这一别,还不知相见在何时!

这些十五六岁的孩子,仅仅十多天的工夫,突然觉得自己长大了!互留地址后又互相拍肩握手,道别的话一说再说,没有个完……女生们到底脆弱些,好像生离死别似的,有哭出声的,有抽泣的,有含泪的,宿营地到处可见这令人动容的场景。老师们看了觉得心酸,镇上的老乡们摇头叹息……

曲湾是一个小镇,也是公社机关所在地,旁边紧挨着五岔河。

第一章

五岔河南起荆江东风闸，北至洪湖，蜿蜒百余里。不仅灌溉着沿线数十万亩农田，更是重要的水运干线。

曲湾镇靠近洪湖，地处偏僻，位于湘鄂西一角，历史上与千里洪湖连成一片。湖区面积辽阔，水系十分发达，自然形成这一带的货物集散地，逐渐演变成为一个历史古镇。

古镇并不大，南北长两三百步，却有好几百年历史。镇上百余户人家主要以船运、打铁、榨油、屠宰、搓绳等为业。街道狭窄拥挤，若非正午，太阳轻易照不到街面。青石条铺就的街面历史久远，石板路坑坑洼洼，湿滑难行，半尺深的车辙里积着污水。

街两边多为二层古旧木楼，临街的一楼全是商铺，木制的窗台向街心探出一尺多宽，摘去窗板就是做生意的柜台。这一切，都透露出古镇曾经的喧闹与繁荣。眼下开门做买卖的很少，显得破败萧条……好像一个上了岁数的老人，被时代所遗弃。

尽管如此，但麻雀虽小，五脏俱全。小镇上居然也有一个供销社，一家饭馆，一座卫生院，一间邮电所，竟然全是国营的；还有间剪发、刮脸、修眉、采耳的理发馆。

邮电所门口拴着一头白毛猪，高大如牛犊，旁边墙上挂一个绿色的铁皮信箱。这里电报、电话、收寄邮件等功能一应俱全，是小镇上唯一带有一丝现代化气息的地方，也是与外界联系的唯一渠道。

只是那台简陋的人工电话交换机，已是有年头的老古董了，只能管理四台手摇电话机。所里只有一名戴眼镜的白胡子老头，身兼所长、职员、电报员、接线员、邮件收发员等职。由于业务少，还兼任那头大白猪的饲养员。

除了几根竹竿挑着电话线以外，全镇没有一根电线杆，因为自远古以来根本无电。幸亏燧人氏发明了用火，照明才得以用上油灯。

这一带是湘鄂西革命根据地，贺龙的队伍曾驻扎在此，在这里领导穷人闹革命。打土豪、分田地的革命运动开展得如火如荼。古镇上随处可见苏维埃会堂、农会、红军指挥部、会议旧址等众多遗迹……

大队一分为三后，米儿他们这支队伍有一百多人，到达曲湾公社的时候已是下午。这支队伍在镇上一出现，立刻给古街道带来一抹亮色。

女学生俏丽粉嫩的面容和花花绿绿的衣裳，男学生稚气未脱的白净面皮，吸引了众多的乡民来看热闹。

人们挤在街道两边狭窄的屋檐下，发出"啧啧"的赞叹！互相一打听，得知是大城市下来的知识青年。

学生们对当地百姓的穿戴打扮也觉得新鲜，那乌黑的眸子里满是问号和好奇，骨碌碌地转动着瞄向街两边的人群。双方互相打量着，都觉得对方稀奇。

根据公社的安排，明天上午各大队的大队长和贫协主席带船前来接人。今天下午放假休息，自由活动。

一解散，百多号人像潮水一样，立刻涌向小镇，又像浪花一样，四散开来。小镇的街道上，呈现出久违的热闹和喧嚣。

女生们的兴趣主要在供销社的门市部，里面有糕点零食、针头线脑和毛巾牙刷等小百货。

同时邮电所也是她们要光顾的地方，于是便在门口排起了长队，要在这里打长途电话，买信封、邮票，给家人报平安。因为门口那头大猪实在可怕，被所长大爷请到了后院。

男生们也有自己的兴趣。首先是饭馆，其次是革命遗址。

第一章

吃饱喝足后，漫步古镇，参观红军遗址，凭吊先烈们浴血奋战的革命精神和战斗事迹，感受一下当年战火硝烟的气息。

另有一些男生围在铁匠铺旁边，津津有味地看人打铁；进入榨坊，看看油是怎么榨出来的。穿着单衣打铁的匠人，见有学生在旁围观，"叮叮当当"打得格外带劲。榨油的号子比打铁的声音更响……

队伍解散后，米儿和麻杆、华华、花蛇四人在镇上逛了一圈，便去了那家饭馆，要在这里好好吃上一顿。吃饱了再去剃个头，在路上走了十多天，头发长了不少。

饭馆不大，只摆了四张方桌，每张桌子配四条长凳，可坐八个人，这便是当地有名的"八仙桌"。这桌面的油渍污垢年深月久，足有铜板厚！用指甲一刮，便出现一条深沟。

四人各据一方坐下。四处一望，斑驳的粉壁上写着经营的品种：稀饭、馒头、肉丝面、饭团子四种，没有炒菜和米饭。饭团子是当地特有的一种主食，滚圆滚圆的比拳头还大，外面用碎米饭捏成球形，里面塞一些酸菜和肥肉丁。

华华说："每人一碗肉丝面怎么样？"大家表示赞成。麻杆提议，每人再来一个饭团子，尝尝是什么味道。

米儿喊道："服务员！四碗肉丝面，四个饭团子。"

一个大肚子女人应声站起来，慢吞吞地走到跟前，伸手收钱。收了钱，又要粮票。米儿递了两斤粮票给她。她看了一眼，又扔回桌上，说："武汉的粮票不收。"

麻杆歪着脑袋，斜眼看着她："为什么？难道你们这里比武汉市还大？"

大肚子女人红了脸，柔声细气地说："不是的。我们这里只收省粮票和全国粮票，你们那是地方粮票，我们这里不通用的。"

四个人从来没有单独外出的经验，在家上学时买早点，一直就用武汉市粮票，哪里懂这行情！

大家嘴里连说："怪事！怪事！"都在自己口袋里乱摸，摸了半天，都是武汉市的粮票。"大肚子"一看，把钱往他们桌上一扔，屁股一扭，走了。

大家坐在八仙桌边你看我，我看你，都不肯走。本来起了心要吃，却又吃不成，反而引诱得肚子更饿了。

华华说："唉，在家千般好，出门事事难！"

花蛇不甘心："要不，我们去问问别的同学有没有，借点来吧？"

米儿说："你别想了。我们四个都没带，谁又有先见之明呢？"

麻杆站起来正要说什么，门口叽叽喳喳进来几个女生。一看，正是同班的王娟、李月、夏雨欣、由春桃几人。她们在邮局办完事，眼见米儿四人进了对面的饭馆，过了会儿也跟了进来。

像见到救星似的，大家鬼使神差地同时站起来，想跟她们搭讪。

四位女生假装没看见，小辫子一甩扭过头去，挑了一张桌子坐下了。

四个男生讨个没趣，通了电似的，一齐又自动坐下。却竖起耳朵收听那边的动静，想看她们如何解决粮票问题。

那边低声商量了一阵，听见王娟清脆的声音："同志！四碗稀饭，两个馒头。"

米儿四人低头暗笑，等着看她们出洋相。

过了一会儿，只听大肚子女人说："喏，找给你们六角钱，九斤二两粮票，拿好了！"又说："那边坐的几个学生伢，是不是你们一起的呀？他们没带粮票，你们借点……"

没等她说完，王娟看也不看，便抢先说道："你说那几位呀，他们都是贵人！架子大得很呢，怎么会跟我们是一起的？不认得！"语气坚决得很。

另外三个女生像应声虫似的，也连声说："不认得，不认得！"头摇得像拨浪鼓。

这边的四位"贵人"，羞得满脸通红，都低着头不敢吭声。米儿望了一眼华华，华华握着拳头在桌面轻敲一下，咬牙切齿地低声道："黄毛丫头！她在报一箭之仇哇！"

四个人交换一下眼神，准备走。

那四个"黄毛丫头"一阵"稀里呼噜"，喝完稀饭，每人手里捏半个馒头站起了身。经过他们这桌时，王娟手一扬，将五块钱和四斤粮票扔在他们桌上："吃吧，四位贵人！再见！"

说罢，这四位女生再也忍不住了！嘻嘻哈哈，你推我搡，哄笑着出门去了！

米儿他们四人吃得红光满面，打着饱嗝儿从饭馆出来，又去剃头。盘桓了半天才从理发馆走出来，个个脸上刮得干干净净，眉毛被刀尺修削得棱角分明，还让理发师傅采了耳。彼此看看，忍不住哈哈大笑——活像四个新郎官呀！

"人"的概念和定义，解释起来非常复杂。就人类起源讲，有达尔文说，上帝说，外星说；从概念上讲又有法律的，哲学的，社会的，还有宗教的，一时半会儿说不清楚。

但是，人的根本属性还是动物。人是所有哺乳动物中，唯一嘴唇外翻的高级灵长类动物。

与其他动物不同，人有思想，会计算得失。比如人养家畜，就多养母的，不养或少养公的。因为养公的赔钱，养母的能下崽，利益会成倍地往上翻。

曲湾人民公社共有八个生产大队，其他六个大队都把自己分到的学生接走了。唯独剩下米儿他们的翻身大队，还有王娟她们的幸福大队，不但不肯接人，双方还扯皮起来。两边的大队长互不相让，操着本地土话，嚷嚷着要社主任给评评理。

米儿他们原地坐在背包上，听了好半天才明白过来。原来，是在男女学生搭配上产生了争议。

幸福大队这次分到了八名男生和十二名女生，其中就有王娟这个组。而米儿他们的翻身大队，却分到了二十一名男生，没有一名女生。

幸福大队的大队长嫌女生多，坚决不干，说要跟翻身大队平均一下，一边六个女生。这位队长早年长过癞子，头皮上留下大块大块白亮亮的疤痕，劫后余生的几根头发稀疏潦草，猥猥琐琐地从疤痕之间的缝隙里钻出来。

他满脸怨气地说："章主任，你评个理！分十几个女伢子给我，她们肩不能挑，手不能提，难道要我们养她们一辈子？他们翻身那边一个女的没有——反正你要一碗水端平！"边说边用手指一指翻身大队的大队长。

翻身这边的大队长人高马大，脸上一边两块横肉。他这次吉星高照，得了二十一名男生，当然心满意足，本来不想跟他计较。可是一听对方说，要拿六名女生换自己的六名男生，说什么也不干！

他大为光火，一手指着对方，抖着脸上的横肉厉声骂道："毕癞子！你给老子把嘴巴放干净点！这是公社的安排，下级服从上级你懂不懂？你这是重男轻女的封建思想，你懂不懂？就你这种水平怎么去领导你的大队？"

那被叫作"毕癫子"的，一看对方凶巴巴的样子，心里有点发虚，说："强队长，你莫得了便宜唱哑调。将心比心好吧，你不重男轻女，那我都给你，你要不要？你只晓得拿手电筒，专照别人不照自己。你不消拿大帽子压我，我不在乎！再说了，我在跟主任讲，又没跟你讲……"他无奈地摊摊手，望着章主任说："主任你都看到了，你要公平……我带这么多女的回去不好交代呀，分给哪个小队，他们都不能要。如果你不解决，这二十个学生，我，我就一个都不要了！"

两个大队长情绪激动，都涨红了脸，摆着斗鸡似的架势。

公社章主任戴一顶呢子帽，个子短小精瘦，脸上的轮廓线很清晰。他站在二人中间，摸着下巴颏儿，左看一下，右看一下，在听他们摆理。

他听了一阵，又想了想，然后露出一口干净的白牙说："毕队长，你是老同志了，遇事要冷静，不要冲动嘛。你等我一下！"又扭头说："强队长，你跟我来。"二人进了主任办公室。

这边米儿他们那些男生正听得津津有味，还不时地朝女生那边望望。女生们愁容满面，公社院子里又空又冷，风又大，个个冻得脸色发青。她们互相挨挤着，一堆一堆地坐在背包上，双手笼在袖子里，可怜兮兮的，像被人遗弃的废物。

米儿他们几个心里很是同情，可是又毫无办法。秦老师在另一边，跟翻身和幸福的两个贫协主席，你一言我一语地在交涉。

主任室的门关着，不断地从里面传出强队长的声音。过了好一阵子，声音越来越小，渐渐听不见了。

看看天色不早，大家不免着急。又过了一会儿，门开了，强队长阴着脸走出来。他走到女生这边，随手一指道："你们四个，到这边来！"指的刚好就是王娟她们那一组。王娟、夏雨欣、李月、由春桃四人，赶紧把背包一提，毫不犹豫地跑到翻身大队这边！

强队长又随手点了一个女生，那女生也麻溜地提着行李过来。他又用手在一堆坐着的男生头顶上方画了一个圈，把圈内这五个男生换给了毕癞子。那五个男生本不想过去，但看强队长脸上的横肉可怕，只好噘着嘴巴走过去了。

毕癞子还不满意。说："讲好的一边六个呀，你怎么只换五个？"

强队长蛮横地说："你知足吧癞子！哪个答应你六个？不是看章主任面子，我一个都不要，你能把我怎么样？"

眼看又要争吵起来。章主任在一旁赶紧劝开，暗中对强队长又是挤眉弄眼，又是努嘴巴，暗示他快走……这个小动作人家都看清楚了，唯独毕癞子黑着脸没注意到，口里嘟嘟囔囔的，整队去了。

米儿他们看着这一幕滑稽剧，心里乐开了花！憋不住了，想笑又不敢笑出声，赶紧用手捂紧嘴，眼睛都笑弯了！

几个月后他们才知道，原来章主任答应多给翻身大队三十袋化肥，外加两大桶柴油的指标。用这条件做交易，才把强队长的工作做下来，那挤眉弄眼的动作意味深长！

后来春播时，化肥和柴油起了很大的作用，翻身大队的干部们都夸强队长有本事，说毕癞子"不是个东西"。

对于化肥和柴油大家有兴趣，自然都很满意。可是对于换回来的五个漂亮女学生，充其量只能看看，没多大用处，远不如化肥和柴油来得实惠，谁都不愿要。所以强队长往下分的时

第一章

候，又卡了壳。

强队长本名肖本强，是翻身大队的大队长。这个大队共有五个生产小队，其中三队比较富裕，条件也好些。大队部、小卖部都在这里，又靠近河边，水路交通方便，是社员们公认的"政治、经济和文化中心"，也是"兵家必争的战略要地"。

强队长虽然蛮横，但粗中有细，心地也比较善良。他想来想去，觉得女生体质弱些，没有男生那么皮实，既然已经来了，还是尽量多照顾点才好。于是决定，把这五个女生放到条件较好的三队。

岂料三队的队长肖本松一口回绝，并且往二队推！二队和二队紧连着，条件也不错，强队长心里想，分给二队也可以。

谁知二队的队长更不是个省油的灯，还没听完，便干脆地说："不要不要！"

这两个小队，你也不要，我也不要，事情到此卡住了。强队长来来回回，跑了三队，跑二队，嘴都磨破了，好话说了一箩筐，还是热脸挨个冷屁股，根本没人理他。

强队长这次真的火了！心想，不来点霹雳手段不行了！于是瞪着眼放狠话道："这五个女学生是毛主席派来的，我今天就要放在你们两个队！谁敢不要，队长撤职！队里休想分到一斤化肥，一滴柴油！"

这一招还真管用，两个队长服软了，乖乖地坐下来商量分配方案。商量来商量去，谁三个谁两个还是推来推去，谁都不愿多要一个……

强队长听烦了，大拳头"咚"的一声砸在桌上，一锤定音道："按编号分！二队两个女生，化肥十袋，柴油半桶。三队三个女生，化肥十五袋，柴油半桶！"这样一算，大队还扣了一桶柴油和五袋化肥下来。

可怜这五个如花似玉的女学生，在家里都是父母的娇娇宝贝，掌上明珠，在这里却分文不值！上午刚刚从公社交换回农用物资，下午就随这些物资一起打包，滞销货似的搭售出去了。

第二章

据说，冬至过后杀的猪没有猪臊味，肉质最好，味道最香。每年冬至后，家家户户都要杀一口大肥猪，准备过年。作为报酬，一个猪头、四只猪蹄、一条猪尾、一挂猪大肠和猪鬃毛，照例要归杀猪的师傅，这是农村千百年不变的老规矩。

米儿到生产队的当天，队里没有空房安置他们，吃住就被安排在屠户段师傅家里。说是临时，但这一住，便是大半年。

段师傅家的堂屋里，迎面墙上挂一副对子，上写道："有打瞌睡好汉，无不读书英雄"，这是段师傅自己写的。大家看了"打瞌睡好汉"几个字，便忍不住发笑！段师傅说，这就是张飞和关羽的经典形象……

旁边一间伙房里，梁上挂满腊鱼、腊肉和腌制的猪杂碎，看样子足够吃到下半年去。米儿几人口福不浅，便也跟着沾了不少光。每顿饭，桌上除了几样农家时令小菜以外，还会端上一瓦盆炖猪肉或猪杂碎。

听说农村生活艰苦，农民忍饥挨饿，吃糠咽菜……大家心里早已有了准备。谁知来到这里一看，并不是那么回事，感觉比城市、比自己家里的伙食还要好！

其实他们不知道，段师傅与普通农民并不完全一样。除了平时干农活以外，农闲时还是个有名的杀猪匠。这些猪杂碎，全是他额外的报酬,家里自然不缺肉吃。

另外,农村也与城市不同,人们是随着自然时令生活的,眼下正是农闲。这农闲从每年十一月就开始,一直要持续到来年三月份春暖花开才结束。

这期间,有春节这个大节日担着,两头又有许许多多农村重视的民俗节气,每个节气都有讲究,每个节日都有非过不可的理由。这段时间,正是庄稼人一年中最好的时光。说媒相亲,婚嫁宴请,走亲戚访朋友……都在这段时间里。走东家,串西家,你来我往,亲友们聚在一起,除了吃吃喝喝、打牌以外,在这穷乡僻壤还能享受到什么呢?

当地有句戏言道:"过年过到麦子黄。"麦子成熟要到五月头,现在还早着呢!慢慢享受,不用着急。

段师傅一家,原是镇上下放的外来户,家里全是勤劳能干的壮劳力,日子比较好过。他的两个儿子虽已结婚成家,但并未分家,合家住在一起,都在一口大锅里吃饭。

大儿子段文龙是本队的队长,小儿子段文虎是本队的机工师傅。兄弟两个,身强体壮力不亏,能挑能扛能吃苦,这在农村,便是令人羡慕的资本。尤其小儿子段文虎,长得人高马大、体格健壮。显然,这跟段师傅有关——长年不缺肉吃。

段家比较殷实。在农村,属于那种传统的耕读人家。段师傅五十几岁,做事干练利索,性格豪爽仗义,身上自带一股侠气。幼时读过几年私塾,能写一手漂亮的毛笔字,为乡亲们写春联时,笔下生风,"沙沙"作响!看得人眼馋心痒,啧啧赞叹,都夸他的字:"一个个跟花朵似的,手都摘得下来!"

杀猪有暇,便戴上眼镜看古书,书本凑得近近的,都快贴到脸上了。看到有味之处,油嘴巴一动一动的,好像不是用眼在看句子，而是用嘴一粒一粒地在嚼字……《隋唐演义》《三国志》《鞭尸三百楚平王》这些历史故事烂熟于胸，在他肚子里消化吸收以后，再从他口里讲出来，便带有当地生活的味道，越发生动有趣！

段师傅精明能干，并非只会操刀杀生。不仅田里的农活样样提得起，放得下，更是捕鱼高手。只需站在船头看看水的颜色，闻闻风的气味，便知道水里鱼多鱼少。一支竹篙一条船，在他手里，一会儿像箭似的笔直向前，一会儿又陀螺似的滴溜溜在水面打转，忽然又定在水面，纹丝不动……一条船，被他玩得服服帖帖！

吃晚饭时必须喝上两口小酒，几杯下肚，便开始谈古论今讲故事。有时兴起多喝了几口，便会嘴巴打滑滔滔不绝！东西南北，天圆地方……脚踩西瓜皮，滑到哪里算哪里。

他有一把心爱的老紫砂壶，小巧玲珑刚好一握，长年也不离手，被盘得锃光瓦亮，泛出了古铜色。每讲上两句，便要举到嘴边，努起嘴尖吸口茶汤，有滋有味地咂巴几下。油晃晃的脸上，一副心满意足，福气多多的样子……

老伴人称"幺妈"，贤惠温柔话不多，手脚勤快爱整洁，更是烧得一手好菜。

这座房子的山墙上，白灰刷写的大字标语赫然醒目："知识青年要与贫下中农相结合，与贫下中农同吃同住同劳动。"另一面山墙写着："滚一身泥巴，炼一颗红心。"

米儿四人来到队里已有五天，也算和农民同吃同住了，但还没有同劳动。天天闲吃闲喝，也有点厌了，便心里痒痒的……

天气渐渐转暖,田里的雪开始融化。残雪和黑土杂错相间,花花点点,很像丹青高手笔下的油画。

这一天,大队通知挖河清淤,五个小队各包一段。米儿们早就闲不住了,摩拳擦掌地要求出工去。

吃早饭时,队长段文龙告诉他们:"队里已经商量过了,你们刚来,对农活还不熟。每人每天只能暂定八分工,跟女社员同工同酬。我们男的正劳力,一天也才一个工分,你们有没有意见呀?"

花蛇马上问道:"一个工分等于多少钱呀?"

文龙想了想道:"不一定的,要看收成。去年收成不错,年底算下来一个工分值七毛八分。如果遇到收成不好,一个工分就只有四五毛了。"

四人齐说:"没意见没意见,多少你说了算。我们是来农村锻炼的,又不是来挣钱的!队长,你只管派任务吧。"

到了劳动现场,队长用铁锹把子当尺,量了约二十米,用铁锹挖了一个缺口做记号。然后指着说:"挖到这里,就是你们今天的任务。平均每人五米,早挖完早收工。"又交代几句要求,转身给其他社员派工去了。

河里的水已经排干,露出河底稀烂的污泥。夜里不知什么鸟儿在上面走过,密密麻麻印满了"个"字形的爪印。

米儿四人拎着铁锹嘻嘻哈哈,满不在乎地往下跳去。这一跳,才发现不对!没想到这淤泥深得很,双脚刚一落下去,"呼"的一声,泥浆灌了满鞋筒!几个人惊慌失措想往上爬。一拔腿,脚出来了,胶鞋却陷在泥里拔不出。一只光脚丫悬在空中晃晃悠悠,另一只脚陷在泥里纹丝不动。身子忽然失去了平衡,连响几声,四个人倒在稀泥里。想爬出来,有只脚又拔不出，急得像三条腿的蛤蟆，乱抓乱扒！弄得满身、满脸都是黑泥浆。

麻杆跳下去的地方稀泥稍浅，身子晃了几晃，拄着铁锹站稳了。回头一看三个兄弟遇险，立刻援手相救！他伸出锹把给近处的华华。一看够不着，便又把身子向前探去，同时挪了挪脚。他忘了两脚陷在泥里挪不动，一个趔趄，又栽进稀泥里，摔了一个嘴啃泥！

四人又急又慌，八只手在稀泥里不停地扑腾，泥点像下雨似的，四处飞溅。从岸上看下去，活像四只急于逃命的甲鱼！

米儿最没出息，一个"死"字在脑子里一闪，心想："完了完了！"吓得大叫起来："救命啊——"

在远处挖河的社员们听到呼救声，都觉得奇怪。一窝蜂全跑了过来，围在河岸向下观看。这四个落难的手足兄弟，已经不成个人样，倒像刚刚从火山灰的泥汤浴里爬出来，又像滚了黑泥的咸鸭蛋似的，只剩半个身子。朝上乞救的时候，眼珠一动，才知道还是活的！

社员们从没见过这么滑稽的场面，看着河底的这几个活宝，都站在河岸上笑得前俯后仰，差点跌下河去！

文龙跑了过来，指挥大家七手八脚地往上拉。四个泥人身上滑溜溜的全是稀泥，拽的人怕弄脏了自己，也畏首畏尾的。乱了半天，才把人一个一个地拔出来。又派人下去，把八只胶鞋一只一只地抠出来，扔到岸上重新配对。

第二天，四个人病了两个。一个感冒发烧，一个咳嗽流涕；还有两个，呆若木鸡……

休息了两天，病还没好利索，四个人心里不服这口气，又扛着铁锹去了工地。

这次他们学着社员的样子,下河之前先脱掉鞋袜,把裤腿卷得高高的,光脚站在烂泥里稳当了,再铲起淤泥,一锨一锨地甩出去。果然灵便多了!

挖了好几天,双手满是血泡,胳膊也痛得抬不起来,但再没人摔倒。只是苦了这两条腿,冻得又红又肿又麻木,脚底也被螺蛳、蚌壳划了几道口子。收工上岸后,双腿软得都不会走路了……

当地民谣云:"有女不嫁肖家台,一年四季不穿鞋。月当灯,风扫地,野鸭飞到床上来。一间茅屋千条椽,泥鳅鳝鱼滚灶台。湖水茫茫不见路,堂屋长出藕桩来……"这段民谣历史久远,却形象地描绘出此地的环境。

"台"是湖区人民建房子时垫高的地基。因为住在这里的人都姓肖,所以叫肖家台。如今,成了翻身大队部的所在地。王娟她们五个女生来到后,也落户在这里。

这一带地处江汉平原的西南部,自盘古开天地以来,就与洪湖连在一起,同属赫赫有名的云梦大泽。苍穹之下,大小湖泊星罗棋布,像无数块宝石一般,亮晶晶地镶嵌在原始湿地上。

"望穿湖水不见路",有史以来,出门便要行船,无船寸步难行。当地的农民以前都是渔民,家家户户都靠打鱼为生。直到今天,每家每户还有各种捕鱼工具。

这里的湖产极为丰富多样。莲藕菱角、鱼鳖虾蟹、野鸭野雁、野羊野兔、野狗獾子和各种水鸟在此栖息繁衍,是众多野生动植物的天堂。

民国时期,这里也是渔霸、湖霸和土匪的乐园。电影《洪湖赤卫队》中的彭霸天、老幺那样的土匪恶霸,便盘踞在此。

他们互相勾结在一起，横行乡里，鱼肉乡民。米儿他们所在的大队，好几户都曾有过一段不光彩的历史。

民谣又道："洪湖沔阳州，十年九不收。若有一年收，狗都不吃糯米粥。"这段古老的民谣，又道出了这里的富饶。但"十年九不收"的原因，却是因为洪水泛滥……

江汉平原历来是全国著名的大粮仓，也是闻名遐迩的鱼米之乡。建国初，为了多打粮食解决民生，政府在此掀起一场"围湖造田，向荒湖要粮"的群众运动。人工筑成的拦水堤坝纵横交错，一步一步将湖水逼退，现出肥沃的湖底，才使沧海变成桑田。

不知多少万年形成的湖底，乌黑的淤泥厚达数尺。这种淤泥富含有机物质，像牛皮胶一样，黏性很强，雨天极难行走。路面上留下的牛脚窝，经太阳一烤，风一吹，又坚硬如石，边角锋利如刃。光脚走路一不留神，便会划伤脚板。

在这种环境下，一下雨就不能出工，百姓们只能闲在家里搓搓绳子，编编竹器，晚上早早睡觉……

米儿所在的五队和四队连在一起，有七八十户人家。除了几户杂姓外，清一色都姓杜，这里就叫杜家湾。离王娟所在的三队，有二里多路。

惊蛰过后，天气渐暖，蛰伏地下冬眠的冷血动物渐渐苏醒过来。接连打了几次雷，下了几场春雨，大河小沟的水漫出来了。雨过天晴，田里的湿泥地到处是泥鳅。

远处的田野上，有几个村童提着鱼篓，赤脚在抓泥鳅，不时传来清脆响亮的尖叫声！

接连下了好几天的雨，天天憋在家里出不去，闲得心都长毛了！见天气晴朗，米儿几人的心也躁动起来，便再也坐不住了。连忙找幺妈要了一个鱼篓，也卷起裤腿，光着脚，兴致勃勃地向田野跑去……

立冬前翻耕过的土地，经过一冬的雪水滋润，黑油油的。一溜溜的土垡子笔直而整齐，垄沟里积着薄薄的雨水，清澈而透明。

大大小小的泥鳅，纷纷从泥里钻出来接收春气，三三两两，光着身子懒洋洋地躺在积水里晒太阳。水太浅，刚够没及身子，更浅的地方，有些还露着背……见有人过来，惊慌失措，忙扭动身子往土缝里乱钻乱拱！

鱼只能用鳃呼吸。泥鳅既能用鳃呼吸，也可以用皮肤呼吸，还能通过嘴用肠子呼吸，只要皮肤是湿的，离开水也不会死去，显然要比鱼进化得好。

泥鳅溜光水滑的身子十分灵活，并非那么好抓。好多次明明抓紧了，可是它在手指缝里拼命地又挤又拱，拱得手心和指缝痒痒的。虽然没长牙，可那长着胡须的嘴，怪模怪样的，让人又惊又怕，心里发慌。一不留神，手一松，就逃走了！

米儿四人手忙脚乱，费了好大劲才抓住几个小的。回头再看时，鱼篓里空空如也。原来泥鳅太小，竟从鱼篓的花眼里逃出去了！

正在懊恼失望，那几个抓泥鳅的村童跑过来看热闹，每人手里提一个沉甸甸的鱼篓。米儿伸颈一看，见每个人都抓了大半篓。又肥又大的泥鳅，在鱼篓里咕咕哝哝地互相拥挤着，钻动着，粗线似的黏液透过鱼篓往下吊。

看这几个孩子，只不过八九岁，也就小学低年级的样子。没想到竟有如此本领！

第二章

麻杆抓着一个孩子的鱼篓，盯着问道："咦，你怎么抓了这么多啊！是怎么逮到的？"

几个孩子也不回答，只探头看了看花蛇手上的鱼篓，发现是空的，便都笑了。

米儿摸着一个孩子的头，笑着赞道："你真有本事呀，抓了这么多泥鳅！快教教我们吧……"

这孩子用力把头一摆，躲开几步，用手指着米儿叫道："我认得你，你叫小田！"说完嘻嘻地笑。

这孩子的脸上冻皴了，一边一大块红红的糙皮，上面有好多小裂口。两条白鼻涕像一对玉箸，吊下来寸把长。一上一下地吸溜着，还舍不得擤去。

米儿有点奇怪，道："对呀，我姓田。你怎么认得我？"

"我爹告诉我的，他说你们四个都是我们队的学生伢子！"这孩子吹出一个大大的鼻涕泡，把嘴都遮住了，便赶紧"哧溜"一声，又吸回去。

"他叫长子，我认得他！他那天拉稀，跑我家茅厕去了！"另一个孩子穿一件小棉袄，扣子都掉没了，腰间扎根稻草绳。两条袖子漆黑油腻，硬邦邦的，像剃头匠的荡刀布，也不知抹了多少鼻涕在上面。他抬起一条宝贝袖子蹭一下脸，用手指着麻杆叫道。

马上有个孩子出来纠正道："不对，他不叫长子，叫花蛇！就是地上爬的蛇！"边说边指着脚下。

几个孩子鸡一嘴，鸭一嘴地张冠李戴，逗得米儿几人大笑起来！米儿连忙套近乎道："对呀对呀！我们都在一个队，都是一家人嘛。你看我们一个都没抓到，快教教我们吧！今天我们想吃泥鳅……"说着，指了指孩子的鱼篓。

沟通起了作用，孩子们立刻活跃起来，抢着说："我来告诉你们，我来教你……"

一个大点的孩子说："你们看我是怎样抓的，一看，你们就会了！"

这孩子往前走了几步，左看右看，在旁边发现一条大泥鳅，指着低声说道："看见没？你们空手抓不住的，它好滑溜，要这样……"一边说，一边用双手捧起一块湿泥巴，对准泥鳅猛地砸了下去！

这条倒霉的泥鳅，正躺在薄薄的浅水里晒着太阳。听见动静正想逃跑，突然一团黑影从天而降，不偏不倚正好砸在身上！水花一溅，这泥鳅两眼一黑，顿时被打蒙了……

那孩子弯下腰去双手一摁，连泥巴带泥鳅一起紧紧抓住，往鱼篓里一挤，泥鳅乖乖地进去了！

米儿这几个"学生伢子"在一旁见习，看了大受启发！兴冲冲地一试，果然百发百中，少有失手！有泥巴在中间隔着，抓泥鳅也不滑了……几个孩子也快乐地参加进来，心甘情愿帮他们一起抓泥鳅。

田野上，大大小小一群人拉开距离搜寻着，专拣肥大的泥鳅下手。不一会儿工夫，鱼篓就满了，沉甸甸的足有十多斤。

米儿四人心里高兴，想要分些泥鳅给孩子们。孩子们连连摆手后退："不要不要！我们屋里多得是，吃不完。你们明天还来不来呀？"

华华和花蛇正在兴头上，满口答道："来！来！明天早点出来，我们都把鱼篓装得满满的！"

孩子们欢喜地叫喊着，提着鱼篓兴高采烈地跑了。

一进门，米儿把鱼篓往地上一放，四人兴奋地叫嚷着晚上要吃泥鳅。幺妈亲自示范,大家忙了好一阵子,才把泥鳅杀完。

到晚饭时,桌上就多了一大盆香喷喷的辣酱焖泥鳅。段师傅几杯酒下肚,又开始讲故事……

温暖的春风吹开了桃花,吹绿了田野。风里带着嫩草和泥土的清香,钻进人的心里,麻酥酥的……

"庄稼一枝花,全靠肥当家。"这个季节,正是积春肥准备育秧的时节。天气晴朗的上午,随着春风,河面上吹来了砍青肥的船队。

安静了一冬的五岔河,这时渐渐热闹起来。连日里,河面上漂满了大大小小的木船,船上坐着手持镰刀的妇女们。

虽然她们来自不同的大队,但多少都沾点亲,带点故,或亲戚,或熟人。船一靠近,便叽叽喳喳、大呼小叫地互打招呼,热情洋溢地互致问候,相互打听家里的情况。过了一个年,竟像久别重逢的亲人,人人脸上笑嘻嘻的。河面上热闹而又喧哗,好像水上庙会似的。

农村妇女整个冬天闷在家里转锅台,人都快发霉了,这几天才是她们最自由快乐的日子!大队的干部也很有人情味儿,给她们记着工分,放她们出来透透气,晒晒太阳,干多干少并不在乎。

她们坐在船上,顺着五岔河漂流而下。一路上嬉笑着,高一声低一声地聊天,吃着农家自制的零食,在春光下纳鞋底,补衣裳……

同时也没忘了自己的任务,眼睛不时观察着两岸,一发现青草,眼睛都绿了!木船缓缓靠岸,船老大稳住了船,嘴里发出一声呼哨。妇女们扔下针线活,抓起镰刀,像蝗虫一样涌向河岸、荒地和田边。

所到之处，绿草让镰刀刮得一干二净，转眼间露出了地皮；树叶被捋得精光，小树只剩下光秃秃的枝干，幽怨地指着天空……

这里的地皮刮绝了种，又爬上船顺水漂浮，换个地方继续斩草除根。有胆大脸皮厚的，常常趁人不备，跑到别人的田里去砍种植的青肥。

这时节，每个大队都派出了砍青的妇女，都在河上漂，免不了越过地界去，你砍我的，我砍你的。为了防止别人砍自己田里种的青肥，各队又派出看青的人去田里看守。

派去看青的人大都是年轻男性，往往跟这些砍青的人也拐弯抹角地沾亲带故。来的又都是妇女，一年难得见上一面，也实在拉不下脸来，便只好做做样子，驱赶一下了事。

如果看青的人不识时务，认起真来不让砍，那就该他倒霉了！一堆妇女便会拥上来纠缠住他，百般刁难，万般阻挠。免不了扯衣服、揪耳朵、蒙眼睛，嘻嘻哈哈揭他的短，打情骂俏……同时又使眼色，让自己的同伙快点去砍！

这些妇女在家里，无一不是低眉顺眼的好媳妇、好妻子。只是整个冬天在家待得太久，心都快压成一张肉饼了！现在好不容易解放出来，姐妹们合了群，都想放心大胆地乐一乐！

在这种情况下，看青人只好睁一眼闭一眼，多少让她们砍点去。反正自家也有妇女在外面砍别人的，跟女人不好计较……何必太认真？

在这样明媚的春光里，在这样和煦的春风吹拂下，在这样不冷不热的野外，往往使这种不咸不淡的砍青积肥劳动，变得比春游活动还要热闹，还要丰富多彩，还要充满人情味儿……

— 44 —

第二章

让人久久不能忘怀！

又去抓了几次泥鳅，每次都满载而归，吃了几次以后，大家便都厌了。幺妈是个会过日子的女人，她把抓回来的泥鳅宰杀洗净，用盐一腌，摊在竹帘上晒成鱼干，积了满满一大筐收藏起来，说给米儿他们留着。

文龙队长渐渐忙起来，队里很多农活等着他去安排，感觉人手有点不够，便安排米儿四人去看青，把队里几个正劳力换回来。这几块田较远，中午回不来，吃晚饭时文龙嘱咐母亲，明天早上多准备些饭菜给他们带上。

文龙的想法是好的。这些学生伢子还太小，农村活还不会做，三个人也抵不上一个社员，不能把他们当正劳力使用。

再说人家十几岁就离开父母，来到我们这艰苦的穷地方，不说别的，走个路都难！不像城里的大马路那么平坦。如果有个头疼脑热的，亲人又不在身边，孤孤单单够可怜的。都是人生父母养的，谁家没有孩子？凡是轻松简单的农活，就尽量让给他们。

看青不需要技术，也不费力，正好适合他们干，总比一个赶麻雀的稻草人强吧？还可以腾出社员来干其他的农活。这叫人尽其才，物尽其用……能做出这样合理的安排，文龙觉得自己不愧是个人才！

谁知米儿四人不领情。吃饭时华华说："大嫂和二嫂说了，来砍青的都是女的！"

花蛇听了这话，也觉得这事不能马虎，便乜斜着眼对文龙道："这种馊主意都想得出来，还说自己是个人才呢！"

见他们四个人一副认真的样子，文龙一家笑得东倒西歪，

— 45 —

前仰后合……

段师傅"嘿嘿"地笑着,解释道:"这个主意是我给文龙出的。这几天,砍青的把我们田里的蓼子和油菜砍去不少,你们明天去看就晓得了。队里派去看青的人,都跟她们沾亲带故,又不好太认真……"

段师傅举起茶壶喝口茶,开始为他们打气壮胆了,说:"你们就不同了,你们是省城里来的人呀!跟她们既不沾亲也不带故,她们不敢对你们动手动脚的。想来想去,也只有你们,才能管好那几块田。你们这叫作将军临危受命,镇守边疆!责任很重……"段师傅今天喝多了点,嘴巴又开始打滑。

但米儿几人都很崇拜段师傅,听他说这是"临危受命,镇守边疆",是别人干不了的,非他们不可!便有了一种使命感和责任感,并不认为他这是"嘴巴打滑"。这迷魂汤一灌下去,果然几人飘飘然起来,各自欣然领命!

米儿看守的这块田紧挨五岔河,跟三队的田相毗邻,中间只隔一条田界,两边种的同样是一大片红花蓼子。蓼子是中稻的主要青肥,要到四月下旬开花后才能收割。眼下才一尺多高,还没开花。

朝阳下,蓼子满眼青翠碧绿,一尘不染,正处在旺盛的成长期,连风里也带着蓼子散发出的清香。这生机勃勃的景象,这清香新鲜的空气,令人倍感清爽,不觉精神一振!

米儿把饭罐子和书包往田头一放,像主人似的背着手,开始认真视察自己的领地。

他发现靠近岸边的蓼子被人砍去不少,整片密实的蓼子田被砍得残缺不全,留下东一块,西一块的窟窿,像原本整齐的牙齿被人打掉了几颗，让人看了很不舒服。

他又爬上河堤，想看看远处的情况。这时的太阳有点儿晃眼，他用手遮住阳光，向四下眺望起来。

目光扫过与三队相邻的区域时，忽然发现田界上孤零零地坐着一个花衣少女，逆光的薄雾中，远远地只能看到一个娇小苗条的背影。

他深感诧异，大清早的，露水都没干，一个人坐在这里干什么？砍青的人不会来得这么早，更不会单独行动呀！难道也是来看青的？可那穿着打扮，也不像农村姑娘呀！

米儿很想搞明白，她到底是什么人。但他心里又有点儿紧张和害怕——不会是妖精吧？清冷的早晨，四周静得瘆人，连虫鸣都没一声。一望无际的田野上笼罩着薄雾，看什么都不真切，平添了几分神秘和紧张的气氛！除了孤单的自己和这个同样孤单的人以外，再没有半个人影……

米儿下了河堤，壮着胆子悄悄走过去。越走越近，渐渐看清了姑娘背后两条漂亮的长辫子，认出了辫子上的蝴蝶发夹，有机玻璃在阳光下闪闪发亮……他知道这是谁了！

"王娟——"他大叫一声，高兴地跑过去！

王娟正低头看书，看一会儿，就抬起头朝远处望一眼。她听见背后有动静，正要回头，忽然听见有人叫她，她一转身站起来，看见米儿迎面向她跑来！

"田米！你——"王娟喜出望外，惊喜地喊道。她跨过田界向米儿跑去……

跑了几步，忽然又停住，扭身便往回走。走到刚才坐过的地方，又坐下来，拿背对着米儿。

米儿跑过来，转到她面前，说："王娟，真的是你啊，你怎么在这里?"

王娟转过身,不理他。

"你也是来看青的吧?我们田里的蓼子被人砍去了不少,你们的呢?"

王娟还是不理,假装在翻书。

米儿叉着腰喘气,问道:"看的什么书啊,这么厚一本?"

王娟把书一合,把封面给他看,还是不开口。

"艳阳天!好看好看,你看完了借我看看……"见王娟不理他,忽然又说:"刚才远远看到一个女的坐在这里,孤零零的,我还以为遇到女妖精了,差点儿把我吓死……"

王娟笑出了声:"你才是妖精!"这一笑泄了气,紧绷的脸由阴转晴,秀美灵气的眼睛里含着笑,看着米儿。

米儿讪笑着说:"开什么玩笑!我是男的,哪有男妖精。"他本来想说,女的才是妖精。一想不对,打击面太大。又想说妖精都是女的,一想又不对,跟前面意思差不多,还是把王娟带进去了。

"那你就是妖怪!不长脑子的牛魔王、猪八戒!"王娟嘴快,立刻接了上去。

米儿听糊涂了,心想牛魔王确是妖怪,可是猪八戒以前是天蓬元帅,后来跟着唐僧去西天取经,应该算是神仙!不过这中间他好像也当过妖怪的,忘记叫什么了……

王娟见他低头不语,以为他生气了,后悔自己刚才语气太重,比喻失当。于是弯下腰来,歪着脑袋看着米儿的脸,笑着说:"算了算了,我跟你开玩笑,还真生气了呀?"

"我知道,没什么……"米儿被她看得有点儿不好意思,扭头朝河面看去。河面上的雾气比田野里浓重一些,看不了太远。

第二章

观察了一阵,米儿说:"王娟你看,今天有雾,敌人——不,砍青的人会不会利用大雾作掩护,来偷砍我们的蓼子呀?"他联想到诸葛亮"草船借箭"的故事,故事中也是有水,有雾,有船这三个作案条件。

"什么敌人,什么掩护?电影看多了吧,大惊小怪!你这一说,吓死人的……"王娟嘴巴上这样讲,心里其实更害怕,赶紧踮起脚向河面望去。河面上静悄悄的,一点动静也没有。

讲完这几句,两个人又没话可讲了,都沉默着。

过了一会儿,王娟开口问道:"曾抗美他们几个呢?"

"哦……麻杆呀,他们也去看青了,一人一个地方,都不在一起。我被派到这块田里……"米儿朝身后指了指,"你们呢?怎么就你一个人来了?"

"夏雨欣在帮忙打扫仓库。本来队里派我和由春桃来看青,但她今天请假了。"

"刚来就请假,这是为什么呀?"米儿随口问道。

王娟脸一红,忸忸怩怩变得口吃起来:"不为什么……她,她,她那个了……"

米儿看她那样子,觉得奇怪:"她哪个了?"

生活中有时就是这样,本来一句话,一件平常的事,跟自己毫不相干,听者可听可不听,或者根本没兴趣听。但讲的人一旦在你面前欲言又止,吞吞吐吐,听者忽然感觉神秘和好奇,似乎跟自己很有关,便非得一问到底不可。就像作家写小说时,为了勾引读者往下看,总喜欢设置悬念一样。而读者没有不上钩的。

王娟的脸越发红了,脚尖不停地踢地上一个凸起的小土包,低着头说:"她的,她的……大姨妈来了……"

这件事，小女孩儿实在难以启齿，面前站的可是同班的男生，她还不懂该怎样表达。如果采用医学上通常的称谓，却又说不出口。想说"例假"，又怕米儿听不懂。只好借用女生群体中通用的戏称，不知他能不能听懂？

米儿果然还是不懂！他一脸惊讶道："啊——她大姨妈从武汉来看她了？她有几个姨妈？几时来的呀？走的时候，能不能给我带封信回去？"这一连串的发问，在王娟看来，驴唇不对马嘴，就像盲人端着一挺机关枪，没头没脑乱射一气。

王娟看他一本正经的样子，想得还挺美！笑得差点儿闭过气去，辫梢都快挨着地了！弯腰摆手说："可以……可以！你慢慢等吧，我会告诉她的！"

米儿真不明白，这话有什么好笑的！不就带封信么，一件小事，行就行，不行就拉倒！女生真是不可思议，跟她们讲话真没意思，浪费时间！不过她的笑声倒像泉水滴石一样清脆悦耳，受其感染，米儿也莫名其妙地陪着她"呵呵"傻笑。

薄雾渐渐散去，田野变得清晰起来，两人朝河面望去。忽然发现远处出现了几条船，上面坐了些人，正朝这边漂来……二人都有些紧张，不由自主地回头望望身后的田野——那边还好，没有动静。

两个人紧盯着那几条船，心里想着如何应对他们。船越来越近，每条船上都有一个男人站在船头，拿着长长的竹篙，一下一下地往这边撑。船上的妇女们大声地说，响亮地笑，闹哄哄地来到跟前。几条船果然相继靠岸，都不走了。几个妇女手上拿着镰刀，跳下船就往岸上爬。

王娟把背着的书包移到胸前，抓得紧紧的，往米儿身边靠了靠。米儿把铁锨插在土里，身子斜倚在锨把上，装出一副吊儿郎当的样子，嘴里吹着口哨，不朝她们看，想借此来掩饰内心的紧张。

这几个妇女抬头一看，见是两个生人！又朝田里看了一眼，没看到熟人，神色有点诧异。便冲他们喊道："喂，三货呢？今天怎么没来呀？"

"咦？还有二宝呢，二宝哪去了？怎么没看到他的人啊？"

米儿盯着她们手里明晃晃的镰刀，冷冰冰地说："什么大宝二宝，我们不认得！"

王娟碰了碰米儿，低声说："认得，大宝的弟弟叫二宝，是我们队的。昨天就是他在这里……"

"那你们，你们是干什么的呀？"妇女们疑惑地问。

"我们是看青的，请你们不要下田砍我们的蓼子！"米儿指指身后的田，口气强硬地说。

"嘿，小小年龄口气不小嘛！你多大了呀？"一个眉眼俊俏的年轻妇女笑眯眯地问。

"还能多大？胎毛都没掉，头上还顶着鸡蛋壳子呢！"另一个年龄大点儿的妇女，头上包块花毛巾，抢着替米儿答道。

"喂，听口音，你们是汉口的吧？"船上的妇女问。其他妇女也开始好奇地打量他们两个。

米儿和王娟不想理她们，想跟她们保持一定距离，心里也踏实些，免得惹火上身。

妇女们嘻嘻哈哈，七嘴八舌地拿他们开涮了："喂，你们是汉口下来的知识青年吧？我们队里也有几个呢，你们认不认得呀？"

"嘻嘻嘻，你们快点儿看哟，那个男伢儿好油滑！比我们队里那几个汉口伢油滑些！啧啧……"一个妇女用镰刀指着米儿叫大家快看,嘴里不停地发出赞叹!她这一叫,妇女们都朝米儿看过去。

"油滑"是当地土话,形容男人长得帅气精神。"标致"是形容女人漂亮好看。米儿和王娟能听懂。

"真的!好机灵的样子,眉清目秀的,像个女伢儿!脸皮好白净,是中国美男子呢!嘻嘻嘻嘻,讲真话,越看越欢喜……"一个妇女把手里纳的鞋底子遮住太阳,痴痴地细看米儿,像发现个宝贝似的,恨不能一把掳过去,放在船上带回家。

"你那么喜欢,就把你屋里幺姑娘许给他,招他做上门女婿,你就可以天天看啦!"果然,一个妇女酸溜溜地说。

这个妇女脸红了,用手里的鞋底子拍她一下,道:"莫瞎讲,我哪有那样的福气哟!人家大城市来的,哪里肯做我的上门女婿?下辈子都莫想……"她不无遗憾地说。

几条船上的妇女,大胆地饱览米儿,眼神各种各样,都带着喜爱。

王娟想看看米儿是不是很"油滑",便偷偷瞟了他一眼,随即捂着嘴巴偷笑。见没人关注自己,心里似乎又有点失望……

米儿感觉脸皮在发烧,恨不能寻个地缝钻进去躲一躲!虽然难堪至极,却又不好发作,因为人家并没讲自己的坏话呀。只好任她们议论,感觉自己就像站在百货公司的玻璃橱窗里,像模特似的,任凭外面的路人评头论足,干瞪眼而毫无办法。

"哎——你们看你们看,他旁边那个小女伢子好标致哦!那两条辫子真好看……"眼看米儿身上的笑料快榨干了,妇女们又转移目标来逗王娟,所有人的目光,又集中到她身上。米儿长长舒了口气。

"当真是啊!一双眼睛水汪汪的像葡萄,就像会说话一样!

好有灵气，好让人疼爱哟……你们仔细看哈，比《红灯记》里头的李铁梅还标致些！唉，城里女伢子就是好看！今天眼睛算是开了洋荤……"一个妇女指着王娟一边惊叹一边摇头，表示从没见过这么美的。

米儿听了，也情不自禁地看一眼身边的王娟。王娟低着头，一张俏美的脸窘得通红，两手不停地将书包盖子的边角卷来卷去。阳光下，春风里，曼妙的身材楚楚动人，令人怜惜不已。米儿的心，忽然重重跳了一下！

"我的妈呀，看她的头发哟！乌黑发亮，辫子这么粗！乖乖，哪里见过这么好的头发呀……喂，女伢子，你用什么洗的头呀？"一个穿红花褂子的女人叫道。

船上响起一片哄笑声！

"说的什么话嘛，也不怕人笑话！洗头当然是用水啦，还能用墨汁洗呀？"一个妇女说。

"你说些鬼话，好头发哪里是洗出来的，明明天生的嘛，是他爹妈的头发好！是不是啊，女伢子？"一个妇女不同意好头发是洗出来的，便找王娟求证。

王娟不答，侧过身去。

有位妇女替她答了："差不多！常听人说，姑娘踏爹的代，儿子踏妈的代。她爹的头发肯定蛮好！"这妇女用遗传基因学作证明，表示同意这观点。

"你们快看呀！这女伢子的皮肤白白净净，都快嫩出水来了！啧啧啧……真是个小美人！城里人的命就是好……"这个妇女羡慕王娟的同时，也替自己惋惜命不好，没有生在城里。

"她的爹妈也真是的，怎么下得狠心呀，把这么标致的女伢子搁到农村来……要是我，打死我也舍不得！"一个妇女疼惜王娟，批评她爹妈太心狠。

"知识青年上山下乡，这是上面的政策，又由不得你呢。你说不来就不来呀？"一个妇女站起来，拍拍屁股上的灰，接着她的话说。

"你看他们穿的衣服，好洋气！只怕是机器缝的吧？"又一个妇女盯着王娟身上的花衣服，眯起眼睛仔细看。

"喂，你们看呀！他们两个站一块儿，天生的一对，好有夫妻相啊！啧啧啧，越看越般配！喂——你们拿八字订婚没？"一个妇女指着王娟和米儿叫道，立刻引起几船人的哄笑⋯⋯

满满几船女人你一句我一句，指手画脚，在河面上放纵地调笑着，欢闹着。

不过，面对一男一女两个腼腆的学生伢，除了夸奖和羡慕外，倒也没有什么过分的言语和举动。

几个划船的男人，把竹篙插在水里稳着船，一人点一支又长又粗的土制烟炮，噙在了嘴巴里。一边吸，一边望着米儿和王娟，也不多言多语，只是憨憨地傻笑⋯⋯

米儿和王娟感觉他们并没有恶意，原先下船的几个妇女，也回到船上去了，心里稍微轻松一点，只盼望他们快点离开。

闹了好半天，看看日头到了头顶。又见他们两个不接话茬，一副油盐不进、不谙风情的样子。

一个船老大轻描淡写地说："好了够了，天也不早了，我们到别处去看看吧⋯⋯"

几条船相继拔篙离岸，向下游划去。妇女们在船上坐好了，又频频回过头来，不停地朝米儿他们观望。说着，笑着，叹息着，渐渐远去⋯⋯

第三章

王娟的父亲王大木，原是解放军某野战军的一位军长。20世纪50年代初，313—四刚成立时，奉命调入这家准军事单位，正军职担任了副院长，是米儿父亲的上级。

王娟在家是老大，下面只有一个弟弟叫王冬。王娟自幼与米儿、麻杆和华华同住在一个家属大院，从小学到初中都是同班，并且同在一个学习小组。因王家房子大，小组学习就在她家。

王娟家条件比较好，一座二层的法式小洋楼，王娟一家住在楼上。组织上给她家配了秘书、警卫员、司机和厨师等勤杂人员，这些人都住在楼下。小楼被四周高大的法国梧桐树遮掩住，除了冬季，一年有三季处于浓荫之中，见不到太阳，光线并不太好。

王娟的父亲高大挺拔，粗犷威严。脸上的线条像刀劈斧砍出来似的，板着脸不苟言笑，浑身上下军人气质很浓。上班下班，进进出出，一起住了十几年的邻居，很少看到他有笑容，他也从不主动与人打招呼，因此得罪了很多同事和邻居。大家敬他，怕他，但不喜欢他，背后便都叫他"军阀"。

可是米儿却很喜欢他。几个小伙伴每次去他家复习功课，他都满面笑容弯下腰来，和气地打招呼，叫他们"小同学，小调皮"。摸一摸这个的头，刮一下那个的鼻子，夸奖鼓励几句，然后才进房间去看文件。

他在家里也有一间办公室。办公桌上总是放着两部电话机，一部是黑色的，一部是红色的。这部红色电话，除了他本人以外，任何人都不能摸，不能碰。

王娟偷偷告诉米儿，这部红色电话是专线，直通上面高级首长。没有重要事情和紧急情况，平时爸爸也不用。有一次，弟弟摘下来拿在手上玩，被爸爸狠狠地揍了一顿。为了这事，妈妈还跟爸爸吵过架……

跟她父亲恰恰相反，王娟的母亲漂亮秀气，端庄娴雅。是一位有气质、有品位的知识女性。平时穿戴文雅得体，是典型的江南女子形象。因为生的美，很多人形容她很像电影演员上官云珠。

她的娘家曾是苏州的名门望族，她年轻时也曾留学欧洲，精通德语和法语，以前当过翻译。后随丈夫一起调入现在的单位，在米儿就读的子弟学校任校长。她说话的声音特别柔和动听，待人和气而真诚，与同事和邻居相处不错。

除性格不同以外，无论身材、长相、还是声音，王娟都极像她的母亲。

可是天有不测风云，父亲忽然遭到革职，被押往北方的一座农场劳动去了。

母亲也被解除了校长职务，在学校接受监督改造。一家人被"扫地出门"，黯然搬出了那栋小洋楼，住进了汽车间阴暗的平房里。从此，便很难再见到王娟。

汽车间离米儿的家不远，按说应该不难见面。可是有一年，米儿他们竟有大半年没见过王娟。有人说，她和弟弟去了苏州

第三章

外公外婆家,以后是否还回来,谁也说不准。

一年后,正是该上初中二年级的时候。八月下旬,王娟突然回来了,穿着白色镶花边的小连衣裙。路上遇见米儿他们,她也不理,低着头只管走路。问她怎么了,还是不理,头也不抬匆匆而过。米儿等人百思不得其解。此后初中两年里,互相再也没有讲过一句话。

如果说,两年里"再也没有讲过一句话",其实也不尽然。初二下学期,华华的父母忽然也被革职查办……

此后,王娟见到华华就讲话,见了其他人还是不讲话。米儿和花蛇、麻杆他们一头雾水,不明白为什么。华华也不明白这是怎么回事,还以为王娟对他有意思,心里暗自窃喜。但还是跟她保持一定距离,以防闲话上身。

这时期,少男少女的自尊心正在萌芽,性格开始变得敏感多疑。面对这种状态,互相便都采取"你不理我,我也不想理你"的态度,双方互不理睬,形同路人。

王娟就是在这样的背景下下乡来的。公社对这一类有家庭问题的知识青年管教很严,政治待遇不能与普通知识青年等同。

王娟人长得很漂亮,性格活泼率真。不但能歌善舞,还懂几样乐器,口琴吹得很好。她出生于高干家庭,所以从小学到初中都备受关注,是当之无愧的班花、校花。

下乡自由编组时,她首先想到了米儿这几个童年的伙伴,觉得他们值得信赖,和他们在一起最有安全感。但两年多不讲话,知道米儿肯定恨她。她很清楚这是为什么,所以不敢当面开口,只好通过华华去表达她的意思。谁知到了米儿这里,真的吃了个闭门羹!

因为不是一个组,分配时不一定能在一起。发榜时一看,才知道被分到了幸福大队……对这件事,王娟和几个女生一直耿耿于怀,发誓再也不理他们了。

没想到人算不如天算。毕癞子在公社这么一闹,强队长大手一挥,竟鬼使神差地又把她们从幸福要到翻身来,无意间又和米儿他们聚在一起了。王娟她们意外地高兴!事后都说,这真是天意……

然而她们并不知道,正是这天意,正是这偶然的阴差阳错,竟然彻底改变了她们的人生轨迹和命运……

假如没有这偶然的阴差阳错,他们的命运和结局又将会是什么样子?假如时光倒流,允许重新再活一遍,他们又会如何选择?可惜这一切都只是假设!

偶然的改变,有时会导致必然的结果。谁都没想到,后来发生的一连串奇怪的事情,简直令人不可思议!

王娟她们这五个女生,到了翻身大队以后,就被一分为二。在强队长的高压下,二队勉强接受两个:李月和谭素琴。谭素琴和王娟等人本来同班,但不同组,是当初强队长在公社随手一指,指过来的。另外三人,王娟、夏雨欣和由春桃硬塞给了三队。五个人虽然分成了两队,但是距离很近,中间只隔一条五岔河,来往也方便,只是吃住和劳动不在一起。

三队原有一间简陋的木工房,坐落在五岔河边,紧挨渡口。由于是公产,又是水路要道,便也成了理想的宣传阵地。四面砖墙上用石灰水刷满了标语口号:

"庄稼一枝花,全靠肥当家。"

"一头猪就是一座小型化肥厂!"

"一定要消灭血吸虫病!"

"忙时吃干，闲时吃稀，平时半干半稀。"

还有几条浅色的繁体字标语：

"红军路过我家乡，穷苦百姓喜洋洋！"

四面墙就像一部历史文献，内容几乎囊括了各个时期，字体多种多样，新旧不一。就书法艺术的欣赏价值而言，倒也颇有些看头。有些老旧的标语被风雨和岁月所侵蚀，浅淡而模糊，内容不详……这更证明了这间房子的历史悠久，文化底蕴的博大精深。

队长派了几个社员，把里面的积年杂物扔出去，把地面上的二十多个老鼠洞堵住，四处洒扫一遍后，又寻了几张社员家里闲置的旧木床，把稻草往上面一铺，就算是王娟她们落户的"幸福之家"了。

重新安一个家，哪有那么简单！初来乍到，人生地不熟，什么都没有。头几天，便天天去找队长："队长，开水都没有，锅呢？灶呢？米呢？水缸呢？队长，水桶呢？桌子呢？板凳呢？煤油灯呢……"

队长肖本松，一个出了名的"笑面虎"。门牙右侧镶颗金牙，一笑金光灿灿的。这几个女学生分到他的队里，他本来就满肚子牢骚，因怕被撤职，只好接受。可是当着王娟她们的面，他又不得罪人，嘻嘻一笑，金牙灿烂辉煌，耐心地解释，反复地表示同情，谦虚地表示能力有限，又假装出一脸无奈相，绕来绕去，就是不想解决。

他的老婆，进进出出给他使眼色，暗示要开饭了。见几个女生还不肯走，他心神不定起来，话也渐渐地不投机，心不在焉地答非所问。末了，又劝她们去找强队长。王娟她们虽然也空着肚子，但并不想吃他的饭，便识趣地退了出来。

强队长脾气暴躁是出了名的,王娟她们有点儿害怕,谁也不敢去找他。不去又不行,这些困难就摆在眼前,拖也拖不过去。怎么办呢?几个人回来商量了半天,也没有结果。

忽然,其中一个说要上厕所了。这一说,提醒了大家,都说早就憋不住了!三个人急忙跑出去找厕所。

大家一看,这哪像厕所呀!距离大门口五六步远的路边,用棉梗和树枝围了一圈齐腰高的篱笆,朝向田野那面留了一个进出的口,既无遮掩视线的门,也无遮风避雨的顶。人站在里面露出大半截身子,路人看得明明白白。篱笆上尽是大大小小的缝隙和窟窿,如果有人路过,随便看上一眼,那里面的人就毫无隐私可言了……

这种厕所,只是个摆设,仅仅表示"在此方便"这个意思。这里家家户户的厕所都是一个样,没有区别。

当地人上厕所,有老祖宗传下来的一套程序:快走近时必先用力咳嗽一声,知会里面的人"我来了!"如果里面有人,也必定回一声咳嗽,警告来者"快走开!"如果收不到回音,须再咳一声加以确认,确认无误后,方可进入……不分男女老少,人人无师自通,天生就会这一套。

三个花枝招展的女学生,站在那里你看我,我看你,犹豫着,裹足不前……

内急这种事,有时不去想它,往往还能坚持几分钟。如果展开去想,便会联想到厕所,想象到那种一泻无余的痛快和轻松,此时浊气加速下沉,就一刻也等不及了!但偏偏没有厕所时,那就尴尬了……这时候,厕所就会变得特别重要,记忆中厕所的气味也会变得格外亲切!这时才能深刻体会到,人的吃喝拉撒四件事,每一件都是头等大事。此刻的人生目标,变得非常清晰而简单——找厕所。

当时的三人又急又慌,跑遍全村,总算找了一处房子背后,稍微僻静一点的厕所。王娟抢先钻进去,另外二人站在外面放哨,嘴里不断地催她:"快点快点……"

进去一看,王娟差点儿吐出来!里面到处粪水横流,和雨水混在一起,把地面泡得稀烂浮肿,无处下脚。粪缸早已被装满,堆得像财主家的粮囤,溜尖溜尖的。一蹲下去,就能顶到屁股。浓烈的屎尿味直冲鼻孔,辣人眼睛!缸沿上那条窄窄的薄木板,一踏上去忽忽悠悠,像运动员跳水用的跳板。想要站稳,还得通晓力学原理!

这充足的肥料不言自明,光顾这间厕所的客人不会少,生意大不用愁。事到临头,王娟也顾不得了,捂紧鼻子,闭上眼,忍受酷刑似的,三下两下卸了货赶紧跑出来,站得远远的,做深呼吸。

如此这般,几个人依次进去又出来,总算都轻松了。往回走的时候,一路上谈着体会和感受。这次居然难得地英雄所见略同!一致认为,当务之急,就是要挖一个像模像样的厕所出来!这才是头等大事,其他都是次要的……

经过反复争取,在强队长的督促下,生活用品总算凑齐,都是社员家里匀出来的陈年旧物。只有那盏煤油灯是新买的,还配了两个灯罩。玻璃制成的煤油灯十分精致。球形的腹部,浮雕两只大公鸡。大公鸡昂首挺胸,嘴尖向天张开,正在高歌社会主义好。

煤油灯一亮,立刻给这间陋室带来了光明和温暖,屋里也有了生机!人一动,墙上巨大的影子也跟着一动。大家都没用过油灯,一时觉得新鲜,便围灯而坐,趴在桌子上盯着细看。

太阳雨

三个人六只眼睛,都被灯光照得明亮而透彻。你一句我一句,在灯下说说笑笑……似乎这灯光照亮了前途,点燃了新生活的希望,心理上暂时也感到一些安全……

眼看着河面上砍青的船渐渐远去,转过河弯不见了。雾也不知何时消散殆尽,田野里明亮清晰起来,满眼都是鲜绿的色彩!又是一个晴朗的春日……

米儿和王娟长长地舒了一口气,心情也轻松起来。两人互看一眼,王娟突然掩了嘴,仰面哈哈大笑,继而又弯下腰,笑得直不起来!

米儿转身正要走下河堤,听见笑声回过头,不解地望着王娟,说:"咦,你怎么了?什么事这好笑?"

王娟用书包捂着肚子,笑得说不出话来,连连摇手道:"没有,没有……"

"没有,那你笑什么?刚才看你那样子,吓得连话都不敢讲……"

"你还说我!我就是笑你刚才,你看你刚才……"

"我刚才怎么了,好像表现还可以吧?"

"你忘了?刚才差点儿让人家抓去,当了上门女婿!我看你的脸,红得像煮熟的螃蟹壳,我猜你心里肯定很想跟她去——没猜错吧?"王娟以手掩嘴,望着米儿笑个不停,两只漂亮的眼睛弯成了一对月牙儿。

这时米儿的脸,真的像煮熟的蟹壳,通红通红的……他急忙分辩道:"莫瞎说好不好,我又不认识她家的幺姑娘,那怎么可能呢!绝不可能!"

王娟见他认真起来,也不笑了,低着头轻声说:"不认识不要紧呀,你上船跟她回去,见一见不就认识了吗,说不定还是个七仙女呢!"说完瞟了米儿一眼,又想笑。

米儿不愿谈这尴尬事。赶紧转移话题,道:"笑够了吧,我们不谈这事了。我正要问你呢,队里给你们安排得怎么样了?你们习惯不?还有什么困难?需要我们帮助的,你只管开口。"

王娟不笑了。想了想,用白描的手法简要介绍一遍情况,重点讲了上厕所的困难和尴尬。末了说:"其他的困难都好说,就是这里的厕所,实在无法忍受。我们商量了,决定自己动手挖一个像模像样的厕所出来!过两天春桃身体恢复了,我们就动手……"

米儿赞同道:"我们那里的厕所也一样,恶心死了!挖厕所的事你们不用管,我们请两天假,四个人一起过来,不用一天就能完成!然后再给李月她们也挖一个,上面再搭个顶棚,下雨也不怕了。"米儿一副大包大揽的样子。

谁知王娟却说:"不要不要,我们人够了!"说着,一屁股坐在草地上,刚才脸上的笑容忽然不知去向,噘着嘴巴,低头使劲扯身边的枯草。

米儿一愣,突然想起下乡之前编组的时候,王娟她们想加入自己的组,自己就是用这句话拒绝她们的。准是华华把原话告诉她了!她还记在心里,如今又原话奉还。

正如大多数这种年龄的少年一样,米儿还是一条头上顶着花,身上带着刺的生黄瓜苞子,离成熟还远着呢,又像一块棱角锋利的石头,要想成为圆滑的鹅卵石,还需要足够的时间和经历去翻滚打磨。

自己的一片好意,王娟不但不领情,竟然哪壶不开提哪壶,当面找后账给人难堪!米儿也发飙了:"不要就不要!我走了!"

说完转身就走。

"你回来——"王娟悲声喊道,由于激愤,声音里带着颤抖和哽咽。

米儿被这声音震住了!不觉又走回来,看着她。王娟的眼睫毛湿湿的,好像哭过,本来清澈明亮的眼睛变得黯淡起来,眼神里带着哀伤……

米儿忽然想到她的家世和她的父母,想到她眼下无依无靠的处境,这些年心里不知藏有多少伤痛和无奈!想到这些,刚才心里的冰块瞬间融化成水……她那令人震撼的喊声和哀伤的眼神,深深地刻在了米儿的心里,几十年后都无法忘却!

王娟站起身来,看着米儿柔声说:"男子汉大丈夫,说话要算数的。自己说过的话,就一定要办到。你看后天——不,明天我们都去请假,后天早上我们一起动手干,行不行呀?"

"行!没问题!"米儿使劲点点头,果断地回答。此刻他忽然觉得自己长大了,长成了一个大男人!王娟一鼓励,不知身上哪来的一股力量,这股力量直往上拱,拱得他眼眶发热,拱得他敢去赴汤蹈火,万死不辞!

"今天回去我就跟麻杆他们讲,同时跟队长请假。明天叫华华画个草图,后天我们四个人带工具过来。这事包在我们身上,保证给你们建造一个漂亮安全、文明卫生的厕所出来!"米儿拍着胸脯,像在接受一项光荣的任务,并把未来几天的工作都计划好了。

王娟被感动了,眼睛又明亮活泼起来。长长的睫毛下碎芒滢滢,一闪一闪的,说不清是喜还是悲……

果然不到一天,一座理想中的漂亮厕所就落成了。厕所设

第三章

计合理，牢固安全，考虑周到，功能十分完备。这图纸是华华花了一天的时间设计，又认真修改才定稿的，建造者完全按照图纸的要求，一丝不苟地施工，质量堪称一流！是这群孩子有生以来，干得最成功的一件大事。

厕所坐落在屋后的小树林里，距离后门七八步，占地六平方米。厕所的土墙用黏湿的泥膏反复夯实筑成，厚达四十厘米，高一米八，里外刮削平整。四角以两米多高的树干为柱，撑起一个宽大的顶棚，顶上盖一尺厚的茅草，苫结得牢固而整齐。为了便于通风，顶棚与土墙之间留有一尺多高的空间不做封闭，外观有点儿像个带墙的亭子。

华华叫麻杆站在外面试了试。个头一米八的麻杆，踮起脚来看了看，说看不到里面。

"质量完全合格，通过！"华华满意地说。

厕所的里面，特意垫高了地面，为了方便用水冲洗，又特制一条深一尺、宽九寸的木制槽沟嵌进土里，前端与地面平齐。木槽大坡度向下倾斜，直通墙外埋入地下的一口大缸。

为防异味涌入，沟槽的出水口专门设计了一道灵巧的活门。只要槽沟内有污水下来，轻轻一碰，铁皮活门自动撞开，污水通过后，"啪嗒"一声迅速复位，封闭得严丝合缝。这套排水系统很像抽水马桶，用水冲洗后，厕所内再不会有异味。

为了安全和雅观起见，他们给外面的大缸做了一个结实的缸盖。

厕所门是用旧木板制成的，美观而结实，关上门以后，还可以从里面把门插牢。他们做了一块木牌，请段师傅用毛笔写上"有人"二字。遒劲的隶体字笔画厚重，尤其"人"字收笔时的捺脚，像一把大砍刀。挂在门外，足以吓退不速之客。

为方便晚上使用，王娟还认真地在土墙上挖出一个拱形壁龛，里面放一盏小油灯。角落放着水桶和扫帚，厕所旁边就是河，用水极为方便。说它是个完美的厕所，也毫不过分。

"新开的茅厕三天香"，此话不假。一走进去，就能闻到茅草、木头和新土散发出的清香。墙体坚固厚重，地面平整结实，空气新鲜，通风好，人在里面把门一门，立刻让人感到放心踏实。大家都说，这比城里的公共厕所还要舒适、别致得多。

"又漂亮又卫生，名不虚传的文明厕所！"夏雨欣快活地评价道。

大家夸她有水平，评价非常恰当，高度概括了大家心里的意思！

夏雨欣看大家都在夸自己，红着脸有点难为情，便说："那，我们给它起个名字，就叫文明厕所吧？"

大家说，"厕所"前面加上"文明"二字，这名字够档次，再没有比这更好的了，就叫文明厕所！

华华前前后后审视一番，说："下面是河流，周围是小树林，林子里有个四角亭，亭子里是高级卫生间，空气新鲜，环境优美……文明厕所，名副其实！"

宽敞明亮的厕所里，九个少男少女和赶来帮忙的文龙，十个人"欢聚一厕"，为亲手建造的文明厕所而骄傲，人人心里都有一种成就感！

女生们尤其兴奋和感动，摸了又摸，心里的满足和幸福挂在脸上，人人笑逐颜开……

幸福其实很简单，它是一种体验，是一种感觉，这感觉只有体验过才知道。此刻在他们眼里，亲手改变和创造才是最大的幸福！

第三章

　　王娟的眼睛里闪着快乐的光芒，满怀深情地对大家说："谢谢许江华的完美设计！感谢大家的关心和帮助！以后，再也不用为这事发愁了……"说着说着，眼泪又上来了。另外几个女生见了，也因这些日子的委屈和无奈，突然鼻子发酸，急忙捂住嘴巴，泪水在眼眶里打转。夏雨欣和由春桃忍不住了，赶紧把头别转过去。

　　麻杆和花蛇赶紧劝道："好了好了，都别哭了，问题解决了，应该高兴！明天我们就去给李月她们挖厕所！"

　　文龙看着眼前这一切，深受感动，说："讲得好！都莫哭了，以后你们有什么难处，尽管来找我。我解决不了的，就替你们去找肖本松！另外，我家还有一口旧缸，明天你们抬过去，给二队的女生也挖一个文明厕所！"

　　三天以后，河两岸出现了两座一模一样的文明厕所，像一对孪生姊妹，很快引起了社员们的关注和兴趣。

　　最先感兴趣的，是一些大姑娘和小媳妇。她们不光来看，还要亲身体验体验。插上了门，蹲在里面就不想出来，一边"方便"，一边哼歌，觉得用这样的厕所真是一种全新的感觉。事毕，担心厕所的主人不高兴，下回不让用，便讨好似的自觉清理，冲洗完又去提水，感觉新鲜极了。

　　前来厕所送肥的人越来越多，女人们宁愿多走一段路，多转一道弯，也要来这里行个"方便"。

　　渐渐地，一些年轻的小伙子也跑过来，把牌子一翻，门一插，慢吞吞地蹲在里面，一边方便一边吸烟，久久不肯出来。

　　由于供求关系不平衡，这种新式厕所不够用了。年轻人用过后，再也不愿进自家的老式厕所。那些大姑娘小媳妇，回去也闹着要改造厕所。

男人们被缠不过,跑过来里里外外仔细看一遍,不得不在心里竖起大拇指:这茅厕确实好用!材料不缺,遍地都是,又不费多少工。自家的茅厕确实又脏又臭又不严密,家里女人们的那点隐私,都被外人看了去……怪不得她们都来这里!再不改造茅厕,不说别的,连自家的肥料都保不住了!

人们的习惯思维由来已久,根深蒂固。其实许多习惯很容易改变,也不乏有人想过。但没有人带头,想法归想法,现实终归还是老样子。没有比较,也就没有优劣之分,就这么固守着,越来越麻木,越来越僵化,一混就是若干年。

现在,王娟她们的新式厕所就摆在那里,随便参观,随便试用,又文明又卫生,其优点和好处自不必言,可以自己去感觉——人活着,不就是活个感觉吗?

王娟她们的厕所,渐渐受到大家的喜爱,有些社员坐不住了。

首先动起来的是五队队长文龙家。文龙有事不在,段师傅和小儿子文虎,加上米儿和王娟的小组一起动手。由于驾轻就熟,不到一天的工夫,第三座一模一样的文明厕所诞生了。顺手又把旧厕所彻底填平,里外清清爽爽,干干净净……

幺妈和金凤、水莲喜笑颜开的,在伙房里忙进忙出,做了满满一桌好菜,要留大家吃饭。

二队、三队和五队开了头,新式厕所越建越多。一队和四队的社员,特别是年轻人看了眼红,也跟风而动,纷纷动手改造自家厕所,像刮起一阵旋风似的。不到一个月,翻身大队家家户户用上了新式厕所,以前的老厕所被彻底填埋,成为历史。

第三章

　　这件本来不起眼的小事,使干部群众的观念有了转变,也开始对知青们刮目相看,对他们提出的建议和意见,也渐渐重视起来。

　　一个多月的变化太大了!谁都没想到,一个被逼无奈的举动,竟产生了如此大的影响,无意中改变了当地多年来的一个陋习!

　　米儿深有感触,叉着腰说:"说起来就像做梦!看来困难和艰苦,有时并非是坏事。反而能激发我们开动脑筋,去创造,去改变!让坏事变成好事……"

　　王娟别提多高兴了!眼睛四处一看,见墙上挂着一个竹编斗笠,跑过去摘下来戴在了头上。斗笠下,现出她一张灵动秀气的脸来,望着大家眨眼巧笑!这不土不洋的打扮,活像一个神气十足的渔家姑娘!

　　她一挺胸脯,竖起大拇指,模仿电影里首长的派头,拿腔拿调地说:"同志们——干得漂亮!部队首长打电话来嘉奖我们,特别特别嘉奖你们五队!这是我们为老乡做的第一件好事,希望不是唯一!以后嘛,以后……"

　　李月把王娟的斗笠抢过来,扣在自己头上,用手指着大家转了半圈,怪腔怪调地说:"以后你们,要多做好事,多给老乡扫院子、挑水!不拿群众一针一线,不许偷老乡的鸡蛋……"

　　大家大笑起来,乱成一团,伸手去抢李月的斗笠!李月赶紧蹲下去,双手死死捂住头,吓得尖声大叫起来……

　　此时此刻,这群城里下来的少男少女,无忧无虑地笑着闹着尖叫着,谁会相信没有未来呢?

第四章

渡口边一棵歪斜的老桃树,不知何年何月为何人所种,也许根本就无人种,只是路人随手丢弃的一枚桃核,便在王娟她们屋旁生根发芽,长成大树。寒来暑往,年复一年,孤独地守候在渡口边,似乎在等待什么。

眼下这棵老桃树,经过一冬的休眠,早已攒足了劲头,在春气的召唤下彻底苏醒过来。

这几天,花开得正好!拇指大的花骨朵和怒放的红花,争先恐后,一簇簇挤满了枝条,挤得绿芽躲躲闪闪,不敢出来抢风头……

这渡口有个很好听的名字,叫作"桃花渡"。中午收工回来,王娟她们端着碗跑出门,一边吃饭,一边欣赏桃花。

"桃花流水鳜鱼肥——"看着眼前的桃花,看着眼前的河流和渡口,王娟心有所感,脱口而出。可惜只想起这一句,怎么也想不起下句来,更不知道作者是谁。她望着身边的夏雨欣,眼睛瞪得大大的,嘴里忘记了嚼饭,脑子里努力寻觅诗的影子。

夏雨欣端着碗,使劲咽下一口炒饭,用筷子指指点点地说:"这是唐代诗人张志和写的《渔歌子》。这首诗很长,你背的是第二句,也是名句。我还记得上句是'西塞山前白鹭飞'。后面的我也记不全了……"

第四章

一会儿，王娟忽然发现新大陆似的，一惊一乍道："哎，雨欣！唐朝那姓张的说白鹭飞，我们这里不就是白鹭湖吗？田里不是到处都有白鹭吗？眼前不正是桃花和流水吗？是不是写的我们这里呀？"

听她这样一说，雨欣这一惊非同小可！莫非一千多年前的那个张老先生来过这里，就是看了这里的景物才诗兴大发吗？

她向四周环顾一遍，疑惑地说："像，确实太像了！除了没有山以外，一切都吻合！不过，诗人描写的也不一定是我们这里吧？你看，这里没有边塞，也没有山，好像描写的是北方，那边才有山……"

王娟一脸不在乎的样子，说："这不要紧！我帮他改一改——"歪着脑袋想了一会儿，念道："渡口红霞白鹭飞，桃花流水鳜鱼肥！怎么样？"说着得意地把身子一挺，脑袋一歪，望着雨欣和由春桃嘻嘻地笑。

雨欣口里念一遍，看一下河流、渡口和桃花，又联想到早晚的红霞，在心里细细品味起来……忽然瞪大了眼睛，赞不绝口："嗯，改得好！既有静也有动，还有色彩对比！渡口是有水的，有水才会有白鹭，才会有桃花，才会有流水和鳜鱼。这才是美丽的鱼米之乡！你比唐代的张老先生写得好多了！他这第一句里面，又是边塞又是山，就是没有水。没有水哪来的白鹭啊？没有水，哪来第二句的水乡景物啊，对吧？"

对于这首诗产生的背景，雨欣并没仔细推敲过，也是一知半解，只是根据字面的意思去推测。但她的现场点评和解释，却增添了许多趣味和美感。大家宁可相信，王娟比张志和写得更好！

由春桃端着碗听得入了迷！面对眼前的美景，两只黑黑的大眼睛,像两颗乌亮的枇杷核浸在梦里,久久捞不出来……

听了雨欣的点评,似乎一下子醒悟过来,她惊奇地说:"你们一描述,好像把我带入了人间仙境,我们都快成仙女了!能与如此的美景做伴,真是值得庆幸……别说安家落户了,就是将来埋在这里都值得!"说着,动情地亲了亲面前的桃花。桃花映红了她的脸,脸上带着春风,春风吹开了笑靥,笑靥里满是感动……

二人见她如此陶醉的模样,也不由地笑了!都说,还是春桃有格调,有品位,这联想好美!好浪漫!

三个十六岁的美少女,青春照人地站在春风里,你一句,我一句,围着满树桃花叽叽喳喳,又说又笑……活脱脱一幅画家笔下的"三美赏花图"!

吃过午饭,几个人又接着去泡种。泡种很简单,一看就会——将一筐一筐的稻种倾倒在船舱里,顺手舀河水浸泡。一天后泡肿胀了,放到温室去催芽。

所谓温室,就是在室外用塑料薄膜搭的帐篷。公社派来的技术员,在里面垒了两口土灶,支起两口大铁锅,日夜不停地烧水加温。温室的顶棚上,聚积着大滴大滴的水蒸气,人在里面站上一会儿,就闷热得发晕,头发和衣服湿漉漉的。

王娟她们从没见过催芽育种,一有空就跑去看。社员们也是第一次见到如此育种,都围在温室的四周袖手旁观,冷嘲热讽,脸上挂着反感和讥笑。

原来,这里种水稻只种中稻这一季,历来如此。从今年开始改为三季:早稻、中稻和晚稻。上级说这是先进经验,可有效利用土地增产增收,要求全面推广。

第四章

对此，社员们颇有微词：

"水稻一年三熟，在广东海南那边还可以。我们这里气候不行，只种得一季。如果种三季，早稻和晚稻都要冻死！"

"人没增多，田没减少，一季变成三季，就这点人手搞不搞得赢？"

"以前五月底才插秧，现在三月底就插，早了两个月。水都冰冷的，不把人冻病才怪！"

技术员往火炉里加把柴，直起腰来，一脸苦笑望着大家。表示这真不是我搞的，我也是没得办法……

技术员奉命行事，却代人受过，确实有点冤枉。不过，他也不想替自己辩护而得罪大家，只好不作声。他下来支农，每顿好吃好喝，都有专人款待的。他想先忍一忍，再吃几天好的，等种子出了芽，就拍屁股走人，管他什么三季稻一季稻。

社员们其实也厚道。吃，我们不少你的。话，我们还是要说的。你们那个上级，我们又不认识，不找你说找谁说？

正在发牢骚，大队党支部书记杜得宝过来了。大家一看，立刻散去。这些天来，他都在逐队检查早稻育种的落实情况，刚才跑了几个小队，听了满耳朵牢骚话，到处怨声载道。他也是农民出身，种三季稻心里也感到不切实际。但他是支部书记，文件要靠他去传达和落实，他不得不硬着头皮，一个队一个队去做工作。今年改种三季稻，他的压力格外大。

杜得宝除了工作压力之外，自家还有一大堆糟心的事。他的妻子春节期间又给他喜添一丁，加上原有的五个儿子，一共是"六小龄童"了，竟无一个"千金"……

令他又惊又喜的是，这六个孩子全是长脸小眯眼，跟他一模一样，像从一个模子里倒出来的，没有一个不像他。他对妻子既放心又满意,将孩子视如珍宝。

这六个孩子,一个个像猢狲转世,顽皮异常,天天在家里爬上跳下,大闹天宫。孩子都是每隔两年生一个,不早不晚,非常准时。最大的才十二岁,都只能吃不能干。孩子们年龄虽不大,饭量却不小!一路吃下来,都快把家里吃破产了……

他这妻子,由于孩子生得太多,操心劳累少营养,体质弱不禁风,长年病恹恹的,不能参加生产,只能在家照顾孩子。全家的生活,全靠他那一点工分,日子过得紧巴巴的。

这还不算,屋漏偏遭连夜雨。刚一开春,家里的大黄狗就下了六只小黄狗和一只小花狗。大黄狗还在"坐月子",要吃没吃,要喝没喝,奶水也不够,小狗仔们饿得"嗷嗷"直叫唤。每次一进家门,大小八只狗十六只眼睛,一起眼巴巴地望着他。书记心善,知道"天地之大德曰生"的道理。那十六只眼睛,看得他心里直发毛……

杜书记是土生土长的本地人,从小到大祖宗三代,社员们对他家知根知底,很看不起他,背后都叫他"舍宝",意思是不着调的"二百五"。

他有个毛病,好喝酒爱吃肉。哪个社员家里来了客人或者过生日、孩子满月,他闻着香就过去了。大多数社员见他来了,心虽厌之,但又不好得罪,只能心里宽慰自己道:"只当多双筷子吧!"违心地请他坐上席。他嘻嘻笑着,虚应几句客套话,便当仁不让地坐下去。

全大队几百户人家,他有时还吃不过来,就专挑油水大的去。所以他很少回去吃,省了家里不少饭。谁都知道他家孩子多,生活困难,有些好心的社员,还在他吃饱喝足出门时,不忘了用荷叶包点熟食,给他塞在兜里。

第四章

但大家依然不喜欢他,很多事情表面上给他面子,背后却并不买账,他这个书记当得很辛苦。

杜书记身后背着斗笠,手里拿个小本子,里面夹一支钢笔,皱着眉头钻进温室。东看看西看看,抓起一把稻种,对技术员说:"温度好像低了点吧?"

技术员赶紧拿温度表给他看:"不低,刚好28摄氏度。"

里面太热,他急忙退了出来。这几天为了三季稻,他也受了不少气,不管走到哪里,到处都是牢骚话,遭了不少冷脸。社员们不待见他,他也不好意思去社员家里吃喝了,这时还饿着肚子。走着走着,来到了家门口。

大禹治水,忙得"三过家门而不入"。杜书记不是大禹,也不治水,他只想回去搞点吃的。

一进家门,六小龄童——不,第六个不算——五小龄童一见父亲归来,立刻一拥而上,几个小的揪住衣服,乱叫乱嚷往他身上攀爬。两个大的翻他的衣兜,他无奈地站在中间,活像一幅"五子登科图"。

横卧着的大黄狗眼睛一亮,腿一蹬,迅速翻身站起来,跑到他跟前撒欢摇尾巴。七只毛茸茸的小狗也蹒跚着,踉踉跄跄跟过来,一起仰着脸看他。

以往他回家,兜里总会有几颗熟鸡蛋,一包咸肉灌肠之类的熟食,今天却什么都没有。孩子们失望地噘起嘴,抡起拳头打他的腰。大儿子手重,横着一拳打到要害处,打得书记弯下腰去。他更烦了,一脚踢在大黄狗的肚子上。大黄狗躲避不及,"嗷"的一声惨叫!回身时撞翻了几只小黄狗,赶紧爬起来跑到几步开外,看着主人。小狗们一堆绒球似的翻身站起来,摇摇晃晃也跟过去,依偎在母亲身边。

书记妻子脸色蜡黄,额上缠块毛巾,怀里抱着襁褓从内屋出来,关切地问他:"怎么回来了?吃饭没?"

书记一脸沮丧:"吃个鬼呀,到处都对我发牢骚,我去哪里吃!"

妻子唠唠叨叨:"你这是为哪桩起,好好的搞什么三季稻,把人都得罪光了……"

书记什么都好,就只一样,肚子饿急了就上火。他把脸一板,骂道:"妇道婆娘,你懂什么!这是上面要搞的,怪我吗?"

婆娘怕书记,一家大小八张嘴,还有大小八只狗,吃喝全靠他一人。没有他,天就塌了。

书记瞪了婆娘一眼:"还不快去搞饭来吃!"

婆娘听到书记的命令,这才醒过神来,嘴里"哦"了一声,郑重地把手里的襁褓托付给他。书记皱着眉头,像白帝城刘备托孤似的,庄重地接过来,抱在怀里。

婆娘拉一拉身上的衣裳,转身去了。伙房里响起刷锅切菜的声音。

王娟这一届的知青,说起来有点倒霉。下乡步行走了六百多里不说,一来就碰上了三季稻,劳动强度相当以往的两三倍!

可他们似乎并不关心,因为他们对农活还没有体验,不知道轻重。

天刚蒙蒙亮,星星还没有退去,队长肖本松肩上扛着锹子,在外面边走边喊:"出工了!出工了!"

王娟她们赶紧爬起来,抓起衣服就往身上穿。

穿鞋时,雨欣说:"咦,袜子呢?我的袜子呢?"床上床下找了个遍,都没有。

第四章

这时春桃也叫起来:"哎呀,我怎么只有一只?还有一只袜子呢?"

找了一阵没找到,两人都狐疑地望着王娟。那样子,好像王娟就是偷袜子的那个人似的。

王娟的一双花尼龙袜子好好的没有丢失,她赶紧穿好站起来,说:"快点快点,一双袜子鬼要,中午回来再找!"

那两个不甘心,又四处看了一遍,没发现袜子,只好穿上鞋跑出门去。

几个人快步向秧田赶去。晨光中,秧田里人影绰绰,小路上还有社员不断地往这边赶来。她们几个站在田埂上看着,妇女们将裤腿卷过膝盖,赤脚踩在烂泥里弯腰铲秧。男人们在旁边等着,积满一担就挑到大田里去。

秧田里,秧苗嫩嫩的,绿绿的,细细的,只有两三寸高,牙签似的挤得密密匝匝,平整得像一块绿色的绒毯。

王娟几人什么都没带,空手站在那里看,觉得挺新鲜。正看着,队长过来了。

"还不错嘛,都按时来了!你们不熟,先看看再说,等一下去大田里插秧。"队长表扬她们说。

"队长,我们还空着肚子呢!几时吃早饭?"王娟问道,她以为社员们都是吃了早饭来的。

"搞完了再回去吃!"队长回答。

雨欣和春桃同时问道:"啊?搞完了是几时,那不到中午了?"

"等太阳升起来,爬高了再去吃!"

"爬高了?爬几高啊?牙都还没刷……"春桃望着队长,嘴里嘀咕道。

队长也说不清具体多高，用手指了指村头那棵大树："太阳爬到那棵树尖上，再去吃饭。"

大家顺着他的手指一看，这棵树就是全队最高的那棵，树梢上还有两个黑黑的喜鹊窝。太阳要爬上这树梢，那也快到正午了。几人一看，不约而同地"啊"了一声，顿时泄了气。

王娟仰起脑袋，望着那棵树说："队长，你能不能指一棵矮点的树啊？偏偏要挑最高的那棵……"

挑秧的和铲秧的社员们一听，全都笑了起来！知道队长是在故意逗她们，几个女伢子却当真了。

队长也笑了，嘴里那颗金牙在晨曦中，一闪一闪地发亮。

王娟几人有点儿不好意思，赶紧脱鞋卷裤腿。

大田面积辽阔，已经整理出几大块。为了养田，头两天就预先放了水浸泡着，等待插秧。五六只白鹭正缩着脖子，单腿站在水田里发呆……见有人走近，懒洋洋地贴着水面低飞几下，换个地方又落下来，不太怕人。

远处还有好几条耕牛正在犁地，为第二批泡田养田做准备。

大田里已经有人下水插秧了。队长在田埂上跑来跑去巡视，嘴里大声吆喝道："合理密植，三五株、四五寸！大队要来检查的，不合格的全部返工！"

一个妇女直起腰来，手里捏着秧苗，不解地问道："什么三五株、四五寸呀？"

队长说："你看你，开大会时，你的耳朵长哪去了？"

妇女望着他，笑道："耳朵都长你头上啦，我们都没有耳朵，就是你有……"

正在插秧的男社员觉得有趣，都笑道："我们耳朵都长他头

第四章

上了,那本松的头就像一堆木耳了,很好看呢……"

又一个社员看看队长,也打趣道:"本松的头,又不是一块烂木头,哪能长出木耳呢。顶多生七个虫子眼,用来出哈气!"

大家七嘴八舌,说队长的脑壳里进了虫子,里面拱满了蛆,不信打开看看……

队长又好气又好笑,摆摆手道:"算了算了,我再说一遍,三五株就是:每一蔸秧不少于三株,不多于五株。四五寸就是:间距四寸,行距五寸,合理密植。你们注意把握这个标准!"

一个社员边插秧,边嘀咕道:"这才好笑吧,我插了半辈子秧,听都没听说过!难道插秧还带把尺来量啊?"

又一个社员说:"木来插得整整齐齐,稀泥巴一涌,秧又歪了。这怎么办?也该我返工啊?"

队长道:"你小心点儿嘛,秧歪了你不晓得再扶正啊,没长手吗?"

"手倒是长了呀,像这样搞事慢吞吞的,哪能放得开手脚嘛,一天也插不完一分田。完不成任务,你不能扣我们工分啊……"社员们七嘴八舌,一边插秧一边抱怨。

王娟几人提着鞋,裤腿卷得高高地站在田埂上。现在正是春寒料峭的阴历二月底,清晨的田野里寒气逼人!望望脚下的水田,水面上还结了一层薄冰,一个个冻得发抖,不免犹豫起来。

几个插秧的妇女直起腰来,远远看着她们,低声议论道:"看那几个女伢子的腿子,又白又嫩!"

"就是说啰,看她们的两只手,嫩得跟茭白芯子一样,都能掐出水来!怎么像搞事的样子……"

"这细皮嫩肉的,经得起几下搞啊,恐怕吃不消!唉,吃了大亏！"

听到这里，三人对望一眼，春桃鼓起勇气第一个下水。另外两人也前仆后继地跳下去。三个人"八女投江"似的互相挽着手。

刚一下去，田里的泥水"呼"地没过了膝盖，三人吓得失声尖叫！赶紧把棉裤往上提，已经湿了一大片……

三人互相搀扶着，低着头紧张地盯着水面。深深的烂泥下面是硬底子，又溜又滑，十个脚趾在里面抠得紧紧的，不敢松开。两条腿试探着，深一脚，浅一脚，往前跋涉。一块块的碎冰，玻璃碴子似的随波荡漾，碰到细嫩的大腿，竟像刀片在割！三人冻得咬牙切齿！

刚才那几位妇女见她们下了水，热情地向她们招手道："这边来，这边来，不要怕！慢一点，一步一步走稳，多走几回就习惯了！"

听到鼓励，三人向她们投去感激的目光，胆子似乎也壮了些。

来到跟前，见她们黑眼睛里带着惊恐，睫毛上挂着泪花，怯生生地站着一声不响。妇女们心生恻隐，便连声安慰道："不怕不怕，跟着我们，过几天就好了！刚才你们听到了，三五株、四五寸的意思，你们看——"回身用手指指自己插的秧："这样就行了！没那么难的，你们试试！"说着把手上的秧苗递给她们。

王娟三个人，每人接过两块长满秧苗的泥片，宝贝似的小心捧在手上，眼睛瞪得大大地盯着看，生怕碰坏了……

妇女告诉她们，这叫"戳秧"，用手分秧时，要连根上的泥土一起掰下来，栽进田里。这"戳秧"也是今年才搞的新名堂，以后栽中稻和晚稻，就不是"莳秧"，而是"扯秧"了。

一开始不习惯，几个人像绣花似的，仔细数五根秧苗，小心地连土一起撕下来摁进泥里。一看不够整齐，又拔出来，挪来挪去的，半天也栽不了一行。好在队长并没有给她们规定任务，只是先跟着学习。

一天下来，渐渐熟悉了，速度也快起来。这一天总算熬过去了。天黑收工时，跟着社员们去河里洗手洗脚。洗净了一看，十根手指被水泡得死白发皱，像腐烂了似的。两条腿冻得又红又肿，手摸上去没有知觉，麻木得不会走路了。赶紧放下裤腿，两腿立刻温暖起来。竟然有一种前所未有的幸福感！

雨欣的大腿被冷风一吹，起了风湿疙瘩，痒得心里毛焦火辣。刚挠了这里，那里又有了，越挠越多，越挠越大。渐渐地连成一片，高高地肿起。吓得她连忙问王娟和春桃："你们有没有？"

王娟和春桃摸了摸自己的腿，庆幸地说："还好，没有呢！"

三个人腰酸背痛腿发麻，一个个抽了筋似的浑身发软。王娟和春桃挺着身子，双手掐着腰，哼哼唧唧的，在前面一摇一晃地走。雨欣跟在后面，一边走一边不停地弯了腰，隔着裤子挠大腿……

一进门，大家赶紧爬上床，拉过被子，连头带脸裹得紧紧的。三张床上，忽然像结了三个大蚕茧，一动也不动。

本来只想休息一下，把身子焐暖了，再起来做晚饭。谁知躺下去便再也不想起来，不知不觉沉沉地睡过去。

不知睡了多久，几只大老鼠在屋里打起架来，"吱吱"的声音响成一片！一只老鼠似乎被什么咬住了，拼命挣扎，发出凄厉的"吱——吱——吱——"的叫声!又有几只老鼠在快速地跑动,脚步声在芦席上"嚓嚓嚓"地骤响!跑动中撞翻了桌上一只搪瓷茶缸,"咣当"一声,摔到地上……

几个人都被惊醒了,屋子里一片漆黑,谁也不敢动一下,蒙着头躲在被子里,听着外面的吵闹声,汗毛直竖!

两只大老鼠一前一后追逐着,路过雨欣的被子。前面一只老鼠隔着被子从她头顶跑过去,后面一只老鼠跑到她的腰间突然不动了,站起身,两只前爪在脸上胡乱抹了几下,忽然前爪停下来,作侧耳倾听状。似乎感到被子下有人,闪电般地跳下去,一溜烟地逃走了!

雨欣躲在被子里屏住呼吸,一动也不敢动,真实地感受着老鼠压在身上,神经绷得紧紧的……

一只野猫伏在屋脊上叫春,长一声短一声地号叫不止,像婴儿在夜哭!屋里的老鼠忽然一起停止了响动,鸦雀无声,安静得能听见蚂蚁打喷嚏……

几个人躲在被子里紧张地听着,正要松口气。突然,慌乱的脚步声疾风骤雨般响起,顿时乱成一片,似乎有上百只老鼠在同时奔跑!片刻后,动静俱灭,一切重归平静。

又过了一阵,还是没有响动。春桃躲在被子里使劲地把床端了几下,又听了一会儿,确信老鼠们都走了,这才小心地探出头来。在枕边摸出手电,一摁电门,一道雪亮的光柱射了出去。光柱朝王娟和雨欣的床上扫了扫,见她们还蜷着身子蒙着头……

春桃下床点着了煤油灯,屋里一片光明,便道:"都起来吧,肚子造反啦!"

王娟探出一点脑袋,问:"几点了?"

第四章

　　春桃觉得好笑，说："你睡糊涂了吧，钟都没有，谁知道几点了？"

　　王娟没作声，又把头缩了回去。

　　雨欣露出半个脸，说："天哪……我都要疯了！这屋里到底有几多老鼠啊？"

　　王娟坐起身，披着头发怔怔地说："我也快崩溃了！这不行，要想办法弄只猫来养。不然要得'神经官僚症'……"

　　雨欣一听笑了，说："哪有'神经官僚症'，是神经官能症！"

　　几个人睡意全消，这时才听到肚子咕咕叫，便爬起来做饭。

　　春桃去伙房里刷锅点火。雨欣打着手电和王娟去河里淘米。刚一开门，远处的一只狗听到动静，歇斯底里地一阵狂吠，叫得上气不接下气，接着是变了调的干号。紧接着，所有的狗都跟着叫起来，狂吠声响成一片！村子里家家户户黑灯瞎火，除了狗叫声，原野上万籁俱寂。夜深了。

　　河边寒气逼人。脚下这块跳板，是上世纪五十年代"围湖造田"时挖出来的一块棺材盖板。长年累月泡在水里，滑溜溜的，又厚又重，边缘长满绿苔和小螺蛳，村里人淘米、洗菜、洗衣全都靠它。

　　王娟端着筲箕，小心地蹲在湿滑的跳板上淘米。雨欣拿手电给她照着亮，一只手抓着她的衣服，以防她跌落河里。

　　手电光中，白色的淘米水云霓般在河里扩散开来，一团一团的像牛奶。无数的小鱼从四面八方冲过来抢食，银白色的肚皮在水里一闪一闪，看得人眼花缭乱！闹得水面沸沸腾腾，像开了锅似的……

　　前段日子初来乍到，什么都没备齐，队里安排她们暂时吃

"派饭",几十户社员,每家轮派一天,天天吃现成的。现在田里一忙,社员们自顾不暇,她们的好日子也就到了头,只好自己回来另起炉灶。

王娟和雨欣在家里从来没有做过饭,也不关心饭菜是怎么做熟的,端上桌就吃,从没想过有朝一日还要自己动手做饭。两个人淘米回来就空手站在那里,不知道下面该干什么。

春桃开始派工,说:"王娟烧灶,雨欣缠把子,我负责锅里!"

春桃在家里是做过饭的,可用的是煤球炉子。用这样烧草的大锅大灶,还是第一次,心里也没底。大家七手八脚忙活起来,不一会儿,伙房里浓烟滚滚,像失了火。呛得一把鼻涕一把泪,熏得几个人像老鼠似的赶紧跑出来,弯着腰不停地咳嗽。

有史以来,本地烧饭取暖全靠草,以前是芦苇和荒草,现在主要是稻草。木柴,没有,湖里根本就不长树。煤炭,无人见过,只听说是黑的。现在这里成了水稻产区,稻谷卖给了国家,稻草国家不要,正好分给社员当柴烧。家家户户门前的稻草垛,便堆得像座小山。

松散的稻草不好烧,丢进灶膛,虚火一窜就完了,一点都不熬火。必须缠成一个个紧密结实的草把子,用火叉送入灶膛,稍微悬空一点点,待完全烧成一个火球后,再把火叉抽出……

王娟哪里懂这一套!塞一大堆进去,就不管了,没有明火只有浓烟。手忙脚乱了好半天,总算煮成了一锅下糊上烂中间硬的夹生饭。

伙房里只有原配的一锅一灶,那口锅大得像个洗澡盆。春桃只好把饭盛在淘米用的筲箕里,再去炒菜。

"菜呢?"春桃问道。

第四章

王娟赶紧转身去找。昨天社员路过门口，有人给了她们几个带泥的小萝卜，王娟随手扔在伙房的泥地上。应该还在那里。

她打着手电一照，地上没有萝卜！心想，好像是放在这里呀，怎么会不在了？她不甘心，又到处照。家里除了这几个萝卜，一片菜叶都没有，还指望它下饭呢！

左照右照，在水缸背后的角落里，发现了一堆残渣碎末。她用手电照着，喊大家过来看。

春桃和雨欣过去一看，原本鸡蛋大的几个小萝卜，被老鼠吃得只剩一堆碎皮和几条须根，横七竖八的陈尸地上，旁边几堆鼠粪。

王娟捂着嘴，笑道："这生萝卜，它们也不怕辣呀，这是怎么吃下去的？"

雨欣也觉得有趣，说："这算好的，你没看到我的一块肥皂，被它们吃掉一大半，上面满是牙齿印子！肥皂都敢吃，别说萝卜了……"

"难怪呢！我看见窗台上有几堆白色的老鼠屎。有一些还是空的，像透明的气囊，风一吹，动来动去的，像小气球……"春桃这一描述，大家更笑得合不拢嘴。

王娟发挥想象，推测道："那些空的，可能是从肠子里面吹出来的肥皂泡泡……"

雨欣说："恶心，恶心！莫讲了，赶紧吃饭吧，吃完睡觉。"

三人把上面的烂饭和下面的煳锅巴，每人装了半碗，放了一点盐水，搅和搅和吃下去。这顿说不清是晚餐还是早餐的"饭"，就算混过去了。

吹了灯后，看见窗外晨光微曦，赶紧钻进被子。迷迷糊糊刚要睡着，外面队长又大声喊："出工了！出工了！"

春桃嘟嘟囔囔道:"又催魂了!"

由春桃家里六女一子,她排行第五。上面四个姐姐,下有一妹和一弟。四个姐姐分别取名:梅、兰、荷、菊。四季名花都用完了,到她这里只好用水果:她叫桃,妹妹叫杏。收尾的是个弟弟,叫松。取松之长青、挺拔不倒之意。

建国初期,连年的战争过后,使中国人口只剩四亿多,新生的政权又面临威胁,正需要兵源加强国防,国内的建设也需要大量的劳动力。为了补充人口,国家鼓励多生多育,各地都评出了一些生育十几个孩子的"英雄妈妈",给予公开表扬和物质奖励。有些地方为了鼓励多生,还出台了相关政策:凡两胎以上,每多生一胎,奖励三块钱和一小块红布。

春桃的父母一直想要男孩,可是胎胎都是女孩,便心有不甘,发誓不生个男孩决不收兵。接二连三地生了"六朵金花"之后,祖坟上冒了青烟,终于老天开眼,第七胎是个男孩!愿望实现,生育戛然而止……

春桃家旺女不旺男。这六个女儿如六朵鲜花,个个亭亭玉立,人人漂亮出众,街坊邻居,无不羡慕夸奖!唯独这个宝贝儿子不争气,生得又短又肥,猥琐不堪,且蛮横无理,令街坊邻居们讨厌。

由于家里的女儿太多,春桃也跟姐姐妹妹一样,从小到大,在父母心里不值钱。买菜、扫地、洗尿片,家务事样样都要学着做,像个无偿的佣人。这样的家庭环境,使春桃和姐姐们一样,变得勤劳而懂事……

春桃她们听到队长喊出工,穿好衣服,带着肚子里的那半碗饭,又赶去大田插秧。

一周下来，几个人插秧的速度大有提高。春桃的十个手指灵敏协调，左手分出秧来，右手一揪，顺势往下一落，一蔸秧就直直地立在水中，不歪不斜，整整齐齐。这一连串的动作快如闪电，瞬间完成，让人看不清细节，只看到右手一抬一落这两个动作，手法干净利索！

队长巡查走过来，站在田埂上看得入迷，嘴里连连喝彩道："好身手！好手法！栽得好快……"

几个栽秧的妇女停下手里的活，也围过来看。有人拔了几蔸秧，拿在手上数，每蔸秧不多不少，正好四株。要求是三到五株，春桃取了一个中间数。她们又张开拇指和食指，量了量间距和行距，基本达标。

妇女们由衷地佩服起来："真的是又快又好，这女伢子，都超过我们了！"

春桃听人夸奖，心里美滋滋的，头也不抬，动作越来越快，秧苗像雨点似的落入田里，转眼就栽了一大片。

王娟和雨欣动作稍慢一些，落在春桃后面。见大家都在夸春桃，没人夸她们，不免失望，心里酸溜溜的……

王娟把秧一丢，直起酸痛的身子，两手掐腰，蹚着泥水一步一步地走到田埂上，仰面朝天把腰担在田埂上拗。过了一会儿，雨欣也扔下手里的秧，掐着腰过来了。两人并肩躺在田埂上拗腰，脸上带着痛苦的表情，互相看看，又望望天空。天上，一片乌云正在慢慢地向这边移动。

队长站在田埂上，望着脚下的她们，明知故问道："怎么搞的，你们两个？"

王娟闭着眼，扭过头不想理他。

雨欣斜他一眼说："腰快断了……"

队长一听笑了,接着她的话说:"蛤蟆无颈,细伢无腰。十几岁有什么腰?眼下这点活算什么?到双抢时天气又热,又要抢收,还要抢种,都是弯腰的活。现在就腰疼,到那时怎么办……"

"怎么办——凉拌!"王娟本来不想理他,后来听他说"蛤蟆无颈",细细一想,青蛙确实没有脖子!蹲在地上就像个三角形的剪刀……脖子呢?不知眼睛后面那一段算不算脖子,似乎又不太像……不禁"咯咯"地笑起来,又用袖子遮住朝天的眼睛。花袖子下面,红红的嘴唇衬着雪白干净的牙齿,一边笑,一边顶了他一句。

队长一听,心里想:这个丫头,刁钻古怪!我说个怎么办,她就接个凉拌!以后少惹她……又一想,这几个女伢子确实聪明能干,看她们修的厕所,一点都不含糊,还真像那么回事!连我们都要跟她们学。现在插秧,也成了一把好手……想到这里,脸上堆满笑容,说:"也不消怕,到时候再说。人嘛,总是要活下去的是不是?你们先歇一下吧!"又对春桃喊道:"小由,你也上来休息一下……"说完转身走了。

春桃答应一声,丢下手里的秧走过来,也在王娟旁边把腰担在田埂上拗。三个花衣少女躺在田埂上,沐浴着春风和阳光,鲜亮而生动,像田野里初放的三朵小花……

第二天,队长给她们下任务了:每人每天栽三分田。当天,三个人早早就完成了任务。

第三天,队长又增加任务:每人每天栽五分田,三人合计一亩半,并且强调合理密植。三个人栽到天黑,大田里的社员们都走光了,又栽了好一会儿,才勉强栽完。

三人的腰疼了一夜,在床上翻来覆去,哼哼唧唧的。

第四章

第四天早上,队长跑过来一检查,完全合格,并没有偷工减料。又增加任务:每人每天栽七分田,三人合计二亩一分。

几个人手上提着鞋还没下田,一听这话,面面相觑……

王娟首先不干了。她把鞋往田埂上一扔,一屁股坐下去,说:"队长,你从哪里学来的,天天这样往上加,没完没了的。看我们爹妈不在,就这样欺负人!哪有你这样当领导的!"

春桃抱怨道:"这样重的任务,这么艰苦的生活,铁人也扛不住呀!昨天夜里我们干到很晚才干完,腰疼了一夜。收工回去还要做饭,生产队的骡子也不能这么用……"

雨欣不满地说:"队长,我们吃也没得吃,觉也睡不好,天天盐水拌饭,夜夜听老鼠闹。你回去有现成的,根本不关心别人!天天加任务,哪个吃得消啊?"

队长一脸惊讶,道:"啊,盐拌饭?我听社员说,不是给你们萝卜了吗?"

不提这事则已,这一提,几个人忍不住又气又笑起来:"那四个小萝卜,还没鸡蛋大,已经一个多星期了,能吃一辈子啊?"

"几个小萝卜头,还不够老鼠吃的……哪里轮得到我们!"

"队长,你的记性真好呀,还记得那几个小萝卜头!可惜呀,我们还没尝到萝卜的味道,就被老鼠啃光了……"大家七嘴八舌,把这些天的情况讲了一遍。

末了,春桃说:"屋里什么吃的都没有,老鼠进来逛几圈,都是含着眼泪出去的……"

不说不知道,这一说,队长愣住了,他没想到会是这样!这段时间以来,通过改造厕所和她们的劳动态度,尤其那天看了春桃的插秧表演,他对这几个女学生改变了看法,不再觉得她们是包袱。最近忙三季稻忙昏了头,顾不上过问她们的生活,还在不断给她们加任务。没想到她们克服了这么大的困难,每天硬挺着完成了任务!想到这里,心里一阵愧疚和不忍……他转身就走,走了几步又回来,说:"今天不给你们加任务了,还按昨天的标准!你们等我一下!"说完,急匆匆朝远处耕田的几个社员走去。

三人看着队长走过去,向远处的社员们招手。耕田的五六个人,不知道出了什么事,都吆停了牛,背着鱼篓跑过去围着他。只见他指手画脚一番,那些社员便回过头来,远远地朝王娟她们这边张望。

不一会儿,队长回来了,对王娟她们说:"跟他们讲好了,他们每天把耕田时捡到的泥鳅和鳝鱼,分一半给你们。另外,队里种的油菜和白菜苔子,你们可以随时去摘。从今天开始,你们每人每天只栽四分田,早点干完,早点回去做饭!"

中午收工回去,耕田的也陆陆续续牵着牛回来了。经过王娟门口时,都自觉地进来,拣鱼篓里面个头大的、完整的鳝鱼和泥鳅留下来,还有人干脆全部倒给她们。有些鳝鱼被犁尖犁断了,黏黏糊糊,血淋淋的装在桶里,足有七八斤。几个妇女又送来了刚在田里摘下的白菜苔子,用稻草绳整整齐齐地捆了几大捆递给她们。又告诉他们,泥鳅和鳝鱼腥味重,要多放点辣酱。白菜苔子要用大火炒,再用小火焖,闲扯一阵,去了。

下午出工,下起了小雨。王娟她们只有雨伞没有雨衣,可是打伞又无法插秧,每人便头上戴一个竹斗笠。弯腰插秧时,斗笠又遮不住背。见社员们都戴着斗笠,男的身穿沉重厚实的蓑衣,妇女们身上则披一块农用地膜。几人也跑到温室那边,一人找了一小块披在肩上,用绳子一系。她们今天的任务一亩二分田,上午已经栽了一多半,还剩下一小半。

第四章

春雨如牛毛,如细丝,斜斜地飞,静静地落。这边近处,一群人弯着腰,在明亮如镜的水田里忙插秧;那边远处,几头水牛正在耕田。老农头戴竹笠,身披蓑衣,下面露出两根细细的光腿,一手扶犁,一手持鞭,偶尔吆喝一声,在雨雾中不紧不慢地跟在牛后。三五只白鹭缩着颈子,在雨中呆立着,间或拍翅低飞几步,又缓缓落下。田野上笼罩了一层薄雾,朦胧如烟,景物亦真亦幻,真实而又看不真切……

"好一幅江南水乡春耕图!好一幅水墨山水画!"夏雨欣直起腰杆,心里赞叹道!面对这人间仙境,不禁浮想联翩,看得如痴如醉……引得王娟和春桃也直起腰来,看个不停。

王娟忽然灵感一动,大声朗诵道:"江山如此多娇,引无数英雄竞折腰——"举起秧苗,两臂向上,扭腰做了一个优美舒展的舞蹈动作。

春桃捏一把秧,看着她笑道:"行了行了,别浪漫了,快点折腰插秧吧,插完了早点回去!"

雨欣听春桃这么一说,也笑起来,道:"毛主席说,引无数英雄竞折腰。我们这些天,光在折腰,腰杆都快断了,也快成女英雄了!"

三个少女头戴斗笠,肩披塑料膜,站在水田里,又说又笑又叫!

几个插秧的妇女远远看见了,不知她们在乐什么,便道:"几个疯女伢子,又作怪!欢喜得像捡了财宝似的,一点不晓得腰疼!"

队长穿着蓑衣提着锹子,走过来说:"大家都快点儿栽,等一下雨会更大!"

"你怎么知道啊?又听不到天气预报。"春桃随口说。

队长看了看天:"你们看头顶上嘛,有雨四方亮,无雨顶上光。这雨还不会小……"

大家抬头一看,头顶上一大堆黑云翻滚着,变幻出各种猛兽怪物的形状,露出狰狞的面目,张牙舞爪扑过来。远远的东南边,却是明亮的蓝天,太阳给这片乌云镶上了一道金边。

这乌云好像在验证队长的话,大颗大颗的雨点砸下来。砸在水田里,水面上激起无数的水泡;砸在人身上,斗笠和雨布"噼噼啪啪"响成一片!

那塑料膜太小,弯腰时只能遮到半个背部,王娟她们三个从腰以下,全都湿透了。湿衣裤紧紧地贴在身上,吸收了人的体温,不断地往外冒热气。三人站在水田里,像三个冒着白烟的小妖精……

历时半个月,早稻插秧总算结束了。还有个把月才插中稻,这段时间农活比较轻松,主要是田间管理、积肥和翻耕中稻田。

休息了一天后,王娟忽然想起了米儿他们小组,二十多天没见面,不知他们现在怎么样了。家里攒了很多泥鳅和鳝鱼,何不请他们过来聚一聚?

王娟叫春桃去请,春桃叫雨欣去,雨欣又叫王娟去。

"你是组长,面子大些,应该你去。"雨欣眼里含着笑,话里有话。

"对呀,你们从小在一起,青梅竹马,两小无猜。你不去谁去呀?"春桃鬼头鬼脑,在旁边突然来这么一句。

王娟的脸飞快地红了一下:"去就去!这有什么!春桃,刚才的话有点儿过分了啊,以后再不许说!我走了。"

刚一出门,又回来交代道:"多准备些饭菜!雨欣,你去把李月和素琴请过来,大家一起好好聚聚!"说完出门。

第五章

正在此时，五队的队长段文龙，突然被抓走了！这天一大清早，就被几个民兵押着，去了大队部……

米儿他们早上起来，看见幺妈在抹眼泪，段师傅在一旁生闷气。几个人不知道发生了什么事，也不敢问。

幺妈抹了会儿眼泪，央求段师傅道："你还是去一趟吧，跟杜书记和强队长说点好话，把人弄回来……"

段师傅"呼"地站起来，道："我丢不起这人！王八羔子，他死了才好，要去你去！"

幺妈眼泪"哗"地又流下来，擤把鼻涕，赌气道："他是王八的羔子，那你是什么？还不是你的种！你看长相就晓得，这又不是我带来的。我嫁过来还不到十六岁……你不心疼我心疼！他要死了，我也不活了……"

大嫂站在门外屋檐下，不敢进来。听见公公骂自己丈夫"死了才好"，便泪眼婆娑的，不停地用袖子揩泪。

米儿几人低声问大嫂，这到底怎么回事？他犯了什么法？问了半天，金凤才道：文龙聚众赌博，昨晚一夜未归，被民兵逮去了……

段文龙这人，别看快三十岁了，还是个生产队长，但骨子里却玩性大，闲下来就喜欢赌博。队里的早稻插完后，有了几天休假。去年分红的钱，兜里还剩几个，他就偷偷约了其他小队的几个牌友，商量去哪里打牌。

因为大队管得很严，怕被民兵逮住，都不敢在家里赌。商量一阵，便定了下来。傍晚，打牌的和看牌的七八个人穿着厚厚的棉袍，提了两盏马灯，带着熟食和烧酒，挤在一条小木船上，偷偷去野湖里打牌。这种勾当他们以前干过几次，从未被逮到过，所以放心得很！一路上嘻嘻哈哈，有说有笑的。

小木船很快钻进了野湖的芦苇滩里，惊起几只野鸭，"嘎嘎"叫着在头顶盘旋不去。

大家把船固定好，在船舱上架了一块木板，也顾不上吃东西，便迫不及待地赌起来。船舱太狭窄，勉强容得下文龙等四个赌徒双双对面而坐。其他人赌不成，眼巴巴在背后干看着。船小人挤，弯着身子看久了腰痛。看牌人便干脆脱了鞋，卷起裤腿站在水里，一边两个趴在船舷上，举着马灯看牌。冻得熬不住了，就喝两口烧酒。由于看清了几家的底牌，又是惊呼又是惋惜，口里大呼小叫，搔得船帮"咚咚"响，忘形地一跺脚，水花溅起半人高！那种心情，比赌的人还要着急。

他们在湖里打牌有个规矩：看牌不能白看，酒肉吃喝，归看牌的人出，还要轮流举着马灯，给他们照着亮。打牌的人也不能白吃白喝，不能让看牌的人白白服务一夜。不管是谁，每赢一把，赢家都要给看牌的每人一毛钱。整夜赌下来，桌面上的输赢高达几十元。看牌的，每人少说也有两三元的进账，这种收入叫作抽水。抽水形同抽税，由于并不进场参赌，所以没有任何风险，纯属个人净收入。不过，被民兵逮到了也与赌博同罪。

第五章

这次他们运气不好，不知怎么走漏了风声。拂晓时，连长杜得志带了二十多个民兵，分乘四条渔船，悄悄摸上来团团围住，逮了个正着。

文龙和另一个打牌的见势不对，跳进湖里想逃跑，却被几个民兵扑上去摁住，落汤鸡似的提了上来。由于同在一个大队，熟人熟事的，也不用捆他们——反正跑得了和尚，跑不了庙。

包括文龙在内，他们中间还有几个，都是有记录的惯犯，并非第一次赌博被抓。

前年年底，刚分红没几天，这些人约在一个牌友家里打牌。夜里正赌得带劲，不知谁去告了密，下半夜被民兵堵住了前后门，拍门声和吆喝声响成一片！

里面的人慌了手脚，一口吹灭了灯，几个人死死顶住大门……另外一些人急得团团打转，像瓶子里乱飞乱撞的苍蝇！黑暗中，不知谁出的主意，大家低声喊道："一，二，三！"合力一冲，撞倒了一面墙，里面的人四散而逃！有两个滑倒了，不幸被民兵当场逮住。刚一审问，就全招了出来，口供一致指向文龙，说是文龙邀他们赌的。

这一带的民房，普遍都是四根柱头撑起一个茅屋顶，四面的墙不是砖和水泥，而是将一根根的麻杆缠上稻草绳，紧密地排列成草墙，里外两面用稀泥一抹，再用白灰一刷，就算是"墙"了。这种墙又薄又脆，只能挡挡风雨，做做样子，连猛兽也挡不住——幸好这里没有猛兽。但谁也不愿意在自己家里聚赌，怕情况紧急时，被赌徒撞垮了房屋没人赔……

此时，一众赌徒被押在大队部院子里，低着头靠墙站好，几个民兵在旁看守。

段文龙站在中间垂着头，一声不吭。这时的他不像条龙，倒像条可怜虫。忙了一夜，他不但没赢到钱，反而输给了别人！一夜只顾打牌了，也没顾得上吃喝。野湖里又冷，跳进水里想逃跑，又被摁住抓了上来，衣服也湿了……熬到天亮时，脸上冻得青红紫绿，鼻头翘翘的，不时地用手背抹一把鼻涕，趁机偷偷瞟一眼民兵。几个民兵穿着大棉袍子，嘴上叼着香烟，在一旁跺脚取暖，根本懒得看他。

太阳升起老高了，强队长和杜书记一前一后来到大队部，后面跟着民兵连长杜得志。文龙他们大气都不敢出，头垂得更低了。

强队长狠狠地瞪了他们一眼，骂道："不争气的东西，丢人现眼！"转身进了会议室。

抓人容易放人难。大队又没牢房，抓来了往哪里关，是个问题。打他一顿再放？不行，打人是犯法的。骂他一顿再放？也不行。这太轻了，下回他们还要赌。真是打不得，骂不得，也关不得……三个人坐下来抓耳挠头，商量处理方案。

民兵连长杜得志首先介绍了抓捕的经过，然后说："这是几个老油条了，屡教不改！这回是第二次被抓，有的还是第三次。特别这个段文龙，竟敢抗拒抓捕，还想跳湖逃跑……建议这次从重从快，严厉打击！不给他们点儿颜色看看，压不住这股邪气……"为了抓人，害得他一夜没睡成，眼睛里布满了血丝，不停地用手揉着。

杜书记拧着眉头，一边抽烟，一边在小本子上记录案情要点。同时心里琢磨这案子的性质，到底是刑案，还是民案？应该按照哪条来处理才好，一时犹豫不决……

强队长起身倒了两杯开水，递给他们每人一杯，然后坐下来点燃一支香烟，心里也在考虑如何处理。

第五章

想了一会儿，他开口道："要说这几个赌博佬呢，也确实不争气，一犯再犯，赌博都上了瘾！宁可不吃不喝，也要留钱赌博。就说这个段文龙吧，还是个队长，竟然带头聚赌，影响极坏，不严惩不足以平民愤……"

停了停，又缓和语气道："不过呢，这些人在生产上没得话说，都是一把好手。特别是段文龙，还管着一个生产队，队里没他不行。如果把他们交到公社学习班，没有十天半个月出不来，传出去了，大队的名声也不好……眼下呢，正是春耕时节。今年呢，又推广三季稻。季节呢，也不等人，生产任务繁重。我看是不是——"最后一句他有意拉长了语气，边说边观察二人脸上的反应。

杜书记正要发表意见。门一开，段师傅进来了，三个人连忙站起来。

段师傅腰板挺直，对着大家把手一拱，不紧不慢地道："惭愧，惭愧！犬子无教，自当深责。有劳各位领导操心了！"说着，从怀里摸出一条"飞马牌"香烟放在桌上，说："今天中午，在寒舍备薄酒一杯，恭候各位光临，望领导们赏个面子！我先告辞。"说完又一拱手，转身出门去了。

来到院子里，看见文龙那副熊样，一跺脚，一咬牙，嘴里挤出两个字："混账！"

俗话说："酒杯一端，政策放宽；筷子一举，可以，可以。"中国是个极有人情味的国家，很多棘手的问题，一上了饭桌就变得容易解决。尤其在农村，大家乡里乡亲，抬头不见低头见的，又不是什么杀人放火的大事。农村没有一点儿文化生活，祖祖辈辈除了干活，就是吃饭、睡觉。人又不是家畜，总要有点儿精神娱乐吧，这也是人与动物的根本区别嘛……

算了算了！除了教训一顿，还能怎样？就别给国家添麻烦了。杜书记他们转而又这样想了……

酒足饭饱后，杜书记他们三人从段家出来，肩上披着棉袄，醉醺醺地打着酒嗝，用指甲剔着牙齿回到大队部。大门一关，把那条"飞马牌"香烟拆开来一分。杜书记照例又多得了一盒！

在农村，"飞马牌"香烟是难得一见的上等好烟，每盒价值两毛九分。关键是，有钱也买不到呀！杜得志得了三盒香烟，当然不再吭声。

分了烟，又把文龙等人押进来，宣布赌资没收，命他们每人写了保证书，都摁了红手印。强队长喷着酒气，又狠狠地训斥了他们一顿，把人放了。

趁这几天休息，米儿四人去了一趟曲湾镇，每人买了一本材料纸、一扎信封和几张邮票。

下乡一个多月了，米儿给家里写了一封信，父亲给他写了两封。前后两封来信意思差不多。信中告诫儿子说，小心肠胃，不要吃生冷的东西，要注意饮食卫生。要跟当地的干部社员搞好关系，干活不要偷懒，力气去了还有来的，年轻人不要怕吃苦，今后才会有出息。要积极要求上进，向团组织靠拢……写入团申请书了没有？

最后另起一行，特别叮嘱道：切记不要早恋，否则会影响今后招工回城。为了强调其重要性，还在"切记"两字的下面重重地打上了一条粗粗的黑杠，又直又硬像一根打人的黑棍子。这棍子米儿小时候曾经领教过，至今记忆犹新，一想起来还心有余悸……

第五章

对这些老生常谈，米儿看了乏味，并不当回事。不过对于"早恋"这两个字，他觉得特别刺眼，心"怦怦"乱跳，脸上阵阵发烧，很不自在。他认为自己并没干什么坏事，父亲何必小题大做，真是多此一举！

反观人家华华和麻杆的爸爸多有水平！来信生动有趣，充满亲情。开头都是"吾儿"，结尾都是"父字"。中间内容写得花团锦簇，字字珠玑。父子之情跃然纸上，读来令人动容！收信人脸上也有光，可以不时拿出来炫耀……可是，自己爸爸写来的信，干巴巴的就那几条，毫无欣赏价值，看完就藏起来，没脸拿给人看。

不过，入团申请书他倒是写过一次，草稿打了好几张，最终都不满意，不知道应该怎么写，只好作罢。

这天，大队召开"忆苦思甜"阶级教育大会。人们在打禾场上席地而坐，妇女们坐在稻草上，背靠草垛晒着太阳，一边纳鞋底，一边唠家常。

仓库门口支起四口大铁锅，锅里煮着野菜和槐叶，土灶内烈火熊熊。笼屉里冒着蒸汽，里面蒸着糠菜窝头。这些东西虽然不好吃，但是闻起来，却带有粗粮和野菜的清甜香味。

主席台上，横幅标语下面坐着杜书记、强队长、民兵连长和大队贫协主席肖本洪。

贫协主席肖本洪，大家都叫他洪主席。这人五十几岁，身材魁梧，大脑袋上已经谢顶，肥头大耳的很有官相。此时端坐在主席台上，气度不凡，很像县里下来的大人物。

要说洪主席的经历，那可非同一般，跟县里的大人物比起来，也毫不逊色！他年轻时见过贺龙、段德昌等红军高级将领，参加过洪湖赤卫队。打土豪分田地，斗地主抓恶霸，样样不落人后。可惜,他是家里的独苗,红军不收,要不然他早跟红军队伍走了……

他很怀念当年火热的斗争岁月,虽然几十年过去了,却一直保持着当年的工作作风和革命精神。出门时头戴竹笠,足蹬草鞋,穿一身洗得发白的蓝色干部装。夜里,手上总要提一盏马灯,这几乎就是他的标准配置。虽然不爱参加劳动,却很喜欢开会,政治觉悟很高。不管走到哪里,总是皱着眉头,似乎敌人时刻都在身边,千万要提高警惕。

米儿的小组和王娟的小组在一起,每人屁股下面垫一把稻草,席地而坐。由于是第一次参加这样的大会,他们脸上表情严肃,不敢随便讲话。

主席台上,民兵连长杜得志领着大家喊了一阵口号之后,便请苦大仇深的肖银海上台进行血泪控诉。

米儿他们伸长脖子,好奇地朝主席台上张望,想看看这人是谁。

肖银海六十出头,满脸的皱纹里透着沧桑,眼睛有点斜视,头上缠一条黑色的头帕,一副渔民的打扮。

肖银海上台来,一脸愁苦的样子,开口说道:"乡亲们哪,你们都晓得我是个大老粗,没有文化。民国二十五年——"

"一九三六年!"杜得志赶紧纠正。

"对对对,一九六三年,不对,一九三六年,那一年腊月间,大渔霸肖本金的六姨太做生,想吃大雁,喊我下湖去打。我每天半夜下湖,披着伪装草衣,趴在小船上,偷偷向雁群靠近……天上下着雪,湖面上的北风啊,呼呼地吹,我拿火铳的手都冻麻了——"说着,弯腰缩颈,双手做了一个端枪的姿势。

全场鸦雀无声,大家如身临其境,脑海里想象着当时的场

第五章

景。米儿和王娟眼睛睁得大大的,紧张地屏住呼吸,静候下文……

突然,民兵连长杜得志高举拳头,大声喊起口号来。

大家吓一跳,赶紧跟着一起呼喊起来,会场上空的拳头密密麻麻,像小树林一般。

肖银海正沉浸在几十年前的回忆中,听见口号声也被吓了一跳。回过神后,连忙直起腰,高举拳头跟着一起喊。

口号过后,肖银海接着控诉道:"湖岸边都是白雪,一群大雁正在打瞌睡。靠近雁群后,我一铳放过去,火光一闪,雁群一惊,飞得满天都是!湖面上就漂起一层雁毛,还有几只死伤的大雁,我捡起来扔进船舱……

你们要晓得,大雁这种鸟精得很!它们在这里吃过亏,受过惊吓,二回就再不来这里过夜了。所以我一天只能放一铳,每天都要下湖重新寻找它们的落脚处……"

他绘声绘色地讲,大家津津有味地听,杜书记皱了皱眉头。"辛辛苦苦下湖五六天,我都冻伤了,得了风湿关节病……总算打到二十多只大雁,给渔霸肖本金送去。砍脑壳的肖本金,正在跟六个老婆吃火锅,屋里热热闹闹的。黑良心的他,只给了我八块银圆!只有八块呀——"说到这里,他嘴唇颤动,两眼直直地盯着台下的听众,似乎在等待答案。"大雁又肥,一只有一二十斤,二十多只啊,你们算算多少斤?就值这点儿钱?你们说,这不是剥削又是什么?"说着,扯起袖子,擦了左眼又擦右眼。

洪主席皱着眉头敲了敲桌子,低声提醒道:"莫扯远了,讲正事!"

肖银海一愣,赶紧道:"这就是万恶的旧社会,没有穷人的活路哇！过年了，有钱人家喝米酒、吃炸丸子、蒸鱼糕、吃扣肉……我们一年到头，什么都没的吃，只能吃猪蹄子！就这样，全家人只有一个猪头和四个猪蹄子，过了一个年，你们说惨不惨……"

台下群情激愤，人们一起高呼口号！

又有一个贫农代表上来控诉，讲的故事没有肖银海的好听，大家没什么兴趣。

快到中午了，洪主席站起来做总结。他一开口，声音洪亮，中气十足："乡亲们哪，刚才我们听了他们的控诉，深受教育！黑暗的旧社会把人变成鬼，新社会把鬼变成人！我们要牢记毛主席的教导，牢记今天的幸福生活来之不易……"

他皱起眉头，一字一顿地说："帝国主义和国民党反动派，亡我之心不死，他们不甘心失败。"

说到这里想要转话，他停了停，脸上换了往事不堪回首的表情，语重心长地说："乡亲们想想看，当真他们回来，还有我们贫下中农的活路吗？没有！我们能答应吗？不能！我们今天的幸福生活，来之不易啊！乡亲们！这是无数革命先烈用鲜血换来的，我们绝不能让敌人的阴谋得逞……"他气愤得说不下去了。

敌人想打回来杀人放火，继续欺压我们，那是痴心妄想！绝不能让敌人的阴谋得逞！大家握紧拳头，眼里喷着怒火，跟着杜得志喊口号，一遍又一遍。

散会后，开始吃"忆苦饭"，每人被分了一碗野菜树叶粥，一个糠菜窝窝头。噎得王娟几人直翻白眼……

回去的路上，大家议论道："这人讲得不怎么样啊，没有电影和小说里面那么悲惨。过年的时候，穷人哪里有猪头和猪蹄吃啊？再说那人嬉皮笑脸的，不像个正经人……这个典型没选好！"

米儿突然感到胃里难受，蹲在路边吐出一大团野菜树叶……

江汉平原向来四季分明，界线清楚，从不拖泥带水。感觉今年春天有点儿姗姗来迟，比农历的节气慢了半拍。春分过去一个月了，清明也早过了，棉衣还脱不下来。到四月中旬，田里的蓼子才开花，油菜也才刚刚吐蕊。

中午的太阳暖烘烘的，晒得人懒懒得直犯困。农家门前的稻草垛里，母狗们早在去年冬天就钻进去做窝，布置好了温暖干燥的产房。现在里面窸窸窣窣地响，狗妈妈们领着一群又一群干净漂亮的小狗仔，从窝里钻出来晒太阳，围着草垛子嬉闹蹦跳。它们还不知道怕人，任人摸，任人抱。狗妈妈感觉人们没有什么恶意，便在一旁温顺地摇着尾巴，也不干涉。

米儿他们一直想养一只狗，看着这些小狗，心里格外喜欢。所以一有空就满村子乱转，按照他们心里的标准，伯乐相马似的暗暗看中好几只。可是暂住在文龙家里，又不好意思养。看着小狗们一天天长大，几个人心里痒痒的，有些着急了！再长大一些，也不好训练，今年养狗的计划就要泡汤！

他们好几次问文龙："队长，什么时候给我们盖房子啊？"

文龙的回答总是这样："队里现在没钱，又没材料，等收了早稻卖了钱，再给你们盖。"

"那，早稻几时收啊？"麻杆着急地问。

"六月底吧！"文龙说。

花蛇一听，沮丧地说："到那时，黄花菜都凉了！"

文龙不傻，知道他们在想什么。便指着墙根晒太阳的一条狗说："菜凉了，就喂狗嘛。狗子一年最少要生两窝，现在生了，八九月份还会再生一窝。"言下之意，机会多得是。

几个人听了，你看看我，我看看你，不好再纠缠下去，只好暂时不做此想。

这段日子，大部分社员都比较闲散，只辛苦了耕田的社员和几头老水牛。好几百亩中稻田等着翻耕，可队里只有五头宝贝似的水牛。扶犁、驱牛、耕田、吆喝，这都是技术门槛很高的活，不是人人都能干得了的。如果一不小心，犁尖插得深了，牛一用力，就把犁尖别断了；稍不留神，犁尖微微往上翘了一点，整张犁贴着地皮向前溜过去，犁尖伤了牛的后脚筋，这头宝贝耕牛就废了！所以，耕田的都是年纪比较大，稳重而又有经验的把式。为了抢农时，只好采取人歇牛不歇的轮班作业方式，从早到晚不停地耕田，累得几头老牛"呼哧呼哧"直喘粗气，身上的肋条也现了出来……牛魔王见了，也会心疼地掉泪。

一群孩子放了学，三三两两在耕过的田里跑来跑去，捡古莲子充当零食。

这些古莲子，已经历了几万年，甚至十几万年，或许更早，早在人类还没有涉足这里之前，就一直生生不息地生长在野湖里，无人采摘。年复一年，花开花落，成熟的莲子自然脱落，一层又一层，密密麻麻堆积在湖底。

十几年前湖底变成了农田，被犁一耕，古莲子又翻上来见了天日，一粒一粒地嵌在土堡子上。风一吹，太阳一晒，古莲子坚硬光滑的外表瞬间干燥，变成白色的小亮点，在黑色的湿泥表面格外抢眼。年年耕年年有，似乎无穷无尽，永远也捡不完。

　　莲子非常奇特，一旦成熟被风干后，便从莲蓬上脱落下来落入水中。其外壳在湖水里越泡越硬，坚如铁石。除非有外力使壳出现破损，否则既不发芽也不腐烂。自然状态下生长的莲藕，几乎完全靠藕结再生繁殖，而本来作为传宗接代的莲子，自己却无法担当起种子的使命。这有点违背自然规律，也不知长它出来有何用。也许长出莲子来，就是为了给人类多提供一种食物吧……

　　土里竟然还能"捡"到吃的，况且还是古莲子，以前从没听说过！这引起了米儿他们的兴趣，便纷纷下田去捡。孩子们告诉他们说，找莲子很容易，那些发亮的小白点就是莲子。见小白点到处都是，大家有点不相信。伸手抠下来一看，的的确确，颗颗都是莲子！

　　不一会儿，每人便捡了一大捧回来，用筲箕装着去河里淘洗。这古莲子的外壳黑黑的，坚硬光滑如陶瓷一般，倒在盆里"叮叮当当"乱蹦乱跳。放在口里硬如铜豆，怎么也咬不开，咬得牙齿铮铮响。

　　金凤见了发笑，教他们把莲子竖起来，头朝上放在槽牙上用力咬，是可以咬开的。大家又问哪端是头呢？金凤说："有个凸尖的是头，有凹坑的是根。"大家一试，"咔嚓"一声，果然咬开了！里面的莲米黄中泛绿，硬如石丸。几个人接二连三，像松鼠咬坚果似的咬开几颗吃下去，感觉味道有些苦涩。又吃几颗，咬得牙酸腮痛，都不想吃了。

　　金凤告诉他们道："听人说，制药厂用古莲子入药，能生产出一种高级的中药片。镇上的供销社替他们收购，一斤能卖两毛多钱！那些学生伢捡回来的莲子，积满一袋就拿到镇上去卖掉,还能挣回书本钱呢……"

此时,河对岸的红花蓼子蓬蓬勃勃,开春以来长得很快,几天不见已经半米高了。午饭后,米儿小组跟男社员们一起,拿着大镰过河去砍蓼子。

这大镰的把子竖起来差不多一人高,刀片也远比普通的镰刀宽大厚重,是刈除荒草的好工具。人站着挥动大镰工作,比较省力,腰也不会痛。更重要的是,人的双手和脸离荒草较远,不容易受到害虫和毒蛇的攻击,是家家必备的工具。

蓼子田里开满了小红花,一朵一朵从密密的叶缝里钻出来,迎着春风,在阳光下一闪一闪的。来到地头,十几个社员立刻间隔开来,也不讲话,自动在田里组成长长的一字队形,挥起大镰就砍。雪亮的大刀片上下翻飞,寒光闪闪!顷刻间,蓼子田里杀气腾腾!空气中,弥漫着蓼子被砍断后散发出的青涩气味,一阵一阵的,随风钻进鼻孔……

米儿和麻杆尽量拉开距离,以免挥镰时互伤。两人在前面舞动大镰一路向前猛砍,华华和花蛇跟在后面收集打捆。

午后的日头辣辣的,烤得背上开始发烫,四周不见一棵树,想躲都没地方。干了一阵便汗流浃背,大家脱掉上衣光着膀子,卷起裤腿,感觉凉爽多了。

米儿回头看看,已经砍了一大片,十几大捆蓼子滚在砍过的空地上。华华和花蛇二人光着膀子,弯腰用膝盖压紧蓼子,用草绳打捆。麻杆在十几步开外,看到米儿停下了,也停下来拄着大镰把子朝这边望。见右边的社员们远远地砍到前面去了,米儿转身又挥起大镰……

快砍到地头的时候,突然"嗖"的一声,一条大蛇从左边的蓼子丛里窜出，飞快地朝米儿扑来！米儿闪身一躲，大蛇擦身而过，直向身后扑去！他倒吸一口凉气，心脏一阵狂跳，吓得毛发戟张，脸色惨白！他眼睛死死地盯着蛇，朝后面大喊道："有蛇！小心——"同时两手紧紧地握住大镰！

华华和花蛇正弯腰在捆蓼子，听到喊声抬头一看，一条碧绿的大蛇，昂着脑袋正向他们猛扑过来，吓得他们撒腿就跑！

麻杆在远处听到喊声，也举着大镰跑过来，四个人紧握镰刀，远远地盯着这条大蛇。

这条蛇在空出里乱扑乱窜一阵，找不到藏身的洞口，只好停了下来。两米多长的身子蜿蜒弯曲着，竟比锹把还粗！浑身碧绿碧绿，像抹了一层油似的，溜光水滑！

它见人已跑开，便斗法似的，将前身一耸，竖起半米多高，昂起拳头大的脑袋，警惕地左右转动着，露出了白花花的下巴和腹部……突然脑袋定住不动，双目如炬！口里吐出分叉的红信子，恶狠狠地与米儿他们对峙着。只要有谁一动，便立刻发出"嘶嘶"的响声，作势要扑过去……

大家都没见过这么凶猛的大蛇，一时惊呆了，一动也不敢动！

俗话说："见蛇不打三分罪，打蛇不死罪三分。"民间传说，蛇是诡异邪恶的动物，如果打不死它，它就会复仇，不管人躲藏在哪里，它都能找到……

米儿平生最怕蛇，也最厌恶蛇。想起"见蛇不打三分罪"这话，便握紧了大镰，心里拿定主意：今天遇上了，就绝不能放它回洞！手上有大镰刀作武器，今天必须除掉这一害！否则今后越长越大，谁还敢来这块田里？如果咬到王娟，那还得了……

大蛇似乎猜到了米儿的心思，脑袋一转，狠狠地瞪了他一眼！忽然发现前方有一捆蓼子，箭一般地窜过去，一头钻进这捆蓼子下面，粗大的身子随即收了进去。

看见大蛇恶狠狠的目光，米儿心里一哆嗦！心想：它一定看清了我的样子，心里记住我了。今天决不能放它走！不然，它要来寻我复仇，我明它暗，那岂不是防不胜防、天天要做噩梦？

四个人商量了一下，一条心要除害！大家既紧张，又倍感刺激，身体中的野性基因突然被激发！看看周围的地形，这片砍过的空地上，能够藏身的只有这十几捆蓼子。

米儿指着下面有蛇的那一捆说："这捆不动，其他的都搬到远处，不让它再有藏身之处！"又对华华说："我们三个来搬蓼子。你盯死那一捆，蛇一出来，就喊我们！"

清场以后，大家又发愁了，如果它一直躲在里面不出来怎么办？天一黑更可怕，那是蛇的天下！谁敢守在这里呀？

想来想去，华华说："用大镰推开那捆蓼子，看看它在下面干什么？会不会打个洞跑了……"又说："麻杆，你的膀子长些，最好你去推。"

麻杆往后退了一步，急忙摆手说："我不行，我不行，这条蛇太大了！花蛇胆子大些，他去最好！"

花蛇很干脆，道："我去！"说着拿起衣服往身上一穿，又把裤腿放下来，紧了紧鞋带，拿起大镰用拇指试了试刀口，看看是否锋利。

他双手攥着大镰，蹑手蹑脚地围绕这捆蓼子观察了一圈，没有动静。他又向前两步，伸出大镰轻轻推了推那捆蓼子，还是没有动静……

第五章

米儿三人屏住了呼吸，全神贯注地盯着这捆蓼子，心都快跳出来了！紧张地举着大镰，随时准备与大蛇搏斗。同时，心里也替花蛇捏着一把冷汗！

花蛇又用大镰轻轻推一下，然后猛地用力一顶，那捆蓼子向前滚去，这条大蛇彻底现了出来！

它一看四周都是人，迅速把身子一圈一圈盘起来，盘成一个脸盆大的圆盘，圆盘不断地收缩，收得紧绷绷的。圆盘中间，一颗硕大的脑袋高高昂起，细长的脖颈朝后倾斜成"S"形，蓄势准备攻击！僵持片刻，它的下颚左右错动了几下，突然张开碗口大的嘴巴，露出恐怖的淡粉色口腔，一股腥臭令人作呕！

花蛇靠前一步，慢慢向上移动着大镰，吸引它的视线。蛇头高高地扬起，紧盯着大镰转动。

米儿在一旁看着它凶恶丑陋的嘴脸，恶心得直反胃！他瞅准机会，将举在空中的大镰刀，对准那盘肉乎乎的蛇身猛地砍下去！"嚓"的一声，那圆盘立刻松散开来，长长短短断成了七八截，各自在地上快速扭动不止！蛇血激射出来，喷溅得到处都是……

不料那蛇并不死，竟拖着两尺多长的一段身子，张着大口朝麻杆扑过去！麻杆头皮一炸，拔腿就逃！

毕竟只剩小半截身子，刚开始，蛇的速度飞快！追了没多远，便渐渐慢了下来。大家抢上前一顿乱砍，砍成了好几截。剩下一个蛇头，硬邦邦的像乌龟壳，被砍得"嘭嘭"作响，却砍不开，也不死，大嘴一张一合的！华华把镰刀塞进去，这颗头立刻猛咬起来，咬得镰刀"咔咔"作响，令人毛骨悚然！

社员们听见这边大呼小叫，都跑过来看。围着蛇尸仔细辨认一番，七嘴八舌地说：这是青蛇彪，有剧毒！已经在这块田里好多年了,很多人都见过它,它跑得飞快!一露面,眨眼就消失不见了。能长到这么粗大,至少有二十岁,都快成蛇精了!这两年,有人在这里多次见它立起身子主动追逐行人!但一直打不到它。幸亏你们人多,手里又有大镰,今天除了一个大害!要不然,以后越长越大,还不知道要祸害多少人呢!

除掉一害,田里安全了,路人也不用提心吊胆、担惊受怕了。大家对米儿几人夸赞不已!

事后很多年,他们勇斗凶蛇的故事,一直在当地流传,添油加醋,越传越神,越说越恐怖!

更有人突发奇想,根据这个事创作了一幅宣传画,画面上的人和蛇,明显夸张失真:凶蛇忽然变成了巨蟒,血盆大口里吐着火焰;几个少年光着膀子,又瘦又小,好像还不够巨蟒饱餐一顿似的。而且画上的少年,也不像米儿他们……

此时社员们将一段一段的蛇尸,小心翼翼地用大镰挑起来,抛入河中。他们说蛇的牙齿和骨头有毒,不能留在水田里,插秧时万一扎伤了脚,会死人的。

米儿一听,这条蛇居然比自己年龄还要大,都快成蛇精了!一股寒意从脚下升上来,不禁头皮一麻,连打了几个寒战……

第六章

天刚微亮,大地还未苏醒过来,四周一片宁静。五岔河像一条白练,缓缓地、无声无息地向东流淌。从下游方向划来几条带篷的小渔船,船头的渔火忽明忽暗,闪烁不定。水面的细浪拍打着船头,一路"哗哗"地响,像怪兽在吞吃的声音。

渡口的河堤上,立着几个头发蓬乱、睡眼惺忪的男人,剪影似的候在那里。手里提着木桶,拿着鱼篓,不时地朝下游张望。

虽是渡口,其实并无专人负责摆渡,就跟"野渡无人舟自横"的那种渡口差不多。一条绳子一只小船,就是全部的资产了,场面实在小得可怜!这条绳子横跨几十米的河面,拴在两岸的树干上。绳子上面几十个接头,接了又断,断了又接,疙疙瘩瘩的,不知用过多少年头了。一条简陋的小木船,一次最多只能站五六个人。过河的人手拉绳子脚踩小船,晃晃悠悠,来回渡。翻身大队就靠这根绳子"天堑变通途",把两岸连接在一起,其重要性不可小觑……

几条小渔船越来越近,来到渡口边相继靠岸。渔灯下,船老大跳下船,把缆绳往树上一系,擦把汗,亲热地跟岸上的人打招呼道:"你们要的鱼,今天都有!怕耽搁了,一路上紧赶慢赶。划得好'吃亏'……"船老大说的"吃亏"是当地话,很辛苦的意思。

"昨儿夜里在哪片湖里打的？"岸上的人围过来，一个中年人问道。声音不大，却在清晨的河面传得很远。

"朱河那边的桐梓湖里……"船老大手里拿一个瓷瓶，往嘴里倒一口酒，蹙着眉头咽下去。

"哎哟，从监利来呀？"这中年人赶紧从衣兜里摸出半包"圆球牌"香烟，抽出几支来，用双手捏着，给每个船老大都敬上一支，那样子像见了老熟人。

"上回你说屋里细伢要抓周办酒，特意给你留了几条大的，你来看一下……"船老大领着中年人上船看鱼。"抓周"，是幼儿满周岁生日的一种仪式，家里要治酒请客，这是当地的风俗。

中年人手里提个大鱼篓，跟他上了船。船尾的几格船舱底部都装有活板，拿掉活板，外面就是一道竹篦，与河水相通，打来的鱼就养在里面。拨开上面的水草，水里两条粗壮的大黑鱼和几条金色大鲤鱼便露了出来，都挤在船舱里，嘴巴一张一合翕动着。

船老大指着鱼说："差不多三四十斤，够不够用？"

中年人打量一下："够是够了，几多钱一斤？"

"黑鱼，两毛一。鲤鱼两毛三。都按两毛二给你吧？"船老大说。

"好说，那我都要了，过个秤吧。"中年人说着又从口袋里摸出烟，敬给船老大一支。

船老大接过烟往耳朵上一夹，麻利地抽出一杆秤。先称了称鱼篓，报了一个数，又熟练地抓起鱼塞进鱼篓，抹了一把秤杆上的水草星子，用秤钩钩住鱼篓，用力提起来称了一下，手指摁住砣绳，给中年人验了秤，说："除掉鱼篓，还有四十一斤半，就算四十斤，一共是八块八。"

中年人瞟了一眼秤杆上的秤星，从兜里掏出一把散票子来。数了数，只有五块多钱；又在几个兜里翻了一遍，没有多的，脸上便有点儿尴尬。

船老大接过票子点了点，爽快地说："你先拿去！剩下的以后再说。"又转身指着舱里的几只绿壳大甲鱼："这有几只甲鱼，也一起拿去吧？"

中年人看了看舱里的甲鱼，甲鱼从壳里伸出脑袋，绿豆似的眼睛眨巴儿卜，也看了看他。中年人有点儿犹豫，便问道："这，多少钱一斤？"

"一角二给你！这有十几斤，一起才块把钱……"船老人期待地望着他。

"算了……不要。这东西上不得台面，待客又拿不出手。"中年男人撇了撇嘴说。

天亮了，渡口边的人渐渐多了起来，有过河的，有挑水的，也有买鱼的。有些人聚在这几条小渔船旁边，有用钱买的，也有用粮食交换的。有人提一罐油，有人提半篮鸡蛋，有人胳膊下夹一匹家织土布，都可拿来换鱼。凡是生活物品都可以物易物，船家们也来者不拒，都好商量。即使什么都没带，也可以先赊账……

在乡下，交易双方图的是互通有无，各取所需；凭的是货真价实，诚实守信。看不到讨价还价的现象，也没有因此而发生口角的事，更没有赖账不还的人。一切都很自然，交易过程一团和气，充满人情味，交易结果也都各自满意。

这种古老而又原始的交易方式灵活方便，小到一鸡一蛋一条鱼，大到男婚女嫁盖房子，打家具做嫁衣，工钱材料等，几乎所有交易都可以赊欠。也不急着催账，等到秋后田里有了收获再结算，这就是所谓的"秋后算账"。谁也不会去破坏这规矩，游戏便可以一直玩下去……

渡口边的交易热闹地进行着。半尺以下的小杂鱼六分钱一斤，河虾四分钱一斤，也不用秤称，只用筲箕量，装满一筲箕估个价就行。

太阳出来以后，几条小船里的鱼，也卖得差不多了，只剩一点尾货和那几只不好卖的大甲鱼。

船老大们都在用河水清洗船舱和甲板，里里外外擦洗得干干净净。船家婆从舱里拿出小锅灶，放在船头的小甲板上点火做饭。

不一会儿，炊烟袅袅，几条船上同时响起锅铲声，煎鱼的香味也在渡口周围弥散开来。引得路人像饥狗似的，吸溜着鼻子朝船上张望，嘴里顿时湿漉漉的。

春桃正端着筲箕出来淘米，看见渔船，闻到鱼香，心里一动，问道："还有没有鱼呀？"

这几条船经常停在这里，船家与这几个女学生都面熟，春桃她们也买过几次鱼虾。

"姑娘，还剩点儿小鱼小虾，要不要？便宜给你！"一个船家婆拿锅铲指了指船舱，热情地说。

"好！我先看看。"春桃放下手里的筲箕，小心地登上了船。船舱里半舱小杂鱼，半舱河虾，都养在水里，上面覆盖一层水草。这虾子青绿透明，个头很大，肚子上两排毛脚不停地划动，十分招人喜爱。

"这虾子怎么卖呀？"春桃捉起一只闻了闻，闻到了湖水的清香。虾猛地一弹，溅了她一脸水星子！

第六章

船家婆手上拿个笤箕晃了晃说:"这一笤箕一角二分钱,有三斤多呢。"

"好,就买一笤箕!"春桃满意地说。

船家婆从舱里撮了一笤箕虾出来,堆得满满的递给春桃,又叮嘱说:"姑娘,这虾子如果一次吃不完,记得用河水养,上面要蒙一层水草,虾子不受惊吓,就不会死的⋯⋯"

春桃谢过,付完钱刚要走,旁边那条船上的人又喊:"小姑娘,我这里还有几只大甲鱼要不要?我们吃过早饭要回去的,全包了便宜给你!"

春桃正要答话,看见雨欣提着桶出来打水,赶紧向她招招手,便朝这条船走去。

雨欣重重地吸几下鼻子,朝船上的锅灶望去:"好香啊!春桃,我们也买几条鱼吧?"

"已经买了虾子的。这边有甲鱼,你来看看!"春桃站在船上,伸出手把雨欣拽了上去。

那甲鱼像小锅盖似的,一只压一只堆垒在舱里,缩着脑袋和四肢,只露出鼻尖。船老大抓起一只给她们看,这甲鱼立刻伸长脖子,张大嘴,撑开四只脚,张牙舞爪地乱挠一气!吓得她们赶紧躲避。

雨欣紧紧地攥着春桃的胳膊,看着甲鱼那副凶相,道:"太吓人了⋯⋯不要不要!"

春桃也说:"算了,不要,这也叫鱼呀,样子太凶⋯⋯"说着两人赶紧跳下船。

湖北是有名的"千湖之省",水产种类历来就很丰富,当地又是著名的鱼米之乡,可食用的水产品种选择余地大,人们习惯上只吃有鳞的"白鱼"。视甲鱼、乌龟、泥鳅、鳝鱼和黑鱼为另类,与螺蚌等同,价值低贱,即使饥荒年也鲜有人问津。当地收购站以极低的价格收购,集中起来,整船整船的经长江到武汉转运至广州。湖北人却当作笑话来讲:广东人就吃这种东西呀?

作为食材,这类水产品在湖北卖不出去。由于饮食文化和习惯,这种东西上不了台面,社会认同度不高。偶尔吃这种东西的人,往往遮遮掩掩,不会公开宣扬,传出去会被认为野蛮和寒酸,惹人讥笑失面子。

雨欣和春桃在家时从没接触过这类东西,难怪一见此物,唯恐避之不及呢……

连着下了两天雨后,太阳出来了。春日的阳光明亮而又柔和,晒在身上暖烘烘的。正是洗衣服、晒被子的好天气!

王娟她们在屋檐下钉了两根小木棍,木棍上搁了一片青瓦,燕子一口一口地衔来湿泥,在上面筑成一个泥窝。眼下,窝里的六只雏燕刚刚长出羽毛,表面还带着一层黄黄的细绒。一公一母两只燕子,来来往往,终日忙碌着捕食育雏,一刻也不敢停歇。

俗话说,燕子不吃落地的,鸽子不吃喘气的。燕子是在飞行中捕食的一种鸟类,从来也不落地觅食。因为这种习性,逐渐进化得体态轻盈敏捷,速度快如闪电。

在飞行中捕食空中细小的蚊虫,想填饱肚子,并非易事。何况家里还有六张嗷嗷待哺的嘴巴!

窝里的六只雏燕还不懂事,也不知道生活的艰辛,一味地吵吵闹闹,仰着头张开黄黄的大嘴,像六个填不满的无底洞,饥饿地叫唤着!逼得父母气都不敢喘一口,不停地外出捕食。

第六章

两只燕子累得疲惫不堪,身上的羽毛失去了光彩,又脏又破……

王娟洗完衣服,又抱出被子来晒。都忙完了,便穿着毛衣坐在门口晒太阳。从小到大,她对自己白净细嫩的皮肤不甚满意,不论走到哪里,总有人盯着她看,好像自己是个另类,感觉不自在。她想把自己晒黑一点,尽量与农村姑娘的肤色拉近距离,这样不会太扎眼。

此刻,她晒着太阳,看着屋檐下的燕窝,看着这一幅呕心沥血育雏图,看着这温暖幸福的一家子,不禁为之动容!她想起自己的家,想到父母,想到他们的遭遇;又想到弟弟,也不知近来怎么样了。鼻子一酸,眼前的景物渐渐模糊起来……

突然,雨欣和春桃在屋里一阵惊叫,王娟从回忆中猛地惊醒过来!

原来,雨欣和春桃在屋里寻找上次丢失的袜子,找来找去找不到。她们心有不甘,因为实在想不明白:晚上睡觉的时候才脱下的袜子,明明放在凳子上,第二天一大早起来,怎么就不见了呢?如果小偷进来了,也不会只看上袜子吧?何况春桃的袜子只丢了一只,更加说不通。再说门窗关得紧紧的,没有迹象表明小偷进来过呀!偏偏雨欣又是个凡事认真的人,这事引起了她的好奇心,非要弄个水落石出不可。

她和春桃拿着火叉这里捅捅,那里拨拨,像考古探宝似的到处寻觅。房间和伙房的角角落落都找遍了,就是不见踪影。两人也不嫌麻烦,互相启发,尽情想象,反复寻找。找了好半天,两人忽然有了发现——在门后半人高的墙缝里,露出一点点花袜子的边角,雨欣用火叉拨出来一看,正是自己的袜子!

二人立刻惊呼起来……

王娟不知道屋里发生了什么事，赶紧跑进来，连声问道："怎么了？怎么了？"

春桃用火叉指指墙缝，对王娟道："你看这里，这……"

王娟看看墙缝，又看看袜子，瞪着眼珠狐疑地说："你的意思，这又是老鼠搞的鬼？"

雨欣嘻嘻一笑，道："除了老鼠还有谁，我一直就有这个怀疑。果然被我猜中……"

真相终于被揭开，雨欣心里一阵轻松，好像一块石头落了地。可是她没想到，接下来的发现更加令人吃惊！

王娟见墙上那块砖很松，豁着一条大口子，夺过火叉一撬，那块砖掉了下来，眼前出现了一个黑洞。找来手电向里面一照，谁知这洞穴内大有乾坤！只见上下左右，四面都是空的，墙的底部填了两尺多高的土，上面堆满了杂七杂八的东西，竟然像个小仓库似的！

王娟又撬下一块砖，把洞口扩得更大一些，三个人用手电照着往里面看，个个惊得瞠目结舌，啧啧称奇……

雨欣找来火钳，春桃站在凳子上，用火钳一件一件地往外夹……王娟拿手电帮她照着，用手把鼻子捂得紧紧的。几个人发现宝藏似的，感觉又刺激又紧张，不由得兴致大增！

夹了好一会儿才夹完，装了满满一笸箩。端到门口倒在地上，用火叉拨弄着辨认。细看这堆小东西，竟然五花八门，种类繁多！

"冰冻三尺，非一日之寒。"要收集到这么丰富的藏品，没有老鼠家族几十代的不懈努力，恐怕难以达到如此规模！

第六章

有件事,夏雨欣不能再等了。她收到家里的来信好几天了,一直没有回复。每天收工回来累得不想动,今天推明天,明天推后天,这封回信一直拖到现在也没写成。今天收工较早,便坐在桌前搜索枯肠,在心里反复琢磨着句子。她想用点形容词进去,写出点文采来。

王娟和春桃一人手里拿本小人书,靠在床头看得津津有味。这段时间,田里的活不重,妇女们主要是在稻田里扯草,出工迟,收工早,闲下来就看看书。

"知识青年嘛,就是要多看书,多学习。没有知识还叫知识青年?"王娟笑着说。不过,她最爱看的还是小人书。

雨欣埋头写信,写了一会儿,觉得脚下似乎有动静,也不在意,只顾写。稍后,听到桌子下面一阵奇怪的响声,低头朝桌下一看,只见一条蛇从洞里探了出来……

她惊叫一声,一步跳到王娟床上,死死地抱住她浑身发抖,面色如土!

王娟大吃一惊,连忙问道:"你怎么回事啊,见到鬼了?"

雨欣把脸埋在枕头里,用手指指桌子下面,说:"蛇……有蛇!"声音里带着哭腔。

王娟和春桃一听,都坐起身朝桌下看。墙根处一个老鼠洞里,一条黑白相间的蛇露出两尺多长,秃秃的尾巴摇来摆去,正扭动着身子排便……

几个人吓出一身冷汗,惊恐地抢过被子蒙住头,躲在里面汗毛直竖!

这条蛇在她们房间里排泄完毕,累得筋疲力尽。对房间里的主人毫无兴趣,既不打个照面,也不打个招呼,稍事休息之后,消失了。洞口边留下一堆灰色的粪便,犹如新鲜的湿水泥。

过了好一阵,感觉外面没了动静。王娟掀开一点被角,从缝隙里偷偷朝外窥视,不见蛇的踪影。几个人捂着被子坐在床上,叽叽喳喳,炸了锅似的议论开来:

"这屋里还怎么住人呀?又是老鼠又是蛇!"

"要是夜里蛇钻进被窝,那就惨了!"

"很有可能!蛇是冷血动物,它喜欢温暖的地方……"

"假如夜里蛇躲进鞋子取暖,脚一穿进去,把脚咬掉就完了!回去怎么跟我妈交代呀……"

"你们注意看没有?那条蛇身上一圈黑一圈白,那是剧毒的银环蛇,书上讲过的!"

"要是被它咬一口,就完了!这里又没医院……"

"这屋里肯定不止一条蛇,你看地上几十个洞口!"

"这些洞也不晓得哪些是老鼠洞,哪些是蛇洞……"

"怪不得那天晚上,老鼠叫得那么凄惨,一定是被蛇咬住了!"

"要是蛇缠到腿上——妈呀,太可怕了,我不敢住这里了……"

几个人你一言我一语地说着,越说越恐怖,不停地打着寒战,像一群惊弓之鸟。

王娟挪动一下身子,不料手电筒滚到手边,手背感到一阵冰凉,看都来不及看,吓得大叫一声:"床上有蛇!妈呀!"首先跳下床向外奔去!

几个人大声惊叫起来,苦胆都吓破了,光着脚抢出门去,蹲在外面惊魂不定……

过路的女社员见她们披头散发,衣衫不整地光脚蹲在地上,个个惊恐万状,便感到奇怪,连忙问她们:"发生什么事了?"

第六章

几个人站起来，比比画画争着告诉她，屋里有毒蛇，多长多大多粗，又如何如何……我们不敢进去了！

女社员听了松口气，道："哦，这不奇怪。我们这里家家户户都有，蛇进屋是去吃老鼠，不是去咬人的。我嫁过来这么久，还没听说过谁在屋里被蛇咬了……"

一位年轻姑娘说："话不能这么说！她们跟我们不一样，还没习惯，我就怕蛇！走，我带你们去找队长，叫他派人帮你们把房子整好！"

队长立刻派了两名男社员，背着打农药的喷雾器过来，把喷管塞进老鼠洞，摇动手柄，"哗啦哗啦"往里面喷"六六粉"。几十个洞口都尽情地打了一遍，半桶"六六粉"打个精光。又找一些碎砖头，用铁锤砸进洞口，堵得死死的。第二天，队长又派人来，往墙上的每个豁口里面都打了一遍"六六粉"，又调些石灰浆，把那些豁口封堵得平平整整。看上去让人放心了不少。

战战兢兢地住了几天，果然一点动静都没有，连老鼠也不闹了。以前还有蚊子，现在半只蚊子都见不到——浓烈的"六六粉"气味不停地从墙缝往外冒，熏得人眼睛都睁不开！

此后两年，除了这三个大活人外，任何动物再也不愿踏进这间屋里。

第七章

教育的"教"字,左边是个"孝",意即"顺从";右边是个反"文",是"手上拿根棍子"的意思。老师有教鞭,私塾先生有戒尺,顽童不服管教,就要打手心。自古如此,天经地义——正所谓"小孩不打不成人,小树不修不成材"嘛。

翻身大队小学设在肖家台,紧挨着五岔河。学校有土坯房三间,其中一间是伙房。夏雨欣到来之前,全校师生员工合计三十六人,清一色的须眉,无一巾帼。其中三名教师,个个身手不凡,"十八般武艺"样样精通。不但校长、副校长、教导主任、后勤管理员、勤杂人员等都在这三人中,并且肩负着全校各年级的语文、数学、政治、自然、体育、音乐、美术等科的教学任务。

学校遵循上级"学制要缩短,教育要革命"的指示精神,与全国一样,学制为五年。一、三、五年级在一个教室,二、四年级共用另一间教室。

五个年级混编在两个教室里,仍然稀稀疏疏,一点不显拥挤。桌椅板凳是学生自己带来的私产,大小高矮,长短方圆五花八门。课时的安排别具一格,同教室的某个年级上课,其他年级就伏案做功课或默读课文,互不打扰。干扰当然是有一点的,不过也只能将就。一个年级才六七名学生,总不能独占一

第七章

间教室吧？

　　本校数学课，从来不用全国统编教材，因为自建校以来就没有出过一个初中生，五年级就算读到头了。既然没有人愿意参加统考，买那教材回来有什么用！所以数学这一科就是珠算课，加减乘除都是它，上课做数学题时，算盘"噼里啪啦"震天响。这数学课的老师，便是校长肖本科。

　　一校之长肖本科是个"万金油"校长，不仅学校的各项工作和教学进度全靠他安排调度，而且各科的教学业务他也样样拿得起放得下，亲自代了好几门课。

　　肖校长五十出头，虽然名字叫"本科"，却连大学的门朝哪边开都不知道，只在旧社会读过两年私塾，原先就是本大队一名社员。荣任校长后，依然本色不改，一副当地农民打扮。一条两三米长的黑头帕，两年也不见洗一回，一圈又一圈盘在额上。吸烟时烟雾袅袅上升，好像头上顶着一盘大蚊香。

　　正是由于肖本科这个"伯乐"在大队多次举荐，夏雨欣才得以有机会来此任教。教书在农村来说当然是个轻省活，夏雨欣做梦也没想到，有朝一日自己会时来运转，能在这里当个"猢狲王"！这充分说明领导对自己的肯定和信任，不免有点受宠若惊，暗暗告诫自己：一定要做出点成绩来，不可辜负领导的期望和重托。

　　夏雨欣与米儿和王娟，虽然从小到大都是同班同学，但其父母并非同一个单位，家也不住在一起，她是就近入学，"借读"在米儿他们子弟学校的。

　　雨欣原籍上海，跟家里人讲话，同学们都听不懂。她的父亲是一家军用造船厂的水下动力研究专家，早年留学欧洲时专攻船舶动力专业，建国初回来报效祖国。母亲是工程师，也是该厂的技术骨干。雨欣上面还有一个姐姐在部队，后被保送至汉口的武汉军事指挥学院学习深造。

雨欣的家就在船厂的院子里，与米儿和王娟住得很近，仅隔一条马路，对面相望。读小学时，米儿、王娟和华华都去过她家。厂门口持枪站岗的哨兵，见是雨欣带来的小同学，从不阻拦，有时还敬个礼。米儿嘻嘻哈哈，也顽皮地学哨兵的样回一个礼。

进入院子，右边一个高大宽敞的车间里，工人们正在吊起一个巨大的齿轮，那立着的齿轮直径足有三四米高，打磨得精光耀目，闪闪发亮，不知有多少吨重。对比之下，旁边工作的几个工人简直渺小得可笑！此后很多年一提到雨欣家，米儿就想到那个令人震撼的大齿轮，心里总会升起一股自豪感：身边这么一家不起眼的小厂，居然能生产出这么一个大家伙！祖国的工业实力可见一斑。

良好的家庭教育，加上父母的精心培养，雨欣出落得端庄娴婉，清新脱俗，聪慧而又文静，情感细腻而丰富，同时自尊心很强。在五个女生中，她更显得性格成熟，做事有主见。

可能受家庭教育的影响吧，她跟王娟不同，凡事追求完美化、理想化，事无巨细，一丝不苟。这种执着的精神品质，对于科学研究和探索也许是可贵的。但在生活中，有时不免会钻牛角尖，缺乏灵活和变通……

雨欣到学校后，校长安排她代一至五年级的数学，每天五个课时。上课时学生们一看，进来的不是校长，换了个年轻漂亮的女老师！眼睛一亮，精神大振，把算盘往桌面一放，端坐着，洗耳恭听。雨欣拿起花名册开始点名，这间教室三个年级十五个学生，点来点去竟然旷课六个！

一问，学生们七嘴八舌地报告说：挖猪菜去了，放牛去了，捉鳝鱼去了……再一了解他们的功课程度，居然连"加减乘除四则运算法则"都没学过！

雨欣初次登台执教，没有经验，心里一阵恐慌，不知该从何处教起。台下的学生都眼望着她，等她开讲。她的脸涨得通红，紧张得嘴唇发抖，半个字都讲不出来！忽然她急中生智，赶紧抓住一根救命稻草：叫他们先复习昨天老师讲课的内容。这一招总算暂时给她解了围，教室里响起"噼里啪啦"的算盘声，学生们个个嘴里念念有词。

过了一阵，算盘声渐渐小了下来。学生们报告说昨天的内容已经复习完了，又端坐不动，拿眼睛盯着她，等她讲新课。雨欣为了打发时间，只好让他们再复习一遍，算盘声再次响起。可是这一遍复习完了，下面又该干什么呢？雨欣此刻想哭，心里只盼下课铃声快快响起，只恨这节课太长，长得让人心里发毛，长得让人六神无主，双腿发软，汗水涟涟……

下课铃声终于姗姗而至，这节课总算熬到头了，雨欣逃也似的跑出教室去找校长。问道："学生怎么没有课本？老师也没教科书？"

"什么课本？还要什么课本？这些伢读一两年就回去了。极个别的勉强读个四五年级还是回去种田，从不参加统考。农村人嘛，能读两年书认几个字，会打算盘，把账算清楚就不错了。再说我们这里从来就没有数学老师，要什么课本……"

雨欣没想到是这么回事，她大感意外！想了一会儿又说："校长，我觉得还是按照国家的统编教材学习正规一些，从长远看不至于误了学生的前途。哪里有课本？我去买回来！"

校长听她说得有点道理，再说以前是因为没有数学老师，现在这不有了吗？何不让她试试？他沉吟片刻，便道："课本在公社文教组。你今天回去准备一下，明天叫大队派条船跟你一起去买回来！"

数学课本买回来后，迅速发到全体学生手中。有了统编教材，雨欣备课、讲课有了依据，学生也有了参加统考的机会，心里踏实了许多。学生见来了漂亮的女老师，发了新课本，学习新知识，学习兴趣大增。教学渐入佳境，雨欣由此一心扑在教学上。

"束脩"一词，起源甚早，至少在孔夫子活着的春秋时期就已经有了。原意专指敬献给教师作为报酬的咸肉条，或者干肉、腊肉条。旧时的私塾先生开馆教学生，学生家里大都是以这类东西充当学费。

雨欣所在的小学，可谓古风犹存，中华文明的传统在此独存一脉，并且演绎得格外丰富多彩。学生送来的学费不但有腊肉条，还有鸡蛋、粮食、油料、布匹等。根据季节和当地的出产，有什么就给什么，学校并不挑剔，照单全收。大队的小卖部成了"牙行"，担当起经纪人角色，将这些物资变成现金后再交给学校，学校用来支付书本和教学的费用。

雨欣和其他三名教师都在大队记着工分，个人当然得不到任何"束脩"。不过，学生们敬爱夏老师，上学路上就在沟渠边捉几只青蛙，在河里摸几条鱼，在田里抓几条黄鳝等，用树枝串着带到学校来，送给夏老师。这些学生虽然年龄小，个个都有打鱼摸虾的渔民基因，这对他们来说不是难事。正因为如此，雨欣能不断地收到这些小礼物，放学就带回去交给王娟她们。

学校离雨欣住的地方很近，五分钟就可以走到，吃住还是和王娟、春桃在一起。除了劳动不在一起外，其他都和原来一样。

农村的孩子生活很苦，上学提一个小饭罐，里面装一碗米饭和几根辣萝卜条，这就是午饭了。吃下这又冷又硬的饭菜后，到河边洗碗时，舀一碗河水喝下肚，这顿午餐就算圆满结束。雨欣看了心里难受，不肯收他们的小礼物。但是，看着孩子们失望的样子和满怀期待的眼神，又不忍看着他们难过，便只得收下。雨欣由此常怀感动，工作越来越勤奋。

五年级的五名学生，今年就要小学毕业了，雨欣抓紧给他们补习统编教材的课程内容，鼓励他们去参加公社的统考。

到了统考这天，雨欣带着五名学生早早地赶到曲湾中学考场。

考试结束后，她仔细询问每一个学生答题的情况，问完后心里有数了：至少可以录取两名！

不久，曲湾中学的录取通知书到了，翻身大队录取三名中学生！这可是翻身大队小学史无前例第一次！家长、校长和大队干部脸上有光，都高兴得合不拢嘴："这回真的是翻身了！"

可他们怎么也想不到，更大的惊喜还在后面！一九七七年高考，这三名学生中有一名成了华中师范大学外语系本科生；一九七八年高考，雨欣教的另一名学生，成了西北工程学院机械设备制造系本科生！

连续两年，从翻身小学这个母校走出了两位名牌大学的本科生。别说曲湾公社，这在白鹭区也是绝无仅有！连续两年两件大喜事，使翻身大队出了名，区里和公社的领导赶来祝贺……翻身大队翻身了！翻身大队沸腾了！翻身大队声名远播，人人津津乐道！翻身大队上至领导和校长，下至家长和社员们个个喜气洋洋！

大家感念雨欣当年教改的功劳和辛勤的付出，都说翻身大队的风水好，引来了金凤凰——夏雨欣他们这一届知青。这是翻身大队的骄傲和幸运！多年来，这里的人民没有忘记夏雨欣和这批知青……

翻身大队一共有一百几十户人家，上千人口，在校生却只有区区三十多人，并且无一女生。

雨欣也是女的，而且是城里下来的知识女性，从小就受到良好的家庭教育。看到农村女孩被剥夺受教育的权利，整体失学，感到心疼和不公平。

她以城里人的思维，站在女性的角度设身处地地想：为什么男孩能读书，女孩就不能，女孩不是人吗？没有女人哪来男人？就好比没有左哪来的右，左右不是平等的吗……又想到那天在曲湾公社，毕癞子和强队长因重男轻女而吵架这件事，她为这些失学的女孩大为不平！

校长正在自留地里"吭哧，吭哧"地翻土，手上还粘着泥。听完雨欣的想法，他大为惊讶，含在嘴里的粗烟卷一动不动，像一根木头橛子似的。两只眼睛像一对铃铛，将面前这个女学生上上下下来回打量，似乎在心里掂量她有几斤几两，够不够分量来管这件事。

雨欣当然知道他在想什么，也清楚自己的分量。讲完自己的想法，便不再开口，等着他表态。

第七章

　　好一会儿，校长才使劲地摇头，头顶那盘大蚊香经不起猛烈地摆动，险些被摇散了，便连忙用手塞紧。说道："不行不行！农村女伢子嘛，读什么书啊……"一面说一面心里想：这个女伢子！你教好自己的书就行了，操那么多心干什么？要是都来上学，师资力量从哪里来？教室也不够呀！再说光是家长的工作，做起来都够头疼的。真是咸吃萝卜淡操心……

　　雨欣接过他手里的锄头，一边挖地，一边胸有成竹地说："我测算过了，教师不用增加，十个人是一堂课，二十个人也是一堂课。我读书的时候，班上五十二人还是一堂课。现有的两间教室，再增加一倍的学生，稍微挤一挤完全能够坐得下。"她停一停，继续道："只是这家长的工作，恐怕一时难以做通，要费点儿劲……"

　　校长听她说师资和教室不成问题，分析也有理有据，不觉轻轻地点点头。说到家长问题时，他立刻接上去说："是的是的，家长态度很关键！即使免学费，他们也不会同意。因为这些女伢子在家里要干大量的家务活，大人出工去了，家里就全靠她们。放牛、喂猪、养鸡鸭，洗衣、做饭、带引伢。这些杂七杂八的活很多，她们去上学了，这些事交给哪个做？"他一口气讲了许多，证明自己讲得也有理有据，都是实际情况。言下之意劝她打消这念头。

　　这个雨欣，好像没听懂似的。她想了想，不慌不忙地说："我觉得这都不应该是家长的理由。教育是件终身大事，事关一个人的前途。困难家家都有，不是这种就是那种。假设一个家庭都是男孩，没有女孩怎么办？难道就不过日子了？再说每家都有老人，这些事他们也能做，关键是家长的观念要转变。所以校长，我还是想试试……"她也讲了很多，层层分析，抽丝剥茧，剥到最终，核心就是两个字：观念。

校长听她讲得在情在理，又看她态度坚决，心想：这城里的女伢子不简单呀，看来我是没看错人！不过这家长的工作要想做通，更不简单哪！说起来容易做起来难。看来不让她试试，她是不撞南墙不回头的。

想到这里，校长终于撂下一句话："你想试，就试试吧！不过，莫抱太大希望。"

雨欣不厌其烦，先摸底调查全大队共有多少失学女孩。这一调查不得了！从七岁开始往上，直到待字闺中尚未出嫁的女孩子，竟有一百多人！这数字大大出乎意料，雨欣的头都大了……

以现有的条件，根本无法全部入校就读。如果按照学龄期和超学龄期来划分，学龄期的入学，那超龄期的大龄女孩怎么办？假如将她们拒之门外，不是又造成新的不公平吗？她们不也需要读书识字吗？

雨欣就是雨欣。她一头钻进去，一门心思都用在这上面，还真当回事了。几天来心里老是琢磨这事，想来想去，脑壳都快想破了，也没想出个解决的办法来，心里闷闷不乐……

王娟和春桃见她心事重重的样子，问她有什么心事，不妨讲出来。雨欣把此事讲了一遍，主要说大龄的女孩子不好办。

谁知王娟想都没想，随口就说："这有什么难的，再搞个夜校不就行了！学生白天上课，夜校晚上开张！"

一语点醒梦中人！雨欣忽然眼睛一亮："对呀！我怎么就没想到呢？你，你好厉害呀！"说着感激地在王娟脸上亲了一口。

春桃也乐了，热情地说："人手你也不用愁，我们都可以来帮忙！还有李月她们和田米小组，这都是你的后援！你是不是

第七章

也该亲我一个？"

办法找到了，人手也有了。白天是学校，晚上是夜校，时间一错开，教室也解决了。雨欣高兴死了！

没想到几天来心里的大难题，在王娟和春桃这里三言两语就轻松解决了，附带着师资力量也一步到位，并且还有富余。能与这样的好同学在一起真是难得，真是幸事！雨欣满怀感激，看到了希望，充满了信心。

俗话说，良好的开端，是成功的一半。这话没错，但那毕竟只是前一半。可后面一半更重要，直接关系到结果，不然怎么会有"前功尽弃"这一说呢。雨欣的信心现在是大涨，可这不过是一厢情愿，女孩子家长买不买账，还两说呢！

夜校的报名工作倒是比较顺利，一个星期不到就报了三十几名，除了大姑娘，还有嫁过来不久的新媳妇。平时这些年轻女人天一擦黑就吃过了晚饭，把自己洗得干干净净，又没事了。外面到处黑灯瞎火，索然无趣。枯坐灯前又不会看书，还费灯油，只能早早上床，望着屋顶翻白眼想心事，打发这难熬的漫漫长夜……

年轻人精力旺盛，爱凑热闹，喜扎堆，夜校嘛，又正好是夜晚学习。夜里能有这样一个灯火辉煌的热闹场所，姐妹们聚在一起玩两个小时倒是不错，反正晚上没事，闲着也是闲着。至于读书识字嘛，顺便吧，能识几个算几个——这地方再好不过，夜生活丰富了！

夜校就设在大队小学，那两间教室白天学生上课，晚上夜校开班。

夜校开学前两天，校长肖本科召集米儿的小组和王娟的小组凑在一起，热烈地讨论开学的准备工作，并对任课老师做出安排。夜校每周上课四次，每次两小时。校长宣布：九名知识青年分为四个教师组，为夜间上课安全起见，各组必须男女搭配。曾抗美与李月，刘华社与由春桃，许江华与王娟，田米和夏雨欣各为一组。谭素琴作为替补。

宣布名单的时候，王娟瞟了米儿一眼，又看一下雨欣。雨欣低着头。谁都不知道，这份名单是雨欣和校长共同制订的。

这群十六七岁的孩子，自己的书都没读好，学生都还没当够，现在摇身一变，居然成了教师，感到既新鲜又紧张！学员中，很多人比自己年龄还要大，想想就有点心虚呢。

校长不停地给他们打气壮胆说："不消担心，你们面对的都是文盲，完全能够胜任！每两天教会她们五个字，这不难吧？除掉农忙和节假日，一年下来也有好几百个字，成绩就不小了！不求快，但求学得扎实，记得牢就行了。她们又不参加统考，有什么好怕的？"

开学这天晚上，校长和九名知识青年全部来到学校，喜气洋洋地为夜校的开学站阵助威。四盏马灯捻足了灯芯，把教室照得雪亮！

华华把半截粉笔横过来，在黑板上写了几个粗粗的美术字："夜校欢迎你！"王娟在下面歪着脑袋看来看去，感觉气氛还不够热烈，又跑上去用红粉笔给每个字都加上了红边。雨欣带着另外三名女同学，站在学校的路口迎接学员们。

来学习的人，大大超过了报名人数！有些是陪着来的，有些是还没报名先来看看的，更多是来看热闹的。还有好几个一二十岁的半吊子青年，准备来这里起哄捣乱的，他们的手电筒专往漂亮姑娘脸上照，在姑娘堆里挤来挤去。姑娘们尖叫着说

第七章

脚被踩了，腰被掐了，胳肢窝被挠了……吵吵闹闹乱成一片。

这男男女女七八十个，站的站，坐的坐，在教室旁边晃来晃去，小操场上站的都是人。雨欣拿着花名册点名，点到名的，就请进教室入座。

报了名的人全部到齐。校长走上讲台宣布："翻身大队夜校，今天正式开学！"

王娟小组的五个人带头鼓掌，教室里的学员和挤在门外、窗外看热闹的人一起鼓掌，震得灯火摇曳不定，声浪差点把教室的屋顶给掀翻！接着选举出班长、副班长，以及各小队的召集人。

按事先的安排，今天该华华和王娟打头炮上第一课。可是今天学哪五个字，事先并没有确定，手上又没有夜校的教材。华华站在上面，看着下面一片脸的海洋，手足无措。正在着急，忽然看见王娟向他招手，他走过去，王娟对他说："黑板上就有五个字，'夜校欢迎你'今天开学，你就把这五个字的意思向她们解释清楚，教会她们就可以了。明天再去准备教材！"华华如获至宝，感激地向王娟竖起大拇指。

华华上去拿着教鞭指着那句话，一个字一个字地解释，然后带着大家念。第一遍刚念完，又是一阵热烈的掌声！她们知道了这几个字，明白了这几个字的意思！

那几个半吊子青年站在窗外，掌声刚一落，他们口里便打着呼哨，把手里的烟头往教室里扔。烟头落在姑娘们身上，引起一片惊呼和骚动，她们慌忙站起来跳脚、抖衣服，嘴里叫骂不停……

米儿把麻杆和花蛇叫到一边耳语几句。三个人走过去，把那几个捣乱的家伙从人堆里揪出来，米儿警告他们说："你们来了我们欢迎。但这里是学校,不准在这里捣乱起哄、影响别人学习!希望你们自觉一点。不然——"米儿还没想好下面该怎么说。

一个叫金狗的家伙用手电筒照着米儿的脸,挑衅道:"不然你想怎样?"

米儿正要开口,花蛇把衣服一脱,狠狠地往地上一摔,露出身上大块大块的肌肉,一个箭步迎上去说:"不然老子揍你!"两个大拳头握得紧紧的,对击一下,发出"咔咔咔"的响声!"不管你是金狗银狗癞皮狗,如果再敢捣乱,老子就把你揍成死狗!"他瞪着眼发狠道。

那叫金狗的家伙不识相,还想上前纠缠。同伙中一个叫"癞蛤宝"的矮胖子,一张浮肿的南瓜脸上长满疙瘩。他一看花蛇要动真的,一把拉住金狗低声道:"莫跟他们斗,你打知识青年,就是违反了政策!"

金狗也明白知识青年是上面派下来的,是公家的人,打不得。但他见旁边男男女女围了一大圈,又不想丢面子,于是虚张声势地狂叫道:"知识青年有什么了不起,把我惹毛了,一样敢打!"

校长拨开众人,指着金狗吼道:"你敢动他们一下,我就让民兵把你捆起来,交给公社特派员!明明是你们的错,以为我没看见?今天夜校开学,你们跑来捣乱,知识青年劝你们,你们不但不听劝告,还要发狠!人家白天出工累了一天,晚上义务教大家识字,这是在帮我们呀,人家图什么?人心都是肉长的,你们不但不帮忙还捣乱,道理何在?"

姑娘们也七嘴八舌地骂道:"像个鬼一样的,不要脸!厚脸皮!明天告诉你们爹娘去!"

第七章

　　这几个家伙挨了校长一顿训,惹得姑娘一通骂,自觉理亏。金狗脸通红,说了句:"惹不起,躲得起……"灰溜溜地走了。以后他们见到米儿他们就绕着走,再也不敢到夜校来捣乱了。

　　夜校的工作逐渐走上正轨,报名的人也多了起来。知识青年们教得也很卖力,每个教师小组一周只轮一次课,负担也不重。大龄女孩子读书识字这件事,总算有了着落。

　　动员学龄期的女孩入校读书,可就没这么简单了!雨欣从一队到五队反复跑,整个大队跑遍了,只要家里有学龄期的女孩,她就挨家挨户反复去做劝学工作,一个多月下来腿快跑断了,嘴磨破了,只劝动了两个女孩报名。"比抓壮丁还难!"她说。

　　好多家长怕她,见她来了就东躲西藏,故意不见面。碰上了,只好自认倒霉,心里说"活见鬼!今天又要听她念经……"表情冷淡,抱一副"你念你的经,我打我的坐,反正不去"的态度。

　　电影《地道战》里面说"各庄有各庄的打法,各村有各村的高招"。社员们也一样,各家有各家的打算,各人有各人的办法来对付雨欣。雨欣疲于应对,深感头疼!

　　其实涉及千家万户的事情都不是小事,要想让每一个人都满意,每一个人都拥护,世界上谁也办不到,只要做到大多数人没意见就可以了,不必一刀切。

　　可是雨欣偏不。她认为自己的工作没有做深做透,并且说,有几个家长的口气有点松动了。

　　白天社员们下田干活,去了找不到人,自己也要给学生上课。所以劝学工作只能在晚上进行。雨欣放学回家慌慌忙忙扒几口饭，就打着手电出门。二队和三队紧挨着，就由王娟、春桃和李月她们陪着去。一、四、五队较远，特别是一队，孤零零的相隔三四里，地处偏僻，小路曲折，沟坎也多，夜里非常不安全，就由男生轮流陪她去，最后还要把她送回家。

时间一长，大家不免有些懈怠。米儿因为和她在一个教师组，她央求米儿陪她去，米儿不好推辞，陪着去的次数最多。雨欣和他在一起比较随便，有说有笑，话也多些，渐渐地也产生了一些依赖感，只要跑远的地方就要把他拉去。

这天晚上，约莫十点钟了。米儿打着手电，走在后面给雨欣照着路。大半个月亮在云层里缓缓地穿进穿出，眼前的景物忽明忽暗，随着月光的进出变得鲜活起来。天不算太黑。

现在正是五月份，路两边的水田里，早稻已经长了一尺多高，连风里也带着禾苗的清香，使人微微陶醉。四周蛙声一片，一走到跟前，近处一起噤声，而远处叫声又起，使出傻劲拼命聒噪，仿佛在欢呼春的到来。春风拂面，月光如水，洒在身上，泻在地面。二人踏月而行，心情大好。今晚劝学，又有一个家长"口气有点松动"。二人你一言我一语，聊得轻松又热闹！

说笑了一阵，雨欣忽然不出声了，低着头走路。米儿以为她在考虑明天该去谁家"念经"，也就闭上嘴巴不再讲话。两个人默默地走了一段，路也渐渐宽了起来，前方一大片黑乎乎的树林就是雨欣所在的三队，眼看快到家了。

突然，走在前面的雨欣一声尖叫，向后倒退两步，一下子扑进米儿怀里，紧紧地抱住他，把脸紧贴在米儿胸前，身子不停地战栗！

这突如其来的举动，把米儿惊呆了！他将电筒射向路面前方，见一条一尺多长的细蛇，正不慌不忙地蜿蜒身子，从路左

第七章

边向右边的稻田移动。米儿倒吸一口凉气,不由自主地把雨欣箍得紧紧的……

这小蛇也怪,在路中间盘起来就不走了。米儿清晰地感觉到雨欣的心"扑通,扑通"跳得厉害!自己的心也跳个不停,两颗心像比赛似的跳动,二人紧紧地拥抱着……

雨欣的身子软软的,好像没有骨骼,或许骨骼也是软的,很像地上爬的那条小蛇。头发散发出淡淡的芳香气息,如兰似馨,令人意乱神迷!米儿像喝醉了酒似的,有点儿站不稳,心也跳得更快了!此刻的米儿忽然不怕蛇了,甚至有点儿感谢它,倒希望它不要走,今晚就在路上住下来……

雨欣也像醉了似的站不稳,身子完全扑在米儿身上。良久,米儿听见雨欣轻轻地叹气,接着有湿热的清流顺着脖子往下滑动,他感觉那是雨欣的泪水。又听见雨欣颤声唤道:"米儿,米儿——不,田米……"

米儿的心,忽然稀软得不会跳动了!潜意识里,自己就像一条被网住的鱼,扭动着尾巴想要挣脱,却又使不上劲……他喉咙里一阵发干,摸着雨欣的头发哑声道:"雨欣,你以后就叫我米儿!大家都是这么叫的……"

月亮钻出了云层,雨欣的脸被月光洗濯得格外明亮清丽,妩媚动人。两只如水的大眼睛里噙着泪花,晶莹而清澈。

两人就这样抱着,缠绵在一起。时间凝固了,蛙声消失了,万物静止了,天地一片空寂……

也不知过了多久,雨欣仰起脸来,痴痴地看着米儿的眼睛呢喃道:"小米儿……小……不早了,回去吧?"说着反而抱得更紧了。

米儿忍不住笑了,露出两行白牙说:"好好的名字,怎么又给我加了一个'小'字?"

雨欣不好意思,笑着说:"我,我,我也不知道,以前听你妈妈叫过的。以后我,我不了……"停了一会儿,忽然又说:"米儿,如果……如果有一天你不喜欢我了,你也不要告诉我,就放在你心里……好吗……"声音里带着哽咽。

米儿心里一酸,含泪答道:"雨欣,不会有这一天的!你放心,你永远看不到这一天!"

雨欣长长地叹出一口气来。米儿弯腰拾起手电筒,揽着雨欣的腰,雨欣顺势倚在他身上。揽着雨欣,他突然觉得,自己拥有了整个世界,感觉整个世界都是他的!举灯照照路面,小蛇早已不知去向……

这天夜里,雨欣和米儿双双失眠。

米儿翻来覆去睡不着,像喝了酽茶似的兴奋不已,心里的躁动怎么也按捺不下去。不时摸摸自己的脖子,似乎夏雨欣——不对,以后应该叫雨欣了——的脸还在这里!不厌其烦地仔细回想当时的每一个细节,越想越感觉神秘和奇妙,在黑暗中不停地傻笑……

黑暗中,麻杆在磨牙,花蛇在打呼噜,华华一翻身放了个屁。外面的鸡叫了。

雨欣有感应,她似乎听到了米儿的心声,躺在床上辗转反侧,心潮起伏难平。这可是有生以来第一次与男生拥抱,并且还是同班的男同学呀,想想就羞,就美,就浪漫!不过今天是不是有点失态了?米儿会不会就此轻看了我?我,我不是故意的,是因为有蛇。但我心里,是真的很爱很爱你呀,我的心思你明白吗,米儿?我很感激你能拥抱我,既然我们拥抱过了,我以后就是你的人了，我这辈子非你不嫁！我愿意用我的一生来爱你一个人！你可千万要来娶我呀！米儿你听见了吗……心里一阵感动，泪水滚落下来。

幸亏王娟和春桃劳累了一天，此刻睡得竟像两根木头，什么都不知道。外面的鸡叫了。

早上起来见到王娟和春桃，雨欣心里"怦怦"乱跳，脸上红红的，不敢看她们的眼睛。

王娟和春桃只顾着刷牙洗脸，没工夫仔细看她，只随口问她昨晚怎么回来那么晚？雨欣长发遮面，低着头叠被子，强摁住心跳含糊应付几句，掩饰过去……

雨欣中了爱神之箭，幸福包裹着她的身心，心底的快乐像沸腾的牛奶泡沫似的，止不住地往上冒，按也按不下去！脸上春光艳艳，灿若桃花，一举一动，身姿敏捷，轻盈如飞天仙女！对学生和同事，对四周的人和物，对整个世界，都充满深深的感恩和爱意！她感恩爱情女神对她如此眷顾，使她心里长期以来说不清道不明的心事终于明朗，并且如此完美，如此理想，又如此浪漫，令她惊喜不已！她终于明白自己想要的是什么，终于明白自己心里所爱的人是谁了！

这快乐又像油滴在水面，迅速向四周扩散，拦也拦不住！她的快乐，她的笑容，周围的人都能看得出来，感受得到，这些变化当然逃不过王娟和春桃的眼睛。连日来，眼看着雨欣像阳光雨露滋润下的花朵，一天比一天更加鲜嫩水灵，这令她们大感不解！二人狐疑地看着她：难道是中了邪？还是劝学有了新的进展？令人捉摸不定。

雨欣确实中了"邪"。不过劝学的过程依然艰辛。但雨欣在这世界上有了伴侣，似乎找到了归宿。心，不再孤独和害怕，感觉更加踏实了。她还不知道用"生命的价值和爱情的意义"来形容她的心情,她只是每天都盼着与米儿见面。

与米儿去劝学之前,她早早就跑回来,趁王娟和春桃还没收工,赶紧洗头洗澡,换上平时不大穿的漂亮衣裳,把自己打扮得亮丽光鲜,打扮得光彩照人。她把一面镜子举得远远的,仔细地把自己端详好几遍,对着镜子一笑再笑,自觉不甚满意。又用极挑剔的眼光抻抻这里,抚抚那里,衣服换了好几件,左照右看好半天,终于给自己打了六十一分,这才出门去路口等候米儿。

刚站了一会儿,远远看见小路上米儿朝这边跑过来,手上拎着一件褂子,举起来朝她挥了两下。雨欣的心一阵猛跳,不自觉地拉拉自己的衣服,又紧紧抓住胸前的辫梢。

米儿跑到雨欣面前站住了,惊诧地看着雨欣。他还从没留意过,雨欣原来竟然如此之美!美得像一支刚刚探出湖面,在清波之上摇曳着身姿,正待开放的莲花仙子!美得清新脱俗,玉洁冰清,一尘不染!用"沉鱼落雁,闭月羞花"来形容,未免俗套一点……感觉恰似"清水出芙蓉,天然去雕饰"!任世间再美再傲的花朵,在她面前都逊色三分!那种美是一种气质,是一种独特而又自然的"态",就是人们常说的"魅力"!

雨欣见他只顾看,又不讲话。便像浑身爬满小虫似的忸怩起来,两只手也没处放,侧过身去,低着头用手指卷自己的衣角。

米儿醒悟过来,赶紧道:"嘿,还没收工,我跟队长打个招呼就跑来了!"

雨欣抬起头看着米儿脸上的汗,眼神里带着心疼,想帮他擦又不敢,低声说:"看你脸上的汗……"

第七章

米儿举起那件臭褂子在脸上胡乱一抹,道:"对了,这几天文龙说服了两家,等着去报名呢!今天去我们队吧?"

"真的?我正想去五队呢,我们走!"雨欣眼睛一亮,一下子恢复了常态。

办完报名手续,天已经黑透了。两人去文龙家吃饭,麻杆等几位同学及文龙一家人正在等他们。么妈见他们进来,赶紧摆桌子上菜。

吃饭的时候,段师傅给雨欣支了一招,他说:"光靠你们这样跑不行,会累死的。有句话说:村看村,户看户,群众看的是干部。明天你们去找校长,就说——"他喝了口酒,卖个关子不讲了。

大家急了,忙问他道:"找校长干什么?"

段师傅蹙着眉头把这口酒咽下去,又展开眉头看看大家,这才不慌不忙地说:"请校长出面找强队长下个通知,要求各队的干部带头给自家的女伢子报名。一个队有五名干部,那就是五家。这五名干部每人再去跑几家,整个大队就跑完了!五队你们不用管,文龙晓得搞。"

文龙赶紧说:"我们队一共有五个,两个报了名。还有三个,我这两天就去找他们!"

雨欣一想,这办法确实好!浑身来了劲,感激道:"这下提醒我了!明天我就找校长说去。"

吃过晚饭,米儿送雨欣回去。小路很窄,不够两人并肩,只能一前一后走。几天前那个晚上的月亮还只大半个,如今就像成熟的西瓜,又大又圆又光滑。

这回雨欣不肯走前面了,叫米儿打着电筒在前面开路,她要跟在后面。这条路有二里多长,从五队直通三队的渡口,左

太阳雨

边一条河与路平行，直通五岔河。这条河让米儿终生难忘：第一次出工挖河，四个人就全都陷进这河底的烂泥巴里了！

米儿把这当作故事讲给雨欣听。月光下，雨欣抿着嘴笑："你还说呢，全大队谁不知道？我们都笑了好几天！听说你那次还发烧了？"

米儿转过身对着雨欣说："嗯。不过我们不服气，过了两天又来挖了！唉，这条河呀……"边说边摇头感慨。

雨欣不走了，侧过身去看这条河。河里的水快满了，感觉离脸很近。水面上漂一层蛛网似的水草，一个大大的月亮映在水面，被水草分割得支离破碎。好像一面镜子摔碎后又拼接起来，终究留下无数的伤痕。

雨欣看着河面出神，忽然开口说："你听过猴子捞月的故事吗？"

米儿自作聪明，赶忙接住她的话，说："听过听过！不就是一场空吗？"

雨欣："……"

米儿兴致勃勃："那猴子真傻！这水里的月亮就是个影子，怎么抓得住呢！都说猴子很聪明，我看徒有虚名！"

雨欣望着那水面的月亮发呆：这月亮看着很近，其实很远，想用手去够，又够不着。猴子费了那么大的劲，最后还是一场空！不知不觉眼里滚出了泪水。

雨欣低着头，米儿没看见。过一会儿，雨欣转过身来说："我看那猴子就很可爱，它心中深爱着月亮，捞着捞不着都要去试试。不像你，比那猴子还傻！"

米儿摸着脑袋傻笑道："我？不至于吧，我才不干那傻事呢！"

第七章

雨欣瞪他一眼："走吧，猴子精。"

走了一会儿，雨欣跟在后面一直不作声。米儿在前面把电筒照照左边的河，又照照右边的稻田，手电光晃来晃去。忽然转过身，没话找话道："今天晚上不会碰到蛇吧？"

雨欣一惊，猛地收住脚步，看着路面。过一会儿才放下心来说："听说你们上次打死一条大蛇？蛇是有灵气的动物，以后别再打了。蛇不全是坏的，也有好蛇……"

"你是说那条小蛇？"米儿说，"可我打的那条是坏蛇，你没看见它追人的样子，又凶又恶！"

雨欣听了害怕，赶紧往米儿身边靠一靠。米儿停下来望着雨欣："哎雨欣，你怎么帮蛇讲好话呀？"说着上下打量雨欣一遍："你不会是白蛇娘娘变的吧？"

雨欣"扑哧"笑了，露出洁白的牙齿："如果是，那你愿意当许仙吗？"

米儿一愣，回过神来："愿意愿意！像你这样的白娘子只可爱不可怕，只要你不变回原形！你要敢调皮，我就准备一些雄黄酒……"米儿故意开玩笑说。但这话的意思前后有点儿矛盾，因为他并不想白娘子变回原形……不过，他听说蛇最怕这种酒，一想到白娘子，便想到雄黄酒，但不知该怎样表达。

又走了一段，眼看快到了，雨欣在后面突然尖叫一声！米儿头皮一紧，飞快地转过身去。只见雨欣蹲在地上揉脚，便赶紧用手电照着她的脚问道："你的脚怎么了？"

雨欣一面揉，一面哼哼唧唧道："脚扭了，哎哟，好疼……"

"你走路怎么不小心呢？"

"你在前面走那么快，我追不上你了。就……"

米儿有点内疚,说:"都怪我不好……严重不严重?我扶你走吧。明天肯定会肿的!"他蹲下去,把雨欣的一条胳膊绕在自己脖子上,又揽住她的腰,扶她起来。

雨欣高兴了,紧紧地箍着米儿的脖子,把头也靠在他肩上,一瘸一拐的……

第二天傍晚去夜校,米儿路过王娟她们家,一进去就闻到一股"六六粉"的味道。王娟和春桃都在,唯独不见雨欣,便问:"夏雨欣呢?"

春桃笑吟吟地飘过来,手朝门外一指:"刚放学回来,说忘了布置夜校的教室。又去了!"

王娟满面春风扭过来,学当地农民口音,怪腔怪调地说:"稀客稀客!哪阵风把你吹来的?'其饭了没得'?"

米儿忍不住想笑:"我路过这里,顺便来看看夏雨欣,她昨晚扭了脚。"

王娟觉得奇怪,说:"脚扭了?没有呀!"

春桃也说:"不会呀,她跑得才快呢!刚才就像一阵风跑去的!"

王娟一双大眼睛狐疑地盯着米儿的脸,好像在仔细研读。米儿心里藏个"小鬼",有点不敢见光,便笑着说:"王娟,你,什么意思啊?"

王娟看了一会儿也笑了,说:"什么意思我不知道。不过,我发现你……"下面的话她又不讲了。

"发现我什么?我还发现你了呢!"米儿虚张声势地转移目标。

"我?我有什么好发现的……"见米儿也盯着她看,赶紧低

第七章

下头，脸也红了。

米儿说："我发现你的鬼点子，就是比别人多，头发丝里面都是空的……"

王娟踢他一下，米儿夸张地"哎哟"一声，本能地弯下身子，拍拍腿上挨踢的那块地方，故作痛苦样子。

王娟不由自主地蹲下身子帮他揉腿，心疼地问道："骨头踢断没有？快打开我看看！谁让你嘴巴贱，活该……"

米儿道："哎哟！还好……好像还没断。"直起身子装作一瘸一拐的样子，在地上走了几步。

春桃在一旁看着有趣，不由大笑，连声道："好玩好玩！眨眼工夫，这屋里就出了一对跛子！"

正说笑着，雨欣跑回来了。

夜校那边"形势一片大好，不是小好"。报名的新学员每天都在增加，不仅是未出嫁的姑娘们，结了婚的年轻妇女，也愿意来这里凑个热闹，顺便认几个字。

劝学这边的形势也在好转，段师傅的主意果然有效！强队长的霸道作风人尽皆知，他的通知一下，各队的干部不敢不给面子，尽管心里不情愿，但是工作还得做。强队长又放狠话道：下学期开学前他要来个全面检查，发现还有失学的女童，他要严肃追责！

雨欣更忙了，每天吃过晚饭就去走村串户，给学生报名。近处有王娟她们相陪，远处还是米儿他们相伴。工作见了成效，天天都有新进展，雨欣越干越带劲。

当地两个媒婆，胸脯挺得高高的，出去做媒，走得格外勤快。为本队的姑娘做媒，专挑家庭条件好的男方，海夸道："人家这姑娘在夜校上学，认识两三千字呢！又知书达理，又漂亮贤惠，你还犹豫什么？"媒婆摇唇鼓舌拼命煽动，故意把认识的字数放大了十几倍。

为本队的青年做媒，专挑漂亮贤惠的女方，鼓动道："嫁过去好呀！有机会上夜校读书，今后识文断字，知书达理有文化，哪个不高看一眼？报名的事不用你操心，包在我身上！这么好的事，你打着灯笼去哪里找！"媒婆把夜校当作自己的资源和优势，大包大揽，说得天花乱坠。反正这是事实，不怕你去打听……

"天上无云不下雨，地上无媒不成婚。"媒婆在当地被称为"媒八餐"，意思是说她们每撮合成一桩婚姻，便要在男女双方家里吃够八餐酒席才罢休。至于有没有这么多，也不一定。此外，另有点"谢仪"是少不了的。

媒婆在当地不是一种职业，也不是好吃懒做、东游西逛的那种闲婆子，她们都是普普通通的女社员，只是人缘好，关系广，能说会道而已；也不是电影里的那种形象：头上缠块黑抹额，鬓角插枝小红花，太阳穴贴一块黑膏药，打着裹腿迈着小脚……完全不是那样。这里的劳动妇女也不缠小脚——因为以前都是渔民，根本不穿鞋。

在农村，男的能娶一个好媳妇，女孩子能嫁一户好人家，这是一辈子的大事，谁人不想？明摆着有这些好处却视而不见，那岂不是憨头！此后，女青年去夜校学文化，女童进校读书，各得其所，不敢再有耽误。

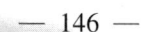

第八章

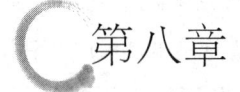

人们常说:"不知葫芦里卖的什么药。"确实,葫芦经常与药有关。用葫芦装药,比瓷瓶、木盒、铁罐防潮效果都要好,并且葫芦本身也是一味药材。所以旧时的药铺门口经常挂一个葫芦作为标志,以示"悬壶济世"。这个"壶"就是装药的葫芦,这葫芦就代表中药。唐代药王孙思邈出门采药,身上就常背一个葫芦;"八仙"之一的铁拐李,也背一个装仙药的葫芦。

世代行医的郎中,门前或多或少栽有几棵杏树作为标志,而不挂葫芦。杏树是"杏林"的意思,这"杏林"就代表中医。在古代,"医"和"药"是分开的,郎中不卖药,只诊断病情,开出药方交给患者家人,家人去药铺抓药;药铺的人只按药方抓药卖药,不看病、不开方。清清楚楚,责任明确。后来不知是谁坏了规矩,医和药混在一起,门前都挂个葫芦,让人摸不着头脑,看上去不伦不类的……

曲湾镇有一家卫生院,门前没栽杏树,门口也不挂葫芦,而是挂了一块木牌,上写"曲湾卫生院",里面只有十来个医务人员,三四张病床而已。

这家卫生院,名称中虽然有个"院"字,实则并没有围起来的院墙。五六间平房连在一起,外墙裸露着青砖,除了门口那块卫生院的牌子外,看上去跟周围的农舍没什么区别。

走进室内,泥巴地面坑坑洼洼,高低落差不止一尺,像一幅缩微的山地作战沙盘。患者不小心崴了脚是常有的事——所幸就在医院里,崴了脚可以就地治疗。

千万别小看了这家卫生院,它不仅是全公社的最高医疗诊治机构,还肩负着培养医生的重任。各大队的医生,定时或不定时地在此培训、汇报病情、听受指示、接送患者、购买药品等。

翻身大队的医生肖银水,既不是高中生也不是知识青年,而是医学世家。到了他这代,已是四代行医,八方受惠。大队把他当个宝,选派他当了医生。

肖银水天生就是当医生的料,不但自己热爱这一行,还跟着他父亲耳濡目染,学了不少医学病理常识,连他的名字叫出来也成了"消炎水"!可见是"天降大任"。

肖银水的父亲肖本鹊面容清癯,皮肤白皙,留着山羊胡子。说到他父亲这名字,不得不提到他爷爷。

肖银水的爷爷是当地有名的郎中,"当地"的范围有多大,实在不好说。方圆百里是当地,十里八村也是当地,然而他出诊的足迹,从未在这些地方出现过。不为别的,只因他的医术水平实在有限。他一生崇拜扁鹊和李时珍,可是自己才气不济,眼看没了希望,便把这期望寄托在肖银水的父亲身上。为了给他取个含义深刻的响亮名字,他大伤脑筋:这"肖"是姓,又不能乱改,"本"字是辈分,也不能变,还剩一个字可以由自己做主。想了好几年,这最后一个字还没想出来。孩子都好几岁了还没名字,没名字就写不进家谱,进不了宗祠。一着急,脑子突然开了窍:这"本"字不就是《本草纲目》的"本"吗?再把扁鹊的"鹊"字放进去,这不正是自己这辈子的期望

第八章

吗？他为这奇思妙想沾沾自喜,兴高采烈地把"肖本鹊"这名字确定下来。

然而他并不知道,春秋战国时期的名医扁鹊,手拿一本明代李时珍的药书,二者相隔了一千多年,是否可能？这些他都不管,只要自己的儿子能有扁鹊般的医术,精通李时珍的草药就行！如果说"诗言志",那么给孩子取名字,往往也寄托了父母的期望吧。

岂料这肖本鹊的医术始终没有超过其父,更没赶上扁鹊和李时珍。虽然如此,他在本村也算个文化人,认识的字不下三百个。这样的医学世家,家风当然也好。他膝下有两男一女,女儿最小,肖银水排行老二。上面一个长子已结婚,儿媳是一位小家碧玉。大家住在一起其乐融融,全家人可以说是"男效才良,女慕贞洁,上和下睦"。

三个子女中,数肖银水最有出息,文化超过了他爹,是全家的一颗明星,最被看重。看看年过六旬,自己当名医是没了希望,这条心便死掉了一半。此后肖本鹊一心一意培养老二肖银水。闲时也坐堂问诊——除了这,他也干不了别的。

他坐诊就在自家的堂屋,平时这是吃饭聊天,鸡狗乱窜的地方,病人一来便是门诊部。不过因为生意清淡,基本还是堂屋。这堂屋的左右两边各放一组一人多高的药橱,上面排列着密密麻麻精致的小抽屉,抽屉上贴着标签写着药材名。这两组药橱都有上百年的历史,选用上好的红酸枝木打造,榫卯结构严丝合缝,间不容发。栗色的雕花橱门闪闪发亮,沉稳而大气……

橱顶各放一排清代产的古瓷罐,高的像冬瓜,圆的像西瓜,有青花,也有粉彩,都擦拭得一尘不染。罐身纹饰画的都是些

"麒麟送子""八仙过海""五福捧寿""多子多福"等吉祥题材。另有几十个石榴状的青花翻口小瓷罐,都用红布和细绳扎着口,不知里面装的什么药。

堂屋迎面墙上,挂着一个草帽大的黑地黄斑玳瑁标本,右边偏下的地方挂一对大熊掌,上面黑毛森然,硬如猪鬃。最惹眼的是挂在左面的那一副大鹿角,枝杈翘然,满是金色的细绒。

米儿、王娟、春桃恰好路过此处,见门口挂一个油光锃亮的大葫芦,不知是什么意思,便好奇地走进去看。一进门,扑面而来一股淡淡的中草药味。几人抬头瞻仰这墙上的几件宝贝,惊奇不已!看那样子也是古物了,不知挂在这里有什么用处。

王娟对着那副鹿角看了又看,问米儿道:"这是不是梅花鹿的角呀?"

米儿正待开口,肖本鹊从里间走出来。一看几个知青光临他这寒舍,立刻感到蓬荜生辉!他连忙上前殷勤介绍道:"对!老的叫鹿角。这是嫩的,用来入药就叫鹿茸。这副鹿茸,产自清代光绪年间的吉林长白山,快有一百年了。"他指着鹿茸神秘地说:"这是我爷爷年轻时在汉口买回来的。这是血茸,一割下来就赶紧用蜡封住切口,不让血流出来,药性最好!"又说:"这上面的绒毛,说明是春天刚刚长成的春茸。如果长老了变成骨质化的角,就不能入药了。"一边说,一边珍惜地用手指弹弹上面的灰。

听他讲得神乎其神,春桃不由地伸出一根手指,小心翼翼地摸了摸鹿角,那样子就好像在触摸一件稀世珍宝。

几个人看着满屋的古器物和墙上的珍稀,大开眼界!米儿用手指弹了弹那对黑乎乎的熊掌,发出"嘭嘭"的响声,黑毛内立刻喷出一团灰尘。他问道:"这是什么动物的脚,硬邦

第八章

邦的?"

"这是熊掌,产自黑龙江的大兴安岭,这也是一对宝!"肖本鹊如数家珍地说:"黑熊是冬眠的动物,冬天藏身在树洞里过冬,几个月不吃也不喝,饿了就不停地舔自己的前掌,两只前掌滋润肥厚!这种东西大补,要几十岁的老熊的前掌,小的不行,后掌也不行……"

王娟不感兴趣,听得有点乏味,道:"那你怎么不拿去做药?天天挂在这里做样子好看啊!"

肖本鹊神秘地笑笑,压低声音说:"姑娘你有所不知,每一行都有自己的招牌,这就是我们行医的招牌。这是我家传世的镇宅之宝啊,怎么敢轻易用呢?"

听此解说,王娟撇嘴,米儿不置可否。看了一会儿正想出门,肖银水戴着草帽从外面回来了。一看是米儿他们,热情地招呼道:"稀客稀客,你们怎么来了?快请坐!"说着放下挎在身上的牛皮药箱,赶紧去找杯子倒茶。他整天在外面走东家串西家,跟这些知青都认识,王娟和春桃也在他这里拿过药,彼此并不陌生。

大家坐下来边喝茶边聊天。这茶叶一整片一整片的,像冬青树的老叶子,当地叫作"三匹罐",意思是三片叶子就可以煮一瓦罐茶。茶汤金黄色,喝到嘴里有股淡淡的树叶清香,还带点儿药味,最是消暑解渴。当地人只认这种茶,一日不可缺。价钱也便宜,一毛钱一大袋子。

肖银水擦把汗,用草帽扇着风,笑着对米儿他们说:"我爹又在跟你们吹嘘他那几个老古董了吧?是不是说熊掌了?"

王娟忍不住笑,"扑哧"一声喷出一口茶,差点儿喷在春桃身上:"就是就是!讲得恶心死了!几个月都在舔手掌,还不停——你怎么知道？"说着看看自己的右掌。

"嗨，他那个老毛病，全大队谁不知道？三岁大的小伢进来，他也会抓住讲半天……"说着看一眼他爹。

他爹肖本鹊耸肩弓背作鹭鸶状，干搓着手，尴尬地赔笑几声，嘴里的牙齿都快掉没了，山羊胡子一动一动的。

肖银水在本大队小学念了五年书后，回来种田，前年被选为医生，经常跑公社，去镇上，也算有点见识。他对知识青年们改厕所、重教育、斗恶蛇等一系列做法心里佩服，很有好感。

知识青年们见他穿着整洁，讲话谦虚礼貌，态度热情和气，年龄也差不多大，文化水平也不亚于自己，也敬他几分。彼此相谈甚欢，很合得来。

出得门来，大家议论着肖银水，都觉得他不错，不像农村人。

当地的俗语说："吃了五月粽，才把寒衣送。"端午节刚过去，天气便一天热过一天。

一大早，卖扇子的挑着一担芭蕉扇，后面跟个婆婆，挎半篮玉兰花，花上面盖一块湿布。经过王娟门口时不走了，一起停下来歇脚。

"芭蕉扇——玉兰花——"卖扇子的和卖花的，二人一声一声地吆喝着。

王娟几人听见了，跑出来，叽叽喳喳围住那卖花婆婆，蹲在地上看她篮子里的花。

一揭开湿布，花香扑鼻，令人精神一振！感觉两个鼻孔都不够用，又张开嘴巴帮忙吸……

这玉兰花苞一两寸长，状如带皮的微型玉米棒子，似开不开，浅黄淡绿，鲜嫩水灵，每一朵还留有两片互生的绿叶。花柄上穿着细铁丝，两朵或三朵一串放在篮子里，十分招人喜爱！

王娟、春桃和雨欣，一人买了两串玉兰花插在头上，立刻变成了美丽俊俏的小村姑！她们跑进屋拿出镜子左照右照，用手指按一按花串，撩一撩头发，对着镜子嘻嘻地笑个不停！

每人又买了一把芭蕉扇拿在手上摇，你扇我一下，我扇你一下。她们拿出笔来，在自己扇面上认真写字做记号。

雨欣在扇子上写道："剪剪清风天外来——夏雨欣专属！"

春桃的扇子上写着："有借有还！再借不难——由春桃"

王娟在扇子上写首打油诗，道："六月天气热，扇子借不得！虽然是朋友，你热我也热——芭蕉公主王娟！"

几个人的墨宝陈列其上，歪歪扭扭，像鸡爪子挠出来的，到处都是惊叹号。倒也不嫌污了扇面，嘻嘻哈哈笑作一团！全然不知农忙已经悄然到来……

为中稻准备的大田，已经耙匀泡熟，插秧又开始了。这中稻的秧与早稻不同，早稻是牙签那样的嫩芽，要连根上的泥土一起栽，那叫"趸秧"。中稻不是那样，而是"扯秧"。

秧田里，秧苗已经一尺多高，一群人弯腰撅臀在水里扯秧，人人腰上系根草绳，背后扎一把捋整齐的稻草。扯满了一大把，便抓着秧苗将根部浸在水里，一上一下反复清洗，洗得根须雪白，猛地一下甩干了水，直起腰从背后抽出一根稻草，在秧苗上绕两圈，穿进去用力一扯，一个结实的"秧把子"就成了，朝岸边一扔。

扯秧、洗秧不难，看一下就会，难就难在扎秧。这只手攥着秧把子不能动，另一只手单独完成扎秧的动作，既要打活结，还要扎得紧密结实。一个扎得好的秧把子，根部整整齐齐，腰部紧紧地扎一根稻草，不管怎么摔怎么抛都不会散。需要拆开时，将稻草头轻轻一拉，立刻散开。这种秧把子在大田里，人人抢着要！"插秧如救火"，分秒必争，打个死结，谁有工夫去拆？能够达到这个要求，可是个技术活。

王娟和春桃一开始不熟练，单手怎么也无法完成这一连串的动作，笨手笨脚地在秧把子上绕两圈后，用双腿夹住打个死结，拿在手上捏来捏去，捏半天，生怕不紧。往岸边一扔，还没落地就在空中散开了，七零八落像天女散花似的。有些没散的秧把子挑到大田去，插秧的人拿起来，把手都扯痛了也扯不开，一看就知道是她俩扎的，扔在旁边不要了，嫌浪费时间！

旁边一位上夜校的大姐，看这两位小"先生"站在水里弯着腰认真扯秧，每人腰上系一条草绳，后面扎一大把稻草，扇面似的遮住了脑袋，像一对笨拙的花孔雀，不禁发笑！把她们拉起来，仔细地讲解扎秧的几个动作要领，并反复做示范。毕竟是有知识的青年，理解能力强，二人试了几次，渐渐有了点心得，秧把子也扎得像模像样了。

在当地，如果一个人爱凑热闹，人们会形容他是"蚂蟥听不得水响"，一有动静就赶过去了。确实，只要水里一有响动，成群的蚂蟥立刻从潜伏的水草丛里快速地窜出来，游向目标。

蚂蟥学名水蛭，生活在水中，是一种无脊椎软体环节动物，腹部扁平，背部微圆，嘴部和尾端各有一个吸盘。专门吸附在人与动物身上吸血，是名副其实的"吸血鬼"！

蚂蟥的身体形态变化无常，根据需要可以变成肉球形、牙签形、三角形、长方形、圆头圆尾、尖头圆尾等形状。可以把

第八章

嘴部变得比针尖还细小,穿透人的衣服吸附在皮肤上,再把整个身体变得很细很细,一点一点地挤进衣服里去。不仅本领非凡,蚂蟥生命力还特别强,不容易死。民间普遍的传说:即使把它烧成灰,只要落到水里就能变成无数的小蚂蟥。真是既可怕又恶心的邪物!

眼下的春夏之交,天热水暖,正是蚂蟥肆虐横行,异常活跃的季节……

中稻大田里蓄满了水,风一吹浩浩荡荡。水面漂一层人畜的粪球,软硬黑黄各具形态。风一吹聚集成片,浪一打又四处散开,恶心得令人作呕!王娟和春桃一手提两三个秧把子,在岸上走来走去不敢细看。总算找到一块干净的水面下去,一边插秧,一边提防着那些脏物漂过来。

谁知过一会儿风向又变了,朝着王娟和春桃这边吹。那些粪球又急急忙忙朝她们这边赶过来,两人赶紧用秧把子拨开。可是,风在吹,粪在动。费了好大劲,看似驱远了,一转眼又涌了过来。一摊摊一片片,贴着王娟和春桃的大腿依依不舍,赖着不走。

天热日头大,这些脏物漂在水面任其曝晒,蒸发出来的恶臭刺鼻,熏得人头昏脑涨,胃里翻腾不已……

实在忍无可忍了,二人逃上岸去。王娟蹲在地上,"哗啦哗啦"一阵呕吐……春桃也跟着呕吐起来。二人吐得眼泪汪汪直不起腰,把肚子里的午饭和早饭全吐出来了,还倒赔了许多胃液和胆汁,一并还给这块水田。

二人吐得浑身发软,没有一点力气。王娟裤腿卷得高高的,站在岸上还想吐,肩膀一耸一耸像只猫似的,干呕半天吐不出东西来,肚子早已空了。

春桃坐在地上，王娟的两条大腿在她眼前晃来晃去……她突然发现不对劲，一条筷子长的东西，在王娟的大腿后面缠了大半圈。乍一看，以为是条草叶附在腿上，仔细一看又不像：这东西比草叶肥厚多了，滑溜溜，黏糊糊，绿色底子上起黄色的花纹……

她吓得大叫起来："王娟！蚂蟥！"又用手指着王娟的大腿说："这里，这里！"声音里带着哭腔。

王娟正弯着腰使劲吐酸水，听见春桃喊，赶紧撇腿扭腰，回头去看。发现一条大蚂蟥缠在自己大腿上，吓得大惊失色！来不及多想就用手去拨，拨了几下拨不掉，又急忙用手去扯。这蚂蟥两头吸得紧紧的，松紧带似的揪起老长却扯不掉，手一松又弹回去，倒弄了一手腥臭滑腻的黏液！她束手无策，心里又急又怕，吓得哭起来！

春桃自己腿上也有几条小蚂蟥，横七竖八正在吸血，揪也揪不下来！见王娟哭了，也吓得哭起来……

插秧的社员们听见动静，直起腰纷纷朝这边看，见她们两个站在岸上又哭又叫，急忙蹚着水过来，围上来一看明白了。两个妇女弯下腰，在她们腿上一边拍打一边安慰着，不一会儿便将这些蚂蟥拍落下来。一个个吃得肥胖滚圆，落到地上还尖起细长的嘴巴，蠕蠕地向上摇晃着，四处寻找目标……

那条大蚂蟥，当地人叫它"牛鳖子"，专在人和牛的身上吸血。此时吸饱了血，身体变得手指粗，像条泥鳅似的躺在地上蠕动着。一个男社员一脚踏上去，一股鲜血从腔体里喷射出来！

这种"牛鳖子"对人畜的伤害很大！它吸饱血后会自行脱落，但伤口会大量出血。如果没有经验，生拉硬扯，不但会拉

第八章

掉一大块皮，它的口器也会脱落在伤口里，引起恶性感染。

王娟腿上的伤口血流如注，顺着大腿往下流。除了这条大的，还有两条小的，伤口也是血流不止。春桃腿上也拍落四条小蚂蟥，伤口不断往外渗血。

一位妇女带她们去河里清洗伤口，清洗完后，小伤口的血流得慢些了，大伤口还是流血不止。王娟掏出手绢使劲按着，鲜血立刻染红了手绢，从指缝里渗出来……

受到这场惊吓，肚子里的东西又被呕吐一空，两个人眼里噙着泪，脸色苍白，直冒虚汗。大家心里同情，不让她们再下田，叫她们回去休息，说伤口流出的血，会招来更多的蚂蟥！

二人瘪着肚子，眼冒金星，摇摇晃晃勉强走回去。一进家门，立刻往床上一倒，像被抽了筋似的，瘫软而虚弱。泪水无声无息地滚落下来……

第二天，两个人穿着长裤和袜子，扎紧了裤脚，全副武装下田去。有了这层防护，心理上多了一分安全。没想到插秧的时候两脚要不停地移动，那袜子踩在烂泥里，拔两三次脚，袜子便脱落了，又不停地在泥水里找袜子。如此一来，插秧的速度慢了许多，二人心烦意乱，不知如何是好。

旁边插秧的社员告诉她们，泥里面是没有蚂蟥的，不用穿袜子，把裤脚扎紧点就可以了。不过，小蚂蟥还是能隔着裤子钻进去，每隔一会儿，还是要打开看看才行……

中稻在三季稻中所占比重最大，一年收成的好坏主要靠它，是水稻产量的"重头戏"，更是自留口粮和交公粮的主要品种。为了抢农时，抢季节，公社提出的口号是："坚决不插六月秧！"这个"六月"指的是农历六月，大约是阳历的七月。这就意味着，必须抢在阳历六月底前全面结束中稻插秧。

雨欣每逢星期天，或者放学比较早的时候，也急忙赶到大田去帮王娟和春桃插秧。有了雨欣的援助，两个人的任务完成起来也就比较顺利。二十几天的插秧工作总算熬了过来，王娟和春桃的两只手又绿又黄，洗也洗不掉。太阳的紫外线把裸露在外面的皮肤烤成了棕色，人也瘦了一圈，两只大眼睛陷在眼窝中，看人时忽闪忽闪的。雨欣打趣她们说，都快成非洲饥民了！

王娟腿上那"牛鳖子"叮的伤口，被稻田的粪水感染，正在溃烂化脓，肿得像个烂桃子似的。穿裤子的时候小心翼翼，一不留神碰到了，便火辣辣的！

春桃也病倒了。她每个月那几天的"老毛病"，比以往闹腾得更凶！折磨得她痛不欲生，趴在床上哭泣！夜里痛得睡不着，用被角捂住嘴巴呻吟……

王娟和雨欣见她痛得可怜，急得团团转！眼里汪着泪水，三更半夜渡过河去拍肖银水的门，求他想办法救春桃。肖银水简单问了几句，便收拾药箱，赶紧跟她们过河去。

这种病，肖银水也知之甚少，没有多少经验，只知道疼狠了，就打一针止痛药，再包几粒白色的药片给春桃，叫她痛的时候就吃。这止痛药打进去，过一会儿，春桃果然不太痛了，勉强能睡一会儿安稳觉。药性一过又开始隐隐作痛，吃一粒药片又好一阵。虽然不是什么要命的大病，痛的时候却也度日如年。

"还不如死了算了！"有时她痛得实在忍受不了，心里恨恨地想。可是过了这几天，疼痛离她渐渐远去，又慢慢地好起来，浑身轻松舒适。她便忘了那痛，感觉生活依然美好，活着真不错！反过来又关心王娟腿上的那个大肿包。

第八章

王娟腿上的大包红肿发亮，倒也不是很痛，手一摁上去就有脓水流出来。春桃找肖银水要了一点紫药水和一卷纱布，站在河边的树荫下帮她挤。王娟扶树弯腰忍着痛，咬着牙，倒吸凉气，哼哼唧唧地不敢回头去看，痛得泪水在眼眶里打转！

春桃叫她忍住，自己鼓起勇气，硬着头皮狠心挤，脸上龇牙咧嘴的表情，好像痛的不是王娟，倒是自己。也不知挤了多少出来，最后挤出鲜血才罢休。挤完后，伤口处凹下去一个大坑，周围一片乌青……

王娟满头是汗，褂子也湿透了。包扎好后，感觉先前那种瘀胀和疼痛不复存在，只微微有点发痒，摸摸伤处的那个大坑，心里一阵轻松！感激地在春桃脸上亲了一口。

二人都康复得不错，渐渐地好了伤疤忘了疼，又恢复了往日的神采和活泼。春桃每天坚持给王娟换药，伤口处渐渐生出的新肉，一天天在填平那凹坑。春桃对自己的"医术"似乎悟出了心得，对医学产生了浓厚的兴趣，一有空就往肖银水家跑。

肖银水不常在家。肖本鹊生意清淡，难得有人上门，他满肚子中医知识无处卖弄，不免有点郁郁不得志。春桃时常过来请教，正好瞌睡了碰到枕头。肖本鹊感觉春桃对医学很有悟性，正合他意，觉得自己终于有点价值，便悉心指点，耐心教授起来。那认真负责的态度，一点不亚于对待关门弟子！春桃不笨，理解能力又强，加上自己对医学的兴趣，渐渐认识了不少中药草，学到些中医方面的病理常识。

肖银水出诊回来后，也抽空给她讲一些西医方面的知识，并且与中医做比较，探讨它们的共性和不同，结合实例，讲得系统而又具体。两个老师一中一西，栽培一个学生，加上春桃好学而又有灵气，医学知识大有长进，进步很快。同时，与肖银水和他的家人也越混越熟，有时就留在那里吃饭。

"锄禾日当午"的"锄"，原本是一种劳动工具，当名词讲。但在这里作动词，是锄地、锄草的意思。"禾"最早专指"黍"，也就是小米。后泛指一切庄稼苗，当然也包括水稻。锄地、锄草要用到锄头，诗里指的显然是旱地。水稻田里锄地、锄草不用锄头，而是用手和脚。

田里的水稻正在分蘖期，为了保证粮食的高产，及时扯草和"熟泥"就显得尤为重要。水田里除了禾苗以外，还伴生着一些稗子、野荷、野荸荠、鸡头苞和其他众多杂草。这些水生杂草只能用手连根拔起扔掉，再用脚趾和脚掌将每一兜秧苗根部的泥巴踩松，为水稻的分蘖创造条件。

这些日子，米儿、麻杆、华华和花蛇四人每天不干别的，就是随着妇女们一起下田扯草，熟泥，这在农村算是比较轻松的活。队里给他们定的是八分工，和妇女同酬，所以他们也与妇女同工。一天三顿，饿了就跟大家一起收工回去吃饭。

由于农忙季节，中午这顿饭谁家也没工夫现做现吃，都是把早上预留的冷饭从竹筲箕里打出来，每人盛大半碗，倒点"三匹罐"的冷茶在饭里，用筷子将结成块的米饭搅散，佐以霉豆腐和辣椒酱，"呼噜呼噜"吃两碗，拿起斗笠又下田去。一顿饭，前后不到十分钟。

这装米饭的筲箕挂在屋梁上，被那穿堂风吹一上午，便又冷又硬！为了节省时间来不及细嚼，和着茶水一起吞下去。到了胃里还是一颗一颗的硬饭，和辣椒酱、霉豆腐、茶水混在一起，悬浮在胃里翻上翻下，浩浩荡荡。一走动，肚子里便发出"咣当咣当"的响声。

第八章

与北方不同，这里的人不管出工还是外出，身上从来不带水壶。反正到处都是水，走到哪里口渴了，随便蹲在稻田或者河边，用手拨开水面的浮尘，掬起一捧水来喝下去。妇女们往往讲究些，随手摘一张荷叶，用手窝成一个漏斗状，舀起河水来喝。水牛走过的湿地，留下一串串深深的脚板窝，第二天就积满一窝窝清水。这水清澈见底，一尘不染，沿着路边弯弯曲曲排成一长串，像一串串亮晶晶的珍珠，嵌在黑色的湿泥地上，煞是可爱！

米儿他们干活时口渴了，便满头大汗走上岸去，专找这种脚板窝里的水喝，野生动物似的四脚着地，跪在地上用嘴去吸。这水从湿泥里泫出，清凉解渴，米儿每次要喝四五个牛脚窝里的水才够。麻杆个子大些，一次要喝七八个才能满足，总是大呼小叫地叫大家多留点儿给他。

稻田里的水大家尽量不喝，他们知道这里面有粪便和化肥。如果实在找不到牛脚窝，就只好去喝河水。河里的水看起来很清亮，但水里长满了荷叶、水草和其他水生植物，味道很复杂，混合着腐殖质的味道，不好喝。而且有人在里面撒尿、洗农药桶。米儿也曾在里面撒过尿，并且一边撒一边用尿柱在河面上画圈圈，尿在荷叶上，几粒白亮亮的水珠在荷叶上晃来晃去地滚动。他盯着看，觉得很像水银，又很像珍珠……越看越有意思！

几个人来到河边喝水，他不敢告诉别人这件事。看麻杆他们喝得起劲，喝完后用袖子抹抹嘴巴，一副美滋滋的样子，不知道水里还有他的尿……他心里一阵暗笑，有一种说不出的快乐！

但是自己也渴，也得喝，他心里不免别扭。他想离尿过的地方远一点，找个干净地方去喝。他往前走了十来步，看中一个理想的地方蹲下去，双手掬起河水一顿牛饮！越喝越想喝，直把肚子灌得圆鼓鼓的，肚脐眼都快翻过来了才罢休！他捧着肚子挺起身，心满意足地打量着这条河……

忽然一阵风吹过来，风里飘过一阵恶臭！他立刻警惕地用眼睛搜索河面，突然发现离他几步远的地方，一条死蛇静静地漂浮在河面上。烈日下，尸体发白，腐烂膨胀，上面落满了绿头大苍蝇，"嗡嗡"作响，臭气熏天！也不知是谁打死后扔进去的……刚才蹲下去时被两片大荷叶挡住了视线，竟然没有发现！

他一阵恶心，胃里面汹涌澎湃起来，赶紧掉头跑出几步远，蹲在路边"哇哇"大吐，声如牛吼！刚喝下去的河水奔腾不息，泄洪似的脱口而出，混着中午吃下去的硬饭和霉豆腐一起，散发着阵阵怪味，"哗哗"地往外倒！这一顿，直吐得天昏地暗，愁云惨雾，眼泪鼻涕一起淌下来……

本来不想喝自己尿过的那片河水，没想到却喝了浸泡着腐烂死蛇的水！

麻杆他们迅速跑过来，连忙问他怎么回事？米儿无力地指指刚才喝水的地方，叫他们自己去看。几人刚走两步，一阵恶臭飘过来，捂着鼻子走过去一看，明白了。想想自己刚才也喝了这河里的水，都恶心得接二连三呕吐起来。吐完了，心里似乎好过一点，一想起来，胃里又翻腾，晚饭也不想吃。

吃晚饭时，段师傅觉得奇怪，待问明情况后哈哈一笑，给他们讲《杯弓蛇影》的故事。劝他们别想得太多，多少得吃点东西，不然明天干活身体扛不住。几人听劝，勉强吃了半碗，都上床去歇了。

第八章

田里一些千年古莲子,犁地时有些被碰伤了外壳,经日晒水浸,泡得膨胀如枣,生出一根如线的细细弯藤,顶一片袖珍小荷叶,铜钱似的漂浮在水面,小巧玲珑,碧绿可爱!这种野生古莲子生出的苗,不知为什么在自然环境里似乎永远也长不大。只宜培植在碗盏里,放在桌上做案头清玩……

另有一种野生荸荠,其叶细长,中空如小葱,从湿泥里拔出来,根部的小荸荠大如拇指,甘甜而多汁。

还有带刺的水生植物"鸡头苞",其叶硕大如荷,浮于水面之上,叶面硬刺丛生。花形似莲,果实大如石榴,也布满硬刺,顶部有一尖嘴朝天,状似鸡喙。果壳内有一大把"鸡头米",颗粒大于黄豆,学名又叫"芡实",在江浙一带被视为美食。鸡头梗表皮布满细小的毛刺,剥去带刺的皮,里面的肉脆嫩清香,也是一道鲜美的时令蔬菜……但并不受当地百姓的欢迎,无人采食。这些植物长在稻田里,与禾苗争养分,统统被视作杂草,彻底拔除。

炎炎烈日下,田里劳动的社员们口干舌燥,泡软的古莲子和野荸荠清凉甘甜,正是极好的水果,在稻田的水里面涮洗干净,就直接塞进口里大嚼。

米儿他们开始不敢吃,拿在手上反复把玩。但天气炎热流汗多,嗓子干得直冒烟,见社员们都吃,又见田里的水清澈透明,实在抵挡不住诱惑也试吃一二。一旦开了头,就管不住自己的嘴巴。多汁而又甘甜的味道,让他们越吃越上瘾,骨碌碌地转动眼珠在田里到处寻找……同时心里安慰自己:当地的人祖祖辈辈都是这样吃,也没见死绝种,反而比我们还健壮。再说用清水洗净,又用衣服擦过,应该没问题!

稻田里的水看上去很清澈,其实那只是澄清了而已,是眼睛上了它的当！那看似清澈干净的水里面，混合着人畜粪便和各种农药化肥，潜伏着蛔虫卵、血吸虫以及大量的细菌，这些都是肉眼无法看清的，吃到人的肚子里，后果可想而知……

没过几天，米儿率先有了反应，肚子一阵阵地绞痛！每一痛，身上就起一层鸡皮疙瘩，汗毛直竖，便迫不及待地要跑厕所，一天无数次，走马灯似的来来回回。肚子里又像喝了辣椒水，不停地闹腾，泻得口里寡淡无味，只想吃咸菜……吃多了咸菜又大量喝水，喝了水又往厕所跑！

泻了两天肚子，竟然变成了痢疾！痢疾又召来了疟疾，疟疾和痢疾联起手来，慢慢地折磨他。痢疾一来，憋都憋不住，立刻跑厕所。跑完厕所身上一阵发冷，又急忙钻进被子抵抗疟疾。大热天捂在被子里缩成一团，心里寒如冰窖，牙齿"咯咯咯"地震响！身子还没热乎，又赶紧跳下床往厕所跑……

第三天，米儿的形象大变！肚皮和脊梁贴在一起，比一本书厚不了多少。捂着肚子佝着腰，像一只大虾米。头发蓬乱如草，眼窝深陷，眼底发蓝，面如白纸，嘴唇苍白……从厕所回来扶着门框，慢慢挪动着脚步。喘息着弯腰站在门口，眼神呆滞，像个要饭的叫花子！

段师傅见了吓一大跳，说："还不赶快去找肖银水拿点药来吃！俗话说，铁汉子都怕三泡稀，你这样扛是扛不住的！"

米儿"鸭子死了嘴壳子硬"，感觉自己不会死的，不当回事地说："不用，过两天就好了。我倒要看看，这个病能不能要我的命……"说这话时有气无力，口气却强硬。

段师傅看看米儿，埋怨道："你就是犟！你看看你，都成了这个样子……唉，常言道：人也生得丑，病也来得陡；人也生得漂亮，病也来得快当……你在屋里好好睡着，收工后我去请银水过来……"

就在这天午后,大家都下田干活去了。米儿脸色苍白,摇摇晃晃直冒虚汗,感觉意识渐渐游离了躯壳飘然而去,眼前一黑,一头栽倒在床上,没有了知觉……

恍惚中,他见到自己的母亲正弯着腰,微笑着向他伸出双手。他举着两条胳膊,蹒跚着脚步,跟跟跄跄跑过去,一头扑进母亲怀里,抱住母亲的脖子大哭起来!母亲一把抱住他,不停地在他背上拍着,又为他擦去眼泪。他哭累了,就趴在母亲的肩上睡着了,脸上满是泪水……

他听着母亲的心跳,不再害怕,安稳地睡去……正睡得香,忽然感觉有人在翻自己的眼皮,又掐自己的人中,人中一阵阵刺痛……

他睁开眼,看见屋子里点了两盏幽暗的油灯,王娟和雨欣站在床前,左手被雨欣抓得紧紧的!肖银水弯着腰,正在掐自己的人中。春桃站在段师傅旁边注视着他。麻杆他们以及段师傅的家人都在,黑压压的一群人把这屋子挤得满满的!大家脸上带着沉痛的表情,气氛凝重而肃穆……

见他睁开眼,屋里一片惊呼声:"醒了醒了!活过来啦,他还没死……"

米儿有点儿奇怪,问道:"你们干什么?"他想大声说话但又没力气,嘴巴嗫嚅着,声音像蚊子在嗡嗡。

王娟的一只手正贴在米儿的额头上,见他醒了赶紧拿开,用这只手指着米儿的眼睛说:"你刚才差点儿死了!都四个多小时了,你都——"话没说完,泪水夺眶而出,捂着嘴巴哭起来!雨欣和春桃也跟着哭。其他人在抹眼泪,屋里一片唏嘘。

华华、麻杆、花蛇纷纷说:"你不能死啊米儿!当初我们是一起下来的,将来还要一起回去呀!少了谁都不行……"大家听了,又是一阵唏嘘。

正乱着,李月和谭素琴毛焦火辣地赶来了。王娟脸上还挂着泪,悲声问道:"你们怎么才来?"那口气似乎怪她们来得迟了,人已经不行了……

素琴气喘吁吁地说:"我们天黑才收工。一回去,到处都在说五队死了一个知青,我们就跑来了!哪个死了呀?"她慌慌张张地问。

"好端端的咒别人死!"段师傅粗鲁地骂一句,因为住在他家,他不愿背这个名声。接着又小心地问肖银水道:"银水,你看小田要不要紧?"

肖银水看他们在讲话,一直没插嘴。见段师傅问他,忙道:"没有大问题,主要是虚脱引起休克。我给他开点药先止住泻,今晚再叫我爹给他开几副中药,等一下我送过来,调理几天就差不多了。"

听了这话,大家松了一口气。纷纷埋怨米儿不该这样硬扛,差点儿没把人吓死。

米儿的精神似乎好了一点,说:"你们都回去吧,这么多人在这里,像开追悼会似的。我死不了……"

王娟道:"行了行了,还在装潇洒!你不怕死,为什么刚才休克的时候,还不停地流眼泪?"

米儿似乎有点儿难为情,苍白的脸上微微泛一点红,说:"不是的……那是,那是我看见我妈了……"说到"妈",深眼窝里滚出泪水来,赶紧别过头去……

听到说"妈",屋里又响起一片唏嘘,声音比前两次还大。女生们想起自己的妈妈,都不觉哭出了声,擤鼻涕的声音不绝

第八章

于耳，好像这屋里真的刚死去一个人……

肖银水嘱咐说，这几天不要吃硬饭，吃点稀饭和面条，容易消化些。也不要吃油荤，尽量清淡……

不吃硬饭吃什么？大锅大灶煮一点稀饭又不方便。再说当地根本没有面粉，去哪里弄面条？当地一年到头吃的，除了大米还是大米。插队以来，米儿只在镇上吃过两次面条，此后再没见过……

次日，王娟和雨欣去了镇上，买回来一个钢精锅、一个煤油炉和一大捆干面条。

回到家后，两个人就忙着给米儿煮面条，又叫春桃去肖银水那里拿药，等会儿一起给米儿送过去。

春桃走后，王娟抽出一把干面条，一看太长，比了比，放不进钢精锅。想了想，找出一把大剪子，把面条剪成两寸来长的碎段。剪了一大堆，捧起来就要往锅里扔。

雨欣在旁边看了，感觉不大对劲，忽然灵机一动，说："别剪了！打盆水来，把面条放进去泡软了再煮，不就行了吗？这样也好吃些。"

王娟一拍脑袋，恍然大悟！二人舀了一大盆冷水，把干面条丢进去。干面条沉到水底，冒出几串细密的水泡，并不马上变软，两人只好站在旁边等。正等得心焦，春桃拿着药跑回来了。

她一看这场面，大惑不解，问她们："你们在干什么？"

两人如此这般解释一番，说这锅买小了，面条放不进去。不该买中号的锅，要是买个大号的就好了……

春桃听了又好气又好笑，不住地摇头叹气，道："你们两个娇小姐，真是不食人间烟火！只可惜来错了地方，应该去天上当仙女！哪有锅里放不进面条的！锅小了？这个锅煮的面条足够五个人吃！你们站一边，看我怎么煮面条。真是倒了霉，怎么跟你们两个做了朋友！"手里一边忙，一边又说："以后哪个男的敢娶你们两个，我就不姓由！"说完一想不对，"扑哧"一声自己先笑了——哪有一个男的娶两个太太的！

气得王娟和雨欣各揪住她一只耳朵，春桃蹲下身去，吓得尖声大叫！

春桃煮好面条，王娟和雨欣用筷子在锅里捞了一下，又长又齐整！两人感到很满意，不得不佩服春桃的手艺。

几个人赶紧锁上门，端着整锅的面条，提着几副中药包，像"八蛮献宝"似的，一起去给米儿"进贡"。

一路上，王娟和雨欣不停地讨好春桃，夸她聪明漂亮又能干，面条煮得像餐馆里卖的，今后准嫁一个好男人！然后拐弯抹角地一再提醒她：记清楚，见了田米和同学们，千万别提刚才煮面条的事！这是我们自己的事，他们晓得了不大好……

米儿坐月子似的，病恹恹地歪坐在床头。吃了一碗汤面，又喝了半碗面汤，精神也好多了！便感激地看着她们说："买面条跑了那么远，路上万一出点事怎么办？以后不准去了。"又夸奖道："面条煮得还不错！很像我妈煮的。这是谁的手艺呀？"

春桃张大嘴巴正要答话，王娟赶紧上前一步，笑嘻嘻地说："管他谁煮的，有吃的就行！这里没有你妈，只有你姐，是吧春桃？"扭头朝春桃眨了眨眼睛。

春桃看着王娟，忽然醒悟过来，便点了点头，顺嘴说道："是的，没有你妈……"

王娟又对米儿道："你呢，人也生得丑，病也来得陡！"

第八章

春桃偏过脑袋去，仔细端详着米儿的脸，认真说道："不过仔细看，他还不算太丑，我见过比他更丑的……"

这二人你一言我一语，口吐莲花，妙语连珠，像事先排练过双簧戏似的，配合得默契而又滑稽！雨欣再也忍不住了，扶着床头笑得眼泪都快掉下来了……

米儿生病这段日子，肖银水天天过来送药探视，询问病情。西医的治疗，中医的调理，中西结合，双管齐下。痢疾和疟疾终于招架不住，渐渐败下阵来。米儿的病情逐渐好转，身体一天天在康复。与此同时，两人的友谊也在不断加深，米儿感激他对自己的悉心照顾和治疗，在心里把他视为知心朋友，救命恩人。

肖银水本身就羡慕知青，敬佩他们有胆有识，头脑灵活，跟他们在一起，能学到一些新观念、新知识，许多想法不谋而合，很有共同语言。又看到他们之间互助友爱，对人真诚，相处得像一家人似的，既感动又羡慕！好像找到了知音，也把他们当作知心朋友。一下子有了九位这样的青年朋友，他心里感到一种从未有过的快乐……

这天大家来看望米儿，说到这次生病的起因，肖银水肯定地说，百分之百是饮水问题引起的。每年夏季是这种病的高发期，这段时间就不断有社员拉肚子拉成了痢疾。

他向大家介绍说，社员的生活用水主要来自河里，河里不断有船经过，水质浑浊，贮在水缸里一夜都难以澄清，缸底厚厚一层絮状的沉积物。收工回来又热又渴，拿起水瓢舀起来就喝。在河里淘米洗菜时，成群的蚂蟥游过来，吸附在菜叶上和竹筲箕的缝隙里，稍不留神，就随着米和菜一起下了锅，混在菜里和米饭中，令人防不胜防！每到冬季水位下降，河底的淤泥上只剩薄薄的一层水，虽然身在湖区，这个时候用水却也成了问题……

大家听到饭菜里有蚂蟥，头皮一阵发麻！

米儿一直垂着头，听大家七嘴八舌地讲。听到肖银水说饮水问题，突然抬起头，深陷的眼窝里眼睛异常明亮，盯着肖银水说："银水，我们打口井怎么样？"

肖银水一愣，想了想说："好是好，井水肯定是清洁的。可是这方圆百里都没谁打过井，井是什么样的都没见过，也没人会打井……"

"我也觉得奇怪，为什么不打井？"米儿追问道。

肖银水笑了笑，解释说："其实并不奇怪。我们这里的人，以前祖祖辈辈都是渔民，以船为家生活在湖上，眼睛一闭枕着浪花，眼睛一睁湖水茫茫。你说哪里不是水？见到水就发愁，还用打井？"说着又朝门外的稻田指了指，道："以前这都是一眼望不到边的白鹭湖，湖水清洁，没有污染。之后改为稻田，田里的水你们也看到了，什么脏东西没有？这些脏东西又流到河里，严格地讲，河里的水根本就不能作为生活用水！"

米儿叹口气，说："病了一场，这水我也领教了。我想过，打井不难。牛脚一踩下去再抬起来，脚板窝里就浸水；随便在地上挖一锹，就有水冒出来，说明这里地下水位很高。挖个五米深，一年四季的用水就不愁了！不像北方，打个井要挖几十米深……"

听到这里，华华也道："五米深足够了，相当于一米七的三个大人那么高，即使冬天枯水季节，水也足够用。井口小一点，内膛掏宽大些，井壁砌一层砖，井底铺一层厚厚的鹅卵石，打

第八章

上来的水清洁得很,而且冬暖夏凉,可以直接饮用!"他对土木工程很有研究,经他一描述,大家似乎看到了井的样子,喝到了那甘甜的井水。

麻杆听得津津有味,两只小眼睛炯炯有神。他站起来比画着说:"我用过井,我们东北老家的院子里就有!井边有一棵老皂角树。井口砌一圈高大的井栏,不但能防止人和牲口掉下去,还能避免下雨的时候污水流入井内。井水夏天打上来,冰凉冰凉的!冬天打上来还冒热气,手放进去一点都不冷,从来都不结冰的……"

王娟听了他们的描述,心里痒痒的,赶紧笑着说:"那就先给我们挖个井吧,我冬天最怕冷水了,一挨到冰水,骨头就痛!"

华华满脸堆笑,讨好地说:"好!我来帮你设计一个井,包你冬天不冷!上次挖厕所是你们带头,这次挖井你们再打头炮!我保证比上次挖的厕所还要好……"

王娟打断他的话说:"什么话嘛,恶心死了!厕所是排出去,井水是喝进来!这一出一进你混在一起,话都不会说……"

王娟吹毛求疵的点评,让华华脸红,大家哄堂大笑!

讨论了半天,最后米儿决定:跟上次一样,华华设计图纸,王娟打头炮,李月第二,文龙家第三,肖银水家第四。趁现在"双抢"还没开始,说干就干!挖好了井,"双抢"时正好可以喝上放心的水。

王娟她们屋前有一片空地,地上满是树叶和杂草,按照王娟她们选好的地方,用锹子在地上画了一个圆圈,便动手挖起来。

挖了两锹深,水就汪出来,越往下挖,出水越多。挖了半人深，水漫过了膝盖，不能再挖。拿出水桶和脸盆往外舀水，看看差不多，又开始挖。这样边挖边排水，挖了不到一人深，坑壁上涌出七八股细流，泉水似的往外激射，水越流越多，一会儿工夫就淹到了胸脯。

华华和花蛇泡在水里只露出头和肩，像掉在水缸里的两只老鼠，扒着坑沿往上爬，岸上的人手忙脚乱地把他们拽上来。日头下，大家都热得冒汗，两人居然冻得嘴唇发乌，脸上一层鸡皮疙瘩。华华打着寒战，不停地说："这水好冷！好冰……"

挖井工作只好暂时停止，另想办法。

第二天早上，王娟她们一起床，首先跑去看那土坑。坑里的水几乎满了，伸手就能摸到。不知为什么，水面上覆盖着一层薄膜似的红锈，一摸就挂在手上。迎光看这层红锈，还泛出炫目的七彩光斑，好像汽油滴在水面似的。

几人用脸盆把这表面的水打出去倒掉，下面的水又清澈了，含一口在嘴里试试，也没有异味。烧的开水和煮的饭都还不错，喝到肚子里也没有异样。有了这土坑，至少水是清澈的，没有蚂蟥和细菌，大家心里放心了一些。

第二天早上起来一看，又有一层红锈！跟昨天一样，又用脸盆打出去。如此打了几天，红锈消失了，此后再没出现过。

打井受阻，大家凑在一起商量如何排水的问题，自然想到了队里的那台柴油抽水机。文龙满口答应，说最近抽水机正闲着，文虎也在家，随叫随到。

华华想来想去，认为还是不行，说："抽水机排水当然好，可是土壤里含水量太大，土质松散，很容易引起塌方。如果挖到四五米深，突然塌方，那就把人活埋了！"

花蛇在一旁若有所思地说："我看长江里的水位，到了冬天

第八章

退得只剩中间一条细流，粤汉码头的跳板一再加长，趸船都快到江心了。我们打井是不是应该在冬季打才好？"

这话提醒了文龙，他说："的确是这样！一到冬季，五岔河的水只剩三分之一，小河里几乎都没什么水了，船都不好行，我们兴修水利，挖河清淤也是在冬天。几个月前你们不是也挖过河吗？那河底都露出来了！"

众人听了大受启发，看来打井的季节不对，只好等到冬天再动手。

可是眼下的生活用水怎么解决？"双抢"马上就来了，再病倒几个如何是好？一想到这里，米儿很不甘心，说："井还是照打，暂时只挖两米深，先解决眼下生活用水。到了冬天，根据水位的高度，再决定挖几米下去。王娟她们那个土坑用了几天，据说水质很好。"

现实摆在面前，也只能如此。打井工程虽然分成两期，但图纸不变，两期都要按设计要求施工。

有了抽水机排水，挖个两米深的土坑根本不在话下，不到三天，四口土井就打好了。土井里出来的水，除了开始几天有红锈以外，以后的水质越用越好，打上来的水清澈透明，甘甜清凉，直接饮用也没人出过毛病。两米深的井，不管怎么用，总是那么满，总是那么清。华华为此专门测算过，按目前的出水量和速度，每口井足够一个十口之家的全部用水。

这年冬天，四口真正的水井全部按照图纸的要求施工完毕。四口新井的落成，吸引了社员们前来观看，打上来的水清澈透明，水面冒着热气。他们从来没有用过井水，好奇地洗洗手，试试水温，嘴里连说："好热乎，好热乎！"又捧起来喝几口，砸着嘴巴品味一番，惊奇地说："甜的！真的有点儿甜呢！"

太阳雨

　　冬季正是枯水季节，用水困难。附近的社员们挑一担井水回去直接饮用，直接下锅，方便而又放心。米儿他们把这水叫"放心水"，社员们把这水叫"甜水"，把这井叫"甜井"。

　　这甜井里的水挑回去泡黄豆磨豆腐，做出来的豆腐洁白细腻，清香扑鼻，嫩中带脆，口感极好！酿出的糯米酒出酒率特别高，酒汁清洌芬芳，甘美怡人，并且久放不酸。洗出的衣服也格外鲜亮……

　　人们对这甜井产生了浓厚的兴趣，都盼望自己门前也能有这样一口井，天天能用上这样的甜水。而且就在家门口，也不用去河里挑水了！

　　趁着农闲，他们请来华华和米儿他们做指导，有的一家打一口，有的两家合打一口。

　　那段时间，米儿他们俨然成了人们眼里的大红人，这家还没完，下家又来预约了。今天这家请，明天那家请，主人满脸堆笑地小心伺候着，一天三顿好吃好喝招待着。

第九章

在所有农活里,最苦最累的莫过于水稻"双抢"了。此时正值七月上旬,酷暑高温天,炎炎烈日下,既要抢收早稻,又要抢种晚稻。本来两个季节的农活,为了抢农时,却要在短短的十几天里全部完成,那不像在干活,更像在玩命!难怪社员们视之如虎,谈"双抢"色变!但是季节不等人,躲也躲不过去……

俗话说得好,"病来如山倒,病去如抽丝。"此时的米儿,病虽然痊愈了,但身体还很虚弱,像霜打过的茄子,蔫头耷脑的。要想恢复如常,还需时日。文龙不让他参加双抢,叫他暂时放一头牛,调养几天再说。

这头水牛是队里的一头大牯牛,一对粗壮的大角向后弯成半圆,正卧在地上错动嘴巴津津有味地反刍,牙齿像石磨似的,嚼得"轰轰"作响,下巴上挂一大堆白泡沫,肉乎乎的大鼻子被舌头舔得滋润肥亮。

见文龙和米儿走过来,大牯牛停止了咀嚼,一对牛眼注视着他们。文龙走过去拔起木橛子,把缰绳交到米儿手上,大牯牛立刻站了起来。

米儿从小就喜欢动物,在家上学时,曾经养过金鱼、鸽子、小鸡甚至小猫。但从未跟牛接触过,看着这庞然大物,心里不免害怕……

文龙告诉米儿不必担心，牛的眼睛是放大镜，能把人看得很大，就连孩子的话它都乖乖地听从，所以放牛的大多是孩子。不像老虎，老虎的眼睛是缩小镜，能把人看得很小，所以看到人就会攻击……

米儿既兴奋又紧张，心里跃跃欲试，要像牧童那样骑在牛背上感觉一番。文龙从米儿手里拿过缰绳一抖，嘴里喊道："凹！凹——"大牯牛乖乖低下硕大的脑袋，矮下身子来。

文龙把缰绳递给米儿，道："踩着牛角爬上去！"

米儿怕牛认生会伤害他，心里战战兢兢，又想骑又不敢上前去。

文龙给他做个示范动作，敏捷地爬上去，让牛走了两步，又跳下来，鼓动米儿爬上去。米儿壮着胆子，学文龙的样子爬了两次才上去，一上去就伏在牛背上不敢动。文龙叫他把身子坐起来，松开缰绳。刚一说完，那牛迈动大蹄子开始走动了。见它走得很慢，米儿心里稍稍踏实了一点。这牛似乎认识路，自己调过头来，目标明确地朝五岔河方向走去。

牛背上宽阔平坦，米儿骑上去后还剩很多空位。牛走动时，浑身的骨关节不停地运动着，像随时都会散架似的！特别是翻越沟坎时，运动更加剧烈，胯骨一上一下，戳得米儿屁股生痛，很不是滋味……上坡还好一点，下坡时，牛的前身向下倾斜得厉害，牛背上空空荡荡，没有东西可抓扶，只得像壁虎似的趴伏在牛背上，几次差点儿倒栽下去！

一路上米儿手忙脚乱，紧张得满身是汗，完全找不到牧童那种悠闲的感觉。心里想，骑牛原来就是这种感觉呀，简直活受罪！干脆跳下去，不享这福了……刚一跳下，这牛就乖乖地站

第九章

住了,他拍拍牛肩,拉着缰绳朝五岔河的河滩走去。

这些日子正是汛期,长江的东风闸开闸放水,河里的水已经满了,打着漩涡朝下游流去。河水涨上来浸湿了河滩,得了河水的滋养,滩上的青草钻出泥土迅猛生长,一大片一大片,绿油油的,鲜嫩而肥美!大牯牛似乎闻到了青草的香味,昂起头来"哞哞"两声长叫,一路小跑起来!

来到河滩,米儿松开缰绳让牛自由吃草,自己坐在高处吹着河风,悠闲地看着。

满河的水浩浩荡荡,使河面变得宽阔起来。河对岸就是几个月前他看青的蓼子田。就在那块田里,他打死了一条大蛇!想起那大蛇凶恶的面目,不由得毛骨悚然……

他疑惧地站起身子,朝地面四处仔细察看一遍,才放心地又坐下去。他想到在这块田里邂逅了王娟,当时的情景还历历在目!王娟的背影真美,早春的景色真美……

从王娟想到了雨欣,由雨欣想到了那天晚上的大半个月亮,想到了稻田,听见了蛙鸣,想到了月光下令人陶醉的拥抱……

想不到自己从未想过的终身大事,竟在刹那间就决定下来!就像做了一场梦似的,自己都不敢相信这是真实的,总感觉有点虚幻,没有踏实感。是不是太草率了?仔细想想,双方都不满十七岁,谈婚论嫁还遥远得很,变数大着呢!

目前身在农村,一无工作,二无事业,三无居所,什么条件都没有。这"三无"何时才能变成"三有"?假如今后她先抽调回城,自己回不去,时间久了她会不会变心?即使两个人一起抽上去,如果不在一个地方怎么办?双方长期不见面,时间一长总有一方会有变化……

这事如果传出去了,肯定影响不好,如果有回城的机会,大队不会推荐我们两个的。招工招生的人也嫌麻烦，不愿接收这种拖泥带水的人，两个人就只能一辈子在农村了！如果真的这样，岂不害了雨欣？

再说，还不知道双方的父母是个什么态度，只要有一方坚决反对，这事就吹了！看来这事变数很大，很不现实，有点悬……

猛地听见大牯牛低沉地惊叫了一声！米儿朝那边望过去，见牛的肚子已经吃得滚圆，正叉开前腿站在河边喝水。奇怪的是，它快速地喝了一口水，又赶紧把嘴离开水面，两只牛眼瞪得鸡蛋似的，死死地盯着下方的水面一动不动！

米儿觉得蹊跷，赶紧站起身来走过去察看。岸边半透明的河水下面，隐约有一块比脸盆还大的石头，这石头像花岗岩似的，上面花花点点长着斑驳的苔藓，静静地伏在水底一动不动。

米儿觉得有点儿不对劲，心里想，这条河里都是烂泥，怎么会有这么一块花岗岩？他盯着这块石头左看右看，百思不得其解，不知它来自何方……

大牯牛看见主人来到身边，胆子壮了些，又把嘴伸到河里去喝水。刚喝两口，米儿发现这块"花岗岩"忽然动了一下，悄悄地往上浮！这石头的面目越来越清晰，他突然发现这是一个巨大的"花岗岩脑袋"！这脑袋丑陋得像个史前动物，他惊得倒退几步！

几乎与此同时，这大脑袋蹿出水面，掀起一人多高的浪花，张开巨口露出尖齿，一口咬住了牛头，把牛脸吞进去一半！大牯牛一惊，猛地向后退去，原来是一条体型巨大的怪鱼！这鱼紧紧地咬住牛头死不松口，拼命往河里拖。大牯牛晃动着硕大的脑袋，使劲地左右摆动，仍然不得脱身。那怪鱼在牛的猛烈

第九章

挣脱下,露出了水桶般的前身,尾巴和后半身在水下搅起的黄色泥沙,翻滚着涌上水面,河水轰响!

大牯牛叉开腿,身子极力向后倾坠,却怎么也挣脱不了那条鱼的大口!惹得它牛脾气上来,猛地后退了两步,粗壮的脖子用力一甩,将这条凶恶的大鱼甩到了河滩上……

失去了水的依托,怪鱼松开了大口,在草地上翻滚扭动,巨大的尾巴拍打得地面微微颤动,草叶和泥屑四处飞溅!

被激怒的大牯牛脸上淌着血,瞪着血红的眼珠冲上去,低下头用那对大角凶狠地一挑,将那大鱼挑起来甩出好几米远。又紧跑几步,赶上去用巨蹄猛踩、猛踢、猛踏……

这条怪鱼两米多长,身躯比水桶还粗,全身无鳞,土黄色的皮肤厚如牛皮,肚子上被牛角戳开了两个大窟窿,不停地往外冒着鲜血。躺在草地上还扭动着身子,用尾巴拍打着地面,不时地张开血盆大口,吼声如牛……

米儿看着这血腥恐怖的一幕,跌坐在地,魂都吓丢了!

牛的脸上流着鲜血,一条巨大的怪鱼横躺在地面,他不知道该怎么处理,赶紧爬起来跑去找文龙。一抬脚,两腿一软,差点又跌一跤!

文龙一听,赶快叫上段师傅和他弟弟文虎,随米儿一起赶到河滩来。几个人围着鱼看来看去,都不知道这是什么鱼。段师傅推测说,这好像是鳇鱼,但是头和嘴又不大像,看这鱼身上的颜色,像是刚从长江里游过来的。以前也有人在湖里打过一条类似的鱼,但是只有几十斤重……这条鱼估计要超过三百斤。

文龙又叫了几个社员过来,六七个人费了好大劲才把这条鱼弄上船。段师傅不愧是屠夫,对动物的体型和重量心中有数,只要叉开拇指和食指卡在猪背上一量宽度,就能估出猪的重量,并且八九不离十。这条鱼他虽然是目测,但在仓库的磅秤上一过,果然三百二十多斤!

仓库的门口支起一扇门板,段师傅拿出杀猪用的整套刀具和铁抓钩来,几个青年卷起袖子自告奋勇给他打下手,七手八脚忙着杀鱼。仓库门前挤满了看热闹的人,脸上无不带着惊讶,看着这条怪鱼,议论不停。可惜的是,谁也说不出个所以然。没有一个人能说清这鱼的名字,也没有一个人见过这么大的鱼!

段师傅对大家的议论充耳不闻,也不管这鱼叫什么,在他手里就当作大猪来宰杀肢解,卷着袖子,全神贯注地又斩又割,快刀下去"嗤嗤"有声!切割下来的每一块肉大小相若,都有十来斤,手法熟练。这精湛的手艺,看得众人连声喝彩!

文龙挑了几块最好的鱼肉用草绳一系,放在一边,然后给每户社员都分了一大块。看看人都散去,文龙对米儿低语了一句,米儿提起那几块鱼肉交给华华和麻杆,叫他俩赶紧给王娟、李月和肖银水他们送去。

米儿受到了惊吓,一连几天呆呆的,一想起这件事就心里打鼓,两腿发软!如果当时这条鱼咬住的不是牛而是自己,很轻松就被它拖进水里,然后连头带脚囫囵葬身鱼腹!恐怕现在消化得只剩骨头渣了,尸首都找不到……活人被鱼吃了,说出去岂不让人笑话!这种死法真没面子。再说,丢下雨欣怎么办呢……

不知不觉田里的早稻完成了抽穗、扬花、灌浆。不知不觉早稻又由绿变黄,现在已经是颗粒饱满的成熟期。沉甸甸的稻穗压弯了稻秆,满田金灿灿的,挤得密密匝匝,满眼都是稻穗。

极目远眺,满目金黄,恰似遍地黄金!

风里飘着稻香。麻雀、禾花雀、野斑鸠、野鸭和各种小鸟,一群一群从头上飞过,羽声肃肃,不绝于耳,叽叽喳喳兴高采烈地赶赴盛宴。地洞里的田鼠也开始整窝整窝地出动,一家老小齐上阵,手脚不停地一趟一趟往窝里偷运粮食……

流血流汗又流泪,辛辛苦苦种一季庄稼,终于盼到了开镰收割的季节,该颗粒归仓了!

七月初的太阳劲头十足,烤得皮肤火辣辣的,像要裂开似的。热浪在稻田上空翻滚,热气逼得人睁不开眼,眼皮不停地眨动着,勉强保护眼球不受伤害。头上的汗流到眼睛里,阵阵刺痛。下田不到几分钟,身上的衣服就被汗湿透了。

田野里一棵树也没有,人们暴露在光天化日之下,任太阳炙烤着,无处藏身。一个个热得像狗一样张开嘴,大口大口地喘气,只恨没有狗那样的长舌头来散热。

大队提出"战高温,夺高产,打好双抢这一仗"的口号,全民总动员,全力投入双抢!各小队迅速做出具体安排:妇女、孩子和老人割谷,精壮劳力打捆挑谷,年纪大的男社员在禾场上脱粒扬谷。小学生也放了农忙假,回来照顾弟妹、看守门户……

麻杆、华华和花蛇每天早上天不亮,就随社员们下田割谷,天黑透了才回来。米儿看着他们每天拖着疲惫不堪的身子回来,累得歪坐在凳子上,话也懒得讲,饭也吃不下,只是拼命喝水。他心里不是滋味:双抢这么忙,人人都在拼命,自己却每天牵头牛东游西逛,实在没有脸面!

他对文龙说,要把牛交出来去参加双抢。文龙劝他不要急,再调养几天,双抢也不差你一个。米儿态度坚决,要求明天就下田割谷，不放牛了。

那头大牯牛被鱼咬得满脸伤痕，米儿当时就找来了肖银水，为牛清洗伤口，消炎治疗。米儿怕苍蝇叮咬发炎，在伤口上抹了药膏还不放心，又用白纱布包扎得停停当当。牛脸上的膏药横七竖八，牵出去社员们看了发笑，都说这牛比人还娇贵呀！

米儿目睹了大牯牛和大鱼搏斗，那惊心动魄的场面令他感动而又难忘，更加爱惜这头牛。河滩上的青草最肥美，他每天还是牵着牛去河滩。但是心有余悸，不敢再去老地方，而是不停地换位置。每次牛吃饱后，又割一大捆青草带回来，给大牯牛加夜餐。在米儿的精心饲养下，这牛脸上的伤口很快愈合。

大牯牛似乎通人性，知道米儿对它好，也跟他有了感情。一听到他的脚步声，立刻站起来，眼巴巴地望着他，亲热地用脸蹭他的肩膀，又伸出舌头舔他的胳膊。

米儿把缰绳往文龙手里一交，就算手续两清了。文龙牵走的时候，大牯牛走了几步，见米儿没有跟过来，又停住脚回过头去，望着米儿"哞哞"长叫，眼神里充满悲凉和留恋……

几天来持续高温，田野上一丝风都没有，连鸟都热得怕羽毛起火，中午不敢飞出来，不知躲到哪里乘凉去了。

米儿弯着腰紧张地割谷，浑身上下每一个毛孔都在往外冒汗，衣裤被汗水湿透，湿淋淋的袖子和裤管紧贴在四肢上碍手碍脚。斗笠扣在头上，又闷又热。弯腰割谷时，脸上的汗珠大颗大颗地滴落下来，洒在地面上立刻变成斑斑点点的湿痕，一路相随。不禁让他想起课文里的《悯农》，便在心里念道："锄禾日当午，汗滴禾下土。谁知盘中餐，粒粒皆辛苦……"以前只是轻描淡写读一读，没有什么感受。直到这时，才真正体会到庄稼人的艰难辛苦！

第九章

　　他直起腰来看看华华、麻杆和花蛇，见他们光着膀子，裤子卷得高高的，斗笠也不戴。他也脱掉褂子，扔掉斗笠，卷起了裤脚，果然手脚利索多了。但是一摸头发，却是滚烫滚烫的！

　　一旁打捆挑谷的社员见了，劝他们穿好衣服，戴上斗笠，小心会晒脱皮的！他们听了，也只当耳旁风。

　　挑谷的男社员个个额上缠着圆盘似的黑头帕，那宽檐此刻既能遮挡太阳，又能拦住头上流向眼睛的汗水，还在耳边特意垂下一截用来擦汗，的确是又方便又实用！米儿这才明白他们头上那圆盘的功能，简直是一举多得，科学得很！心里羡慕不已，想有机会到曲湾镇也买几条回来，给大家盘一盘。

　　为了抢季节，抢晴天，田埂上挑谷的社员成群结队一路小跑，嘴里不断吆喝着，催促前面的挑担人："走起！走起！"你催我，我催他，步子迈得飞快，肩上的钎担颤颤悠悠，弹上弹下嘎吱响，两头的稻捆颠上颠下，稻穗"哗哗哗"地响成一片，越发增加了紧张的气氛！听到身后的响声，前面的挑担人赶紧加快脚步，小跑起来。人人都在你追我赶！

　　田里割谷的人腰都不敢直一下，汗也顾不上擦，弯着身子一鼓作气往前割！几个年老体弱的妇女和一个孕妇，腰身痛得忍受不住，脸上淌着汗，大口地喘气，双腿跪在田里，跪着往前割，很快就被甩在后面……

　　队长文龙打着赤脚，挑两大捆稻谷"哗啦哗啦"地跑着，脸上带着豪迈的笑，朝割谷的社员粗门大嗓地吆喝道："快点快点！肚子饿了，割完这块田回去洗脸吃饭！"那声音里本来带着诱惑，可是大家听了，却像是在催命！都不好意思直起腰来擦把汗，只得抖擞起剩余的精神，加快了手里的动作……

　　这种紧张场面，哪像在收自己种的粮食！倒像八路军带着老百姓,半夜抢收敌人炮楼下的麦子!

天渐渐暗下来。太阳落下去的西边出现一大片火烧云,火海似的染红了半个天空,映得人脸上个个红光满面!一个社员抬头看看,对米儿道:"真要命!明天还是个热死人的大晴天!"说完摇头叹气,耳边的半截头帕甩来甩去,额上蚊香似的头帕被汗打湿了好几圈。

麻杆看着那片红彤彤的火烧云,盼望明天下场大雨凉快凉快!听他这样讲,心里绝望,不高兴地说:"你说晴天就晴天?说不定半夜就有大暴雨!"说完把腰一叉,仰脸看天。看了西边看东边,似乎看不到下雨的希望……

那位社员擦了把汗,笑了笑,说:"你看那片火霞嘛!谚语说:早上发霞,等水烧茶。晚上发霞,干死蛤蟆!早上发霞当天会有雨,晚上发霞,第二天肯定是晴天!"又说:"我也盼望夜里下场大雨,把这热气压一压。可现在正是割谷打谷的季节,千万下不得雨呀!一下雨,这些粮食就全泡在田里,这么热的天,两三天就会发酵发霉,这一季粮食就毁了……"

大家一想,感觉他说得又很有道理。这种节骨眼上,庄稼人对雨天是又喜又怕;对晴天是又怕又喜!真不知是雨好还是太阳好……

花蛇道:"这四十几度的高温,在武汉市就要防暑降温,全市放假,不上班了……"

华华跟着说:"一到四十度,就不上班了!武钢的工人是轮班休息,一箱一箱地发冰汽水!"说着往地上吐口唾沫,干干的唾沫滚在地上,像一个浓稠的白色圆球。

米儿看一眼华华吐的唾沫,说:"每到这个季节,单位里就发降温费,还发西瓜和绿豆。我爸爸用单车运回来,西瓜泡在水缸里，晚上乘凉的时候吃。红红的沙瓤，冰甜冰甜！据说是白沙洲运来的西瓜，是最好的……"

麻杆抢着说："有几年夏天还发汽水呢，每家都发四五箱！喝完了拿整箱的空瓶去换，都是在武钢冷冻厂预定的。单位食堂门口，大桶大桶的冰镇酸梅汤不要钱，每家都拿茶壶去打回来喝。肚子喝得饱饱的，摸一下，冰凉冰凉！但是嘴巴还想喝……"

说到这里，麻杆满脸幸福地一笑，露出糯米粒似的白牙，道："喂，你们晓不晓得？汉口江汉路的酸梅汤最好！里面放的是冰糖，又酸又甜又冰！就在红塔对面的'四季美'旁边，三分钱这么大一碗……"他用手比画着碗的大小，那碗在他手里不断放大，最后变成了一个盆……

大家听他讲冰冻汽水和冰镇酸梅汤时，回想起那酸甜冰爽的味道，口里本来干稠的唾液也变得稀薄有味起来，舍不得吐赶快咽进肚子里。他那滑稽的样子，引得大家哈哈大笑起来！曹操万万想不到，他的"望梅止渴"，一千多年后居然在这块田里又重新上演一遍！

收工回去的路上，大家累得腰都直不起来，身体里的水分被太阳榨干了，再没有汗流出来，反而感觉不热了。晚上躺在床上，皮肤火辣辣地痛了一夜。第二天一看，暴露在外的皮肤被太阳晒得变了色，像苋菜梗似的，紫红紫红的！

又晒了几天，竟不痛了，却像蚕一样开始蜕皮。洗澡的时候，手一搓，就掉一把皮下来。洗完澡，皮肤一干燥，破皮的边角赫然翻起，白花花的像长了一身羽毛。两手两臂粗皮老藤似的，又干又黑又糙。四个人站在堂屋里，互相帮忙撕背上的皮，大块大块的薄皮揭下来搭在椅背上，一页一页的，像半透

明的描图纸,不一会儿便积了厚厚一沓……

撕去了旧皮,露出的新皮白嫩红润,摸上去湿漉漉的。身上东一片、西一片的白癜赫然醒目,像得了白癜风病,又像牧场上吃草的花奶牛!

这年的双抢令米儿终生难忘,对农民又加深了几分同情和了解。此后再不敢浪费一粒粮食,对剩饭剩菜也不再挑剔。

雨欣放了农忙假,也回到队里来,和王娟、春桃一起参加双抢。

她们在社员家里每人借了一把手镰回来。这手镰样子古怪,木把短得刚够一握,虎口处还有一个挡手的木杈。镰刀如钩,又长又弯,锋利的刀口上排列着密密的细牙,锯齿似的朝同一个方向倾斜,弄不明白这有什么作用,都拿在手上反复地看,用手试那锯齿。问了社员才知道,这种镰刀割稻谷快而省力,并且在稻秆上不会打滑!听社员一讲,几个人像得了法宝似的,不知道这东西能有多厉害,又没割过稻谷,便恨不得马上试一试。

三人用木桶装了大半桶土井里的凉水,水面上盖一张大荷叶,荷叶上丢一只葫芦瓢,抬着下田去了。

太阳像个大火球,烤得头发滚烫,皮肤像被火燎似的灼痛。稻田上方晃动着几尺高的热浪,透过热浪远远望去,田里劳动的人影不停地抖动着,扭曲着,看不清人的脸。那场景像火焰山似的,似乎只差一个火星便可燎原!稻草被烤得干枯而焦硬,叶子的边缘布满尖利的毛刺……

割了不一会儿,三个人的手上和胳膊上,牛毛似的满是细小的血口子,汗水一渍,火辣辣的!心烦意乱中,一不小心镰

第九章

刀割了手指，稻子上血迹斑斑。头上的汗水顺着长发流下来，流进眼睛里，眼睛刺痛；流到鼻尖滑进嘴里，舌尖一舔，又咸又苦又涩！被汗水打湿的衣裤紧紧贴在身上，皮肤黏滑湿腻……这又湿又热又痛又痒的种种难受，让人无可奈何……

只可怜她们生就一个女儿身，不能像男生那样，脱掉衣服光着膀子爽快爽快！王娟她们这时才知道了双抢的厉害，不死也得脱层皮！

王娟手里割着稻子，鼻子哼哼着，嘴里念念有词道："赤日炎炎似火烧，野田禾稻半枯焦，农夫心内如汤煮，公子王孙把扇摇！把扇摇，摇——"她咬牙切齿，念一句割一把，一字一句从嘴里蹦出来，似乎借此才能减轻高温带来的痛苦……

正弯腰割稻子的春桃，听她嘴里念念有词，还带着节奏，便问道："你又在念什么经？"

王娟拢一大把稻子，一镰刀割下去，满脸汗水顾不上擦，上气不接下气地说："我在背诗，以前学过的……"又连割几把，才直起腰来擦汗……

田里的社员都不带茶水，干渴的时候眼睛到处乱找。看见她们抬来的水桶放在地头，两条腿也不听使唤了，不由自主地走过去，这个一瓢，那个半瓢喝起来。活没干到一半，一桶水便见了底。等到王娟她们去喝时，刮了半天只刮到半瓢水，三个人一人喝了两口，好歹打湿一下喉咙……

社员们见了心里愧疚，站起来向她们喊道："回去回去，你们回去休息一下，再抬一桶过来！我们帮你们割。这水好喝，还没喝够，还想喝……"

听见大家夸这水好喝，三个人心里甜滋滋的。王娟、春桃把镰刀一扔，兴冲冲地跑回去先喝了一个饱，又抬来一桶水，招呼大家都过来喝。

　　割稻谷的时候，人们往往分成两拨，同时从稻田的两头往中间割。割到中间还剩一小片的时候，胆小的女人就不敢再割了，站得远远地看着。王娟她们不懂，见胜利在望了，一鼓作气，向前猛割过去！

　　两边的稻谷快要割通的时候，从密密的水稻丛里窜出的蛇、青蛙、乌龟、癞蛤蟆在脚下乱爬乱蹦乱窜！水稻上落的蛾子、蝗虫、蚂蚱等各种飞虫，劈头盖脸乱飞乱撞，落得满身都是！王娟三人吓得扔了镰刀，惊叫着四处逃窜，跑出十几步远，心脏还"怦怦"乱跳！

　　她们这时才明白，原来是两头割谷的人，把整块田里的动物和飞虫包围起来，一步一步逼到最后这一小片稻田里了，密密麻麻集中在一起。眼看地盘越来越小再无处藏身，一时炸了锅似的四散逃命！

　　一块稻田虽然并不起眼，但里面却像一个小世界，也有一条清晰完整的食物链！昆虫吃稻叶，青蛙、乌龟吃昆虫，蛇又吃青蛙，动物粪便又被庄稼吸收……

　　以后她们便学乖了，碰到这种情况就躲得远远的，留给那些胆大的男人去收尾。

　　割了几天早稻，三人算是领教了双抢这头一"抢"的滋味！下一"抢"还没开始，手上已经伤痕累累，贴满了大大小小的橡皮膏。原本白嫩的两条手臂也被晒得黑黑的，火烧火燎地痛。腰像灌了铅，酸胀沉重，直不起身来，收工回去便只想睡觉。屋内热如蒸笼，躺在床上不停地摇扇子，摇着摇着，手一松便不知不觉睡过去……

　　早上起来满身大汗，衣裤全湿透了，几个人的额头和脖子上长满了痱子,鸡皮疙瘩似的……

  天刚微亮,远处的田野笼罩在淡淡的薄雾里。王娟三人热得再也睡不着,出门打水洗脸刷牙。
  门前不远的路边,一头水牛悠闲地啃食青草,两只花翅八哥站在牛背上,细细的腿像弹簧似的,轻盈地跳动着,在牛背上啄来啄去,像鸡吃米。吃两口,便在牛背上左一下、右一下蹭自己的喙尖。水牛似乎很受用,只顾低头吃草,并不理会背上的八哥。
  王娟和雨欣见了觉得可爱又可笑,也不知牛背上有什么好吃的东西!不想惊动它们,便倚门而看。
  一只八哥感觉有人在看它,停止了啄食,歪着脑袋打量她俩,机灵地转动脖子,探头探脑地横看一下,竖看一下。两粒漆黑的眼珠,花椒籽似的,晶莹透亮!神态警觉而又疑惑……
  王娟和雨欣越看越有趣,一动也不敢动,想留住它们多看一会儿。谁知这八哥不想让她们多看,突然一声惊叫,两只八哥几乎同时拍翅飞去,花翎频频翻动,闪得人眼花缭乱……
  这小鸟也是精怪!如果人不盯着它看,往往不会惊慌而逃。如果有人看它,哪怕装出漫不经心的样子,它也能立刻觉察到,随后迅速拍翅飞走!
  王娟和雨欣讨个没趣,互相望望,怅然若失。同时心里产生了这些疑团和好奇,心想有机会一定要弄个清楚。
  洗脸时,手一摸到成片的痱子,感觉心里都痒得发慌!几人连忙找出痱子粉来,连脖子带脸往上扑,扑得脸上白花花的像冬瓜,假如夜里走出去都能把人吓死!
  农活安排得周密而紧张,一块稻田刚刚收割完,耕田的人就扛着犁牵着牛进来了。前两天收割过的田已经翻耕出来,正在水里泡着,准备插晚稻了。

禾场就在仓库门口,收割的稻子堆积如山,地上也铺满厚厚的稻子,几头水牛拉着沉重的碌碡在上面碾压脱粒,昼夜不停。如果老天赏脸,再给几个晴天,割谷和脱粒就能顺利完成,粮食进了仓库就不怕了!

俗话说:"绳子总拣细处断。"往往你越怕什么,它就偏要来什么……

上午还是烈日当头,晴空万里。到了下午,天空的西北角忽然出现大片的乌云,乌云里电光闪闪、雷声隆隆,似有无数天兵天将在空中擂鼓呐喊、厮杀搏斗,热闹而缓慢地朝这边移动过来。闷热窒息的天空像被戳开了一个窟窿,忽然从天外进来一丝活风,风里带着淡淡的水腥气……一场暴雨眼看就要来临!

田里劳动的人们直起腰来擦一把汗,脸上带着惊喜,迎着这一丝凉风,张大嘴巴饥渴地呼吸,重重地喘气,像快淹死的人大口大口地呼吸!风,越来越大越来越凉,身上的汗水被风吹干,被汗打湿的衣服贴在身上凉飕飕的。乌云越来越近,天越来越暗……

突然,稀稀拉拉的大雨点骤然砸下来,像天上撒下一把豆子,砸在斗笠上噼噼啪啪乱响;砸在背上冰凉刺骨,不禁一阵哆嗦!下了这几滴后,又停住了,天上悄无声息,似乎是暴雨正式登场前的预演。

酝酿片刻之后,一道耀眼的强光一闪,"咔嚓"一声巨响,一个惊雷在头顶炸开!吓得人们心惊胆战,身子在田里打着转,却找不到地方躲藏!转眼间,豆大的雨点密密麻麻地砸了下来,

第九章

只听见稻田里一片"唰唰唰"的响声,似波涛在山谷涌动……

队长肖本松捂着斗笠一边跑一边喊:"男的都去禾场抢暴啊——"当地话把夏天突然降临的暴雨叫"跑暴",把晒的粮食抢收进仓库叫"抢暴"。

人们都知道这意味着什么!男人们立刻丢下手里的镰刀和钎担,踩着烂泥,成群结队朝仓库跑去!雨,越下越大,越来越急,报复似的要把天河的水一口气全部倾泻下来!天上电光频频,雷声不断,地上越来越黑……

王娟、雨欣和春桃吓破了胆,生怕遭了雷劈,看看没地方躲,三个人顶着斗笠挤在一起,蹲在地上捂着耳朵。四周的雨线密得像水帘似的包围着她们,打得斗笠乱响!除了头和衣领一小块地方外,身上都湿透了,雨水顺着后背往下流……

一道强光一闪,刺得眼睛睁不开。三人连忙捂紧了耳朵,闭紧双眼,张开嘴巴,缩紧了身子准备挨这一炸!不料这雷声并不大,只是在远远的天际"隆隆"地滚动着。

大家松开耳朵,睁开眼,以为炸雷过去了。刚要开口讲话,突然"咔嚓"一声,一个霹雳在头顶上炸响!后面跟着一连串雷声。三人又赶紧捂住耳朵,低下头,身子蜷缩得像三个刺猬似的。

雷声过去后,王娟睁开两只眼睛,看一眼天空,生气地说:"真讨厌!原来是骗我们的呀……"

春桃满脸是水,啐一口道:"我的妈呀,呸呸呸!这王母娘娘好阴险,趁我们不小心丢个大炸弹下来!"

雨欣蹲在地上腿有点儿麻,挪动了一下脚,忍不住笑道:"这关王母娘娘什么事啊,打雷的那个叫雷曹,是他骗了我们……阿嚏!"说着,打了一个大大的喷嚏……

王娟使劲挤着辫子上的水,对雨欣道:"王母娘娘是他们的领导嘛,领导不派他打雷,他敢瞎打?你怎么回事?打这么大个喷嚏,是不是有人在想你呀……"

雨欣脸一红,揉了揉鼻子,两只大眼睛望着王娟,笑道:"是你在想我吧!你这个迷信脑袋瓜子,尽想好事!"

王娟缩着身子看她一眼,笑道:"你想得美,鬼才想你!好冷啊,你们冷不冷?这个时候有人送把大伞来就好了……"

春桃听了打个寒噤,说:"我也有点儿冷!哎,王娟,这时候有人给你送一把伞来,再抱一抱你,那是什么感觉?"

王娟一愣,想了想道:"废话,那要看是什么人!看不上眼的你也有感觉?把伞留下来,叫他走人,抱都不让他抱!把我说得这么不值钱呀……"说着把嘴一撇。

雨欣大笑道:"你拿了别人伞,又不让别人抱,便宜都让你占了!谁能冒雨给你送伞呀,你慢慢做梦吧!"

王娟自己也笑了,说:"是啊,哪有这样的人呀。慢慢等吧,面包会有的,牛奶也会有的……"

几个人一时忘记了风雨交加,也不顾电闪雷鸣,挤在一起开心地大笑起来!

三个斗笠紧紧地凑在一起,稻田里像突然长了三朵蘑菇,蘑菇下面三张灵动的脸热闹地说着笑着,雨水打在斗笠上。田里的雨水淹没了脚,鞋里灌满了水,一动就"呱唧呱唧"地响……

雨声渐渐小了下去。风像长了无数只手,把乌云撕得破絮似的,东一块,西一缕,撒得满天都是!像画家笔下的泼墨云彩,缓缓地一起向东南方向飘去。

三个人被暴雨淋得像三只落汤鸡,浑身精湿。站起身活动

第九章

活动腿脚，不约而同朝远远的仓库方向望去。

突然，眼前的一幕让她们不敢相信自己的眼睛！与稻田一河之隔的禾场那边阳光灿烂，竟然滴雨未落！几头水牛依旧拉着碌碡，不紧不慢地在禾场上转圈脱粒。抢暴的人手上拿着空麻袋，一起抬头观察天上的变化，目送着乌云渐渐远去，爆发出一片欢呼声！

队长肖本松望着天空一阵狂笑，大声地唱道："狂风吹不落太阳！暴雨冲不垮山岗——"这是电影《洪湖赤卫队》中刘闯的唱词，他就佩服刘闯，所以只会唱这两句。

三人跑到河边一看，对面的河岸干燥如故，这边的河岸却被大雨冲得泥泞不堪。似乎这条河就是楚河汉界，暴雨只在这边下，根本不敢过那边去！

太阳又出来了，头上晴空万里。刚才的雨水落在滚烫的地面上，冷热相激，田野里升腾起一片白雾，茫茫云海似的翻滚着，笼罩在田野上。田里的人一个个仿佛在腾云驾雾，隐隐约约只露出上半身，宛如天上人间的梦幻仙境！白雾不断上升，一转眼，人影全部隐没在白茫茫的云雾中，看不见了！

待到云开雾散现出田野时，突然，金光一闪，一道耀眼的彩虹出现在眼前，像一座巨大的虹桥，横跨在金灿灿的稻田上空，壮丽而又辉煌！

这一连串的天象奇观，一个接一个，就发生在身边。身在其中的王娟、雨欣和春桃，都看得目瞪口呆，惊奇不已！

三人站在河岸上，迎着彩虹，举起手里的镰刀，舒展腰肢惊呼起来！这是有生以来第一次亲眼所见，亲身经历这宏伟壮丽的奇观！

河这边，雨脚还未收住。尽管阳光普照，但仍然细雨霏霏。

太阳雨

这接近尾声的雨丝,在阳光中细细的,密密的,一闪一闪,像金线又像银丝……

雨欣看着眼前这一切,不禁触景生情,喜不自禁地喊道:"啊,太阳雨!你们知道吗,这是太阳雨呀!又出太阳,又下雨……东边日出西边雨,道是无晴却有晴……诗歌里写得太准确了!"她兴奋地又叫又笑!

听雨欣一说,二人回过神来。王娟望着她道:"神经!又是太阳又是雨,人都被你说晕了——到底有晴还是无晴?"

春桃指着雨欣,笑道:"这,雨欣才知道,让她解释一下吧……"

雨欣望着彩虹,心情豪迈地说:"这是唐代诗人刘禹锡写的一首诗,大意是,你说是晴天吧,西边还在下雨;你说是雨天吧,东边又在出太阳。是有晴呢还是无晴呢?让人捉摸不定。这个晴天的晴和情感的情是同音,也被用来比喻朦胧的爱情和不确定的心情……"

王娟说:"哦,听懂了,不就是初恋吗?古人就喜欢自作多情,简单的事不直说,非要绕来绕去!春桃,你听懂没有呀?以后写情书的时候,记着把这句用进去,包你成功!"

春桃笑着说:"你还是留着自个用吧,这样的东西,我听着就肉麻!"

雨欣伸出一根手指点着她俩,神气地教训道:"你们两个真是不通文学!这么美的诗,都被你们这两张破嘴巴给糟蹋了……"

"你觉得美,就留给你写情书用吧,你写好了借给我们抄一下!莫忘了……"王娟嬉皮笑脸,抢过她的话头说。

雨欣脸一红,忽然想到米儿,想到几个月前的那个春

194

夜——我们彼此的心都那么清楚明白了,抱也抱过了,还用得着去写这种朦胧诗吗?我是用不着了,只有你们才需要……

正想着,队长肖本松隔河朝她们喊道:"喂——你们几个女伢子还不快去割稻谷,在那里傻笑什么啊?"

朝鲜电影《摘苹果的时候》里面有位胖姑娘,是个身强体壮的劳动模范,一年能挣六百个工分!工分多收入就高,生活条件就好,这是令很多人羡慕的……

王娟、雨欣和春桃三人都不胖,身子骨也不健壮,当然挣不到六百个工分。雨欣在大队小学教书,与男同事同工同酬,每天记一个工分,一个工分就是满分,是最高待遇了。王娟和春桃每天六分,比女社员低两分。后来见她们插秧割谷这些主要农活干得并不差,为了体现同工同酬,队里又给她们加了两分,与女社员同酬,都是八分工,这是女工的最高待遇了。

可雨欣享受的毕竟是满分,仍比她们多两分,又不用下田干活,整天干干净净,穿戴整齐。王娟好胜心强,心里多少有点醋意,不免酸溜溜地说:"雨欣是脑力劳动者!跟我们不同的,我们是体力劳动。劳心者治人,劳力者治于人,这就是区别嘛……"心里虽然酸,但说这话时的表情和语气,却感觉不出刻薄的味道。不说出来就不行,好像心里溢出来的这股酸水,总要找个地方倒出来才好。

雨欣最了解王娟,这话怎会听不出来?她用指甲掐住王娟臂上的一点点肉说:"我早看出来你是个醋瓶子,你心里想什么我全知道!你不讲话,没人把你当哑巴……"痛得王娟连忙求饶。

春桃在旁边看戏不怕台高,笑道:"掐得好,掐得好!哪个要你嘴巴贱的……"

　　三人又不养家糊口，也不贴补家用，根本不在乎这工分多少。但是能与社员平等，就说明自己的表现得到认可，事关个人前途。今后招生招工时，要以此为依据来推荐的。尤其王娟和雨欣，家庭出身本来就不好，属于那种"问题青年"，今后的前途，全靠自己去表现，去争取。

　　好在社员们并不在意她们的出身，只要勤劳肯干，能吃苦耐劳，那就是个好同志！家里有没有问题，关草民百姓何事？一年到头累死累活，哪有这工夫"咸吃萝卜淡操心"！

　　现在待遇上是平等的，这说明并没有受到歧视，三人心里燃起了希望，干起活来更加卖力了。

　　早稻还没割完，留下一些老弱劳力继续收尾，大部分劳力去大田抢插晚稻。田里的水薄薄一层，被日头晒得滚烫。踩在稀泥里脚是凉的，腿却在滚烫的水里煮，弯腰插秧时脸靠近水面，蒸腾而上的热气令人窒息，睁不开眼睛。恶毒的日头烤得肌肤欲裂，人夹在水火之间，上蒸下煮，大汗淋漓，与蒸汽房好有一比。此时的水里却不见半条蚂蟥，都躲在岸边的水草丛里不敢出来。

　　这地方春秋两季好过，冬夏两季难熬。尤其这夏天，白天热得像火焰山，晚上屋里像蒸笼，热起来让人无法解脱！白天是繁重的劳动，晚上闷热难眠，吃不下，也睡不安。

　　王娟她们又黑又瘦，人都脱了形，只剩一对大眼睛和讲话的声音没变。以前正合适的衣服，如今穿在身上松松垮垮，她们意识不到，好好的衣服怎么越穿越肥大了？

　　不知谁说一句道：不是衣服大了，而是"衣带渐宽终不悔，为伊消得人憔悴"，是我们越变越苗条了！但不知谁是那

第九章

个"伊"……

妇女们看在眼里,私下议论道:"这几个女伢子,刚来的时候白白净净,水嫩嫩的!现在一个个跟我们一样,晒得黢黑,哪里还认得出来呀!一白遮三丑,我们要是在城里还不是跟她们一样,蓄得白白净净,水灵灵的能掐出水来……"话里有同情,也有醋意。

这天一大早,天还没亮,队里请来了段师傅在仓库门口杀了两头猪。猪的阵阵哀号,惊醒了王娟、雨欣和春桃。反正热得睡不着,打开门站在外面朝仓库方向望去。仓库门口挂了好几盏马灯,灯火中一群人在忙碌着,好像很热闹,便想过去看看。

来到跟前,看见段师傅正忙着刮猪毛,地上还躺着一头猪,脖子上一个血窟窿里还在"扑哧扑哧"向外冒血泡,队里的会计带着几个青年在帮忙。王娟她们吃过猪肉,但没见过杀猪,虽见过肉铺的架子上挂着一条条的猪肉,却从来没去想是从哪里来的。今天一见这场面,心揪得紧紧的,不忍看下去。王娟拉了雨欣和春桃,转身就走。段师傅看见了叫她,她也不应。三个人都后悔,大清早的不该来看这热闹。

刚吃过早饭,会计给她们送来一块肉。春桃正要接过来,王娟和雨欣几乎同时说道:"不要不要,赶快拿走!"

会计有点意外:"怎么不要?每家都有一块呀!"

王娟说:"大清早的杀什么猪,又不是过年!"

会计说:"哦——今天五队的人要来支援我们双抢,帮我们插几天秧,客人来了要招待。这段时间大家都很辛苦,每家分一块肉,改善一下伙食!"

王娟眼睛一亮，说："什么？五队的人要过来帮我们插秧？"

会计说："还骗你不成？每年农忙都有这样的互助。支援都是无偿的，不招待好客人怎么行？快拿着吧，还有几家要送，我要走了。"正要走，又转过身说："天太热，记得用盐水把肉煮熟了再放，当心坏了。"

五队的人要来支援双抢，米儿小组肯定要过来，大家凑在一起又热闹了，几人浑身来了劲！王娟和春桃提着桶出去打饮用水，雨欣赶紧回屋拿起镜子左照右照，又用手理了理头发，觉得上衣不满意，又换了一件。想到今天会见到米儿，脸上一阵发烫……

趁着太阳还没出来，文龙带着五队的人已经先到了，正在田里插秧。米儿四人在同一块田里，都光着脊梁，卷着裤腿，看见王娟她们三个走来，便直起腰招手道："这边，这边！"

雨欣和春桃抬着满满一桶凉水，往岸上一放。三人蹚着泥水下田来。

王娟裤腿卷得高高的，一边蹚着水，一边指着他们说："看你们背上嘛，白一块黑一块的！像几头奶牛在田里喝水……"

麻杆打趣地说："看看你们自己吧，我还以为来了几个非洲朋友呢！"

王娟等人互相望望，确实如此，都不好意思地笑了。

春桃问："你们队的双抢结束了？"

"昨天刚结束，今天一大早就过来支援你们了。"华华手上提一把秧，直起腰来答道，眼睛却看着王娟。

王娟横了他一眼："谁要你们来支援的，一大早害了两条性命！"

四个人吃了一惊，面面相觑，不明白王娟这话从何说起。

第九章

雨欣在旁解释道:"王娟还在心疼那两头猪呢!因为你们今天要来,天不亮,队里就杀了两头猪,说是招待你们的!"

春桃笑着说:"沾你们的光,我们也分了一大块呢!"

米儿四人这才醒悟过来,难怪早上起来没有见到段师傅呢。

文龙在另一块大田里插秧,他直起腰来,远远地朝这边喊道:"大家抓紧干呀!中午每人一碗粉蒸肉哇!"

一听说有粉蒸肉吃,似乎看到那油汪汪的大肉块,闻到了桂皮、八角的香味,嘴里的津液立刻从齿间涌出来!聪明的医生说过,人想吃什么,就说明身体里缺什么。可不是吗,许多日子不见油荤,就像李逵说的"口里淡出鸟来"。人又不是食草动物,此时正需要肉食补充营养!想着那碗粉蒸肉,大家手上的动作更快了。

太阳一出来,烤得脊背热烘烘的。米儿背上脱过两层皮,有了抵抗力,对太阳的烘烤已经不太在意。弯着腰一边栽秧,一边在心里跟太阳发狠道:"皮都晒脱两层了,还能怎么样?哼!死猪还怕你开水烫啊,你只管晒!"

他直起腰来挺挺身子,满不在乎地晃了晃肩膀。忽然发现,雨欣正在自己身边栽秧!大大的斗笠遮住了她的脸和一半身子,显得更加苗条秀美!米儿的心动了一下,一股莫名的力量充满全身……他拆开一个秧把子分给雨欣一半,雨欣一起身,一股淡淡的花露水香味飘过来。

雨欣接过秧苗看米儿一眼,小声说:"怎么不戴斗笠,上衣也不穿?"

米儿正想说我不怕热,雨欣摘下头上的斗笠给米儿戴上了。

米儿脸一红,忙摘下来,又给雨欣扣上,说:"不用不用,还是你戴吧。我不怕晒!"说着在头上摸了几下,那口气似乎自己的脑袋就是块生铁。

雨欣又摘下斗笠，不由分说扣在米儿头上，并且脸上有点生气。雨欣这样贴心，米儿不好拒绝，心里热乎乎的，手里却拿着斗笠为难起来。

王娟虽然在插秧，却一直在留心这边的动静。此刻实在看不下去了，走过来，一把夺过米儿手上的斗笠，往雨欣手上一推说："你们别推来推去了！雨欣，你戴你的，我回去再拿一顶来！"说着，把自己头上的斗笠取下来扣在米儿头上。

米儿取下斗笠，连声道："不要不要，我确实用不着！你看我们四个都没戴，扣在头上，吹不到风，反而闷热……"

王娟不听他说，转身就走。米儿将斗笠递给身边的麻杆，麻杆又递给华华，华华又给花蛇，大家都不肯要。击鼓传花式的传来传去，又回到米儿手上。似乎这斗笠是块烫手的山芋，都巴不得赶快脱手。米儿拿着斗笠再无下家可传，周围都是水，看看没有地方放，也只好戴在头上。

春桃在旁边看了，"吃吃"地笑！雨欣红了脸，问她笑什么？

春桃说："没笑什么……我想起了电影《上甘岭》里面的情节，志愿军坚守在坑道里没有水喝，只剩一个苹果了，大家传来传去每人只闻一下，谁也舍不得吃……"

雨欣听了春桃这番话，悬着的心才放了下来，低下头只管栽秧。

中午的日头气焰太盛，为避其锋芒，吃过午饭大家都被安排到社员家里休息。米儿等四人与该队的社员不熟悉，不愿意去，更不想影响王娟她们午休。见一棵老槐树的浓荫下似乎干净凉快，大家横三竖四枕着树根躺下来。

第九章

米儿从书包里摸出两包"仁丹",给每人分了半包,让大家含在嘴里。他则打开一本小说,背靠大树看起来,看了不到半页,上下眼皮开始打架,再也撑不开,便把书往脸上一盖,歪着头沉沉地睡过去……

可惜好景不长,太阳斜过去的时候,把四人坦露的肚皮和前胸炙烤得火辣辣的。强光照在脸上,透过眼皮,眼里一片血红,视网膜和血管清晰可见……四人惊醒过来,扭头一看,树荫却在身后一丈开外!赶紧爬起来,又追进树荫躺下,继续做这南柯一梦……

犒劳的猪肉吃完了,三队的双抢也结束了。米儿四人下饺子似的,"扑通!扑通!"跳进五岔河,尽情地游泳,好像要借助这河水,彻底洗去双抢留下的疲劳。这些自幼在长江边上长大的孩子,对水有着特殊的感情,游泳是他们的拿手好戏,压根就不把这五岔河放在眼里!自由泳、蛙泳、仰泳、踩水、扎猛子,花样繁多!快乐得像一群欢腾喧闹的水鸭子,搅得河面水花飞溅……

双抢过后,照例放了几天假,大家轻松地聚在文龙家,商议去哪里玩两天才好。有说去曲湾镇的,有说去白鹭区的,有说去钓鱼的,还有的说哪里也不想去,只想好好地睡两天……

花蛇突发奇想道:"要不,我们去荆州看古城墙吧?刘备借荆州,一借不还,说的就是这地方!那里还有一口很大很大的生铁锅,据说是关羽的军队煮饭用的,一千多年了!这铁锅三天烧不热,烧热了三天都不冷,还说锅沿上能跑马……"

华华不相信,哂笑一声道:"锅沿上能跑马,那饭锅至少有篮球场那么大了,你就信呀?"

麻杆的好奇心被点燃,火苗似的往上蹿,很想去看看,说:"这大锅我也听说过,说是承天寺的大锅——三天不冷,三天不热。还成了歇后语呢!要不我们去看看吧?据说荆州旁边有个沙市,是湖北省第二大城市,也在长江边上,又热闹又繁华,人称小上海!我们去逛一逛,顺便买点儿东西回来……"

王娟对城墙和锅灶没有兴趣,但听说去逛街买东西,再也坐不住了,兴奋得两眼放光,嚷着要去沙市……

文龙在一边泼冷水道:"这不现实。你们去一天回一天,中间再玩一天,最少得三天。并且荆州到白鹭区的客车,每天早上只有一班,从这里到区上有三十几里,等你们走到了,车早开走了!"

大家一算,如果提前一天走到区上,第二天早上乘车,第三天玩一天,第四天一早返回,来回需要四天,其中竟有三天在路上!便都觉得不划算,不由得泄了气。

正说着,段师傅从菜园子里回来,手上提了半篮碧绿的鲜黄瓜。听说大家要去荆州玩,"呵呵"一笑,道:"荆州是个光辉的罗马城市,值得一看!"

大家听了,迷惑不解,一起看着段师傅。雨欣诧异道:"不可能吧,罗马不是在意大利吗?怎么跑荆州去了……"

段师傅笑道:"这都不晓得啊,荆州城里到处都是骡子和马车。风一吹,马路上的尘土飞扬,大街上光是灰!城里人就抱怨说,我们住在光辉的罗马城市……"

大家听了恍然大悟!又仔细品味一阵,原来是"光灰的骡马城市"呀!觉得这戏称生动而有趣,并且整个句子都是同音字,太形象,太顺口了!便拍腿跺脚,一起大笑起来!

雨欣笑弯了腰,拍一下巴掌道:"哈哈哈,真是太巧了!这

第九章

样一说，这个名称确实恰当！罗马是个古城，荆州也是古城，同样是世界有名！虽然相隔万里，却有相通之处！这一说，我倒真想去看看了……"

文龙建议道："你们以后回武汉要经过那里的，可以顺便去玩，不必专门去一趟。至于这几天假期，我倒有个主意。眼下是七月份，洪湖的荷花开得正旺，新莲蓬也长成了，不如划两条船，带上锅灶清早出发，我们划到湖里去玩一天！"

大家只在电影里见过迷人的洪湖，可都没去过。觉得新鲜又浪漫，一致赞成去洪湖！刚才说想睡觉的人，经不起这诱惑，心里也蠢蠢欲动，兴致大增……

大清早，文龙和肖银水各划一条船，都停在王娟屋后渡口边。肖银水的船上坐着李月、谭素琴和芸草。米儿等四人坐在文龙的船上，船舱里扔着几捆稻草。见王娟几人还不来，李月站在船上喊了几声。不一会儿王娟、雨欣和春桃三人出来了，手里还端着煤油炉和锅碗瓢盆。华华提了两捆稻草扔到肖银水的船舱里，叫王娟她们拆开了坐在上面，讨好地说这样坐着舒服些。

清晨的河面凉爽而又静谧，两条小船一前一后，朝下游的洪湖方向划去。

芸草是个十三四岁的小姑娘，皮嫩肉细，衣着整洁，头上还插着两朵白色栀子花。黑油油的两条辫子粗缆绳似的，编得紧绷绷的，脸也绷得紧紧的，坐在船舱里腼腆而拘谨，盯着船外的河面，不敢看人。除了春桃外，她跟其他人还不熟。

哥哥肖银水双手荡桨，身子前俯后仰，瞥见妹妹紧绷着脸，嘴巴闭得紧紧的。便逗她道："芸草，今天这么老实呀，话都不敢讲了！在家里谁能管得住你呀……"

— 203 —

见哥哥这么说,芸草瞪他一眼,生气地一扭,噘着嘴巴一声不响。

坐在旁边的春桃拉住她的手,说:"芸草别怕,坐在这船上的五个都是姐姐,那边船上的四个都是哥哥,我们都是一家人。如果你愿意,今后我们出去玩就带上你好吗?"

芸草点点头,她看看米儿他们那条船,又看看王娟她们几个,表情放松些。

王娟看见芸草乌黑的头发上插两朵小白花,模样俊俏可爱,拉住她的一只手说:"芸草,告诉姐姐,你这花在哪里买的?"

芸草终于开口了:"不是买的,是我家后院种的,花都开满了,还有一些没开的花苞。"说着摘下一朵插在王娟头上。看见王娟变得更加妩媚动人,芸草乌黑的眼睛里带着惊喜说:"姐姐你真美!明天我摘一篮送给姐姐,我们全都戴花吧?"

李月笑着打趣道:"哟,芸草嘴巴真甜呢!你把花都摘了送人,剩下光秃秃的树枝,你爸爸会同意吗?"

芸草说:"我爹不管我。这栀子花就是他给我种的,一共种了四棵!"说着看了哥哥一眼,又说:"你们明天都去我家吧?想摘多少就摘多少!反正过一夜又开满了……"

肖银水开心地哈哈大笑,说:"芸草这小气鬼,今天突然大方了!那几棵树她看得跟命似的,连她大嫂都不准碰,每天只摘两朵给她……今天这太阳从西边出来了?"

这时太阳刚好出来,不过不在西边,而在正前方远远的芦苇荡里,羞赧地露出大半个红脸,像个巨大的蛋黄,给河面染上了一层金色。

新出的太阳看上去虽然很大,但毕竟是清晨,像初生的婴儿,温软幼弱,那热度还不足以令人生畏,反衬得芦苇剪影画

第九章

似的神秘，一动不动……

阳光迎面照过来，肖银水脸上亮堂堂的，一边划桨，一边朗声说道："芸草，你带来的米子糖呢？分给姐姐们吃啊！"

芸草"哎"地应了一声，顿时活泼起来，说："我差点儿忘了！"扭身从后面的隔舱里拖出一个袋子，打开来，抓出里面的米子糖和麦芽糖分给大家。

文龙的船在前面，肖银水紧划几下，两条船并在了一起。芸草提起袋子敏捷地跳过去，蹲在舱里给大家分发早餐。划船的和坐船的都饿了，两条船靠在岸边，男男女女十二个人刚好一打，每人捏一块米子糖"咔嚓！咔嚓"地咬，静静的河面上一片响声。

王娟嚼了几下忽然停住了，眼珠子一动不动，侧耳倾听这"咔嚓咔嚓"的声音。听了一会儿，忍不住大笑起来！大家一起停止了啃食，莫名其妙地看着她。她忍住笑说："刚才我们一起嚼的时候，那声音哗啦哗啦响，像不像一群猴子在玉米地里掰苞谷啊？"

众人这才意识到。细细一想，确实很像！便前仰后合，大笑起来！小船经不起这闹腾，剧烈地摇晃着……

河面上过往的小渔船上的人，不知这里发生了什么事，纷纷从席篷里探出头来，睡眼惺忪地朝这边张望。见这大清早的，满满两船人靠在岸边不知疯笑什么，样子又不像本地人，心里便充满疑惑，但又被这气氛所感染，睡意未消的脸上也跟着挂上了笑。这笑浮在半寸厚的倦容表面，僵硬、肤浅，不够新鲜。

进入芦苇荡，光线顿时暗了下来。两人多高的芦苇长势繁茂，密不透风。水道又细又窄，弯弯曲曲纵横交错。往往前方芦苇如墙，看似死路一条，到了跟前却又"柳暗花明"，又有细窄的水道横向展开。这些密如蛛网似的水道蜿蜒迂回，如置身于迷宫一般，是打游击的绝好战场！不熟悉水道的人贸然进去，就再难出来。

文龙望着不远处的一片芦苇荡，恋恋不舍地看了又看。几个月前，他领着一伙人进湖赌博，不幸在那里被捕……

此处水道细窄，双桨施展不开，只能改用竹篙撑船。一路上，人声打破了芦苇荡的寂静，藏在芦苇丛里的野鸭和各种水禽受到惊扰，"扑棱扑棱"相继飞起，在头顶凄厉地鸣叫！有些水鸟翅膀被茂密的芦苇绊住飞不起来，惊叫着向芦苇深处逃去。水面上漂着零星的羽毛，两边芦苇根部的湿泥地上，到处是成片成片的白色鸟粪……

王娟从书包里掏出一个"国光"牌口琴，琴口朝下在掌上拍打，白光一闪一闪的。随后又甩两下，放在嘴边吹奏起来。

乐曲从口琴里飘出，大家立刻听出来，这是电影《洪湖赤卫队》的主题歌：

洪湖水呀——
浪呀么浪打浪呀，
洪湖岸边，
是呀么是家乡呀……
清早船儿去呀去撒网，
晚上回来鱼满舱。
四处野鸭和菱藕，
秋收满畈稻谷香。
人人都说天堂美，

第九章

怎比我洪湖鱼米乡……

她一边吹,一边用双手捂着口琴打拍子。悠扬的音调,忽而激情昂扬,忽而婉转柔美,节奏欢快流畅,曲调如行云流水,沁人心脾……虽无丝竹管弦伴奏,却演奏出多种乐器的效果。这曲子被她演奏得出神入化,配合她专注的表情和眼神,深深地扣动了每个人的心弦!使大家心里充满了对美好生活的憧憬和向往,都情不自禁地跟着曲子唱起来……

一曲终了,她甩了甩口琴里的水汽,深吸一口气,又吹奏一曲朝鲜电影《卖花姑娘》主题歌:

小小姑娘,清早起床,
提着花篮上市场。
走过大街,穿过小巷,
卖花卖花声声喊……
……

这首曲子的音调,与前大不相同!音调低沉而又缓慢,呜呜咽咽如泣如诉,凄凉悲怆,催人泪下!大家一开始跟着唱,唱着唱着,唱不下去了……春桃低头哽咽,雨欣鼻子发酸,李月和素琴眼圈发红,王娟一边演奏,眼里一边闪着泪花……

那边船上,米儿几人听得如痴如醉,一声不响,伤心得直掉眼泪!在汉口的解放电影院里,黑暗中他们曾经哭过一场又一场……

最后一个长音节缓缓终了。曲终意未尽,余音仍袅袅,众人依然沉浸在悲伤的情感里打转转。静默片刻之后,回报给王娟的是暴雨般的掌声！响亮，热烈，而又持久……

一首优秀的曲子，其艺术感染力是可以深深地打动人心，并且令人终生难忘的！

当然，这需要高超的演奏技巧。王娟不但乐感极强，而且很有灵气和悟性，自幼得她父亲把手相教，口琴演奏是她的拿手好戏！无论是学校还是武昌区的比赛，只要她出场，稳拿冠军无疑，无人能出其右——当然她父亲除外。

七弯八拐绕出了芦苇荡，前面就是令人向往的千里洪湖了！

眼前豁然开朗起来，一望无际的荷叶矗立水面，挨挨挤挤，层层叠叠，繁密而又茂盛。在极远处的湖中央，湖水澹澹，与天相接，无数水鸟漂凫其上。夏日清风裹着荷香扑面而来，众人频频翕动鼻孔，深深吸上几口，顿觉精神一振！

风吹荷动，碧叶翻卷如浪。莲花万朵，满湖皆如锦绣！但见这出水莲花，风姿绰约，各展形态；细观莲瓣，鲜红、粉红、淡紫与雪白，灿若霞彩，一尘不染！再看莲蓬，大者如碗盏，低头垂脑，碧绿如玉；小者如酒盅，仰面朝天，淡绿娇黄，还有金色蕊丝层层围绕，恰似璎珞垂珠！

"竹喧归浣女，莲动下渔舟。"两叶小舟穿行于一人高的荷叶之下，头上巨荷如盖，遮天蔽日。荷下光线暗淡，凉风习习。荷香阵阵，竟无丝毫外界的酷热与喧闹，似乎是一个世外桃源……

尖尖嫩荷钻出水面，湖水清澈透明，湖底水草游鱼历历在目，银光闪闪，嬉戏于荷梗之间。

尖嘴的翠鸟用细爪紧紧握住荷茎，向前倾身探颈，双眼全神贯注盯着水面，见了人也不十分惊慌，飞几下，换个地方重

第九章

现故态。

左前方荷叶丛里，一对野鸭交替戏水，尾巴高高翘出水面，出水时头颈晃动，水珠四溅！七八只花条纹的小雏鸭，毛茸茸、黄灿灿，凫在深绿色的水面嬉戏。见有人来，两只野鸭一前一后紧紧地护卫着小雏鸭，忙而不乱地向荷丛深处遁去……

细长腿的水鸟尾巴光秃秃的，短身子与细长腿不成比例，在浮萍上轻盈地走来走去，东啄一下，西啄一下……见了人不飞也不叫，只是迈动两条细长腿快速地走远几步，依然旁若无人地低头啄食……那滑稽可爱的小丑样子，大家看了笑得合不拢嘴！

这仙境般的天然美景，深深地吸引了大家，人人脸上都溢满笑容！女生们坐在船舱里，攀着荷茎揪莲蓬，摘莲花。

雨欣采了几支欲开的花苞，大小颜色各不相同，拿在手上左右端详，仔细欣赏把玩；王娟挑的全是盛开的大花朵，颜色只有红白两种，宝贝似的拿在手上喜笑颜开，睁圆眼睛盯着花蕊左看右看，把鼻子凑上去闻个不停！春桃只揪莲蓬，不忍摘花——她说莲花是水波仙子，好不容易从污泥里钻出来在水面上干净几天，掐了怪可怜的。

李月和素琴哪里去想那么多！不管三七二十一，见莲蓬便揪，见莲花就采，脚下的舱底很快积了一大堆。芸草动口不动手，坐在舱里不揪也不摘，专拣那嫩莲子，剥了壳一颗一颗地白吃，脸上笑嘻嘻的！一会儿看看这个，一会儿看看那个，见大家高兴，她就跟着高兴。

雨欣看着眼前一派生机勃勃的景象，心里一动，忽然跳出一首古诗来："江南可采莲，莲叶何田田。鱼戏莲叶间。鱼戏莲叶东，鱼戏莲叶西，鱼戏莲叶南，鱼戏莲叶北……"遂扭头看着身边水下的鱼儿，忽东忽西忽南忽北围荷嬉戏，便在心里细细品味这诗句中的意境……

那边船上，华华望着四周无边的荷叶与莲花，激情万丈，大声吟诵道："毕竟西湖六月中，风光不与四时同。接天莲叶无穷碧，映日荷花别样——红！"又用手在嘴上围成个喇叭，突然大叫一声："杨万里——我来啦——"高高举起双臂，"扑通"一声跳进湖里！一站起来，水只齐腰深。

花蛇、麻杆和米儿几人一看不深，也大喊道："老杨！等等我！哈哈哈——"狂笑着"扑通！扑通"都跳进水里！小船忽然失去重心，猛地一晃，差点把文龙给晃下去！溅了他一脸的水珠，赶紧蹲下来，咧开大嘴望着他们大笑！

事发突然，王娟这条船上的人都惊呆了，赶紧扒着船帮朝他们看。见他们四人像打了兴奋剂似的，在水里大喊大叫！不知他们又发现了什么……

王娟一脸茫然，侧过脑袋望着雨欣道："老杨是哪个？这许江华刚才还好好的，怎么见了他就像疯了似的！他脑壳里的二极管是不是烧坏了啊？那几个好像也不正常了……"

雨欣目睹眼前这情这景，又听王娟这样发问，笑得坐都坐不稳了！将身子倒在船舷上，望着头顶的荷叶边笑边摇头道："杨万里呀，哈哈哈！我，我也不认识！你自个去问许江华吧……"一边说一边笑，眼泪都笑出来了……

王娟的一对眼睛里满是问号，嘀咕道："奇怪！他们在喊哪个呀？"又掉过头喊道："喂——许江华，你脑子没有短路吧？"女生们一起大笑起来。

华华刚从水里钻出来，野鸭子似的摇晃着满头的水珠。见大家都在笑他，估计王娟讲的不是什么好话，便用手掌在水面

第九章

一推,一道水柱飞快地向王娟直射过去!王娟躲避不及,裙子被打湿一大片。小船猛一摇晃,船上的人一片惊叫!

雨欣已经笑岔了气,她当然知道杨万里是谁,但她不想说,因为她只长了一张嘴,这张嘴早已被笑占满了,再没有第二张嘴去说话!这笑从心底直往上冒,按都按不下去……

几十年以后,一想到今天这场景,雨欣还是忍不住笑!不过那时的笑,只剩下一个脆薄透明的外壳,把这壳笑破之后,流出来的是心酸的泪水和揪心的痛苦!与此相伴的是无穷无尽的留恋和思念……

第十章

中午时分,一个算命的瞽者不知从何而来,要往何处而去,也不打幡,也无签筒,身穿一袭破长衫,胸前斜挎一个旧布书袋,手持一根长竹竿,神情专注地在地上敲敲点点,前后左右都探明白后,才向前走一步。探到一条干涸的沟坎时,竹竿探来探去,探不到对岸,不知这条沟有多宽。

他扯起嗓子尖叫起来:"有人吗?哪个做好事的,把我引过去呀!"

连喊几声无人应答。侧耳倾听片刻,又喊道:"学雷锋做好事呀!好人有好报的……"

此刻日头正毒,渡口空无一人。春桃和王娟正在屋里做饭,隐约听到外面有人喊叫,赶紧跑出门来。

四处一望,看见西边河堤上一个盲人,站在沟那边过不来,正在那里着急!二人嘴里一边答应着,一边跑过去,小心翼翼地把他扶过沟来。

春桃问他要去哪里?这盲人答非所问,说:"姑娘,你们都是好人!好人有好报的。给我一碗茶喝,我给你们算个命,不收你们钱!"

这时天正热得厉害,盲人满脸疲惫,前胸后背两大块汗渍,二人将他引到堂屋里坐下休息。盲人掏出汗巾擦把汗,取下头

第十章

上的草帽扇风。春桃倒了满满一大碗"三匹罐"凉茶,拉住他的手递给他。

他接过茶,连声道:"得罪得罪!"便"咕咚咕咚"喝下去。喝完了用手抹抹嘴,慢吞吞地问道:"姑娘,你们是哪里人呀?"

王娟的声音清脆甜美:"我们是武汉的知识青年……"

盲人脸上绽开笑容,像见了老乡似的,亲热地说:"哦!听出来了,听出来了,汉口的。汉口是个大码头呀!汉阳有个归元寺,我年轻时就在那里给人算命……"

武汉本是省会城市,由汉口、汉阳、武昌三镇组成,汉口只是其中一镇。可是曲湾这一带的人总喜欢用汉口代替武汉,也不说是城市,只说是个码头,并且从不用"武汉"这个名称。似乎只知有汉口,而不知有武汉,依然沿袭古代的称谓。

插队以来,王娟和春桃总是听着别扭:如果从大概念上讲,我们是武汉的;如果从小概念上讲,我们明明是武昌的,怎么总说是汉口的?她们认为这不准确,就想纠正。正要开口,盲人又说道:"姑娘,把你们出生的年月日和时辰详细报给我,我给你们推算一下,拿个人生八字!"

二人本来不迷信,也不相信算命。但眼下闲着无事,又事关个人未来,便很想听听他会说出些什么来,不免起了兴致。王娟抢先报了自己出生的年月日和时间,然后忐忑地等着盲人给她算命。

盲人伸出一只手,五个指头熟练地掐算起来。一只手还嫌不够,又把竹竿靠在胸前,伸出另一只手,十根指头捏来掐去,飞快地翻动嘴皮,嘴里叨叨咕咕。

王娟和春桃紧张地看着他的脸。盲人一脸神秘,眼皮往上一翻，露出里面两道白线。忽然一拍大腿，尖声叫道："姑娘，你好命水呀！"

王娟正提心吊胆在等结果，好像身患重症的病人，诚惶诚恐地在化验室门口等待化验报告。似乎自己这条小命就捏在他的手里。见他一拍大腿，倒吓了一大跳！继而听到他说"好命水"，又稍稍放了心，连忙问道："怎么好法？讲来听听。"

盲人换上一脸喜色，叠着指头说出这样一番话来："男是搂钱的耙，女是装钱的匣。宁可耙子缺个齿，不让匣子穿了底。"他努着两片薄嘴皮，簸箕似的上下拍动，噼里啪啦地解释道："你将来嫁的汉子最会赚钱，他在外邦赚的大钱回来都交给你，你就往匣子里装，掌握屋里的财经大权。你说命水好不好呀，姑娘！"刚才喝下去的那碗凉茶，在肚子里咕噜噜一阵响。他稍微欠一下身，一用力放出一个响屁，声如裂帛。

王娟和春桃赶紧扭过头去，捂住鼻子偷偷地笑。王娟一听自己是这样的命，哭笑不得，她想要的不是这个。心想："这算什么好命！我也不是个钱罐子，还外邦呢，边都不沾……"

接着给春桃算，春桃的命更好："杨柳风顺条条青，桃树开花露春容。满园花果数你美，桃花开放朵朵红。"忽然又道："今年你有桃花运，明年必定结佳果……"

二人一听大惊失色！这四句诗里分明隐藏着"春桃"二字……他如何知道春桃的名字？从见面到现在不过半个钟头，王娟并没有叫过春桃的名字呀！如果说给王娟算的命是讨好卖乖，故弄玄虚，可是春桃这，这又怎么说？

春桃满脸通红，急忙摇手道："不可能不可能，这话从何说起？"

盲人不高兴了，说："哎，你出生的时辰就摆在这里，信不

第十章

信由你!"

正说着雨欣从外面回来了。二人拉着雨欣,请他再算。盲人又讨了一碗茶喝下去,叫雨欣报上自己的出生时辰,又给雨欣仔细地推算起来。

掐算半天,盲人脸上渐渐阴沉下去,摇着头,口里叽咕道:"奇怪,奇怪!姑娘,你没报错时辰吧?"雨欣又报了一遍,还是跟刚才一样。盲人又重新算了一遍,算完闭上嘴巴,不讲话了。雨欣那颗心提到了嗓子眼,大家都着急地催他快讲。

盲人阴着脸,缓缓开口道:"姑娘,也许我说得不准,你莫往心里去。算命嘛,本来就是迷信,听一听就算了……"沉吟半晌,才不慌不忙念出一段口诀来:"一轮明月缺又圆,对相难以得团圆。满天寒星凄凉夜,萤火点蜡不得燃。"念完一愣,又念一段道:"一轮圆月照水中,摸来摸去一场空。天涯海角不相见,一把苦泪在心中。"

雨欣本来也不迷信,只是觉得好奇,顺便听听而已。谁知他的这番话,准确地道中自己的心事,不由大吃一惊:和米儿拥抱缠绵的那天晚上,月亮正是缺的!第二次在河边,月亮恰巧是圆的,确实就在水中!并且还说过"猴子捞月一场空"这些话!这三个情节事实清楚,证据链完整,连先后顺序都丝毫不乱!他从哪里知道的?心里不免暗暗害怕,也来不及细想,脱口问道:"能化解吗?"

盲人脑袋摇得像拨浪鼓,嘴里连连说道:"由不得,由不得!"站起身来又道:"姑娘,我肚子饿了,讨扰你们赏口饭,吃完我就走了……"

王娟听得痴痴迷迷,这时醒悟过来,立刻"哦"了一声,赶忙盛了一大碗米饭,春桃把刚炒好的嫩藕片和鲜莲米每样装了半碗端给他。盲人接过来狼吞虎咽,顷刻吃得精光,又讨一大碗凉茶顺下肚去,才告辞出门。

临走时说:"姑娘,莫把这事当真!信则有,不信则无!"拿着竹棍子,敲敲点点地去了。

送走盲人后,三人各怀心事,仔细琢磨盲人说的话。尤其春桃和雨欣,七想八想,心里觉得盲人讲得很准,越想越可怕……

过了一会儿,三人借打趣来壮胆,说王娟是个守财奴哩,手提钱罐子整天放高利贷;春桃今年会遇到青蛙王子,明年生个小青蛙;雨欣——雨欣好像什么也没有!

于是一起安慰她:算命的话信不得,如果他什么都算得准,那不成神仙了?神仙还会混得像个叫花子吗?还说,别相信这些,我们三个人中,说不定雨欣最先得到爱情呢,这不是不可能……

春桃接着又加一句道:"这完全有可能!"

雨欣听了这话,心里"咯噔"一下,脸上飞过一抹绯色。心想,今天怎么回事?个个都像钻进我心里,用电筒照过一遍似的!一想到心里还藏着个米儿,不免暗自庆幸,心理上多少还有些安慰!算命的说自己未来孤单凄凉,爱情会打水漂,这怎么可能!米儿才不是那种人呢……

米儿几人应邀去肖银水家吃午饭,吃过饭喝着"三匹罐"凉茶闲聊起来。

肖银水他爹肖本鹊,常常挂在嘴边的一句口头禅,此刻又搬出来卖弄:"一物降一物,黄瓜服老醋!天下所有的东西都是药,只是不知道哪种东西能治哪种病;天下所有的病都能治,

第十章

只是不知道哪种病对应哪种东西。中医学问深得很！西医嘛，不行，那是糊弄人的，治标不治本！"

麻杆听他说什么都是药，哪里相信！便随口问道："大粪也是药？"

肖本鹊不假思索："当然是的，人中黄！"

麻杆："那，尿呢？"

肖本鹊："人中白！"

这时墙根一条蚯蚓从窟窿眼里探出头来，赶忙又缩回去。麻杆眼尖，指着问："这是什么药？"

肖本鹊摩擦老眼，仔细一看是个蚯蚓洞，笑了，说："地龙。"

麻杆惊奇地说："嘿，还真能自圆其说呀！服了你了，这些都是药啊？"

肖本鹊点头道："都是药。就连鸡的粪便也是药，叫鸡矢白。一草一木，一砖一瓦，没有哪一样不是药……用对了症，都能治病……"

见他讲得有鼻子有眼，仔细想想连名字都很贴切，有一定道理！米儿等人相顾愕然，想不到这些腌臜之物竟然也是药材！真是大开眼界，对肖本鹊敬佩不已！齐声夸他学识渊博，是祖国中医学不可多得的国宝级人物……

肖本鹊被这迷魂汤灌得忘乎所以，兴奋地把大拇指往后一挑，一字一顿，颇有节奏感地说道："嘿嘿！牛皮，不是吹的。火车，不是推的。没得几把刷子，还能四代行医？想当年，我爷爷在清朝……"忽然见儿媳走过来，做个不屑的表情，便赶紧打住话头，把"清朝"以下的事咽回肚里，不说了。

有道是"烈士暮年，壮心不已"。肖本鹊虽然已到晚年，却自认为并非庸碌之辈。活到这把年纪,他也弄明白了:名医没什么神秘的,只不过见的病人多,经的病例广,熟能生巧而已。就跟宰鱼一个样。新手面对一条活蹦乱跳滑溜溜的鱼,捏不住,摁不牢,提着刀不知所措。宰得多了,自然知道该从哪里下刀。之所以自己混到现在都没能翻身,只怨翻身大队天地太狭小,没什么疑难杂症供自己研究和做试验。所以至今没能走出国门,去把中医大大弘扬一番,为国争光,气气洋人——他就不服气西医,因为西医把他挤失业了。

每当想到这些,他就耿耿于怀,心有不甘,还想最后搏一搏,证明一下自己。因此他并没闲着,正在暗暗研制一种名为"八珍桃花丹"的滋补药品。他时常靠在竹椅上,瘦削的脸上带着倔强和憧憬,翘着一绺山羊胡子,微闭双目进入幻想:一旦研制成功,定能一炮打响,效果远超洋人的"维生素"!到那时一举成名,光宗耀祖,也算对得起我肖本鹊这名字了!

他想,这并非吹牛皮说大话,到时候等着瞧!现如今手上这张秘方,就是底气……除了我,还有谁能炮制出来?单是这制作过程所暗藏的玄机,我不讲,神仙也难下手!

他手上确实有一张不知从哪里弄来的古药方,这方子破烂发黄,被虫蛀得到处是洞,字迹虽然模糊,但尚可推测辨认。方子上写道:

白蚂蚁两百只,黑蚂蚁三百只(瓦焙共研末)

鹿茸二两,吉林山参二两(共碾末)

白山羊胡须三钱(瓦焙研末)

幼燕两头(瓦焙研末)

桃花蜜三两,桃花露二两

第十章

共搅匀封于瓷瓶。立冬之时埋于土穴（以黄泥为好）次年惊蛰之际启用。有强身健体之奇效，用于气血两亏，乏力懒言云云。

这方子下面又特别注明：

桃花蜜须用常德桃园县桃花坞桃花山南坡出产之桃花蜜。

桃花露须在农历二月十五日子夜（有月光为佳）采集，此时为桃花盛开第一日，取花蕊之露，瓷瓶贮之。此露采天地之精华，汲日月之灵气……

肖本鹊摇头晃脑，在心里默念着。他研究此药方已有两年之久，为保密起见，家人均不知情。否则，药效不灵。专等二月十五子夜这一刻来临，半夜起身，鬼影子似的溜出门去采集桃花露……

他对这方子深信不疑，觉得很有科学道理：蚂蚁可以举起比自身重几十倍的树叶走路，人吃了蚂蚁可以强筋壮骨，力大无穷。鹿茸和人参都是公认的补品，这不消说。桃花蜜和桃花露乃稀罕神奇之物，应该是好东西。燕子轻盈敏捷，人吃了可以身轻如燕，健步如飞，也是好东西！只是不知这山羊胡子起什么作用，还一定要白色的？这里面一定大有讲究，他相信古人讲的话绝不会错。

每逢四周无人，他就拿出这张破烂发黄的古药方仔细琢磨。琢磨来琢磨去，越看越觉得玄机重重，天机无限！他又疑心这是药王孙思邈遗下的一个孤方，如今能落到自己这个四代行医的医药世家手里，真是三生有幸！这说明"有缘千里来相会，无缘对面不相识"，一点没错！想到这里，他眼睛一亮，心中一阵狂喜！从此仔细收藏，视如拱璧。

因为这张破纸，队里几只公山羊一夜之间胡子都不见了！公羊没了胡子，就像做了变性手术，混在母羊群里根本分辨不出！饲养员早上起来一看，怎么不见公羊，全是母羊？公羊呢？再点点总数，点来点去却又一只不少。心里狐疑：是不是见了鬼了？

肖本鹊躲在家里暗笑。

肖银水跟他爹不一样，为人踏实，处事低调，对人真诚热情，乐于接受新观念。作为医生，他的业务主要以西医为主，中医只作为一种辅助治疗手段。对他爹那种抱残守缺、夜郎自大的观念不以为然，可也拿他没办法——毕竟他是爹。只好妥协一下，中西医兼收并蓄，和平共处罢了。

父子俩共同的学生——春桃，跟肖银水的观点也不完全相同，对中医的兴趣明显超过西医。可能她跟肖本鹊接触得多些，中医又有很多神奇的故事，她常常听得入迷，不知不觉被肖本鹊给"策反"过去，背叛了西医，做了中医的俘虏——至少肖银水是这样想的。

农忙刚过去，公社卫生院来了通知，要求各大队的医生培训三天。肖银水想，这是个好机会，应该让春桃也去听听西医的课程。基础知识嘛，要全面了解，不能半边翘，太单一了毕竟不好。

芸草一听哥哥要去曲湾镇，春桃可能也会去，也嚷着非去不可，一溜烟给春桃报信去了。

春桃、王娟和雨欣正闲在屋里乘凉，每人摇一把芭蕉扇，有一搭没一搭地闲聊。见芸草急急忙忙跑进来，鼻尖上都是汗珠，三人赶紧站起来。

第十章

春桃拉住她的手问："芸草，你怎么来了，出什么事了？"

芸草上气不接下气地把这事报告一遍，说完满脸期待地望着春桃。

春桃有点意外，不知所措地望着王娟和雨欣，说："要不，我们一起去吧？"

王娟没兴趣，说："你去就行了，我们去干什么？不就开个会嘛，又不是打架，去那多人。"

春桃鼓动说："去学点医学知识回来嘛，以后用得着。这几天在家里闲着也没事，去吧？"说完又看看雨欣。

雨欣摇着扇子想了想，说："这么热的天，我也不想去。休息两天，我要备课了。"

春桃见她们都没兴趣，回头望着芸草，忽然问她："芸草，你去不去？"

芸草说："姐姐去我就去，我哥已经答应了！"见春桃还在犹豫，上前拉住她的手说："去吧，春桃姐！我好久没去镇上玩了，想去买个小镜子！"

春桃捏一下她的鼻子，笑着说："我明白了！是你自己想去，却要拉我给你做伴，是这样吧？好，姐姐陪你去！"

芸草见春桃猜中自己的心思，点点头，脸上有点难为情。又见春桃爽快答应下来，立刻笑成一朵花。

王娟看着春桃，学着长辈的口气，意味深长地叮嘱道："去了就要好好听讲，不要三心二意扯野棉花！学了些什么东西，回来要向我们汇报的。听见没有？"

春桃嫌她啰唆，一边点头，一边嬉笑道："知道啦，王妈妈！"

王娟一扇子拍在春桃头上，纠正道："叫王阿姨！"

雨欣在旁看她们一本正经的样子，忍俊不禁，哈哈大笑起来，一边笑一边摇头，说："完了完了！坏了规矩。你们两个无大无小，真的无药可救了……"

王娟、春桃、芸草也跟着大笑起来，四个人笑成两堆。

笑完了，王娟看着门外，忽然发表高见道："春桃和雨欣呢，将来你们一个当医生，一个当教师。医生治病救人，治的是疾病，救的是人命。教师教书育人，教的是知识，育的是心智。一个救命，一个救心。命和心缺一不可，都很重要。记住，都要干出名堂来！春桃呢，要多向雨欣学习，在事业上要有一股钻劲，不要心不在焉……"王娟口吐莲花，眯着眼睛摇头晃脑，似乎进入了状态。

雨欣和春桃听了王娟这奇谈妙论，大为吃惊！没想到王娟整天嘻嘻哈哈，什么心思也不长，居然能说出这番话来！这话应该是长胡子的哲人才讲得出来，哪里像王娟口里讲出来的！

雨欣摸了摸王娟的额头，小心地问道："王阿姨，你没有发烧吧？"

王娟睁开眼睛笑了，说："你们觉得奇怪吧？告诉你们，这是我外公讲的！他可是留过学的……"

春桃说："你还是现在这个样子好，刚才你那样子，我汗毛都竖起来了……"说着故意咬着牙打个寒噤。

雨欣给王娟扇着扇子，问她："你叫我们当医生、当教师，那你打算当什么？"

王娟用手指头点一下自己的鼻子，睁圆了眼睛，看着雨欣道："我？我能干什么！没想过。"说着把头一摇，辫子左右晃动。

第十章

曲湾镇的街道左边,有一家渔行。隔壁有家咸鱼店,渔行常常有卖剩下的杂鱼,咸鱼店就低价收过来制成咸鱼干发售。这店门口支一个竹摊,摊上铺着竹帘,上面晾晒着大大小小各种咸鱼。天气炎热,咸鱼的腥味传了半条街,苍蝇闻到鱼腥都往这边汇集,成群的绿头大苍蝇围着咸鱼摊,恋恋不舍地"嗡嗡"飞舞。

一个七八十岁的白发婆婆,身板挺直修长,穿一件湖蓝色大褂,头戴旧草帽坐在鱼摊前。左手拿一把破扇驱赶苍蝇,右手拿一双长筷子翻动咸鱼。被扇子赶走的苍蝇并不飞远,就在鱼摊四周飞来飞去,翅膀"嗡嗡"作响,总想伺机落下……

这婆婆目光如电,举起筷子往空中飞动的苍蝇一夹,夹住一只苍蝇,往地上一摔,苍蝇不动了。筷子一举一夹,又是一只,又一摔……地上已是陈尸累累。几只鸡迅疾跑过来,争先恐后地啄食。

苍蝇们不知死活,仍留恋这味道,还不肯飞走。这婆婆不慌不忙,一边用扇子赶,一边用筷子在空中夹飞蝇。手指干瘦细长,动作快如闪电,筷子精准无误,几乎一夹一个准!不多一会儿,苍蝇渐渐稀少起来……

春桃、芸草和肖银水路过此处,便都停下脚来看。春桃见她一抬手便夹住一只飞蝇,惊奇不已,不觉"呀"地叫出了声。那婆婆抬头看了她一眼。草帽下一双眼睛目光如剑,寒气逼人,眼神阴冷而无情!似乎把春桃也看作是一只苍蝇!

春桃与她目光相接,不禁一哆嗦,打个冷战,一股寒意直透脊背!虽然站在烈日下,却感到浑身发冷,连忙拉着芸草转身走开。

路上,肖银水告诉春桃:这婆婆姓章,人称"咸鱼章",

无儿无女。十九岁开始守寡,如今八十六岁了,一辈子都在这里卖咸鱼。天天与苍蝇打交道,日久练出了这门绝技,连土匪恶霸都不敢招惹她。

新中国成立前,一个武功超群的土匪偏不信邪,想跟她过过手。到她店里买了两条咸鱼故意不付钱,提起鱼就走。这婆婆用那双长筷子拦住他,叫他给钱。

土匪目露凶光,从兜里摸出一块"四川造"铜板,在手上颠了颠,两指捏着"啪"的一声摁在桌上。一抬手,这铜板已经深深地嵌入木头,与桌面平齐,牢不可动!

婆婆一看,知道这是找碴斗狠的上门来了!脸上毫无表情,伸出一根食指,用指头在桌上轻轻一磕,铜板从木头里弹出来丈把高!婆婆轻舒猿臂张开五指,一把接住……

土匪一看不对路,提着鱼就走。走到门口一转身,一块铜板箭似的朝婆婆脸上飞来!

婆婆的身子一动不动,伸出筷子轻轻一夹,将铜板稳稳夹在空中。她看也不看顺手甩回去,铜板疾如流星直射过去,"当"一声,正打在土匪提鱼的手背上!土匪痛得手一松,鱼都不要了,捂着手狼狈而逃!

婆婆嗑着牙花子,嘴里嘀咕一句道:"长不大的三脚猫……"

春桃一路无语,脸色有点难看。想这巴掌大的小镇上,居然还有这么神秘诡异的人物……尤其那目光,让人联想起故事里讲的古代巫婆,令人不寒而栗!不由得把芸草的手攥得紧紧的!

芸草一只手箍着春桃的腰,头靠在春桃的肩上,模样乖巧又温顺,二人像一对亲生姐妹。两个鲜艳漂亮的姑娘走在古镇

第十章

上,与街上的人和周围的灰暗形成鲜明对照,反衬得春桃和芸草格外引人注目!女人们投来羡慕的眼神,男人们的目光在她们身上滚动,芸草虽然脸上害羞,心里却像喝了蜜似的……

三天培训很快就结束了。这时正是桃子成熟的季节,街上有几个农民挑着担子叫卖。春桃想买点桃子给王娟和雨欣她们带回去,难得上一趟街,不能空手而归。但见那筐子里的毛桃都不大,歪头瘪脑的厚厚一层绒毛,很多桃子上还有深不可测的虫眼,洞眼周围堆着黏黏的桃胶,挑也挑不出什么好的。她直起腰,略带遗憾和失望。

正在犹豫,芸草一拉她衣角,说:"姐姐你看,那边还有!"

春桃朝她手指的方向一看,在一条巷子的拐角,一副担子被放在阴凉处,几个人围着筐子挑挑拣拣。其中一个人的背影又高又瘦,很像麻杆。走近一看,果真是他们四个!

春桃高兴极了!双脚在地上一跳,弯腰大叫道:"嘿!你们怎么来了?"

米儿他们正低头在筐子里挑桃子,地上已经堆了一大堆,听见背后有人叫唤,都抬起头来。见是春桃、肖银水和芸草,大家一愣。

华华往他们身后望了又望,说:"咦!你们怎么在这里?王娟她们呢?"

肖银水用手一指春桃,赶紧笑着说:"我在卫生院培训几天,叫春桃一起来听听课,芸草就陪她来了!王娟她们没有兴趣。"

春桃的脸红了红,又问道:"咦什么咦,还没回答我呢,你们怎么也来了?这么热的天,就为了买几个桃子呀!"

米儿和麻杆在忙着称桃子。花蛇拿个毛桃在身上擦着,说:"我们是来镇上吃肉丝面的,毛桃有什么好吃……"说着咬一口擦过的桃子,嚼了几下说:"嗯,味道还不错,就是有点儿酸!"

卖桃子的老汉道:"味道好吧!我这是老桃树上结的桃子,味道醇厚得很!放几天就不酸了。"

春桃看那桃子,确实比别人的大一些,并且干干净净,一个虫眼都没有,便心里喜欢,就问他道:"这桃子是怎么种的,又大又不生虫。怎么别人的桃子又小,虫子又多?"

老汉见她夸自己的桃子好,心里一高兴,说出了种桃的秘密:"他们舍不得打药嘛!果树最容易招虫子,不杀虫,果子哪长得好?我天天早上打农药,你看长得多好!"说着拿起一个桃子,翻来覆去给大家看。

春桃听他说天天打药,估计这桃子里面没有虫子,满心欢喜。便又问道:"怎么卖?"

老汉道:"八分钱一斤。"

春桃蹲下去选桃,说:"买五斤!"

米儿连忙拦住她,道:"不用买了,我们已经买了十斤,准备回去分给你们一半的!"又指着地上的桃子说:"你看这大一堆,还不够啊?"

华华在旁边多嘴,说:"够了够了!毛桃不能吃太多,吃多了嘈心,还会肚子痛……"

卖桃老汉一脸不高兴,反复声明道:"哪个说的呀?我这桃子早上刚打过农药的,不信你们闻一闻。里面没得虫,吃了怎么会肚子痛?"

华华连忙道:"不是我说的,是猪八戒说的……"说完,呵呵地笑。

第十章

原来《西游记》里，唐僧师徒四人在荒山野岭化不到斋饭，悟空就经常摘桃子给大家充饥。猪八戒受不了这苦，便抱怨道："猴哥，师傅叫你去化斋，你就天天摘桃子给我们当斋饭吃！吃得我心里嘈得慌！"

大家看过《西游记》，听见华华讲这话，都哄堂大笑起来！只是这老汉没听明白，不知他们在笑什么，嘴里叽叽咕咕的，一脸的不乐意。

培训回来才两天，春桃的肚子果然开始剧痛，不过不是因为毛桃，还是因为那老毛病。这种疼痛使她吃不下饭，睡不好觉，趴在床上用枕头顶着腹部，长一声短一声地呻吟！天气炎热，痛得浑身大汗，熬得眼窝深陷面无血色，嘴唇也是白的。

王娟、雨欣从早到晚忙忙碌碌，为她端药、倒水、洗衣服，又要忙那三顿饭，晚上还要去夜校上课，恨不能生出三头六臂来。芸草也天天过来在床前服侍。春桃见大家都被自己拖得疲惫不堪，深感愧疚，常常暗自落泪，心里只恨自己不争气，不如死了干净！

夜校的妇女们走过来看春桃，你一句我一句地安慰她。有的说，做女人这不算病，忍几天过去就好了。有的说，很多女人都这样，我以前也是，痛起来就不想活。还有的说："这是阴阳失调，结了婚就好了……"

大家一致认为"结了婚就好了"，并举例说，谁谁谁一结了婚，就再没有犯过。谁生了个娃，这毛病就消失得无影无踪，几十年再没痛过……

春桃礼貌地坐起来，忍着痛靠在床头，陪她们有一句没一句地聊。

太阳雨

　　肖银水每天都过来给春桃打针，并安慰和鼓励几句。说来也怪，春桃一见到肖银水，闻到了药水气味，就像见到了救星，这病痛就减轻了一半，心里也踏实了不少。不知是心理作用，还是肖银水确能妙手回春。他一走，又开始痛。

　　肖本鹊见春桃几天没来向他请教，心里空落落的，歪在躺椅上。一问银水，才知道春桃一直有这毛病，立刻站了起来，一跺脚着急地说："你怎么不早说？这病我能治！你那西医只晓得打止痛针，那能断了根吗？"说着急忙收拾药箱，催促银水道："赶紧带我去！"

　　银水也知道，这种病西医也无法根治，倒不如让中医试试，说不定能治根。即使治不好，中草药也没什么坏处。便领着他爹，急忙来见春桃。

　　银水走后，春桃就趴在床上哼哼，芸草在旁边卖力地给她扇扇子。

　　芸草一见爹进来了，后面还跟着哥哥，惊奇地说："爹，你怎么来了？"见她爹提着药箱，赶紧上前接过来。

　　春桃抬起头一看，一老一少两位恩师，中医西医全到了，赶紧爬起身打招呼。一开口眼泪汪汪的，好像受了天大的委屈……

　　芸草说："爹，你救救春桃姐……"

　　几天不见，自己的学生竟然病成这样！肖本鹊心里暗暗吃惊。看着她憔悴不堪的样子，心里越发可怜她。可是他脸上的表情却非常严肃，充满信心地对春桃说："孩子，别害怕！这毛病我能治好，以前我给人治过！"

　　肖本鹊一见到病人，像变了一个人，立刻进入角色，有条不紊地重操旧技，一改平日的嘻嘻哈哈。这是半年来他出诊的

第十章

第一位患者,并且还是自己的学生!他要为她认真地诊治,绝不能失手,不然这师傅的面子往哪放?肖本鹊可丢不起这人。

肖本鹊打开出诊的手提箱,拿出探棒、探钎、压舌板等器械,沿用扁鹊的"四诊法",开始施治。

众人在一旁围观,听肖本鹊和春桃一问一答。切脉时,肖本鹊调匀呼吸,三指搭在寸关尺上,一指探心,一指探肝,一指探肾,三指微微滑动。仿佛音乐家在调弦子,身子微微前倾,凝神细探,闭着眼一动不动,似在仔细谛听捕捉。探完了左手,又探右手……

屋内寂静无声。王娟和雨欣忽然感觉他有名医的大家风范,不觉心里起了几分敬意!屋小人多,空气更加闷热,二人赶紧拿扇子为春桃和肖本鹊扇风。

好大一会儿,一套"望闻问切"的流程才做完。春桃望着肖本鹊自信的表情,似乎痛苦也减轻了不少,一声也不哼了。王娟和雨欣在旁捏着一把汗,抢着询问结果。

肖本鹊沉思一下,语气肯定地说:"脉象弱沉,这是气血虚燥。前段时间劳累过度,导致气血两虚,病情加重……"

大家急忙关切地问:"那该怎么办?能不能治好?"

肖本鹊安慰大家道:"莫担心,能治好!这病我治过好几个。只是有一味药,现在无处谋得……"说到这药,他吞吞吐吐起来。

王娟和雨欣听他说能治好,稍稍放心。又听说有一味药很为难,连忙问道:"什么药这么难找?你说出来,如果这里没有,我们去武汉找!"

肖本鹊一声不吭,拿出纸笔开始写药方,一边写一边琢磨。

写完药方,大家拿过来一看,见方子上写着:

鹿茸七钱

人参五钱

党参三两

桂圆四两

首乌四两

煎汤温服，连服三副。

大家看这上面一共五味药，便问他是哪一味药不好找？

肖本鹊犹豫一会儿，斩钉截铁地说："你们不用管了，我有办法！"

肖本鹊说"无处谋"的那一味药，便是鹿茸。鹿茸是珍稀的贵重补药，有钱也不容易买到。按照中药"君臣佐使"的配伍法度，鹿茸是这服药中的君药，缺了它又万万不可……

但不巧的是，肖本鹊家里断货已经两年了，除了墙上挂的那一架大鹿茸外，手上再没有零碎鹿茸可用……

可是墙上那副鹿茸是完整无缺的整枝大架，已经保存了上百年，是祖先留下的珍贵遗产，那可是医药世家的传家宝哇！如今像这种顶级货色，又有谁家拿得出？即使省城的大药铺也未必能有……这是肖本鹊家族的招牌和脸面，是先人留给子孙的遗产，看一眼心里都踏实，再看一眼精神振奋！看都看不够……自己后半辈子还指望这脸面和招牌风光地活下去呢！

几个知青姑娘说去汉口买，其实她们并不知情，自己去过两次都空手而归，哪里买得到！

只是春桃姑娘这病，已经很严重了，眼下正急需这味君药，

第十章

即使在汉口能够找到，来回至少也得一个礼拜，已经来不及了，病情不能再拖，落下病根就难治了！肖本鹊的确为难。如果动了这副鹿茸，上对不起祖宗，下对不起子孙……

看看墙上的鹿茸，实在下不了手；想想春桃的病，又不能眼睁睁不救。一边是药，一边是人。留药不留人，留人不留药。孰轻孰重？肖本鹊犹豫着，一时权衡不定。

晚饭时他心绪全无，胡乱扒了几口，爬上床又继续想心事。留药呢？留人呢？由此又联想了很多很多：想我肖家世代行医，满门行善，近百年来不敢说救人无数，起码也秉承了治病救人，解人病痛的祖训，尽力造福乡里。医者要有医德，救死扶伤是医者的天职，见死不救，光想着自己，那还配当医生？药是用来治病的，不是挂在墙上好看的，不然其价值何在？亏自己还叫肖本鹊！如果李时珍和扁鹊，还有药王孙思邈，都像自己这样把贵重药品收藏起来，不给病人用，那天下还不路断人稀？我想这道理祖宗一定明白……我动了他的鹿茸，是拿去救人，何况是救我的学生，祖宗应该不会降罪于我吧？祖父和父亲在世时不也经常讲"救人一命，胜造七级浮屠"吗？我现在急需鹿茸去救人，又不是拿去败家……

肖本鹊在床上翻来覆去睡不着，又翻来覆去想了大半夜，找了许多理由来说服自己，终于下定决心，在"留人"的选项上打了勾！

岂料这一勾，又钩出后面多少事来！只因这一勾，把春桃的性命也搭了进去……

肖本鹊看不到后面的事，当前只想着救人。再说眼下还有一块心病未除，还要再想想……我虽是一家之主，家里是我当家，老伴和子女不消说，都听我的。就是……就是老大媳妇怕

— 231 —

是不大好惹，进进出出，整天挂一副驴脸，好像别人欠她三吊钱似的。平时把几个钱攥得紧紧的，都快捏出水来。言语间无不流露出自己是长房媳妇，如何如何，恨不能把这些家产独吞了去！如果让她知道了，会不会闹事呀？

一想到这些，他心里一阵烦躁！翻过身子又一想：开什么玩笑！我肖本鹊是什么人？一个儿媳妇就吓成这样，事事看她脸色，那我以后还怎么混？我决定的事情，没她说话的分！要让她明白，谁才是一家之主！想到这里，肖本鹊躺在床上，横生出一股胆气……

迷迷糊糊听见鸡叫了三遍，天快亮了。肖本鹊蹑手蹑脚爬起来，从床下摸出一把雪亮的大片刀，提在手上来到堂屋里。他想趁大媳妇还没起床，先来切鹿茸，免得跟她啰唆。

他摸出两支蜡烛点燃，一边一支放在长条几上，又找出三根香在蜡烛上点燃，并排捏在手里。屋里静悄悄的，他正正衣领，恭恭敬敬地对着祖宗牌位立正站好，双手把香举过头顶拜了几拜。看看那副鹿茸，眼望着祖宗牌位，心里念念有词，似乎对着祖先魂灵在诉说。念着念着，眼里滚出了热泪……

一大早，肖本鹊把亲手煎好的中药汤装进暖瓶里，叫醒了芸草，催她赶紧给春桃送过去，并嘱咐马上服用。

春桃这天连服三次，肚子"咕噜噜"地响，感觉五脏六腑都跟着活泛起来，晚上果然不痛了！又连服两天，居然能吃能睡，跳下床来又是一个活蹦乱跳的大活人！

春桃、王娟、雨欣对肖本鹊的医术刮目相看，对他急人所难的医德和人品崇敬不已！三人商量着要去他家给药钱。

谁知肖本鹊靠在竹椅上一声不吭，不说收，也不说不收。沉默良久，开口问道："病好了？"

第十章

春桃喜滋滋地在地上跑跳几下说:"全好了,谢谢师傅!还要谢谢芸草妹妹!"

王娟和雨欣满脸奉承地说:"师傅的医术盖世无双,名满全球!就像是扁鹊重生,华佗再世呀……我们服了!干脆把我们两个也收作你的徒弟罢……"二人摇头晃脑,辫子甩来甩去,你一句我一句,把他捧上了天。

芸草看见春桃病好了,心花怒放。肖银水眼睛含笑看着春桃。老大媳妇恰好拿双鞋底子从房里走出来,略略点头表示招呼,径直出门去了,也没仔细往墙上看。

肖本鹊最喜欢别人夸他,此刻喝了王娟和雨欣灌的迷魂汤,脸上虽然没有表露,心里却乐开了花!觉得这事做对了,非常值得,也算对得起那架鹿茸了!医生嘛,最大的快乐就是看着自己亲手治疗的病人恢复健康。那鹿茸算什么,怎能跟人比?

王娟把药钱递给他,他不接,坐着一动不动。大家都急了,不知他今天怎么了,都注视着他。

过了好一会儿,肖本鹊缓缓开口道:"这药不值钱,我不要。钱你们留着,父母不在身边,留点儿钱在手上方便。"说着把桌上的钱推过去,又说道:"出门在外不比家里,各方面都要照顾好自己。只要看着你们个个都没病没灾,平平安安的,比什么都强!"

有道是"良言一句三冬暖"——尽管现在不是冬天——几个人听了,觉得心里暖暖的。自从离开父母告别家乡,还是第一次听到这样暖心窝子的话,出门在外第一次得到长辈的关心和爱护!心里一阵温暖,眼前一片朦胧……

大家沉默着,不知该说什么。过了一会儿,春桃轻轻问道:"师傅不是说,有一味药很难搞到吗,是哪一种呀?怎么弄到的?"

芸草心直口快,指着墙上的鹿茸说:"就是鹿茸,你看你看……"

听说是鹿茸,大家不约而同往墙上看。看过来看过去,感觉右边这枝鹿茸怪怪的,与左边的鹿茸有点不对称。春桃走近一看,这架鹿茸最肥壮的主枝顶端,居然缺了一个头,露出崭新的茬口!大家都看清了,一起回头惊讶地望着肖本鹊。

肖本鹊神色慌乱起来,瞪了芸草一眼。芸草吐吐舌头,醒悟过来,赶紧去门外朝两边看看,不见她大嫂的踪影。

肖本鹊故作轻松,用手一指王娟,笑道:"这位姑娘上次说过,鹿茸不拿来做药,挂在墙上好看哪?我想了想她说得很对,就切了一块下来做药。刚好家里也没有了,早晚是要用的。"

王娟满脸绯红,喃喃地说:"可是,可是我没想到……"

春桃看看鹿茸,又看看肖银水和肖本鹊,眼里汪出泪水,不知说什么感激的话才好……

雨欣大为感动!心里想:"可惜自己不会写。以后把文笔练好了,一定要把这动人的故事写出来,给城里那些医生看看,得让他们好好学学,人家是怎么当医生的……"

肖银水的哥哥肖银山是个老实人。这个"老实",不代表他比别人愚笨,而是"做老实人,说老实话,干老实事"的那种老实。

通常,家里如果有一群孩子,老大最老实。老大不好当,在家里的地位比较尴尬。虽然老大本身也是个孩子,可从小到大都要按照父母的要求循规蹈矩,谦让着、照顾着弟妹,事事为他们做榜样。言行都约束在无形的框框里,按父母规定的模

第十章

式去成长，久而久之变得少年老成。

或许是这原因，老大肖银山生得个头瘦小，一张瘦脸上本来就面积狭窄，偏偏还长了一圈茁壮的络腮胡，越发显得尖嘴猴腮。平时沉默寡言，总是心事重重地低着头，似乎有盘算不完的心事，更显老气横秋。与其兄相比，肖银水却相貌堂堂，一表人才，性格也开朗。兄弟俩不像是从一个娘胎里生出来的。

肖银山的媳妇海棠，是镇上铁匠铺石掌柜的幺女儿，家里小有积蓄，手上也不缺活钱。海棠从小能吃能睡，发育很快，身材高大健壮，一张银盘大脸抵得上肖银山两个脸大。走起路来昂首挺胸，脚步"咚咚咚"地响，一条大路她一个人走都嫌窄！

尤其那火暴脾气一上来，就像她父亲打铁的火炉，烈焰腾腾！吵起架来叮叮当当，铿锵有力，像她父亲打铁的声音。她这任性的脾气影响了生育，过门一年多了，只生气不生伢，肚子里没有半点动静。

看得出来，她并不爱肖银山，如果把她惹毛了，她一用力，可以把丈夫举起来给扔出去！不过到目前为止还没扔过。举是举过，那是刚结婚时二人闹着玩的。

当地俗话说"仰脸老婆低头汉，人见人怕最难缠"，这两口子正是这样一对宝贝。

有道是"纸包不住火"，更何况是挂在墙上供万众瞻仰的传家宝贝。

过了几天，海棠终于发现了鹿茸上的茬口，一看，主枝的头没了！立刻吓得惊叫起来："哎呀呀！头没了，头没了！头呢？"

肖银山听见了，不知她在叫什么，赶紧从房里出来，问道：

"什么头?"

海棠惊慌失措,手指着鹿茸上的茬口,道:"你看你看!这是怎么回事?"

肖银山一看明白了,他知道是怎么回事,故意轻描淡写地说:"这有什么大惊小怪!爹拿去做药了。"

海棠满脸狐疑地不相信,她语无伦次地说:"做药了?爹拿去……他舍得?"

肖银山见瞒不住了,怕她闹起来惊动了爹,便把她拉进房里,一五一十把事情的来由告诉了她。并且告诫说:"爹是医生,鹿茸是药,不用来治病留它干什么?爹做事不会错。你莫多管闲事。"

海棠越听越躁,黑着脸嚷道:"什么叫多管闲事,这是闲事吗?祖先传下来,一百多年了都没动一下,今天就为这点事把它毁了!这里面也有我们的一份,他跟我们商量了吗?"

肖银山赶紧把房门关上,低声说:"你小点声行不行?爹在后院里,听见了不高兴!"

这海棠不但没有降低音量,还把嗓门提高一度半,气呼呼地叫道:"我凭什么要让他高兴?他让我高兴了吗?我嫁过来一年多了都怀不上,他为什么不把鹿茸煮给我吃?"

肖银山耐着性子说:"这是药,能瞎吃吗?鹿茸是补品,你还用补吗?就你那块头,都能打死老虎!这跟怀不怀得上胎没有关系。怀不上胎,是你自己有问题……"

最后这句话惹恼了海棠,她鼻子里"哼"一声,冷笑道:"是我有问题,还是你有问题?人家说,女的是一块田,男的是一颗种,你那种子不行,倒怪我田里不长庄稼?哼!"想起这事她就来气,后面骂得更难听:"你爹就是搽胭脂进棺材,死要

第十章

面子！这么好的东西拿去做人情。你，你也是个吃家饭，拉野屎的家伙，胳膊肘向外拐！你是不是跟你爹合谋想把我休了，把那个小妖精娶进门，给你家传宗接代？你不看看你那狗熊样子，癞蛤蟆想吃天鹅肉……"

听媳妇骂自己种子不行，又骂自己狗熊样子，还把爹也骂了进去，并且说父子俩合谋，想一举休了她……实在听不下去！肖银山的自尊心受到严重伤害，彻底被激怒了！他须发戟张，箭猪似的在地上紧走两步，上前抡起巴掌，重重地抽在海棠的脸上！海棠躲避不及，左脸立刻肿起四条半红指印……

海棠捂着脸惊呆了，没想到他居然敢扇自己耳光！她哭喊起来："搞不好了，搞不好了！离婚去——"疯了似的抓起桌上的一只掸瓶，用力朝墙上摔去，"啪"的一声，掸瓶摔得粉碎！这掸瓶是她陪嫁过来的嫁妆之一，本来是一对，现在就剩一个了。

她正要去抓另一个，肖银山死死抱住她的腰，两人扭打在一起。海棠虽然高大壮实，但真要打起架来，不一定是肖银山的对手，何况面对的是一个发怒的男人。不一会儿，海棠就挨了好几拳，被揍得鼻青脸肿！她也发怒了，浑身的蛮劲上来，不管不顾地抱住肖银山的腰，想把他举起来再摔下去！

肖银山见她又来这一招，知道自己敌不过，抱紧床架死不松手！海棠使出吃奶的劲去拖，连带架子床一起拖得挪了位……

这架子床高大宽广，像一个小房间，三面围栏，四面纱幔，红漆描金，雕龙刻凤。床正面一个大大的月门，上方是层层叠叠的床楣。外面一层，雕刻一条描金大游龙和一只大凤凰相对飞翔。里面一层并排镶有四块花板，上面雕刻着《西厢记》中的人物故事情节。其中一块雕花板妙趣横生：月光下，张生爬上那段粉墙想跟崔莺莺幽会。崔莺莺站在院子里又惊又喜又怕，拿块手帕正欲按住张开的嘴，同时两眼紧张地注视着张生……那样子栩栩如生，生动有趣！张生蹲踞墙头，一眼看见莺莺，心中大喜，就要往下跳……

这时被海棠猛力一拖，这床脱离了脚下的两块垫砖，突然在地上一颠，"哐啷"一声猛地倾斜过来！可怜这张生还来不及跳，就连同那块花板一起掉下来，像铡刀似的"咔嚓"一声，正砍在床下肖银山的头上！头上立刻冒出了鲜血，血水顺着脸往下流，他两眼一翻，无声无息地溜着床边瘫倒在地……

海棠一见吓坏了，以为砸死人了！立刻抱住他号啕大哭起来……

邻居们听见动静，跑过来围在大门口朝里面张望，谁也不敢进去。

肖本鹄正在后院为他种的三七和天麻松土，听到儿子房里吵吵闹闹，又听到摔东西的声音。他心烦意乱的，一不小心锄断了一棵天麻，便很想过去训斥他们一顿。可再一想，天晓得他们因为什么吵架？儿媳嫁过来一年多了都没怀上，会不会是为这事啊？如果是为这事，做公公的怎么好多问？还是装聋作哑的好。俗话说"天上下雨地上流，小两口吵架不记仇，晚上还睡一个枕头……"小两口吵嘴是家常便饭，谁家不是这样？不碍事。年纪再大点儿，成熟了就好了……

正在自我安慰，忽然听到海棠在房里大放悲声号丧起来！他连忙扔下锄头跑进去，推开门一看，只见儿子满脸是血倒在地上！一下子慌了神："这，这……这是怎么了？"他跺着脚，结结巴巴，气得胡子一翘一翘的："你们，你们这是为哪桩呀！"

第十章

海棠坐在地上，抹一把眼泪，指着旁边张生的那块木板，急忙分辩道："不是我，是它掉下来打的……"

肖本鹊赶紧蹲下身子，查看儿子的伤情。一看还好，只是头皮裂开一条缝。扒开一看，里面白生生的骨头像山顶洞人的头盖骨似的，完整无损。

这时儿子也苏醒过来，眼里含着泪水，嘴唇在胡子里蠕动几下，低声叫道："爹……"

肖本鹊心疼极了！颤声道："儿呀，什么都不消说了！闭上眼睛，爹给你疗伤……"只顾心痛自己的儿子，也不管海棠鼻青脸肿。

海棠既害怕又后悔，不该为这鹿茸闹这么大事。但是面子上又不愿低头认错，自觉没脸再待下去，收拾几件衣服打个小包袱，下午回娘家去了。

海棠一走，家里议论纷纷，都说海棠的不是。尤其肖本鹊的老伴何氏，心疼儿子，诋毁海棠，这两天讲了她不少坏话。

这何氏自从嫁进肖家以来，一直耐着性子做好媳妇。俗话说，"几十年媳妇熬成婆，今天又来磨别人。"本想端起婆婆的架子扬眉吐气，让海棠来伺候自己，好好享两天清福的。谁知海棠根本不买这本账，还动不动给她脸色看。自己不但清福没享到，反要小心翼翼地看她脸色行事！我当年做媳妇，哪敢这样？

这次海棠居然把儿子的头打破了！何氏更加不满，成天埋怨肖本鹊定的好亲，娶进来一条黑鱼精，闹得全家鸡犬不宁！过门一年多了，连根胎毛也没见到，还这么凶！假如以后生个一男半女，那还不把天壳子都戳个洞！

说起这门亲事，的确是肖本鹊定下来的，他抵赖不了，也有点后悔。只好任凭何氏埋怨……

当年石铁匠打铁闪了腰，躺在床上半年起不了身，痛得不停地叫唤，是肖本鹊花工夫给他治好了腰伤。为了感谢肖本鹊，铁匠主动提出要把自己的幺女海棠，许给他的大儿子肖银山。

当时海棠不到十岁，却有十五岁的个头，那天正好石铁匠打铁，她就帮着她爹拉风箱。肖本鹊看她身体健康，还勤快，心里满意。当医生的见病人见多了，看到健康人就喜欢，以为捡个大便宜，高兴得忘了跟家里人商量，当即就定下了这门娃娃亲。

后来看到海棠的个头像他种的向日葵似的，一天一个样，越长越高大、挺拔，有一种东风压倒西风的英雄气概在里头，好像不大对劲！又渐渐后悔，担心自己的儿子。可是后悔已经晚了……

这方面，他自认眼光不行。此后不敢再给儿女定亲，由他们去自由恋爱。

俗话说得好，"一日夫妻百日恩，百日夫妻似海深"。才过了两天，头上的伤还没好，肖银山又想起海棠往日的种种好处来。吃晚饭时，他吞吞吐吐地对爹娘说："爹，我想明天去把海棠接回来……"

何氏横他一眼道："看你那点德行！你接她干什么，她自己不晓得回来？"

银水也觉得应该去接回来，便对他娘道："娘，这事你就别管了，我哥知道该怎么做。我觉得哥应该去接！"

芸草一对大眼睛看看大哥，又看看娘，也劝道："娘，你骂也骂够了，坏话也讲尽了，该消消气了。就让大哥去把她接回

第十章

来吧……"

何氏把筷子往桌上一放,气呼呼地说:"死丫头!你说我骂够了,你们没骂?好人都是你们做的,就显我一个人不好!这事我不管了,你们看着办!"

芸草觍着脸拿起筷子,恭恭敬敬递给她娘,说:"谁说娘不好了?世上只有娘最好!我是怕娘气病了,划不来!"

娘看着女儿笑了,说:"你这死丫头,油嘴滑舌!今后出嫁了老实点,莫学你大嫂,让外人笑话!"

芸草嘻嘻一笑,道:"娘,我才多大呀,你就想赶我走。我看哥嫂他们打架,我也不想嫁人了,一个人多自由!"

娘说:"长大了,不嫁也得嫁!你赖上我了?想叫娘养你一辈子呀,娘死了你怎么办?"

芸草耍赖道:"娘死了,我也跟你去死……"

肖本鹄看她们母女两个越扯越远,偏离了主题,便不耐烦地用筷子敲敲桌子,提醒道:"少说两句行不行?老大这事情,你们就不操一点心!"

何氏不满地说:"你是一家之主,你说了算!反正这门亲也是你定的。"

肖本鹄见大权又交回自己手中,心里舒坦了些。想了想,眼睛望着大儿子,老谋深算地出主意道:"我看你先莫急,这才两天不到。你要是去接她,那就等于向她低了头,必然长她的气焰,今后你越发拿她不住!你沉住气,多等几天看看动静再说……"

说着,他扭头看了看大门外,又压低声音道:"你以为她不着急?她待在家里,铁匠要训她,街坊邻居也会说她的闲话,说她不贤惠,是被夫家赶出来的。她脸往哪里搁?全家的脸往哪里搁？我分析，她一天都不想待下去，正盼着你去接她呢！说不定她熬不下去，自己就回来了。我告诉你，你在这头着急，她在那头更着急！"

见银山不语，他低头沉思一会儿，脸上换了一副阴险相，语气果断地说："既然事已至此，干脆就汤下面，一道手！再坚持两天。整，就把她整服帖，还怕今后不老老实实！"说着，用手掌在桌面砍一下，强调这"一道手"的厉害！又不无得意地望一眼何氏，意思是：你看怎么样？

何氏对丈夫出的这条阴谋诡计，当然心悦诚服！便道："我就是这个意思，决不能向她低头！让她自己回来，以后就老实了！"低头想了想，忽然抬头对丈夫道："不对呀，你这一招，以前是不是用来对付过我？我想起来了，那一回……"

肖本鹊脸一红，打断她的话道："你又来了！我这辈子真是背时！只要我想一条妙计出来，你就说我对你用过！害得我有好多妙计都不敢说出来，全烂在肚子里沤成屁了！"他想起过去许多往事，越想心里越躁，碗里还剩几口饭也不吃了，起身走出门去。

门外一棵大槐树下，几个老头老太正摇着扇子，坐着说闲话。见他出来都热情地打招呼道："本鹊呀，来来来，过来坐坐！"

肖本鹊闷闷不乐，走过去坐在一张空竹椅上。一个穿着大裤衩光着脊梁的老者，把旱烟管的烟嘴抹了两下，递给他道："本鹊呀，我看你这几天脸上不高兴，屋里到底出了什么事呀？"

肖本鹊吧嗒几口烟，闷声不响。一个老太太小心地问道："我看银山的头破了，是谁弄的呀？"

肖本鹊道："小两口不懂事，打架打破的。"

第十章

老太太把嘴一撇,手在腿上拍一下,粗起嗓门道:"哎——这个海棠!哪个下手这么狠,把头都打破了!哪像媳妇干的……"

另外几个老太太也附和道:"就是啊!嫁汉嫁汉,穿衣吃饭!要是打残了,不能搞事了,怎么办呢?年轻人都不想想后果的……"

肖本鹊一脸苦相,不置可否地摇摇头,说:"不是海棠打的,是床上面一块板子松了,掉下来砸破的。"

那老者劝他道:"本鹊呀,说来说去都是自个屋里亲人哪!在屋里只能讲情,在外面才讲理呀。你千万不要出烂点子把他们戳散了呀!老话说得好,宁拆一座庙,不拆一桩婚呀!"

老者见肖本鹊低着头,停了停又道:"小两口年轻气盛,吵吵闹闹总是有的,哪个的舌头不磨牙?家鸡打得团团转,野鸡才打得满天飞。哪家不是一样?过几年就好了……我们做父母的,尽量不要去管他们这些闲事呀!"

肖本鹊听长辈这样讲,想想也是,内心有些惭愧,脸也红了。

那个老太太说:"你想管也管不了,还跟着生些闲气!依我看该分家就得分家,让他们单过。这样眼不见,心不烦……"

肖本鹊倒苦水似的说:"我也这样想过。跟儿媳住在一起好多不方便,这么热的天也不敢打赤膊、穿短裤,讲话也要处处留神。有时想放屁了,也不敢放出来,憋着不放又不行,这气在肠子里转得痛啊……"

几个老太太快活极了!关切地问:"那你怎么办啊?到底放不放啊?"

肖本鹊尴尬地笑笑,干咳一声道:"趁人不注意,每次只能偷偷地一点一点往外挤，本来痛痛快快的一个好屁，被我零零碎碎放得稀巴烂！唉，真是屁都不敢放，活得真累……"

大家一起笑起来！老太太们脸上笑得像朵菊花，挤着眼不停地擦眼泪，嘴里的牙齿也掉光了，一笑，便露出黑洞洞的大口，流出来的涎水挂在下巴上。

一个老太太用手刮一把涎水，往地上一甩，欠身凑近肖本鹄说："你晓不晓得啊？其实儿媳跟你是一样的，她也不方便啊。这我们有经验。"又扭头对老太太们说："你们说是不是啊？"几个老太太连连点头说："是啊是啊。"

大家又是一阵大笑！肖本鹄的心情也好了许多。聊来聊去，最后聊出一个共识：孩子们成了家，爹娘不能跟他们住一起，这样彼此都方便……

其实这件事的起因原本是鹿茸，却不见任何人提起，反而都把矛头对准了海棠！继而又引出不能跟儿子儿媳共同生活这结论。可见许多事情，做着做着就偏离了方向，忘记了初心，得到的结果令人啼笑皆非！

农村一年到头也不出个新闻，日子过得乏味。肖银山脑袋上贴着纱布，缠着绷带，像打仗挂了彩的伤兵。他和海棠打架这件事，触动了人们的新闻触角，刺激了人们的兴奋神经。这消息不到一天就传开来，在人们嘴巴上滚来滚去，事情的经过像滚雪球似的越滚越臃肿，轮廓越来越模糊不清。

他头上那条伤口，有说海棠用棒槌夯的，有说用砖头砸的，还有说用锄头挖的，镰刀砍的……说法五花八门，情节惊心动魄，烛光斧影中杀机四伏，引人入胜！好像肖银山的头就是个石头，经得起刀砍斧劈而不会死。讲的人尽情地发挥着想象，

第十章

按自己的习惯，平时用什么顺手，就说用什么砍的——反正头是别人的，自己又不痛！

在当地农村，媳妇敢打男人，还把头打破了，这是亘古未有之事。这还了得！海棠被人们描绘成了十足的恶鸡婆、母夜叉的形象。

春桃、王娟、雨欣三人也听说了，但事情的起因没听谁提起，一时都搞不清楚。几个人拼凑对海棠的印象，觉得不大可能，她不像是母老虎，便想过去看看。

次日一早，芸草过来了，大家围着她问长问短。问她哥嫂到底是为了什么打架？任凭怎么问，芸草就是不说，一个劲地摇头表示不知道。大家隐隐约约感觉她并非不知道，而是知情不举，刻意隐瞒。

春桃问芸草道："你大哥的伤势怎么样？我们正想去你家里看看呢！"

芸草高兴地叫起来说："好啊，现在就去！大哥的伤不要紧，没砍开头骨。"

王娟想了一下，问道："你大嫂呢？在不在家？"

芸草低了头，噘着嘴巴说："她打完架，下午就回娘家去了。"说时神情沮丧，眼光黯淡。

三人交换一下眼色，王娟安慰她道："走！我们现在就去你家，今天就去接你大嫂回来！"

芸草不敢相信："真的？你们去接，我大嫂肯定会回来！我也去！"

三人说："那还有假？今天就把你大嫂还给你！"

芸草兴高采烈，还没到家门口，就大声叫道："娘！娘！我带三个姐姐回来了！"

芸草娘忙从屋里跑出来,手上拿着一把炊帚。抬眼一看,是春桃她三个,立刻眉开眼笑,说:"这哪是三个姐姐呀,分明是三个仙女下凡了!快进屋坐!"又拿炊帚指着芸草道:"快给姐姐们倒茶,要放红糖!"说完进了伙房。

肖银水出诊去了。肖本鹊和大儿子肖银山正在后院给药材苗浇水,听见前面人声嘈杂,也跑进来。一看是她们几个,两人同时问道:"你们怎么来了?吃了没有?"

春桃说:"吃过了。我们听芸草说大哥受了伤,过来看看!"

肖本鹊警惕地盯着芸草。芸草望着她爹轻轻地摇摇头,肖本鹊松口气。这动作被春桃看在眼里,起了疑心,朝墙上的鹿茸看了看。

肖本鹊轻松地笑笑说:"不碍事,快好了!"

王娟喝口茶,看着肖银山说:"听说大嫂回娘家去了,我们今天就去把她接回来。曲湾镇那个铁匠铺我知道!"说着站起身。

肖本鹊赶紧做个阻止手势,道:"不用不用,你们快坐下!过几天她自己就回来了。"

雨欣摆摆手说:"叫她自己回来,那多没面子!还是我们去接吧,这样她脸上有光,心情也会好些。"

芸草也在一旁敲边鼓助阵道:"我也要去!我代表我们肖家去接大嫂回来!"

肖银山头上还缠着绷带,脸上胡子拉碴,人也瘦了,眼眶也凹了,一副可怜兮兮的样子。听说几个女知青要去接海棠,眼睛一亮,说:"你们去当然好,她肯定欢喜。不过,不过太难为你们了,这么热的天,太辛苦了……"

肖本鹊在一旁暗暗叫苦!自己好不容易想出了那条妙计,

第十章

借此机会要把海棠一道手整趴下,把坏事变成好事。大家这么一搅和,岂不要落空!但毕竟是阴谋诡计,又不好说出口,只能干着急。

芸草娘从伙房里捧着三个青花瓷碗出来,每个碗里大半碗红糖水,碗里两个白嫩饱满的荷包蛋伏在水里,递给王娟、雨欣和春桃,满面笑容地说:"没什么好东西,随便吃点,打湿一下口……"又对芸草道:"也有你的一份,自己去灶台上拿。"

三人摆手说早上吃过饭的,吃不下了。

芸草娘不高兴了,说:"做都做熟了,怎么不要?你们在家里都是父母的娇宝贝,来到我们这穷地方,也拿不出什么好东西来招待。芸草跟你们有缘,回到家就说你们对她好,跟你们学了不少东西呢,真该谢谢你们!你们不见外,能够经常来我家走走,就是看得起我们……"

几人要去接海棠这事,她在伙房里隐约听到个大概,但没听明白。便问道:"刚才你们说,想去接海棠回来?"

三人说:"马上就去,有什么话要我们转告吗?"

芸草娘摇摇头道:"没有,我没有!她能回来就好。海棠有点儿任性,你们在路上多劝劝她才好……"

王娟眼珠子一转,说:"这个好说!我有办法。她是我们夜校的学员,我们代表夜校去接她。芸草也去,代表你们肖家去接。这样正式些,好不好?"

雨欣一听,立刻接着她的话道:"这当然好!这样一来,我们就更有责任去接她,还非我们去不可了!我怎么没想到呀?"

芸草娘听了,喜笑颜开!道:"这样最好,还是你们有办法!又是知识青年,又代表夜校去接,芸草代表我们全家,这面子还不够大?她一定会跟你们回来!"

太阳雨

春桃又加上一条:"再说了,能够派得出这么强大的代表团去接她,你们这边不但不丢面子,反而更加风光!"

芸草娘欢喜得手没处放,一把拉住春桃的手道:"姑娘,你这算说对了!我跟芸草她爹一辈子不图别的,就爱个面子!哪怕吃亏也心甘!"

肖本鹊一看大势已去,心想自己的计划怕是要流产,这么多人都赞成,说明人心所向啊。自己再要去反对,也独木难支。唉!天要下雨,娘要嫁人,随他去吧!再一想,这几个姑娘出的点子确实比自己的好,双方都有面子,里外都风光,两全其美。无愧是知识青年,果然有水平!

这天中午,石铁匠正和自己的儿子在棚子里打铁,他从炭火里夹出一块通红的铁块放在砧子上,用一把小铁锤在上面敲敲点点。儿子心领神会,瞄准父亲指点的地方抡起大锤一顿猛砸,砸得那块红铁火星四溅!砸了一阵,这块铁渐渐地由红变黑,石铁匠又夹起来重新回炉。

父子俩光着上身,汗流浃背,脖子上挂一条毛巾,趁着生铁回炉正要擦把脸。忽然看见海棠鼻青脸肿站在旁边,二人大为惊讶,赶紧丢下锤子,问她怎么回来了?

海棠不知该怎么回答,扭身进了屋。海棠几岁就死了娘,都是爹一手把她带大。看见爹又老了不少,一大把年纪了,大热天还在打铁,自己不争气惹了祸,还回来烦爹。鼻子一酸,"呜呜"地哭起来……

铁匠和儿子赶紧跑进屋,一个劲地问她到底发生了什么事,怎么肿脸泡腮的?

海棠擤把鼻涕,说:"还不是肖银山这个兔伢儿打的!都是

第十章

爹给我定的好亲……"

铁匠早就猜到是这么回事，只是不知道为了什么。便道："有话好好说，不要骂人嘛！他为什么打你？"

海棠渐渐地收住了哭声，低着头说："为鹿茸。"

这三个字没头没脑，铁匠一时反应不过来，问道："路？什么路？"

海棠抬起头来，见她爹"满面尘灰烟火色，两鬓苍苍十指黑"，疑惑不解地歪着脑袋，转着白眼珠在猜想，口里重复着"路，路"，样子十分滑稽，不禁破涕一笑！这一笑不打紧，又牵动了脸上被打肿的肌肉，引起一阵疼痛，赶紧把笑又收回去。

铁匠见女儿笑了，放心不少。说："你这孩子！爹给你说了多少遍，不要任性，你就是不听。真不让爹省心！"他用那条肮脏的毛巾擦一把脸上的汗，毛巾一拿开，立刻白一道黑一道，变成了三花脸！他叹口气，继续数落道："人家银山家里世代行医，知书达理，全家都是厚道人。那年幸亏他爹出手相救，不然爹这腰就完了！给你找了这么好一个人家，镇上哪个不眼红？就你不晓得珍惜——你刚才讲的路什么……"

海棠说："鹿茸，就是梅花鹿头上的角……"她用手在自己头顶上比画一下。

铁匠这回听明白了，问道："鹿角怎么了？"

海棠不讲理，又说那话，道："他爹为什么不把鹿茸煮了给我吃，偏偏拿给别人吃？"

铁匠刚听明白一点，现在又糊涂了，说："到底怎么回事，你想吃什么？慢慢讲。"

海棠把打架的经过讲一遍。

铁匠热得满身大汗，耐着性子把经过听完，道："伢儿呀，那是药哇！他不给你吃，那是因为你不需要吃。你好好的吃它搞什么？"他看着海棠的脸，海棠的两只眼睛像天上的月亮，一只初一，一只十五，左眼肿得眯起。看了会儿，铁匠摇摇头，叹口气道："唉！我真不明白，你为什么要吃那药？药怎么能瞎吃，你就不怕吃错药？"

铁匠虽然干的是打铁的粗活，却是个明事理的人，心里明白这事海棠不对，他比谁都清楚自己的女儿。

海棠这两天在家里，铁匠一有空就开导她，劝她早点儿回去，不要久留，免得让人闲话。

海棠因脸上被打成这个样子，也不敢上街去丢人现眼。天气太热，闷在屋里都快生蛆了！渐渐想起肖家的好来，便心生悔改之意。此刻的她，气也消了，脸上的肿也消了，只想有个台阶下，就肯回去。

这天上午，海棠正坐在屋里胡思乱想。忽然听到外面有人问她爹："这里是海棠的家吗？"

打铁的声音戛然而止。铁匠望着几位姑娘正要答话，海棠飞快地跑出来。一看是春桃她们几个，快活地叫道："春桃！你们怎么来镇上了？"

春桃说："你猜猜！"

海棠茫然地摇摇头说："猜不出来。"

王娟看着她傻乎乎的样子，忍不住笑道："你不是夜校的学员海棠吗？"

海棠又点点头说："当然是啊。"

王娟笑出声来："这就好！我们代表夜校来接你回家！"又回头指着芸草说："芸草代表肖家也来接你了！快点拎了包，跟

第十章

我们回去吧!"

海棠感动得说不出话,眼泪汪汪地看着芸草,说:"你哥怎么不来?"

春桃抢着说:"他要来,我们不让他来。"

海棠迷惑不解:"那为什么?"

雨欣向前一步,低声道:"你想一下,他头上缠着绷带,绷带上面血迹斑斑的,像个伤兵老爷,你觉得来了好看吗?"

海棠眼泪都快下来了,说:"那不是我打的,是那块板子掉下来砸的……"

春桃和芸草上前去,一人拉住她一只手,说:"我们知道你不是那种人,所以来接你。这些都别提了,回家吧!"

海棠的眼泪止不住地往下掉,哽咽着说:"春桃,我对不住你……你是我的老师,你,你病了,我没去看你。还为了这点鹿茸,我,我……"

春桃搂住她的肩,说:"好啦好啦,别你呀我呀了,我不怪你!"又附在她耳朵边说:"其实我早就猜到是为这事。可是问来问去,肖家谁都不肯说。他们是给你留面子呀!你以后也别再提了。"

一堆姑娘围在铁匠铺门口,叽叽喳喳地说着笑着,鲜艳的服饰给灰色的铁匠铺带来耀目的光彩,吸引得街坊都往这边看。

一个邻居嫂子打招呼道:"海棠,几时回来的?怎么没见你出来呀?"

海棠脸一扬,响亮地回道:"前天回来的!天太热没出门。今天夜校的老师们和小姑子来接我回去了!"说完咯咯地笑了!

街坊邻居们都朝王娟她们四位姑娘身上看,脸上无不带着羡慕!又看看海棠,有嫉妒,也有不屑……

太阳雨

  铁匠和儿子见她们谈得投机,一直插不上嘴,听完后也感动了。连忙招呼道:"快请屋里坐,吃了午饭再走!"
  铁匠的儿子腿有点儿瘸,一直没有说上媳妇。这时见了四朵鲜花似的姑娘,眼睛都看直了!下意识地拿起那件汗渍斑斑的褂子往身上穿,企图遮住赤裸的上身。听见爹说让她们吃了饭再走,连忙道:"屋里太热坐不住,不如我们就到饭馆里去坐……"
  铁匠热情洋溢地说:"对对对!海棠,快领客人们先去坐,我们随后就到!"
  海棠心里别提多高兴了,喜气洋洋地招呼着大家,前呼后拥往饭馆而去。
  铁匠父子两人赶紧洗了一把脸,找件干净褂子换上,把炉子一封,也不打铁了,兴冲冲地朝饭馆赶去……

第十一章

这年九月底，米儿的入团申请批下来了，和他一起成为共青团员的，还有春桃和花蛇。九名知青中，除王娟、雨欣、华华三人外，全部被吸收进民兵组织，成为基干民兵。米儿的表现得到民兵连长杜得志的垂青，被破格提拔为五队的民兵排长。

入团又提干，这两件喜事同时落在米儿身上，他收获到这意外的惊喜，觉得前程一片光明，前途不可限量！不由得踌躇满志，暗暗鼓劲，提醒自己一定要干出点成绩来。

入了团的和成为基干民兵的，人人感到脸上有光，精神面貌焕然一新。从此，各方面都严格要求自己，劳动专挑累活干，有困难抢在前，讲话不讲落后话，专挑报纸上的豪言壮语讲。劳动了一天，晚上还自觉学习政治。大家认为，共青团是青年先锋队组织，基干民兵就相当于准军人了吧？应该事事带头，做出榜样才好。

大家都像化了妆在舞台上表演节目似的，整天精神亢奋，暗暗地比着革命积极性，似乎这就是生活的全部内容。

社员们的态度也起了微妙的变化，以前喜欢和他们搅在一起，说说笑笑，关系还很融洽。现在见了他们爱理不理，必要沟通时，也话不投机，表情冷淡。找社员借个东西，也借故推托。跟以前大不相同！

太阳雨

　　米儿新官上任三把火,很想出点风头,把民兵们组织成"敢死队",要求早出工,晚收工,专拣重活累活干,在秋收中发挥带头作用,做出点成绩来。

　　可是这些民兵并不买账,没有一个人听他的,还是按照文龙的安排出工。说多了,人家听着烦,就顶一句道:"是你给我记工分,还是队长给我记工分?"弦外之音就是:"你算老几?"尤其那眼神和态度,让米儿看了难以接受!

　　他对文龙说起这事,脸上满是委屈,埋怨别人觉悟低,只知道挣工分,不知求上进……

　　谁知文龙那大嘴巴一张,像老鼠洞似的,一个劲地"呵呵"直笑。笑完了反而说:"你太年轻,根本不懂农民。不挣工分怎么生活?农民历来都是靠种田吃饭,能把肚子搞饱就不错了,哪个跟你谈什么精神变物质,物质变精神!种个田,搞什么敢死队,又不是打仗……"

　　段师傅在一旁听了觉得可笑,也说:"农民嘛,就是追求个温饱,自古以来都一样。虚头巴脑的花板眼不顶用,要来点实惠的才行!"说着,三个指头捏在一起搓几下,好像点钞票似的。

　　米儿见段师傅那俗气相,也忍不住笑了,说:"都七十年代了,还金钱至上啊?这是自私自利思想,觉悟不高的表现!"

　　段师傅不高兴了,说:"七十年代就不吃饭呀,吃饭不要钱呀?我问你,没得钱你吃什么,穿什么?就说你回武汉,总要买车票、船票吧?你不买票就上去,拿屁股给别人打呀?跟人家讲精神变物质,你试试看……就好比口袋里没有钱,饿肚子的叫花子,你跟他讲觉悟,不是空讲吗?你晓得他心里在想什么吗?"他盯着米儿问道。

第十一章

"他想什么？"米儿疑惑地问。

"他想的是，你快点给我一碗饭吧，先吃饱肚子，再听你讲故事。你说是吧？"

米儿一想也对，自己肚子饿的时候，也是赶紧去厨房找吃的，其他都顾不上……

见米儿低头不语，段师傅对着紫砂壶吸一口茶，不紧不慢地说道："古人说，仓廪实而知礼节，衣食足而知荣辱。人类社会就是从流氓到绅士，从野蛮到文明的。整个演变的过程，需要物质做基础。这就是报纸上讲的那个……什么，经济基础决定上层建筑吧？所以经济基础的好坏优劣，决定了人们的思想意识，决定了人们去想什么，追求什么。穷人追求温饱，富人才追求体面。如果食不果腹，衣不蔽体，哪个会整天去追求文明和礼节？他会看重荣誉和耻辱吗？不会，他只会看重吃的！"

段师傅引经据典，按照自己的逻辑和理解，给米儿上了一堂人生的启蒙课。米儿凭自己那点有限的理解能力，听得似懂非懂……他讲不赢段师傅，但是感觉他讲得也没有错，便不再提"敢死队"的事。

面对荣誉，米儿抑制不住内心的喜悦！赶紧写信给家里报喜，想借此卖弄一番。信中充满豪言壮语，字里行间满是洋洋自得，决心要大展宏图云云。言下之意：以前在家不受待见，不是老挨批评吗？看到没有，团员！民兵排长！

几天后，收到父亲的加急挂号信！父亲的来信中，首先轻描淡写褒奖两句，然后话锋一转，提醒他表现不可太冒尖，中等就好。否则，当地会把他当人才留住，对他将来回城不利……

又告诫他,做人要低调,不要翘尾巴。"木秀于林,风必摧之;堆出于岸,流必湍之……"又说好比荒草,"飓风过冈,伏者存焉!"还说知子莫若父,你吃几个馍,喝几碗汤,我还不清楚呀?你从小就好大喜功,爱出风头。这可不是你逞能的地方,这关系到你一辈子!记住,少出风头,中等就好……末尾又是"不要早恋,切记切记!"

本来写信回去意在炫耀,希望听点夸奖话,谁知却换来父亲一大堆"切记切记",还教自己"伏者存焉"!虽然话糙理不糙,那也不该在信中揭我的短吧?什么馍啊汤的,草啊木的,就会泼冷水!再说我也没长尾巴……在家里嫌我表现不好,出来了又嫌我表现太好,天下哪有这样的父亲!

米儿心里好不沮丧。可还不到半天,别人叫他一声"排长",心情立刻大好!一切沮丧烟消云散,脚不沾地似的,喜滋滋地跑去连部开会了。

见米儿沾沾自喜,浑身轻飘飘的,王娟和雨欣也看不惯。他跟雨欣讲话,雨欣爱理不理,白他一眼。

他找王娟讲话,王娟阴阳怪气:"排长大人,您有何吩咐呀?"故意把那"呀"字拖得长长的。

米儿能听出其中的挖苦味道,但心里却是甜的!

王娟和雨欣也写了入团申请书,可是未批,她们也报名要求参加民兵,但是不准。这王娟和雨欣本来心气就高,如今受此挫折,自尊心也被锉去一大截,不免灰溜溜地抬不起头来。眼巴巴望着共青团员和基干民兵这两项荣誉与自己无缘,踮起脚尖都高攀不上,心里既羡慕又无奈……

尤其雨欣的心情更加酸涩复杂,因为这事不单单关系到自己一个人的命运和前途,而是两个!她心里想,本来跟米儿的

第十一章

恋情就刚开始,这秘密还只在两人心里,别人也毫不知情。因此这关系一点也不牢靠,就像一根蛛丝,经不起风一吹,说断就断了,时时都有可能随风飘去,而且静悄悄的,来无影去无踪……

雨欣愁肠百结,难过得眼泪直打转,却又一筹莫展,百般无奈……

这两天,雨欣沉默寡言,开会总是走神,讲课总是出错。校长肖本科发现不对劲,找她谈话了解情况,关切地询问怎么回事?连问几声,她两眼望着校长,嘴巴闭得紧紧的,一字不吐。再多问几句,眼里就滚出泪水,一个劲地摇头,泪水甩得满地都是。

校长看她怪可怜的,又见她不肯开口,以为她是想家,想父母了,便劝她多给家里写信,多与父母联系。又用"儿女大了迟早离开家,鸟儿大了迟早离开窝"之类的话来开导她。可惜这些话没说到点子上,顶多算是隔靴搔痒,开的药和病症对不上号。身上哪里痛哪里痒,只有雨欣自己才知道。

雨欣的病不在脚上,在心上,可是这病又不能说……校长哪里看得透?

华华对此事反应并不强烈,毕竟男生脸皮厚些。虽然写了入团申请书,但他清楚自己的家庭出身,上面通不过,也在意料之中。因为有了思想准备,这打击就不感觉太重,所以态度上也淡然一些。再说,王娟和雨欣不也没通过吗?有她们二人做伴,自己也就不那么孤单……

一想到王娟,他精神一振,心里一热,满脑子都是她的影子!王娟要才有才,优秀;要貌有貌,出色;傲气得像个公主!

插队以来自己总想跟她套套近乎，可她总是心不在焉，爱理不理的样子，好像她比别人高一截似的！这下好了，那一截被锉平了，跟自己一样高了吧？

一样了就好！那就老实了。这好比两个人同害一种病，同住一间病房，同病肯定相怜。既然如此，就有机会先聊聊病情，再互相宽宽心情，慢慢培养点感情，然后发展成爱情……华华觉得机会来了！

相对来讲，华华读的书多些，心眼也就活泛些。当初插队之前，他是坚决反对谈恋爱的，还说过"兄弟如手足，妻子如衣服"之类的话。所谓王娟主动向他示好，他还提防着，保持一定的距离等。其实这些都是假象，是他故意施放的烟幕弹，也是兵书上著名的"浑水摸鱼"计。他以前的态度，既是为了打压王娟的傲气，也是为了做给别人看，好让大家都别去碰王娟，因为骨子里他是喜欢王娟的。他告诫大家不要谈恋爱，真实动机是怕别人抢走了王娟。在潜意识里他觉得，如果引导大家都不谈恋爱，王娟就孤立了，就会放下架子。好比菜市场的茄子，大家都不买，就放蔫了，蔫了就会掉价。而他自己就可以不慌不忙地跟王娟谈，再加上她的家庭出身比自己更不堪，还有什么资格敲盘子点菜吃？有吃的就不错了！只要肯多花点工夫，这事大有希望……

至于王娟，压根就没什么想法，也谈不上向华华示好——尤其是华华臆想的那种示好。只不过因为自己家庭出身不好，不愿跟同学来往，以免牵连别人。跟华华来往多些，那是因为华华家庭出身也不好，属于同类，横竖大家都是黑的，也不怕谁会把谁染得更黑，正所谓"债多不愁，虱多不痒"嘛。华华总不至于五十步笑百步吧？谁知这却给华华造成一种错觉……

第十一章

后来不知是谁,把华华"妻子如衣服"这些话,透露给王娟她们,立刻引起了五个女生的强烈不满和极大愤慨!"我们又没招谁惹谁,怎么就成破衣服了!"大家愤愤不平。她们炸了锅似的,都说许江华就是个思想意识不好的伪君子,什么东西!装模作样一身酸臭气!就根据这条,大家一致同仇敌忾,强烈谴责起来。华华顿时成了众矢之的,形象大损!

大家你一句我一句,发泄心中的愤懑,讲着讲着,话题转了向,变成了人身攻击。五个人你一句她一句,专挑华华外表上的缺点放大了说,最后综合起来,竟把华华拼凑成了一个丑八怪!雨欣还别出心裁,专为华华发明一个词叫"吃藕",连起来读就是"丑"!众人乐不可支,大笑着,尖叫着,总算出了一口闷气!说以后不许叫他许江华,暗中就叫他"吃藕"……

对于插队以来华华的献殷勤,王娟心里讨厌,要不是因为挖厕所和打井有功,根本就不想理他。

倒霉的华华对这一切毫不知情,仍然蒙在鼓里,一厢情愿地做他的春秋大梦呢……

小学开学后,夜校也开学了。小学生领到自己的教材不久,夜校学员的教材也到了,公社文教组通知大队派人去领。雨欣因为要给学生上课,校长就派王娟和米儿一早同去曲湾镇,把那几十套教材领回来。

翻身大队距离曲湾镇十五里,来回三十多里路,只能沿着五岔河崎岖不平的河堤走,其他都是水田,无路可行。

堤面上,小树林绵延不绝,尽是楝树,鲜见其他树种。这种楝树武汉也有,人们叫它苦楝树,果实的形状像葡萄,一嘟噜一嘟噜黄澄澄的，挂在树上很诱人。米儿幼时曾经尝过，一入口，苦得能把胆汁吐出来！现在正是十月份，这种果实挂满枝头，满树金黄，几乎没有什么树叶了。

树林里除了花喜鹊以外，更多的是灰喜鹊，个头比花喜鹊小一点，长尾短翅，毛色瓦灰，成群结队在地上蹦蹦跳跳。看人走近了，才乱叫着一起飞到树上，叫声苍老沙哑，像从嗓子里硬挤出来似的，一点也不好听，没有花喜鹊叫声悦耳。

王娟今天穿一身崭新的女式绿军装，小翻领里露出一件淡粉色的衬衣。两条黑油油的粗辫子拢在脑后，辫子上的蝴蝶发夹一闪一闪，似在不停地拍动翅膀。她肩上斜挎一个军用书包，样子极像部队下来的文艺女兵，朝气蓬勃、神气活现地走在前面。

米儿跟在她身后，好像还没睡醒，无精打采的样子。这几天队里正在给他们盖房子，这房子的图纸是华华精心设计的，布局合理，起居方便。下乡半年多了，一直没有自己的房子，跟文龙他们住在一起多有不便。眼看房子快建成，独立的新生活即将开始，大家心里像燃起了一团火，巴不得赶紧搬进去，就能养一只小狗了！

今天去领教材，他本不愿来，想叫麻杆或花蛇去。可是他们都要参与施工，不愿意跑远路。华华很想去，但又要负责质量监督，走不开……

看他在推来推去，王娟瞪了米儿一眼，满不在乎地说："不是我叫你去，是校长点你去！你不去算了，领了教材，我背不动，爬也要爬回来！"说完转身就走。米儿无奈，这才不情愿地跟来了。

二人沉默着走了一段路，王娟回头一看，米儿落在后面十

第十一章

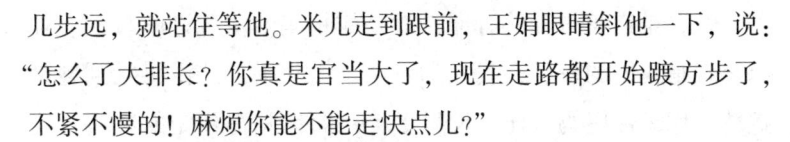

几步远,就站住等他。米儿走到跟前,王娟眼睛斜他一下,说:"怎么了大排长?你真是官当大了,现在走路都开始踱方步了,不紧不慢的!麻烦你能不能走快点儿?"

米儿抱歉地笑笑,回头看看走过的路,说:"哪里是在迈方步,我在想房子的事。你不知道,我们多想快点儿搬进去……"

王娟说:"你想房子用腿想啊?你想房子,房子又不想你。走得这么慢!"转而又道:"你是身在福中不知福,收工回去吃现成的不好吗?等你们搬进去自己做饭,就晓得那滋味了!"

米儿说:"我倒不是怕苦,你们不是也熬过来了吗。关键是,长期住在文龙家里,也不好意思。"

王娟赌气扭过身,背对着米儿说:"还说不怕吃苦!我今天叫你来,你就认为是苦差事,不想来。你当了排长,又入了团,看我们不顺眼,就不想理我们这些落后同学了……"

米儿听她声音里带着难过,连忙道:"没有没有!你莫冤枉人。王娟,跟你爸爸比起来,人家是军长,是出生入死换来的!我这排长算什么,跟他相差不知多少级,而且不是正规军,只是个土八路!你爸爸,那才是英雄……"

"我爸爸是坏人,你最好不要提他……"王娟听他评价自己的爸爸是英雄,便打断米儿的话,声音哽咽起来,低头用手绢抹眼泪。

米儿转到王娟面前,诧异地看着她说:"咦,王娟,你怎么会有这种想法呀?我敢肯定你爸爸不是坏人!他们浴血奋战几十年,提着脑袋干革命,把反动派打垮了,革命胜利了,反而自己去当反动派,这道理能说通吗?难道他们的脑袋里装满了糨糊吗?"

见王娟低着头不作声,米儿越说越激动:"有人说你妈妈是美女蛇，难道长得美就有罪，就是蛇精吗？从我进学校起，你妈妈就是我们的校长，我在那里读了六年书，从没感觉到她是蛇精。你跟你妈妈一样，长得更美，那你觉得你是蛇精吗？我们从小到大在一起，我是没看出你哪一点像蛇精……"

听到这里，王娟忍不住"扑哧"一笑，说："那次看青的时候，你不是说我像个妖精吗？"

米儿愣了一下也笑了，尴尬地说："那只怪我没看清楚嘛！所以，什么事情都不能只看表面，要看本质！我要是你，有这样的好父母，那别提多神气了！不管别人怎么说，我根本就不在乎！"

王娟听了这一番话，心里轻松多了，抬起头来感激地看着米儿。那眼神里情感丰富，似有许多话要说。这眼神，米儿见过好几次。那眼睛水汪汪的，像一潭春水闪动着，深邃而又清澈……米儿见了心旌摇动，几次都险些掉进去！

王娟低下头，手指弄着书包盖，小声地说道："那你不会嫌弃我落后吧？"

米儿宽慰她道："你不落后，如果抛开家庭出身，你完全够资格入团当民兵！我也知道，这对你是不公平的……"

"那你会不会嫌弃我的家庭出身呢？"王娟急忙追问道。

米儿坚定地说："那更不会。刚才不是讲了吗，如果我有这样的父母，我只会感到自豪和骄傲！"

王娟满脸绯红，低着头默默不语。

几只花喜鹊飞过来，落在枝头，看着米儿和王娟"喳喳"地叫个不休，翘起的长尾巴随着叫声一上一下地抖动。附近一棵大树的树梢上，有一个大大的黑色喜鹊窝，那是它们的家。

王娟看着树上的喜鹊，心里豁然敞亮，眉头舒展开来，眼

第十一章

睛亮晶晶的。她看着那鸟窝，忽然心里想，那里面一定很舒适吧？鸟儿都有一个窝，可是我……

米儿嫌那喜鹊叫得闹心，弯腰捡起一块土块，朝喜鹊掷去。刚一抬手，喜鹊们"喳"地惊叫一声，拍着花翅膀一起飞走了。

王娟顺着这条思路，还想再多想一会儿。不料米儿一抬手，打断了这思路，她扫兴地望着喜鹊飞远，回过头来，失望地看了米儿一眼……

俗话说，男女搭配，干活不累。走路也一样。二人边走边说，边说边走，不知不觉走了一多半路。王娟心里洒满阳光，又恢复了往日的天真活泼，也不再挖苦米儿了。

河边的中稻快成熟了，叶片开始枯萎发黄，稻穗已成金色，沉甸甸地低垂着。放眼望去，金灿灿的一片稻海，风里也带着稻香。可是一路走来，晚稻田里却是另一番景象，植株稀稀拉拉，又瘦又矮又细，好像患了营养不良症，看那样子，平均亩产能有三百斤就不错了。而中稻的亩产，轻轻松松就能上五百斤。

米儿走下河堤，在田边捋了十几颗谷粒跑上来，拈起一粒剥去稻壳，把米粒放在口里嚼了嚼，咬得咯嘣咯嘣响，样子像个有经验的老农。品了一会儿，又递给王娟几粒，说："嗯，快了，中稻快要收割了！"

王娟接过谷粒，歪着脑袋看着米儿的脸，说："你对庄稼这么有感情啊？怪不得你名字叫田米。你还真打算在这里安家落户，当一辈子老农民啊？"

米儿开玩笑道："这是什么话，难道我叫田米，就一定要爱水稻呀。那你叫王娟，未必……难道要把自己捐出去吗？"

王娟脸一红，低着头眼睛瞟向一边，假装若无其事地说："捐都捐不出去，哪个要啊……"说着看了米儿一眼。

米儿自觉说漏了嘴，赶紧把话题又扯回来，抬手把剩余的几粒稻谷扔回田里，拍拍手掌说："安家落户这事很难说。谁知道以后能不能回城，假如回不去怎么办？那只好不走了……"

王娟一急，脱口而出道："你不走，我也不走！"

米儿明知故问："你这是为什么？"

王娟噘着嘴巴，坚决地说："不为什么！要走一起走，要留一起留！"

米儿望着王娟那固执的样子，不禁心头一热，想不到王娟还是个有情有义的女生！这"热"又不敢在心头久驻，一溜就过去了，好像打了一个滑，立刻意识到危险正在向他一步一步靠近，不得不赶紧结束这个话题。

他故作轻松地笑笑，说："我只是个假设，并不一定真的会有那一天嘛……"

王娟的脸就像六月的天，说变就变。刚才还是风和日丽、阳光明媚，转眼就是阴云密布、风声萧萧，眼帘子也垂下来了。好一阵子，二人讲话不甚投机。米儿小心翼翼绕着弯，不敢去碰刚才的话题。王娟一言不发。

前面，五岔河在对面分出一条岔，岔口上矗立着一架巨大的风车。眼下稻子正在成熟，田里不需要水，风车在旷野里"吱呀吱呀"地空转，声音低沉而疲惫，古老而又苍凉……仿佛一瞬间，便把人的心情带回到远古时代……

米儿停住脚步，看了看风车，对王娟道："你累不累，休息一下再走吧？"

王娟点点头，二人在河畔找了一块宽阔平缓的草地坐下来。

第十一章

王娟看着缓慢转动的风车,听着古老苍凉的声音,默默发呆。

好一会儿,她忽然扭过头来,一脸迷人的笑容,望着米儿说:"我想起一首歌了,用口琴吹给你听吧?"说着打开书包,拿出口琴。

米儿正想打破这尴尬,便点了点头,道:"嗯,你吹吧!"

王娟脸上突然飘过一片红云,吞吞吐吐地说:"我吹给你听了,你可不准告诉别人……"

米儿听了一惊。心想,那还是别吹了吧。却又怕扫了她的兴致,惹她生气。只好淡淡地说:"什么歌呀,这么神秘?"

"也没什么,就是,就是一首爱情歌曲……"

"那你还是别吹了吧。"

"其实,是一首电影主题歌,这歌你也听过的……"

"电影主题歌?"

"因为……这是情歌,所以里面有……有哥有妹……不过……"

"你吹吧,我绝不告诉别人!"

王娟高兴了!扭扭腰肢,往米儿这边倾了倾,甩甩口琴,放在嘴边吹起来……

米儿一听,原来是电影《柳堡的故事》主题歌,歌词里道——

九九那个艳阳天哟

十八岁的哥哥呀坐在那河边

东风呀吹的那个风车转哪

蚕豆花儿香呀麦苗儿鲜

风车呀风车那个咿呀呀地唱呀

小哥哥为什么呀不开言

小哥哥为什么呀不开言……

最后一句,王娟重复吹了四五遍,不知这曲子原本就是这样子,还是她有意改的。一边吹,还不时拿眼望一下米儿,眼神里像蒙上了一层雾,朦胧而又迷离……

米儿听得入了迷。他低着头,一声不响,心头的热浪涌上来,眼前也起了一层雾。这雾有点红,有点热,潮湿而朦胧……

王娟精彩的演奏,伴着眼前的风车、河流、稻田和咿咿呀呀的风车声。金风送爽,稻香阵阵……此时正合九九重阳时节!现在正是十月份,米儿刚刚进入十八岁!

这情,这景,这风,这稻香,这口琴声,还有这身边的王娟……无一不令人陶醉!无一不令人动容!无一不令人牵肠挂肚……

幸亏心里早有个雨欣,不好再牵挂别人了。不然,米儿很难站稳,说不定腿一软就掉进去了……

领到教材,已经是中午了。二人来到镇上唯一的那家饭馆,打算吃饱了再回去。饭馆的状况一点没变,粉壁上写的经营品种还是稀饭、馒头、肉丝面,外加监利饭团子。唯一改变的是,原先那个大肚子女人已经瘦了身,手上多了一个半岁的婴儿,剃个小光头,看不出是男是女。

母亲抱着婴儿坐在门口的一条长凳上晒太阳,捉着婴儿的两只小手,将两根食指对着,口里念道:"虫虫,虫虫飞,娃娃要人背;背了满街走,遇到小花狗;狗狗咬了脚,哎哟!快快抹点药……"

一抬头见米儿他们走过来,女人微笑着点点头,似乎认出了他们,因为那笑容不像是空泛的职业性微笑,而是有明确的指向。

王娟上去逗这婴儿,婴儿脸上毫无表情地凝视着她。王娟又伸出一根手指,在婴儿左腮上轻轻碰了碰。这婴儿以为是吃的,一扭头,一口咬住了王娟这根手指,迅速地吮吸起来!

王娟吓了一跳!手指头又痒又痛。惹得大家哈哈大笑,王娟的眼泪都笑出来了!

王娟很会跟人套近乎,加上今天心情特别好,话也多些。她脸上带着微笑,对女人说:"上次见到你,还没有这孩子呢,一转眼都长这么大了!时间过得真快……"一边说,一边用两手在自己腰间比画着。

女人见王娟还记得她,不禁受宠若惊,大为感动!也动情地说:"是呀是呀,你那时水灵灵、鲜嫩嫩的,像个小仙女!一转眼,你变得又黑又瘦,还有点儿显老……在乡下吃了不少苦吧?"

其实这话实事求是,一点没错。可是在王娟听来,心里却有点儿扫兴!她看了米儿一眼,心里想:这女人真没水平,讲话也不看个场合……

这女人天生一根直肠子,也不管什么场合不场合,反正实话实说。而且,还有话没说完呢!不过她后面说的几句话,倒让王娟重新又高兴起来:"不要紧的,再过个把月,就是冬季农闲了,到时你又能变回春天那个小仙女!你终归是个天生的美人,谁也挡不住。不怕的!"

听了这话,王娟笑了,心底的快乐直往上拱,秀美的眼睛里流光溢彩！她忽然觉得这女人讲话真有水平，还会用先抑后扬的手法来突出后面的主题！这评价，准确极了……

二人挑了一张桌子对面而坐，米儿财大气粗地说："王娟，今天我请你吃肉丝面，想吃多少就吃多少！"

王娟笑道："今天这么大方啊？你是发财了，还是捡到钱包了？"她今天心情很好，快活极了！

米儿伸出四根指头摇晃着，神秘地说："都不是。我爸给我寄了四块钱！"忽然又想起一件事，说："还记得上次在这个饭馆吗？就在那张桌子……"他用手指指对面那张饭桌说："你帮我们解了围，我们四个人饱餐了一顿，心里别提多感激你了！我还欠你五块钱，五斤粮票。不过我现在钱不够，还不能还你，等年底分红了，我就还给你……"

王娟先听说四个人都感激她，脸微微一红，又听米儿说分了红再还她，感觉"分红"这个词有点恶心，好像商人在做生意算利息，又好像电影里的坏人拿着算盘，鬼鬼祟祟在分赃……想到这里，不由得大笑起来，说："好好好，那就等你分红，秋后上门找你算账……"

米儿也觉得"分红"这个词低俗，以前在武汉怎么从没听人说过？还在心里琢磨过好几回，不知这"红"是什么东西？听说过分钱，分粮，分西瓜，就是没听说过分"红"。红是一种颜色，也是形容词，怎么能瓜分？"分红"这个词的本义是什么？又是怎样演变而来的？一概莫知。米儿还未分过红，只是听社员们一天到晚挂在嘴上，盼望着年底分红，好像是个极美的事，也就跟着他们这样讲，同时向往着年底快点分红。

女人笑吟吟地走过来，问他们想吃点什么？

王娟看了看墙上，说："不就那四样宝贝吗，难道还有

第十一章

别的？"

女人俯下身，低声对王娟道："今天晚上公社领导要来招待客人，厨房买了几条大黑鱼，叫师傅给你们炒个滑鱼片怎么样？"女人说的时候神神秘秘，嘴巴都快挨着王娟的耳朵了，好像这是免费的午餐，是在占公家的便宜似的。

王娟愉快地说："好，那就滑鱼片！麻烦你了！"王娟最爱吃鱼，但从不吃鱼头，她害怕看那鱼的眼睛。这滑鱼片里面没有鱼头，正合她意。

女人抱着孩子进了厨房，在里面叽叽呱呱讲了一阵。过一会儿，一个系蓝围裙的师傅从门里探出身来，朝米儿他们这张桌子瞟来瞟去，似乎在打量他们是什么来头，够不够资格吃这滑鱼片……

等滑鱼片的工夫，米儿"呼噜呼噜"吃了两碗肉丝面下去，连汤也喝干了，还只弄个半饱。王娟一碗没吃完，等着滑鱼片。

过了一会儿，满满一大盘热气腾腾的滑鱼片端上了桌。这滑鱼片雪白鲜嫩，晶莹润泽，油滋滋，滑溜溜，配以鲜红的椒丝，上面撒一点点极鲜嫩的小葱段，香味扑鼻，令人胃口大开！

米儿像刚从大牢里放出来的饿囚，低着头只管猛吃，吃得满头大汗顾不上擦，嘴里连连夸道："不错不错，这才叫过瘾！"又对王娟说："好几年没吃到这么正宗的滑鱼片了！还是六年级春游时，在东湖的听涛阁吃过，做梦都不忘！"

王娟吃了几片，放下筷子不吃了，看着米儿吃。听他说到东湖的"听涛阁"餐厅，也想起来了，说："那次我也在，也是吃的这鱼！"说着，拿一只竹筷敲了敲盘子边，补充道："我们六个人，当时就吃了这么一大盘，还吃了黄焖鱼块盖浇饭……"

米儿擦把汗继续吃,说:"你也吃嘛,怎么不吃了……那回我们三个人吃了一大盘,还没吃够!我还记得,当时是五毛钱一盘……"

那女人抱着婴儿坐在另一张桌子旁,一直看着他们吃,听着他们讲。听说五毛钱一盘,惊得站起来,插嘴道:"啧啧啧!那么贵呀,我们这才四毛八一盘!"

盼了大半年,米儿他们终于搬进了自己的新居。因地形所限,这房子只能坐东朝西,上午晒后面,下午晒前面,像烙饼似的,烤得两面金黄。上以稻草为顶,下面青砖做墙。为了省点砖头,这墙跟王娟她们的一样,也做成了空心的。

屋内正中一道隔墙,把房子一分为二。一间客厅兼伙房,主人用餐、烧火做饭、会见客人等重要活动,全在这里进行,是为多功能厅。正中靠墙处盘一口大土灶,上面一口巨型铁锅,可供五十人吃饭。因为房顶是厚厚的稻草,害怕火星引起火灾造成人员伤亡,土灶不设烟囱。烧火做饭时,滚滚浓烟无处可去,只好在这两间房子里做内循环,游来逛去。不过,这也有个意外的好处,屋子里基本上没有蚊子,一天三餐浓烟滚滚,人都熏个半死,何况蚊子乎……

左手一间,便是四位主人的卧室了。一米见方的窗框以农用地膜代替玻璃,遮风挡雨的效果一点不差,只是西边的太阳晒几天后,薄膜老化,风一吹就破了。四张单人木床,一边两张,靠墙摆好。各人从家里带来的个人物品放在一口木箱里,安放于各自的床头,小心加以妥善保管。木箱平时可以当桌子写信,屁股下面垫三块砖,就是舒适的板凳。

搬家本来是个麻烦事,所幸他们东西不多,几乎等于没有,

第十一章

所以不到一小时就整理完毕。

安顿好以后,大家便说去抓个小狗回来养吧,没有狗哪像个家呀?农家嘛,院子里都有条狗走来走去的,不但看着热闹喜庆,而且心里也踏实,万一有坏人图谋不轨,或者夜行的野兽靠近,至少也能汪两声吓唬吓唬。

村子里野狗很多。四个人满村子乱转,到处去找小狗,转了半天,也没找到理想的。不是太大,就是太小,不是太肥,就是太瘦,不是嫌毛色不纯,就是嫌耳朵太趴。勉强看中了一两只,一问已经有主。好不容易看到一只像样点的,抓到手一看是母的。

养狗就该养公的,公的凶猛,力气够大。所以他们心中理想的狗应该是纯毛、细腰、长身、瘦腿、竖耳、狼眼、长吻。最好每天清晨返祖一次,来一两声长长的狼嗥……

可是这样的狗去哪里找呢?只有天上的二郎神杨戬手上牵的那只狗,才够得上标准!

无奈之下只能退而求其次,只要能求个外观大致相似,也算是聊以自慰吧。但是外观相似的那一两只,早已被人收养,人狗之间像情人似的,已经有了深厚感情,难舍难分,主人哪里舍得让给他们!于是几个人一天三顾茅庐,觍着脸跑去跟主人磨,一副诚意十足,求贤若渴的样子。

人有时很奇怪,面对一件东西,你越志在必得,物主便越觉得是个宝贝,死活不肯放手。好比一个皮球,大家都不要,它就静静地待在墙角,上面落满灰尘。一旦有人心血来潮拿起来拍几下,就有人来抢,立刻变成宝贝!

磨来磨去,嘴巴快要磨破的时候,终于磨到一只小黄狗。因得来不易,几人如获至宝,喜笑颜开,簇拥着抱回家去,当成小祖宗似的供着。弄点好东西回来,谁都舍不得吃,一门心思全喂了狗。慢慢的,这狗被惯坏了,嘴巴越吃越刁,生的不吃,辣的不吃,咸的不吃,烫的也不吃。有时脾气上来,一看碗里没肉,连饭也不吃,闻一闻,就蹲坐一边,拿眼看着主人,一副可怜样子。

四个主人爱狗如子,又好气又好笑又心疼!心里发愁,这一天三餐,去哪里搞肉来喂它?这里又不是城市,拿着钱也买不到肉呀!总不能把自己身上的肉割下来喂给它吃吧?

一般农家养狗,少有给狗取名字的,唤狗的时候,嘴里就"嗨!嗨"地乱叫。这小黄狗不同,原来倒是有名字的,前主人管它叫"招财",打算今后再养一只就可以叫"进宝"。

四人嫌这名字俗气不堪,充满了铜臭味,便想给它换个名字。大家开动脑筋,想了好多天,起了几十个名字,先后将这些名字试叫几声,用心去体会和感觉,还要仔细观察小黄狗的反应。小黄狗对这些名字一个都不认可,叫它不应,唤它也不动,只当作耳边风……结果这几十个名字全部作废!

他们几个都没有结婚生子的经历,所以这命名的权利从来就没用过。一旦启用,感觉很陌生,简直不会用!他们不知道,其实取名字无所谓好坏,许多大人物的名字本来也不咋的,都是后来有了出息,才被人叫响的。叫的人多了,关注度就高,时间一长就有了影响,就有了知名度。取的名字再好,再周密完备、万无一失,没有人叫也是枉然。所以,好名字都是人叫出来的。

既然定不下来,大家都说先别慌,名字是一辈子的大事,要慎之又慎,多想想再说吧。

虽然没有名字,这小黄狗倒有情有义,对人十分依恋,他

第十一章

们去哪里它都跟着。尤其和米儿感情最深,把他当成自己的大哥似的。早上大家都想睡个懒觉,小黄狗肚子饿了,却不麻烦其他人,径直走到米儿床前,扒着床沿立起身,用嘴咬住被子拖到地上,眼睛看着米儿,好像在说:"肚子饿了,还不开饭!"

米儿只要一动,小黄狗就立刻站起来,亦步亦趋地跟在后面。每次去王娟她们那里,它跑得最快,去了就不想回来。王娟、雨欣和春桃见了它就眉开眼笑,喜滋滋地大呼小叫,抢着去小卖部给它买吃的。

来回走了几次,这条路也走熟了,小黄狗知道每次来这边就有好吃的,大家对它又好,总想到这边来。有时看见米儿他们这边的伙食不够好,它就跑得不见踪影,害得大家到处找。半夜又自己跑回来,小肚子吃得鼓鼓的。

一开始大家不知道它在外面干些什么,后来碰见王娟她们说起这事,她们几个人笑得腰都直不起来!说是跑到她们那里了,每次只要吃饱了,玩够了,留都留不住,自己就回去了。如果饿着肚子,赶也赶不走,就赖在那里玩。

见它这样来来回回地混吃混喝,王娟顺嘴就叫它"骗子",每次见它到来,她就嬉皮笑脸地摸着它的头说:"骗子,你又来了!"

米儿他们听见王娟这样叫,心里很不愿意,说:"打狗欺主,你们叫它骗子,等于是在贬低我们。是它自己要去,又不是我们叫它去的,以后别叫了……"

但是小黄狗乐意,只要王娟她们几个女生叫它一声:"骗子!",它立刻乐颠颠地跑过去,任米儿几人再怎么叫,就是不肯过来。

米儿他们觉得很没有面子,养条狗都不一条心,未免做人太失败了……气得直骂它生得贱,为了一口吃的,就忘恩负义!

麻杆道:"这家伙见了女生腿就发软,走不动路了,早就看它不是好东西,长大了还得了……"

谁知"骗子"听懂了,"汪!汪汪!"冲麻杆连叫了几声!

花蛇一看笑了,道:"确实不知好歹,别人叫它'骗子',它不晓得多高兴,跑都跑不赢!我们给它起了那么多好名字,它一个都不喜欢。"

华华气得踢了它两脚,它一溜烟跑出去,从此更少回来,整天在王娟她们那里摇尾乞怜,骗吃骗喝。

雨欣事事庇护"骗子",反而批评米儿简单急躁,不注意教育方法。她劝米儿道:"你消消气,慢慢来,骗子现在还小,不懂事。以后长大了就好了,它会知道狗不嫌家贫这个道理的。"并且跟一句道:"小时候,谁不贪吃啊?"好像不是在说一只狗,而是在说一个调皮的孩子。

骗子给她们带来了无限的乐趣,她们把骗子当成逗趣解闷的玩具,悉心照料和宠溺着,有了错,谁也舍不得罚它一下。

这骗子在她们这里学得越来越不争气,只要谁家煮肉或炖骨头,它老远闻到香味就跑过去,夹着尾巴站在别人家门口,可怜巴巴地期待着。别人啃过的骨头,它当宝贝捡回来,大大小小积了一堆,闲了就趴在地上,歪着脑袋使劲嚼,吃得连骨头渣都不剩!

米儿几个见它这副德行,大失所望,说:"野狗就是野狗,素质太差了!今后不会有多大出息……"

别人怎么说不重要,骗子依然坚持走自己的路。从此两边来回地跑,哪边有好吃的,就去哪边。不过,吃饱喝足后,晚上必定自动回来过夜,无论刮风下雨,都不用人操心。

第十一章

渐渐地,春桃也变成这样了。最近这段日子,隔三岔五也不在家吃饭,一有空就去了肖银水家,经常被芸草娘留下来吃饭,天黑了肖银水再把她送回来。

几个疗程结束后,春桃的病被彻底治愈,几个月来再没犯过。肖家对她有恩,为了治好她的病不惜代价,到头来分文不取,全家人毫无怨言……其人品令人敬重,其真诚令人感动!春桃年龄虽小,但却知道好歹轻重,对肖家心存感激,只苦于无以为报。她感激肖银水,感激肖本鹊,感激芸草和芸草娘,跟他们越来越亲近。肖家也把春桃当成自家人,特别是芸草娘,一见到春桃就眉开眼笑,欢喜得撩起围裙不停地擦眼睛,简直把她当成了自己的亲生女儿。

既然是自己的女儿,自然就知冷知热,多了一份牵挂。只要一两天不见春桃来,心里便惦记,就要派芸草去看看。

芸草很乖,最会见机行事,见了春桃往往会说:"我娘想你了,叫我过来看看!"

如果王娟在,或者雨欣在,或者三人都在,她就会多加一个字,说:"我娘想你们了,叫我过来看看!"

有时家里做了好吃的,就叫芸草去请她们一起过来吃饭。

所谓好吃的,无非是腊鱼腊肉,鱼鳖虾蟹,鸡蛋之类。常言道"靠山吃山,靠水吃水",湖区除了农活确实非常辛苦外,毕竟还是鱼米之乡,物产种类丰富多样,只要不是太懒,随便动动手,吃的并不发愁。有时家里突然来了客人,一看菜不够,芸草娘往往拿起虾笆子,不慌不忙出门去。

门口就是河,客人坐在堂屋里就能看见。河边的水草里就有无数的小虾,似乎永远也捞不完。用虾笆子笆一笆,撮几下,不一会儿工夫，半桶小青虾就提回来了。傍晚往河里扔十几个捕鳝鱼的竹号子，早上收回来，每个竹号子里或多或少都会有几条鳝鱼或泥鳅，一天的菜就够了。家家户户，祖祖辈辈都是这样过生活。

尽管如此，王娟和雨欣还是觉得难为情，去过几次后，就不肯再去，芸草娘也能理解。想到她们不会做菜，时不时地叫芸草把做好的菜给她们端去。

春桃聪明好学悟性高，理解能力强，对中医兴趣浓厚，学起来进步很快。肖本鹊把她看成自己的得意门生、关门弟子，毫无保留地把自己一生积累的诊疗经验、中草药知识悉心传授给她。不过，"八珍桃花丹"的方子，他没告诉春桃，这是他的"秘密"，他得留一手，并非怕"教会了徒弟，饿死了师傅"，只是担心年轻人嘴巴不牢，不小心泄露出去——再说自己还没制成呢！

海棠自从那次回来后，对春桃她们几人感激涕零，觉得她们待人真诚热情，不计前嫌。内心不免惭愧，见了春桃格外亲热，将她视为知己，无话不谈。对春桃也是百依百顺，言听计从。春桃一来，就把她拉到自己房里，有说有笑，像变了一个人似的。

芸草把春桃当作自己的榜样，时时处处学习模仿。穿着打扮，思维方式，学习文化，价值观念，无一不向春桃看齐。春桃是夜校的老师，芸草是夜校的学员，学习成绩在学员中一直拔尖，年龄又小，最有前途。二人不但是师生关系，更形同姐妹。

在肖银水的心里，则把春桃当作朋友。这"朋友"二字，概念比较模糊笼统，其中却大有讲究。有普通朋友，知心朋友，男朋友和女朋友等区别。这男女朋友关系最微妙精彩！往往就像一粒种子，只要条件成熟，就会破土而出，突破原来的界限而改变原来的性质。

　　春桃敬重肖银水，肖银水也尊敬春桃。两天不见，彼此都会有一点牵挂。这点牵挂，也说不清属于哪一类情感，春桃说不清，银水也道不明。只是一想到对方，心里就像擦出一道火花……又仿佛在风雪之夜的荒郊野岭中，流浪汉忽然发现一座木头小屋，窗户里透出橙黄色的灯火，给人一种温暖和向往……

第十二章

有道是"无商不奸,无奸不商"。前一句好像是说,商人唯利是图,没有不奸猾的。这似乎是老百姓千百年来普遍的看法,对商人多少有点大不敬。后一句大概是,做生意不奸猾不行呀,不图利怎么生存?不奸不猾怎么能做成生意……这似乎是商人的一种自我辩护,更像是商人无奈的心里话。

是呀,商人开个店,自己从老远的地方把货运回来,进货价一元,零售价还是一元,自己分文不赚,还要倒贴运费。天下有这样的商人吗?有这样的商店吗?

有!

翻身大队小卖部,就是这样一家商店。这间小卖部虽然不大,却是社员们心中的百货商场。

小卖部设在渡口边,与王娟她们为邻,这里紧挨河边,上下货极为方便。专司运货的一条带篷小木船,长期停靠在河边的古木荫中,就系在岸边的树干上。

小卖部只有一个人,这人本名杜得发,社员们都叫他"得发老头子",他在大队拿工分。一人打理这间小卖部,常常分不开身,出去上货时就锁上门,门上挂个"上货未归"的小木牌,以示暂停营业。

得发老头子五十多岁,人不算太老,脸却滑稽得可笑!眼

第十二章

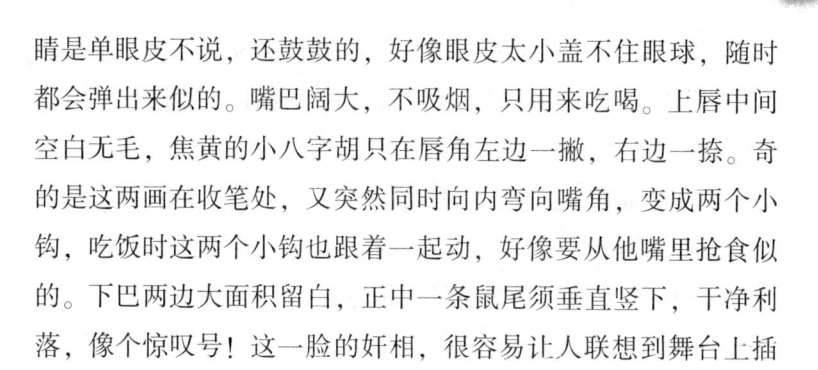

睛是单眼皮不说,还鼓鼓的,好像眼皮太小盖不住眼球,随时都会弹出来似的。嘴巴阔大,不吸烟,只用来吃喝。上唇中间空白无毛,焦黄的小八字胡只在唇角左边一撇,右边一捺。奇的是这两画在收笔处,又突然同时向内弯向嘴角,变成两个小钩,吃饭时这两个小钩也跟着一起动,好像要从他嘴里抢食似的。下巴两边大面积留白,正中一条鼠尾须垂直竖下,干净利落,像个惊叹号!这一脸的奸相,很容易让人联想到舞台上插科打诨的小丑!

上唇的八字胡应该不难理解,是取"要得发,不离八"之意。下面的感叹号,无非是想增强这种效果。但令人遗憾的是,至今他也没"得发"。身边只有一个十五六岁的傻儿子,面白浮肿,剃个马桶盖似的头,整天跟着他。用一个掉了把的镰刀,坐在一边帮他裁干荷叶。这干荷叶就是副食点心的包装纸。

王娟她们几个,一见到得发老头子就捂着嘴巴笑得不行,弯弯的眼睛不时地瞟他一下。由于就在隔壁,不管买不买东西,愿不愿见他,每天都要照面若干次,想不笑都不行。

当然她们也喜欢购物,女孩子好吃零食,兜里几个零花钱,都陆续交到了得发老头子的手上。几个人还特别喜欢小卖部里面的商业气氛,尤其喜欢闻里面的气味。那气味丰富多样:煤油、烟叶、白酒、点心、食盐、麻油、荷叶、草纸、花椒佐料、人身上的汗味,还有潮湿发霉的味道,各种气味混合在一起,构成强烈的乡土气息,很容易就撩起人的一股浓浓思乡之情,其中还夹带一丝淡淡的乡愁和怀古,使人的心情安静而踏实,温馨而满足。

"在武汉,绝对闻不到!"雨欣深吸一口道。她最多愁善感,最喜欢这种气息和情调。

不知何故，小卖部室内的地面比门外要矮一尺多，进去的人一脚踏空，不由得膝盖一弯，像是跟掌柜打个招呼，请个安。

进门来，迎面墙上挂一幅灰粗布缝制的信插，可是，信插里的信件经常被人拆开，看过后又插回去。好一点的纪念邮票也总是被人揭走，不知都是谁干的。

旁边一块小黑板随时更新上面的内容。小黑板上写着：

香烟：圆球0.18元1盒（无货）

万山0.07元1盒

大公鸡0.08元1盒（无货）

城乡0.04元1盒

建设0.03元1盒（无货）

副食：蛋杏元0.65元1斤

鸡蛋糕0.55元1斤（无货）

大发饼0.06元1个

小发饼0.04元1个（无货）

鸡皮蛋0.05元1个（少量）

鸭皮蛋0.06元1个（无货）

……

本省就这几种香烟，最高级的就是精装"长江"，售价三角五分一盒，中档的就是"游泳"和"新华"。这些算是香烟中的贵族，好比古诗里说的"春风不度玉门关"，在省城都难见到，更别说在这偏僻的乡村了。人们戏谑地称"长江无水游泳少，城乡建设万山多""万山大哥提着公鸡，围着地球转"，嘲讽品种太少，档次太低，见不到好烟。

第十二章

以前只吃过鸭蛋做成的皮蛋。因为鸭蛋腥味重,除了做皮蛋和盐蛋以外,无论怎么做都不好吃,而且偏凉性。在人们心目中,皮蛋天生就是鸭蛋做的,从没听说过用鸡蛋做皮蛋。也不知得发老头子怎么回事,居然进这样的怪东西回来。

王娟她们觉得稀奇,不相信会好吃,便买几个尝尝鲜。带着好奇剥开蛋壳,大着胆子咬了一点点,在嘴里品尝。虽然比鸭皮蛋个头小,但感觉比鸭皮蛋口感更好,味道鲜美多了!蛋白部分透明而呈金色,脆嫩筋道,弹性足。稀软的蛋黄腻在舌头上,滑到喉咙里满口生香!

得发老头子这次一共进了三十个,打算回来试卖,一下子被王娟她们全部买去,端了一脸盆回去。得发老头子一愣,赶紧把小黑板上"鸡皮蛋"后面的"少量"擦去,改为"无货"。

小卖部所有的商品,都是在镇上的供销社进货。进货价就是零售价,一分钱不能加,顾客亲自去供销社买,也是这个价。因为他靠大队记的工分吃饭,不以营利为目的,只为方便群众生活。如果加价出售,走出去会被唾沫给淹死。

一条小路上,王娟三人提着十五个鸡皮蛋,要给米儿他们送过去,晚上打算在那边吃饭。小黄狗似乎明白她们要去哪里,在前面撒着欢地跑,一路跑一路回头看,小舌头伸出一大截。三人还没走到门口,小黄狗已经先进去了。

文龙已经来了好一会儿,他驾一条船,送来了一大筐泥鳅干,两坛子剁椒酱,一罐芝麻油。泥鳅是米儿他们春上在田里抓的,幺妈腌制成鱼干给他们收藏着,又将自家产的红辣椒剁了两大坛辣酱,叫文龙送过来。米儿他们搬走后,文龙一家也不习惯,毕竟住了大半年,相互之间有了感情,特别是吃饭的

太阳雨

时候少了四个人，便少了那份热闹。段师傅端起酒杯想讲讲古，也少了听众。

四个人正蹲在堂屋的地上，把筐里的泥鳅干一根一根往辣椒酱里插，文龙站在一旁指导。小黄狗跑进来不停摇动着尾巴，围着大家转了一圈，咬住米儿的衣角使劲拖。米儿两手沾满辣椒酱，没工夫理它，用胳膊肘拐了它一下。这时门口影子一晃，王娟她们进来了。

一进门，就闻到一股浓浓的咸鱼腥味，见文龙也在，三人赶紧打招呼。米儿站起身来，道："你们来得正好，赶快过来帮忙！"

屋里光线幽暗看不清，王娟一边俯身去看，一边问道："你们在干什么？鬼鬼祟祟地蹲在地上……"待看清了这几样东西，又问道："从哪里偷来的？"

大家嘻嘻地笑，故意不回答。王娟看看这个，又看看那个，想从大家的脸上看出答案来。

米儿听了这话，不满地剜了她一眼，道："王娟，你嘴巴积点德行不行？我们怎么会干那种事，你把我们当什么人了！"

雨欣偷看米儿一眼，脸一红，也乐了，说："王娟没水平，讲得不好听。这哪是偷来的，明明是窃来的嘛！昨晚月黑风高，小路上出现四条黑影，幽灵似的弯着腰——对了，骗子也去了，在前面带路……"她像演话剧似的，一边描述情景，一边做着动作。

满屋子的人哄堂大笑！骗子蹲坐在门口，本来脸朝外看，听见屋里的笑声，回过头来皱着眉头看着大家，一脸不耐烦。它讨厌屋里的咸鱼味。

春桃笑嘻嘻地蹲在地上，手上抓一把泥鳅干往坛子里插，

— 282 —

第十二章

嘴里说:"生泥鳅就这样腌一下,这能吃吗?又不是萝卜干……"

文龙忙道:"这是熟的。我娘在家里蒸熟了,又晒干,才叫我拿来,等一下再把那罐芝麻油浇在辣酱表面,腌两天就进味了,一点腥气都没有,下饭最好。"

自从她们进来,华华不停地拿眼偷瞟王娟。此刻见王娟蹲在门口逗骗子玩,便笑道:"我们正在说,要把这两坛辣酱送一坛给你们呢,你们就来了!真是口福不浅……"

王娟听到华华这句话,头也不抬,干脆地说:"不要!太辣!"一边捉着骗子的两只前爪,一上一下的舞动戏耍,一边嘻嘻地笑。

春桃说:"你不要我要,我不怕辣!我是辣不怕,怕不辣……"

文龙指了指辣椒酱,说:"这又不是尖辣椒,没那么辣。我娘叫我拿两坛来,就有你们一坛。这东西表面封了厚厚一层芝麻油,放在屋里一年也不会坏,万一没菜吃的时候,可以救一下急。"

说笑了一阵,文龙驾船回去了。看看天色不早,七个人七手八脚开始做饭。春桃用辣椒酱和芝麻油凉拌了七个鸡皮蛋,用油煎了一大盘泥鳅干,又煮了一大盆菜瓜片。

吃饭时,华华厚着脸皮不停地给三位女生夹菜,每次给雨欣和春桃只夹一根泥鳅,给王娟却夹三根,而且每次先夹给王娟。他本来只想夹给王娟一人,但又怕其他两位女生不满,就只好装装样子。但这样子装得太明显了,谁都能看明白,便都忍不住笑起来。

可是王娟连样子都不肯装,每次只要他一夹到碗里,就往外一丢，又扔回菜盘子里。

要说这华华，脸皮真够厚的，他假装没看见，还给她夹。

王娟不耐烦了，把碗一放，瞪他一眼道："你存心捣乱哪？好好吃你自己的饭，我自己会吃！"

华华尴尬地挤挤眼睛，脸上一副委屈相，说："晓得你会吃……不是别的，主要是看你黑了瘦了，还有点儿憔悴……想让你多吃点儿，长胖了水灵些……"那婆婆妈妈的样子，好像在对自己的女儿说话。

春桃刚含一口饭，再也忍不住了，赶紧一扭头，"扑哧"一声喷在地上，笑得差点儿呛了！

雨欣一边笑一边摇头，用筷子指着华华说："许江华，你也真是的……你还让不让我们吃饭了？"

煤油灯下，王娟瞟了米儿一眼，气得眼泪都快掉下来了，她扭过身赌气不吃了。

大家又赶快哄她，都说华华不像话，吃不言，睡不语嘛，吃饭的时候开什么玩笑？又有人说，吃饭的时候有说有笑才热闹嘛……

谁知华华的迂腐劲上来，仍一本正经地辩解道："我不是开玩笑，是真的！你们看，她是不是瘦了？被晒得又黑……"

大家开始觉得华华脸皮厚，现在看他又换了一副面孔，一脸固执的样子，很有点书呆子气。不觉全笑起来，王娟也被逗笑了！

吃过饭又海阔天空聊了一阵，外面黑得伸手不见五指，花蛇和麻杆打着手电筒，在门口的河湾里找了一条船划过来，送她们回去。那辣椒酱连坛子带酱足有几十斤重，五六只手齐心协力才抬到船上。

第十二章

黑暗中,米儿偷偷拉了拉雨欣的手,雨欣一把抓住这只手攥得紧紧的,直到上船时才松开……

四个人一直把她们送到家才回来。大家躺在床上,一时兴奋得睡不着,有一句没一句地闲聊起来。聊着聊着,就聊到了王娟她们几个女生……

大家逐个评论一番后,华华做了总结,他说:"这三人好有一比,王娟像辣椒一样,有脾气有个性,又像冰雪一样聪明,有灵气;雨欣像大白菜一样有层次,还像藕一样有心眼,举止优雅,有大家闺秀气质;春桃像甘蔗一样,又直又甜,越往下吃越有味道……"那比喻不像是在说人,像是在说一堆青菜瓜果似的。

说到今晚吃饭,大家都说华华脸皮太厚,竟然当着大家的面讨好王娟,也不管别人难堪不难堪……

黑暗中,华华说:"这倒不是脸皮厚,我是真心喜欢她,可惜她总是爱理不理。不知她是真不晓得,还是故意装傻。"

麻杆的语气十分肯定:"王娟是个人精,聪明过人,她能不知道?肯定是故意的!"

花蛇问华华道:"你喜欢王娟有多久了?"

华华说:"小学二年级就开始喜欢了……"

大家都吃了一惊!说:"啧啧啧!真没看出来!还那么小,你就想谈女朋友呀,你不是说妻子如衣服吗?"

黑暗中华华怪笑一声,道:"非常抱歉!我现在不那么想了。每个人迟早都要成个家的,既然心上有个人,为什么不早点儿去追?"接着反问花蛇:"你呢?你喜欢哪个?"

花蛇说:"啊,我呀……我还没想这个事。目前我们这条件，谈这个东西太不现实，以后参加工作了再说……"

米儿闭着眼睛躺在床上，听他们聊，因为自己心里有鬼，也不敢多插话，偶尔应付一两声。反正已经有了雨欣，他们的谈话跟自己没什么关系。想到雨欣刚才紧紧地攥着自己的手，感觉她那只手在微微颤抖，手心都出汗了，恐怕有点儿紧张吧？

过了一会儿，华华忽然开口问道："麻杆，你喜欢哪个？"

屋里顿时静默下来，大家都竖起耳朵听，想知道麻杆的梦中情人是谁。米儿心里"突突突"地乱跳，预感很不好，下意识地把被子往上一拉，头往被子里缩了缩。

果然，麻杆一开口，差点把米儿惊得从被子里跳出来！

只听麻杆幽幽地叹了口气，说："唉……我呀，我最喜欢夏雨欣了！要说时间，比你还要早，刚上小学一年级就喜欢了。但和你一样，还不知道她喜不喜欢我……"麻杆不慌不忙列举了雨欣一大堆好处，并且说别人都不爱，唯独喜欢雨欣！

给雨欣列举的那些好处中，有许多就连米儿都不清楚。可见麻杆这家伙潜伏之深，蓄谋之久！

更加可恨的是，华华听了竟然非常感动，在黑暗中闭着眼睛给他出坏点子了："啊？比我还早？那你够辛苦的！喜欢就抓紧追，先追到手，心里就踏实了。不追白不追啊，免得夜长梦多！"见大家一声不响在仔细听，又进一步说明道："先下手为强，后下手遭殃，你晓不晓得？夏雨欣这么好一棵大白菜，当心莫让猪给啃了……"

麻杆对此深以为然。见有人支持他去追雨欣，心里热乎乎的，胆子也更大了。表示要尽快写张字条，找机会交给雨欣，向她表白一番，试探一下。这事不能再拖！如果真让猪给拱了，那就完了……

第十二章

华华又给他打气撑腰，道："如果信得过我，你写完了我帮你修改一下，替你多用点好句子在里面，讲点好听的话，包你能打动她的心……"似乎这字条是张药方子，需要名医下点猛药方可奏效。

大家像听故事似的，听得有滋有味。米儿越听越紧张，躺在被子里感到压力空前，又不敢公布自己与雨欣的恋情，真是火烧乌龟——里面痛！更恨华华多嘴，启发了麻杆，给他壮了胆，加快了他追求雨欣的步伐……还说我是头猪，啃了一棵大白菜……

这时，大家又问米儿，你喜欢哪个？

米儿正在难过，心里乱糟糟的，本不想理睬。但又一想机会来了，正好趁机报复一下华华，便鬼使神差地说："我最喜欢王娟，也已经很久了！很早就想去找王娟表白，但一直没机会。我也要抓紧点儿，用心找几个好句子……"

现在轮到华华崩溃了！他一着急，结结巴巴地说："你，你怎么能喜欢王娟呢？我，我盯她很久了……"

米儿觉得这一招果然效果不错，在黑暗中得意地暗笑！故意气他道："为什么不能？你盯她很久了，我比你更久，在幼儿园读中班时就开始了！再说王娟又不是你的，她喜欢哪个，还说不定呢！"此刻他却忘了，情敌应该是麻杆，而不是华华。

二人你一言扔过来，我一语抛过去，净是些钩心斗角的话，引得麻杆和花蛇开心地大笑起来。

花蛇笑够了，说："怎么样，不幸被我说中了吧？谈了女朋友，就会拆散我们兄弟，你们两个千万莫为这事伤了和气……"

像这样有深度地议论女生，暴露自己的私心，有生以来他们还是第一次，华华开了个坏头！几个人在黑暗中，反正也看不见彼此的表情,闭着眼睛瞎说一气。想到什么说什么,说到哪里算哪里。这些话,平时在文龙家里不敢说,怕隔墙有耳。白天也不敢面对面说,脸上挂不住。只能借助夜的黑暗,躲在被子里说。说完了,一笑了之。不过从此,大家似乎都多了一份心事……

骗子突然一阵狂吠,听到有脚步声从屋后走过,大家都闭了嘴。

中稻被收割完后,五岔河上繁忙喧嚣起来。河面上挤满了卖公粮的运粮船只,船上满载粮食,麻包堆得高高的,把船身压得低低的,船舷都快挨到水面了。沿岸各生产队的粮船,都拥挤在这条河道里,浩浩荡荡地向公社粮站汇集。

今年的收成还算可以,辛苦了一年,社员们黑红的脸上也有了笑容。恰如叶圣陶先生短篇小说《多收了三五斗》里描写的那样,人们也是满怀希望,盼望卖了粮以后赶快分红,得了钱好安排家用。希望是相同的,如何安排家用,却各打各的算盘。有的急需翻修屋顶,有的要盖新房娶媳妇,有的要请木匠打家具嫁女儿,有的要请裁缝添置一家老小的新衣,有的要抓两个猪崽回来养……总之,大家都在等着这笔钱,这些开支都是必需的,一年来在心里盘算过无数遍了。

米儿他们的生产队,二十几条船全部出动,队里除了老弱妇女以外,男劳力全部集中卖粮。

文龙撑一条满载粮食的船,米儿等四人斜靠在麻袋上,看着满河的运粮船出神。连日来天天在禾场扛包打谷,累得腰酸背痛,骨头里的那点劲都用完了。一麻袋稻谷一百二三十斤,早上要从仓库扛到禾场去晒,晚上又从禾场收进麻袋扛回仓库。

第十二章

米儿自身体重九十多斤,肩上扛着一百几十斤重的麻袋,那腰细细的,像弱女子。一双长腿像两根细竹竿,颤颤悠悠直打晃,似乎随时都会折断。真不明白这细瘦的腰腿是用什么材料做成的,更不知道这劲又是从何而来。

他们光着上身,瘦骨嶙峋的,肚皮真的就只剩一张皮,深深地凹陷着,靠在麻袋上一声不响。文龙知道这段时间他们累坏了,心里一阵不忍,便想活跃一下气氛,于是开口说道:"喂,我打个谜语,看你们谁先猜到……"

几个人回过头来,一起看着他。文龙戴着斗笠,手里拿一支长竹篙,不紧不慢地撑着船。

麻杆两只手垫在脑后躺在麻袋上,懒洋洋地道:"什么谜语呀?"

文龙咧开大嘴一笑,说:"仔细听好!说是:在娘家青枝绿叶,在婆家黄皮寡瘦,一提起来,眼泪直流——猜一件东西!"

大家一听,这有点趣,果然来了精神。想了一阵,都说:"不对吧?既然有娘家还有婆家,这肯定是一个人!怎么会是一件东西呢?"

文龙的鼻子没有鼻梁骨似的,肉乎乎的鼻头翘得高高的,像马戏团的小丑。他看大家猜不到,得意地笑起来,鼻头越发翘得高。他神秘地说:"没有错!就是一件东西。你们天天都见到的,再想想看。"

听他说"天天都见到的",这范围可就大了,那是什么东西?大家想遍自己身边的人、物、景,还是不能确定是人还是物……

米儿认为还是人,而且是个女的,她在娘家不用操心,自由自在,当然花枝招展、青枝绿叶。嫁到婆家去,婆婆就虐待她,天天当牛做马,还能不黄皮寡瘦吗?提起这些心酸事,不是就掉眼泪吗?文龙说是一件东西,是故意误导我们的思路呀!

文龙听他们的议论根本不沾边,越发觉得好笑,得意地说:"你们越想越远了!我再缩小范围——我们船上就有这件东西……"他一边撑船一边说,把那竹篙一下提起来,一下又插入水里用力一撑,船就往前猛窜几步。

听他说船上就有这件东西,大家睁大眼睛搜寻一遍,还是不明白是什么,一起拿眼看着文龙。

文龙一篙一篙地撑着船,那支竹篙提上来又插下去,撑一下又提上来。每次提上来就故意停顿一下,那篙尖的水像断了线的珍珠似的,一串串往下滴。他望着大家诡秘地眨眼睛,呵呵地笑,就是不说。

华华一拍脑袋,猛然醒悟了!坐起来叫道:"哦——我明白了!"

米儿三人傻傻地看着他,问道:"你猜到了?是什么东西?"

华华兴奋地说:"就是他手上拿的竹篙呀!你们想,这竹子长在山上当然是青枝绿叶!被人砍下来,慢慢就变得黄皮寡瘦了。用它来撑船,从河里一提起来就不住地滴水,不是像泪水直流吗!"

听他一解释,大家如梦方醒!大叫大嚷道:"文龙太狡猾了,这么简单的谜底,兜这么大个圈子!害得我们又是婆婆又是媳妇,脑壳都想破了!不过,这个谜语编的有趣……"

文龙"呵呵呵"地笑个不停,道:"驴脑壳!我都暗示你们好多遍了,你们还要猜媳妇婆婆……"说完,哈哈大笑!

米儿细细品味,越想越觉得生动有趣!从此记住了这条谜语。一生中曾经多次让别人猜,十有八九猜错,都在婆婆和媳妇上兜圈子!

还是文龙有办法,气氛果然活跃起来了!一路上说说笑笑,公社粮站就到了。粮站的码头上密密麻麻挤满了粮船,有刚到的,有正在卸的,有卸空了堵在里面出不来的,急得人直叫唤!河面上吵吵嚷嚷,人声鼎沸。文龙这条船好不容易挤到了岸边,将船系好开始卸货。

公社粮站离岸一百多步,是一座青砖围成的大院子,院子中间的空地比足球场还大。四周都是粮库,清一色的青砖青瓦,整整齐齐,高大气派,屋顶上落满了麻雀,叽叽喳喳地吵闹不休。粮库的青砖墙上,用白灰写着:

"深挖洞,广积粮,不称霸!"
"备战备荒为人民!"
"统购统销,严禁倒卖!"
"仓库重地,严禁火种!"

这些庄严的美术字,每字足足一米见方,在青砖墙上格外醒目,更显得气象森严。

院子里,十几台磅秤排成三行,每一台磅秤前都排着长长的队伍,在烈日下焦急地等着过磅。过磅员忙得满头大汗,声音都嘶哑了,口里不停地唱道:"一百三十一斤!一百三十二斤……"那声调像唱歌,古老而悠长,就像饭馆的店小二接待顾客时的吆喝。旁边的记录员飞快地记着账——其实记录员就在身边,完全用不着那么大声唱。也许,是想让卖粮的人也都能听清楚,以示公允。

粮站的站长屈金堂，四十多岁，匀称的五短身材略微偏瘦，很是精明强干，动作敏捷，讲话口音很重。他手提一把验粮用的三角铁刺，灵活地穿梭在堆积如山的麻袋之间，手脚不停地忙着验粮。

米儿看着他，突然联想到《诗经·魏风》里说的"硕鼠硕鼠，无食我黍……"又想起秦老师在课堂上讲的"官仓老鼠大如斗，见人开仓亦不走"，说这些大老鼠就是官府粮仓里的粮官，他们监守自盗，贪污自肥，全不顾百姓的死活！想这屈站长不也是个官仓的粮官吗……

正在胡思乱想，只见屈站长抓着明晃晃的铁刺向他冲过来，米儿一惊，倒抽一口凉气！

屈站长跑到米儿跟前，一抬手，用铁刺指着米儿问："你们是哪个大队的？怎么把麻袋堆在这里？"这把带凹槽的尖利铁刺，明晃晃的，离米儿的脸只有两三寸。这哪里是什么验粮器，简直就是一把杀人的凶器！

米儿吓坏了！赶紧把脸一偏，避开其锋芒，结结巴巴地说："啊？我呀，我是翻，翻身五队的……"

见他吓成这样，屈站长这才意识到手里那把雪亮的验粮器，赶紧把手放下来。问米儿道："是不是文龙那个队？他人呢？"

文龙正在旁边人堆里看别人过磅，忽然听见有人提自己的名字，回过头来看见屈站长，便热情地叫道："金堂！辛苦了……"

屈站长见了文龙立刻像狗见了主人，满面笑容，道："没办法！已经十多天了，天天都是这样，忙得屁股冒烟，裤裆里冒水……"又看了看满院子的人，低声对文龙说："你们把粮食卸到那个角落，等你们卸完了，我派人推个磅秤出来，给你们优

第十二章

先过磅……"他踮起脚来，指了指院子角落里一块阴凉处。

文龙脸上笑眯眯的，低声道："好哇好哇，多谢关照！对了，前些天我打了一条肥狗，还腌在缸里。几时你去乡下，一定要来找我，我们好好喝几杯！我爹都问过你好几回呢……"

屈站长一脸汗，舔了舔嘴唇，满口答应道："一定一定。代我向你爹问个好！"转身指着米儿问道："这伢儿是你们队的？"

文龙赶紧介绍说："这是我们队里的武汉知青小田，聪明能干，刚刚当上民兵排长！"

屈站长忙把铁刺往地上一丢，铁刺直直地扎进土里，颤巍巍地晃动着。他上前一步，双手握住米儿的一只手，热情地说："田排长，幸会幸会！"又扭头对文龙道："这伢长得好精神！今后大有前途，我看人不会错的！"握着的手一直不肯松开。这家伙虽然精瘦短小，手劲却不小，攥得米儿骨头生疼！

米儿看一眼地上那根铁刺，心想，什么前途不前途，只差半尺，我这条小命就没了！口里应付道："屈站长好！初次见面，你就这样客气，谢谢了！"米儿认为自己这句话一语双关，绵里藏针，不软不硬地刺了他一下。真可惜，屈站长好像没听出来。

民间有句话道："狗肉滚三滚，神仙站不稳。"大概是形容狗肉的香美，连神仙闻了，都会把持不住而倾倒。可是本地的百姓却并不认同，鲜有吃狗肉的。屈站长这家伙，就是百姓眼中极少数的另类，平时就爱吃狗肉喝烧酒。在文龙家里与段师傅大吃大喝过几次，喝得酒酣耳热，几个人便惺惺相惜，成了酒肉朋友，互相念念不忘。所以见了文龙，便像亲戚般的亲热，非常仗义。米儿也跟着沾光，承蒙他的抬举，荣幸地听他叫一声"田排长"。

公粮卖完了。正当人们翘首以盼尽快公布分红方案、早日分红的时候,却发生了一件意外的大事:五队会计杜得方突然暴亡!一下子把大家惊呆了……

杜得方是退伍军人,在部队学过几天文化,回来后就在本队担任会计。由于是退伍军人身份,自觉跟当地农民有所不同,便喜欢跟知识青年聚在一起聊外界的新闻,米儿他们也喜欢听他讲部队的故事。

早在今年二月底,那时米儿他们刚来不久,杜得方与他们一起挖土的时候,掘出一条冬眠的小银环蛇。这条小蛇一尺多长,小指头粗细,身上黑白相间,由于天冷正在冬眠,也不怎么动弹。

华华举起铁锹就要砍下去,杜得方一把拽住说:"慢!这毒蛇泡酒最好!给我留着。"说完跑回家,拎了大半瓶白酒过来,也不杀也不洗,活生生将那小蛇提起来,头朝下顺进酒瓶里,用一个纸卷做瓶塞,塞住了瓶口。这小蛇一进到酒瓶里,就把身子盘成了几圈,不停地旋转……

杜得方把酒瓶举到眼前晃动几下,看着小蛇,露出满口烟熏糟牙"嘿嘿"地笑,又喊大家来看。当地农民没有用毒蛇泡酒的习惯,都觉得恶心,劝他快点扔掉。

杜得方自以为在部队待过几年,见多识广,满不在乎地说:"你们懂什么?我们部队几个广东战友告诉我,在他们家乡蛇酒才值钱,尤其是毒蛇更珍贵!连头带尾活的泡下去,这才叫全蛇酒!追风解痛效果最好!你们不懂。"

米儿恶心得眼睛都眯起了,远远地看着酒瓶子说:"那是因为身体有病,才需要蛇酒来治疗。你又没有病,追什么风,快丢掉！"

杜得方听不进大家的话，喜滋滋地拿回家，宝贝似的塞进床下的阴暗处，过些日子便忘记了。

这些天终日算账，腰酸背痛脖子发硬，屁股都坐麻了！便想喝两口酒解解乏，也好通通筋络，活活血脉。恰好家里没有酒了，转了两圈，忽然想起床下那瓶蛇酒。一算日子，已经八九个月了，估计应该泡成了。

他从床下摸出那酒瓶子，吹去上面的尘土，看那小毒蛇并未泡烂，颜色鲜亮如初，盘在酒里一动不动。他拿在手里，将酒瓶摇晃几下，拔掉瓶塞，张嘴就往嘴里灌。不料那小毒蛇突然像条蛟龙似的，钻进他口里，顺着喉咙钻进了肚子！

杜得方大惊失色！他捂着肚子蹲在地上，面如死灰，腹内痛如刀绞。那小毒蛇进入人的体内，温度刚好合适，这使它活力十足，四处乱钻乱咬，犹如孙悟空钻进了铁扇公主的肚子，在里面翻江倒海起来……

可怜杜得方痛得在地上打滚，叫都叫不出来，嘴里不停地"啊……啊……啊"，"啊"了一阵，不动了。

这时正是下午，大人们都出工去了。妻子春玉是本队的妇女队长，正领着妇女们在仓库补麻袋。家里两个孩子，女儿盼盼六岁，儿子小兵不到四岁。两个孩子看见父亲这样，吓得惊慌失措，大哭大叫起来！凄惨尖厉的哭声传到一百多米远的仓库，干活的妇女一惊，以为是狼来吃孩子了，扔下手上的麻袋，赶紧往家里跑！

大家循声跑到杜得方家，见两个孩子站在大门口，哭得满脸鼻涕和眼泪！堂屋里，杜得方眼睛瞪得大大的，五官扭曲，一脸惊愕状，直挺挺倒在地上，肚子肿胀得像锅底，又圆又大！

旁边扔着一个酒瓶，地上湿了一片，桌上堆满了账本……

春玉慌慌张张蹲下去抱他，杜得方一点反应都没有，再一摸鼻孔，已经没气了。春玉一时没了主意，瘫坐在地上号啕大哭起来！屋子里挤满了人，都不知道死因。有人赶紧去找文龙，有人去找杜书记和强队长，有人去请肖银水和肖本鹊父子……

米儿他们听到消息，迅速跑来了。米儿一眼认出地上那个酒瓶和瓶塞，低声对华华道："是不是这毒蛇酒……"大家都想起了这件事，四个人低声交谈着，都猜这杜得方的死因，可能与这毒蛇酒有关。

杜书记、强队长和文龙他们，听说出了人命，不敢耽搁，很快赶来了。三人壮着胆子蹲下去，用手试他鼻孔，没气。摸他胸膛的心跳，没有。三人失望地站起来，询问大家到底是怎么回事？有什么发现没有？社员们面面相觑，谁也说不出个所以然来。

米儿理了理思路，把年初杜得方挖到毒蛇泡酒的事情，说了一遍，推测可能与此事有关。

春玉本来在呼天抢地地哭，听到这话突然明白过来，止住哭声，连连点头说："是的是的！我叫他扔掉，不知后来他藏哪里了……"

女儿盼盼嗓子都哭哑了，听见娘说这话，忽然想起什么，也指着地上的酒瓶子说："爹喝蛇酒，里面有个小蛇，爹把它喝下去了，就肚子痛。爹就死了……"

正在调查死因，肖本鹊也赶到了，后面跟着肖银水和春桃，两人都提着药箱。春桃提的是中医出诊箱，那是肖本鹊的。

春桃一来，就躲在米儿他们身后，不敢上前。肖银水好像也有点儿害怕，请他爹上前检查。肖本鹊蹲下身，翻开杜得方

第十二章

的上衣，露出肚子，那肚子膨胀得像倒扣的铁锅，乌黑发亮，肚脐眼也被顶出来，像一截小指头竖在外面，裤带也被挣断了。肖本鹊把耳朵贴在肚皮上仔细听了听，又撬开嘴巴看了看，口腔里乌黑一团，舌头也肿了。

看过后，他站起来说："是中了剧毒，没得救了……"

春玉一听，扑在杜得方身上绝望地大哭起来！她一哭，两个孩子也抓着她的衣服，撕心裂肺地跟着哭喊。在场的人无不落泪……

杜书记皱着眉头问肖本鹊道："是什么毒？这么厉害？"

肖本鹊沉思片刻，说："这症状明显是中了蛇毒。可是奇怪，他的头、脸、手、脚都没肿，只是肚子和舌头肿了，口腔发黑。到处不见伤口，又不像是蛇从外部咬伤的，倒像是从体内咬的……就不知道这蛇是怎么进去的？"

说到这里想起一件事，他又说道："多年前，我见过一个病例。有个妇女在芦苇丛里打粽叶，一条竹叶青小蛇缠在芦苇梢上，与芦苇叶子一个颜色，这妇女根本没注意到，只顾仰着脸，张大了嘴打粽叶。这条小蛇受到惊吓，无处藏身，见她张着黑洞洞的口，以为是个洞，飞身窜了进去……死后的症状，就跟这一样。可是杜会计又没去打粽叶，在家里怎么会发生这样的事呢？"

待米儿他们讲了事情的经过后，肖本鹊完全明白了，肯定地下结论说："毒蛇入口，咬伤了喉管和食管，导致不能呼吸。后又进入胃部，现在还在里面，不过早已被胃液杀死。家属准备后事吧……"

大家越听越恐怖，想象着那场景，不禁毛骨悚然！

既然是意外的中毒死亡，又不是刑事案件，就不用报告公

— 297 —

社的公安特派员。书记杜得宝和强队长松了一口气,嘱咐文龙帮助亲属处理好后事,有什么困难,及时向大队报告。

虽然这不是刑事案件,属于意外中毒死亡,本来没有什么悬念。可是有个谜团大家始终无法解开:这蛇在酒里泡了八九个月,没吃没喝又没氧气,怎么会不死?还能这么凶猛!

肖本鹊也沉默了。想了好一阵,然后缓缓地说出自己的看法:"这也可能是很多偶然的巧合都凑到一起了,才造成这样的后果。首先,这蛇在泡酒前没有杀死去头,而是活蛇入酒。其次,这条蛇当时正在冬眠,身体各种器官都还在休眠状态。蛇的忍耐力是很强的,不吃不喝,一两年也不会死。特别在冬眠的时候,几乎不需要什么氧气。其三,这瓶子一直放在床下面,这地方黑暗阴凉,无人打扰,无意中又给它营造了一个继续冬眠的假象。其四,最关键的是瓶塞!"

他从地上拾起瓶塞和酒瓶,举着给众人说明:"这瓶塞子是用纸胡乱卷成的,留有很多缝隙,空气可以进去,足够冬眠的蛇呼吸。我做个实验给你们看——"说着,他把瓶塞塞进瓶口,吸了一口烟,把瓶口含在嘴里用力一吹,透过玻璃只见一缕缕的细烟,通过瓶塞进入瓶内,不一会儿,瓶子里就烟雾弥漫,白茫茫的一片。大家惊讶不已,这才如梦初醒!

肖本鹊进一步说明道:"其实这条蛇,长期在床下黑暗处,没有受到惊扰,平时它的头是露出水面的,嘴尖靠近瓶塞,一动不动,一旦拔掉瓶塞,新鲜空气大量进入,它马上恢复活力,这时的蛇最具攻击性,碰到什么咬什么!"

肖本鹊破案似的,拨开迷雾,层层剥笋找真相,一步一步解开了谜团。并就此提醒大家,要牢牢记住这次教训。大家松了一口气,鸡啄米似的纷纷点头赞许,叹服肖本鹊分析得有理

第十二章

有据,透彻明白,简直对他佩服得五体投地!

面对人们的赞扬,肖本鹊一点都高兴不起来。毕竟人命关天,因死者一时疏忽,为一条小蛇丢了性命,太不值得!

临走的时候,肖本鹊忽然想起什么来,他又提醒大家说:"还有,砍下的蛇头很久都不会死,一样会跳起来咬人!手脚千万不能靠近,而要用工具深埋!不懂或者没有十分把握,千万不要去碰毒蛇!"

细想起来,人这种两条腿的动物,真是奇怪得很,跟别的动物就是不一样!其他动物,比如牛马专吃草,虎狼只吃肉,从不换口味,也不厌,一样活得很好,一样有力气。人就不是,不但吃饭,还要吃点儿肉,喝点儿汤,还要吃点儿调味品,还想喝点儿酒,饭后还想抽支烟,有时还想看个电影,听支歌,等等,五花八门!其实细究起来,除了吃饭,这些都与人的生存没有必然关系。

米儿他们正是这样。在这天干物燥的秋天,天天吃这辣椒泥鳅和干饭,身体里积了一个夏天的火气被引爆,一股脑儿全部喷发出来!这热气就像火山岩浆一样,在表面鼓着泡泡,一夜之间转移到了几个人的嘴巴上,火辣辣地刺痛!泡泡一破就结痂,一大块一大块的。不但洗脸要小心,甚至轻易不敢笑,一笑就扯开来,一裂开就流血,引起一阵钻心的痛。遇上不得不笑的时候,也只能小心地撮起嘴巴,呵呵呵地笑不露齿。上厕所的时候,蹲在里面半天也出不来,人人憋得眼睛喷火。互看一眼,竟像仇人相见,分外眼红。

大家都摇头说这不行,火气太大,实在受不了!这辣椒泥鳅吃厌了,也不想再吃,换个口味,吃点儿别的吧。

吃什么呢？大家商量来商量去，花蛇突然说："我们去钓鱼吧？"钓鱼大家都喜欢，以前放了暑假，就到处去钓。于是大家一致赞成。

可是去哪里钓呢？这里没有鱼塘，鱼多得是，根本无须养鱼。去河里钓，有船来往，鱼根本就不敢咬钩。湖泊又太远了……

后来麻杆想起来，说一队的范家台子有个废弃的窑场，这窑场烧砖瓦的时候，就在附近取土，年复一年，居然挖出了一个面积十几亩的大土坑，里面常年都有水。麻杆说："就去那里钓！"

大家有点儿怀疑，那里以前就是个烧砖瓦的工地，坑里怎么会有鱼呢？

问了文龙，他嗤之以鼻，不屑地说："那里面哪有鱼呀，如果地势低还有可能，下暴雨的时候会把河里的鱼冲进去。窑场的地势那么高，鱼从哪里进来？难道天上掉鱼下来？"

大家一听，又没了主意。花蛇道："去试试吧，就只当去玩了一趟……"

大家一想也是，便在文龙家找了一个大鱼篓，拿着鱼竿去了窑场。

两座废窑被遗弃在人迹罕至的荒坡野地里，前不着村，后不着店，像两个巨大的窝头倒扣在地上，老远就能看见。眼下是秋季，十几亩的大水坑里只剩下大半坑水，水边裸露着黄黄的泥沙。浑如泥汤似的黄水里不见一根水草，岸边堆满了烧窑时清出来的废窑渣，窑渣上寸草不生。

大家围着坑沿转了一大圈，到处都是一堆堆的砖块瓦砾，看看坑里的黄泥水，又望望周边的环境，心里直犯嘀咕：这坑

第十二章

里没有水生植物,岸边没有树木杂草,鱼虾吃什么?难道光靠喝水吃泥巴就能活吗?四个人提着鱼竿看来看去,看不到有鱼的迹象,不免大失所望。

"既来之,则安之",有枣没枣打三杆再说,钓不到鱼,玩一会儿就回去。大家这样想着,在废墟的乱砖块下面挖了半瓶蚯蚓作鱼饵。米儿把蚯蚓一掐两段,穿了一段在鱼钩上,把鱼饵抛入水中,来回移动鱼线试探水的深浅。

谁知这鱼钩刚一下水,就被什么东西挂住了似的,鱼竿拉弯了也移不动!米儿心想,鱼钩是不是刮到水下的石头或树枝了?钓鱼的人最怕出现这样的情况,要么下水去把鱼钩摘下来,可是那会把鱼吓跑,就钓不成了!要么生拉硬扯,看能不能把鱼钩拉上来。但风险太大,多半是拉断了鱼线或者鱼钩……

米儿一边想着,一边左右摆动鱼线,希望能将鱼钩拉上来。忽然,手中的鱼竿猛烈地抖动起来,鱼线被绷得紧紧的,在水中忽左忽右地快速移动,同时有一股很大的力量,通过鱼竿传递到手上!

他突然意识到,是不是鱼饵刚下水,就立刻被大鱼一口咬住了?他向上提了提鱼竿,感觉分量很重,同时手上传来一阵剧烈的抖动,水底立刻翻上来一朵浑浊的浪花!此时的鱼线绷得紧紧的,竖立在水中,笔直地左冲右突,迅猛而又慌乱,就是看不见鱼!米儿用力向上提一下鱼竿,一条大鲤鱼突然从水里翻上水面,惊慌失措地挣扎着,张开鲜红的背鳍和胸翅,尾巴搅得水花翻腾,"哗哗"作响……

花蛇、华华和麻杆还未来得及下钩,一看这边的动静,惊呼着跑过来!

这个说:"稳着点!不要硬拉,小心断线!"

那个说:"慢慢来!顺着它的劲收放鱼线,多遛一遛,呛它几口水,它就晕了!"

另一个说:"莫慌莫慌!动作柔和一点,不要硬来,慢慢地跟着它,小心鱼竿断了!对对,就这样,它快晕了……哎呀——"

突然,这条鲤鱼拼了老命似的,猛地往前一窜,"嘣"的一声响,鱼线断了!阳光下,鲤鱼鲜红的胸鳍和尾巴,像扇子似的戟张着,斜起身子在水面"啪啪啪"地拍打着,钻入水底,没了踪影……

水面上又恢复了平静,空留下一圈又一圈的波纹向四周缓缓扩散、延伸……仿佛演奏中的乐队,突然被指挥一个手势压住,乐曲戛然而止,只有余音在耳边回响……

四个人一下子傻了眼,呆呆地看着水面。米儿手中的那根鱼竿,只剩小半段鱼线在风中舞动。他一边懊悔一边想,不知这条鱼今后还能不能活?它嘴巴上挂着鱼钩和一截鱼线,怎么吃东西呀?

华华似乎也有同感,叹口气说:"唉,可惜了!看来这条鱼活不了几天了……"

麻杆还在激动不已,圆睁着一对小眼睛说:"这条鱼只怕有七八斤!过两天我们再来看看,它死了一定会漂上来,我们就捡回去!"

花蛇在水里洗了手,摇着头说:"不一定。这鱼钩在它嘴上它照样能吃东西,不过有点儿不方便而已,也不至于饿死。就像人害牙痛,少吃几口也能活……"

虽然煮熟的鸭子飞了,到手的鲤鱼跑了,但至少说明这坑里有鱼,而且还不少!光后悔没有用,只能从头再来。大家对

第十二章

这坑黄泥水产生了信心,满怀希望地把鱼饵甩下去。

好半天,却又一点动静都没有。

米儿自认倒霉,一上场就来个折戟沉沙,失去了鱼钩,只过了一把干瘾,留下了一段回忆。虽然心里痒痒的,却钓不成了,只好走来走去看他们钓。

三个人的鱼漂竖在水中一动不动,水面上死气沉沉,连气泡都不冒一个。麻杆盯着鱼漂,对米儿道:"是不是跑掉的那条鱼回水里去报告了?警告大家今天有危险,不要吃东西!这都怪你,你要是钓上来,不就没事了……"

米儿本来正在懊悔,听了这话觉得好笑,便道:"它嘴上拖着一副钩和线,痛都痛死了,哪有心思管别人!还不赶紧回家躺着,叫儿子帮它拔出来……哎,哎!动了,动了,快!"

麻杆听这话讲得有趣,正回头望着身后的米儿发笑。见米儿指着水面惊呼,一回头,见那鱼漂一上一下地动,忽然高高地顶起来,平躺在水面一动不动了!

麻杆急忙一提鱼竿,水面"哗啦"一声响,一道白光在空中一闪!一条一尺多长,斤把重的大鲫鱼被甩到了岸上,在地上不停地跳动着,肥大的肚子里流出一些鱼子。米儿赶紧一把摁住,抓起来细看。

这鲫鱼与众不同,身体宽大肥厚,头小尾大,浑身银白色,干净而又漂亮,十分招人喜爱!

华华和花蛇见了眼红,说:"伙计,你们都开张了呢,我们怎么一动不动啊?该轮到我们了吧!"

麻杆高兴得嘴巴都笑歪了,说:"快了快了,心急吃不了热豆腐!你们放心,这里面鱼多得很!"

正说着,那边花蛇一扬鱼竿,钓上一条鲫鱼,米儿跑过去一看，跟麻杆钓的那条差不多大小，只是肚子小些，猜测可能是条公鱼。连连开张，是好兆头！接下来几个小时，接二连三钓上来二十几条，一提鱼篓，搅得水声"哗哗"响，沉甸甸的有几十斤。

令人不解的是，钓上来的全是鲫鱼，大小长短也差不多，就是没有一条鲤鱼！鲤鱼都去了哪里呢？真的开会去了吗？

这事回去讲给文龙听，他不相信水坑里会有鱼，说明天要亲自去看看。

大家把鱼分给王娟她们一多半，兴致勃勃地讨论着跑掉的那条大鱼，议论着那奇怪的水坑，都觉得不可思议！几个人都不提回去烧火做饭的事，想赖在她们这边蹭顿晚饭。

桶里的鱼在水里不停地游动，吸引骗子立起身扒着桶沿朝里细看。看了一阵后，回头看看这个，望望那个，一声不响又朝桶里看，脸上带着疑惑，皱着眉头似乎在说："从哪里搞来的呀？"

春桃把鱼烧好了端上来，大家一尝，鲜美无比！都说从没吃过这么好吃的鱼，比湖里的鱼味道鲜多了！以后就吃这坑里的鱼……

为了预防资源枯竭，以便持续保障供给，米儿在饭桌上郑重提出，要求大家务必自觉遵守纪律，严守秘密，永不泄密。除了文龙，不能告诉任何人，否则几网撒下去，那还不绝了种？

谁都明白，这关系到自己的切身利益，不用多说，便人人赞成，保证不在外面乱讲。

第二天吃过早饭，他们又去了废窑场。段师傅听到这事，觉得蹊跷，也跟着过来看个究竟。骗子兴致勃勃地跑在最前面，

第十二章

跑到半路,突然想起王娟她们几个还在家里,放心不下又往回跑,叫都叫不回来!后面的半截路,坚决不肯再奉陪了。

当地农民祖祖辈辈都不钓鱼,没有这工夫和耐心,捕鱼直接就用鱼叉和渔网。但是观水色,闻气味,判断是否有鱼,他们很在行。尤其段师傅,这是他的绝活。

段师傅围着水坑转了一圈,又把水坑周围的环境仔细地看一遍才下到坑底,在水边蹲了下来。

坑底呈锅底形,越往中间水越深,现在是秋天,坑里的水退下去一半,周围裸露出三四米宽的黄色泥沙,形成一个坡势平缓的滩涂,浅水里密密麻麻布满了豆粒似的小螺蛳。段师傅脱了鞋,卷起裤脚往前走了两步,弯腰从水里摸起几个板栗大的螺蛳,闻了闻又扔回水里……

回到滩上,一边走一边察看坑岸,他站在下面东瞧西看,走了几十步远,忽然停下来不动了,盯着坡脚俯身细看……

米儿他们站在昨天钓鱼的地方,跟文龙讲着昨天的事情,他们今天又带了鱼竿和鱼篓,打算再钓几条鱼送给李月她们。昨天走的时候还剩不少蚯蚓没带回去,还养在瓶子里,怕蚯蚓逃跑,瓶口又压了一块瓦片。现在一看,瓦片在一边,瓶子滚出几步远,里面的蚯蚓一条也没有了,只剩一些黑黑的泥蛋蛋在里面!

麻杆指着瓶子说:"昨天我走的时候,明明放得稳稳当当,瓶子自己怎么会倒?还滚了好几步远。你们说奇怪不奇怪?"

大家围着瓶子左看右看,想不出是谁干的。正在纳闷,听见段师傅喊道:"你们都过来一下!来看这里……"

大家不知段师傅发现了什么,都跑过去。跑到跟前,段师傅说:"你们下来才能看见!"大家又从岸上跳下去。

段师傅指着坡脚的一个洞口，说："你们看！这是什么？"

大家一看，在坡底的一个凹陷处，有一个半月形的大洞，最宽处将近一尺，里面黑黢黢的，不知道是什么动物的洞穴。

大家有点儿紧张，望着段师傅，问道："这是什么动物的洞？"

段师傅兴奋得脸通红，像刚喝了酒似的，神秘地说："你们猜猜？猜不到，就在洞口闻一闻！"

米儿不敢，往旁边退了两步。他怕万一有什么动物冲出来，咬住他的鼻子。

花蛇胆子大些，他跪在地上朝洞口里面打量了一会儿，把脸凑过去飞快地闻了几下，赶紧站起身来，说："骚臭骚臭的！这是什么鬼东西，这么难闻……"

段师傅呵呵一笑，道："你们放心闻，我保证没有危险。不用怕！"

既然段师傅说没有危险，大家也不用怕了，你也上前闻一下，他也上前闻一下。有的说里面有一股很浓的霉味，有的说像烫鸡毛时发出的那种骚臭味，有的说是尿骚味……

文龙摇头道："都不对。有点像骚乌龟的味道……"当地把公乌龟叫骚乌龟，因其身上有很大一股骚臭味，而母乌龟则没有，这是他们判断公母的重要方法。

米儿听他们讲得那么恶心，更不想去领教了。大家各说各的味道，不知哪一种对，最后都看着段师傅。

段师傅肯定了文龙的看法，指着洞口说："这是一个很大的乌龟洞，里面至少藏着几十只乌龟，挖开后，说不定能捡一箩筐呢！"又用手指量了量洞口，说："从这洞口的大小来看，里面至少有两只五六斤以上的大乌龟！你们看这洞口的边缘，又

第十二章

光滑又干净,说明有大乌龟经常挤进挤出……"

他又回过头来,指着水边湿泥上的脚印让大家看。离洞口三四米远的稀泥上布满了凌乱的脚印,这脚印挨着水边向岸的左右两边展开,一直延伸到很远。有新痕也有旧迹,似乎都从这里出发,又返回这里。细看这些脚印都是双行的,中间好像一条平坦的马路。段师傅说,那是乌龟在稀泥上爬行时,腹部的底板拖出来的痕迹。像这样的脚印,水坑围圈还有很多。

段师傅带着大家在坑底边走边看,眼睛盯着沙滩寻寻觅觅。走了一会儿,他蹲下来,用手在泥沙里刨了几下,里面露出一堆破蛋壳,那蛋壳只有拇指大,有些已经变成黑色。

他告诉大家道:"这就是乌龟或者甲鱼的蛋壳,孵化之后,壳还留在土里。像这样的壳,周围应该还有很多,有的被水冲下去了,有的被鱼吃掉了。"

他抬起头来,眼睛在水面搜索了一阵,指着远处水面上的一个小黑点,低声道:"你们看,那是一只甲鱼的脑袋,正在水面换气!"他两只手掌一拍,"啪"的一声响,那黑点立刻缩进水里,不见了。大家一边跟着他走,一边注意着水面,水面上不时有三三两两的小黑点出没。段师傅由此判断,这水坑里甲鱼也不少……

段师傅今天来得好,不但有了新的发现,而且还跟他学了不少知识。段师傅自己也觉得不虚此行,想不到一个窑场的水坑,里面竟有这么丰富的动物种类,感到非常意外!

可是这些动物是从哪里来的?又是通过什么路线和途径来到这里的?大家感到神秘,神秘中不免有些紧张,越发引起大家探秘的欲望!

大家爬上岸来,鱼也不想钓了,找块干净地方坐下来,围

— 307 —

着段师傅，央求他多讲讲动物的知识。

其实，段师傅自己也不十分清楚，只能凭着经验和见闻，想象加推测地来解释这一现象。他点燃一支烟，一边想一边说："这个窑场已经废弃了十几年，土坑在坡上，与任何水系都不通，这荒郊野岭的，离道路又远，没有人会走到这里，更不会有人放鱼进去。但我一走近这水坑，就闻到了鱼腥味，再一看水的颜色，就明白了，里面有不少鱼……"

米儿插嘴道："鱼腥味我能明白，但看水色怎么能判断是否有鱼？"他想套出段师傅的拿手绝活来，自己也好学一学。

段师傅看他一眼，呵呵一笑，道："这你就不懂了。常言道，水清则无鱼。比如这坑里的水，常年不流动，又无人在里面行船和活动，应该是清澈见底的。可是这水却是浑浊的，这是为什么？"他晃动着脑袋，把大家看了一圈，最后盯着米儿问道。

米儿哪里知道！

段师傅收了笑容，说："因为水底有鱼在活动，所以才把水搅浑了！鱼越多，越大，水就越浑！所以不论是捕鱼还是钓鱼，都要用鼻子闻，用眼睛看，还要用脑子去想，才晓得水里有鱼没鱼……"

大家你看看我，我看看你，又看看水，突然恍然大悟！

文龙在一旁咧着嘴笑，不发一言。

可是这鱼，又是从哪里来的呢？

段师傅道："我想只有一种可能，那就是鱼子。民间有'千年草籽，万年鱼子'的说法，是说在适当的条件下，它们的寿命很长。比如千年的古莲子，有了水和阳光，照样能发芽生长。我们这里的泥土都含有鱼子，这个坡地，其实并不高，在古代

第十二章

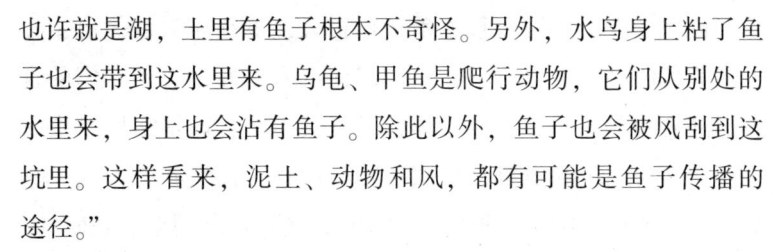

也许就是湖,土里有鱼子根本不奇怪。另外,水鸟身上粘了鱼子也会带到这水里来。乌龟、甲鱼是爬行动物,它们从别处的水里来,身上也会沾有鱼子。除此以外,鱼子也会被风刮到这坑里。这样看来,泥土、动物和风,都有可能是鱼子传播的途径。"

见大家听得入了迷,他又点燃一支烟,接着说道:"鱼的繁殖能力非常强,一条鱼一次可以产下成千上万粒卵,一年繁殖几次,你们想想看……当然,不是每一粒鱼子都能成活,很多还没孵化出来,就被别的鱼吃了。孵化出来的鱼苗,被吃掉的更多!但毕竟数量很大,总有幸存下来的,这样十几年累积下来,坑里的鱼就不少了!"

听到这里,米儿忽然想起上学时,学校的操场上有运动用的沙坑,放暑假后几场大雨一下,就积满了水。开学后发现在水面上有牙签头似的小鱼秧子,成群结队在游动。那时他就想,操场地势高,又在市区,远离江河湖泊,一洼死水,这么短的时间怎么会有鱼?它们从哪来的?现在听段师傅一讲,总算明白过来:原来,鱼子是无处不在的……

"可是坑里什么都没有,他们吃什么呀?"华华突然问道。

"坑里的食物,足够这些鱼吃了。"段师傅吸一口烟,用手指着坑底的浅水说道:"你们看到了吧,水里有无数的螺蛳,这些正是鲤鱼和鲫鱼最喜爱的食物。另外,河底有很多碎砖头,砖头上长满了绿苔,这也是鲤鱼喜欢的食物。这些食物足够它们吃了,你们不用担心。"

"那,螺蛳又是从哪来的呢?它们又吃什么呢?光吃泥巴行吗?"华华刨根问底,又提出这问题。

段师傅答道:"长期有水的地方,就会有螺蛳。它的来源和途径同鱼子差不多,而且繁殖量也很大,也是靠数量优势生存的。它们吃的食物也不缺,鱼的粪便沉入水底,就是它们的食物,还有鱼类死后腐烂的尸体,最终沉下去,都是它们爱吃的东西。至于乌龟和甲鱼,它们是爬行动物,找吃的更方便。它们的食物不仅仅限于水里的螺蛳和鱼,还可以爬到岸上找吃的。我猜想你们的蚯蚓,就是被甲鱼或者乌龟吃掉了!这里没有闲人来往,日久天长就成了它们的天堂和家园。"

段师傅分析得头头是道,条理清楚,由不得不信。大家觉得事情应该就是这样的,请动物专家来讲,大概也不过如此吧。

花蛇忽然对段师傅道:"幺叔,我们商量过了,这个水坑的事情先不要说出去,不然别人都拿渔网来捞,几天就捞绝了种!就我们这些人知道,再不要往外讲,你说对不对?"

段师傅和文龙频频点头,道:"我们是不会讲的,就看你们的嘴巴牢不牢。"段师傅又想起什么来,接着说道:"你们说钓上来的鲫鱼与普通鲫鱼形状不大一样,吃起来味道也好多了,我猜想,可能是几百年以前的鲫鱼子孵化的,当时就是这个样子,它们没有跟着现在的鲫鱼一起进化,可以说是鲫鱼的祖先了……"

"喂,我们回去拿铲子来挖乌龟吧?"麻杆站起来,饶有兴致地说。

段师傅摇头道:"现在不行,它们不在洞里,都在水里。所以刚才我叫你们不要害怕,因为现在是个空洞!"

大家一听着急了,说:"那怎么办?它们什么时候回洞啊?"人人都怀着探宝似的迫切心情,想早点把洞穴挖开来看看里面的情况。

段师傅告诉他们说:"下半夜如果天冷它们就会回洞,但也

第十二章

不是全部。太阳和温度对于乌龟和甲鱼很重要,它们白天都要晒太阳,才能使甲壳正常生长。晒暖了身子才灵活,才有利于捕食。再过半个多月,就要冬眠了,甲鱼是藏在烂泥里冬眠,乌龟都进洞里冬眠,不再四处乱跑。到那时我们再来挖开,就都在里面了!"停了停又道:"不过现在正是抓甲鱼的好时机。我们今天回去准备一下,明天傍晚来抓!"

米儿见段师傅说到"抓"字的时候,口气果断而坚决,眼露凶光,一副心狠手辣的样子!心里想,他杀猪的时候也是这副模样吧?

到家后,段师傅把小鱼小虾装在桶里,又倒了些白酒进去腌渍。

段师傅道:"这是为甲鱼准备的饲料,吃下去以后,就像人一样会醉酒,头也晕,腿也软,神志不清,这时候好捉!"又顺嘴打个比方说:"就好比饭桌上那些贪杯的家伙喝多了酒,瘫在桌下烂醉如泥,拖都拖不起来,哪里还顾得上什么危险!甲鱼、乌龟醉酒后也是一样的,没有区别……"

这比喻让大家忍不住笑起来!段师傅回过头也笑了。米儿心里笑道,你自己就好酒,还说别人呢。

整整腌渍了一天,到了第二天下午,看看天气晴朗,日头正好,原班人马又去了废窑场。米儿腿长走在前面,快到水坑时加快了脚步。

这时的太阳恰像贴在地平线上似的,又大又圆又红,但已失去强烈的光芒,懒洋洋的样子。也许是一大早就出门,在外面照了整整一天,现在累了乏了,最后给人们一个抱歉的大红脸,表示要谢幕回去歇着了……

— 311 —

米儿眼尖,还没走到水坑,突然发现水边一堆乱砖头上,趴着一只脸盆大的绿壳大甲鱼,昂起一条白丝瓜似的粗脖子,转过脑袋凝视着他!米儿从没见过这么大的甲鱼,又见那甲鱼的脖子和脑袋像蛇似的,不由大惊!这突然的遭遇,使他汗毛一竖,扭头就往回走!

文龙也看见了,张开双臂拦住后面的人,并用手一指,低声说:"慢!莫作声,大甲鱼!"大家停下脚步,一起朝甲鱼看去。那只大甲鱼尾巴对着人,正在高高的砖堆上晒太阳,吸收今天最后的一阵余热。它将脖子全部探出,笔直向上挺起一尺多高,脑袋灵活地向后旋转,定住不动,死死地盯着米儿他们。众人大气不敢出一口,也死死地盯着它。双方大眼对小眼,互相对视着……

夕阳下,甲鱼的嘴尖闪闪发光,像沾了水似的。两只眼睛瞪得溜圆,一动不动,眼神里带着警惕和凶狠,蛇形的大脑袋令人心惊胆战!

这甲鱼瞪着眼看了一阵,似乎感觉他们没有退避的意思,扭过头去看了一眼左边的水面,忽然脚爪在砖堆上一蹬,身子一个左侧翻,"扑通"一声滚入水中,沉重的身子砸得水花飞溅!几块碎砖头也随它一起,"哗啦啦"滚下水去。在它翻身时,巨大的白色腹部在阳光下一闪,好像故意亮给人看一下似的,不知是何用意……

大家一惊,吓得心里直打鼓!同时意识到,这是一只经验丰富,有了智商的甲鱼!晒太阳的位置也选择得恰到好处,居高临下有利于观察。砖堆的一边泡在水里,一有危险脚爪一蹬,立刻从高处直接滚入水中,逃起命来又快捷又轻松,一步也不用爬!

第十二章

此时金乌西坠,在远处的地平线上只剩下小半个太阳了,金色的余晖照着水面。天渐渐暗下来,四周一片静寂,安静得像恐龙生活的远古时代,除了他们再无人迹。大家都不敢作声,气氛变得神秘紧张起来……

就连段师傅也略带惧色,低声道:"好大个甲鱼!我这辈子从没见过。看它的个头,至少也有四十几岁了!都过来,我们躲开它,到对面去……"他说这话时的声音,不像以前那样有底气,很明显是"惹不起,躲得起"的感觉……

俗话说,兵熊熊一个,将熊熊一窝。众人见段师傅也怕它几分,不免心里紧张,一边走一边侧过头去,用眼睛盯着那砖堆附近的动静,走路小心翼翼,唯恐它突然出现在眼前,好拔腿而逃!

米儿心脏"突突"直跳,同时在想,如果我一个人迎面遇到了,万一这个家伙发起怒来,赤手空拳还不一定斗得过它!又想起《聊斋志异》故事中,也有一只巨鳖,好像叫"八大王"……

忽然他感到肩上被打了一下,他的心猛地一惊,回头一看是麻杆!

麻杆胆战心惊地说:"我腿都发软了,你软不软……"

米儿瞪他一眼,生气地说:"你腿发软打我干什么啊?把我苦胆都快吓破了……"说完这话,感到自己的腿也在发颤,心里发毛!

其实在这种时候,应该互相壮胆才是,而不应该传播恐惧,这只会加重恐怖气氛,影响士气……

几个人跟在段师傅后面,提着半桶小鱼虾来到水坑对面。段师傅找了一片甲鱼爪印最多的沙滩,把小鱼虾分作七份,每

隔四五步远就放一堆。然后躲进破窑里，专等甲鱼爬上来……

这座圆形的破窑有十几米高，外面小山似的，覆盖着厚厚的泥土，内膛是一圈一圈砌上去的砖壁。每一圈砖都朝中心收一点点进来，渐渐收至窑顶，形成一个巨大的穹窿。穹窿正中间，一个圆形的大洞直通宇宙，庄严而又肃穆，像一只贯通天地的巨眼，似乎可与天堂通话！洞外照进来的光线，把一圈圈的砖缝照射得赫然醒目，砖块森然排列，古老神秘得像玛雅人史前建造的神庙……

窑内十几年没人进来过，地上到处都是破砖烂瓦，被白色的鸟粪和各种羽毛厚厚地覆盖着，几只死鸟和蝙蝠的骨架散落其上，不但阴森恐怖，而且臭气熏天！

一行人在里面转了一圈，找不到干净地方坐，又退了出来。外面太阳虽然落下去了，但是野外黑得迟，还未到夜幕合拢时。此时恰是傍晚，段师傅说，这正是甲鱼出来觅食的时候。

大家坐在窑后的坡地上休息，只等天黑了动手。米儿脑子里一直浮现着那只大甲鱼的样子，听段师傅说有四十几岁了，而且还有智商……动物一旦有了智商，像人一样就不好对付了，你不知道它脑子里在琢磨什么——太可怕了！他又在心里想着四十几岁是个什么概念。一对照，竟然跟父亲的年龄差不多……忽然不想吃甲鱼肉了！非但如此，反而有点嫌弃起来……

几个人边等边聊，华华小声问段师傅道："奇怪，这坑里怎么会有这么多甲鱼啊，难道跟别处有什么不同？"

段师傅吐出一口烟，眯着眼说："甲鱼最胆小，一见了人就慌忙下水。这里没人来，它不受惊扰，环境很安静。另外，这个坑因为挖得深，挖出了深处的泥沙，在岸边形成了缓坡形的

第十二章

沙滩，非常便于甲鱼爬上去晒太阳和打洞产卵。这是甲鱼最喜欢的环境了！乌龟也是这样，和甲鱼的习性差不多。"

说着朝水坑方向望了望，又道："入冬之前，甲鱼最贪吃，吃饱了好冬眠，这时用诱饵捕甲鱼最好！"接着砸几下嘴，"嘿嘿"一笑，道："这时的甲鱼最肥，红烧甲鱼美得很！放点五花肉和辣酱，多放些姜葱，就不会有腥气。今晚回去我们先烧它一盆吃，再喝两杯……"

麻杆心有余悸，朝四处望一望。此时虽然月亮上来了，远处却黑黢黢的，似乎到处暗藏着未知的神秘和凶险。他低声道："我不想吃甲鱼了……那个大甲鱼样子像个怪物，看了害怕！还是吃鱼好些。"

这句话道出了米儿的心事，他也附和道："我也不想吃了，跟我爸爸年龄差不多大……以后也不敢来了，这地方隐藏了太多怪物，不知道水下还有什么……"又问麻杆道："你呢？还想不想来挖乌龟？"

麻杆急忙摆手道："不挖了不挖了，说不定会挖出什么怪物来！我听说乌龟最喜欢跟大蛇住在一起，要挖你们挖，反正我不来了！"他甚至后悔，今天就不该来。

花蛇胆子壮，他站起来道："你们胆子也太小了，连这都怕！世界上人是主宰，所有动物都是人类的食物，必须服从人的需要。人到了活不下去的时候，什么都敢吃！"

麻杆看他一眼，正想说：你现在也没到活不下去的时候呀！

不料华华抢先道："花蛇说得对，人是地球的主宰，万物皆为我用！人类本身就是杂食动物嘛。如果当初我们的祖先这也不吃，那也不吃，就没有今天的我们。说不定还在树上吃树叶呢！就像毛毛虫那样……"

文龙听大家讨论，也加入进来，说："你们想得太复杂了！雷公不打吃饭人，只要是能吃的，该吃就吃，吃到肚子里养人。如果大家都不吃，那满世界爬的都是乌龟甲鱼、虎豹豺狼和毒蛇猛兽，说不定它们还要吃我们呢！你们看杜得方死得多惨，农夫和蛇的故事你们听过吧，对毒蛇能心慈手软吗……"一条小蛇把他的会计咬死了，他越说越气！他就不想想，那多半也是因为杜得方不听劝告，才造成的悲剧。

不过这些话多少鼓舞了士气，米儿和麻杆的胆子，稍稍壮了一点点。

看看天色已晚，段师傅把烟头一掷，站起来道："差不多了，抓甲鱼去！对了，如果碰到刚才那个大家伙，不要去惹它，放它走……"前面的话干脆硬气，后面的话，声音也软了几分。

两支手电都装了新电池，一摁电门，强光直射出去，一前一后照着来到水坑边。月光照着水面和沙滩，远远看见朦胧的沙滩上，蹲着一只小狗似的黑影，好像正在啃吃甲鱼，嚼得甲鱼盖子"咔嚓咔嚓"响！手电光一照过去，黑影"扑通"一声，飞快地跳入水中，不见了。大家一惊，头皮一炸，赶紧停下了脚步！

段师傅的手电在水面晃了晃，说："不要怕，那是'水鬼'！"

一听水里有鬼，米儿吓得牙齿打战，结结巴巴问道："啊？还，还，还有鬼呀，什么鬼，鬼呀……"

段师傅见他吓成这样，醒悟过来说："哦——就是水猫子，书上叫水獭！"

听说是水獭，大家稍稍释然。这段师傅也真是，水獭就水獭嘛，说什么"水鬼"！这个时候说"鬼"，哪个心里不发毛？

在陌生的荒郊野岭走夜路，像今天这种夜晚最恐怖！天上

第十二章

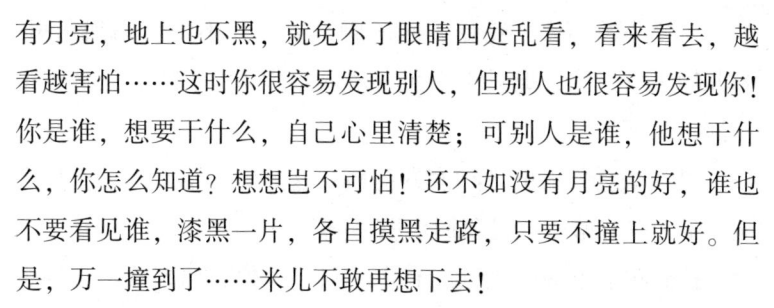

有月亮，地上也不黑，就免不了眼睛四处乱看，看来看去，越看越害怕……这时你很容易发现别人，但别人也很容易发现你！你是谁，想要干什么，自己心里清楚；可别人是谁，他想干什么，你怎么知道？想想岂不可怕！还不如没有月亮的好，谁也不要看见谁，漆黑一片，各自摸黑走路，只要不撞上就好。但是，万一撞到了……米儿不敢再想下去！

到了那片沙滩，用手电一照，六七堆小鱼虾快被吃完了，每一堆周围都爬了好几只甲鱼，大大小小几十只。有些甲鱼刚刚吃完，酒劲还没上来，一见有人来了，手脚并用，连滚带爬下水游走了。剩在沙滩上这些甲鱼醉得一塌糊涂，丑态百出：有的脖子软软的，伸出很长，有的嘴里还叼半截小鱼，有的嘴里还叼一只小虾。还有两只在争夺同一条小鱼，嘴里各咬一半，互不相让……像突然间被定格似的，一动不动，都趴在沙滩上睡着了……

在那"水鬼"蹲过的地方，一只甲鱼被咬掉了头，另一只甲鱼被吃得还剩半个壳，沙地上一片狼藉，星星点点全是血。

找来找去，没有见到下午那只大甲鱼。可能它见多识广，根本不上当！又或许它酒量大，完全不当回事，吃饱后早游走了。

段师傅用脚踢了踢酣睡的甲鱼，甲鱼翻了过来，四脚朝天一动不动，仍然只顾睡。文龙捡起一只甲鱼扔进鱼篓。大家还是不敢去捡，怕万一醒过来了咬手。听说一旦被甲鱼咬住了手，便死也不肯松开，除非天上打雷才会松口……关键是，万一很多天都不打雷怎么办？

这时段师傅说道："你们只捡碗口大以上的，小的不要，留着让它长大。"

听说小的不要，花蛇飞起一脚，把一只小甲鱼踢到水里。米儿用手电一照，那只小甲鱼一落入水中，"咕噜噜"冒一串气泡，沉下去了。

段师傅急忙制止道："莫踢莫踢！这醉酒的甲鱼到了水里会淹死的。等它醒来自己爬回水里……"

捡到鱼篓里的甲鱼已经有十几只，大的有四五斤，小的也有两三斤。段师傅用手电照了照，又用手提一提，感觉有点提不动，说："够了够了！莫捡了……"

回去的路上，米儿没有半点兴奋，他也说不清为什么。脑海里总是浮现出那只大甲鱼的影子，抓到的这些甲鱼，肯定都是它的子孙。这里是它们的天堂，本来自由自在地生活在这里，也没招谁惹谁。是我们无意中发现了这个水坑，闯入它们的家园，由此引发了一场灾难。如果再来，会不会遭到大甲鱼的攻击报复啊？以后不来了……不过钓几条鱼还是可以吧？如果要钓鱼，必须四个人一起来，一个人不敢。万一碰到"八大王"找我赔子孙……

一路上见米儿不讲话，华华和花蛇就嘲笑他胆小如鼠，不中用。

华华评价米儿道："都说广阔天地大有作为。我今天算是看出来了，你今后不会有多大作为，婆婆妈妈胆子太小……还有上次挖河，我们四个人都掉进稀泥巴里，就是你最先喊救命！你这种胆小怕事的性格，将来会误了你！最终结果也不会太好……"

花蛇也说："像这种胆小怕事的性格不能上战场。如果上了战场，枪一响，不吓得尿裤子才怪！最多当个伙头军或者勤务兵，一辈子也当不了将军！你看电影里面的将军，脸上都有几坨横肉，胸口长一片黑毛，那才是个将军的样子！我看你光光溜溜……"

第十二章

米儿听了觉得好笑,说:"花蛇,你说话注意点啊,身上光光溜溜,那还像个人呀?"

大家想象一下,也都跟着笑起来!光光溜溜的,那确实不像人,像个大白萝卜!

麻杆见事情已结束,马上也快到家了,不由得胆子壮起来,也趁火打劫道:"那次挖河掉进稀泥巴里,他喊救命时声音都发抖!我为了救华华也掉进去,其实那稀泥巴下面是硬的,根本淹不死,我都没喊救命……还有,刚才我拍他一下肩膀,他说苦胆都吓破了!你们看,哪有这种人呀……"说完幸灾乐祸地笑起来,似乎落井下石是件快乐的事。

米儿见麻杆居然有脸说别人!立刻反击道:"麻杆,你不要五十步笑百步!是哪个先说腿发软的?不是我吧?"他本来还想留点情面,就此打住算了。忽然想到麻杆是自己的情敌,还想跟自己争夺雨欣!不由得把情绪也带了进去,借机报复道:"还有,是你先说不敢吃甲鱼的吧?问你挖不挖乌龟,你也吓得直摇手!大家都看见了,我没冤枉你吧……"

麻杆被别人揭了短,一下子蔫了,再不敢乱插嘴。

米儿见麻杆败下阵来,总算出了一口闷气,心里一阵轻松!心想,看你还敢不敢跟我抢雨欣!

心里正高兴着,只听华华又道:"你们两个人,一个半斤,一个八两,大哥莫说二哥,脸上麻子一样多,都一样!不过今后麻杆,会比米儿混得好些……"

麻杆一听又来劲了,问道:"真的?为什么?"

华华说:"因为你有心眼呀,城府深哪!你爱夏雨欣那么早,比我爱王娟还早一年,如果你不说,我们哪个能想到!并且你心狠手辣,乘人之危落井下石,搞死一个算一个!这种黑心肠适合做生意，当商人。真的，生意场上尔虞我诈，投机倒把，都是这种人。你在那里，大有可为……"

麻杆急了，正想说自己不是这样的人，从没想过做生意！忽然见华华又掉过头去说米儿了，连忙竖起耳朵，想听听米儿是哪种人。

华华点评道："米儿呢，他不行！二里八簧不着调不说，还胆小如鼠，关键时候闪尿筋！一件事在心里裹来裹去，优柔寡断的，缺乏那种果断干脆的作风……心不狠办不成大事！今后，他当个教书先生，写写字，耍耍嘴皮子也许还行！如果运气好，当个文官也有可能。"停了停忽然说："不过他这种婆婆妈妈，慈悲菩萨，倒是当父母官的好料子……"说着怪笑一下，看看左右两边的米儿和麻杆，怕他们生气，不再说了。

世界上的事情有时很奇怪，谁也说不清，但就有这么凑巧！这本来只是几个少年在夜路上说的闲话，谁会想到闲话也能成真呢？

果不其然，米儿后来几十年的人生轨迹和走向，竟然与此基本吻合：师范毕业后当了教员，天天在黑板上写字。数年后调入政府机关负责宣传工作，也是靠耍嘴皮子，摇笔杆子。在仕途上虽然曲曲折折，却也不断升迁，熬到最后成为副市长，仕途至此画上句号。果然成了一方的父母官！

再说麻杆，十几年后，他从武汉一家毛纺厂下岗，无奈之下回了黑龙江老家，做起了皮草生意。为了生存，在生意场上不惜使用各种手段，不要命地东征西战，挤垮了无数同行，最终成为东北的貂皮大王，直接与俄罗斯做生意，事业做得顺风顺水……结局比米儿强多了！

当时在路上的闲聊，果然成为现实！这算有幸而言中呢，还是不幸而言中呢？

第十三章

"湘鄂西",顾名思义就是湖南省与湖北省在西部的结合处。而曲湾镇,恰好地处两省和周边几个县的交界点。像这种偏僻的交界之处,看起来谁都能管,应该管理得更好。但事实上谁都不愿意管,反而更加混乱,逐渐演变为事实上的化外之地。

有的田本来是一块,却刚好跨了两个县,你种水稻,我就养鸭子,专吃你的稻谷!有的一座房子恰巧跨了两个省,前门在湖南,后门却在湖北;爹娘住后屋是湖北人,儿女住前房就是湖南人。

邻里之间发生一点纠纷,往往牵涉两个省和好几个县,还涉及多方的利益,管理起来头疼死了!干脆不管。你也不管,我也不管,他也不管,便成了"三不管"。细论起来,曲湾镇何止"三不管",恐怕有五六不管!

管理上的力不从心,使这里成了黑市的小乐园。于是两个省好几个县,十里八乡的农民们,都把自己手上的农副产品带到镇上来交易。交易得来的钞票,又从别人的手上买点自己需要的东西带回去。

街道两边到处都是卖小吃的。热腾腾的蒸汽一阵阵从人群中飘起,煎炒蒸煮的香味弥散开来,锅勺相碰的声音代替了吆喝,吸引嘴馋的人们眼往这边瞟,手在口袋里掏。

小吃摊的前面还有一层坐着、蹲着或站着的人,全是赶来交易的农民。面前地上摆着活鸡活鸭、活鱼活羊、菱角莲藕、龟鳖虾蟹、野鸡野鸭、野兔刺猬、黄鼠狼皮毛;装在竹笼子里的猪崽,家织土布,绣花鞋面,竹编产品等。凡是土里长的,天上飞的,地上跑的,水里游的,手工做的,应有尽有,五花八门……

狭窄的街道上人们摩肩接踵,腿都迈不开,满满的全是人!有顾客也有小贩。更多的人身兼两种身份,既是顾客又是小贩,既买又卖,买卖兼顾。熟人相见,互打招呼声,互道问候声,吆喝声,问价声,呼儿唤女声,呼朋引伴声……成百上千人每人一句话,一声咳嗽,就能使这小镇沸腾喧闹起来。耳边闹哄哄的,身边的同伴不大声讲话都听不清。

更有许多空着手来的大姑娘和小媳妇,兜里揣着一年劳动分到手的那几张钞票来到镇上,她们对农副产品不感兴趣,看都不看。她们满面通红,兴奋异常地挤在供销社里挑挑拣拣,要买点针头线脑,扯几尺花布,买几块肥皂,一把梳子,一面镜子之类的小东西,讲究卫生的还要买把牙刷、一袋牙膏。这些东西单价都上不了一元,几毛钱就能买件满意的回去。但这毕竟不是土特产,自家地里长不出来,只能花钱买。都买好了,就打个小包袱提在手上,成群结队来到街上看热闹。

热闹当然是少不了的。外地来的耍把式卖艺人,牵着一大一小两只猴子,手里"锵锵、锵锵"地敲着铜锣招摇,找个地方停住,口里吆喝起来。看看人越聚越多,拿起一根绳子抡起来。这绳子两头各系一个黑亮的小沙包,卖艺人站在场地中间,抡圆了绳子转着圈地悠着。围观的人一看沙包飞转到自己面前,

第十三章

赶紧往后躲，卖艺人趁机把绳子越放越长，圈子也越来越大，终于打开一个场子。

那小猴子不失时机地打开道具箱，手忙脚乱地从里面翻出一顶礼帽和一副小墨镜递给大猴子。大猴子像人似的立起身，一颠一颠地走过去，接过礼帽往头上一扣，小墨镜往脸上一架，脖子上一根假金项链明晃晃的，身子又原地转一圈，四处一望，用舞台碎步走到卖艺人脚边，拉拉卖艺人的衣角，伸出手来。卖艺人把自己嘴上的香烟拔下来，塞到猴子手里。这猴子的十根手指乌黑发亮，模仿小姐样翘起兰花指夹住香烟，看也不看，熟练地用食指弹一下烟灰，举起烟来猛吸一口，嘟起嘴吐出一串串烟圈圈，样子像个小痞子！

围观的人可乐坏了，嘻嘻哈哈地笑起来！很多人被猴子深深地吸引住，看得入了迷，也情不自禁学它的样子嘟起了嘴，脸上满是怜惜和疼爱的神色。

卖艺人趁机挺直腰身，双手抱拳，给围观的人做着罗圈揖，朗声开口道："列位看官，在下来自四川峨眉山，今借贵方一块宝地卖艺餬口。俗话说，在家靠父母，出门靠朋友！有钱的帮个钱场，无钱的帮个人场！望多多关照，多多关照……"但听口音不像四川人，倒像北方的。

这抽烟的大猴子一听到"多多关照"这一句，赶紧把烟叼在嘴上，摘下帽子双手举着，转着圈地挨个向人收钱。人们立刻不笑了，外围便有人一边不舍地离开，一边留恋地回头。最里面的一圈人一时挤不出去，只好转过身跷起脚假装朝后看，有的侧过身去故意不看猴子。猴子不干，用帽檐捅捅这些不肯掏钱的人，嘴里叼着烟，一边吸一边眯起眼睛盯着人的脸，等着给钱。

大家一看，不给不行，有些人就开始往外挤，打算到后排去看。有被迫给钱的，也有主动给钱的，在口袋里掏来掏去，摸出一分两分的硬币扔到帽子里，也有几个丢五分的硬币进去，这算是最大的面额了。凡是丢一分的，猴子嫌少又不干了，又用帽檐捅捅那人的腿，站着不走。有人被逼得没办法，又在口袋里摸，摸出一个两分的丢进去，便想把原来那一分拿回来。刚一伸手，猴子端起帽子就跑！

这人等于给了三分钱，又讨个没趣，红着脸又生气又好笑。惹得众人也同时哄堂大笑起来！尤其是那些没给钱的人，笑得更加放肆而响亮……

这段日子，村里忽然冷清了许多，年轻人有些去了曲湾镇，更多人带着戽斗、铁铲和鱼篓等工具，驾着小船到洪湖里挖野藕去了。文龙、文虎兄弟也各划一条小船，带着米儿等四人一起下湖去挖藕。

初冬季节，洪湖的水位不断下降，湖水向中央退缩，露出大片大片乌黑的湖底。烂泥之上，荷叶枯黄萎缩，荷梗发黑，一碰即断。莲蓬也只剩下一个干黑的空头，眼窝里的莲子早已被寒风吹枯，摇落于湖中。

"留得枯荷听雨声"，这是古代诗人的句子，米儿他们全没这雅兴，一心只想挖藕。此时放眼望去，满目残荷败茎，完全没有了春夏时节的蓬勃生机。

但这时的生机却已深深地隐藏于地下，淤泥之下横躺着无数条成熟的鲜藕，雪白粗壮，正在静静地养精蓄锐，耐心等候春天的到来。

洪湖的野藕在漫长的进化过程中，探索出一条成功的生存

第十三章

之道。它们不是长在浅浅的稀泥中,那太容易被动物挖掘出来当食物。为安全起见,它们选择生长在一米多深的淤泥下面,这里是稀泥和硬泥的接合处,除了人,动物很难进来。藕身横躺着紧紧地嵌在硬泥中,却将尖尖的嫩头向上翘起,探入稀泥里时刻感受温度的变化,蓄势待发。只等春天一到,便迅速从稀泥里蹿出水面,再次演绎生命的华章!

对于人们来说,洪湖的春天有春天的华美,秋天有秋天的收获。秋天是万物成熟的季节,也正是挖藕的大好时机。夏天的藕因没有淀粉而甘甜多汁,吃在口里脆嫩无渣又清凉解暑,适合当水果吃。醋熘藕片,更是一道绝佳的时令蔬菜!冬季的藕与夏藕又截然不同,此时的藕已经成熟,含有大量的淀粉,最适合用来炖肉和磨制藕粉。

野湖里挖藕不但是体力活,更需要技术和经验。如果没经验又不动脑子,光凭傻力气挖泥搬土,那是盲人点灯白费蜡!

首先,挖藕讲究的是整枝完整无损,如果挖断了或者挖伤了,稀泥灌进藕眼里又难清洗又容易腐烂,不耐久贮,这藕就废了。所以,用脚在稀泥里踩到藕以后,要花大力气用戽斗将深厚的稀泥戽去。藕刚露出一点亮白色,便需停下来,仔细判断整枝藕在泥里生长的走向,再下铲子在藕的两侧小心地挖取,取藕时又须十分小心,以免折断,这才是关键……这好比在长白山挖野山参,又好像考古人员在野外挖取文物一样,需要技术和耐心。

不仅如此,还要会看荷梗的长势和分布状态。有的地方看上去荷梗粗壮,密密麻麻,费半天劲挖下去却不一定有藕!有的地方看上去像是一块空地,周围稀稀拉拉几根荷梗,一挖下去,层层叠叠,横七竖八的全是大肥藕,像个藕窝子!寻两三个这样的藕窝子专心挖上一天，一船藕就到手了，整个冬天都不用再下湖去挖，一大家人吃不完。

文龙深谙此道。但为什么荷梗密集的地方下面无藕，稀疏的地方下面反而多藕？他似乎从没想过，也说不清这道理。只是说："那些密密的荷梗都是公的，下面不结果的。那些稀稀拉拉的荷梗是母的，下面就会有藕……"

仅用公母来解释莲藕在地下的分布和生长规律，是不是太简单了？荷叶还分公母？

米儿他们偏不信邪。为了证明文龙的说法不可信，找了一块荷梗密集的地方挖起来。边挖边想，这下面没有藕，长这么多荷叶上来干什么？荷叶下面总得有条根吧，这根不就是藕吗！

四个人费了好半天劲挖到了底。一看，下面尽是腐烂发黑的藕节巴和藕皮壳，不知是多少年前留下的藕的尸骸，都快变成煤炭了！辛苦半天只挖到了几条又瘦又老的藕梢子，只能喂猪，人根本无法吃！

跑过去看文龙那边，两兄弟已经挖了十几枝完整而粗壮的大肥藕，每一枝都有六七节，竖起来差不多有一人高！用草把子在水里擦洗得白白净净放在岸边，格外亮眼，十分讨人喜爱！不仅如此，鱼篓里还有两大一小三只甲鱼和几条鲶鱼，也洗得干干净净，连鱼篓一起浸在水里养着。

文龙见他们四人像泥猴似的，一人手上拿一根细长的藕梢，便讥笑道："怎么样，不听老人言，吃亏在眼前！说了你们还不信！我来给你们找块地方，挖下去一定有！"说着，扭头四处一望，指着不远处一块空地，道："就是那里，不信你们再挖！"

四个人卖力地重新挖起来，刚挖下去半人多深，果然见到了藕！好几枝大粗藕躺在泥里纵横交错，分上下几层生长着，

第十三章

这里翘起一个嫩头,那里露出一节肥藕。几人大喜,按捺不住激动,毛手毛脚地开始取藕!不是下铲太重伤了藕,就是两侧的泥土还没彻底挖松动,便用力一扳,断成了几截,好几枝藕没有一枝完整的。

看着一堆断藕,几人兴趣大减。正想爬上岸休息一会儿,突然文龙惊喜地叫道:"嘿!嘿!你们快看……"一边叫,一边用手指着面前的一堆稀泥。

文龙做个手势,叫他们轻一点。几个人赶紧蹑着稀泥跋涉过去。一看,除了一堆烂稀泥,什么都没有!文龙还指着叫大家看,大家还没看清楚是什么,文龙一个饿虎扑食扑到烂泥堆上,双手死死地掐住一件东西!这东西的巨尾一摆,"啪"的一声巨响,打得稀泥四处飞溅!文虎立刻冲上去摁住了它的后半身,摁了好一会儿,见这东西不怎么动了,二人用力从稀泥里拖出一条巨大的黑鱼!

大家定睛一看,这黑鱼有半米多长,浑身都是泥浆,尖头扇尾,圆柱似的身子比暖瓶还要粗壮,足有二三十斤!

这条鱼本来正躲在稀泥巴里冬眠,文龙挖藕时惊醒了它,犀出来的稀泥又压在了它身上,堵塞了它呼吸的气孔。没有了空气,它便拼命地往上拱,拱得稀泥一涌一涌的,被文龙发现了!米儿他们看到时,它正浑身裹满泥浆,已经拱到了稀泥上面,呼吸到空气后安静下来,一动也不动,沉重的身子陷在稀泥里与周围混成一色,很难被发现。

本来米儿他们还觉得很奇怪,挖藕的这些人,每条船上都带一个大鱼篓,挖藕还要鱼篓干什么?原来挖藕时还能一举两得,在泥里捕捉到一些冬眠的动物和鱼类!

过了两天，文龙送来几大块生藕粉，说是肚子饿了用开水一冲，可以当零食吃的。米儿给了王娟她们两大块，又把文龙的话给她们重复一遍，另加一句道："这东西不饱肚子，你们喜欢吃零食，多给你们些！"

王娟她们几人凑过来一看，褐色瓦盆里两块灰白色的东西，正向四处流淌，表面汪着一层清水。王娟原以为很稀软，便用手去摸。谁知手刚挨上去，这藕粉妖怪似的突然浑身一紧，立刻变得硬邦邦的，好像人故意绷紧了肌肉！表面那层清水也不见了，现出一片干白色。王娟惊叫一声，吓得差点丢了魂！像触电似的赶紧把手缩回来，不停地在裤子上擦着……

雨欣和春桃在旁边正想去摸，见此情景，不由得连退几步，脸上带着惊讶！不知这块藕粉里藏着什么妖魔，竟然如此诡秘！

花蛇上前掰下一块，在手上搓着说："莫怕！藕粉就是这样的，糯米粉也有这种特性，晒干了就不会了！"

雨欣惊魂未定地看着他手上的那块藕粉说："这是怎么回事？都成藕粉了为什么还会这样？"

花蛇回答说："这恐怕没人能说清楚。如果你有兴趣，将来可以作为课题来研究……"又说："拿碗来，我们一人冲一碗，先尝尝味道再说。"

王娟几人听他这样一说，总算还过阳来，赶紧拿碗烧水。几碗藕粉刚一冲好，顿时清香满室，扑鼻而来！这股清香勾起了肚子里的食欲，令人馋涎欲滴，胃口大开！大家也不管妖怪不妖怪了，端起碗一边吃，一边赞不绝口！

骗子从门外跑进来看着大家，不明白什么东西这么好吃。春桃把碗里吃剩下的藕粉端到它嘴边，骗子抽动鼻孔闻了闻，别过脸去，不吃。抬起头来看看这个望望那个，一脸不解的样

第十三章

子,似乎在说:"这东西黏黏糊糊像鼻涕……真不明白,这哪有骨头好吃?"转了一圈,看看也没什么意思,又跑到门外啃那根小骨头去了……

吃过藕粉刚回来,民兵连长杜得志就来了,说有事要跟米儿商量,请他去家里坐,二人边走边说。

原来杜得志要嫁女儿了。这些日子家里忙得不可开交,又是请裁缝做嫁衣,又是请木匠打家具。布料是这两年陆陆续续积攒置备下的。木料是女儿出生那年种下的几棵苦楝树,在门前长了十七八年也成材了。请来的木匠师傅目光一测,再用皮尺量一量树围,点头说做一房家具足够用了。

按当地结婚的民俗,男方只需准备一间空房子就万事大吉。这间空房子里面,桌椅板凳、床柜箱笼、大小桶盆、四铺四盖、四季衣裳,成套的摆设等,所有这些均由女方陪嫁,满满地装上好几船,还要敲锣打鼓送到新姑爷家去!

这嫁女儿的费用随便一算,远远超过男方。怪不得他们说养女儿是赔钱货呢!细想起来可不是吗,女儿一嫁出去,等于人财两空,父母这边能得到什么?"人财两空"也只能藏在肚子里,不能明说出来,全家人还得装出一副高高兴兴,乐呵呵的喜庆样子!

杜得志也一样。家里请的几个裁缝和好几个木匠热火朝天地忙碌着,满地都是刨花锯末,碎布线头。一家人忙得四脚朝天,把早已备好的鸡鸭鱼肉、好吃好喝拿出来,不亦乐乎地招待他们。他毕竟是民兵连长,眼光更高些,办喜事当然要讲个面子,图个风风光光,方显与众不同。现摆着大城市来的几个漂亮洋气的女学生,心想请她们来撑撑门面不挺好吗?

于是就找到米儿商量，想请王娟她们几个过来陪女儿几天，到出嫁那天参加送亲，代表女方这边送女儿到男家去，这样男女双方都有面子，看起来热闹风光些。并且说，这几天一日三餐他全包了，不用她们操心，只是每天早上过来，晚上回去就行。这事自己不好开口，想请米儿去找王娟她们说说看，能不能给个面子……

杜得志是民兵连长，米儿是排长，官大一级压死人呀！首长的事情米儿哪敢不办？何况人家那是喜事，又是跟自己商量的口气——这忙要帮！

他像传令兵似的，马上跑去跟王娟她们一五一十地细说一遍。说完，见王娟她们不感兴趣也不表态，担心她们不给这面子，心里不免有些着急。

王娟和雨欣一听，这明摆着是拿我们几个当花瓶去摆设，心里当然有些别扭。两人又因上次没有当上民兵的事还耿耿于怀，便想找个借口不去。

但春桃是民兵，对民兵连长当然没有意见。就在一旁怂恿，还嬉皮笑脸地说："去看看人家是怎么结婚的嘛，现场学习学习，今后我们不是也会结了吗？"

王娟和雨欣一听这话，实在憋不住也笑起来！因为这事连着米儿，雨欣暗中本来就想成全他，此时就顺水推舟同意了。

王娟架不住米儿和春桃的劝说，雨欣又临阵倒戈，加上自己本身好奇心就重，天生就爱凑个热闹。现在人家女儿出嫁可是大喜事，既然求上门来，也只好摒弃前嫌，便一口答应下来。

杜得志的女儿名叫满秀。杜满秀人如其名，长得还真有几分秀气，身材匀称，性格也温和，栽秧割谷更是一把好手。她比王娟她们大半岁，但都是同年。按当地的习俗，同年出生的

第十三章

人都爱互称"一命的老庚",以表示亲热。平时她与王娟几人并不熟,根本没想到王娟她们会这么给面子,竟然高高兴兴都来了,顿时感到脸上有光!

见王娟她们几人到了门口,她立刻迎出来,亲热地拉住她们的手,请进屋里坐。米儿在一旁做介绍,每介绍一位,满秀就红着脸叫一声:"老庚!"待一一介绍完毕,三个人都成了她的老庚,同时她也成了三个人的老庚!

王娟三人觉得这称呼又新鲜又好玩,也欣然接受!这几天都不怎么叫名字了,见面就互称老庚,你也老庚,我也老庚,她也老庚,声音里都能滴下蜜来!不知内情的人,还真以为她们是从小玩到大的亲密姐妹呢。

快到中午时,男方派人送来了二百斤大米、半头猪、一只羊、六十斤鱼、两只大鹅、十只野鸭、十只母鸡、一筐鸡蛋、六十斤白酒、十斤水果糖、六十个喜饼、六条"新华"牌香烟等,送给女方请客办酒之用。

杜得志夫妇早已备下好酒好菜,招待他们吃饱喝足后,又塞给每人一盒"飞马牌"香烟,打发他们去了。

陪嫁的家具和嫁衣也都准备完毕,出嫁的日子早已定好,就在三天后的下午。这个日子,早在前年订婚拿八字的时候就定准了。镇上的"黄大仙"告诉媒婆说,这一天是黄道吉日,最适合嫁娶、契约、置业、出行……说完伸出两根手指头,要了两块钱。

当地男女青年结婚,依然按照"父母之命,媒妁之言"那一套老传统来行事。恋爱谈不上自由。不是自由被剥夺,而是无法自由。也并非不准"恋"和"爱",而是遥远的空间距离将他们隔开了。因为祖祖辈辈都在这片土地上繁衍生息,血缘关系复杂,像贾宝玉和林黛玉似的,一不小心就能扯上亲戚。为避免近亲结婚,亲家大都相距几十里,甚至更远。许多地方根本没有交通,连路都没有,哪有工夫和机会约在一起自由恋爱?婚前大都未曾谋面,只凭媒婆那张嘴来描述,自己顶多据此想象一下。

到了时辰,陆地靠人抬,水路靠船载,头上遮块红布就进门来了。想要互相看看自己的新人长什么样,那还得耐心地等下去,等到大家喝完喜酒,闹玩洞房,席终人散再说。

待那一刻到来,忐忑不安地把盖头一揭,双方互看一眼:呀,惨不忍睹!这辈子就完了,好坏都不包退,离柜概不负责。这就像摇色子押宝,揭开一看,是什么就是什么,悔都不能悔的,更不许耍赖。

有的押对了,大喜!有的押错了,叹息。可是这种事,非得双方都押对了才行。如果一方押对了,另一方押错了,也没处喊冤,此生只好认命,等来世再说。少有郎才女貌,皆大欢喜的事。不是你看不上我,就是我看不上你,这样的事太多……

风俗历来如此,大家都是一样,满秀自然也没话说,该嫁还得嫁,该哭还得哭。按照古老的习俗,女儿临嫁之前要在家里哭三天,今天才是第一天,这叫作"哭婚"。意思是舍不得离开爹娘亲人,要连续三天日夜啼哭,夜里哭一阵睡一阵,睡一阵再哭一阵,直哭得天昏地暗,日月无光。既然是"哭婚",能哭昏过去当然最好,证明女儿贤惠、孝顺有良心,这可以传为美谈的。

光哭不行,还要边哭边唱,唱出自己的真情实感,唱出自己对家的依恋之情,唱出爹娘的养育之恩,唱出十几年来自己心里的感恩……这些女孩子不懂这些，一开始往往跟着领哭的人假哭假唱，就像演员做戏似的。可是哭久了竟然慢慢进入了角色，想起一些往事细节来，便动了真感情，越哭越伤心，越唱越感人。

　　唱的腔调大致相同，都是一代一代的领哭人教出来的，歌词不固定，但内容有个基本的框架，全是赞美爹娘的恩情比天高，比海深。在此框架内还可以灵活掌握，自由发挥。反正内容的真实性和可靠性没人去质疑和考证，里面带有多少水分不重要，只要哭得悲伤，眼泪足够多，那就好！

　　于是，许多聪明的女孩子在赞美爹娘恩情的同时，还把自己多年来对爹娘的怨恨，对婚姻的不满，以及自己的一些不如意事，也夹带进来，随这些哀伤和泪水一并往外宣泄。赞美和怨恨两种情感搅和在一起，越哭越伤心，越哭越悲哀，除了自己知道以外，别人是听不出来的。能哭到如此境界，在外人看来，那感情还能有假吗？

　　此时领哭人完成了任务，换上一副轻松的表情，去一边悠闲地喝茶聊天了。围观的人谁没有爹娘？耳朵听着唱的内容，联想自己爹娘的恩情，不知不觉潸然落泪，一片唏嘘……

　　这古老悠久的"哭婚"场景，村里每年都要上演几次，使人们时刻不忘爹娘的恩情，不忘了要做一个有责任的孝子孝女，世代相传下来，效果奇佳！真不知这"哭婚"是哪朝哪代的老祖宗发明的，历经了那么多的朝代更迭，沧桑巨变，流传至今居然长盛不衰！

　　中午刚过，本队两位领哭的中年妇女来了。结过婚的妇女都是过来人，个个对此驾轻就熟，不用去外面请。这两位妇女经验更足，手艺也精。

太阳雨

　　首先要给满秀"扯脸",这是出嫁前的第一道程序。脸一扯就等于开了脸,揭开了少女的面纱,由羞涩腼腆的少女变为落落大方的女人,也意味着正式告别了少女而成为真正的女人,这是婚否的标志之一!因为后面还有之二、之三——婚后每个月都要定时扯,不可马虎,否则便有冒充未婚少女的嫌疑,是会受到婆家的指责和管束的。

　　满秀乖乖地坐在长凳上把脸伸过去。一位妇女把满秀的头发梳向脑后,露出整个脸蛋。另一位妇女用一根细棉线,两手将线翻出一个花样来,贴着满秀的脸皮"刺啦刺啦"地扯汗毛。扯一阵就把线上的汗毛抖下来,继续扯。

　　满秀感觉脸上像有无数的蚂蚁在咬,痛得龇牙咧嘴,汪着泪花忍受着。重复几遍后,满秀脸上的汗毛便荡然无存,脸蛋光滑得像剥了壳的熟鸡蛋似的。接着是扯眉毛,要将那些不按要求、野生乱长的眉毛找出来扯掉,人为地扯成一对细细的柳叶形,酷似古画上宫廷仕女那样的弯弯黛眉。

　　第二道程序是"盘发",要盘成古代妇女的发型。两位妇女将满秀的长发剪去,只留尺把长,将前面的头发向后翻卷,利用头发的弹性在额头上形成一个高高的凤头造型,再以发箍锁定。余下的头发一把拢向脑后,将发梢向上翻卷成一团,塞入一个黑色发亮的髻壳里,用发簪插牢。一番忙碌后,满秀的三千烦恼丝便松软发泡,虚虚笼笼地在前额高高翘起来,再配以细细的柳叶眉,与古画上唐朝那些贵妇人的发型和眉毛如出一辙!

　　这种发型表示已婚,告诫人们名花已经有主,他人休做非分之想。

　　第三道程序是"更衣",改穿民间的古装。未出嫁前在自

334

第十三章

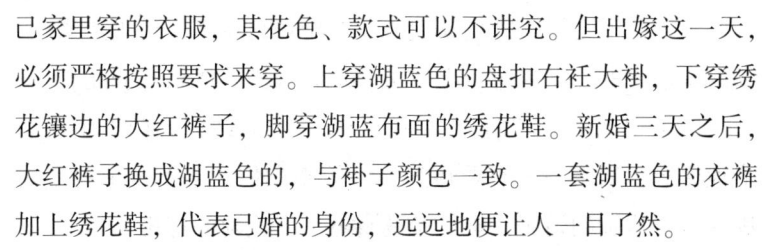

己家里穿的衣服，其花色、款式可以不讲究。但出嫁这一天，必须严格按照要求来穿。上穿湖蓝色的盘扣右衽大褂，下穿绣花镶边的大红裤子，脚穿湖蓝布面的绣花鞋。新婚三天之后，大红裤子换成湖蓝色的，与褂子颜色一致。一套湖蓝色的衣裤加上绣花鞋，代表已婚的身份，远远地便让人一目了然。

这一而再、再而三的提醒，似乎是保护婚姻安全的一道道屏障，也是婚姻合法性的一种标志。这哭的艺术，唱的艺术，和三道程序的艺术，以及所代表的含义，严格而又明确，看得王娟、雨欣和春桃目瞪口呆，大长见识！

三个人顾不上说话，只顾用眼去观察，用心去领会。看完站在门口小声议论，说这农村结个婚真是麻烦死了！这本来是个喜事，怎么弄得跟生离死别似的？这习俗古老得就像一块化石，真不知形成于哪朝哪代，古人又哪来那么多闲工夫！

正说着，闺房里传来了哭声。三人急忙跑进去，见幽暗的闺房里点一盏煤油灯，满秀坐在梳妆台前对着镜子，两个领哭的妇女分坐两边，一人一句开始教她哭唱。

满秀一边假装号哭，一边紧着嗓子学唱："爹呀娘呀，女儿要走了呀，女儿本身不想走呀！想给爹娘尽孝心呀，报答爹娘的养育之恩呀——爹娘年老体衰呀，女儿不忍离开呀——"

这时屋里挤满了人，大家见满秀脸上没有一滴眼泪，只管闭着眼睛，摇头晃脑瞎唱，好像"小和尚念经，有口无心"的样子，都暗暗发笑，但又不敢笑出声来。

唱了好一阵子，满秀忽然张开眼，四处乱瞅。看见王娟她们这几个"老庚"正捂着嘴，望着她偷笑，自己不由得也笑起来！细细一想，爹娘才三十几岁，都还是民兵，爹的身体壮得像头牛，哪里年老体衰嘛？这不明明教我说瞎话吗……

王娟几人走过去把她扶起来,叫她休息休息,出去透透气。那两位领哭的妇女也憋着笑,宽容地允许满秀休息一会儿。

四个"老庚"和两个领哭的妇女,六人站在大门外嘻嘻哈哈地说笑,周围一大圈看热闹的姑娘媳妇们,上上下下打量着满秀,羡慕她的婚服,嫉妒她的身材,评论她的打扮。

像课间休息似的,十几分钟后,领哭的妇女对满秀说:"走!进屋哭去,今天你要学会哭。"

不一会儿,闺房里又传出满秀的哭腔:"爹!娘!为了养育我们几个呀,你们起早摸黑呀,披星戴月呀,顶风冒雪呀,舍不得吃,舍不得穿呀,都顾着我们呀,自己病了都不肯歇呀——我病了呀,你们就背我去打针呀!爹——娘——你们的恩情呀,女儿说不完呀……"

满秀是个聪明的姑娘,经过半天一夜的反复练习,到第二天早上王娟她们来时,居然哭得像个泪人,眼睛也哭肿了,胸襟打湿了一大片。不但哭唱得有模有样,自己还能临场发挥,加了不少内容在里面。这些内容不论真假,但都感人至深,引人落泪!

王娟她们细听了一阵,再也笑不出来了!三人联想起自己从小到大十几年,从来就没想过这些,父母对儿女所做的一切无私奉献,似乎都是应该的!现在被满秀如此一桩桩、一件件摆出来,又哭又唱,这才良心发现,心灵受到震撼!不知不觉泪水涟涟,陪着满秀不停地抹眼泪……再也不说古代老祖宗的坏话了。

满秀的爹娘跟平时一样,脸上若无其事,在堂屋里陪客人寒暄,在伙房里忙着做早饭,好像是隔壁家的女儿在哭在唱,与自己毫无关系,该干什么还干什么。

第十三章

吃过早饭,队里八个年轻人开始搬运嫁妆,每一件嫁妆上面都贴着大红"囍"字,满满地堆在四条小木船上,红彤彤的一大片,映的人脸上也红红的。岸上一通锣鼓声响过后,四条船相继拔篙启航,一路向男方家划去。

杜得志夫妇站在岸边,目送着渐行渐远的四船嫁妆,松了一口气。为办这几船嫁妆,他们付出了十几年的心血。从满秀出生他们就开始做准备,省吃俭用,积积攒攒到今天,总算对得住女儿,能让她风风光光地嫁出去了!完成了这件大事,就像卸下了一副重担,今后可以喘口气,轻松一下了……

一想还不行,女儿虽然嫁出去了,下面还有两个儿子呢,还要把两房媳妇娶进门!娶媳妇一个儿子要一间房,两个儿子要两间吧?没有房子,哪个媳妇肯上门!等操办完两个儿子的婚事,到那时就可以歇口气了。

一想也不行!到那时孙子也该相继出生了,还得继续起早贪黑,省吃俭用,辛辛苦苦抚养孙子。假如命大,能熬到孙子长大成人那天,自己这几根老骨头怕也敲得鼓了。到那时眼睛一闭腿一蹬,往门板上一挺,就彻底休息了……唉!投了一回人生,一辈子没有几天好日子过,下辈子再也不投胎做人了……想到这里,杜得志蔫头耷脑,一点也不得志了,不免又犯起愁来。

犯愁归犯愁,日子不还得照样过吗?高高兴兴是一天,愁眉苦脸也是一天!再说谁家不是这样?走一步算一步,船到桥头自然直!想那么远干什么?杜得志这样一想,忽然又不愁了。

第三天中午,男方接亲的队伍到了,八男四女清一色的年轻人。船刚靠岸,锣鼓、唢呐、铙、钹顿时响成一片!吹唢呐的鼓着腮帮子憋红了脸,朝天一顿猛吹;两人抬的大红鼓被擂得震天动地，一对草帽似的大铜钹被用力拍击几下，又向空中一扬，"嚓！嚓！嚓嚓嚓——"阵阵巨响震得人耳朵发麻，心都快蹦出来了！地上的鸡吓得缩着脖子垂翅乱逃，瓦上的麻雀惊得拍翅乱飞！

在大门口吹吹打打好一阵才停下来，这时静下来了，耳边才响起三三两两的寒暄声。大家进屋坐下休息，杜得志双手拿着香烟逐个敬给来宾。院子里早已备下两大桌酒席，男方接亲的来宾坐一桌，女方送亲的亲友坐另一桌。春桃先盛一碗饭，又用碟子装了几样菜给满秀送进去，随后三人端着碗来到满秀房里，陪她吃临行前最后一顿饭。

满秀知道吃过饭就该上路了，眼里含着泪，没有半点食欲。经不住大家的再三劝说，勉强吃了几口。

吃完饭，米儿四人也急急忙忙赶来了，见过杜得志夫妇，告诉他们已跟文龙请过假，要去送送满秀。杜得志夫妇满心欢喜，感谢的话说了一大堆。

时辰将到，鼓乐声再次响起，两位领哭的妇女急忙跑进房里，给满秀蒙上了红盖头。盖头的四个角用红丝线吊着红枣、花生、桂圆和莲子，寓意满秀"早生贵子"，刚好使盖头的四角下坠，把脸遮得严严实实。

两位妇女教春桃和雨欣一边一个，搀扶着满秀，王娟在前引路。盖头之下，满秀低头看着脚下的路，听着外面震耳欲聋的锣鼓、唢呐声和喧闹的人声，眼泪止不住地滴落在脚下的地面上。这是她有生以来第一次离家，她心里想着爹娘，想着两个弟弟，留恋这个住了十七年的家……

来到堂屋，爹娘迎上来拉住她的手，刚叫一声："满秀……"满秀再也忍不住了，"扑通"一声跪倒在地，大哭

第十三章

起来!

满秀娘心疼女儿,也蹲下去抱着满秀失声痛哭。母女俩哭哭啼啼,直哭得上气不接下气,一句话都说不出来。两个弟弟在一旁不住地抽泣落泪,杜得志眼睛红红的,赶紧走到一边去……

王娟、雨欣和春桃本来心里就不是滋味,又看到眼前令人伤感的一幕,心都碎了!先是落泪,继而也哭出声来……

门外的锣鼓点子敲得更急更响了,震得人心里"怦怦"乱跳。大铜钹都快拍破了,发出难听的"蓬蓬"声。唢呐一声接一声,像催魂似的。接亲的人只管大吹大擂,大声喧闹,对屋里的一切漠不关心。

屋子里一片抽泣和哭声,米儿四人站在一边默不作声,心里只是可怜满秀。那两位领哭的妇女劝了这个劝那个,总算把母女二人拆开来。

春桃和雨欣上前扶起满秀,拍拍她身上的土,满秀啜泣着转过身,隔着盖头哑声说道:"爹,娘,弟弟,我走了……"

男方家里喜气洋洋,热闹非凡,一片忙碌景象。各路亲友悉数到齐,连外地的亲戚也提前一天赶来,一群一群散坐在院子里吸烟喝茶,嗑瓜子闲聊。

院子里临时用砖头垒了四口大灶,熊熊的炉火舔着锅底,人们的心像开水壶的盖子,勃勃跳动!四个厨师忙得满头大汗,手里挥着长柄大马勺,一心要卖弄自己高超的易牙之术,咋咋呼呼地指挥一群妇女干这干那。一堆一堆的孩子在人群里穿来穿去,趁人不备,抓一把瓜子就跑。

左邻右舍好几家的院子都被临时征用,桌椅板凳也是从各家各户借过来的，大小不同，高矮不一，泥地上也坑洼不平，又找些碎瓦片去铺平垫稳。一切准备停当了，专等接亲的队伍一到，就要开席。

遥望湖水，白浪滔滔，与灰蒙蒙的天际相接。一群人站在岸边，伸长了脖子朝水天一色的湖面翘首眺望……

约莫时辰差不多了，遥闻湖面尽头隐约传来一丝微弱的唢呐声，但闻其声不见其影。这声音越来越清晰，孩子们眼尖，遥指湖面一阵乱嚷乱跑："来了来了！"

众人仔细一看，遥远的湖面上，白浪之中果然出现了七八个苍蝇似的小黑点，锣声锵锵，鼓声咚咚，唢呐阵阵，渐渐依稀可闻，仿佛来自天外……

人们手忙脚乱准备迎接新人，锣鼓唢呐沿湖岸一字排开，十几盘千字头的火鞭爆竹挑在长竹竿上，分作两行夹道排列。

接亲的船队越来越清晰，乐声越来越响，船上的人影历历可数。看看近了，岸上的锣鼓唢呐突然一起大鸣大放起来！响声传至湖面，与船队的乐声遥相呼应。双方像比赛似的互不相让，抖擞精神卖力吹打，水上、岸上锣鼓喧天，震耳欲聋！

船队朝着迎候的人群划过来。快近岸时，从队列中闪出一条大船，上面端坐着满秀、王娟、雨欣和春桃，以及接亲的四位年轻姑娘。船刚停稳，这四位姑娘先跳上岸，一起伸手去搀扶满秀下船……

此刻，岸上和船上的锣鼓唢呐合为一处，乐声响彻天际，火鞭爆竹"噼噼啪啪"同时炸响，火光点点，硝烟滚滚！岸上挤满了接亲的和看热闹的人群，一起鼓掌喝彩起来！

浓烈的硝烟中，满秀蒙着红盖头，在众人的搀扶之下，小心翼翼地离舟登岸，被送进洞房去了。

第十三章

洞房里，崭新的家具散发着生漆味和苦楝树的木头气味，又酸又苦。这些都是昨天刚从满秀家里运来的新嫁妆，现在已经铺设整齐。屋子里挤满了看热闹的大人和孩子，不光看新娘子，还看新房、新嫁妆，嘈嘈切切地议论着，夸赞着，没有不羡慕的。

两个孩子蹲在满秀脚下，眼睛朝上往盖头里偷看，嘻嘻地笑。一个孩子唱道："锵，锵，锵锵锵，新娘子看大戏……"

满秀拘谨地在新床边坐下，斜着身子双手叠放在大腿上，低着头一声不响，眼睛盯着自己的绣花鞋，耳朵听着外面的喧闹声，心里"扑通扑通"乱跳——她和新郎素不相识，还不知对方长什么样呢。

陪满秀同来的几位亲戚和土娟等人，被男方的家人请去与米儿他们同席而坐。几个院子里挤满了人，每张桌子都座无虚席，厨师和帮忙的妇女们开始炒菜上菜，转着身子忙碌得不可开交……

米儿面前的桌上已经摆好四样凉菜：一碟酱鸡块，一碟红油猪耳丝，一碟熏鱼块，一碟切开的咸鸭蛋，每人面前一个青花小酒盅。米儿见其他桌上的人都未动筷子，一起扭头朝他们这边望着窃窃私语，好像很稀奇，大家也只好故作镇静干坐着。他们还是第一次参加这样的场合，并且跟成人一样有个"合法席位"，都感到拘束不安，盼望着吃完饭赶快回去。

负责上菜的妇女们川流不息，依次端上来一大海碗鱼糕头子、一盘红烧大鲤鱼、一钵红焖蹄筋、一盘炸胡椒蒸扣肉、一盘姜丝爆猪肝、一盘木耳熘里脊、一碗黄花菜熘丸子、一笼蒸三样、一砂锅黄焖鸡、一盘炒肚丝、一盘滑鱼片、一盆鱼肚薏米羹等，满满的堆了一大桌。有些菜放不下了，就架在菜盘子上。

这鱼糕头子是当地的特色菜，素有"无糕不成席"的美誉，在别处从未见过，足以证明它的稀罕。吃过的人都评价这鱼糕是"吃鱼不见鱼，吃肉不见肉，入口即化"的难得美味！据说是选用猪肉的肥膘和鱼肉最精华部分，斩剁成细茸搅和后蒸制而成，做工精细复杂，非常麻烦，非结婚宴席，即使过年过节也难见上一面。端上来的鱼糕都被切割成三寸长，两寸宽，三分厚的大片，每片大小一致，两片叠放一起斜靠在大碗边，按人头每人一叠。鱼糕下面垫的是炸鱼丸子和剥了壳的熟鸡蛋，也是按人头配好数的。

刚才接亲的四位姑娘，捧着酒壶在席间穿梭来往，开始挨桌给客人筛酒。一位姑娘筛到米儿这一桌的时候，大家都把酒盅握在手里不放下来，摇头说不会喝酒，免了罢……

这筛酒的姑娘笑嘻嘻地说："不会喝少喝一点儿，这是喜酒，不能不喝！"接亲回来时，一路上彼此也有点儿熟了，便执意要筛酒。见大家不肯把酒盅拿出来，姑娘捧着酒壶红着脸说："你们是贵客，难得到我们这里来，我是东道主，你们要听我的。拿过来，我少筛一点……"

大家听她这样说，实在拗不过去，勉强把酒盅拿出来，刚筛了小半盅便用手掌盖住酒盅。这姑娘哪里肯依！她一脸认真地说："不行不行！我们这里待客是有规矩的，三分茶、七分饭、十分酒。头道茶只筛三分，盛饭只盛七分，筛酒一定要筛到十分满，才合礼数！会筛酒的还能筛得酒面凸出杯口沿！我没有这技术，只能给你们筛满。这酒盅只能装七钱，还不到一两……快拿过来！"

这姑娘伶牙俐齿，言下之意，不会喝酒的人遇到她这不会

第十三章

筛酒的人是个机会。大家信以为真，又是头一次听说这规矩，也不知坏了这规矩有何后果，都被这几句话吓得噤若寒蝉，言语不得。无奈之下只得入乡随俗，任其将酒盅筛满。

筛酒的姑娘刚一转身，王娟就把那盅酒往地上一泼，雨欣和春桃也趁人不备把酒倒了，又抓过茶壶，每人倒了一点开水在酒盅里。筛酒的姑娘早有预感，一回头，看见地上几块湿痕，笑了笑，走了。

米儿几人大受启发！正想往地上倒，忽见旁边几桌客人纷纷站起来，嘴里乱嚷道："新郎来了！新郎来了！新郎敬酒了……"大家都跟着站起来，朝新郎望去。

新郎看上去有三十好几岁了，黑瘦的脸被刮得乌青。一双吊眯眼像两条细缝打不开，似乎上眼皮有千斤重，自己只能挑两百斤，费了九牛二虎之力，只能睁这么大了。只得仰起脸来，眼睛朝下看人，永远是一副居高临下、傲视群雄的样子。可是那张嘴却非同小可，一笑都能咧到耳朵根，端着一盅酒，笑嘻嘻地咧开大嘴向人们敬酒。

王娟、雨欣、春桃三人一看，大失所望！心里拔凉拔凉的。因为同席还有男方家里请来的客人，嘴巴不敢乱说，只能在心里同情满秀，替她鸣不平。心想这种水货女婿哪里配得上满秀？满秀这辈子可亏大了，一朵鲜花插到哪里不好，偏偏就插在了牛粪上！待会儿看了还不知怎么哭呢……像这种水货女婿带出去都恶心人，这哪对得起观众！宁可一辈子打光棍也不要。满秀真是明珠暗投……王娟和雨欣又不约而同看一眼米儿。米儿歪着脑袋，正望着那新郎发呆。

当年媒婆做媒时，倒是跟杜得志说得清楚明白：眼睛虽然小点，但很聚光，苍蝇飞过都能认清公母，蚊子飞过都能看清双眼皮还是单眼皮。嘴巴大是大了点，但是"嘴大吃饭准，脚大江山稳"呀！虽然年龄三十有二了，但过日子年龄大点好呀，知道心疼人，婚姻牢固有保障。况且农活样样精通，是队里的壮劳力……万没料到竟是这等货色！

新郎在父母的陪同下，挨桌给客人敬酒。客人们围桌站起来满脸堆笑，举着酒盅乱说一些"金童玉女，郎才女貌""天作之合，白头偕老""夫妻恩爱，早生贵子"之类的奉承话……

敬到米儿他们这一桌的时候，听说是送满秀来的武汉知青，这新郎官兴趣大增，仰起脸来，把那双吊眯眼停留在王娟、雨欣、春桃的脸上，无耻地看来看去。待看清她们都是双眼皮的漂亮好姑娘，并非苍蝇蚊子时，立刻咧开大嘴一笑，亲热地跟她们碰杯，一仰脖子干了一盅！却对米儿几人视而不见，仿佛他们是几只公苍蝇，不值一看。在他父母的提醒下，新郎才又筛一盅酒，向米儿他们也敬了敬。

王娟、春桃和雨欣冷着脸不看也不理睬，捏着半盅白开水举了举，便坐下来。

因为心里惦记着满秀，王娟三人放下碗筷一起来到新房里。新房的桌子上放着一碗冷饭和一杯水，像是祖先牌位前的祭品。雨欣和春桃坐在床边，一人拉住满秀的一只手，想想新郎那副尊容，心里只是恶心，越发可怜满秀，却不知说什么才好。

王娟端起那碗饭递给她，劝她多少吃点，话里有话地说道："老庚，该吃就吃，该喝就喝！等一下有你闹的，吃饱喝足了，到时候才有劲闹！"语气里明显带着怨气。

满秀在盖头里面细声道："我不饿，你们快去吃吧，不要饿坏了……"几个人劝了半天，她还是不肯吃，水也不喝。

第十三章

满秀并非不饿,她有自己的难处。最近几天日夜啼哭,根本没有好好吃过一顿饭。今天又折腾了一路,此时又饥又渴,但她不敢吃,也不敢喝,怕吃喝下去以后要上茅厕,茅厕在什么地方都不知道。外面人声汹涌,闹声如潮,新娘顶着红盖头当众出去找茅厕,落个话柄下来,岂不让人耻笑一辈子!再饥再渴也只能忍着。

外面人声鼎沸,酒席都快吃到一半了。奇怪的是,各桌的女客们却不怎么动筷子,也不喝酒,只是腼腆地坐着,把两手合十夹在腿间,含笑看着大家吃喝,偶尔在菜盘里夹一点菜渣渣放进嘴里。男客们似乎见怪不怪,只顾自己吃喝,根本不劝她们。

孩子们在地上捡起未炸的爆竹,点燃了往空中抛,往湖里扔。第二拨吃流水席的客人们陆陆续续来了,见第一拨的客人还在吃,便三五成群地站在院子外面吸烟闲聊,等候入席。

男客们吃饱喝足后,不敢久坐,知趣地站起身离席。见男客们吃饱喝足走了,女客们纷纷掏出准备好的荷叶,把属于自己的那一份鱼糕、熟鸡蛋、鱼丸子、一块块卤过的和油炸的鸡鸭鱼肉等食物夹过来,放在荷叶上,用蒲草仔细捆扎成一包塞进怀里。用手摸一摸确实放妥帖了,这才安心地就着菜盘里的残渣剩菜和羹汤,放开肚子胡乱吃一大碗米饭下去。

这些女客来自四面八方,都是男方家里的亲友,她们的身子虽然来了,可是心还在家里,还系在孩子们身上。出来吃酒可是送过礼金的,不能只顾自己,要把桌上这些不常有的好吃的留下来,尽量多带点回去给孩子们吃。临走时,主人往往还会把收集的剩菜分成若干份,给这些女客们每人奉上一包带回去。

吃完饭该回去了，王娟几人进去跟满秀道别，米儿四人也跟了去。满秀房里挤满了孩子，许多大人拥在门口朝里面张望。

满秀低着头还坐在床边，一声不响，身子似乎有点打晃。听见王娟叫她，猛一惊，才稳住了身子。她知道大家是来向她道别了，头微微抬了抬，伸出了双手。

王娟上前紧紧抱住她的肩，隔着盖头在她耳边说："满秀，我们要走了，你一人在这里，要多珍重呀……"眼里闪着泪花，声音里带着哽咽。

雨欣和春桃一人拉了满秀的一只手，紧紧地攥着。见王娟这样，二人眼圈也红了，哑声说道："满秀，你要多保重……经常回来看看……"二人说不下去了，掏出手帕抹眼泪。

满秀隔着盖头低低地"嗯"了一声。她想着家，想着爹娘，想着弟弟，想到知青老庚这几天来一直陪伴着她，真诚相待，情同姐妹，又一路陪她到这遥远陌生的地方来。眼看道过珍重后，她们就要走了……她突然"哇——"的一声，孩子似的哭出了声，又赶紧用手捂住嘴，无声地抽泣起来！哭得肩膀一耸一耸的，胸脯一起一伏……

王娟、雨欣、春桃不停地抹眼泪。米儿四人红着眼睛看着她们，心里不是滋味。虽然是喜事，却觉得满秀很可怜，都为她婚后的生活捏了一把汗。

好一阵子，满秀才哽咽着说："你们快回去吧，天不早了。谢谢你们这些天的陪伴，待我亲如姐妹，满秀很感动！你们的情谊，我永世不忘……"说着又是一阵啜泣，过一会儿又说："回去告诉我爹娘，就说我在这里很好，我很满意。我，我感谢他们生养之恩……"话没说完又哭。

王娟、雨欣和春桃仔细听她说，心里记着她的话。

— 346 —

第十三章

这时门外进来两个船老大，喝得满脸通红，嘴里喷着酒气说，天不早了，还有那么远的路要赶，不能再耽搁了，催他们赶紧动身。

王娟三人依次上前跟满秀抱了抱，安慰几句，洒泪相别。米儿四人也分别跟满秀拉拉手，安慰的话却不知怎么讲，只好叮嘱两句。

正要离去，满秀站起身向大家深深鞠一躬，叫一声："老庚……"盖头里面又传出抽泣声……

船已经划出很远了，王娟坐在船上心里还念着满秀。从中午到现在，虽然一直跟满秀在一起，但她一直蒙着盖头，临走时互相都没能见上一面。满秀粒米未进，滴水未沾，到现在还空着肚子。外面吃酒的那些人，酒足饭饱后又要进去闹洞房，还不知要闹到多晚！等到三更半夜人群散去，盖头一揭，见到自己的新郎居然长成这副模样，岂不要吓得晕过去！这新郎喝得酩酊大醉，吊一双眯眯眼……下面，下面夫妻二人的节目还如何演得下去？满秀不闹才怪呢。这花烛之夜还能有个安宁吗？肯定没有！王娟不知不觉把头摇得像拨浪鼓。

雨欣和春桃望着船上挂的一盏风灯出神。米儿四人与她们对面而坐，闭着眼睛一言不发，不知在想什么。

湖面上黑茫茫的一片，只有风灯照着船边的一小块水面，波光粼粼，闪动不止。行了一阵忽然起风了，湖面上腾起尺把高的波涛，浪花拍打着船头，时而"呼噜呼噜"，时而"吧嗒吧嗒"，像一群大肥猪咂动嘴巴在喝粥，那吃喝的声音又甜又香，有滋有味，撩得人心里痒痒的……

湖面寒风阵阵，舱内阵阵寒意，雨欣回过头来看一眼米儿。

灯火下，米儿蜷着身子紧靠船篷，双臂抱在胸前闭着眼睛睡着了，歪着脑袋微张着嘴，一滴清涎挂在嘴角，清秀干净的脸上带着孩子气。雨欣看得心疼，眼里充满了爱意，一股怜惜之情油然而生！她心里一阵"突突"猛跳，呼吸急促起来。自己感觉这心跳的声音又大又重，似乎全船的人都听见了，急忙移开目光，看着舱外黑黢黢的湖面。

这时已经来到了湖中央，风浪也一阵紧似一阵，小船敌不过这风浪的力量，左摇右晃，颠簸起来。

雨欣想起满秀，似乎听到了锣鼓、唢呐、鞭炮声，看到了屋里屋外满是闹洞房的人，挖空心思地做着恶作剧，大叫大嚷大闹大笑！满秀空着肚子蒙着盖头，坐在床边一声不响，任凭闹洞房的人们推来搡去，尽情地调笑……等到曲终人散，看清了自己的新郎，她心里会有幸福感吗？会有新婚的喜悦吗？不知她今夜怎么熬过去，也不知今后的出路在哪里……

她望着冰冷黑暗的湖面，感到一阵寒意袭来，不由得裹紧了衣服……

第十四章

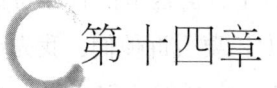

古人云："投之以桃，报之以李"，意思是：往而不来，非礼也；来而不往，亦非礼也。民兵连长杜得志读书不多，不一定知道古人这句话。但他知道，别人对我好，我就要对别人好，这是起码的礼数。这次满秀出嫁，知青们尽心尽力，事事为满秀着想，亲如姐妹，着实令人感动！因而对这几个知青也多了一些认识和了解，更重要的，是在感情上拉近了距离。

想到王娟、夏雨欣和许江华上次申请参加基干民兵，上报到公社后被退了回来，至今还不是民兵。看得出来，三位知青对此感到失望，很有意见。他们要求进步这是好事，说明上进心强，他们的表现有目共睹，也是值得肯定的。虽然家庭出身不大好，可他们才十几岁，跟他们有什么关系？再说不就是个基干民兵吗？又不是入党入团，没必要那么严格。

杜得志开始做工作。他找到米儿了解情况，米儿把王娟、雨欣和华华的家庭情况逐一介绍后，说："我也正想跟你反映这件事，但不好开口。我跟他们三个从小到大都在一个班级，他们在班上的表现比我要好，加入民兵组织完全合格。至于家庭出身，不管有没有问题，都跟他们没有关系。上面不是反复说，出身不由己，道路由自己选择吗？"

见杜得志沉思不语，又接着说道："他们在农村的表现，大家也都看见了,一点儿不比我差。这事还要请连长多费心,把他们都吸收进来才好!不仅壮大了民兵队伍,也有利于提高他们的积极性。"

杜得志心里有数了,但这事能否办得成,心里又没数。便站起来道:"这事暂时不要告诉他们,我先去跑一跑,批下来了再说。如果批不下来,也免得他们再次失望。事在人为,我尽力去争取!"

杜得志连往公社跑了两趟,把他们三人的情况反映上去,据理力争。公社的高营长架不住他软磨硬泡,认真研究一番后,终于批下来了!

杜得志在民兵大会上宣布:经研究批准,王娟、夏雨欣、许江华三人为我连正式民兵!话刚落音,米儿带头鼓掌欢迎和祝贺!

民兵们都把眼睛看着他们三人,朝他们热烈地鼓起掌来。掌声中,王娟和雨欣低着头脸也红了。特别是王娟,心情复杂而又心酸。自从父母被革职以后,自己这几年一直抬不起头来,总是感觉低人一等,如今加入了民兵,总算在政治表现上得到认可,不会让人看不起了……

雨欣望一眼米儿,心里松了一口气。她想,现在是民兵身份了,终于从二等公民变成一等公民,跟米儿平等了!还要再努把力,早日加入团组织才好!

华华感到意外,望望杜得志,又看看米儿,他觉得这事有点突然。天天和米儿在一起,居然未听到他透露只言片语,瞒得铁桶似的滴水不漏!这是个意外的惊喜,家人知道了肯定高兴。

麻杆替雨欣高兴,一边鼓掌一边望着雨欣。他忽然想起那张求爱的字条，至今还没想好怎么写，要赶紧想几句好听的话写上去，趁她这几天高兴，找个机会塞给她，试试她的反应。

散会后刚一出门，就看见骗子站在门口，一见到王娟她们三人出来，便撒着欢地跑到跟前，使劲地摇尾巴，蹦蹦跳跳地往她们身上扑！王娟蹲下去把它抱起来，亲热地盯着它的眼睛说："骗子，你也知道我当民兵了？今天回去给你买好吃的，庆祝庆祝……"

雨欣连忙凑上去，对骗子说："还有我，我也是民兵了！侬想吃点啥告诉阿拉……"高兴之余，一不小心在武汉话里夹了一句上海话，说话的嘴都快挨到骗子的湿鼻尖了。骗子的眼睛黑白分明，水汪汪的像两颗宝石，定睛看着她，似乎听不懂。突然眼睛一眨张开了大口，伸出长舌头舔舔鼻子。雨欣吓了一大跳，赶紧把脸闪开！众人一阵大笑。

春桃在一旁对米儿他们说："今天都在我们这边吃饭吧，大家好好庆祝一下！我们刚分了些农垦五八晚稻米，做出来的饭喷喷香，不用菜都可以吃两碗！"

米儿四人巴不得去吃现成，哪有不答应的！便连声地表示感谢道："下下侬！下下侬！（谢谢你）"

雨欣惊奇地一扭头，疑惑地看着米儿道："侬也晓得上海话？"

王娟抱着骗子走在前面，听到这话，转过身来说："是我告诉他们的，小时候就会讲这句了！你莫忘了我是苏州人，上海话是苏州话变过去的……"

正说着，五岔河的上游漂来成百上千只水鸭，把河面都挤满了，叫声响成一片。后面跟着两叶小舟，放鸭人拿着长长的竹竿一边撑船，一边赶着鸭子缓缓地往下游而去。秋后收割过的稻田里有无数遗落的谷粒,此时正是放鸭子的好季节,河面上每天一早一晚都有好几拨鸭群经过。

春桃一见,连忙招手喊道:"哎哎哎!鸭拐子——鸭拐子!有没有鸭蛋卖呀?"

这些放鸭人和鸭群都是外地来的,没有人知道他们姓什么叫什么。当地人把他们统称为"鸭拐子",也不知典出何处。春桃她们平时都跟着这样叫,放鸭人自己也认可这称呼,有叫必应,并未觉得有什么不妥。

一个鸭拐子把船朝岸边撑过来,连连说道:"有有有!你要多少呀,小姑娘?"

春桃问:"多少钱一斤?"

鸭拐子靠岸稳了船,说道:"两角钱一斤,拿谷来换也可以。"

春桃说:"好,就拿谷换!几斤谷换一斤呀?"

鸭拐子:"按牌价算,谷九分钱一斤,两斤半谷换一斤鸭蛋。"

春桃犹豫着,华华在心里飞快计算一遍,说道:"两斤半谷,就是两角二分五,那你不是多赚了我们两分半呀?"

鸭拐子笑了,说道:"你放心,不会让你吃亏的,每一斤再多给你一个蛋,这总可以了吧?"

华华问道:"一斤加一个蛋?你一斤有几个蛋?"

鸭拐子认真地说:"一斤鸭蛋有六七个,加一个还嫌少呀?"

华华啰唆道:"不是少不少的问题。那要看你给多大一个,如果你选个小的呢……"

鸭拐子从竹筐里拣出一个大鸭蛋来,举着说:"这个不算小吧?"

第十四章

华华:"这个才多大?还有没有更大点儿的……"

鸭拐子:"这蛋还不大?太大了鸭子也生不出来呀!"

大家站在岸上,看他们一脸认真的样子,一问一答,再也忍不住了,一起哄笑起来……

王娟听得不耐烦了,把骗子往地上一放,说道:"就为一个蛋,紧在这里啰唆!也不嫌丢人!"说着从裤兜里掏出钱来说:"就用钱买,免得一个蛋两个蛋的算不清楚!"

华华脸都红了,摇着头分辩道:"这不是一个蛋两个蛋的问题,亲兄弟明算账,该是怎么样就怎么样……"

见王娟下了河堤往船边走去,华华又跟上去喊道:"哎——你不认得秤,让我来看看,叫他把秤给足……"

这话又引起大家一阵哄笑,鸭拐子也忍不住笑起来,朝岸上众人道:"你们放心,我不会欺负你们的,只会多不会少!"

王娟拿一块五毛钱,买了七斤半。鸭拐子又拿了四个鸭蛋小心地一一加进去,嘴里道:"姑娘,你们是知识青年,多给你半斤,这就有八斤了!我不会坑你们的。"

王娟喜滋滋地扭头朝堤上望去,喊春桃回去拿篮子来装。花蛇把外衣一脱,只穿着棉袄说:"不用了,就拿我的衣服包!"说着把衣服揉成一团扔下去。

骗子一直蹲在岸上,一声不响地盯着王娟买鸭蛋。突然发现头上一团黑影朝王娟飞去,它立刻箭一般地追着这影子冲下堤去,一边跑一边回头看着空中的衣服,想用嘴去接住。冲到河边收不住脚,一不留神,"扑通"一声,一头栽进河里!众人大惊,王娟、雨欣和春桃尖叫起来……

只见从水底"咕噜噜"冒上来几个大气泡,水花一翻,骗子浮出水面,惊慌失措地抖一抖头上的水,用狗爬式朝岸边急游！一上岸，便不停地抖着身上的毛。毛让水湿透了，紧贴在身上，四条腿细骨伶仃的，在寒风中冻得瑟瑟发抖，越发显得瘦小可怜……

王娟、雨欣和春桃也顾不上包鸭蛋了，就用这衣服包了骗子，抱在怀里不停地给它擦身上的水。

一进门，大家就忙着做饭。春桃刷锅洗碗，王娟抱柴烧灶，花蛇和麻杆缠草把子，米儿和华华进了小卖部，骗子也跟了去。

雨欣见花蛇那件外衣扔在地上，湿漉漉的又是泥又是水，便拿去洗了，晾在河边的晒衣竿上，晚上偏偏忘了收进来。这天夜里忽然起一阵大风，将这件衣服吹向半空，像一片树叶似的，忽忽悠悠，竟不知飘向何处去了……

花蛇的母亲省吃俭用，在这件衣服里缝进去十块钱，以备他急用。下乡以来，他几次想拆开拿出来用，但都觉得还没到万不得已的时候。想到母亲一大把年纪了，风里雨里在江边挑码头，用孱弱的肩膀担起全家的生活重担，艰难辛苦好可怜！自己年纪轻轻的，能不用就不用。一咬牙，居然挺到现在！眼看队里要分红了，用不着这钱，打算春节回去再还给母亲……谁知竟被一阵风吹了去！这真是：积积攒攒，一把雨伞；大风一吹，变成光杆！人要是走了背运，靠山山崩，靠水水浑，靠块石头砸了脚后跟！算是倒霉到家了……

当时在河边，他见买了鸭蛋没东西装，二话不说，脱下衣服就扔过去，根本没去多想。到第二天穿衣时想起来了，才和米儿一起来找雨欣。

雨欣并不知道这衣服里藏着十块钱。花蛇来取衣服的时候，便懊丧地对他说："衣服被风吹不见了……"

花蛇一听当时就愣住了，半天竟说不出话来！心里暗暗埋

第十四章

怨自己太粗心，忘了这件事，没有早点拆开衣缝把钱拿出来。

雨欣甚觉难为情，连连道歉，掏出早已准备好的十块钱塞给花蛇，叫他春节回去再做一件。

花蛇哪里肯要！用手一挡，连退两步道："不用不用，你这十块钱都够做两件了！这件衣服我穿了三年多，又小又旧，早就不想要了！丢了正好……"也不提衣服里藏着母亲给的十块钱。

雨欣坚持要给，说："这本来就是我粗心大意造成的，怎么能不赔？快拿去！如果还有多的，顺便再做条裤子，记得做长一点，个子还会长的。"说着，硬把钱往花蛇口袋里塞。

花蛇脸涨得通红，躲着身子坚持不要。说："你帮我洗衣服，还要你赔衣服，哪有这道理！不行，我坚决不要！"

一个坚持要给，一个坚决不要，一时僵持不下。

米儿在一旁见了，赶紧上前解围，对雨欣道："那就算了吧，他不会要的。再说你帮他洗衣服是好心，哪能要你赔！"又扯扯自己身上的绿军装，对花蛇道："这军装，我父亲给了我两套。还有一套有点儿大，我不喜欢。你块头比我大些，可能穿了更合身，如果你不嫌弃，回去我送给你！"他也根本没想到，花蛇娘当初说的"衣服里缝了十块钱"，恰巧就是这件衣服！

花蛇一听米儿要送他一套军装，喜出望外！连忙笑道："真的？那当然好，你送的我就要！我早就羡慕你了，一年四季总有军装穿，肩上还有挂肩章的扣袢，要多神气有多神气！多谢好兄弟！"说着，好汉似的双手抱拳，朝米儿拱了两拱。

米儿把他手往下一摁，把胸脯一挺，装出满不在乎的样子，笑着说："这算什么！我又穿不得，也早就不想要了……"

雨欣看着他们这两个好朋友,知道这些话多半是在安慰她,心里一阵温暖!这辈子有幸能与他们做同学,真好!

天气越来越冷,田里的庄稼已经收割干净,颗粒归仓了,只剩几寸高的稻茬戳在地里,密密麻麻望不到边。一年一度的冬闲又到了。

冬至越来越近,各家各户开始给自家养的猪添加精饲料催肥,用打米时筛出来的碎米掺糠粉熬成粥糊,一桶一桶地提去喂猪,让猪吃个够。吃饱了喝足了,才好快快增肥长膘。一年到头,只有这时才是生猪们放开肚皮大吃大喝的日子!只可惜它们并不知道,这好日子一过,就算到头了……年底杀一头大肥猪,围着火堆海吃海喝,痛痛快快享乐几天,这是大人孩子都盼望的!

段师傅脸上架着眼镜,磨刀霍霍开始做准备了。六七把各种专用的刀具排在地上,面前几块磨刀石,粗细有别。粗磨之后又细磨,还不停地用拇指试着刀刃,直磨得每一把钢刀雪亮锋利才满意,擦拭干净后收起来备用。

家家户户都在自己的甜井里打上甜水来,泡了黄豆和糯米,忙着磨豆腐、酿甜酒、炒米子、磨粉子、摊豆皮、熬麦芽糖……伙房顶上的烟囱,从早到晚不停地冒着炊烟。

更有些性急的人家,这时就把自家菜地旁边的水渠戽干了,开始抓鱼。这些水渠都是各家各户自己挖的,围绕菜地一圈,或方或圆像护城河似的。原本与外面的河道相通,春夏时节河水上涨,各种鱼类随之进入这港湾来觅食繁衍。到了夏末退水之前,筑起一道土挡一拦,把鱼拦截在渠内,平时菜地里不要的老菜叶下脚料,整理菜园时拔起的丝瓜、茄子等植株藤蔓,

第十四章

连根带梢，统统扔进去喂鱼。此时抓到的鱼又肥又大，但仍以白色鲫鱼为多，也有鲤鱼和黑鱼。收获之丰，一冬也吃不完，足够一家人过个肥年了！

这样的菜园子虽然像一座孤岛，好处却不少：可以防止猪牛羊和刺猬上去乱吃乱拱、糟蹋破坏，同时也能防两条腿的人。米儿他们看着园子里翠绿可爱的黄瓜、菜瓜，想吃，又过不去，只能望着干瞪眼！

米儿几人什么也没有，也没养头猪，也没种菜园，也没一条鱼……除了几袋米，一无所有。

不过，社员们念着他们修厕所和打井的好，又可怜他们身在异乡为异客，吃饭时不是这家来请，就是那家来请。请回去把他们当个人物似的，每人面前放一个小酒盅，饭前饭后还奉上一支香烟。

酒，大家不喝，不习惯那味道。可是烟，只拿在手上好玩，放在鼻子下面嗅。嗅来嗅去，麻杆和花蛇渐渐地学会了，居然也能像模像样地吸完一支！

米儿和华华经不起主人的力劝，也点燃了吸几口以示礼貌，不过只在嘴巴里打个转就吐出来，并不吞进去，剩下大半支便想扔掉。但见主人眼巴巴在一旁看着，又怕拂了主人的一片好意，糟蹋了东西，只好假装又吸。然而是真是假，主人一看就明白。

这时，人们望眼欲穿的分红方案终于出来了。四个人跑到村口的公示墙一看，只见表格上列得清清楚楚：

刘华社：分得稻谷 420 斤，现金 81.30 元，扣除借支 22 元，实得 59.30 元

许江华：分得稻谷 420 斤，现金 77.15 元，扣除借支 15 元，实得 62.15 元

田　米：分得稻谷 420 斤，现金 60.01 元，扣除借支 37 元，实得 23.01 元

曾抗美：分得稻谷 420 斤，现金 47.77 元，扣除借支 38 元，实得 9.77 元……

四人分的口粮都一样多，现金却根据个人所挣工分的多少而不等。花蛇工分最多，麻杆最少，米儿居中偏下，因为病假请得多。但他并不在意，二十几块钱，除了还给王娟五块，还有十八块零一分，也够回去的路费了！幸亏没有超支，只要能回去就行。

王娟她们那边，分的口粮跟米儿他们是一样多，但分到手的现金却大大超过他们！雨欣分了一百二十元，春桃分了九十三元，王娟到手也有七八十元……

米儿四人心里大不平衡！愤愤不平地议论道："这不是要跟她们计较！一年下来，我们居然输给她们几个女的！这还不丢人啊？"

麻杆分的最少，除了借支多以外，平时也比别人懒一些，工分也最少。此刻听说雨欣分了一百二十元，心里酸不溜秋的不是滋味！身子一歪靠在被子上，翘着二郎腿晃悠着说："这是什么世道啊！她们分那多，我们分这少！要是她们晓得了，不笑掉大牙才怪……"

其实王娟她们已经知道了，几个人正在屋里笑得打滚呢！

中午她们在小卖部碰见文龙过来打酒，几个人围住他问这问那，了解米儿他们分红的结果。可恨文龙这大嘴巴一点不关风，呵呵笑着，把他们每个人实得稻谷若干，现金若干，借支

第十四章

若干,扳着指头一五一十来了个和盘托出!几个人听说米儿只分了二十几块钱,麻杆更少,只有九块多!再也忍不住了,倒在床上笑得爬不起来!真不明白这一年来,他们都在瞎忙些什么……

骗子听见满屋子的笑声,慢吞吞地从外面走进来,瘪着肚子,愁眉苦脸地看着她们。

王娟一见,光脚跳下床,一把抱起骗子,幸灾乐祸地说:"嘻嘻!骗子啊,我劝你还是跟着我们混吧!不要回去了,他们那边都快揭不开锅了!"

雨欣和春桃听了王娟对骗子讲的话,在床上笑得翻过来滚过去,直叫肚子痛!

该分的都分了,钱也拿到手了,再没有了想头。回家有了路费,心里便踏实了一半。阳历年过去不久,便到了腊月。

昨晚刮了一夜的北风,清早醒来,窗户外面强光刺眼,白茫茫的一片,映得屋里雪亮雪亮!

米儿开门一看,门外的积雪堆了一尺多高!天上还在飘飘洒洒下个不停,落到地上发出细微的"沙沙"声。田野、村庄、房屋、树木都被厚厚的大雪覆盖。一眼望去,千里冰封,银装素裹,真个是白茫茫一片,大地真干净!

北风吹过,结冰的树枝像要脆断似的,"咔吧咔吧"地响。米儿呼出一口气,立刻变成一团白雾。骗子昨晚冻得受不了,独自躲在灶膛里睡了一夜,这时走出来抖着身上的灶灰。本来是黄狗,锅底灰在它身上染了几块大黑斑,脸上也是半边黑半边黄,一下变成了花狗!米儿吃了一惊,差点儿没认出来!

看着外面的大雪,他忽然想起一首描写雪景和狗的打油诗:

"天地一笼统，地上黑窟窿；黄狗身上白，白狗身上肿。"心想，这打油诗虽然俗气，倒也形象！"地上黑窟窿"应该是井吧，黄狗身上的"白"，应该是积雪。有趣的是白狗身上的"肿"！白狗身上堆了白雪，确实不好用颜色来形容和区分，只能用"肿"来比喻，真亏诗人想得出……不知是哪个编出来的诗！

大雪封了路，外面冷冷清清，人迹罕见。家家户户的大门紧闭着，一家老小都穿得厚厚的，躲在屋里不出来，围着火堆烤糍粑、喝米酒……只有炊烟从瓦缝里逸出，成群结队的麻雀缩着脑袋，紧偎着烟囱在取暖……

年关越来越近，此刻最容易引起游子对家的思念。米儿忽然想家了……

华华和花蛇也起来了，走到门口来看雪。花蛇棉衣棉裤外面罩了一套绿军装，穿在身上正合适，人也精神不少。他心里感激米儿，对这套军装非常满意，倍加爱惜！

他一看雪堵在门口，吃一惊道："好大的雪！怪不得昨天夜里外面风直吼的，睡了一夜都不转热，两个耳朵也是冰的！"说着，用手搓了搓耳朵。

华华挤过来，望着门外厚厚的积雪和空中飘舞的雪花，道："燕山雪花大如席……瑞雪兆丰年呀！明年虫子少，庄家肯定长得不错。好雪！"

米儿两手插在裤兜里，双脚在地上不停地跺着取暖，接口道："我爷爷说，冬天麦盖三层被，来年枕着馒头睡！就是讲小麦喜欢大雪。可惜我们这里没有麦子，也没有馒头，只能枕着糍粑年糕睡了！"一笑，口里喷出一团白气。

花蛇站在雪地里，抬起双臂握着两只拳头做扩胸运动，积雪没了小腿半截。听到说"糍粑年糕"，停住了，问："我们早

第十四章

上吃什么？肚子都饿了……"

华华回到房里喊麻杆道："麻杆！起来起来，要搞饭吃了……"

麻杆因为分红钱分少了，这几天正闷闷不乐，情绪有点低落。他家里条件很好，并不在乎这点钱，只是觉得很丢面子。特别是雨欣在那边分的最多，他在这边分的最少，这两头一比较，显得自己很无能，好像远不如她似的，自然多了两分自卑。

他暗恋雨欣，总想在她面前逞个强，显示自己有能力，借此来暗示雨欣：跟着我麻杆不会错的，你放心，包你将来吃穿不愁！面包会有的，牛奶也会有的……

谁知这次分到手的钱，还没有雨欣的零头多！雨欣会怎么想啊？说不定以为我是个无用处的懒虫，今后会成为她的累赘，还要靠她来养活我，那就完了……我面子往哪搁？幸亏那张求爱的字条还没写好。现在不是时候，先观察一下她的态度再说……

此刻他赖在被窝里胡思乱想，就是不想起来。听见华华叫他，睁开那对小眼睛看了一下，又闭上了。

华华坐在对面自己的床上，看着他道："啊？你怎么又闭上了？快起来烧火，要弄饭吃了。"

麻杆叹口气，动了一下，翻过身去脸对着墙，不理不睬。

华华见他这副懒相，劝他道："你要想开些，莫想那么多。我们是来这里锻炼的，不是来赚钱的，分几个钱够回去的路费就行了。我计算过了，到郝穴的汽车票六角五，从郝穴到武汉的船票，四等舱才五块二角钱，再吃几顿饭，在区上住一夜，汉口到武昌的轮渡六分钱……"华华絮絮叨叨，扳着指头帮他算细账起来……

这一算，麻杆这九块多钱可能真的不够到武汉！常听人说"穷家富路"，出门路费要带足。他不但不足，甚至还不够！想到这里，华华犹豫一下，又道："要不，我把我的钱分一半给你吧，你也不用还我。重要的是都能顺利到家才好。有钱没钱，回家过年……"

麻杆听华华这样说，一骨碌坐起来，两只又小又圆的眼睛闪闪发亮，连忙说道："不是这，不是这，哪是为了钱！是为了别的……主要是太掉底子了……"说着又躺下去。

米儿和花蛇也进来了。花蛇往床上一坐，看着窗外道："今天下这么大的雪，不知武汉下雪没有？我妈还要去江边挑码头……"说着眼圈一红，又道："我想早点儿回去，替她挑几天。快过年了，这又是风又是雪的，跳板又高又滑又窄，摇摇晃晃的，万一摔下来就不得了……"说着说着，眼睛里涌出泪来。

花蛇这一说，米儿也想妈了，华华也想妈了，麻杆也想妈了，四个人都在心里想念自己的妈——奇怪的是，都没有谁想爹。

呆坐了一会儿，米儿抹抹眼泪站起来，语气果断地说："回家！饭也不要做了，现在就去找王娟她们商量，最好明后天就动身！"

王娟、雨欣和春桃三人，早上起来看见外面的大雪，又喜又忧。喜的是，冬天又来了，这一年过去了，马上就可以回家过春节了。忧的是，这雪还不知哪一天才会停，停了以后，多少天才能化干净？一旦路上结了牛皮冰，汽车也不通了，那可怎么办？李月和素琴她们队里分红早，几天前两个人就回去了，现在早已到家了吧？要是跟她们一起走，也不会遇上这大

第十四章

雪了……

几人用被子盖着腿脚,正在担忧。忽然听见窗外有脚步声,踩得地上积雪"咯吱咯吱"响,骗子在外面一边抓门一边叫。春桃一掀被子,赶紧跳下床把门打开。米儿四人进来了,身上都是雪,不停地用手往下拍打。

王娟和雨欣二人顶着一条被子从房里走出来,同时问道:"这么大的雪,你们怎么来了?外面冷吧?"

米儿环顾一周,见屋里冰锅冷灶,烟火不动,便道:"下大雪了,来看看你们,顺便商量一下几时回去。"

王娟立刻抱怨起来:"你们才想起来要回去呀?要不是强队长非要我们分了红再走,前几天就跟李月她们回去了!也不会等到现在大雪封了路……"

米儿感到意外,说:"啊,李月她们走了?怎么也不告诉我们一声?"

春桃就说:"现在告诉你们也不迟呀!走之前她们来过的,叫我们带话给你们,说先回去了,在家里等我们。"

雨欣道:"看你们的脸,都冻青了!还没吃饭吧?"

米儿揭开锅盖看了一下,锅底一汪清水结了薄冰,周围生了一圈铁锈,笑了笑说:"一起床就过来了,想来你们这边混口吃的,哪晓得你们锅里都结了冰!"

王娟最喜热闹,一听说来她们这边吃饭,立刻兴奋起来:"结了冰怕什么,火一烧不就化了?我们今天煮豆皮吃!昨天芸草送来大半袋子,还有一块腊肉,一捆蒜苗!煮起来快得很……"回房把被子往床上一甩,跑出来说:"我去井里打水,春桃切腊肉,雨欣烧火。快点!"提起桶就出门了。

华华赶紧抢过她的桶,说:"雪这么深,井台上打滑,你一不小心掉进去,我就完了……这点小事,还劳你亲自动手啊?"

王娟抓着桶不放手,斜睨他一眼,说:"去去去!你这是什么话,怎么我掉进去你就完了?那应该是我完了!还是知青呢,话都讲不好!"

大家一听,这话确实矛盾,便都笑起来。还是米儿上前接过王娟的桶,递给华华道:"你去吧,也要小心点!"

麻杆最怕冷,抢先坐到灶门口,说:"你们都莫管,我今天专门负责烧火!"边说边用眼睛找雨欣,雨欣蹲在地上剥蒜苗。

这块腊肉冻得像砖头,猪皮又干又硬,春桃拿刀的手都切痛了,半天才切下两片来。

花蛇在旁边看了,说:"我劲大些,让我来切!"接过菜刀一看刀刃,不禁笑了,说:"难怪切不动呢,这哪里还有刀刃嘛,像个锄头,只能用来挖土!你们从来没有磨过吧?"

春桃摇摇头,道:"没有哪个会磨,也找不到磨刀石……"

王娟走过来,看了看这把菜刀,用手摸了摸,说:"强队长给我们时,就是这样的!菜刀还用磨呀?我家的菜刀从来没有磨过……"

华华提水回来了,接着王娟的话道:"啊?都用了一年了,还没有磨过呀!你怎么不早说,我可以过来帮你磨……你家的菜刀都是厨师磨的,你当然不晓得……"

花蛇提着菜刀在屋里转了一圈,找不到地方磨,转眼见华华往缸里倒水,走过去摸摸缸沿,感觉粗糙坚硬,将刀在缸沿上"刺拉刺拉"磨起来。磨了一阵,再一试,果然锋利好用!

花蛇一边切肉一边说:"以后刀不快了,就在缸沿上正一下反一下,两面来回多磨几下,就好用了!不需要磨刀石。"

说话间,麻杆在那头把火烧得旺旺的,火舌舔着锅底窜出

第十四章

灶门,屋里顿时温暖起来。腊肉和蒜苗一下锅,翻炒几下,大片大片的腊肉立刻晶莹透明起来,油滋滋的。一段一段的蒜苗雪白鲜绿,还没炒熟就已满室飘香!大家心里暖暖的,气氛也活跃起来,锅碗刀勺一片声响,屋子里又充满了生机……

米儿帮着雨欣找碗筷摆桌子,王娟在灶门口烤了烤手,拿出豆皮往筲箕里倒。春桃熟练地在锅里翻动着,骗子扒着灶台看看锅里,又看看春桃的脸,舌头伸得长长的,一副迫不及待的馋样子!

春桃拍拍它的脑袋,说:"快下去,小心烫着了,等会熟了让你吃个饱!"

每人一大碗香喷喷、热腾腾的蒜苗腊肉煮豆皮,围着桌子吃得浑身发热了,这才想起回家的事来。

王娟捏着筷子问道:"你们打算几时走?这雪还要下多久?要是汽车停了怎么办?"她看着米儿的脸,眼睛里满是疑问和担忧。

米儿正要回答,雨欣笑着对王娟说:"你一件一件地问嘛,一问一大串,别人怎么回答!"

米儿放下筷子,不慌不忙道:"我看宜早不宜迟,大家做好准备,明后天就动身!先走到白鹭区,再去找车。如果客车停运了,顺路的拖拉机、马车都行,只要能到郝穴码头。这雪再下一天,应该也差不多了……"

麻秆插嘴道:"广播都没有,听听天气预报就好了。这次回去,把家里的半导体收音机带来……"

春桃说:"带来了才方便呀。"

大家七嘴八舌商量一番,最后一致决定后天早上动身,雷打不动。哪怕天上下刀子,也要走……第一天先走到曲湾镇,第二天再走到白鹭区,第三天如果没有班车,再见机行事,找车到郝穴码头。

远在他乡的人就像候鸟,又像洄游的鱼类,到了一定时刻,不管路途多么遥远,路上有多少艰难曲折和风险,拼了小命也要回到自己的出生地,就像体内装了生物钟似的,到时到点,便由不得自己了。

米儿他们这群人也一样。对于家的概念,平时倒也没什么,好歹大家在一起也是个集体,谁都不提这事。就怕时刻一到,大家都鸟儿似的鸣叫着,一群一群集合飞去,留下自己这只失群的孤雁!对于他们来说,年关就是这时刻。现在一提起要回家过年,就像体内的生物钟已经走到点位了,"当当当"打得闹心,恨不得立刻就动身,各回各家各找各妈,一刻也等不下去了!

方案已定,大家分头回去做准备。米儿反复强调:下雪天不好走,东西尽量少带,要轻装上路。

雨欣忽然提出一个新问题:"骗子怎么办?带回武汉去吗?"

王娟也叫起来:"对呀!差点儿把它忘了……要不,让它跟我们回去吧?"

米儿一愣,是呀,怎么没想到骗子?挠了挠头道:"带回去?恐怕不行。路上还不知要转多少次车,转多少次船,听说客车、客船上都不准带动物。万一上不去,难道把它扔了不成?"

大家都说那绝对不行!骗子没做什么对不起我们的事,把它扔在陌生的地方,孤零零地到处流浪翻垃圾吃,还要受别的野狗欺负,想想都心酸……不行不行!

大家一时又没了主意。本来骗子吃饱了,蜷在柴堆里睡着

第十四章

了,此刻听到自己的名字,似乎知道主人要离它而去,马上睁开眼睛,一骨碌爬起来跑到王娟脚下,站立起来就往腿上扑。王娟抓住它两只冰凉的前爪,在地上转着圈子,教它像人似的直立行走。

忽然春桃说:"有了!我去跟肖银水商量下,看能不能放在他们家里寄养一段时间,等我们回来再去接它。"

大家都说这主意不错,寄养期间的粮食我们给它留足,只是别弄丢了就行……

马上就要回去了,春桃除了舍不得骗子,还舍不得离开肖银水一家。这一家人对她的关爱,对她的重视,对她的付出,使她感受到了家的温暖。这温暖,这感觉,她从未有过。春桃家里姐妹一大堆,从小到大,父母从来不把她当回事,好像有她也不多,无她也不少,由她自生自长,一心放在那个独种宝儿子身上……跟肖家比起来,肖本鹊和芸草娘虽然不是亲生父母,但在她心里是比亲生父母对她还要好的。想到这里,春桃伤心地落下泪来……

她来到小卖部,给肖本鹊买了两条"新华"牌香烟,打了十斤镇上出的"头子酒",给芸草娘买了两斤鸡蛋糕,十个喜饼。得发老头子用荷叶仔细地包扎好,递给春桃。同时心里有点儿奇怪,这些货武汉没有吗?还要大老远地从这里带回去……

春桃提着大包小裹,独自一人去了渡口,直向对岸肖家而去。这一晚,春桃没有回来,就在芸草的床上挤了一夜,二人亲如姐妹,无话不说,讲到很晚很晚……

听说知青伢们要回家吃奶了——社员们都这样打趣说——文龙给米儿他们送来了八只猪蹄,十条猪尾,四条腊鱼,几大

— 367 —

块糍粑。杜得志送来了四只腊鸡,四大块干豆腐。

今年考上初中的几位学生,家长们为了感谢雨欣,给她送来了两大块猪肉、两副猪肝、两条大鱼、三只冻鸡、一袋炒米子、一袋米子糖、半袋麦芽糖。

雨欣不肯收,说路上不好走,提不动。家长们脸上堆满笑容,不由分说放下礼物就走。走出老远,又在雪地里回过头来喊道:"一路顺风!过完年早点儿回来呀……"好像这句话也是礼物之一,刚才忘了送。

肖家给春桃、王娟、雨欣三人送来了三大块鱼糕、三只卤鸡、三块羊肉、三条腊鱼、三大块干豆腐。每人一份。

快天黑的时候,杜得志也来了,送来三瓶芝麻油,每人一瓶。

这两天米儿和王娟她们也不开伙了,顿顿都有社员来请吃饭。

出发这天,大家一大早就爬起来,赶紧开门仰观天象。天仍然阴沉着脸,空中还飘洒着零星的雪花,树上都挂了冰,寒风刺骨!大家望着天,心里犹豫着,不知路上还会不会下大雪。

既然起了心要走,那么,回家的热情什么也挡不住,天上毕竟还没下刀子嘛!大家决定马上动身。

米儿四人锁了门,背着行李来到王娟她们这边,要沿着五岔河去曲湾镇。临行前七个人放开肚皮,饱饱地吃了一顿。老乡们送来的年货也带不完,每人只拿一点,其余的都堆在一口大缸里。怕野猫偷吃,缸盖上又压了几块砖。王娟抓了几把炒米子装在衣兜里,打算在路上吃。

正要出门,银水、芸草和海棠三人来了,抢过春桃、王娟

第十四章

和雨欣的行李，坚持要送一程。

一上河堤，满眼白雪皑皑，银光闪闪，晃得人睁不开眼。河面上北风呼啸，嘘嘘有声，吹得人脸上起一层鸡皮疙瘩，直吹到心里，冻得人战栗不止。苏东坡形容雪的诗句："冻合玉楼寒起粟，光摇银海眩生花"用在这里，再形象不过！此时此刻恐怕不用解释，人人都能体会到这意境。

米儿突发奇想，如果把这寒冷，哪怕只分出三分之一，留到双抢的时候再拿出来用，那该多好！也不至于现在这么寒冷、双抢时那么酷热……

眼前的五岔河，如今只剩下三分水在河底，也结了厚厚的一层冰，上面覆盖着白雪，越发显得河谷的深，河堤的高，走在大堤上的险！大堤上不见人的足迹，原来的那条小路也看不见了，被一尺多厚的白雪覆盖得严严实实。

花蛇背着行李走在最前面，手拄一根木棍探路，要凭着记忆探出路来。米儿紧随其后，一行人踏着前人的脚窝，一步一步往前跋涉……

古人有"踏雪寻梅"的雅兴，说是："踏雪寻梅梅未开，伫立雪中默等待。"挺着身子，一动不动地站在雪地里等着梅花开放，岂不犯傻？谁知道梅花什么时候开呀，真是吃饱了撑的！米儿这样想。

走一阵歇一阵，眼看走出四五里，大家都劝银水、芸草和海棠赶紧回去，说"送君千里，终有一别"，有你们在，我们反而走不快。劝了好几次，三人才停住脚步。临别时，海棠和芸草拉住春桃、王娟、雨欣的手，一再叮嘱路上小心，注意安全。过完年后，早点儿回来……又说骗子昨天晚上叫了一夜，今天早上不肯吃东西了。

王娟三人听了，心疼得眼圈发红。芸草长长的睫毛上满是白霜，衬得一双黑眼睛又大又明亮，眼里噙着泪花，拉着春桃不肯放手。米儿四人心里也很不是滋味，这情感说不清是因为人还是因为狗……或许两者都有。

银水向大家叮嘱了几句，招了招手，带着芸草和海棠转身离去。走出一段后，春桃回头一看，见三人还站在雪地里，远远地目送着他们，不觉心头一热……

一行七人在雪地里走走停停，停停走走，两条腿陷在雪里，想快也快不起来，快到中午时才走进小树林。枝头上悬挂的苦楝子也由黄变黑，瘦小干硬，稀稀拉拉的，被冰雪包裹着，冻成了一粒粒的冰丸。林子里一只灰喜鹊的影子都没见到，头上却传来花喜鹊的叫声。

王娟抬头一看，树梢上一个大大的喜鹊窝，三只花喜鹊迎风而立，站在树枝上，摇摇晃晃冲着她"喳喳喳"地叫。她立刻认出了这几只喜鹊，就是上次和米儿去镇上领教材时见过的那几只！花喜鹊似乎也认出了她，俯着身子冲她叫个不停，一边叫一边点头，尾巴一翘一翘的。

王娟停下脚步，一双大眼睛冲着喜鹊笑了！心里对喜鹊道，这么冷的天不在窝里躲着，出来干什么？是知道我来了，出来迎接我吗？又很想问问它们，怎么总是你们三个？是两公一母呢？还是两母一公呢？窝里是不是还有一只在抱蛋呀？那也不能一个窝里住两对夫妻呀……心里猜想着，不由得看了看走在前面的米儿。

米儿正歪着头看喜鹊，他也想起上次似乎见过面的。这时肚子也走饿了，他看着三只喜鹊，心里想：这喜鹊，一只有斤把重吧？不知这肉好吃不好吃？好像没听说谁吃过喜鹊。是不

第十四章

忍吃呢，还是这肉有毒？有机会要弄个来尝尝……他弯腰抓起一把雪，对准喜鹊扔过去。

喜鹊似乎也认出了米儿：上次就是这人拿石头砸我们！如今他又来了，这次目光歹毒，眼神里杀气腾腾……忽见飞过来一团雪，吓得"喳——"的一声，一起飞到河那边去了。

王娟心里一阵不快，在她耳朵里听来，那花喜鹊"喳喳喳"的叫声，就是"他他他"的意思，那是在警告同伴小心，"他"不是个好东西！由此想，喜鹊和田米是不是前世有冤后世有仇呀，为什么每次一见面，打的打，逃的逃？不知结了什么仇，也不知这冤仇几时才能化解……

走出小树林，雪也停了。春桃见旁边有一道背风的陡坎，地上一层薄雪，露出下面黄黄的新土，便悄悄扯一下王娟的衣服，向她使个眼色。

王娟立刻心领神会，点头问道："大号小号？"

春桃细声道："小号。你小点声……"

王娟和雨欣也发现了这道沟坎确实很理想，本来不太急的，此刻也勾起如厕的念头，三人站在路边小声嘀咕。

王娟向前面的队伍喊道："喂！你们先走，不要回头！在前面五十步——不，一百步的地方等我们！"

米儿他们没有反应过来，以为她们走不动了，纷纷回头走过来，想帮她们拿行李。王娟站在雪地里羞红了脸，急忙摆手跺脚叫他们快走！

大家似乎明白了，转过身去数着步子朝前走。走了几步后，华华不放心，忍不住回头去看。只见陡坎的雪堆后面，露出一排三个黑黑的脑袋瓜，一眨眼就不见了。正想弄个明白，黑脑袋瓜又一个一个冒了上来……这下他明白了！赶紧扭过头来，心"怦怦"直跳，像做贼似的。

这时天上又下起了雪。走了一阵，米儿回头一看，见大家头上、肩上和背包上都堆了雪，又想起了"黄狗身上白，白狗身上肿"这首歪诗，不禁笑起来！

王娟见米儿在笑她，拍拍头上的雪，从背包里拿出一件花褂子包在头上，将两条袖子往脖子上一系，又把鼻子和嘴巴也捂进去，只露两个眼睛在外面，顿觉温暖了许多。雨欣和春桃学她的样，也用褂子包了头。鼻子里呼出的热气直往上蹿，不多一会儿，三人的眉毛和眼睫毛上便结满了白霜，活像童话里的圣诞老人……

走到风车对岸的时候，已经是午后了。这条路算是走了一多半，前面还有五六里就是曲湾镇。大家都喊腿肚子酸、肚子饿，要吃点儿东西休息一下。也不经过谁同意，便纷纷把背包往雪里一扔，一屁股坐上去吃米子糖。

对岸的风车上，挂满了长长短短、粗粗细细的冰钩子，巨大的风叶一动不动，似乎被冰雪冻住了。米儿看看风车，又看看这休息的地方，恰巧就是几个月前跟王娟休息过的位置。他想起了金色的田野，转动的风车，似乎听到了王娟用口琴吹给他的《九九艳阳天》曲子……不由得看了看王娟。

王娟也正看着风车发痴，忽然将目光转到米儿身上。见米儿站在雪地里，嘴里嚼着米子糖，正含笑望着自己，那眼神里似乎有深意，便立刻羞红了脸，赶紧低下头……

谁知雨欣此时也正朝米儿看，他们的眉目传情，恰巧落入她的眼中。见米儿的眼神里好像意味深长，情意绵绵……王娟的眼神里柔情似水，并且还羞红了脸，好像有故事……这是怎么回事？如果没有故事，干吗还低下了头？不禁疑惑起来，心里酸酸的,"怦怦"直跳!从此又多一件心事。

这群少男少女摆脱了学校和家庭的束缚,身心自由自在,蓬蓬勃勃地成长起来,渐渐地有了男女的情愫。也许他们并不知道,自己正在不知不觉地悄悄起着变化,变得浪漫起来,渐渐敏感多疑而又多情。互相之间的关系,也多变而又微妙。雨欣暗暗防着王娟,王娟防着华华,华华防着米儿,米儿防着麻杆,麻杆——他现在还不知道应该防着谁,只在心里偷偷地喜欢着雨欣……

剩下这一段路,大家抢过王娟、雨欣和春桃身上的背包,扛在自己肩上,让她们轻轻松松地走。卸了包袱,走得也快了,王娟和春桃有说有笑,雨欣沉默寡言,脸色有点儿难看。王娟和米儿浑然不觉。

忽然,在前面探路的花蛇停住了脚步,蹲在雪地上仔细观察起来,路边雪地上两行新的爪印引起了他的注意。大家围过来,纷纷猜测这是什么动物留下的足迹,花蛇的目光顺着足迹看过去,这爪印一直延续到一棵大树边消失了。

花蛇抬起头来朝树上看看,树上空空的什么也没有。他顺着爪印朝大树走去,想看个明白。还没走到跟前,忽然从树后面窜出两只灰色的野兔,急急忙忙往坡下的雪地里跑!雪太深,野兔的腿太短,陷在雪里跑不快,一起拼命地扑腾,搅起团团雪雾。

大家齐声惊呼,一下子精神大振!花蛇丢下背包,提着棍子就赶过去。

一只野兔肚子膨大,沉重的身体陷在雪里,越慌越跑不动。另一只野兔急了,用头拼命地拱它。雪地里,两只野兔竖着长长的耳朵,不停地回头看,宝石般的眼睛里满是惊恐……

春桃心一软，一把拽住花蛇，替野兔求情道："放了它们吧！冰天雪地的，这对野兔肯定饿急了，空着肚子出来想找几根枯草吃，没想到会丢了命！那一只肚子里好像还怀着一窝小兔子……"

雨欣一路上闷闷不乐，此时借题发挥道："手下留情吧，你看多可怜呀！本来是恩恩爱爱的一对，也没碍着哪个。这无情棒一打下去，死的不光是两只，还有肚子里的宝宝！"说着，看一眼王娟。

王娟上前一把夺下花蛇的棍子，往雪里一扔，说："真是多管闲事！难道你就缺这点儿肉吃不成？老乡给我们的东西都拿不动，你还想身上挂两只兔子回武汉呀？"

经她们几个一闹，大家都笑起来，也不想要这兔子了。想想也是，缸里那么多腊鱼腊肉都带不走，要这两只兔子干什么？

趁这工夫，两只野兔跑远了。

走到曲湾镇的时候，天也黑了，街上冷冷清清不见人影，连一条狗都没有。那家饭馆正在上门板准备打烊，大家赶紧挤进去。上次那个女的早已下班回去，里面只有一个师傅和一个伙计。那师傅还记得米儿和王娟，上次给他们炒过滑鱼片的。

师傅见他们背着行李，浑身是雪，鞋子和裤腿都湿透了，大吃一惊，道："这么大的雪，你们这是要去哪里？"

王娟解下头上的袢子，掸着身上的雪，说："师傅，快给我们搞点儿吃的，我们明天要去武汉！"

师傅两眼惊得大大的，说："去武汉？这大雪把路都封了，班车也停了，你们怎么去？"

米儿拍拍自己的大腿，笑着大声道："我们走到郝穴去！师

第十四章

傅,你不用担心的!"

师傅看着这一群天不怕,地不怕的孩子,又看看外面正在下雪的天,摇着头说:"这几天下大雪,街上根本没有人,你们再晚来一步,我们就下班回去了!"说着,在围裙上擦了擦手,说:"你们想吃什么?"

大家都说:"什么热乎吃什么,随便师傅安排。"

师傅用征询的语气道:"那就肉丝面?"

大家一听全笑了!王娟说:"师傅,你们这馆子开一百年,也只卖稀饭、馒头、肉丝面啊?——哦,还有饭团子!"

确实如此!师傅一听也跟着笑起来,道:"唉,已经二十多年了,天天都是这几样。再干几年我也退休了,管他呢……"摇了摇头,又说道:"我给你们用大碗装,宽汤热面,多放点儿生姜和葱花,喝下去发发汗!"说着,跟伙计一起进了厨房。

还没吃完,大家突然想起一件事:今晚睡哪里?

赶紧又问师傅,镇上有没有旅社?

师傅道:"旅社?——那没有。不过,有个私人小客栈,不知住满了没有?"

大家连忙问,在哪里?远不远?

师傅想了想,像说快板似的,不慌不忙地说道:"街对面有个鱼行,鱼行隔壁有个咸鱼铺,咸鱼铺里有个婆婆叫咸鱼章,咸鱼章是个孤寡老人,她家后院有两间空房……"

他还没说完,春桃就吓得打个寒噤,身上起一层鸡皮疙瘩,食欲也没了!她连忙摇手说:"不去不去,我怕……"却又不敢说为什么怕。

大家觉得奇怪,不知春桃怎么了,都拿眼看着她。春桃眼泪都快出来了。

师傅就是本镇人,他可能明白了,便安慰她道:"你也不用怕,她是猴子不吃人——生相难看。她的面相虽然凶,但是人还不错,很多人在她那里住过,听说还好……再说,不住她那里,又住哪里去?"停了停,又道:"路不远,吃完了我带你们去看看,再给她交代几句。"

花蛇满不在乎,说:"我就不怕狠人,一个老婆婆有个么好怕的?"

米儿、华华和麻杆,连声说:"不怕不怕,我们这么多人还怕一个老婆婆?她能把我们吃了?"

春桃心里想:你们是不晓得她的厉害!但听大家都说不怕,胆子也跟着大了些,再说又不是自己一个人住,还有王娟和雨欣呢。再说了,不住这里,又住哪里呢?这冰天雪地的……

吃完出来,天也黑了。街上一片死寂,房屋和街面覆盖着厚厚的白雪,映得街道冷淡而惨白,一点儿也不觉黑。街两边的铺面门窗都上了板,只从缝隙里透出一点暖色灯光,表示里面还有人的迹象。

师傅在前引路,一行人提着行李,拖着疲惫的双腿,踩得积雪"咯吱咯吱"响,在清冷的街道上格外清晰刺耳。不一会儿来到鱼行隔壁的咸鱼铺前。这咸鱼铺跟其他店铺一样,也是木板房屋,白天做咸鱼生意,晚上就做客栈营生,门面上却没有任何招牌和标志。

师傅上前拍拍门,里面没有动静,又用力拍几下,里面传来沙哑的声音:"来了!来了……"门板"咯吱"一声打开一条缝,一个婆婆探出一张苍白的大长脸,朝门外的人群扫了一眼,把门开了。大家一窝蜂挤进去,春桃紧紧地抓着王娟的手,最后进来,站在麻杆身后不敢看那婆婆的脸。

第十四章

屋里浓烈的咸鱼腥味直冲鼻孔,墙边一张低矮的小方桌上放一盏煤油灯,桌上的饭菜正吃了一半。这婆婆腰身笔直,穿一件半旧的长棉袍,站在地上比米儿高出了半个头,跟一米八的麻杆个子差不多高。

师傅问道:"章婆婆,还有客房吗?"

婆婆脸上没有表情,口里还有饭没嚼完,一边嚼一边答道:"有。"转过脸来点人数,数来数去,四男两女一共六个,便问道:"六个?"

大家觉得奇怪:分明七人,怎么少了一个?都回过头去找。麻杆一转身,发现背后的春桃,身子往旁边一闪,把她亮出来,指着说道:"这里还有一个!"春桃立刻暴露在灯光下,吓得她赶紧转过身去。

婆婆朝她背影看了一眼,没认出来。嘴里"唔"一声,道:"男的一间,女的一间,每人两角钱。"嗓音又破又垮,带一股浓重的烟火气。

雨欣连忙掏钱递给婆婆,婆婆找了零钞,就带他们往后门走。

师傅赶紧叮嘱道:"章婆婆,这些知青伢为了回家过年,在雪里走了十几里路,衣服、鞋子都湿了,明天还要走到区里,又是十几里!您老人家吃亏,多关照一下他们……"

婆婆嘴里嘀咕道:"晓得晓得,我给他们点两盆炭火……"

师傅不放心,临走又叮嘱米儿他们道:"明天我早点来上班,你们起床后就来馆子里找我,吃饱了再走。"大家七嘴八舌说了一大堆感激的话。

师傅一脸同情,摇着头走了。

客房在后院,本来是一间,中间一隔,便成了两间。每间

房里两张单人床，幸好这几天下大雪，都还空着。

　　进去一看，房间又小又窄，一股咸鱼味。一抬头，屋梁上挂满了大大小小各种各样的咸鱼。单人床真的只能睡一个人，比担架宽不了多少，顶多算夏天乘凉用的竹床。米儿他们有四个人，只好两人挤一张床。大家自我安慰说，幸亏下雪没有客人，不然还不知道去哪里住。有个地方睡就不错了，两个人挤在一起还暖和些……

　　可是谁跟谁睡一床，睡一头还是睡两头，又引起了争议。说华华睡觉喜欢放屁，麻杆喜欢磨牙，花蛇打呼噜……最后都说米儿更讨厌，不但喜欢讲梦话，还会在梦里唱歌，把人都搞疯了！实在受不了。

　　大家像选妃子一样，严格地挑来拣去，不是嫌这不好，就是嫌那不好……殊不知，这种不打呼噜不放屁，不讲梦话不磨牙的"四不"妃子，如今去哪里找呢？

　　这时门开了，章婆婆端一大盆烧得旺旺的炭火进来，说："屋里冷，湿气大，你们烤烤衣服。"又把窗户打开一点，说："窗户不要关太严，小心中毒。"交代完后，出去了。

　　大家围着火盆烤鞋子和袜子。不一会儿，四双鞋袜便烤得半熟，酸臭味和脚臭味发散开来，一阵紧似一阵，加上原有的咸鱼腥味，浓度越来越高，满屋子乌烟瘴气，熏得人头昏脑涨……

　　麻杆的一双小眼睛被火光映得亮晶晶的，抬头看看屋梁上挂的咸鱼，低声道："哪个没吃饱？摘两条咸鱼下来烤着吃！"说着站起身，抬手就摘。

　　华华一把扯住道："搞不得，搞不得！我看那婆婆精明得很，一双眼睛能看到你的骨头里！你少惹麻烦……"

第十四章

四人小声地议论这婆婆的眼神和个头,都觉得此人非同寻常,跟当地人比起来有点鹤立鸡群,显得格格不入……

房间里暖起来,每个人的脸都红通通的,冻过的耳朵开始发烫发痒,瞌睡也上来了,一个个像吃了蒙汗药似的,困得睁不开眼。也忘了选妃子的事了,随便结个对子,倒在床上就睡,连对方的脸都没看清……

带他们前来投宿的饭馆师傅,做梦也不会想到,此刻睡在这间挂满咸鱼、小小斗室里的四位少年,日后居然咸鱼翻身!一位成了解放军的将军,一位成了富商巨贾,一位成了东南亚声名昭著的国际走私大亨,另一位则成了副市长。数十年后,几人回来寻找过这位师傅,可惜人已经不在了……遥想当年这一幕,感慨万千!便由麻杆牵头,众人出资在饭馆的旧址上建起一座星级酒店,取名"召唤"。开业后,捐赠给当地政府,解决过往旅客的吃住问题……

隔壁房间也挂满咸鱼,床上的枕头和被子潮乎乎的,全是咸鱼味道。春桃跟王娟并排同睡一床,雨欣单人独寝。王娟躺在床上看着满墙挂的咸鱼干,闻着鱼腥味,刚说一句:"老猫枕咸鱼……"话没说完,便睡着了。

地上一盆炭火烧得正旺,窗外的雪光映进来,屋里半明半暗。春桃心里害怕,紧紧地挨着王娟一动不敢动。一闭上眼,就出现咸鱼章那张脸和那个眼神,加上新听见的烟火嗓音,心里强迫自己不要多想,却偏偏又想……突然,一天的劳累和疲倦,从四面八方劈头盖脸压过来!眼前一黑,便也睡过去了……

外面又下起了小雪,后半夜又改为中雪。

早上雨欣先醒来,躺在被子里不想动,却喊大家赶快起床。

王娟听见后突然惊醒过来,诈尸般猛地坐起,以为要出发了,怔怔地望着雨欣,头发和脸上白花花的,到处粘的都是炒米子。猛一看,竟像坐在街边披头散发的疯子!这时天刚微亮,屋里光线暗淡,雨欣见了一惊,吓得差点儿晕过去!

待看清后,不由得拍枕大笑起来,口里连连叫道:"王疯子!王疯子……你照镜子看看自己的样子!"

王娟自己也觉察到了,两只手在头上和脸上一阵乱抓乱耙,一看,床上和枕头上白花花一片!原来昨晚睡觉时,她把棉袄盖在被子上,衣兜里装的炒米子全撒出来了,撒得满床满枕都是,春桃头上也有。二人整夜睡得憨憨的,竟然一点没有察觉!

大家赶紧起床,开门一看雪停了。街道上昨天踩出的脚印被新雪覆盖,一点痕迹都不留。七个人吃饱肉丝面,每人兜里又装一个饭团子,告别了师傅,踩着积雪穿过曲湾镇,径向白鹭区而去……

通往白鹭区的这条路并不宽,路两边种的都是树,虽然不通汽车,但还算得上是一条人行马走的大路。尽管雪很深,毕竟不用探路了,两行树的中间便是路,只管跟着走。比昨天的路好走多了,走得也快些。

一路上,头发和衣服上的咸鱼味久久不散。大家谈起章婆婆,春桃也不害怕了,便把有关咸鱼章的故事讲给大家听,大家听了啧啧称奇……

雨欣听说章婆婆今年八十六岁了,便屈指一算,算完吃惊地说:"一八八五年出生!那是清朝的人啊……那时候慈禧还活得正鲜呢!"

王娟想象着"一八八五年",想象着古代是个什么样子?她想象不出来,但听到说慈禧,竟像老熟人似的,抢着说道:

第十四章

"慈禧我晓得！她嘴里有个夜明珠比电灯泡还亮，一百米以内都能看报纸！说不定这个咸鱼婆婆还见过慈禧呢……"

大家听了觉得荒诞，都笑她吹牛，说夜明珠哪里能照那么远，顶多发点光而已！更笑她痴人说梦：这咸鱼婆婆在这里卖咸鱼，怎么可能见过清朝的皇太后呢！

王娟嘟着嘴巴不服气，心里却说：我当然也不相信，所以才讲"说不定"嘛！

路上大家拿王娟说笑，顺着她这话题讲慈禧，讲历史，讲故宫，倒也增添了不少乐趣，一时竟忘记了跋涉的劳累。

可是谁都没有想到，王娟自己也不相信的这番话，事后却证明，恰巧被她说中……

一个多月后从武汉回来，路过曲湾镇时，才得知这咸鱼婆婆没有熬过那场大雪，冻死在地。抬出来时，硬得像根木头，嘴里咬一块手帕……

在饭馆吃饭时，大家向师傅打听咸鱼婆婆的事，师傅感慨良久，才告诉他们：说起这个婆婆，那真是命苦！她原是满族正黄旗的旗人，住在京城颐和园，她父亲原是朝廷重臣，深得慈禧信任。婆婆那时年幼，名叫桂儿，慈禧见了十分喜爱，每次进宫都有赏赐。后因支持戊戌变法，她父亲站在了光绪皇帝一边，不料被袁世凯出卖，被慈禧逮捕入狱，全家遭到迫害……

当时桂儿只有十三岁，母亲带她连夜逃出京城，一路逃到荆州，来到旗人守军的亲戚家里。亲戚不敢留，又一路漂泊躲避，流落到这"三不管"的曲湾镇。为了糊口，就在咸鱼店里帮工，咸鱼店章掌柜收留了她们。两年后，桂儿嫁给了章掌柜的儿子。不几年，章掌柜的儿子死了，也没留下一男半女。这桂儿秉性刚烈，矢志不再嫁人，就一直守寡至今。你们走后没几天，半夜起来上茅厕回来，不小心跌倒在地，昏迷过去，冻死了……

师傅说完连连摇头叹息。众人听了，纷纷看着王娟，惊得说不出话来！王娟、雨欣和春桃也惊得目瞪口呆！又想到她死时可怜的样子，几人的眼圈也红了……

且说七人背着行李走在雪地里，野外的北风吹过来，"呜呜"作响。北风吹动树枝，上面的积雪和碎冰碴纷纷落下来，掉在头上，他们却又无处躲避，只好又拿出衣服包在头上。问了对面过来的路人，知道已经不远了。这时风吹云散，天气放晴，大家的心情也好了起来，一路互相帮扶，讲着故事说说笑笑，下午来到了白鹭区。

这是个正在形成的新镇，街道比曲湾镇的宽多了，雪地里脚印凌乱，脚窝里汪出的黑水结了冰。街两边的房屋高低不齐，看那样式都是近年来建成的，零星而且散乱，没有曲湾镇街面的那种紧凑感和历史感。

第一件事，要去找汽车站，打听班车的消息。找来找去找不到汽车站，也看不到一座像候车室的房子。一问路人，说没有汽车站，班车来了就停在前面三岔路口的空地上，上人下人都在那边。不过，最近几天下大雪，班车已经停运了……路人指着前面说。

举目望去，见那三岔路口边上，有一座像样点的房屋，比周围的民房高大一点，还用水泥抹了外墙。门口挂一块白底黑字的牌子，上写"白鹭区国营食堂"。一行人腿也走乏了，肚子也饿了，随身带的饭团子和炒米子，也在路上吃得精光。大

第十四章

家说先进去歇歇脚,吃饱肚子再说,顺便打听一下班车的消息。

进去一看,这国营食堂果然气派!里面的饭厅足有一间教室大,摆了七八张饭桌,墙上还挂了一个脸盆似的大电钟。经营品种除了稀饭、馒头、肉丝面以外,居然还有米饭、包菜炒肉片、猪血豆腐汤、米豆腐、炒萝卜丝。大家把这四样菜都点了,每人一大碗米饭,围着一张方桌吃起来。

其中这米豆腐大家从没见过,更没吃过,都觉得稀奇。见那碗里方方正正十几块,黄中带青,青里泛绿,没有凉粉的透明,也没有豆腐的雪白,裹在辣椒酱里,粘黏糊糊浑浊不清。却不知这滋味如何。

麻杆伸出筷子夹了一块,放进口里一尝,挤着眼睛做个怪相,道:"我的天哪,又苦又涩,一嘴石灰味!你们尝尝看……"

大家尝了后七嘴八舌,有人说是石灰味,像皮蛋刚剥开时那种味道。有人说米豆腐涩嘴,有点像吃过菠菜后那种感觉,至于那淡淡的苦味,一时形容不上来……反正不好吃。

唯独王娟和雨欣二人说好吃。王娟说:"这味道怪怪的,那种苦,有点像黄瓜把子上的苦味,但没有那么重,不多不少刚刚够味!就是辣了一点……"

雨欣尝了尝,道:"味道不错呀,我就喜欢这石灰味!有碱的香味在里面。跟那种苦涩味混在一起,感觉有点儿妙不可言!"

春桃不喜欢这味道,见她们形容得那么好,便笑道:"那是因为你们两个人肚子里的酸水太多了,需要吃点碱中和一下,看来你们将来要……"她本来想说"你们将来要生儿子,因为别人说酸儿辣女",突然感觉到这场合不对,赶紧用手捂住了嘴。

太阳雨

王娟和雨欣知道她下面要说什么,不觉脸也红了,在桌下踢她的脚。米儿他们并没留意,只顾着吃。

在这饭馆里吃饭的和卖饭的,与曲湾镇的人不大一样,男人和女人的面皮都比较白净细嫩,穿着也整洁些。客人里面,有些像机关里长年坐办公室的人,屁股很大,明显带着吃皇粮的优越感,对人的态度比较冷淡,跟外面的天气差不多。

这很正常,米儿想。码头越大,见的世面越广,人情观念便越淡薄。在汉口繁华的中山大道问个路,经常遭遇到的不是白眼向人,便是黑脸不理。那是都市人天生的一种优越感和派头。

这时门帘被人一掀,从外面进来两位姑娘,身上也背着行李,脸都冻青了,把两手放在嘴边不停地呵气取暖。一抬头,忽然看见米儿望着她们满面笑容,一时目光相接,也莫名其妙地朝他笑一笑,点点头。米儿也看见了,可惜脸上的笑来不及收回,也只好冲她们点一下头。

两位姑娘一旁找个桌子,放下背包坐下来。一个就说:"你又不认得对方,跟别人笑什么?像个报报!"

另一位脸一红,说:"这是礼貌,你还不是笑了,你认得他?你还不是像个傻子!还说我呢……"听那口音有点像武汉的,穿着打扮也像城里的知青。

王娟、雨欣和春桃不停地拿眼瞟她们。春桃端半碗开水,一边吹着一边说:"她们在说什么呀,一句都听不懂!可能不是武昌的……"

坐在旁边的一位中年男人,头上箍着一顶狗钻洞的绒线帽,眉毛又粗又黑像两把扫帚,就着面前一碗米豆腐正在喝酒。已经喝得满脸通红,眼睛也起了血丝。这话他却听懂了,扬起眉

第十四章

毛粗门大嗓地对春桃她们道:"报报就是傻子!还有,女的得了神经病,就叫王疯子……"

他话没说完,那边坐的两位姑娘嘻嘻哈哈笑得把持不住,趴在桌子上,不时地抬头瞟一眼王娟她们。

王娟他们全笑起来!雨欣和春桃边笑边拿眼看王娟,那眼神里另有深意……

王娟忽然想起早上雨欣叫她"王疯子",便用手去揪雨欣的耳朵,雨欣就往春桃背后躲,春桃又把雨欣推出来,交给王娟来揪,雨欣便大呼小叫……

这边闹成一堆,那边两位姑娘笑成一团。其中一位姑娘一边笑,一边问王娟她们道:"你们是哪里下来的知青啊?"一开口声音清亮柔和,红唇里露出两行干净的白牙。

王娟住了手,扭过身反问道:"你先说!你们是哪里的?"那种口气,好像江湖上报山头似的。

那位姑娘赶紧自报家门,道:"我们是沙市十八中,七〇届的……"

王娟不报自己的家门,却说:"啊,也是七〇届的?沙市大不大,好不好玩?"

那边另一位姑娘先前还有些腼腆,现在胆子也大了,对王娟道:"沙市跟上海差不多大,所以叫小上海。但是比上海好玩多了,沙市还有荆州古城呢!听口音你们是武汉的吧?"

荆州古城是荆州专署所在地,与沙市行政级别相当。本来各是各,但为了炫耀,她也不经省政府同意,便斗胆将荆州也并入了沙市的版图。

王娟认真地听她讲话,听到问她,赶紧点点头:"嗯,是武汉的。你们沙市人讲话声音真好听,像唱歌一样。不像我们武汉话……"

雨欣赶紧捂住她的嘴巴，春桃拉她的衣角，米儿几人也拿眼瞪着她，暗示家丑不可外扬，给大家留点儿面子嘛。

其实王娟很聪明，但出于某种需要和自我保护，有时也会有意无意地冒点儿傻气。这种傻气不多不少，恰恰被人当作天真透明。其实这也是一种聪明，极容易得到别人的信任，产生意想不到的效果！她这张嘴似乎没遮没拦，看似不经意贬低了自己，讨好了别人，却有极强的亲和力！

果然，那边两位姑娘一听，这么给自己面子呀！高兴极了，立刻亲近起来。先前那位姑娘说："你们是回武汉过年的吧？公路上结了冰，车轮上绑了铁链子都打滑，班车也开不过来了。我们在等亲戚的拖拉机回沙市，等下来了一起走吧？把你们送到郝穴，可以赶上晚上九点多的船……"

大家一听居然有这等好事，真是瞌睡了遇到枕头！抬头看看墙上的大电钟，指针显示三点一刻，大家不知道郝穴有多远，连忙问：来不来得及呀？

两位姑娘都说："来得及，来得及！从宜昌开来的'东方红35号'客轮，晚上九点半才到。我们坐拖拉机到郝穴，不用两个小时。就不晓得拖拉机几时才能来……"

这两位姑娘和王娟她们谈得火热，也主动搬过来坐了，互相打听插队在哪个公社、哪个大队。王娟找雨欣要了纸和笔，双方互换了姓名和通信地址，郑重得像国家元首递交国书似的。未经同意，还擅自把米儿几人的名字也列了上去，又约好要互相保持联系……

雨欣瞥见王娟的字歪歪扭扭写得不好看，又拿过来重新抄写一遍。

第十四章

两位姑娘接过来,一边看一边赞不绝口:"啧啧啧!这一手字,写得真叫漂亮!"

王娟看着递过来的那张字条,见先前那位姑娘写的名字叫鄢文芳,另一位叫金雪梅。她不认识这"鄢"字,脱口就念道:"郭文芳?"

两位姑娘听了一愣,随即大笑起来!鄢文芳大度地说:"这个鄢字,百分之九十九的人不认得!其实跟香烟的烟是同音。"为了讨好王娟,使她叫起来方便些,便道:"不用管那个鄢字,你就叫我芳芳,叫她梅儿……"

雨欣在一旁窘得脸通红,急拉王娟的衣角,觉得她出了丑,给集体的脸上抹了黑,当然也包括自己在内。她认识这"鄢"字,但没想到王娟不认识,竟在这里当众现丑!她气得牙根痒痒,如果不是当着外人的面,真想把王娟的耳朵给咬下来!

王娟脸也不红,心也不跳,瞪圆眼睛认真看着那张纸,口里说道:"哦,香烟的烟啊!那我晓得……"

芳芳和梅儿看着王娟那一本正经的样子,觉得很有趣,又忍不住笑起来。两边你一句她一句,越说越投机。

芳芳道:"以后你们回家,来来回回都可以从沙市走的。到了沙市就来找我们,我带你们去吃豆腐圆子!"

王娟高兴了,说:"什么豆腐圆子?没听说过呀,好不好吃?"

梅儿指指桌上装米豆腐的空菜碗,道:"就是把米豆腐挤成一颗一颗,像葡萄那么大的圆子,再放虾米、紫菜、葱花、辣萝卜丁、豌豆酱、糖、醋、味精、胡椒粉等十几种佐料下去,闻一闻都胃口大开,味道好极了!这是我们独特的地方风味小吃,别的地方根本没有!在外面一想起来,心里就发慌,每次一回到沙市,必须先吃一碗再回家……"她一口气说下来,津津有味地形容豆腐圆子的美味,强调不吃不行的理由。光是那些佐料,就引得大家齿缝间口水一漫……

王娟和雨欣对刚吃的米豆腐很有兴趣,立刻道:"米豆腐好吃!原来豆腐圆子就是米豆腐做的呀!可惜这次吃不成了,过完年回来,非要去吃一回!"

芳芳唯恐去了不找她,便卖关子道:"那要我们带路才行!这种东西大街上没得卖,都是在巷子里卖,不好找的。外地人摸进去吃了,出来就编几句笑话说:卖豆腐圆子的!'汉子里来!多把点谈,少把点贪!'——你们能听懂吗?"

大家见她学得绘声绘色,听那口音怪腔怪调的,都大笑起来!但又似懂非懂,听见她发问,便一起摇头道:"听不懂,不全懂,好像有点儿懂……"

芳芳得意了,说:"听不懂吧?这是我们地方话,意思就是:卖豆腐圆子的!到巷子里来!多放点糖,少放点汤!"这回人人都听懂了,一起哄笑起来!

梅儿抢过话来,换一个话题道:"老人家讲话更好笑……"

梅儿绘声绘色,学得惟妙惟肖!大家听了都笑得东倒西歪,一个个伏在桌子上,骨头都笑软了,不停地用手拍打着桌面!

笑声未落,只听门外"突突突"的机器轰鸣,一台拖拉机停在了食堂门口。

雪地里,几位农民肩上扛着粮袋赶紧围上去,弯着腰,可怜巴巴地小心问道:"机工师傅,请问到不到郝穴?"

机工师傅头上套一顶黑色的毡帽,只露出两个眼珠和鼻子。

他神气地跳下来,踢了踢拖拉机的轮胎,大大咧咧地说:"不到不到!"说话时,套在帽子里的嘴巴蠕动着,从里面喷出

— 388 —

第十四章

两团白气。黑头套外面,嘴巴部位结了一大圈白霜,活像一个张着巨口的凶神恶煞!

这几个农民你看看我,我看看你,脸上带着失望和焦急,无奈地散去了。

芳芳和梅儿听到拖拉机声,赶紧拿起背包对王娟她们道:"来了来了!快点……"边说边往外走。像来了救星,大家迅速拿起行李跟着她们跑出去。

一出来,芳芳就冲着机工师傅亲热地喊道:"三爹,三爹!怎么才来呀……"一边喊,一边把背包往车上放,又接过王娟她们的行李放上去,米儿等人也赶紧把自己的行李扔上车。

那个三爹不是一盏省油的灯。他一看来了这么多人,头套里的两只眼睛瞪得像卫生球似的,不高兴地说:"芳芳,你不是说就两个人吗?怎么有九个?"

芳芳一边码放行李,一边说:"三爹,他们要去赶船,就在郝穴下。"

三爹把头套卷上去,露出一张瓦片脸,脸上带着寒霜,冷冰冰地说:"我们去沙市,又不是去郝穴!你管那多闲事搞什么?"

芳芳走过去拉住三爹的袖子,小声道:"三爹——这不是闲事,是急事!他们是武汉下来的知青,在雪里走了两天了,没有班车,困在这里。你要是不肯带,他们明天还要再走一天,才能到郝穴。天上又下雪……"

梅儿也过来求情,说:"三爹,辛苦你一下,把他们送到郝穴吧!这是我们非常非常要好的知青朋友。"边说边向王娟她们使眼色。

王娟、雨欣和春桃贼得很,此刻也趁机嬉皮笑脸说:"三爹，你同样也是我们的三爹呀，我们今年才下来，还是第一次回武汉，道路也不熟，又没有班车，三爹你就把我们搭到郝穴去吧……"三个人的声音又甜又软又热乎，差点儿把雪给化掉！

大家一起喊三爹，米儿他们都弄不清楚了，这到底是谁家的三爹？三爹很为难，犹豫着点燃了一支香烟。

华华见这三爹不好说话，灵机一动，赶紧跑到旁边买了两盒香烟，硬往三爹口袋里塞，满脸堆笑地说："三爹辛苦了，辛苦了，带着路上吸！"

三爹一见是两盒香烟，而且还是"圆球"牌！眼睛一亮，假意让了让，便收下了。瓦片脸上的冰霜也融化了许多。他把烟头往雪地里一扔，头套往下一扯，说："上车！"

大家忙把拖拉机上的几捆稻草打开铺好，爬上拖厢，九个人刚好挤满。这拖厢像个扁平的火柴盒，栏板只有一尺高，手又没处抓，只有坐着才能保证不被颠下去。四个男生主动围着栏板而坐，以自己的血肉之躯充当防护墙。中间五个女生挤坐一堆。

三爹拿起一根长长的摇把，捅进拖拉机的"嘴巴"里，"呼噜呼噜"猛摇起来。摇了好一阵，拖拉机几声巨响，竖在车头前那根生铁烟囱里，立刻喷出几团黑烟。三爹爬上车刚一坐好，车身猛地往前一窜，开动了！

坐在拖拉机上，果然比走路快多了！但也比走路冷多了。俗话说："穷的是债，冷的是风。"车一开动，风立刻就来了！冰冷的风雪像鞭子，抽得脸皮和耳朵生疼生疼！大家赶忙打开行李拿出衣服，把头缠得紧紧的，只露两个眼睛。

三爹不怕冷，带着黑头套，穿着旧棉袍在前面驾车。后面拖厢里，一堆人蜷着身子，头上包着五花八门的衣服，嘴巴裹

第十四章

得紧紧的,摇摇晃晃挤作一堆,一言不发。

一望无际的雪地里,这辆"东方红"牌拖拉机,一路喷着黑烟,喘着粗气,使着蛮劲,载着十个人吼叫着向郝穴驶去。

六点多钟到郝穴,天也黑了。三爹一直把他们送到码头,还急着要去沙市。大家赶紧跳下车,腿都冻麻了,在雪地里站也站不稳。一边活动腿脚,一边向三爹、芳芳和梅儿告别。感激和离别的话太多,互相只能略做表达,每人还没说上一句,便挥手告别。大家提着行李站在雪地里,看着拖拉机下了荆江大堤开远了,才转身向候船室走去。

郝穴港并不大,只是一个县级小码头,隶属江陵县。码头上设施简陋,只有一大一小两个趸船,大的也只能停靠从宜昌开往武汉的客轮。而重庆到武汉、南京、上海的巨型客轮无法停靠。

候船室冷冷清清,没有几个旅客,顶棚上居然还挂两盏电灯!可惜灯泡的瓦数太小,昏暗发黄,刚够看清人的脸。但毕竟还是电灯,这是他们一年来首次见到电灯,总算嗅到一点点城市的气息了。

售票的小窗口就像牢门上的瞭望孔,比一张人脸还小。从这水泥洞口望进去,只能看见里边坐的人胸前两颗扣子。想要"瞻仰"他的尊容,必须弯腰屈腿,眼睛上翻……或者屈腿下蹲,来个骑马蹲裆式,歪起脑袋双目斜视向上,才能看到半个下巴。

窗沿四周黑乎乎的一层腻垢,不知多少张脸、多少只手在这上面蹭过摸过,不知用了多少年了,都不曾擦洗过。人的脸一凑近这窗口,里面一股强劲的冷风扑面而来,吹得人缩颈眯眼躲避不及……

雨欣挤在小窗口前，把头伸进去问票。里面一个男的声音说："宜昌和沙市到汉口的船票都有。四等舱是卧铺，可以睡的，票价五块二。五等舱是散席，无床无座，票价四块三。"

雨欣正在考虑，里面又问道："你要哪一趟，买几等舱？"

雨欣反问："哪一趟先来？"

里面的人答道："从沙市开出来的272号船，八点钟到。宜昌开出来的'东方红35号'船，九点半到。要哪一趟？"

雨欣拿不定主意，回过头来征求大家意见。大家巴不得赶紧上船走人，都说哪一趟先来，就买哪一趟！

里面的人见他们不懂，便建议道："你们到汉口是长途，坐九点半的'东方红35号'好些。这船是江字号的，船大开得快，小码头不停靠，明天还先到汉口。272号船是民字号的，船小开得慢些，主要照顾短途，见了码头就靠，明天到汉口的时间，要比'东方红35号'晚两三个小时……你们考虑一下。"

大家都是头一次坐这条航线的船，哪里懂这诀窍？一听是这情况，谁不想坐大船，那多神气！还能提前两三个小时到汉口！便纷纷改口道："要大船！买九点半的！"

雨欣不再犹豫，掏出钱来买了七张九点半的四等舱卧铺票，分给每人一张。大家把票钱给她时，她却不要，说："这次分红，我分了一百二，比你们都多，我用不完。大家回来的船票我也包了！"

王娟和春桃抢着说："那我们就不客气了！不过，回来的船票不要你买，我们两个包了！"

麻杆大方地说："你们都莫争！回来的船票，我包了！"说着使劲一拍胸脯，旧棉袄上被拍出一团灰尘。

第十四章

华华说:"算了吧,你分那一点钱,差点都超支了,连自己的路费都不够!你怎么包?还是我来包吧!"

麻杆听了这话,觉得在雨欣面前丢了面子,便反驳道:"哪个要你包!我回去了,不会找我妈要啊,我不相信她不给……"

话没说完,大家全笑了!花蛇也要争,米儿拦住道:"算了,都莫争了。有这么好的同学,真令人感动!一旦需要的时候,人人都能挺身而出!我们记在心里吧,好好珍惜这份友情就行……再过几年,一个一个招工走了,天各一方,说不定大家就散了……"停了停又道:"回来的时候,一定要把李月和索琴带上!"这番话,他说得很动情,听的人不免伤感……

夜幕降临,江边风大,候船室里寒气逼人。拿到票,大家心里就踏实了。候船室旁边有个小饭铺,大家胡乱吃些东西下去,回来裹紧了衣服,两手笼在袖子里,挤坐在长条椅上。上午在雪里走过的鞋袜和裤腿湿透了,此刻双脚冰凉麻木,脚趾痛得钻心,只好坐一会儿,又在地上跳一会儿。心里盼着望着,盼望那温暖的"东方红35号"客轮快快开来……对于他们来说,长江意味着远方,轮船意味着家乡,上了船就意味着回到家乡了!

江面上不时有汽笛声响起,每次跑出去看,都不是。有的是江心过往的巨型大客轮,见了郝穴港不停靠,只响两声汽笛,亲热地打个招呼,扬长而去。有的是运煤的货船,小个子的拖轮喷着黑烟,推着五六条堆满煤炭的驳船缓缓行驶,路过港口时也凑热闹似的拉两下汽笛。船虽不大,笛声却不小,那动静也像条大船。

大家来来回回被骗了几次。春桃出去看了,又失望而归,嘴里嘀咕道:"这小船,凑什么热闹!嗓门好大,像个叫驴子……"

花蛇经常随母亲在江边挑码头卸货,对长江和船运比较熟悉。听了春桃的话,觉得有趣,便笑道:"你莫看它个头小,它的劲才大!我曾经见它拖着十几条运沙船在江里走,而且还是满载!厉害吧?你看那叫驴子比马小是吧,但是它拉车比马的劲不会差,而且更有耐力!有些东西,是不能论人小的,各有长处和优势……"

米儿也说:"说得是呀!就像我家的灯泡,一个十五瓦,一个六十瓦,两个泡子都一样大。但是一个很亮,一个一般亮。每次换灯泡,我爸爸都要拿到亮处仔细看,才能看清上面的瓦数!"

大家一听,也笑起来。都说灯泡上面的字确实太小了,太淡了,用手一抹就掉了,完全是轻描淡写嘛!这还算好的,有的灯泡上面连字都没有……

这时,江面上"呜——呜——"的两声汽笛巨响,这汽笛声刚开始有点拖泥带水,好像喉咙里有痰,想叫又叫不出。但终究力大气粗,瞬间冲破了这口痰的阻碍,响亮地吼叫起来!这响声气势恢宏,声震寰宇,由低到高,由远到近,调门拐着弯在辽阔的长江上回响!

大家被骗过好几次了,以为又是一头过路的"小叫驴"。这时都学乖了,再也不肯上当,便都坐着不动。刚才花蛇不是讲过吗,有些东西,不能论大小的……

见大家不动,一道强烈的探照灯光射过来,照得小候船室一片通亮!

大家惊慌失措,拍着屁股拔腿就往外逃!跑出去一看,江面上一艘白色的大客轮,正在缓缓调头靠岸。漆黑的夜幕下,

第十四章

大客轮上下四层全亮着暖暖的黄色灯光，庞大雄伟的身姿映在江面上，金光闪闪，像一座移动的水晶宫殿漂浮在水面上，金碧辉煌！

最高一层雪白的外墙正中，鲜红的油漆赫然写着"东方红"几个巨型的毛体书法字，紧挨着是"35号"几个醒目的红漆字，比前面的字略小一点。"35"这两个阿拉伯数字，像足球运动员背心上印的字体，神气、活泼、霸气十足！

趸船上的水手一阵忙乱后，"东方红35号"便静静地停靠在码头。船顶上一个白色的巨型扁烟囱，"呲呲"地向外飘出白色的蒸汽，一缕接一缕，袅袅散向夜空。巨轮温顺而又安静，像人走累了坐下来在喘气。

船顶上的大功率探照灯，对着岸上的旅客扫来扫去，照得码头上通明雪亮，射得人睁不开眼！"哗啦啦"一阵铁链子响，船上的铁门打开了，在本港下船的旅客挑着担子，背着行李，牵着孩子出现在跳板上……探照灯忽然定住不动，直直地照射着旅客们脚下的跳板，强烈的光柱把旅客的影子拉得长长的，投在跳板上和脚下的江面上，影随人动……

这条船连着武汉，看见了船，就好像看见了家。望着船上暖暖的灯光，大家心里也感到暖暖的！

大家急忙提了行李登上轮船。一上船，都长长地松了一口气，身心一阵轻松，竟有一种到家的感觉和踏实！各人找到自己的床位后，把行李往床下一塞，上床拿被子捂住脚。摸一摸身上潮湿的衣服和冰冷的双脚，心里想：雪再大，风再急也不怕它了，一觉醒来就到家了！冻过的耳朵又痛又痒又烫，躺在床上却又睡不着，竟有一种疲劳过度之后的兴奋！

大家东一句西一句，谈论着坐船的感受，说跟拖拉机相比，简直是一步登天了！马上又说，如果没有拖拉机，今天还坐不上这船呢！以后有机会，见了面要好好谢谢芳芳和梅儿，还有那个三爹……

王娟是苏州人，雨欣是上海人，几乎每年暑假都要回老家一次，来回多半是坐船。她们见过大世面，说那船比这还要大，开得还要快！船上还有商店，还有活动室能放电影，不过要另外买票。有时还能看见外宾，这船算什么！

同她们相比，其他五人都只能算是井底之蛙了，谁也没坐过这么大的客轮，而且还是长途卧铺！如果不是这几天下大雪，卧铺票还不一定能买到呢。

米儿和花蛇睡不着，走到甲板上游来逛去，探头探脑各处参观，跑遍了整条船的前后左右、上下四层，像刘姥姥进了大观园似的，处处都感到新鲜和好奇。

五等舱在底层，是散席。旅客多为挑担子和背粮食的农民，坐的坐，靠的靠，躺的躺，满脸疲惫闭着眼。竹篓、箩筐、扁担、篮子、圆鼓鼓的麻袋到处乱摆乱放。有的占块地方打开行李卷，在甲板上铺了被子倒头便睡……人货混装在一起，杂乱不堪，无处下脚，只能站在楼梯口朝下张望一番。由于是底舱，只有小小的圆形玻璃舷窗供采光用，外面的风吹不进来，空气不太好，但感觉比较暖和。

二楼三楼都是四等舱室，整齐划一。船两边的甲板走道笔直到头，无任何雨布遮风挡雨。甲板上寒风凛冽，不见人影。四楼便是三等舱和本船的舵房，在楼梯口就被一道白色的铁栅门拦住了，上面挂一块"游客止步"的木牌。二人一见，连忙退了下来。

船头和船尾白色的旗杆上，各飘一面五星红旗。船尾机器

第十四章

轰鸣,江水翻腾,二人心潮澎湃,兴致勃勃地站在五星红旗下,精神饱满,毫无倦意。遥望着渐行渐远的郝穴码头,直到最后一点灯火消失在夜幕中……

行驶两个多小时后,到了洪湖县的新堤码头,已经是半夜了。轮船停靠半小时,除了上下客人以外,还要在这里捎带大批货物到武汉港。趸船上待运的竹筐堆积如山,不知里面装些什么。

成群的装卸工人忙成一团,一担又一担,川流不息地往船上挑,整整齐齐地码放在船尾甲板上。这些清一色的长方形竹筐都有绳网罩着。走近一看,里面装满乌龟、甲鱼、螃蟹、刺猬和蛇。另有许多用桐油和生漆处理过的竹筐,滴水不漏,里面养着黑鱼、黄鳝、泥鳅等湖产。一时间,甲板上充满了鱼腥味和动物的骚臭味。

米儿不明白,这些货最终要运到哪里去?便问花蛇道:"武汉人又不吃这些东西,运过去了卖给谁?"

花蛇想了想,说:"我以前在码头上也听别人讲过,这些东西在武汉上火车,都转运到广州……"

一股骚臭味飘过来,米儿朝筐子里看了两眼,捂着鼻子道:"这有什么好吃,送给我都不要,还从这转运到广州……"

一位年轻船员在旁边监督装卸工人码货,冻得像个猴子似的,嘴上叼根香烟,两手插在裤兜里晃来晃去。听见他们的议论,忍不住多嘴道:"你不吃有人吃!运到广州都是宝贝,你有多少他要多少,一年四季天天都在运,还不是都卖给他们了!"见米儿他们不搭话,又说道:"我们湖北人不吃,是因为不会做,做得不好吃!广东师傅做得好吃呢……"

一个装卸工顺嘴说道:"也不是不会做,这种东西太费油,油放少了不好吃……"

米儿觉得这里不好玩，拉一下花蛇，回舱睡觉去了。

夜已深了，江面上一片黑暗，甲板上寒风凛冽。轮船上下四层，所有的灯都被打开了，但江面浓重的黑暗却将光线吸收去大半，只在船舷边余下一点亮光照着近处的江水，江水在这点亮光里翻着浪花，不紧也不慢。

轮船晃晃悠悠像摇篮，舒缓而又轻柔，又像月牙在云层里穿行，光滑而又无声无息。不过，轮机的"嗡嗡"声太单调枯燥，一声接着一声，嗡得人昏昏欲眠，抬不起眼皮。客舱里一片寂静，有轻微的鼾声响起。

米儿躺在被子里想着心事，又什么都想不起来。一闭上眼，满世界都是皑皑白雪……耳朵听着嗡嗡的机器声，恍恍惚惚地打盹……

忽而闻到一阵食物的香味，这香味唤醒了他的肠胃，肚子里一阵饥饿上来。他一抬头，看见了"四季美"小汤包的招牌，香味正是从这店里飘出来的！他走进去上了二楼，拣一张靠窗的桌子坐下，窗外就是汉口中山大道。他朝窗外望去，不知怎么窗外又黑又冷，好像还下着雨，街上不见一个人影，也没有路灯。记得刚才进来时，外面还是白天，人行道上，行人摩肩接踵……

又一阵香味飘过来，比刚才更浓烈，肚子更饿了！他回过头来赶紧呼叫服务员，一口气点了一大堆。服务员给他端来了本店的小笼汤包，"老通城"的三鲜豆皮，"小桃园"的瓦罐煨汤，"五芳斋"的汤圆，"蔡林记"的热干面，"湖南米粉馆"的牛肉米粉，"汪玉霞"的绿豆糕，以及面窝、油条、蛋酒等，

第十四章

堆了满满一桌子,香味不断钻进鼻孔里。

他似乎觉得哪里不对劲,除了小汤包外,其他的小吃都并非该店所产,而眼前的这些,几乎囊括了武汉市所有的顶尖名特小吃,至少来自七八家店。这些店各自相距甚远,怎么可能在刹那间悉数凑齐?他想找服务员一问究竟,左喊不来,右喊也不来……

又忽然一阵尿急,赶紧站起来出去找厕所。心想,先尿完了,再安心吃。出了门,像没头苍蝇似的乱飞乱撞,走了不知多少路,费了不知多大劲,找了不知多少个厕所,都不中意。有的在万丈深渊的悬崖边上,攀岩附壁爬过去一看,摇摇欲坠深不见底,吓得腿都软了!只好又爬回来。有的看起来还挺合适,站上去架好姿势刚要尿,忽见几个女的走过来围观,吓得尿不出来,赶紧又放回去……又找到一个茅坑,臭气熏天、不堪入目,憋住气正要往里尿,地上的坑忽然又不见了,变成被子里睡一个人,这人抬起头看着自己,似乎有点儿面熟,却又叫不出名字!赶紧转身离去。再找,又见一片树林茂密阴暗,似乎还理想。钻进去对准一棵大树就要浇灌,却又尿不出来……刚挤了两滴,有人举着锄头追过来喊道:"哪里来的野人!敢在这里撒尿!"又吓得抱头鼠窜……

如此反反复复,折腾出一身大汗,终究也没尿成。忽然尿泡又不太急胀了,心里恨恨地说:"干脆不尿了!先吃饱了再说!"又坐回餐桌前。

米儿望着平时最爱的这些武汉小吃,心中大喜!忘了刚才找厕所的尴尬,举起筷子夹住一只小汤包,来不及蘸调料,把脸往前一凑,张嘴就咬……忽然,轮船猛地一晃,他一惊,醒了过来。张眼一看,哪里有什么小汤包!只见对面铺上,一位

399

农妇盘腿而坐,正用开水调了炒粉子,一勺一勺地在喂一个鼻涕小儿。芝麻香油和炒糯米粉子的香味,正源源不断朝这边飘来……

他舔舔嘴唇咽口唾沫,咂了几下嘴巴赶紧躺好,一心想把这梦再续下去,把那个眼见要到嘴的小汤包重新找回来。闭了半天眼,却怎么都睡不着了!爬起来上个厕所回来,又躺下去追忆梦境里的小吃……

生活中有一个奇特的现象,平时在家里,不到吃饭的时候肚子一般不饿。可是一旦出门在外,坐车时,坐船时,甚至生病住院时,坐着躺着也没干活,反而肚子饿得更快!上顿刚吃完就想着下顿,平时在家里不爱吃的东西,这时也往往变成了美味。

睡梦中饿醒的事不常有,饿得睡不着更难得一见。仔细一想,昨晚上船之前好像是吃过饭的,吃了些什么?一时又想不起来……

上铺的花蛇也饿醒了,在上面翻来覆去,压得床板"嘎吱嘎吱"响。

过了一会儿,大家接二连三醒来,都说肚子饿了。又说米儿怎么回事,昨晚讲了一夜梦话,吵得人睡不着……幸亏你不是间谍,不然,秘密都被你泄露出去了!

王娟、雨欣、春桃睡在对面上铺,这时听见讲话,也醒过来。春桃扒着床沿探头看着下面,笑嘻嘻地问米儿道:"你夜里梦见什么了呀?嘴巴不停地讲,好像在跟谁吵架似的,听又听不清楚……"

米儿有点儿不好意思,闭上眼睛神秘兮兮地说:"反正是好事……"

第十四章

雨欣听见米儿说夜里梦见了好事，脸上一烧，赶紧把头缩进被窝里，只留耳朵在外面。再想听下去，又没了。

大家不想起来，都赖在床上假寐。反正起来了又冷又饿，外面漆黑一片，也无处可去。本不想再睡了，但意识又模糊不清，欲睡又睡不安稳，便只好闭着眼睛养神……

正在迷迷糊糊，忽然广播里传出一阵"磕磕巴巴"的杂响，之后又是一阵刺耳的电流声，调试正常以后，接下来播放了一曲雄壮的《东方红》，这时刚好天亮了。

乐声一止，女播音员半睡半醒，有点鼻塞似的，瓮声瓮气地开始广播道："各位旅客——她也不说"早上好"——餐厅正在供应早餐，今天供应的有……餐厅设在二楼轮船尾部，走过一间公共厕所，后面就是……现在播送歌曲《马儿呀，你慢些走》……"

走过去一看，这设计和布局不但结构紧凑，而且想群众之所想，急群众之所急……饭前先上厕所，把肚子排空了再进隔壁餐厅用餐。餐后肚子又大了，经过厕所时再进去宽衣解带一番，事毕系好裤子，然后回舱休息。便后吃饭，饭后再便，便后回舱睡觉……既方便合理，又经济实用，一次性全部解决，省得来回跑……

还没进入餐厅，就闻到一股联合国的味道——尿骚、机油、煤烟、饭菜、蒸汽等各种气味交织混合在一起，外加船尾动物的骚臭腥味，伴随着机器轰鸣和乐曲声，载歌载舞地扑面而来！

这气味让饥肠辘辘的就餐人闻而却步，欲吃还罢，欲罢不能——在这冰冷辽阔的江面，独此一家，别无分店，不吃奈何？这不二选择便是唯一选择，未免使人犯难……稍一踌躇，江面上的寒风差点把耳朵刮掉了，大家赶快跑进去。

进入餐厅,里面居然暖洋洋的!餐厅里取饭的地方,是铁壁上挖出的一个拱形小窗口,上方挂一块小黑板,用粉笔写道——

今日早餐供应

臊子面 二两 1 角 5 分

馒头 二两 4 分

稀饭 一两 5 分(配辣萝卜)

(没有包子)

"没有包子",这原本是一句话,并非某种食物,之所以写在这里,想是询问的人太多,炊事员嫌麻烦,干脆一并作答了事。"一两"、"二两"则代表该食物中粮食的净含量,摆明了是要粮票的。

这"臊子面"的"臊子",大家你看我,我看你,不知道是指什么东西。

王娟说话了:"问一下就晓得了!"说着把脸凑近小窗口,问里面道:"哎师傅,臊子是什么东西啊?"

好半天,里面不耐烦地说:"你看别人碗里头!这也要问……"

王娟一听这话有点冲,便忍不住了,睁圆眼睛指着里面道:"几个字就回答了,你告诉我不就结了?啰唆这大一堆,讨厌!"

里面倒没生气,反而传出几个男人的浪笑。一个声音说:"丫头,你这脾气大呀!就是把肉剁碎了……"

另一个年轻的声音打趣道:"武汉姑娘什么都好,就是火气太大!我女朋友还凶些,总是跟我怄气,我都不想跟她玩了。

第十四章

真受不了……"唠唠叨叨数落一大堆。

王娟本来转身走了,刚走几步,听到这话又回来,上前一步指着小窗口道:"你说哪个还凶些?你蛮好?看你那鬼样子……"

里面赶紧传出话来:"没说你没说你,快点去吃早餐吧,等下卖完了……"

华华在旁听明白了"臊子"这种东西,赶紧拉开她,说:"其实就是碎肉末子!"并引经据典解释道:"《水浒传》中'鲁提辖拳打镇关西'一节说过,鲁智深故意寻衅找碴,一心要刁难屠夫镇关西,走过来大叫道:'郑屠!要十斤精肉,切作臊子!要细细切,碎碎剁……'"华华啰啰唆唆讲了一通,最后下结论说:"臊子一词,就是由此而来……"

王娟胳膊一拧,甩开华华的手,去一旁怄气。雨欣和春桃走过去小声劝她,在她耳边嘀嘀咕咕说:"这些跑船的都是江湖老油条,没修养,不消睬他……"

却说这餐厅的"臊子面",就是把半马勺碎肉末,连汤带汁淋在面条上做浇头。黏黏糊糊,通红油亮一大片,本是川味汤面的一种。"臊子面"有时写作"哨子面"、"勺子面"、"苕子面"、"潲子面"……虽然名称变化无穷,但万变不离其宗,端在手上一看,依然是同一种东西。如同川剧中的"变脸"一样,脸谱尽管千变万化,里面的人还是那个人。

这时,从三等舱下来两个知识分子模样的瘦子,分头梳得整整齐齐,一丝不乱,斯斯文文戴着眼镜,手上端着带盖的白色搪瓷茶缸,上面鲜红的油漆写着"长江日报"四个字,这表示他们身份特殊——不是记者就是编辑,都是"无冕之王"。在这艘满载"下里巴人"和土特产的客船上,格外引人

— 403 —

注目……

这二人衣着单薄,瑟缩着身子踱了进来,并排站在取饭的小窗口边,一声不响。两只又瘦又薄的手掌紧捧着茶缸取暖,同时抬头看着小黑板。目光穿过镜片直射"臊子面"几个字,不知是在琢磨这个名字的来历,还是在琢磨臊子面的味道。琢磨半天,只见二人各买了一碗稀饭,站在一边靠着墙缩颈啜吸。船员说九点半可以到港,中午回家再吃吧。省一毛算一毛,这钱又不能报销……

这边米儿等七人没有家庭负担,也不必省这点钱,便每人点一碗臊子面,围着桌子吃。臊子面一上桌,米儿四人凶相毕露,一阵猛吃,如风卷残云般顷刻告罄,汤都不剩一口。摸摸肚皮,打个小嗝,坐在长凳上不起身,意犹未尽地看着王娟等三人吃。

王娟、雨欣吃了几口,蹙着眉头直叫"好辣好咸"。春桃却吃得满意,面带笑容连连说道:"味道不错呀,不咸不辣刚刚好……"

王娟、雨欣各吃了一半,剩下一半实在吃不下了,端着碗走到船尾,一扬手,连汤带面倒入江中。

船尾机器轰鸣,震耳欲聋,下面螺旋桨搅得江水翻腾不止,像开了锅似的。被搅死震昏的小鱼小虾随着浪花翻上翻下,五六只鸥鸟鸣叫着,追着船尾,争先恐后地俯冲抢食。

这边天气晴朗,两岸也没见积雪。江面空气新鲜,较之餐厅里舒服多了,虽然江风刺骨,但船尾能避风头,倒也不觉得太冷。

雨欣眼睛望着翻飞的鸥鸟,耳朵听着鸥鸟在江面清脆的鸣叫,目光随着鸥鸟起伏,似乎看得着了迷……

第十四章

　　王娟扶着栏杆站在五星红旗下，低头看着脚下翻滚的江水出神。这江水引得她浮想联翩……

　　这江水就连着粤汉码头吧？粤汉码头这条轮渡航线下面，也不知隐藏了多少眼泪和无奈……粤汉码头不远处就是我的家呀！一想到家，就想到父亲和母亲，想到弟弟。不知这一年来，他们都是怎么过来的……心里一酸，对着滔滔江水，滴滴答答滚下泪来……

　　过了嘉鱼就是簰洲，轮船不再停靠，势如破竹地一路向前驶去，前方还有几十公里就是武汉港了。大家挤在船舷边极目远眺，寒风吹得嘴唇发乌，眼睛生痛，但谁也不愿回舱。

　　去年离家是冬天，今年归来又是冬天！一年了，这一年来在外面经历的酸甜苦辣种种滋味，若非亲身经历，又有谁能体会？不是说"滚一身泥巴，炼一颗红心"吗？泥巴是天天都在滚，这颗心不知炼红了没有……如今身上带着伤，心上带着痛，身心疲倦地回家了！突然一股浓浓的乡恋掺和着乡情，潮水般翻腾着，一起涌上心头……

　　江城武汉，此刻笼罩在灰蒙蒙的晨雾中，整座城市似乎还没醒来。英勇的江城人民，此刻正在甜蜜蜜的梦乡中，整座城市祥和而又宁静……

　　轮船乘风破浪，劈开重重雾气，笔直朝着东方，朝着长江下游驶来。江城武汉的轮廓，渐渐清晰。当远方依稀出现江汉关钟楼的塔尖时，大家眼眶湿润了……说来奇怪，这一年来虽然也时常想家，但却没有像现在这种归心似箭的冲动！恨不能生出双翅飞进家门，往床上一倒，两腿一伸，睡它一天——不，要睡两天！

　　米儿手扶栏杆，笔直地伫立甲板，头发蓬乱如雀巢，眯着眼睛凝视前方。江风掀动衣角"噗噗"作响,他一动不动,在心里一遍又一遍,默默地呼唤道:"武汉,我回来了……"

这一刻,他遥望着远处的这座城市,心里油然升腾起一股雄壮,还带有一点悲壮……胸中顿时充满豪气!好像在外征战的将士,刚刚掸去战袍上的征尘,正在凯旋的途中!不知今天的码头上,会不会有欢迎的人群……

"烟雨莽苍苍,龟蛇锁大江"、"一桥飞架南北,天堑变通途"!描写的就是武汉长江大桥,以及大桥南北两岸的龟、蛇二山,形象地表现了武汉长江大桥雄伟、磅礴的气势!

船首正前方,一轮红日喷薄而出,照亮了航程。远方的江面隐隐现出长江大桥的雄姿,甲板上一片欢腾和躁动,到处充满春日般的温暖与活力!

长江大桥!长江大桥!它作为武汉的标志性建筑而闻名于世!全国人民谁不知道?就连外国友人也知道呢!外地人很难体会武汉人对长江大桥的这份特殊感情!

花蛇的眼里噙满泪水,他的父亲就长眠在长江大桥下冰冷的江底!他是为了这座桥,为了这座桥的安全,而英勇牺牲的烈士!为了这座桥而做出牺牲和奉献的烈士、英雄和模范人物,又何止千万!直到今天,武汉人依然在关心着这座桥,春夏秋冬,风霜雨雪,无时无刻不在默默地守护着大桥……

轮船开始减速,缓缓通过长江大桥,拉响了汽笛。威武雄壮的汽笛声如雷贯耳,冲破江面的薄雾,响彻大江两岸,宣告自己的胜利归航!随后左转舵,在江心画了一个大大的半圆,调过船头对着上游,向北岸的十五码头缓缓驶去。

客舱里所有的人都跑了出来,拥挤在甲板上,手扶船舷栏杆,把脖子伸得长长的,隔江向岸上看去,期望寻觅到码头上

第十四章

熟悉的面孔和身影,然后……然后互相挥手呼唤!——然而,绝大多数的人心里明白,并没有亲友来接船,这种场面不会发生在自己身上。但此时此刻,站在高高的船上朝下俯视,还是希望能够看到亲友的影子,哪怕一个熟人也好。

码头上稀稀拉拉站着十来个人,仔细一看,没有一个面熟。看那穿着打扮,也不像是来接亲友的,倒像是来卸货的搬运工人。趸船上几个水手,脸冻得乌青,各自的前胸和后背绑两块厚厚的救生包,像穿了防弹背心。

一个戴着狗皮护耳的水手,嘴里衔一只雪亮的哨子,在寒风中佝偻着身躯,只顾吹着哨子打手势,盯着船舷做接船的常规动作……这些人对即将靠岸的轮船没有半点热情和兴趣,正眼都不看一下!

众人大失所望!心里刚刚燃起的一团火苗被浇灭,热情顿减,情绪低落到上船以来的最低点!好像这座城市已经忘记了自己,或者从来都不知道还有自己的存在!就像江面上漂浮的那些泡沫似的,一堆一堆,一摊一摊,任其随波流去!

知道吗,我们好不容易归来了,怎么能这样对我们呢?

回想去年欢送时,高音喇叭热烈地唱着歌,锣鼓喧天、鞭炮齐鸣、彩旗飘飘、万人夹道,还有市民关注的目光,还有汽车缓缓让路……那是何等风光!那场景犹在眼前,声音犹在耳畔,甚至还能闻到鞭炮的硝烟味呢!如今这些热情都去了哪里呀?被江面上的寒风吹走了吗?怎么消失得一干二净,好像"鸟过天无痕,船过水无迹",什么都不曾发生过似的……

看来,这是一座陌生的城市!这是一座冰冷的城市!这是一座无情无义的城市!这是一座不够意思的城市……

大家心里拔凉拔凉的,归乡的热情大减,取而代之的,是遭冷落后的委屈与惆怅……

米儿呆呆地扶着冰冷的栏杆，心里想：领导不是说，我们的下乡，是为了减轻城市的人口压力，江城几百万人民都会感谢我们吗？怎么没有一个人来欢迎，人都去哪了？还载入史册呢！不到一年，就把我们一笔勾销了！

一年来，米儿很少去想归来时的欢迎场面应该是怎样的。可是，当远远看到武汉长江大桥时，心里却一阵激动，突然感觉自己这一年来所吃的苦，所受的罪，都是为了这座城市，自己做到了，自己觉得是这座城市的功臣，无愧于这座城市。如今凯旋，航船即将靠岸，几百万市民就应该从热被窝里钻出来，早早地来到码头恭候英雄归来嘛……

不过，今天太冷。老弱病残也许来不了，情有可原。这部分可能占了总人口的三分之二吧？那……还有剩下的人来迎接一下，也可以嘛。这是应该的，做人要有良心……

船舷外侧挂着一排破旧的汽车轮胎，靠岸时与码头上的趸船猛烈地挤压摩擦，发出不堪重负的"咯吱咯吱"声，船身猛地一震，停稳了。

米儿身子一颠，往前一晃，猛然惊醒过来！抬眼看码头上，冷冷清清，哪里有一百万人热烈欢迎？连锣鼓鞭炮声都没有！寒风中，只有三五位接亲友的同志，但都不认识。船尾又多了一群鸥鸟，飞上飞下，都各自忙着觅食……他自觉没趣，无奈地摇了摇头，弯腰提起脚边的行李，灰溜溜地挤在人群中下了船。

爬上码头，穿过候船室来到大街上，立刻消失在街面人群的洪流中。一个钟头后，一行七人又出现在粤汉码头对岸，左顾右盼，互相召唤，要在这里乘坐轮渡去南岸的武昌——那边

第十四章

才是他们的家。

眼下正是冬天枯水季节，江水收缩至江心，江面变得又细又窄。丰水期被淹没过的江滩，此刻裸露在外，坑坑洼洼，凹凸有致。枯草、垃圾、乱石，满目都是，丑态百出，一览无余。

粤汉码头的大堤更加高耸陡峭，堤坡上的青石台阶何止一百级！抬头仰望，竟像天梯般令人目眩！天梯尽头，一座白墙黑瓦、四方尖顶的小票房直插云霄，酷似进入天堂的门洞。一行七人携带行李，手提肩扛，攀爬而上，似乎登山队正在登顶珠穆朗玛峰。

爬上堤顶，大家心跳腿颤，喘息不止。便纷纷坐在台阶上歇脚，解开棉衣扣子吹江风，行李散落在一旁。猛一看，有点像刚从农村来的乡下人，与这座城市已经有了些许差距。此处离家还有一站多路，公共汽车不通这里，只好步行。好在去年野营拉练时走过六百多里路，如今这点路也不在话下。

步行回家的路上，米儿把自己下船时心里的感受讲给大家听。大家听了表示惊讶，或摇头或撇嘴，或冷嘲或热讽，眼睛一起朝他看。那眼神很奇特，从头到脚，似乎在看一头怪物！一致认为他的想法要不得。

有的说，你知道吗，弱智儿童欢乐多，精神病人思路广。你就是！

有的说，你知道疯子是怎样炼成的吗？就是你这样——幻想太多，又不能实现，就疯了！

有的说，你这是做梦娶媳妇——想得美！也不撒泡尿照照……

有的说，你这种人写小说蛮好，奇奇怪怪，虚构幻想，想象力大得无边无沿！

还有的说，完了完了，你这是痴心妄想，典型的妄想症！小心转化成精神病……

王娟一直低头走路，不声也不响。这时见大家都来攻击和嘲笑米儿，再也听不下去，忍不住出来打抱不平道："你们包容一点行不行？见好就收！再说，他只不过妄想了一下，又不是真的有精神病！妄想有什么不好？贝多芬还写了一首《妄想曲》呢……"她停了停，一时拿不准是《妄想曲》，还是《狂想曲》，既然拿不准，干脆再换个题目讲："凡·高是精神病吧，他把自己耳朵割下来放在旁边，还能画个向日葵呢！田米现在还没割耳朵吧？你们笑人前，落人后！"

王娟话还没有说完，大家已经笑得两腿发软，不会走路了！她这样的袒护，偏离了初衷，有点自相矛盾，不知是在褒别人还是在贬别人？好像米儿已然是个可怜的病人了……

米儿自己听了也大笑不止！

末了，还是麻杆说得最好。他说："你也太把自己当回事了！这么冷的天，一大清早的，谁能跑到江边来看你！"

第十五章

清代小说《桃花扇》中，有这样一段唱词："眼看他起高楼，眼看他宴宾客，眼看他楼塌了……"这是形容一座房子从建造到坍塌的全过程。调子虽然悲凉伤感，其实也是实情。

同样，人来到这世上，说到底无非也就是一个"过"字。过客，度过，这都是生命的一种形态和过程，不是归宿和终点。

"过"是个动词，词义复杂，意思太广了！比如：过年、过节、过河、过桥、过日子、过生活、结过婚、离过婚、爱过、恨过、过失、过错……

米儿就是回来"过"年的。在家里过了两天，几乎没有出过门。另外六人也都在自己家里过的，七个人互相连面都没有见过。

有人说，要过得有意义。米儿这两天却过得平淡乏味，无非吃了睡，睡了吃。一年不见，回来了又黑又瘦！黑得可以跟乌龟相媲美，瘦得可以跟咸鱼干相比肩。耳朵也冻烂了，耳轮上一串血痂如黑鱼的鳞片。鞋子和裤腿上满是稀泥浆，冻得硬邦邦的。进门一笑，黑瘦脸上两行白牙赫然醒目。家里人一阵惊讶，以为灾区逃出来的难民敲错了门，都快认不得了！幸亏牙齿尚无大变，据此鉴定一番后，又盘问了几句，始知为近亲而不疑……

父母心疼了,拿出积攒下来的肉票、油票和豆腐票,去供应站买回排骨、豆腐、五花肉,还打了两斤油,要给儿子好好补一补。

米儿扔下背包,拿了换洗的衣服,首先去了大澡堂子。"下班洗个热水澡,好像穿上大皮袄",他想好好地洗个澡,泡泡热水,温暖温暖冰凉的身子,然后,清清爽爽迎春节!

一掀门帘,迎面两个大铁炉子里炭火熊熊,澡堂子里暖烘烘的。白雾似的蒸汽里,热烘烘的肥皂味扑面而来……

大池子里人很多,浑浊的水面上,漂着厚厚的一层肥皂泡沫,水池四周白花花的,全是赤条条一丝不挂的男人。

密闭的澡堂里缺氧,洗完澡的人,身子软软的不想动弹,还想多发点汗再回去,便肩并着肩,一个挤一个地斜靠在池壁四周。水面上一圈黑黑的脑袋,仰面朝天闭着眼睛,享受着热水浴……

米儿下了水,见池边再无空位可坐,只好独自走到水池中央。一坐下去,水都淹到下巴了!四周的男人众星拱月似的,都眯着眼看他。那眼神,好像在看一只猴子戏水。

他手忙脚乱地拨开周围的肥皂泡沫,撩起水来洗头洗脸洗脖子,弄得满头满脸尽是白花花的肥皂泡沫……忽然,他晃了晃脑袋,像只水鸟似的,眼睛一闭,一个猛子扎进水里不见了,水面上只留下一个漩涡……

在水下,他睁开了眼,看见到处都是人的腿和脚,忽然想到会有人在水里撒尿,因为自己就干过!他赶紧闭嘴憋气,把腿一蹬,"呼"的一声蹿出水面……

回来喝了两天排骨汤,吃了几顿肉,睡了几宿温暖的好觉,脸上渐渐红润丰满起来,耳朵上结的黑痂也脱落了,人也白净

第十五章

了许多。跳下床来蹦几下,感觉浑身都是劲,心里又蠢蠢欲动了,便想出去看看花蛇、华华和麻杆他们,这两天都是怎么过的。

就在这时,中国发生了一件惊天动地的大事件:美国总统尼克松即将访华!这消息震惊了国人,震惊了世界,谁都不敢相信这是真的!

父母回家来说,单位召集职工开会了,街道居委会也召集居民开了会,传达上级精神,动员大家说:外国人要来了,如果外国人在路上扔糖果不能捡!给的铅笔、橡皮、原子笔这些小礼物不能接,别让外国人照了相拿出去宣传,看不起咱们。再穷也要有骨气,有志气,要给国家争口气,给中国人民争口气!

指示精神要求传达到每一个人,不能留死角,要求人人都知道并做到。

父母又特别叮嘱米儿和弟妹们,说:"这段日子你们少出门,别在外面惹祸!万一遇见外国人,不要围观,立刻躲得远远的,免得被照相。给你们东西,不要看不要拿,赶紧离开!"

父亲像领导一样,又强调一句说:"上级的指示精神给你们传达清楚了,你们每个人都要自觉管好自己!"这句话的结尾本来还有三个字——"的子女"——这才是上级领导的原话。

米儿想把这消息告诉华华、麻杆和花蛇,提醒大家小心,千万别贪小便宜。一打开门,两边瞅瞅,并没发现外国人,便匆匆出门而去。

见了面一讲,大家都说早就知道了!还说长江大桥上都加派了双岗,两边的桥头堡还有一队一队的解放军在巡逻,刺刀亮闪闪的。四个脑袋瓜凑在一起分析议论这件事,分析来分析去。

此时，麻杆家的半导体收音机正在播放《战斗进行曲》，里面男声雄壮地唱道：

"我擦好了三八枪，我子弹上了膛；
我挎上了指挥刀呀，心眼里直发痒。
我背上了手榴弹，给敌人的好干粮；
我刺刀拔出了鞘呀，刀刃闪闪亮！
别看他武器好，生铁遇到钢！
……
我撂倒一个俘虏一个，
撂倒一个俘虏一个！
嘿！缴获它几支美国枪……"

直到正月十五的前一天，美国人才结束访问，离开了中国。大家的心才放回肚子里，安安稳稳地过了一个元宵节。这段提心吊胆的日子，总算就这样"过"去了。

没想到刚过了几天安稳日子，元宵节后第三天，米儿真的遇见了外国人！

这天下午太阳出来了，积雪开始融化。俗话说"下雪不冷化雪冷"，这时的雪融化成水，这冷便撕裂皮肤钻进骨头里，令人心悸！米儿用围巾把嘴巴带耳朵紧紧裹住，只留两只眼睛在外面，留个鼻子吸气，踩着积雪便出了门。

刚走到一条铁路道口边，迎面走来两位金发碧眼的外国白种女人，身材高大，金黄色的头发，嘴上抹着口红，身穿白色的大翻领皮大衣。那脚上穿的高跟鞋，鞋跟细长如笔管，足有

第十五章

半尺高。两条大长腿却不穿裤子，只穿一层薄薄的丝袜，远远就飘过来一阵浓烈的香水味。

这条铁路平时只运散煤和木材，铁路两边都是煤堆，黑水从煤堆里渗出来，四处流淌，把白雪染成了黑雪，又被行人踩得稀巴烂，一堆堆一摊摊，令人无处下脚。

路人都穿着雨靴走在乌黑稀烂的融雪里。两位外国女人互相搀扶着，生怕鞋子进了黑水，抬起玉足犹豫着，下象棋似的，看来看去找不到落脚之处，身子晃晃悠悠，摇摇欲倾。二女低着头，一边小心翼翼地踮着脚往前走，一边嘻嘻哈哈地弯腰大笑！似乎长这么大从没见过这么有趣的路，这辈子从来没遇到过今天这么好笑的事……

米儿脚下打着滑，小心地扭动身子往前走，眼睛不时地朝她们看。心里想："她们的高跟鞋像钉子一样，应该不会打滑吧？外国人就喜欢搞这些花架子！这么冷的天光着两条腿，裤子都不穿，不冻成关节炎才怪呢！"

这边米儿正替她们操着闲心，那边两位摩登女郎抬头见米儿在看她们，便友好地微笑着，向他打招呼说："Hello! Chinese!"又竖起大拇指，给米儿看她手上的红指甲盖。

虽说米儿的英语成绩不好，但这两句他还是能听懂。知道她们在说："中国人，你好！"但此刻走在这样稀烂的路上，米儿自己都觉得不好意思，她们却还竖起大拇指夸奖！这能是真心的吗？肯定是别有用心！这不是存心讽刺我是什么？

米儿生气地望着她们，骨子里的野性又冒了出来，嘴巴在围巾里一阵蠕动，大声地骂一句道："冻死你个美国佬！"还怕她们没听清，又对着她们重复了一遍，得意地扬长而去。

那两位洋女人可能真没听懂，在他身后嘻嘻哈哈笑得更响了！这笑声传进米儿的耳朵里,他忍不住也笑了:"我骂了她们,她们还觉得好笑……"

后来讲给大家听,花蛇、华华和麻杆都说骂得好极了！她们就是别有用心嘛,想讥笑我们的社会主义道路不好走！

雨欣听了皱皱眉头,说:"好什么好？你这是缺乏教养,欺负别人听不懂！换位想想,你还不是一样听不懂。"

王娟走过来,夸张地盯着米儿的脸看了又看,说:"真是看不出来,你还这么野呀！"

春桃只是觉得好玩,一个劲地笑他,并没发表评论……

奇怪,报纸上不是说,美国人都走了吗？怎么这里还漏了两个？她们和他们是不是一伙的？大家一时都说不清。这件事就过去了。

谁知七年后,这谜底却让雨欣在无意中给揭开了,这才真相大白！

原来,那两位外国女人是亲姐妹,并不是美国人,而是欧洲人,其中姐姐还精通汉语。她们的父亲是一位著名的教授,这次来中国武汉是受父亲的委托,要寻找自己当年的得意门生——雨欣的父亲。因工作地址有变,又是保密单位,姐妹俩虽然四处打听,却始终没有找到下落,老教授的心愿未能实现。几天后,姐妹俩怏怏回国。

雨欣后来去欧洲留学,按照父亲写的地址,就住在了她们家里。就读的学校,也是父亲原来的母校,并且是同一个专业。不过这时,老教授已不在人世,只剩遗孀和雨欣同住。

提起上次的武汉之行,姐妹二人兴致颇浓,还说在路上有个小男孩骂她们:"冻死你个美国佬！他把我们当成美国人了,笑死我们了！这当然不能怪他。遗憾的是没看清他的脸,只看

第十五章

到一双黑黑的大眼睛,很神气……"说完又嘻嘻哈哈地笑,老夫人坐在一旁,听了也跟着笑。

雨欣听了一惊,立刻明白过来,继而止不住地大笑道:"他就是我的男朋友!"笑过之后,心里又隐隐作痛,难过得说不出话来……

春节前的几天,家家户户都忙碌起来,大家开始准备年货。米儿也忙坏了,全家出动去排队。买到手后,又一趟一趟往家里搬运,个个忙得跟过冬前的松鼠似的。

采买年货都集中在年关前这几天,人多货少。为了确保能够买到,米儿和华华、麻杆、花蛇四个人像夜猫子,半夜就爬起来,冒着严寒踩着冰雪去站头队,等着天亮菜场开门后,好抢先买肉。大家并不觉得苦,反而觉得挺新鲜刺激的,因为有伙伴。

天快亮时,人越来越多。有些人夜里根本就没露过面,早上睡饱了才过来,在队伍的前面晃来晃去地逡巡着。他们的出现,使排在后面的人心头一紧,警惕地盯着他们的一举一动,担心他们插队……

果然,趁着开门时队列一阵骚动,这些人便乘机在前面挤来蹭去,制造骚乱,然后浑水摸鱼。咒骂声、呵斥声、斗狠声、求情声……一大堆人挤在前面,顿时没了秩序!

这些来买肉的人大多是些半大不小的少年泼皮,都是各家各户精挑细选派出来的。挑的都是些脸皮厚不怕挨骂的,体格强壮有点儿匪气的,最好像花蛇那样身上有点儿肌肉的,若非如此便难买到货。那些性格懦弱、温和乖顺的孩子不中用,顶多在一旁低声下气说说好话,央求别人帮忙带一点。

原本规规矩矩排在后面的人一看不行,眼看着一夜的队白站了,又不甘心,也气急败坏地冲到前面去钻空子。后面稀稀拉拉的就只剩些老弱病残和妇女,望着前面摇头叹气:今天算是没戏了,只好明天再来碰碰运气……

这时天大亮了,人们还在不断地赶来。前面人流如潮,人声鼎沸,人人手里高举着钞票和肉票叫喊着。外围的混混泼皮们齐声喊起了号子:"一,二,三!挤——油!一,二,三!榨——油!"人群随着号子潮水般涌过来又涌过去,险些把档口给挤垮!幸亏这档口已经在此服务了十几年,期间经历过无数次大风大浪,也曾经过无数次研究和改进,早已坚不可摧!一米多高的水泥墩做成的柜台厚达数尺,重达数吨,下面深埋在土里,稳如泰山一般,根本不怕别人挤!

米儿四人排在最前面,在人堆里绷紧了筋骨,鼓起肌肉,章鱼抱礁石似的,死死抱定柜台不松手!肚子被挤得卡在水泥柜台边上,弯着上身俯在案板上。凭借着坚如磐石的柜台,任凭两边风吹浪打,十级台风也刮不动!

卖肉的是位大高个,秃头,酱红色的头皮像抹了猪油似的。他久经考验,表情老练而冷静,丝毫不为外乱所动。上班进来时,他看了一眼排在前面的几个人,心里有了数,明白米儿四人是老实排队的,便不慌不忙收票割肉,一一交付给他们。

四个人买好后,每人头顶高举着一块五花肉往外挤,引来外围无数羡慕的眼光。左右两边和后面的人群,见他们买完了要走,都想趁机去填补这个空缺,立刻一起朝中间猛挤。来自左右两边的力量互相抵消,反将米儿他们挤压在中间动弹不得!买到手的出不来,没买到的进不去,叫喊声和咒骂声乱成一片……

第十五章

花蛇目光朝四周一扫，喘着粗气道："贴着墙边，一起合力向右边冲！打开通道！"

大家会意，四个人立刻结成一团，把在农村扛麻袋的劲都使了出来，一起大吼道："一，二，三，冲啊！"合力猛冲猛撞，终于杀出一条血路，突出了重围。

由于用力过猛，前面的人急忙往后退，后面的人站立不稳被撞翻在地，仰面朝天连跌几个元宝跟头！谁也顾不上去扶他们。这些跌倒的人也不用扶，赶紧拍拍屁股站起来，也顾不上吵架理论，握紧拳头又冲进人堆里。

人堆里哭喊声和叫骂声不绝于耳，有人带着哭腔惊呼："完了完了，老子钱包被偷了！里面还有豆腐票！老了回去要挨打了，呜呜呜……"

有人厉声喝道："松手！你把老子荷包撕破了……"

有人破口大骂："扯老子领口搞什么啊！"

有说老子鞋被踩掉了的；有说老子帽子被抢了的，骂不绝口……这些自称"老子"的人，年龄都不到十五岁。

米儿冲出来松了一口气，检查一遍自己的身上，发现领子被撕开了。下面的纽扣被扯掉一个半，剩下那半个破的，还挂在线上，似落不落。其他三人每人损失上衣纽扣两枚，下落不明。华华更倒霉，被人扯去衣兜一个，那块布也不见了，衣服上留下一方深蓝色痕迹，格外醒目。

这样的场景，近来天天都在重复上演……

计划经济一切都按计划运行，一视同仁，铁面无私，只认票证不认脸。具体就体现在各种票证上面：粮票、油票、肉票、鱼票、鸡蛋票、豆制品票、绿豆票、菜票、副食品票、糍粑年糕票、煤球票、柴火票、火柴票、香烟票、白酒票、肥皂票、布票、化纤票、棉花票……人人有份，不多也不少。这些票证缺一不可，与每日生活息息相关，须臾离开不得。任你是谁，要想买东西，一律拿票来！一份货对一张票，都是计划好的，别想多吃多占，也没有漏洞可钻。这些票证使用时，又非常灵活，过年过节时，往往还会有意想不到的惊喜！

例如这年春节前，国营菜场的门口早早就贴出了告示：

春节期间，为满足人民群众节日生活的需要，二月份的油票、肉票和豆制品票均按双倍供应。66期蔬菜票每人供应冻鱼二斤，68期蔬菜票每人供应鸡蛋一斤。另外，凭户口簿每户供应炒花生三斤，干木耳一两，干黄花菜一两。以上均限本月有效，过期作废。望互相转告。

特此通知！

本来蔬菜票只能买青菜，因为过年，便格外开恩，变成了鱼票和鸡蛋票。

对于平民百姓来说，这消息远比中美建交来得实惠！根本不需动员，人们自动奔走相告，顷刻间便家喻户晓了！

俗话说：咽喉深似海。米儿家里上下八口人，八张嘴，八根管子下面连着八个无底洞，每天吃进去又排出来，过个年也得消耗不少东西呢！天天熬更守夜，历尽千辛万苦，总算把计划内该买的都一一买了回来，占据了大半个阳台。

母亲还生怕遗漏了什么，一边点货，一边叫米儿记录：

粮油类：大米一百斤、粳稻米二十斤、糯米八斤、白面五十斤、糍粑五斤、年糕五斤、棉油八斤。

肉菜类：猪肉十六斤、排骨八斤、胖头鱼十二斤、喜头鱼

第十五章

四斤半、鸡蛋八斤、豆腐二十二块、五香豆腐干六斤、大白菜四十斤、白萝卜三十斤、藕八斤、干木耳一两、干黄花菜一两、绿豆粉丝一斤、葱姜蒜和干辣椒若干。

副食类：带壳炒花生三斤、白糖一斤、古巴糖二斤、京果二斤、雪枣一斤、翻饺一斤、"孝感麻糖"一盒、"汪玉霞"云片糕二斤、芝麻酥糖二斤、上海"大白兔奶糖"一斤，水果无。

其他生活物资：煤球一百五十五斤二两、木柴三十二斤半、"双喜"火柴一封（十盒）、"红山肥皂"六块，杂货若干。

腊月二十四这天，父亲单位发了福利：带骨猪肉五斤，理发票八张，洗澡票八张，还有初三晚上的《刘三姐》电影票四张。

照着清单核对了几遍后，并未发现有遗漏和浪费之处。母亲看着一大堆过年的物资，心里踏实了。长出了一口气后，满怀感慨地对父亲说："还是生儿子好！如果没有他们，就是把我们这两把老骨头挤散架了，也买不回来！"

同样的这件事，对于春桃家来说，可就没有那么简单了。眼看春节越来越近，还什么都没买回来。六个如花似玉的女儿不敢去男人堆里挤，也经不起这种挤。

那个传宗接代的幺宝儿子由劲松，十四岁了，被父亲视若"窝金宝"！拿在手里怕掉了，含在嘴里怕化了，抓块金子也怕凉了手。从小到大娇惯得不成体统，逐渐养成骄横跋扈，蛮不讲理的性子。平时在家里懒得生蛆，恨不得吃饭要人喂，走路要人背！吃得圆滚滚的，晃来晃去像个地雷。指望他半夜爬起来去排队买菜，门都没有！

春桃的父亲由阿德,是个自私虚伪、庸俗现实的人。一天三顿离不开酒,常挂在嘴边的话就是:"都说冷酒伤胃,热酒伤肺,我说无酒伤心!土豆烧牛肉是苏联人的理想,那太遥远了!我的理想就是二两猪脑瓜子肉,外加一瓶黄鹤楼小酒!"每每就着猪头肉喝着小酒时,除了那宝贝儿子,春桃六姐妹别想吃一筷子。

为了让六个女儿心甘情愿接受这一切,也为了给自己找借口,还不断地给女儿们上课。一边吃,一边晓之以理:"好东西一定要留给我们大人吃!你们伢子家还小,以后吃的机会多得很!有我在,就有这点儿工资,就能养活你们。如果我的身体垮了,病死了,你们吃什么?谁来养活你们?"

吃完饭碗也不洗,往床上一躺,腿一蹬,押直身子说:"唉,累死了!真想就这样睡过去,翘辫子了算了……"

春桃妈每次听得不耐烦,就回敬道:"你吃就吃,尽说些废话!你放心,你要真死了我就改嫁,找个工资高的老红军,管他残疾不残疾。只要能帮我把这群孩子养大,我情愿服侍他一辈子!"

由阿德每次听了都像喝了一碗陈醋,心里不知有多酸!便坐起身来,鼻子里连哼冷气。

于是二人就开吵,陈谷子烂芝麻的积年老账都拿出来算一遍,吵完了才去刷锅洗碗。为了这话题,两口子没少吵架,一年到头也没个安生日子。由阿德总也不改,酒杯一端又是这话。吵吵闹闹中,孩子们都大了,春桃的大姐二姐也相继嫁人。但由阿德没死,春桃妈也就没改嫁。

这无休无止的吵闹,令春桃六姐妹特别反感。吃好吃坏都是小事,吃不吃猪头肉也没关系,女孩子大了都有自尊心,把

第十五章

面子看得比命还重。六姐妹走出去光彩照人，个个体面光鲜又懂事，街坊邻居谁不羡慕，哪个不夸！可偏偏摊上这样的父亲，真让人看不起！心里又委屈，又无可奈何，恨不得不进这个家门。

由阿德是木工间的八级师傅，每月工资八十几元。春桃妈在食堂打杂，每月也有三四十元，二人的工资加起来一百多，足够一家九口人过日子了。大姐二姐出嫁后，家庭条件也一天天地好了起来。由阿德那德行却并不见好。

今天二女婿在东湖钓到一条筷子长的小鲤鱼，骑单车送过来给他下酒。

由阿德下班回来，把工具包一放，兴冲冲蹲在地上翻看了好半天，站起身指着死翘翘的小鲤鱼，对春桃妈说："这条'小毛子'不要去鳞，毛子鳞是糯米鳞，好吃！多放姜丝和葱叶去腥，清蒸了给我吃！"怕春桃妈没听清，又重复一遍道："听到了吧？不去鳞！"

春桃妈提着刀正要杀鱼，嫌他啰唆，便不耐烦道："听到了！毛子鳞好吃，清蒸了给你吃！烦人……"一刀剁下去，毛子的头滚到一边。

由阿德一惊："哎哎哎！你搞什么名堂？毛子头也好吃，你给我留着……"

吃饭的时候，春桃妈对丈夫说："快过年了，菜还没有买回来，怎么办？再过几天到了年跟前，不管什么菜，都又贵又难买到。俗话说，腊月二十八，乱抢乱拿；腊月二十九，提了就走，价都不问的……你看我们屋里的姑娘，一个个像花一样漂亮打眼，我不放心她们三更半夜去排队，在男人堆里挤来挤去……要不，你辛苦两个晚上去买回来吧？"

太阳雨

  由阿德已经喝下了小半瓶酒,脸上烧得红红的。那条清蒸小毛子,也被他父子二人连皮肉带鳞甲吃得只剩下了鱼尾巴。

  听春桃妈说叫他半夜起来去排队买菜,大不乐意。便把酒杯往桌上重重一顿,筷子敲得菜碗叮当响,说:"我夜里去买菜,白天不用上班了?不上班你们吃什么?把我累死了你们靠哪个去?亏你想得出来!"

  只见由阿德黑着脸端起酒杯,又喝一口酒说:"我早就说过,生女儿不中用,你偏要生这么一大堆!结果怎么样,我没说错吧?光长得漂亮有什么用,像个美人灯似的,风一吹就灭了,能当饭吃?我们由家,将来还是要靠松松撑起来的!"似乎春桃妈生的这一堆女儿是无性繁殖的,跟他毫无关系。

  春桃的妹妹小杏噘着嘴说:"既然我们没有用,那生我们六个干什么?只生松松一个就行了!那你叫他去买菜好了,我还不想生在你屋里呢!"

  由阿德用筷子指着小杏,对春桃妈说:"你听听你听听,这六丫头讲的什么话?我们辛辛苦苦把她们抚养大了,不但不领情,还说这种忘恩负义的话!"又瞪着小杏说:"你以为我们想生你?那时在肚子里又看不见,生下来了才晓得又是个丫头!你说有什么办法?又不能把你活活捏死……"

  小杏说:"不是不能,是你不敢!你怕被抓去坐牢,就喝不成酒了!"六个女儿中小杏最小,也最活泼精怪,说话伶牙俐齿无所顾忌,只有她敢顶撞父亲。由阿德往往让她三分,不想跟她太认真,以示对幺女儿的宽容。

  春桃妈知道由阿德喝了酒废话多,懒得理他。指望他去买菜,看来指望不上。无奈之下便拿眼看着儿子,试探地说:"要不,松松你去吧,妈陪你去。乖……"

第十五章

谁知这小子话还没听完，便眼珠一瞪说："我才不去！这么多姐姐都不去，凭什么叫我去？"看看盘子里的鱼只剩一副鱼骨，把筷子往桌上一扔，赌气不吃了。

春桃妈生气地站起来说："你姐姐她们是女的，怎么去？你是男的，这种时候就该你去！我们辛辛苦苦生你一场，一把屎一把尿地把你养大，为了什么？"

由劲松立刻皮球似的弹起来，在空中抡一下膀子，跟他母亲针锋相对道："哪个叫你们生我的？你们不生我出来还好些，是你们自己玩得开心，这才有了我，关我什么事！"

这两句话如同惊雷炸顶，居然道出了人间真理，听来使人振聋发聩！这小子学习成绩历来一塌糊涂，却能通过一两句话，把人类生命起源的真相和前世今生的命理揭示得一清二楚，生动形象且易理解！细细一想，简直堪称经典！恐怕生物学家穷其一生的研究，也未必能用这两句话来高度概括。

这还不算，后面的话更加令人吃惊！这家伙用袖子一抹嘴巴，瞪圆两只小肉眼叫道："你们生了我，就该养我！这是我应得的回报。是我给你们带来了幸福和快乐，带来了生活的希望！如果你们不生我，说不定我就投生到高干家里去了，像王娟的弟弟王冬那样。总比在你们家受罪强！你们还总是动不动就表功，就说父母恩情。论功劳，应该是我的……"那种口气好像没有他，全家人就没有了未来和希望，就活不下去。大家之所以能够活到今天，这再造之恩非他莫属。

他说完提着裤子，急忙出门找厕所去了。

听了这番话，大姐二姐停住筷子惊呆了！三姐四姐吓得大气不敢出，只顾盯着碗埋头扒饭。春桃手里捏着筷子，看看母亲的脸，又看看父亲的表情，心里捏着一把汗。妹妹小杏一副幸灾乐祸的样子，公然看着她母亲嘻嘻地笑。

春桃妈被气得嘴唇发抖，眼泪汪汪地看着丈夫说不出话来。

由阿德听了，觉得儿子前面讲的那两句话情况属实，不免羞惭。听了后面一段话，觉得大有道理：是啊！从古到今，人人都说子女要报答父母的养育之恩，却没人提父母也要感谢子女带来的欢乐，这不公平。我这儿子，智商就是比别人高些！今后一定大有出息……

春桃是个要面子的人，可家里这些乌七八糟的事情说出去都脸上无光，想想就丧气，灰溜溜地抬不起头来。心想在外面虽然辛苦些，但精神是愉快的。现在不但是共青团员而且还成了民兵，走出去受人尊重，脸上也有光。回到家里反而心里堵得慌！真想赶紧回农村去，明年不回来了，眼不见心不烦！便丢下碗，出门去找王娟商量买菜的事。

出了门刚走不远，见路边一堆人围着一根电线杆子指手画脚，看得津津有味。仔细一看，发现王娟和雨欣也在其中。一见到她们，春桃心情立刻好了起来。她跑上去搂住二人的肩说："你们在看什么？"

王娟和雨欣正看得出神，口里还念念有词。冷不防被人从后面搂住了脖子，吓得立刻矮了半截！回头一看是春桃，王娟把她的头打了一下，指着电线杆子道："你来看看，这是哪个写的呀？像唱歌一样好听！"

春桃定睛一看，电线杆子上贴一张红纸条，上面小楷字工工整整写道：

"天惶惶，地惶惶，
我家有个哭夜郎。

第十五章

过路君子念三遍,
一觉睡到大天光!"

春桃边看边读,读完笑了,说:"写得好顺口呀!我们跳橡皮筋的时候,可以当歌唱。多唱几遍,这小伢夜晚就不哭了,也算是一件好人好事!"

王娟突发奇想,脱口说道:"这会不会是特务写的接头暗号啊?"听了这话,好几个人立刻回头看着她,目光凌厉地等她往下说。

雨欣连忙拉她出来说道:"哪是什么接头暗号!这是民间的迷信。还有一些病人故意把中药渣子倒在马路中间让行人去踩,希望别人把自己的疾病带走。你们见过没有?"说完神秘地看着她俩。

春桃听了紧张地说:"啊?我经常见到,原来是这意思啊?我都踩过好几回了,会不会把病过到我身上啊?"说完,惊恐地看着王娟。

还好王娟自己没踩,心里暗自庆幸!听春桃说踩过好几回,就想吓唬她,便睁大眼睛,大惊小怪地说:"完了完了,怪不得你经常肚子疼,以后肯定要得大病!你怎么连这常识都不懂啊?我每次看见了都不踩,躲开走的!"说完后退一步,一脸轻松地望着春桃。

春桃听了王娟的话越发紧张,不由自主地抬起脚来看鞋底……

雨欣便骂王娟,同时安慰春桃道:"呸呸!王娟你少乌鸦嘴!踩了就踩了,哪里会得病!这些都是迷信。不过以后尽量不踩好些。"忽然又换个话题,问春桃道:"你找我们有什么事？"

春桃这才想起买菜的事，发愁说不知怎么办才好……

她这一说，王娟、雨欣也都说是一样的，家里正发愁找不出个合适的人，什么都还没买呢。三人站在路边，又开始探讨如何才能为家人分忧解难。

春桃问王娟和雨欣："你们敢不敢去挤呀？要不然我们去试试？妇女不是能顶半边天吗，他们男的能办到的，我们女的应该也能办到……"

王娟想想那场面，身子一哆嗦，道："那我不敢。那些男伢流里流气痞得很，肯定动手动脚，我宁可不吃也不去挤！再说我妈也不准我去。"

雨欣也说："我也是，我妈也不许我去。妇女那半边天我宁可不要，那种地方，半边天哪里顶得住呀……"

春桃出个点子道："我妈也是不准我去呀！但我们可以约好了时间和地点，半夜偷偷溜出来去排个头队，这样就不用挤了，行不行？"

王娟一想，觉得这办法好！索性再大胆一点更好！便启发大家说："我们干脆女扮男装，穿个棉大衣，把脑壳包严实些，别人看不出来！"

雨欣越听越怕，说："不行不行！那一讲话不就暴露了？"

王娟不满地瞟她一眼，说："买菜还讲什么话，使个眼色不就行了？再说，你就不会把声音压低些，学男伢讲话呀？你看就这样——"说着捏住鼻子，憋粗了声音低叫道："雨欣，买菜……"那声音像小母鸡学公鸡打鸣，不雌不雄的，把大家全逗笑了！

雨欣笑着连连摆手，说："这个不行。一点儿都不像！我倒

第十五章

有个好主意,一定行!但是必须由王娟出面……"

王娟和春桃立刻收住笑,凑过来问道:"什么好主意?"

雨欣眼珠子朝四周滚一遍,在她们耳边低语一阵。二人一听,连声叫好!

王娟如梦初醒:"真的,我怎么就没想到这呀?不过我一个人去不行,我们三个一起,现在就去!"

却说米儿等四人连日奋战,各家的年货都已买齐。便一身轻松地聚在米儿家里,每人手上抓一把扑克牌,吵吵嚷嚷地围着桌子打"争上游"。米儿今天手气不佳,每次都是一手烂稀稀的臭牌,既无"炸弹"又无"顺子",连"小王八"都很少摸到手。

又连输几把后,他的名下已经画了九只小乌龟,一律头朝下成一列纵队往下爬,看来这支队伍还有扩编的可能。

米儿沉不住气了,涨红着脸气急败坏地说:"凑满十个乌龟我就不打了,这手气太臭了!呸呸呸!"说着,往地上连吐几口唾沫。

大家凑过去看他那一队小乌龟,又见他急红了脸,像一只斗败的公鸡,便都拿他取笑起来!

麻杆是赢家,名下只有两只小乌龟。他一脸得意,两只手"哗哗"地洗着牌,笑着说:"快过年了,多送几只乌龟给你,腌起来慢慢吃!"

华华笑完了伸手去邀牌,阴阳怪气地对米儿说:"莫急莫急!别人说赌场失意,情场得意。你把这些小乌龟喂着,将来送给丈母娘……"

花蛇看戏不怕台高,也嘲笑他道:"乌龟壳子也有用呢,可可以做成龟苓膏，给你女朋友补身体！"

三个人你一句他一句，每一句都引起一阵大笑。每一句都替米儿想得实用又周到，又吃又送又做药，把乌龟的价值开发到极限！

米儿心里很窝火！恨他们讲话尖酸刻薄，更恨自己手气太臭，摸不到好牌！但表面上又不好发作，只好退一步安慰自己：反正是输了，倒驴不倒架，输也要输得潇洒！同时心里想道，如果真的提几只乌龟去雨欣家里拜年，那会怎么样？她爸妈会不会拿扫帚把我打出来呀？看来送礼有讲究，不能乱送……

想到这里，忽然心生歹念，于是一边起牌一边冷笑着说："这九只小乌龟，我是要好好喂着。将来你们结婚时，我送你们每人三只！"

大家都说："免了免了！你辛辛苦苦喂了一场，我们哪好意思要？你自己留着慢点用吧……"

正胡闹着，忽然听到有人拍门。米儿起完这手牌还来不及看，便把牌往桌上一扣，跑去开门。刚把门打开一条缝，王娟像条小蛇似的溜了进来，身后跟着雨欣和春桃。后面二人看米儿一眼，把头一低，掩着嘴也笑着挤进来了。

打牌的几个人同时站起来，抢着问道："你们怎么来了？你们有什么事？你们……"

王娟绷着脸说道："这是什么话，兴你们来就不兴我来？希望你们讲话友好些。"说着坐到米儿的座位上，眼睛朝桌上一扫，咋咋呼呼道："好哇，你们又在赌博呀！我告诉老师去——"一想，老师现在管不着了，便又说："哪个输了？"

华华赶紧把那张纸递给她，讨好地笑着说："你自己看看……"

第十五章

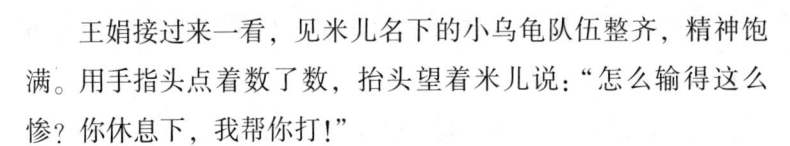

王娟接过来一看,见米儿名下的小乌龟队伍整齐,精神饱满。用手指头点着数了数,抬头望着米儿说:"怎么输得这么惨?你休息下,我帮你打!"

雨欣和春桃一边一个站在王娟身后,趴在椅背上帮她数乌龟。数完了,雨欣抬起头来笑得合不拢嘴,对米儿说:"怎么搞的,你的手气这么臭呀!还不快去洗一洗……"

刚才三个男的嘲笑他还不够,现在又添三个女的也来嘲笑他。米儿脸上挂不住了,便指指麻杆、华华和花蛇,自嘲道:"他们要我把这九只小乌龟喂大,说等他们将来大喜那天,送他们每人三只……"

麻杆立刻说道:"我们不要!你还是好好地喂着,将来送给你丈母娘吧!"

花蛇煞有介事地对米儿道:"每年五、八、腊三个节气,是女婿上门孝敬岳父母的日子。你每次提一只去,可以连送三年呢!"

春桃立刻领悟过来,"扑哧"一笑,说:"是的是的!我大姐夫和二姐夫每年的五月端阳,八月十五中秋节,还有腊月二十四过小年,都会上门给我们送吃的!二姐夫今天还拎了一条小毛子过来——他们好像从来不送乌龟……"

大家又是一阵哄堂大笑!雨欣的脸红得像一块大红布,偷看米儿一眼,赶紧低下头去。

笑过了,王娟把牌翻过来整理一遍,惊叫道:"啊?!这好的牌呀!"

米儿、雨欣和春桃凑过去一看,只见这手牌里面竟然有四个"2",四个"老K",一个"大王八",其他几张都是顺子!看得三人啧啧称奇!

431

王娟气焰大涨，不管对子和顺子，见了就压，压不住就"炸"！来势汹汹，火力异常猛烈，另外三人毫无招架之力。一顿狂轰滥炸过后，手里只剩一张"大王八"。王娟眼睛横扫一遍众人，见大家都要不起，便把大王八往桌上"啪"地一甩，叫道："赢了！再来再来！"站起身来，得意地看看米儿，又看看雨欣和春桃。

雨欣和春桃也被王娟的气势所感染，心里痒痒的，一起叫嚷："打打打，再打，再打！"一时都忘记自己来这里的目的了。

接下来几盘风向大变，王娟渐渐招架不住，牌势越来越险。打了几盘后，又有两只小乌龟前来米儿名下报到，一共十一只了。

王娟不甘心，还想翻本，又起了一手牌。翻开一看，乱七八糟，要什么没什么。眼看这盘也前景黯淡，便心里发躁！把牌往桌上用力一拍，气哼哼地说："不打了，不打了，回家！"起身就往外走。

雨欣和春桃忽然想起此行的目的，赶紧上去拉她。

米儿喊道："不打了，你要把这两只小乌龟带回去喂呀！莫放我这里了……"

大家听了一起大笑，起哄说："快拿走，快拿走，放在这里害我们背时……"

米儿猛然想起什么，问雨欣道："你们来找我，是不是有什么事啊？"

春桃抢着说："对呀，差点儿忘了！你问问她……"用手一指王娟。

王娟走到门口，听见这话又走回来。想起什么似的摸摸辫梢，吞吞吐吐地问米儿：你认不认识八班的那个、那个什么张

第十五章

三、李四,还有王二麻子——就是脸上长雀斑那个?他们这几个,人品怎么样啊?可靠不可靠啊?"

米儿一头雾水:"认识呀,你问他们干什么?"

华华扭头小声问麻杆:"是不是下到幸福大队的那几个'牛打鬼'?"

麻杆说:"就是那几个嘛!像流氓阿飞一样……"

华华心里一惊,急忙问王娟道:"怎么回事?他们欺负你了?"

王娟故意绷着脸,不作声。雨欣和春桃忍着笑。

华华心里更毛了!站起来望着王娟说:"你快点讲嘛,到底怎么回事?他们是不是欺负你了?"这一急,嗓子都哑了!

王娟眼珠一转,突然换了一脸迷人的笑容,说:"要你管?别人对我们好得很!说菜场的头头是他屋里亲戚,要帮我们开后门买肉买菜,叫我们把钱和票给他们……"

华华和麻杆同时跳起来,一起问道:"你们给了没有?还没有吧?没给就好!他们都是学校出了名的痞子无赖,最喜欢赖账……"

米儿严肃地补充道:"这是真的!你们没给就好,否则就要不回来了!"

花蛇一拍桌子,说:"他敢!借他两个胆子都不敢!去年我就跟他们打过一架,他们欺负刚来的新生!我就看不惯!"说着又把拳头一捏,擂得桌子"咚咚"响。

王娟和春桃吓出一副可怜相站在一边,拿眼看着大家。雨欣一个人站在另一边,装模作样地看墙上挂的相框。

雨欣还是头一次进米儿家的门,对他的家庭成员大有兴趣!木相框里陈列着一家人的照片,有全家福,有双人照,也有单人照,还有风景照……

她横看竖看,感觉米儿长得不像他妈,倒像他爹。见其中一张单人半身照,米儿的母亲穿一件双排扣的列宁装,不知是显影不足还是曝光过度,深色的制服衬得一张脸格外惨白。看那样子顶多二十来岁,紧闭着嘴唇。一对眼睛不大,却目光炯炯,正严厉地逼视着她,一副宁死不屈的倔强相。雨欣看了一震!心里想,这就是我那未来的婆婆呀?看来这人不好相处……

正想着,只听米儿对王娟说:"我妈也提醒过我,说你们都是女生,买菜挤不过别人。叫我问问你们需不需要帮忙去买,可惜让我给忘了。如果信得过,你们就把票交给我们,保证三天,不用,两天之内全部买齐,准时交货!"

华华、麻杆和花蛇也勇敢地站出来,表决心似的说:"那些人靠不住的!莫跟他们裹到一起。交给我们放一百个心,保证两天之内把货交齐!如果办不到,我们就把脑壳给你们……"

雨欣心里暗笑,王娟和春桃笑逐颜开,连忙说:"信得过,信得过!我们只要猪肉,不要猪脑壳!但是你们有没有什么条件啊?我们不想让你们白帮忙……"

华华无耻地看着王娟的脸,说:"任何条件都没有!给你们帮忙,我们是猫掉了爪子,巴不得!就是找不到机会。还谈什么条件……"

雨欣说:"不会让你们白帮忙的。只要你们好好地把东西都买回来,初五那天请你们去逛汉口,痛痛快快玩一整天。一切费用我全包……"

《克雷洛夫寓言》中说,乌鸦因为听信了狐狸的一番鬼话而开口唱歌,嘴一张,便失去了叼着的一块肥肉。米儿四人因

第十五章

中了王娟她们的激将法,而失去了两天的自由。冲动之下,又踏上了买菜的苦旅……

事后很久,华华分析来分析去,越想越觉得不对劲:她们几个的突然出现,太不正常。好像是早有预谋,合伙上演一出皮影戏似的,影影绰绰……懵懵懂懂中,似乎又让她们给骗了!但是后悔已经来不及。

米儿听了大笑,说:"我当时就有这感觉!不过骗就骗吧,都是同班同学。只要骗人的和被骗的皆大欢喜就好!"

过年吃好的,穿新的,见面拜年都是好听的,还不用干活。这样的日子真是既幸福快乐,又无忧无虑!只可惜太短。

据过来人说,有约会的恋人总嫌时间过得慢,直到见了面又总嫌时间过得快,所以他们才说"春宵一刻值千金"!过日子也一样。苦日子难熬,赶都赶不走。好日子又过得太快,留也留不住。米儿等七人还没回过神来,"刺溜"一下就滑到了初五。

今年春节,姑娘们喜爱的红纱巾风行武汉,席卷三镇。在汉口的中山大道上,稍有点规模的商店门口,都放一个木架,上面挂满了纱巾,标价五毛钱一条。单单红色就有很多种:鲜红、粉红、桃红、水红、玫瑰红都有。满大街一群一群的姑娘,棉袄外面罩着鲜亮的花褂子,脖子上都缠一条红纱巾,映得一张脸妩媚动人,喜气洋洋的。更增添了节日的喜庆色彩,格外好看!

王娟、雨欣和春桃一路上见了眼红,便停下脚站在商店门口,比了又比,试了又试,互相欣赏评判着,挑挑拣拣好半天,一人买了一条。当场就围绕在脖子上,互相看着嘻嘻地笑。

春桃还不想走,又在里面翻翻拣拣。她想给芸草和海棠一人买一条回去。

回来快一个月了,她无时无刻不在惦记着肖银水一家,写了两封信过去,却只收到肖银水一封回信。这封回信内容很简单,春桃看了又看。信中说全家人和骗子都很好,不必挂念。全家代问你的家人好,代问你的知青同学们好。

信的末尾有一段话说:就是骗子很想你们!几次失踪,都是在你们家门口找回来的,经常在门口一蹲就是一整天,大概是盼着你们早日回来!春桃每次看到这里,眼前就起一层热雾……

趁着逛汉口这机会,春桃给肖本鹊买了一个"大桥牌"钢制打火机、十粒打火石、一小瓶汽油、一条"游泳"牌香烟;给芸草娘买了一斤孝感麻糖和一斤麻烘糕;给芸草和海棠一人买一条纱巾;给银水买了一双解放鞋和一件海魂衫。

王娟给肖本鹊买了一件雨衣,雨欣给芸草买了一把遮阳伞和一面梳妆镜。

汉口航空路的"友谊商场"是武汉市规模最大的百货商场,这里的百货档次最高,品种最全。一双油光锃亮的牛皮鞋陈列在玻璃柜台里,优质的牛皮,精致的做工,周正的式样,亮闪闪的鞋面,洗练流畅的线条,切割整齐的橡胶底……一切都给人以美观大方,结实耐用的感觉,令人放心而踏实!米儿见了眼睛一亮,立刻被吸引住了。

他趴在柜台上仔细观赏。见旁边立着一张小纸牌,上写着"牛二眼,12.80元"。普通皮鞋每只鞋上都有两排鞋眼,每一排都有四到五个孔。可这双皮鞋,每只鞋上一共只有两个鞋眼,左右两边一边一个,滚圆的金属黑圈亮晶晶的,确实很像一对

第十五章

眼睛!

米儿觉得有趣,便在心里琢磨这"牛二眼"名称的由来。其实就是"二眼牛皮鞋"的意思吧?虽然只有区区几个字,里面包含了好几层意思:"二"是指数量,眼是鞋眼,"牛"是动物名称,也代表牛皮,是指材质,共同用来修饰"鞋"这个名词。可营业员偏偏要把"二眼牛皮鞋"倒着说,并且简称以后又缩写成"牛二眼",生动形象而且有趣!这营业员,也真够幽默的!

看着"牛二眼"几个字,米儿忽然想起了队里那头大牯牛,似乎看见它瞪着一对大眼球望着自己,不觉笑出了声!

营业员见他那般着迷的样子,便介绍说,这是今年武汉市流行的款式,质量上乘做工好,最适合年轻人穿,普通商店买不到。米儿左看右看,越看越喜欢,摸着口袋里的几张钞票,久久不愿离去。华华和雨欣等人见了,也过来趴在柜台上看。

营业员问米儿:"你穿多大码的?"

米儿答道:"四十一。"

营业员看看小纸牌,见右上角印着"39",便摇摇头说:"你这个码子最俏,目前无货。过几天再来看看吧。"说完移步而去。米儿遗憾地望着她的背影。

华华看后却说,这皮鞋好是好,但在农村用不上。我们那块地方路无三尺平,下田打赤脚,哪有机会穿皮鞋!一句话,说得米儿兴趣大减!雨欣却暗暗记在心里。

七个人兴致勃勃,出了友谊商场的大门,又去逛中山公园。中山公园的动物园里人山人海,臭气熏天,老远就闻到野生动物身上散发出的骚臭气味!

老虎和豹子住隔壁。这两位老兄都懒洋洋地耷拉着眼皮,卧在地上只顾打盹，喊都喊不起来，一点没有山大王的雄风和机警敏捷的样子。

玻璃房里一条大蟒蛇无精打采，身上鳞甲如患疥癣，懒散地盘在一蔸枯树桩上，一动不动睡着了，旁边放一只肮脏的空水盆。地上两只灰鸽和一只黄鸡，身上的羽毛快掉光了，露出大片的皮肉，圆睁着惊恐的眼睛，躲在另一边的角落里瑟瑟发抖！这是给大蟒蛇准备的小点心，等它睡醒了再吃。看得人胆战心惊，头皮发麻，时刻捏着一大把汗，不忍再看下去……

两只孔雀"哗哗"地抖着浑身的羽毛正在开屏，可惜尾翎折断了好几根，开出的屏也像一把破扇子……居然还有人不断地喝彩！

大家看了倒胃口，还没看完就捂着鼻子站得远远的。王娟仰面朝天，用两根手指捏住鼻子，招呼大家说："快走，快走，不看了！"

出了公园大门，往两个方向去的公共汽车站都是一片人的海洋，满地都是花生、瓜子壳和糖纸、甘蔗渣。没有人排队，乱哄哄的人群涌到了马路中间，挤得过往车辆不停地按喇叭。人行道上堆山塞海，站的全是两条腿的人，堵得行人无路可走。

一见有车来，江城健儿们一马当先，贴着车身快跑几步，车刚停稳便奋不顾身地往上挤，车门挤不上去就翻车窗！

真不知这样的观光游览还有什么乐趣，又能给人带来什么样的好心情。

米儿一行七人站在一边，评估着眼前这阵势，掂量着各自的斤两，自觉不是对手，哪敢轻举妄动！只好丢掉幻想，商量下一步的打算。

商量来商量去，意见不统一。有的不死心，说："再等等

第十五章

看,把这阵高峰等过去就好了。"

有的心灰意冷,说:"痴汉等丫头!你看这人群川流不息地涌进公园,又滔滔不绝地流出来,等到几时是个头?等高峰过去恐怕要半夜了!司机也早收班了。"

还有的异想天开,说:"如果市政府知道了,也许会多派些空车来支援也说不定。"

立刻有人讥笑说:"白日做梦!市政府是你屋里开的?"

有人不以为然,反驳说:"你这话不对。人民政府就是人民的!应该为人民着想。一人为私,二人为公,三人为众。我们这么多人站在这里,难道就不是人民吗?"

此话一出,立刻有人驳回道:"天真幼稚!人民大会堂也是人民的,里头还有湖北厅呢,你随便进去试试看?马上把你抓起来审查,调查你的祖宗三代……"

王娟蹲在路边紧鞋带,见大家的话题越扯越远,内容越来越不相干,便站起来平息争端说:"你们吃多了吧,人民大会堂跟我们搭车有什么关系……这个车我们不挤了,万一把骨头挤断了落个残疾!我们就搭11路车。"

大家朝路两头望望,疑惑不解。雨欣问道:"这里哪来11路车?"

王娟指指雨欣的两条腿说:"你这不是11路?"原来这就是11路车啊!大家一听恍然大悟,全笑了起来!王娟自己也笑了。

米儿一拍大腿说:"对!就搭11路!去年我们拉练下乡,从武昌走到翻身大队!今天这点路算得了什么?还不是张飞吃豆芽,小菜一碟!"

花蛇说:"汉口这边我熟悉!我带你们穿小巷子回江汉路,

439

大概一个多小时！"说着拔腿就走。

江汉路附近有个"民众乐园"，是个表演曲艺杂耍的热闹场所。背后有条百米多长的古巷子，叫作"牛皮巷"。巷子很狭窄，两边挤满了破旧的小木楼和低矮的民房。

可别小看这牛皮巷，它可不是靠吹牛皮吹出来的，而是真真实实有过一段辉煌的"牛皮岁月"！历史上这里家家户户做牛皮生意，是汉口最繁华的牛皮交易市场，也是汉口最大的皮毛加工制作中心。每天从这里加工制作出大量的优质皮毛和皮革制品，销往全国各地，其历史可以上溯至清代中晚期。

抗战爆发以后，汉口的牛皮生意一落千丈，牛皮巷也日渐式微。如今，小巷已经凋敝，没人再做牛皮生意。正是"牛皮已经风吹破，此处空余牛皮巷"。街两边的小木楼歪歪斜斜，外墙斑驳陆离破败不堪，也不见有人修葺。目前还住在这里的，也都是汉口底层的小市民。

巷子里，一位卖打糖的小贩挑副担子，歪歪扭扭地走过来。手里捏两块铁片"叮叮当，叮叮当"地敲着吸引孩子。刚把担子一放，立刻跑过来几个孩子，手里拿着牙膏皮、破胶鞋、废酒瓶、旧报纸围着担子换糖吃。

一位婆婆手里抱一个两三岁的幼儿，坐在门口晒太阳揉眼睛。这幼儿听见响声，又见一群孩子手里拿着打糖在嘴里咬，便伸出两只手，哭着闹着要吃糖。哭得声嘶力竭，像没了娘，好不伤心！

这婆婆舍不得拿钱买，便站起身，口里不耐烦地呵斥道："刚吃过饭，吃什么糖？哪有那多钱给你买糖，我又不会屙金尿银……"烟火嗓子恶声恶气的。

第十五章

米儿等七人刚好路过此处。春桃听见孩子哭,又看见婆婆抱着孩子在地上走来走去,口里叨叨咕咕的。便侧着耳朵仔细听。听完了对王娟说:"这婆婆也真是的!小伢想吃糖,不想买就算了……"说着掏出一毛钱敲了一大块糖,走过去递给孩子,劝孩子别哭了。那孩子见了糖,一把夺过来,迫不及待地往口里乱塞,白粉子沾了一脸,鼻涕口水流了一大片。果然不哭了!

这婆婆满脸堆笑,替孩子向春桃道谢说:"谢谢阿姨,谢谢阿姨!"又低头对着孩子说:"刚吃饱饭,你也不怕胀死了!我们也不是买不起,怕吃多了长虫牙……"孩子也不理人,只顾吃。

听了这话,春桃只当没听见,雨欣一脸鄙夷。

王娟满脸不高兴,冲地上啐一口道:"呸!恶心!虚伪!"说完转身就走。

还没走上几步,就是花楼街。花楼街在武汉三镇可谓大名鼎鼎!一提到"花楼街"这三个字,立刻使人联想到纸醉金迷、繁华热闹的街景,浓浓的脂粉味也随之扑面而来……

花楼街形成于明代晚期,繁荣于清末,盛极于民国。曾是旧汉口官僚统治阶级的享乐宫、销金窟。达官贵人、暴发户在此挥金如土、一掷千金,夜夜笙歌、醉生梦死……大把大把的银钱如流水,把个花楼街堆成了金山银海,打造得花团锦簇,一时盛极!

《汉口竹枝词》中描绘道:"前花楼接后花楼,直出歆生大路头。车马如梭人似织,夜深歌吹未曾休。"此处酒馆、饭铺、烟馆、妓院、戏院、茶楼比比皆是,拥挤不堪。药材行、绸缎庄、银楼、当铺、裁缝店一家挨一家。南北客商冒险家,贩夫走卒下九流无不云集于此。单是小吃零食,竟不下数百种!享誉三镇的百年老店"汪玉霞"糕点,名噪武汉的汤包大王"四季美"等,都在这条街上。夜幕降临,这条街灯火辉煌,车水马龙,游人如织,共同编织成梦幻般流光溢彩的繁华街景……

时空变幻风云散,如今这一切统统成了明日黄花,花楼街早已风光不再。浮华远去之后,一切归于平静和寂寞,只留下花楼上雕刻精致的花门、花窗和花露台,还能依稀看到一点当年的风采。同时留下的,还有数不清的往事和传说,至今为老汉口人津津乐道。

此时的花楼街,冷冷清清不见烟火,也不见卖吃的。路边只有几个卖鞭炮烟花"滴滴金"的小摊子,三三两两的孩子围着摊子挑挑拣拣,在买"冲天炮"。走近一看,摊子上也没吃的。

大年初五的街面上,许多餐饮店都打烊歇业,门户关得紧紧的,窗户玻璃上粘贴着"米"字形纸条。贴着窗户望进去,店堂里面静悄悄的,黯淡无光,食客坐的长板凳四脚朝天躺在饭桌上,地上被打扫得干干净净,老鼠都没一只,像放假后学校的空教室。

外面门板上贴一张对折裁开的大红纸,上面寥寥数语写道:"告示:接上级通知,春节放假七天,初八正式营业。"冷冰冰的几句话,毫无商量的余地,看了让人失望。

一路上看了不少这放假的安民告示,内容一致,字数相等。大家奇怪了,这样一个歇业打烊的店铺告示,何以做到全城的口径完全统一,半点都不走样?

七个人看得眼睛乏味,走得两腿乏力,肚子饿得"咕咕"叫。

照常营业的餐饮店也有,但如梦中佳人,难得一见,让人

第十五章

求之而不得。并且都在商业闹市区，门口都排几条长队。这边排队买了牌子后，又去那边排队领面条。领到手后，再排一条更长的队等空座位。不少性急的人干脆不要座位了，端着面条蹲在路边就开吃，吃完了随手把瓦钵子往地上一放就走。人行道上横七竖八一大片，都是装着残汤剩面的瓦钵子，害得行人一个个踮着脚尖，像诸葛亮作法似的走着鹤步，勉强通过……

这时中午早过了，大家还空着肚子。忽然发现前面民生路口围了一堆人。人堆中间，一股青烟直冒上来，空气中有柴火燃烧的气味飘过来。

春桃手一指，说："快看，炸油条的！"

华华的鼻子比狗鼻子还灵，他停住脚猛嗅几下，说："不像，没有油香味，是烧柴的烟子味……"

麻杆晃一下小脑袋，说："莫管，过去看看再说！"

见到炊烟，大家满怀希望走过去。一看，人堆里一位乡下人挥动着大铁铲，在一口大铁锅里"哗啦哗啦"翻炒板栗。炒熟的板栗刚起锅便一售而空，这一锅半生不熟正炒着。等在锅边的顾客里三层外三层地围着，人数比锅里炒的板栗还要多。

那糖炒栗子油亮亮的，在锅里"噼噼啪啪"炸开来，露出里面金色的果肉，热烘烘的喷香诱人。大家站在浓烟里，踮着脚尖朝锅里看，估计再炒三锅也轮不到自己。

华华眼看买不到手，便产生了酸葡萄心理，伸手拉一下麻杆道："走走走，板栗吃多了打屁！"

麻杆的小眼睛被烟火熏得泪汪汪的，不满地看他一眼，说："你走，你吃了打屁，我又不打屁！"

花蛇接着道："打屁打得响，才能当军长。打屁打得臭，只能当教授……"

话音刚落，引起人堆里一阵哄笑！纷纷回头看着他们。炒板栗的人恼怒地瞪了华华一眼，手里的大铲子下锅时又狠又重！

王娟、雨欣和春桃脸都羞红了，赶紧退出人群，想以此来洗清自己，表示跟华华他们并非一伙的……

笑过了，米儿招呼华华、麻杆和花蛇道："算了，走吧，人太多了，吃不成……"

路上，王娟埋怨道："跟你们上街真是丢人，把我们面子都掉光了！"

米儿抗议道："你不分青红皂白，一竿子打翻一船人！是他们在说，我又没说……"

雨欣笑对米儿说："你是没有说，但你没有把他们带好呀！你这个组长敢说没有责任？"

华华不服气，还要分辩几句，说："我没说错呀！你们可能不晓得，板栗含淀粉多，吃多了不消化，就胀气，一胀气就会……"

米儿连忙给他使个眼色，华华立刻把后面两个字咽回肚子里。

王娟一路上不大理人，跟雨欣和春桃走在前面。在闹市区一路走来，三个漂亮俏皮的姑娘吸引了不少路人的目光，特别是男人。有些流里流气的青年迎面而来，老远就嬉皮笑脸地冲她们挤眉弄眼、吹哨撩逗。擦肩而过时，故意碰一碰她们的肩膀，嘻嘻地笑。想进一步去调戏，又见米儿等四大金刚跟在后面像斗鸡似的，握着拳头怒目而视。便只得收起躁动的身心和丰富的表情，悻悻而去。

面对骚扰，三位女生假装看不懂，理都不理。可王娟不是省油的灯，实在烦不过了就挥挥手："走开走开，浪费表情！"

第十五章

样子像赶苍蝇似的。

米儿一边走一边想,跟漂亮的女生上街其实并不轻松!眼累心累神经也紧张,一不留神就遭人戏弄,搞不好还得跟人打上一架!如果真娶了聪明漂亮的雨欣,一辈子真不知要打多少次架!那还不浑身挂彩、遍体鳞伤才怪呢……

米儿联想到队里的两只公羊,为了争夺一只母羊,挺着脖子抵角瞪眼,猛跑几步跳起来,在空中相撞,"咔嚓"一声巨响,碰得头破血流,青烟直冒!角也撞断了一根……不由得叹口气,笑了。

眼看到了江汉路,王娟忽然止步,抬头东张西望起来。左看右看一阵后,转身含笑对米儿说:"四季美汤包馆就在前面!我记得是兰陵路口,附近有一家外文书店……"

经她一提醒,米儿突然想起在船上做梦吃汤包未遂的事,陡然来了精神,说:"没错!就是那里。我们现在就去!"

春桃说:"只怕今天人多得挤不动。"

花蛇兴致勃勃道:"别人能挤我们也能挤!今天就吃汤包,吃定了!"

华华又来敲破锣扫兴了,说:"今天开不开门啊?还没到初八呢!肯定吃不到。"

米儿想了一想,说:"不管他,去看看再说!我们把人分成三组,分头排队去买牌子,领包子,抢位子!"

大家觉得这办法不错,等于只排一次队,正好发挥了人多的优势!心里有了信心和目标,腿上也来了劲,一行七人风似的直奔汤包馆而去。

走到了一看,"四季美"汤包馆正在营业,门前挤得水泄不通,生意好不兴隆!食客们排成几队,从二楼顺着宽敞的楼梯排到一楼大厅,又从一楼大厅拐几个弯排到人行道上。人行道上排不下了,行人只好跳下马路牙子与汽车为伍……

大家找到队尾,迅速分头排队。王娟、雨欣和春桃负责买牌子;麻杆和花蛇负责领包子;米儿和华华负责抢位子。七个人空着肚子各就各位,眼睛盯着前面,一点一点往前挪……

"待月西厢下,迎风户半开。隔墙花影动,疑是玉人来。"大家像等心上人似的,一等再等,眼睛都望穿了!一个半小时以后,麻杆和花蛇满头大汗,抱着十笼热气腾腾的汤包挤过来,像火中取栗似的,赶紧往桌上一放,甩着灼痛的十根手指头,又摸耳朵又吹气。

这小汤包比一个鸡蛋还小,每笼不多不少都是十八个,每一个都有十二道花褶。汤包摆放的距离相等,一圈一圈排得整整齐齐。细看汤包,一个个薄皮大肚,晶莹透亮,翘着花嘴趴在笼底垫的松针上。松针黑亮油润,汤包洁白如玉!看了赏心悦目,好不令人喜爱!

每人面前又放一个小佐料碟,里面半碟香醋。两寸长的姜丝切得细如发丝,蓬在上面,和香醋一起散发着清香。这香酸辛辣的气味钻进鼻孔,直冲脑际!引得大家嘴里口水一漫,胃口大开。

华华提着筷子问王娟道:"多少钱一笼?"

见王娟不理他,春桃便说:"五毛四分钱,二两粮票。"

华华用筷子点着汤包数了数,心算一遍,道:"一共十八个。嗯……三分钱一个。这皮子很薄,一笼汤包二两面粉也就够了,所以就收二两粮票……差不多吧,还算比较公道……"

雨欣、春桃见他迂腐劲儿又上来,微笑不语。王娟听了心

第十五章

烦,说:"你又来了!你吃你的行不行?你不说话过不得呀?"

王娟伸出筷子夹住小汤包的花嘴,轻轻往上一提,那一兜汤汁立刻往下一沉,汤包变成了透明的悬胆状。她用左手的汤勺接过来,牙齿轻轻咬破透明的薄皮,撮起嘴吸了一点点汤汁,咂咂嘴巴说:"嗯……又烫又香又巴口,像有胶一样!"说完对着春桃嘻嘻地笑。

华华见她吃得优雅而内行,但听她说"巴口",便蹙着眉关切地提醒道:"这样吃肯定腻人,快点吃几根姜丝解解腻!姜丝和醋就是起解腻作用的……"说着,用筷子夹了几根姜丝在醋里蘸一蘸,却放进自己嘴里。

花蛇和麻杆饿得负了极,捏筷子的手不停地发抖,夹汤包时心急手乱戳破了好几个,汤汁流得一塌糊涂,只剩一个空皮和里面一小坨肉馅。佐料也来不及蘸,便直接送进嘴里。

米儿怕他们不会吃,便关照说:"吃这东西不能心急,要有耐心,先夹稳这花嘴轻轻往上提。如果下面粘了底,还要左右两边轻轻地晃一晃,等完全脱离了松针,再提起来用汤勺接住。看,就是这样……哎呀——"他只顾着说,晃得时候一不留神,被两根翘起的松针扎破了汤包皮。往上一提,一股滚烫的汤汁激射出来,喷了麻杆一鼻子!麻杆一惊,赶紧用手去挡。慌乱中一抬手,又撞飞了米儿夹着的那只汤包。汤包在空中翻个跟头,"吧唧"一声,落在了雨欣面前的碟子里,溅了雨欣一脸的醋汁!雨欣大惊失色,赶紧把脸偏向一边,急忙站起来掏手帕。一起身,"哗啦"一声又碰落了筷子……

这连锁反应造成的闹剧,引起众人哄然大笑!旁边的食客也都扭头朝这边看。米儿狼狈极了,尴尬地笑着,也不指导别人吃包子了,红着脸坐在一边发愣。心想这怎么回事?在船上

— 447 —

做梦吃汤包不顺利,今天吃汤包仍然闹笑话!更难以置信的是,这汤包恰巧就飞到雨欣的碟子里!"肉包子打狗,一去不回呀!"这不是个好兆头!看来跟她的那个事情也不会顺利,说不定到头来她会飞走,这一飞就不会再回来……

他心绪不宁,抬头望望窗外。窗外的人行天桥上,行人熙熙攘攘,如过江之鲫,全是陌生的面孔……

还好大家都饿了,这闹剧毕竟比不上汤包的诱惑力。笑过之后,都各自埋头大快朵颐,无暇顾及米儿在想什么。

唯独雨欣低着头,边吃边笑,心里乐开了花!为什么这包子不落到王娟碟子里,而偏偏飞到我碟子里?这包子好比那绣球,恰恰落在我头上!这是天意,是好兆头呀!心里一动,不禁侧目瞟一眼身边的王娟,又抬头看一眼对面的米儿。见米儿也正看她,便赶紧低下头,脸也红了。

吃了一阵,华华起身又去佐料台上端了几碟姜丝分给大家。王娟、雨欣和春桃三人合吃了两笼便饱了,坐着看米儿他们吃。其余八笼汤包四个人吃,每人应该可以吃到两笼。可麻杆一个人就吃了三笼!

雨欣左眼睛被溅了一滴醋,眼皮也揉红了。她望着汤包,突然问道:"不知这包子里的汤是怎么进去的?"

王娟想都不想,说:"用注射器推进去的,就像打针那样!"

春桃想了想,说:"可能是用汤瓢把汤灌进去,捏好了口再去蒸?"

麻杆最恶心,说:"都不是!是用一根专用的吸管,师傅嘴里吸一口汤,再把它吹进去……"说着一笑,露出两排兔子般的细牙。

王娟、雨欣和春桃一脸嫌弃,说:"快莫讲了!恶心死了,

第十五章

那怎么可能!"

华华若有所思,说:"听说前几年有个外国首脑来访问,吃了四季美的汤包赞不绝口!便想回去让厨师做给自己吃,但始终不明白汤汁是怎么进去的。又怕别人笑他笨,想问也不敢问,就一直憋在心里。

"上飞机回国前,实在忍不住了,就问我方的接待人员。接待人员回答得很巧妙,说这是汤包师傅的绝活,不肯外传。阁下这么聪明都猜不到,我们更不知道了!首脑听了恭维话,都快乐疯了!一把抱住接待人员,紧紧地跟他贴了一个热脸!"

大家听了开怀大笑,都说:传不得,传不得!让他们拿钱来买包子,我们可以多赚点外汇!

王娟一边笑一边说:"外汇大大的好,多多益善!脸就不要贴了……"

众人又是一阵大笑!

旁边排队等座位的人手里端着包子,眼巴巴地等着他们的座位,巴不得他们快点吃完了早点离开。但见他们不慌不忙,边吃边坐在这里扯淡,实在等不及了,一个人便皱着眉头说:"快点吃!我们还等着呢。那个汤汁就是先冻成冰块子,再包进去的!这都不晓得……"

经他一点拨,大家突然一愣,立刻恍然大悟!都回头望着他。那人见众多钦佩的目光注视着他,不由得嘴角上扬,面露得色,浑身轻飘飘的!

旁边收拾蒸笼擦桌子的服务员,狠狠地剜了他一眼,怪他多嘴泄露了秘密!

王娟几人赶紧站起来给他们让座。米儿几人看蒸笼里还剩几个汤包,便一人塞了一个在嘴里,也站起身来……

在回来的轮渡上,忽然起了风,江面风大浪急,波涛汹涌。春桃突然一指江面,回头喊道:"快看,江猪!江猪……"一边喊一边往船尾跑。

大家举目眺望,只见波涛里江豚三五成群,露出黝黑的脊背,在风浪里起伏腾跃,不远不近地尾随在轮船左侧不肯离去。在秋冬季,只要起风有浪的日子,江面上几乎天天都可看到江豚的身影,这成了粤汉码头轮渡航线上的一景!船上的乘客们司空见惯,一点也不惊奇。只有米儿、王娟等七人,一年多没有见过江豚了,竟有一种久违的亲切感,像碰见老熟人似的,惊喜不已!

为了多看几眼,大家一窝蜂地跑到船尾,像欢迎老朋友似的,又是呼喊又是鼓掌!

王娟大声喊道:"喂!江猪大哥——我们回来了!"高兴得手舞足蹈,又是招手,又是跺脚。

似乎在回应王娟的呼唤,三三两两的江豚忽然聚在了一起,光溜溜的乌背弓得弯弯的,在浪里翻上翻下腾跃不止,兴奋异常!

雨欣用手指着数数,口里念道:"一、二、三、四、五……一共六个!不对,又出来一个,七个,一共七个……"江豚在风浪里忽隐忽现,此起彼伏,不好辨认。米儿几人也帮着数,数了半天也没数清楚。

这欢乐的气氛感染了船上众多的乘客,激活了他们麻木的神经,也纷纷探头探脑,朝嬉戏的江豚望过去,情不自禁地跟着鼓起掌来……

米儿一直弄不明白,为什么武汉人都把江豚叫作江猪?问

第十五章

大家，都摇头表示不知道。唯有华华的解释有点意思。他说：江豚是哺乳动物，身子肥胖又多肉。所以这"豚"字是"月"旁，代表肉。右边的"豕"就是"猪"的意思，文言文里就把猪叫"豕"，而不叫猪。最后他明确指出："江猪"这名字，肯定是这样来的！

那么，"江猪"的样子是不是长得很像猪呢？大家又是一脸茫然。它在浪里，只能看到光溜溜的脊背，又看不到脸，哪个见过它的真面目！又传说这种动物神秘得很，从不把脸给别人看。

讲到这里，米儿突然回忆起自己年幼时经历过的一件往事，与这江猪大有关系……

那是十几年前的一个秋天，米儿只有四五岁，还没上小学。那天下午，邻居们纷纷奔走相告，说江边的渔民村，有人用滚钩捕了一头江猪上来。由于谁都没见过出水后的江猪是何等长相，这消息立刻引起轰动，便纷纷赶去参观。母亲也锁了家门，牵着米儿的手，随着众人跑去看稀奇。

跑到江边一看，沙滩上躺着一头类似大肥猪模样的动物，身子肥胖，白嫩如豆腐，像没有骨头似的。身上多处被鱼钩划出了伤口，正往外冒着鲜红的血水！它"呼哧呼哧"地喘着粗气，肥胖臃肿的肚子一起一伏的……

一个渔民光着脊梁，穿着湿短裤站在动物身旁。面对好奇的人们，有一句没一句地回答提问。这渔民操一口武汉本地的土话，米儿听不太懂。但听人群里有人在解说，他说这滚钩放到江里，无论什么动物，只要一碰就挂住了。一挣扎就有无数个尖钩滚过来，越钩越多，越缠越紧，跑也跑不脱！这头江猪便是不小心被滚钩缠住的……

太阳雨

米儿似懂非懂,看看地上浑身冒血的江猪,再看看旁边地上那堆绳索,上面拴着无数的大钢钩,锋利的钩尖在夕阳下闪着白光!不由得打个冷战,把牙齿咬得紧紧的,惊恐地瞪着那渔民!

又听见有人在问,这江猪肉能不能吃?渔民摇摇头回答说:不好吃,腥味很重!莫看它像豆腐一样白嫩,煮熟了肉很粗、很老,咬不动。但是它肚子里的油熬出来,治疗烫伤最灵,一抹就好……

怕江猪突然跳起来咬人,母亲把米儿的手攥得紧紧的,站在几步开外看着,大气都不敢出。米儿抱着母亲的腿仰着脸,听着大人们说,又看着各人脸上的表情。大人们惊奇而又专注地盯着江猪看,不断地提问题。

这江猪最后的结局,不得而知。也没看清它的嘴是不是像猪嘴?有没有两只大耳朵?是否长有四条腿和一条细尾巴?或许当时也看清楚了,由于年龄太小,后来又忘记了。毕竟时隔十几年,当时只是几岁的孩子。只记得它还睁着眼,眼珠微蓝,可怜地望着米儿。那眼睛又小又圆,嵌在肉乎乎的眼窝里……

米儿想到那神秘的传说,心里一紧!庆幸自己早已忘记了它的脸,不然还不知能不能活到今天呢!

他看着江面上嬉戏弄潮的江豚,耳畔是一片热闹的掌声和欢呼!心里越发可怜十几年前沙滩上躺着的那头鲜血淋淋、无辜死去的江豚……

十几天以后,一张包裹单送到了米儿的手中。米儿大吃一惊!长这么大,还从未有人给他寄过东西,这还是他人生中收到的第一张包裹单!

第十五章

　　他以为是邮递员送错了，急忙去看下面的寄件地址。一看，包裹单是从汉口航空路的一家邮局寄出的，寄件人是夏雨欣！再一看包裹单填写的内容，是一双牛皮鞋！他似乎明白了，立刻骑着自行车，去邮局取回了包裹。

　　一拆开包裹，立刻闻到一股淡淡的皮革清香！掀开盒盖，一双精美的"牛二眼"皮鞋呈现在眼前！鞋带已经系好，两个活扣左右对称，像蝴蝶的一双翅膀！再一看鞋帮内侧，衬皮上清晰地印着蓝色的字体："41 码"。还配了绣花鞋垫，上面用鲜红的丝线绣出几朵"虞美人"花。花朵之间的空隙处，又用金色丝线绣了"LOVE"四个字母……

　　雨欣为了买到这双"牛二眼"皮鞋，可谓煞费苦心和工夫！先渡江又转车，先后跑了四趟友谊商场，以致鞋柜的营业员都认识她了！第三次雨欣直接把钱交给了营业员，再三恳求：一旦到货，务必留一双……

　　虽然跑得辛苦，但是想想心里就甜！她又量了尺寸，悄悄地绣起了鞋垫……她认为，爱情只能独享，不能分享。这些甜蜜的事情，不能跟王娟讲，不能跟春桃讲，也不能跟家里人讲。一切都只能悄悄地进行，这才有神秘的快乐感！

　　跑一趟汉口航空路，来回要大半天工夫。十字绣是个细活，针线剪刀，绣布图样，各样材料和工具杂七杂八，整天忙忙碌碌，饭都顾不上吃。这些事瞒得住外人，瞒不了家里的人。雨欣的姐姐春节回来与她同住一室，趁雨欣去了汉口，把枕头一掀开，便发现了这双鞋垫。看见上面绣着"LOVE"，便明白了！心里笑道："这丫头！居然有心事了……"表面上仍然不动声色，也不说破。

　　这些都好说，只是皮鞋买到后如何送给米儿？这又不是一支钢笔，可以装在口袋里，瞅个空子人不知鬼不觉地塞给他。这么大的鞋盒子提在手上，路上遇见王娟和春桃，她们肯定要问，那怎么办？即使一路平安到了米儿家门口，恰恰他的父母刚好在家，问起来又该如何是好？

此事大伤脑筋！想过来想过去，设想了很多种方案都不妥。只好放弃了亲自面交的念头，改为同城邮递，把这尴尬难办的事情交给邮局去办。

一拿到皮鞋，雨欣高兴得合不拢嘴，连连道谢！几个年轻的女营业员围过来，笑嘻嘻地看着她，试探地说："看你这高兴样子，是给男朋友买的吧？"

雨欣羞红了脸，说："哪里呢，给我哥哥买的……"说到"哥哥"二字时，心跳加快，声音又轻又细，像蚊子在嗡嗡。

几个女营业员哪里肯信！叽叽喳喳地说："你胡说！跑了这多趟，费了这么大力气，哪个哥哥有你这个好妹妹！"

第十六章

接春客，是当地农村的习俗，民间尤为看重。每年正月初八至月底，家家户户都要忙着置办酒席迎接春客。每到此时，村里也总会出现一些陌生的面孔，这里站站，那里看看，游来逛去，这都是各家接来的春客。

春客的主体永远是十里八乡的那些亲戚。嫁出去的和娶进来的亲家、远房近亲、姑舅老表、七姑八姨……世世代代累积下来，不知有多少！这些人沾亲又带故，多多少少都带有一定的血缘宗亲关系。也有一些非亲非戚，但关系好得胜似亲戚，有望今后成为正式亲戚的新老友人。

大家借此机会互相问候，一团和气地说些面子上的客气话，围坐一席把酒言欢。然后互通有无，报告这一年来各自村里发生的新闻大事：谁家哪个死了，哪个被抓去坐牢了；谁家哪个又生了，后来又死了！谁家的猪生了一个狗脸的怪物，主人害怕，又把它扔了！谁家有女初长成，容貌艳艳千里挑一，可惜是个哑巴！谁家儿郎已长成，目光灼灼人品无双，只可惜摔断了腿……去年收成如何？今年打算种什么？等等。

农村交通闭塞，消息不通，全靠接春客的机会来接收外面的信息。各家听来的信息又在本村互相传播，本村的又与邻村的相互沟通，再把新闻添油加醋，渲染放大两倍，也足够一年的谈资了。

正月二十四这天,肖本鹊父子三人到亲戚家吃酒去了。芸草和海棠正在堂屋里帮着娘包春卷,忙碌着明天接春客的酒菜。

骗子趴在门槛边,默默地看着芸草包春卷。突然两耳一竖站起身,在地上连打两转儿,嘴里唧唧哝哝的,极度兴奋起来!

芸草看了看它,道:"骗子,你怎么了?"顺手把包春卷的肉馅舀了一勺给它。

骗子看了一眼,闻都不闻。上前咬住芸草的裤脚,就往门外拖。

芸草放下手上的春卷皮,跟它走到门外一看,却又什么都没有!

骗子抬头看一眼芸草,低叫了两声,箭一般地向渡口跑去!一边跑一边回头看芸草。

芸草向渡口望过去,渡口空无一人。正在纳闷,忽然从河堤后边冒出三个姑娘来,转眼就登上了河堤。这三位姑娘服色炫丽,手里提着东西,正朝这边走来。

芸草一见高兴极了,大叫道:"姐姐——春桃姐!"又回头对屋里喊道:"娘!姐姐她们回来了!"立刻飞奔着迎上去。

春桃、王娟和雨欣刚走到河堤下的柳树旁,远远看见骗子和芸草向她们跑来,也惊喜地喊道:"骗子!芸草……"

骗子跑到跟前,摇头摆尾,又跳又闹,不停地往她们身上扑,绊得三人跟跟跄跄,走也走不快。

芸草飞似的跑过去,四人搂在一起又跳又笑!芸草眼泪都笑出来了,用手擦一下眼睛说:"你们终于回来了!走了这么久,快把我闷死了!"

芸草娘和海棠听到喊声,把春卷皮一放,也赶紧跑出来,

第十六章

站在门口朝这边张望。海棠笑脸迎上去,接过她们手里的东西,赶紧领她们进屋。

芸草娘满脸是笑,扯起围裙擦着眼睛说:"乖乖呀,你们总算回来了!小田他们呢?"

春桃说:"都回来了,正在段师傅家里。他们明天就过来看望你们!"又朝屋里望了望,问道:"师傅和大哥他们呢?怎么不见……"故意不提银水。

芸草娘道:"他们都去幸福大队毕家台子吃酒去了,晚上才回来……"

王娟、雨欣马上问道:"是不是毕癞子那个大队?"

芸草娘:"就是就是!人家现在当大队书记了!但吃酒不在他家,是在亲戚家。"

王娟还记隔年的仇,把鼻子一哼,嘴一撇道:"一头的封建癞子,还当书记!哪里选不到一个人……"

三人把带来的礼物一件一件拿出来,堆了一桌子。城里的洋货飞入农户家,堂屋顿时蓬荜生辉!肖家三位女人眼睛都看花了,连声道谢,欢喜不尽!芸草娘又埋怨她们破费,不知爱惜钱财。

芸草接到给她的礼物,兴奋极了!迫不及待地把纱巾往脖子上一系,抓起梳妆镜左照右看,又把遮阳伞撑开来举在头上,扭着身子在屋里走来走去……

芸草娘给她们每人冲一盏桂花藕粉糊,又拿出一碟花生糖,说叫她们先打湿一下口,歇口气,好吃晚饭。又聊一会儿过年时城乡风俗的异同,家长里短的闲话。末了芸草娘站起身来,叫芸草陪姐姐们坐,便赶紧进伙房去张罗晚饭。

春桃吃完藕粉糊,把袖子一卷,也进伙房帮忙去了。海棠提了井水回来，又忙着用叉杆从屋梁上取下腊肉、腊鱼和干豆腐，浸在水里又刮又洗。

芸草领着王娟和雨欣去后院看蜡梅。墙角的蜡梅香气袭人，可惜正在凋谢，花瓣如雪，落得满地都是。倒是几株菊花开得正好，粗壮的枝干梢头，花肥如拳，白如雪，黄如金，红似火！

另一墙角种着两棵无花果树，一大一小。树已无果，阔叶早凋，只剩秃枝向天，静待春发。

左侧辟药圃一方，内植三七、半夏、杜仲、天麻、鸡血藤、山茱萸、补骨脂、木芙蓉等一些药草，大半处于休眠状态。脚下的土壤松软肥沃，畦径俨然，井井有条。

院内花木之多，数不胜数。但都根据各自的特性和生长需求，栽培位置恰当，枝条舒展有序……这一切，无不令人赏心悦目，心情舒畅！其主人对生活的态度和信心，由此可见一斑。

这时春桃也来到后院，与芸草一起领着王娟和雨欣，指着药草一一叫着它们的名字，介绍它们的作用。

园子里的花木药草静悄悄的，踏踏实实扎根在湿润的泥土里。虽然正在休眠过冬，却能给人以生机勃勃的联想：一旦冬眠醒来睁开了眼，便会肥芽出土，新枝抽条，百花吐蕊！

新鲜空气里带着蜡梅的芬芳，四位姑娘站在院子里叽叽喳喳，说笑不休……似乎感到了暖暖的春意，看见了五彩缤纷的花朵和一群一群晃眼的蝴蝶，听见了蜜蜂的嗡嗡声，闻到了药香和花香，满眼尽是春色！

接春客靡费钱粮，米缸里的粮食下得飞快。队里的打米机整天轰鸣着，社员们挑了稻谷来这里排队等候打米，心里还要惦记着屋里的客人。

第十六章

　　这台十二马力的柴油机遍体通红,原是手扶拖拉机上的动力。除了农忙时耙田和运载以外,平日里打米、抽水、脱粒的时候便充作动力。这台机器虽然马力不大,却是全队农户的命根子,日常生活和生产都离不开它。

　　跟柴油机匹配的这台打米机,已经到了垂暮之年,轴辊上的牙槽都快磨平了。几副钢筛子也因长年累月的损耗,中间部分出现了裂纹。因无配件更新,也只得将就使用,继续发挥余热。

　　机工师傅本是个年轻人,此刻却像个白头老翁,身上沾满了糠粉。头发和脸上灰蒙蒙的,两鬓像染上一层秋霜。连眉毛和眼睫毛上都是粉尘,白如银毫。

　　他一手拿着扳子,一手拿着螺丝刀,弓着腰蹲在打米机旁,这里松松那里紧紧,不停地调试着轴辊的松紧。鼓捣了半天,效果总是不尽人意,不是太松,就是太紧。从出米口落出的米,时而带有大量谷粒,时而又成了碎米……这机器好像患了消化不良症,总也调理不好。那台柴油机,一会儿转速骤减,像超了负荷跑不动,黑烟直冒!一会儿又转速骤增,像卸了担子在飞跑,"嗡嗡嗡"地轻快起来……

　　这机工师傅心烦意乱,头上的汗滴滚下来,在灰蒙蒙的脸上滑出一道一道的汗痕。他心里窝火,照着打米机踢了一脚,随手把柴油机一关,坐到一边抽烟去了。刚才那一脚踢得过重,把脚趾头也踢痛了,又脱了鞋去揉脚。

　　机器的响声一停,旁边等着打米的人着急了。一个人喊道:"你关机做什么?我们不吃米了?"

　　又一个说:"鸭巴子,你屋里的米打够了,就不给我们打了?我们还等着米下锅呢!"

机工师傅心里烦,用拿烟的手指着打米机说:"轴辊坏了!你看到没?有本事你来打!"

"坏了就修,修不好就换呀!你光坐这里有什么用?"

"你还说得蛮轻巧!寿命到了极限,要报废了,你怎样修?"师傅歪着脑袋垮着脸,一副回天乏术的样子。

"废就废了嘛!你不晓得再换一根哪?总不能不吃饭吧?"

机工师傅站起来,从上衣口袋里掏出几张钞票,伸直了胳膊朝那人抖几下,冷笑道:"来来来,你去买一根试试。你买回来了我跟你姓!能买到我不早买来了,还要你说!跑了好几回,拿着钱也买不到哇……"

大家听了这话,一时没了主意:"你总要想想办法呀!今天屋里来了一大堆客,没有饭给别人吃,像个什么样子啊?"

机工师傅哭丧着脸,瘪了几下嘴巴说:"我也没有办法!你们先借点回去,先吃了再说……"

正在这时,王娟和春桃走了过来。原来她们在屋里远远听到打米机的响声,一看米缸里余粮不多了,年前分回来的几麻袋稻谷,还堆在那里没有动,趁着农闲,也要打成米才好,便过来想看看排队打米的人多不多。

走到半路,听见机器声突然停了。又见一堆人,有的坐在谷筐上,有的拄着扁担站着,在那里七嘴八舌不知说什么。突然没有了机器的轰鸣,耳朵里空洞起来,这些声音便显得格外大,但又听不清楚。

王娟走到跟前,探头探脑朝打米机的进料斗里看了看,见里面还有半斗稻谷,便问道:"鸭巴子,你怎么不打米,坐在旁边抽起烟来了?"

鸭巴子见到王娟,眼睛一亮!嬉皮笑脸地说:"鸭巴子也是

第十六章

你叫的？你们要是没有米吃了，去我屋拿！"脸上满是汗道道，像刚哭过一场似的。

王娟她们经常来打米，跟他也熟了。便道："去去去！这么多人等在这里，你不打米，到底是为什么？"

鸭巴子看看王娟，又看看春桃，并不答话，旁边的人告诉她们说，轴辊坏了，筛子也不行了，打不成了……

春桃见大家焦急，便对王娟道："不知段师傅家的文虎那里有没有多的，去借一套来吧？"

鸭巴子听了，站起来道："不消去的，文虎这人没有那么好说话！他要肯借，我早借来了！你们比我面子大些？"

王娟听了这话，转过身来，说："你借不来我相信。但我要开口，那可不一定！如果他有多的，不要说借，我找他要一套都不难。你信不信？"

大家一听有了希望，赶紧围过来说："不管他信不信，我们信！先去试试再说。你们吃亏跑一趟，我们在这里等你们！吃饭是件大事。"

鸭巴子见王娟底气十足，也犹豫起来，说："这要是强队长出面也许可以。你们去找文虎，我看要碰钉子……"

王娟转动眼珠想了想，对春桃说："春桃，辛苦你去跑一趟。告诉田米去找段师傅，不要找文虎。如果有多的，叫他直接支援一套。顺便把田米他们一起叫过来，帮我们抬谷子、打米。我在这里等你们！"

春桃立刻一路小跑，找米儿去了。

米儿几人正在段师傅家里，段师傅和文龙、文虎也都在。大家正陪着公社粮站的屈站长和几位客人，围着桌子在喝酒吃狗肉，推杯换盏喝得好不热闹！

见春桃急急忙忙跑来,不知发生了什么事,便一起站起来问她。

待春桃讲明了来意,米儿望着段师傅,段师傅望着文虎。文虎犹豫起来,心里不舍……

段师傅端着酒杯问他道:"屋里还有没有新的?有就拿一套给他们!"

见文虎犹豫不决,屈站长便道:"去年我给你的两套还有吧?有就给他们一套。抽空你再到我那里去拿一套回来,我们粮站不缺这种配件!"

有了屈站长这句话,文虎放心了,从里屋搬出一根用油纸包裹的铁轴辊来,又拿出两块瓦片似的钢筛子,也都是用油纸裹着,还未启封。文虎又叮嘱了几句,才将这套崭新的配件一起交给了米儿。

米儿四人饭也不吃了,道过谢后,又对屈站长几位客人说声:"你们慢慢吃,我们先走一步!"便扛了配件,随着春桃去了。

打米机换上了新配件,效率大大提高,解决了春客的吃饭问题。光有吃喝还不行,大队又请来两个照相的。肩上扛一架木制三脚架的照相机,另一人肩上扛两根竹竿,上面裹着一大块天蓝色的幕布,手里提一个小木箱。这两个人每天就在各个小队转来转去,为接春客的主人和客人拍摄留念的合影照,很受欢迎。他们走到哪里都有人请吃请喝,晚上就回大队部睡觉。

这天吃过早饭,王娟、春桃和雨欣看见这两个照相的站在小船上,小心翼翼地拽着渡口那根绳子,从河对岸引渡过来。

二人上岸后,来到那棵桃树边不走了。中年男人放下肩上

第十六章

的相机,指一指桃树,桃花未开;又指了指渡口,渡口无人;再指指河流,却只有半河水;最后指指对岸的村庄,也不见炊烟……便对身边的伙计指天画地,嘴里滔滔不绝。这小伙计呆头呆脑,愣愣地看着他,又抬头看看天空,一脸茫然。

这时人们都在家里吃早饭,渡口行人稀少。他们的举动,引起了王娟三人的好奇和猜测。

春桃便道:"哎,这是哪里来的勘测员吧,是不是想在这里修一座大桥呀?"

王娟说:"不太像!你看那个年轻男伢,傻乎乎的,哪里像个搞技术的!"

雨欣听了,忍不住笑起来,说:"这哪是修大桥的,这是照相的!没看到那小伙计肩上扛着一大块布?那是背景布。他们被这里的景色吸引了,可能想拍一张风景摄影作品!"

一听说搞创作,王娟道:"走,过去看看!看他们照些什么东西!"

中年男人支好三脚架,安上了机器,又用一大块黑布罩在了机器上,然后掀起黑布,撅着屁股钻了进去。在里面扭动着身子,把镜头摆弄了好半天,又钻出来,对伙计说:"画面单调,死气沉沉!不太理想。"

这伙计听了,也钻进去看了一会儿,出来说:"不行,灰蒙蒙的一片,画面缺乏生气!没有理想的炊烟,也没有夕阳。傍晚再来吧,也许能拍一张'大漠孤烟直,长河落日圆'!就不晓得今天出不出太阳……"说着看看天。他又看了看桃树和渡口,接着说:"如果有桃花就好了,趁清晨有薄雾,赶早过来拍一张'野渡无人舟自横'!今天天气不行。"说完便动手拆机器。

雨欣一听，大吃一惊！没想到这傻伙计居然有如此深的文学功底！又有如此高的美学修养！如果在这里拍这两个画面，那当然最合适了！前一幅奇丽壮美，意境雄浑；后一幅清新婉丽，娴雅脱俗。不用说，拍出来的片子绝对是富有诗意的摄影佳作！看来，人不可貌相！

这伙计穿一件无领的黑粗布棉袄，脖子又细又长，像刚从乌龟壳里探出来似的，看上去倒也白净，没有乌龟那般黑。后脑勺异常凸出，状如椰壳一般。脸上天生没有下巴，一副冥顽不化的痴呆相。哪里看得到一点艺术细胞？除了傻气，看不到别的。

王娟和春桃虽然没读过这两句诗，但听这伙计的一番话，也能感受到其中的意境。好像以前在此见过这两幅不俗的画面，只是没有用心去体会……这伙计不简单！但不知这师傅的本事如何？

春桃见他们收拾器材准备离去，突然心里一动！便开口问道："师傅，可不可以帮我们照一张相呀？"

那伙计不理不睬，只管收拾器材。中年男人直起腰问道："你们照几寸的？合影还是单人？"

王娟答道："先照合影的，再照单人的。至于照多大的……你拿几张样片出来，我先看看！"

中年男人翻出几张样照。王娟几人挑挑拣拣，选了一张四寸的和一张二寸的样照。

中年男人接过来看了看，说："四寸的是合影，一式三张带底片，七毛五分钱。两寸的单人照，也是一式三张带底片，每份四毛钱。"

王娟道："好好好，在哪里照？"

第十六章

"位置由你们选,我们也可以帮你们选,不过现在是阴天,你们尽量穿鲜亮一点的衣服,照出来好看些!"中年男人提醒说。

大家抬头看看天空,天色阴沉如铅,如淡墨晕染似的,从容而淡定,看样子一时晴不了。

三个人站在那里,商量着回去梳头、洗脸、换衣裳。

中年男人道:"梳头、换衣服就行了。脸不用洗,照不出来的。我在镜头前加一块黄滤镜,照出来的脸比真脸还要白净!只管放心。"

三人回到房里,在衣箱里乱翻一气。这还是第一次在农村拍合影,人人都想拽住这流动的时光,照一张十全十美、精彩满意的照片出来,留住这段难忘的青春岁月!

三人在房里梳妆打扮了好一阵,又互相审视一遍,感觉满意了才走出房来。

两个照相的见了,眼前忽然一亮!三位姑娘青春俏丽,花枝招展,聚在一起花团锦簇,明亮耀眼!细看三人,却各有各的美,各有各的俏!不管往哪里一站,立刻与这阴沉沉的天气和周围灰暗的环境区分开来,形成鲜明的对比……与她们相比,一切景物都黯然失色,都成了反衬!

两个照相的在心里暗暗吃惊:照相这碗饭吃了多年,走村串户数不清,几时见过这么美的姑娘!并且,一来就是三个!不由得精神大振,创作欲望大发。想要抓住这难得的机会,用心拍出一套得意的人像佳作,还要像明星照似的放大了尺寸,回去陈列在橱窗里,以作炫耀和招徕的幌子!

只可惜正月还没过完,田野里光秃秃的,了无生机。油菜现在还只是菜,离开花还早着呢。四处看了一遍,实在找不到理想的背景……

那伙计围着房子转了两圈,最后选中了屋当头的那块山墙。山墙上有白石灰写的两条标语:"庄稼一枝花,全靠肥当家!""忙时吃干,闲时吃稀,平时半干半稀。"

山墙这边风大,王娟她们更衣时只顾着好看,嫌那棉袄肥胖臃肿,便只穿了春装,此时冻得瑟瑟发抖!三人挽着手臂走过去,在高墙下转过身来并排站好。也不顾北风吹乱了头发,都昂首挺胸,一副大义凛然的样子,像女英雄!

伙计虽然没有下巴,却有极好的口才。他像导演拍戏似的,说:"身子微侧,肩膀重叠一点!头向右偏,眼睛看镜头,辫子都搁到左肩上……好,就这样!"

摆好姿势后,见她们一个个杏眼圆睁,柳眉倒竖,鼓着嘴巴像有深仇大恨似的……便启发她们道:"表情不要太紧张!深吸一口气,慢慢吐出来……对,再多吸几口,心里想点儿高兴的事情,表情放松点……"

王娟冻得受不了,身子又不敢动,便望着伙计说:"快点儿照嘛,都快冻僵了……哪有那多高兴的事情想!"

伙计却道:"忍一忍吧,要想拍出一张精彩的好照片,不吃点儿苦怎么行!"

中年男人架好相机,在镜头前拧上一片金黄的滤镜,仔细对好了焦距,又从小木箱里挑选出一个片夹,"哗啦"一声插到相机上。他抬头看看几人脸上的光线,又看看衣裳花色的明暗,脑袋左偏右偏反复观察,琢磨判断了好一阵,才调定了相机的光圈。

随后再次钻进黑布里去看一遍。他出来时,手里握着一个柠檬状的橡皮气囊,高高地举着说:"眼睛都看镜头!

第十六章

预备——"

正要摁下去,伙计大喊一声:"住手——不行不行!表情太紧张,放松一点儿!"急忙从木箱里翻出一个铃鼓,举在手上"丁零零"地摇晃着,说:"都看这里……"

王娟、雨欣和春桃见了这个儿童玩的铃鼓,眼睛一亮!又见那伙计长相滑稽,手舞足蹈地摇着铃鼓,活像舞台上的小丑!不觉都笑起来。笑容恰到好处时,中年男人右手猛地一捏,"咔嚓"一声抓拍下来!

三个人立刻解散,一起围了过来。王娟掀起相机上的黑布钻进去,看了一下,忽然在里面叫起来:"啊呀!怎么都是颠倒的呀?春桃,你站过去我看一看……"春桃又走过去,直直地站在墙下。

雨欣听了,也急忙钻进去看。只见镜头里的春桃脚天头地,成了倒栽葱!墙上的字也是颠倒的……二人在里面大笑起来!

伙计说:"透镜成像就是颠倒的,你们放心,照片洗出来,倒过来看就是正的!"

三人又依次在那块蓝色背景布前拍了单人全身照。背景布展开来并不大,只够拍单人照使用。这块布的上方画了三面红旗,下面九朵金色的葵花正朝着红旗开放。整个画面灿烂辉煌,欣欣向荣!只可惜这布皱皱巴巴。

忙乱了好一阵,终于照完了。伙计提醒道:"照片上要不要写字?"

三人齐声说道:"要要要,要写字!"

中年男人拿出小本子,问道:"上面写什么字?"

三个人你一言,我一语,商量了一阵。最后雨欣说:"合影照上面就写:飒爽英姿,青春永驻!单人照由个人定,我的不用写。"

王娟也说单人照不用写字。春桃想了想，道："给我的单人照写上年月日吧，今天是……一九七二年三月十二日……"

十多天后，照片统一送到了大队小卖部，由各家各户自己去认领照片。

王娟她们把照片拿到手一看，大失所望！合影照的画面里，身后砖墙上写着："吃稀，平时半干半稀。"竟连这条标语也照了进去！但又没照完整，只照了一半。白色的石灰字赫然醒目，大摇大摆地雄踞于三个人的头顶，好像是这照片的主题。

"飒爽英姿，青春永驻"这几个字没地方了，只好溜边写在照片的一侧。照片上，三人挺着胸，脑袋齐刷刷地偏向右方。眼睛微眯，一起向左下方斜视镜头。目光犀利而冷峻，嘴角挂着傲慢……

大家盯着照片看了好一阵子，看看那眼神，确实可怕！再看那翘起的嘴角，又忍俊不禁！

三人再也忍不住，一起大笑起来！王娟肚子都笑痛了，一手掐腰，一手指着照片说："什么艺术家！还半干半稀呢，这水平只配去喝西北风……"

王娟说这话的时候，并不知道自己已经小看了别人。俗话说，地不长无名之草，天不生无用之人。二十多年后，这傻伙计居然成为世界著名的摄影家、国内一流的导演！

由此可见，李白的"天生我材必有用"这句话，并非酒后的醉言，而是早有先见之明！

春风吹来的时候，五岔河两岸绿了，田野也绿了。油菜得了春气，"呼呼"往上直长，一天一个样！

第十六章

第一缕春风吹到翻身大队之际,天还没亮。渡口边那棵老桃树,率先张开了枝条,绽出了花蕾,兴高采烈地迎接春天的到来!

今年的桃花开得格外繁密、热闹!一串串、一簇簇,堆满了枝条。枝条上挤不下了,憋着的一股春意迸发出来,又在老树干上和粗枝的空隙处,使劲绽放出饱满的花蕾,东一堆,西一簇,娇嫩而鲜艳!满树的桃花热烈似火,宛如天上飘下一片彩霞,灿烂夺目……

过往的路人见了,无不惊讶!这棵桃树早已老态龙钟,多年来一直病恹恹的,半死不活。这两年,似乎从大地的深处吸取了原始的力量,突然返老还童,重新焕发出青春的活力和热情!这种蓬勃兴旺的景象已多年未见了。

老人们便说:"老桃树起死回生是好兆头,翻身大队可能会有喜事降临……"

更有年轻人看了,直截了当地说:"这是回光返照哇!恐怕活不长了……"

结果挨了老人们一顿臭骂:"砍脑壳的!不说好话,你才活不长呢!"

肖本鹊过来看了又看,发表自己的见解,道:"说不好。生命是不可预测的,没有人晓得自己到底能活多久,晚上脱了鞋,还不知第二天穿不穿得成。既然是这样,就不消操那些闲心,活一天就赚一天,管他的!

"再看看知了的幼虫,要在黑暗的地下蛰伏十几年,发育成熟之后才破土而出。在阳光下虽然只能存活区区半个月,甚至只有几天,也仍然要为这短暂的生命聒噪不休,不停地证明自己的存在。直到声嘶力竭,产完卵后才堕地而亡……

"其实生命并不在于长短,而在于活得有没有价值。凡是生命,最后都会有终结的那一天。何为长,何为短?"

他的这番话,既像在说桃树,更像在谈人生。老人们听了自然明白,不住地点头叹息。年轻人却似懂非懂,一副满不在乎的样子。认为还有大把的青春抓在自己手上,可以任意挥霍!肖本鹊无可奈何,只好摇头苦笑。

这棵桃树像块磁铁似的,吸引着王娟她们的心。三人一有空就跑过来欣赏桃花,一点没有肖本鹊那种感悟。在她们眼里,桃花美而不妖,艳而不俗,是美的化身,是幸福美满和兴旺的象征。"桃花源里可耕田"这句诗,更让人对生活充满了美好的理想和向往……

"只可惜这桃花的花期太短,还没看够就没了!如果像月季花一样,开了谢,谢了开。一年到头次第开放,鲜花不绝,那该多好!"雨欣有些惋惜地说。

王娟断章取义,马上说:"那你就去看月季花嘛!我喜欢看桃花!不准你看……"说着,伸出两手去蒙雨欣的眼睛。

雨欣一躲,说:"我又没说桃花不好看,只是说好景不长……"

春桃见她们又要抬杠,笑着说道:"两种花各有不同,都好看!桃花虽然短暂,但能结果实。月季花虽然不结果实,但一年四季都开花!各有所长。"

春桃明白,世上没有十全十美的事。同一棵树,花和果不会同时呈现。而且,花再美也不可能永远不败。两种不同的花木,本来各有长短,但在她眼里看到的,不是短处,而是各自的长处。

又过一天,芸草送来半桶青虾和一碗炸胡椒,说:"我娘让

第十六章

你们做胡椒虾吃。先把炸胡椒煮成糊糊,再把青虾放进去煮,不用放盐了。"

胡椒虾软中有脆,香辣可口、味道鲜美。做法也很简单,是当地极普通的家常菜。虽然极普通,王娟三人却把它当作美食,几天不吃,便心里想得慌。

王娟赶紧接过来,喜滋滋地说:"正想吃胡椒虾呢,你就送上门来了,你说巧不巧?"

雨欣和春桃朝桶里看了看,也笑着说:"巧巧的妈妈生巧巧,巧上加巧!这够我们吃几天了。芸草,代我们谢谢你娘!"

芸草见大家喜欢,也笑嘻嘻地说:"这还值得谢呀?河里都是!只要你们喜欢,我隔几天就送一桶来,包姐姐们吃个够!"又对春桃说:"姐,我可叫你去一趟。说有个血吸虫病人,肚子胀得像水缸,开柜门都困难。哥要去给他打针,说叫你一起去,增加一点临床经验……"

春桃一听,向王娟和雨欣交代了几句,拽着芸草急匆匆去了。

春桃在家的时间越来越少。收工后衣服一换,打个招呼就去了银水家,三更半夜才回来。有时甚至夜不归宿。芸草和春桃形影不离,几乎天天过来找她,二人嘀咕几句,使个眼色就走了。

王娟和雨欣知道春桃重情义,感激肖家对她的无私相救。同时二人也对肖家心存感激和敬意,颇能理解春桃,并不把这事放在心上。

时间一长,村子里渐渐起了流言。有人不止一次见到春桃和银水,傍晚在河堤上并肩散步。还见到他们面临河水并排而坐的背影，互相挨得有点儿近……

一开始，还只是一些流言，只在年轻人中间流传。后来见的人多了，逐渐扩大到全村所有人的耳朵里和嘴头上。

王娟和雨欣刚开始觉得这很正常。银水和春桃是师徒关系，两个人经常在一起不奇怪，这是人们想多了。

后来听说二人坐在河边抱得紧紧的，便不免大吃一惊！学医就学医嘛，一个男医生和一个女知青，只是个师徒关系，没事抱在一起干什么？这是什么意思？

偶然在一起坐一坐，还勉强说得过去。这一抱，性质就变了……这关系到春桃一辈子的前途和命运！二人越想越怕，吓得觉也不敢睡了，起身坐在灯下等春桃回来。心里反复掂量这件事的严重性……

夜已经深了。听见骗子在外屋低叫两声，大门一响，春桃回来了。

一进门，见王娟和雨欣都呆坐在灯下。春桃一愣，忐忑不安起来，小心地问道："这么晚了，还没睡呀……"声音又柔又细。

雨欣抬头看她一眼，说："你不回来，我们怎么睡得着嘛！"

"你还知道晚了？你怎么才回来？又去哪里野了？"王娟揉揉眼睛，看着她连问几句。

"我、我、我在芸草家呀……"春桃想撒谎又不会，一时口吃起来。

"我我，我个鬼！恐怕和银水坐在河边数星星吧！"王娟绷着脸，单刀直入。

"哪、哪、哪个说的呀……"春桃的心"怦怦"直跳，也赶紧坐下来，低着头，脸涨得通红。

第十六章

王娟盯着她看了看，说："要想人不知，除非己莫为。肖家台子都传遍了，只差杜家台子了！人人都看在眼里，只在心里笑！就瞒着你和银水两个……"

雨欣见春桃鬓发不整，低着头一声不吭。又联想到自己和米儿的事，心里有点可怜她，不禁同病相怜起来。便语气温和地说："春桃，按说你的终身大事不该我们多嘴。但事关你的前途，我们又是这么好的姐妹，不能不闻不问呀！"停了停，又低声问道："你告诉我们，是不是跟银水恋爱了？"

春桃点点头，侧过身去，把头垂得更低了。

"你们谁追的谁？谁先开的口？"王娟像个大法官似的，忽然对这事大感兴趣，想挖出一点细节来。

春桃慢慢抬起头，捋了捋散乱的头发，眼里水汪汪的，似有泪水。她望着王娟和雨欣，深吸了一口气，尽量平静地说道："这几天我一直想跟你们讲这事的。是我追的他，也是我先开的口……"

"嗡——"

王娟的脑袋突然大了一倍！好半天才恢复原状："我看你是昏了头，二极管有毛病！他答应了没有？"

雨欣连忙制止，说："王娟，我看你才有毛病！你让春桃说完。"又看一眼春桃："春桃你讲，我们帮你拿主意！"

春桃说："我向他表白了几次，可是他都不答应，他有顾虑……"

"啊？你还表白了好几次呀……"王娟惊得跳起来："你这是酒不醉人人自醉，色不迷人人自迷！你晓不晓得？肖家的确有恩于我们，肖银水也很优秀。但我们可以用另外的方式来报答，不至于赔上你的终身吧……"她越说越激动。雨欣赶紧以手示

意她要冷静。

"好！我冷静。春桃，你继续说，越详细越好！"王娟坐了下来。

春桃知道她们是真心为自己好。事已至此，除了这两位一起长大的姐妹，也没有人可以商量了。略一犹豫，便掏出心里话说："我表白了几次，他都不答应。说是怕我家里通不过，也怕他家里不同意。还说两个人身份不同，高攀不起。更不能误了我的前途……"

"这话不错呀，那你就应该就坡下驴！"王娟眼睛一亮，马上提醒道。

"我不这样想！"春桃摇摇头，固执地说："他越是这样，就越说明他们对我的关心和帮助是无私的，是不求回报的。这样重情重义的一家人，去哪里找？"

王娟摇头叹气，雨欣默默无语。

"我对他说，不是你高攀我，而是我高攀你。我家的事情你不必担心，我的婚姻我有权做主！我不迷恋城市生活，也不讲究经济条件。我看重的是人品，是人情味，是人的真心……"

春桃眼里滚出了泪水，继续说道："你们不知道，我病的那些天，看到你们日夜为我操劳，一个个累得疲惫不堪，我躺在床上，连死的心都有……浇树浇根，交人交心。我们三个从小到大无话不说，亲如姐妹。这辈子能遇见你们，我知足了！如果有来生，我还会选择你们做同学，做姐妹！我知道你们都是为了我好，我会记在心里……"

王娟和雨欣一开始还能静静地听。突然听到这话，又想到春桃生病时那种痛苦，心里一酸，再也忍不住了！眼泪"哗哗"地落下来……

第十六章

春桃胸脯一起一伏,心潮似难平静。她深吸一口长气,又接着道:"我知道这是终身大事。我考虑再三,也终于想清楚了。世上没有无缘无故的爱,也没有无缘无故的恨。如果没有肖银水一家,也许就没有我了。肖银水堂堂正正,光明磊落。有追求,有同情心。这样的人,今后不管在哪里都会有出息的。

肖家有情有义,一家人都对我好,让我感受到了温暖。这情义是无价的,我欠他们家太多太多了,人不能无情无义……这些天,我算是想明白了,人这一辈子,在哪里都可以生活,只要觉得幸福,自己满意就好,精神上的幸福是任何物质替代不了的。

记得我们亲手创造出来的文明厕所吗?直到现在我们依然还感觉到很幸福!人的终极目标就是幸福,幸福就是一种感觉。物质和财富不是终极目标,充其量只是一种手段。既然我现在已经很幸福了,又何必在意那些?如果精神上痛苦,身在大都市,关在皇宫里,又能怎么样?

再说中国六亿多人口,有五亿多都在农村。不是都在活吗?我们是人,他们也是人。他们能活,我也能活……

家和万事兴,只要一家人勤劳苦干,上下和睦,知冷知热,充满了亲情和温暖,一心一意过好自己的日子,何愁没有前途!又何必去追求城里的楼上楼下,电灯电话?还有什么'三转一响带咔嚓',我不需要,我只要人。有人就有一切,没人一切都是空的……"

她停一停,张开泪眼看着王娟和雨欣,又说道:"我跟你们不同,姐妹众多,从小在家里缺少的就是温暖,父母不把我们姐妹当回事。我真羡慕你们两个和芸草,在家里都是掌上明珠,得到了父母的温暖和爱护。而我却像烫手的山芋……"春桃说不下去了,眼泪滴滴答答落在桌上。

听了春桃的一席话,王娟和雨欣极为震惊!本来还想劝她回心转意,没想到春桃已经考虑成熟,竟然心甘情愿,态度明确……不但有情有义,而且敢于担当!都被她的真情感动,早已泪流满面……

雨欣低着头,只顾流泪,话也说不出来。

王娟擦擦眼泪,哑然问道:"那最后……肖银水答应了没有?"

春桃抬起头,回答说:"答应了。昨天晚上我在他家里,当着他所有家人的面,表明了我的态度。银水事先也跟父母做了工作,除了师傅以外,全家人都赞同和欢迎!今天晚上师傅也同意了,还开了一个家庭会,嘱咐全家人今后要对我亲如骨肉,说绝不能让我在肖家受委屈。并且叮嘱银水,以后要对我相敬如宾,永远……"

春桃犹豫再三,又说道:"恐怕我在这里住不长了,今后也不能和你们一起回武汉了……因为,因为今天在他家定下了结婚的日子。早稻一插完,五一劳动节就结婚……这是我主动要求的……"说完哭出了声。

"啊?!"

王娟和雨欣大惊失色!扶着桌子站起来,一时语塞,竟不知所措!知道事已至此,已经不可挽回。两个人抱住春桃,失声哭了起来……

想到从小一起长大的亲密好友即将分开,去过另外一种生活;想到一起下来的同班同学一辈子就留在了农村,未来难以预料;想到春桃的城市户口变成了农村户口,女知青变成了农家妇;想到今后回武汉,来来去去就少了春桃;又想到不久以

第十六章

后,春桃就要从这里搬出去……竟说不清应该为春桃的前途悲还是喜!也说不清自己的未来是喜还是悲!又为春桃的勇气和胆识所敬佩!一时百感交集,悲从中来!除了流泪,竟不知说什么才好!因为一切都已不可逆转。

春桃更是心情复杂。从长远来看,失去的不仅仅是回城的机会、城市的生活、自己的家人、个人的前途……就连眼前的知心姐妹和同班同学们,终究也会一个一个先后离去,剩下自己孤单一人,就像一只失群的孤雁!再相见时,也不知在何年何月,更不知还有没有这一天……

想到这些,三人哭成一团,难舍难分。越想越心酸,越哭越伤心……

桌上的灯火忽长忽短,忽明忽暗,摇曳不定……映在墙上的三个黑影忽大忽小,分分合合,晃动不止。急得骗子嗷嗷直叫!

男大当婚,女大当嫁。结婚这种事,一旦时机成熟了,当然越快越好!肖本鹊这样想着,便请来了亲戚朋友和大队的杜书记、强队长,举行了一个简单的订婚仪式。

春桃也写信回去详细说明了情况。这封去信的措辞婉转感人,既希望父母理解,也明确表达了自己的态度。

父亲由阿德回信很干脆:婚姻自主,恋爱自由,这是你的权利,家里没有意见。不过家里大的要上班,小的要上学,你结婚时,恐怕没人能来。只能给你寄去二百元钱,补贴结婚之用。

这封来信字数不多,回复清楚明白,像官方的一纸例行公文。处理方式也像例行公事,干净利落,不带感情色彩。春桃看完这信，心里不免伤感，又独自落了一回泪。

世上只有锅煮饭，有谁见过饭煮锅？城里来的漂亮女学生，主动嫁给一个农民，这本身就是一个新闻。这新闻一经证实，立刻炸了锅……

翻身大队的社员们在田间地头，在饭桌上，在船舱里，在大树下都津津乐道，议论这件稀奇事。无不羡慕肖家好福气，运气好，好得门板都挡不住！肖本鹊治好了铁匠的病，得了"一枝海棠"做大儿媳；治好了春桃的病，又得"一颗仙桃"做小儿媳！并且都是自动找上门来，心甘情愿要嫁到肖家！归根结底一句话，好人永远都不会吃亏的！又夸春桃有情有义，知道滴水之恩，当涌泉相报的大义！"人家一个小女伢子，巾帼不让须眉，比许多男人强多了！"人们这样评价春桃……

段师傅谈起这事，也竖着大拇指说：春桃姑娘了不起！这要是在古代，就进得《义女传》的，她完全够条件……由此越说越玄，越传越奇，竟把春桃比作了古代奇女子！

也有人吃不到葡萄，就说葡萄是酸的，话里面能挤出酸醋来！说城里的女伢子享福享惯了，什么都不会做，娶回来有什么用？还是农村媳妇好！这女伢子也是，被鬼摸了头！乡下有什么好？城里哪点不好？我们想跳出去都找不到门路，她还偏偏要跳进来！

年轻人觉得这葡萄不一定就是酸的，说不定还很甜呢！何不也摘一颗来尝尝？不免飘飘然想入非非：大队一共五个女知青，现在嫁掉了一个，还有四个。那几个……

这想法立刻遭到别人的讥笑！说做你的白日梦去吧，你家能跟肖家比吗？你能跟肖银水比吗？你还差了几把火！人家那是前世修来的福，今世积下的德，才有了这缘分！就你这副德

第十六章

行，居然癞蛤蟆想吃天鹅肉，口气还不小呢……

这件事不但得到了大队的支持，还惊动了公社和区里的领导。认为知识青年与贫下中农相结合，这是新生事物，必须大力支持！

区团委送来一块玻璃镜匾，上写"革命伴侣，永葆青春。——白鹭区团委赠"。

公社团委书记朱新燕，送来两套精装版的《毛泽东选集》，用红纸包着，上写"活学活用，立竿见影。——曲湾公社团委赠"。

大队送了两把锄头和两把铁锹，把子上都贴着红纸条，上写"广阔天地结良缘，大风大浪来考验，战天斗地夺丰收，粮食满仓猪满圈！"分贴在四件农具的木把上。一看便知，这字出自段师傅手笔。

王娟、雨欣和米儿等人，专门去了一趟荆州和沙市，给春桃买了一床"龙凤呈祥"的红绸被面、两床"鸳鸯牌"丝光床单、一对"荆江牌"热水瓶和一对"双喜牌"搪瓷洗脸盆……

春桃想起满秀结婚时的烦琐和闹哄哄的场面，心里害怕。便和银水商量，提出要向城市学习，移风易俗，喜事新办，不闹洞房，不办酒席。就按照当前城里流行的旅行结婚，去一趟首都北京，看一看天安门和人民大会堂，再照几张相回来，就算结婚了。

春桃和银水自由恋爱，新式结婚，给肖本鹊挣足了面子！何况春桃还是自己的学生，又聪明好学，肖家的中医由此后继有人，得以继承下去。里外皆大欢喜！至于婚事，一切均按春桃的意思办。

同时，肖家上下也都觉得这种结婚方式很有意义，省了很多麻烦，还去了一趟首都。省时省力还不费钱，是个好主意！但又觉得委屈了春桃，便把这笔结婚的钱一并交给春桃，由她去支配。

动身这天，王娟、雨欣、李月、谭素琴四人来了，米儿他们四人也来了。肖家的亲戚朋友和大队干部也准时赶到，河岸上黑压压的都是送行的人。

新郎肖银水脸上笑容可掬，站在船上不停地向送行的人挥手，手一动，小船便晃晃悠悠。春桃身子轻盈，摇晃起来像风吹杨柳，站立不稳，忙用手挽住银水的胳膊……

春桃穿得干干净净，乌发微曲，皮肤雪白。黑葡萄似的眼睛里秋水盈盈，目光明澈……不停地望着岸上站的同学们，看看这个，又看看那个，流露出不舍与眷恋……

王娟和雨欣见了，突然鼻子一酸，差点落下泪来！便赶紧低了头，用手掩住口……

米儿四人默默地望着船上的春桃，脸上勉强维持着一层浅薄敷衍的笑。

花蛇脸上的表情古怪而又费解，那笑容僵硬做作，像用泥捏出来的！这泥里还掺杂了其他的成分，很容易就看出来……简直莫名其妙！

中稻插完后，早稻也开始扬花吐穗了，眼看进入灌浆期，正是需要水的时候。这时却偏偏发生了旱情！连续一个多月滴雨未落，地势稍高的田里已经开始出现了龟裂。天上烈日高照，晴空万里，看不见一丝云彩。空气里像有火在燃烧，水稻的叶稍开始枯焦发黄。如果不能及时补水，这一年的收成就泡汤了，明年只能去喝西北风！社员们看在眼里，急在心里。

第十六章

抗旱如救火,各队的抽水机都开足马力抽水浇地,柴油机通宵达旦,日夜不停地在田野里轰鸣。每个机位上搭一个小芦席棚,里面扔两捆稻草,熬不住了就靠着休息一下。一个机工师傅配两个小工,人歇机不停,轮流值班看守。抽水机远不够用,又把仓库里多年不用的木制水车从屋梁上抬下来,修理一番也投入到抗旱工作中。

大河不满小河干。长江的水位太低,水过不来。五岔河也快见了底,小河里的水眼看就要被抽干……

文龙急了,天天跑来跑去到处找水源,组织人挖引水沟,又指挥文虎、米儿和花蛇不停地换机位。三个人抬着抽水机奔跑在烈日下,一天要换几个机位,折腾得腰酸背痛,两腿发软。

尽管如此,旱情还是没有得到有效的缓解。社员们望着天边的火烧云,心里火烧火燎。只要见了文虎就开骂:"怎么回事,抽水机又停了?田里都干成这样了,你使劲抽呀!"

可怜的文虎哭丧着脸,把两手一摊,委屈地说:"我还不晓得抽?河里都干得见了底,哪里还有水嘛?我恨不得把自己裤裆里的一点水都抽出来……"

虽然是在骂文虎,米儿和花蛇听了,心里也难受,便道:"确实无水可抽了……我们每换一个机位,都要在河底挖一个大大的机窝,把水引进窝子里,再打开抽水机抽上来。几分钟就抽干了,再抽就是稀泥浆,只能关机再等。"

社员们不住地摇头叹气,诅咒这该死的老天爷不开眼,偏偏在这时候闪尿筋!又无奈地叹息,今年完了!一个工分只怕还值不了一毛钱……

文虎耷拉着脑袋,走到井边打水喝。米儿见到井水,突然心里一亮:井水不是可以抽出来灌溉吗?家家户户都有水井,如果都抽出来引到水渠里,再从渠道里抽进田里,不是也一样吗?过一夜井里又有了水,可以继续抽……

米儿把这想法给文虎一说,文虎也兴奋起来,立刻报告文龙。文龙一听,脸上立刻云开雾散,露出了笑容!说:"幸亏去年我们家家户户都打了水井,加起来也有几十口,基本上可以缓解旱情!"

说完,文龙立刻组织人手,在村里开挖引水沟,又叫文虎赶紧把抽水机调回来抽井水,同时派人去找强队长,建议各小队都用井水抗旱。

各家各户的水井都抽了一遍,终于凑了半渠水,再把抽水机调回去往田里抽。井水源源不断地流入稻田,眼看水稻得救了……

谁知这老天爷又发神经,唯恐人累不死,偏要存心跟人捣乱!人们刚松了一口气,忽然天上乌云翻滚,雷声隆隆,风声萧萧!傍晚时突然下起了倾盆大雨。庄稼人像盼来救命甘霖似的,脸上挂满笑容,都挤在屋檐下兴奋地看着大雨,欣赏远处田野里升起的白雾,似乎那就是白花花的大米!

谁知这暴雨一夜都不曾停,第二天又接着下。暴雨转成中雨,中雨又连着暴雨,赌气要把这几个月吸上去的水分,劈头盖脸一起倾倒下来。吓得人们心惊胆战,不敢出门!足足下了两天三夜,把许多人家的屋顶都下漏了,这才渐渐收住了雨脚……

出门一看,湖里的水满了,河里的水满了,田里的水也满了,水稻淹得看不见了。放眼望去,田野里白茫茫的一片,只见湖水浩荡,不见庄稼!

雨刚刚小了一点,杜书记和强队长穿着蓑衣,赤着脚挨队

第十六章

通知：抓紧时间赶紧排涝呀！声音里带着焦急……一时间，所有劳力全部派到了抗洪排涝第一线！

种庄稼水太少了不行，水太多了也不行。短短几天的时间，人们从拼命抗旱，又变成拼命排涝！一个个累得半死不活，满身泥水，哭笑不得地说："这老天爷，一下水深，一下火热，玩笑开得太大了！"

云收雨住之后，天气持续放晴，田里的水也渐渐退去，水稻露出脸来。米儿他们天天提一把锹子，跟着文虎在田间巡查，发现有涝，立刻挖开口子放水。

水退之后，米儿发现田里有几块稻子长得非常奇特：这稻子一窝一窝的，长得格外茂盛，稻秆粗壮高大，叶片宽大浓绿，比周围的稻子高出一人截，特别突出！

"喂——快来看呀，这是怎么回事？"米儿站在田里，指着稻子叫起来。

华华、麻秆和花蛇听见叫声，一起跑过来，围着几窝水稻左看右看。只见这几窝水稻由西向东在一条直线上！大家摸摸稻秆和稻叶，又看看周围的稻子，看不懂这是怎么回事。

文虎站在田埂上点了一支烟叼在嘴上，一边吸，一边提着锹子走过来。走到跟前看了看，突然说："这下面有鸭子！"

大家听了一惊，怀疑耳朵听错了！脱口问道："牙齿？什么牙齿……"

文虎听了哈哈大笑，取下嘴上的香烟，说道："不是牙齿！是鸭子！水里游的鸭子……"

大家听明白后，都感到诡异，不觉后退两步，问道："这下面怎么会有鸭子？又不是泥鳅，它在下面干什么？"

文虎用手指着稻子下面的稀泥，看着大家说："我说有鸭子就一定有。你们信不信？不信我挖开给你们看看！"

大家见他胸有成竹，语气十分肯定，不觉好奇心陡增！难道他像魔术师似的，真能挖出一只鸭子来？于是，纷纷怂恿道："你挖！你挖！不信你能挖出鸭子来！"

文虎并不立刻就挖，还要吊吊大家胃口，讲讲条件："我要真的挖出鸭子来了，你们怎么说？赌一盒大公鸡的烟好不好？"

大家一听还有条件，犹豫了一下说："啊？看你挖鸭子，还要买票啊……赌就赌！不就八分钱吗，每人才两分，你挖！"

文虎又怕他们等一下赖账，非要先收钱——否则不挖。

四个人急着看挖鸭子，文虎又趁机步步紧逼。没办法，大家都在衣兜里找钱。米儿偏偏没带钱，又想看挖鸭子，只好求麻杆帮他先垫两分钱。

麻杆一边掏钱，一边叮嘱道："垫钱是可以，要记得还，莫忘了！"

米儿道："我晓得，回去就给你。"

文虎收了钱，"哗啦"一声放进衣兜里，拍了两下，满意地笑了。卷卷袖子道："你们让开，我来挖鸭子了！"

他先把那窝稻子连根带泥拔起来放在一边，再用锹子往下挖。挖下去一尺多深，挖到了一堆毛和一副骨架。文虎用锹子把这副骨架端出来放在坑边，指着鸭子的扁嘴巴，得意地说："看清楚点，这是鸭子吧？我说有就一定有！还骗你们不成？"

大家睁大眼睛，看看那扁嘴巴，又看看鸭子的骨头。果然不错，确实是鸭子！大家看了，惊讶得合不拢嘴！为什么文虎一口咬定是鸭子，而不是别的动物？他是怎么知道的？这鸭子又是怎么进去的？还有，那几窝稻子下面是不是也有鸭子……

大家缠着文虎，想知道这里面的奥秘。文虎一边把稻子还

第十六章

原,一边回答说:"那几窝稻子下面也有鸭子!至于怎么进去的嘛,说来话长……要不,你们再给我买一盒大公鸡,我就讲给你们听!"

大家见文虎得寸进尺,贪得无厌。一起说道:"没有了,没有了!要讲就讲,不讲拉倒,我们问段师傅去……"说着都把衣兜翻过来给他看。

文虎一看,几个人的衣兜空空如也,确实榨不出油水来了,这才告诉他们真相。

原来,春耕时要放水把土垡子泡松散,插秧之前还要把田耙平,土垡子耙散了才好插秧。这时,躲在土里面过冬的小鳝鱼、小泥鳅、小蛇、小青蛙等小动物和各种各样的昆虫也被耙了出来,在稀泥浆里蠕动着爬来爬去,又爬不快。这些活物吸引了各种水鸟飞来觅食。

每当此时,鸭拐子都会赶着大群的鸭子前来就食。几百上千只鸭,把一块大田挤得满满的。这些鸭子兴奋极了,老远就拍着翅膀快跑过来!一下田,立刻连头带脖子拱进稀泥浆里,"吧嗒吧嗒"地只顾觅食,田里响起一片鸭子吃食的声音!这稀泥浆深一两尺,又黏又稠,鸭子既不能游,也不好走,行动特别迟缓。

鸭拐子带个斗笠,拿一根长竹竿,身上斜背着干粮袋。见鸭子全部下了田,便也放心了,远远地坐在田埂上,悠闲地抽自己的旱烟袋。

耙田的农夫站在耙犁上,手上拿一根带叉的棍子,一边赶牛,一边弯着腰,一上一下使劲地向下踩压耙犁。耙犁四周,密密匝匝挤满了抢食的鸭子,吃食的声音响成一片……

农夫趁鸭拐子不注意,便用叉棍卡住鸭背,使劲往下一摁,这鸭子还来不及叫一声，便不见了踪影！看上去动作虽然不大，暗中的手劲却不小！鸭子的脊骨被折断，摁在两尺深的稀泥浆里挣扎不出来，顷刻窒息而亡。旁边的鸭子们对此视而不见，一路紧随不舍，只顾埋头傻吃。

牛拉着犁耙一路向前，鸭子一路紧随，农夫瞅空子就摁下去一只，一有机会又摁一只……成百上千只鸭子，鸭拐子数也数不过来，少几只根本发现不了！耙田的农夫指望鸭拐子走了以后，再挖出来带回去……

但有时收工了鸭拐子还不走，吃点干粮继续坐在那里放鸭子。

等到傍晚鸭拐子赶着鸭群走远了，农夫再去挖鸭子时，大田里汪出一层薄薄的水来，水面上漂一层羽毛，白茫茫的一片，怎么也找不到准确的位置了……运气好，挖到一只两只。运气不好，一只也挖不到！就这样白白肥了田……

文虎一边讲，一边做着摁鸭子的动作。米儿听了，心里很不是滋味……鸭子因为贪吃，顷刻成了地下的冤魂，死得不明不白！人因为贪吃，残害了鸭子无辜的生命！

看着眼前这一窝一窝苗壮的稻子，忽然转念一想：如果农夫找到了鸭子，拿回去吃掉便养了人；没有找到鸭子，无意中便又肥了稻子。鸭子虽死，却又滋养了其他的生命……好比秋后的松鼠，把辛苦采来的松果东埋西藏，最后却遗忘了！松果便在地下生根发芽，来年又长成松树……松鼠无意间便充当了播种者！可见世间万物，本来就是相生相克，循环往复，才生生不息的。难以判定谁是对的，谁是错的……

正想得头痛，忽听花蛇问道："这块田是谁耙的，怎么这么狠心？"

第十六章

文虎脸一红,装作没有听见,去摸口袋里的烟。花蛇跟着又问了一句。

文虎回避不开,便含糊其词道:"这个嘛……你问这多搞什么?自古以来,都是这样的,耙田的哪个没搞过?都把这当乐子的……"

米儿听到这里,心里有些明白了。见花蛇板着脸,赶紧拉他一下,道:"管他谁耙的,肥了田长了稻子还不是一样……"

华华和麻杆在旁边说:"当然不一样,那是命啊!什么东西不能肥田,非要拿鸭子的命来肥田?这也太狠了!你不肯说,我们找文龙去;是他派的工,一问就知道了!"

文虎长长地吁一口烟雾出来,眯着眼睛,轻描淡写地说:"有什么好问的,这块田就是我爹耙的……记不记得,你们在我屋里吃过两回鸭子了!有一回,粮站的站长也在,你们忘了?"

原来这"狠心人"竟是段师傅!大家忽然想起几个月前,确实在他家吃过两次红焖鸭块,鸭肉又肥又香!是么妈用辣酱红烧的……不知是谁,当时还问了一句:"哪里搞的鸭子呀?"

段师傅脸红了红,把酒杯一举说:"好吃就多吃点,喝酒喝酒!"一句话,便轻轻掩饰过去……

吃过午饭,肖本鹊照例要睡一会儿午觉。外面暑气逼人,屋子里静悄悄的。只有知了在树上长一声短一声地叫。一只领叫,其他的都跟着叫起来,一叫就是一大片。近处的刚叫完,远处的又响成一片……

肖本鹊躺在里屋床上闭着眼睛,听着外面的蝉鸣,陷入了迷糊……正要睡着,忽见一条花蟒蛇,正缠绕在一棵桃树干上,身子已经上去了一半,还有一半拖在地上。这蟒蛇见了他便一动不动了,也没有躲避的意思,慢慢把头朝他这边扭了扭,又点两下……

肖本鹊吃了一惊,连退两步。看了一会儿,又见这蟒蛇没有恶意,似乎还很温顺,他上前两步,想拍拍它的头。刚要抬手,这蟒蛇突然张开了血盆大口!肖本鹊猛地一惊,醒了过来,吓出一身冷汗!

大门外一阵急促的脚步声传过来,听见芸草大声喊道:"娘,娘……"脚步声跟着进了堂屋。

又听芸草娘低声道:"死丫头!小声点儿,你爹在睡觉!什么事?"

芸草压低了声音,兴奋地说:"娘,春桃姐有了!肚子里有了……"

"啊——真的假的?你可不准说谎!"

"真的真的!我骗娘干什么,检查结果都出来了!娘,你怎么哭了……"

芸草娘抽抽搭搭问道:"你春桃姐呢?她在哪里?"

芸草说:"她和哥刚从镇上回来,正在王娟姐她们那里,马上就回来!"

肖本鹊在里间听得一清二楚,马上联想到刚才的梦境,心里怔怔的……

正在发呆,芸草娘进来了:"老头子啊,我们肖家有第三代了!春桃她……"说着又哭起来,扯起围裙擦眼泪。

肖本鹊干脆假装不知道,故意问道:"啊?春桃怀了?"

芸草娘边擦眼泪边说:"有了,有了!刚才芸草来说的。你要当爷爷了……"

肖本鹊立刻下床,在地上连蹚了几步,用手指着芸草娘说:

第十六章

"百分之一百是个儿子！我敢肯定！"

芸草娘听了心里欢喜不尽！嘴上却说："你怎么晓得的？肚子里的货，识不破……其实我倒喜欢姑娘……"

"那不是你喜欢什么，就生什么！她怀的就是一个儿子，你有什么办法！"肖本鹊两手一摊，故作无奈的样子，声音里却抑制不住狂喜！

接着，肖本鹊绘声绘色，把梦境里看到的一切说了一遍。激动不已地解释道："梦到蛇，生儿子！梦到鸡，生姑娘。龙代表皇帝，蟒蛇是宰相！我梦见的正是蟒蛇，这孩子将来贵不可言！"

他在地上踱来踱去，若有所思地说："你说怪不怪？我这辈子从来没有梦到过蟒蛇，刚一梦见，就听到了春桃怀孕的好消息！天下哪有这么巧的事？奇怪奇怪……"肖本鹊嘴上说"奇怪"，脸上却喜形于色！就是不说蟒蛇的血盆大口。

芸草娘听了越发高兴，同时心里有点儿担心，便说："什么宰相不宰相，贵人不贵人。你不要去外面说，就我们两个心里有数就行了。孩子家家的，就是要让他泼泼辣辣，狗头狗脑地长大。太金贵了倒不好养……"

肖本鹊有点儿不高兴了，说："还要你来教我？你管好自己的嘴巴就行了，天机不要泄露！还有，赶快去叫春桃回来，不要到处乱跑，小心动了胎气……"

春桃怀孕的消息，使肖家上下喜气洋洋！借着春桃的肚子，都沾光往上升了一辈，人人有份。全家人对春桃关怀备至，呵护有加。既要让她多多休息，又要让她心情愉快。肖本鹊隔两天就要给她把一次脉。银水更是每天都要听胎音，睡前还要给她讲故事。芸草娘和海棠把春桃照顾得无微不至，抽空就做针线活，给婴儿做准备。一切都安排得妥妥帖帖。

春桃却不当回事。照样出工，回来照样帮着做家务，一如往常。只是一条，特别爱吃辣的和凉的，一顿能吃半碗炸胡椒，没有辣椒，便不想吃饭。

民间有句老话说"酸儿辣女"，还有句老话说"怀姑娘打扮娘，怀儿子丑败娘"。春桃怀孕后，一天比一天俏丽动人！眼里含着柔，脸上带着笑，皮肤光滑白净，鼻梁细巧溜直。一开口，声音婉转而出，柔美动听……

村里的人都说："这女伢子，越长越标致了！天天吃那么多辣椒，脸上倒不长颗疖子！这是生姑娘的相……"

肖本鹊听了很不高兴。但人人都这样讲，老话也是这样讲。听得多了，便也开始动摇起来：毕竟肚子里的货，识不破。那梦毕竟是梦，又有多少根据呢？退一步讲，万一头胎生个姑娘——那，也是没办法的。到时候叫银水努把力，再生一胎！上面一个姑娘，下面一个儿子，也可以。如果小两口有兴趣，不妨多生几个。一个也是养，两个也是养，一群还是养！多一口人，锅里多加一瓢水而已。

只是目前这婴儿穿的衣服，性别不能确定，不太好准备……

春桃的肚子越来越明显，按照当地的说法就是"已经出了怀"。她每个月都要去公社卫生院做一次检查。结果显示：一切正常。

院长是个胖胖的中年女人，鼻子两侧长满了酱色的雀斑，她扳着指头算了预产期，又算生产期。算来算去，确定是来年的五月中旬。她热情地叮嘱银水道："快要生产的时候，就提前

第十六章

一天送过来，我亲自为她接生！"肖银水连声道谢，每次陪春桃去检查，总要给这院长带些乡下的土特产……

冬至这天，肖本鹊亲手将炮制好的"八珍桃花丹"，用黄泥严严实实地封在瓷罐里，埋在后院无花果树下面。整整一冬，肖本鹊天天都在数着日子，又去无花果树下看了无数次。惊蛰这天，他小心翼翼地挖出来。除去泥封，刚一打开罐口，一股奇香扑面而来，钻入鼻孔直达脑际！

肖本鹊按捺不住内心的狂喜，两只手哆嗦着，从瓷罐里取出药丸，装进一个药葫芦里，悬挂在屋梁上。想想不放心，又取下来，挂在睡觉的里屋梁上。直直地盯着看了半天，忽然想起什么，又摘下来，从里面倒出几粒丹丸抓在手上……

这时有人急匆匆走进堂屋，焦急地喊道："银水！银水——"

肖本鹊一惊，把手里的药丸往床上一放，赶紧走出来。一看是队长肖本松，便急忙道："银水去了卫生院还没回来。怎么了？"

队长忙道："快点，快点，牛伢子在屋顶上不小心掉下来摔断了膀子，你快去看看！"说完，不停地催他。

肖本鹊二话不说，抓起药箱就出门了。一时忘记了凳子上的药葫芦。

等到出诊回来一看，肖本鹊立刻吓傻了！地上的凳子撞了个四脚朝天，自己家里那头半大不小的架子猪，不知怎么跑了进来！吃光了药丸还不够，又把药葫芦咬成了碎片，一块一块在嘴里嚼着，下巴上挂满了白沫，地上满是猪粪和猪尿……

一看床上，就只剩那五粒了！他一把抓到手心里，攥得紧紧的……梦想变成了空想，几年的心血毁于一旦！肖本鹊眼里在流泪，心头在滴血！他伤心，他后悔，后悔自己不该像猴子似的，把药葫芦拿上拿下！他恨自己，他恨这头猪，恨得牙根痒痒的，恨不得一刀宰了它！

事已至此，后悔也没用。他又仔细研究起这头猪来……猪吃了这药丸，就当个临床实验嘛，看看这头猪有什么反应？

耐心观察了十多天，这头猪却若无其事，一如往常地吃，一如往常地睡。既没病，也没死，既没胖，也没瘦。他不禁怀疑起这药的效果来……

如果说，这点挫折就能把肖本鹊打倒，那就不是肖本鹊。他不死心，他想从头干起。没过几天，他便缓过劲来，又在准备捉蚂蚁，剪羊胡子，采集桃花露……

自从春桃怀孕后，他的生命似乎又有了新的意义。不为自己，也要为孙子想想吧，这桃花丹一定要制成！

农历二月十五前两天，他又来看渡口边这棵老桃树。打算后天半夜的子时一到，趁桃花正旺时，就动手采集花露。

他背着手，绕着桃树看了两圈，越看越不对劲……去年此时，枝条上的花苞早已大如龙眼，拥挤不堪，更有性急的已经绽放开来。可如今这花苞却只有绿豆大，零星而稀少，不仔细辨认还真看不见！

两根碗口粗的主枝，有一根已经枯死。上面满是大大小小的黑色虫眼，从里面流出的桃胶，眼泪似的一串串、一颗颗挂在树皮上，也早已凝固，干硬如石。枝条也已发黄变脆，一碰就断。

肖本鹊想起去年有人说过"回光返照"的话，不禁大为伤感起来。摇摇头，又叹了口气。想自己一大把年纪了，还是不

第十六章

要看这些伤心的东西才好。但又不知去哪里找桃花露,心里不免涌上一阵悲凉和沉郁……

炸胡椒是鄂西一带农户饭桌上的家常菜。每到秋后整理园子时,总会有些长不成器、扔了可惜、留着又无大用的下脚料——小辣椒。收集起来洗净剁碎,再掺入打米时筛出的碎米子,加食盐搅拌后,密封在养水坛子里待其发酵。食用时打一碗出来,倒入油锅里反复焙炒,炒至通红油亮,软硬适度时起锅上桌。

这种非菜非饭的食物,全用不值钱的下脚料制成,只能当调口味的小菜上桌。虽然出身低贱,却广受欢迎,无论贫富,家家都爱。尤其妇女和孩子,更是离不开。此物入口,香、辣、酸、咸、糯,还带一点点霉味……细品其味,甚多佳妙莫可言状,令人齿间涎水一涌,胃口顿开!如果一顿吃不完,下顿炒热了再吃,口味更妙!反复加热的次数越多越好,最后炒得跟羊屎果果一样的形状和颜色,一颗颗一粒粒,油润发亮,内软外焦,乃为上品!

春桃收工回来,正端了半碗这样的上品炸胡椒,坐在凳子上细嚼慢咽,吃两口便喝一口凉茶。正吃得美,突然肚子里一阵剧烈地躁动!隔着褂子,都能看见肚皮左边也在鼓,右边也在动。

春桃"哎哟"一声放下了碗,坐直了身子喘气。

旁边的肖银水赶紧放下筷子,问道:"怎么了,哪里不舒服?"

春桃指指肚子说:"这个小坏蛋,在里面拳打脚踢,闹个不停……"

银水看了看，又摸了摸，哈哈大笑起来！快乐地说："这五一劳动节刚过，他就急着要出来了！"

春桃一听也笑了，说："真的呢！这小坏蛋是个急性子——跟你一样！"

银水认真地说："我的性子也不急呀！你几时见我冒过火？这家伙像谁呀……你爹的性子急不急？"

肖本鹊一听，把自己的孙子扯到外公家去了，大不愿意！想都没想，脱口便道："那还用问，肯定是像我！我的性子就有点儿急……"

芸草娘瞪了肖本鹊一眼，说："你又扯到哪里去了？银水的孩子，怎么又跟你一样了！"

肖本鹊自知失言，脸红得像个大公鸡。幸亏春桃并没在意。

这段时间，春桃肚子里的动静越来越大，越来越频繁。她终日沉浸在做母亲的向往和喜悦之中，常常闭着眼睛，心里喃喃地对自己说："快了，快了，快要当妈妈了！想想就美！美得不行……"不知为什么，每次一想到这里，就会流下泪来……

银水见了，不明白。便问她："是哪里不舒服吗？"

春桃摇摇头，泪水甩得到处都是。睁着泪眼望着银水，一声不响。好一会儿，才开口道："银水，你说这孩子生下来，像你，还是像我……"

银水说："原来为这呀！生个姑娘像你，生个儿子像我！我倒希望生个姑娘。不管生什么，就我们两个人，总要像一个吧，这还值得哭……"

春桃摇摇头，急忙说道："不是不是！不是这个，是那个……"她欲言又止。

银水更加摸不着头脑了，忙问道："不是这个是哪个？那你

第十六章

哭什么……哦,我晓得了,你是怕生个姑娘,我家人不喜欢,对吧?你放心,不会的……"

"不是不是不是……我,我……"春桃头摇得像拨浪鼓,望着银水打了个寒战,眼睛里带着惊恐,说:"有好几个晚上,我都梦见了咸鱼婆婆,你还记得她的眼神吗?她就那样盯着我,要抢我的孩子!我就用脚使劲踢她,用手拼命推她……一惊就醒了!我怕吓着你了,就没叫醒你,也不敢跟你说……"说着说着,眼里又淌下泪水。

银水听了,方知是为这事,放下心来,便安慰她道:"没有的事。那是你上次受了惊吓,心里留下了阴影。日有所思,夜有所梦嘛。加上你把孩子看得太重,不免胡思乱想。再说,她都死了一年多了,还有什么好怕的。下次再梦见她,你叫醒我。我叫她离远一点儿……"他故作轻松的样子,轻描淡写地说。

听了这话,春桃也认为是自己疑神疑鬼,心里的阴影淡了些。这话说完也就过去了。

这天夜里,春桃肚子里越闹越凶,一刻也不消停。肖银水一夜起来好几次,又算算日子,还差十多天呀!难道提前了?

一大早,银水叫醒了他爹。肖本鹊披衣下床,刚把手指搭到春桃的脉上,心里一惊!立刻吩咐银水:"快点儿,快去备船!赶紧送卫生院!"

春桃直挺挺地坐着,咬着牙关满脸通红,一脸的汗水把头发也打湿了。肖银山划船,银水、海棠和芸草三人,七手八脚把春桃扶到船上,躺在稻草上盖好被子,急急忙忙向曲湾镇划去。

下午进的产房。四个人八只眼睛,眼巴巴地守在门口等候着,耳朵听着门里的动静,里面却没有声音。

太阳雨

天已经黑了,院长在走廊里挂了一盏马灯。大家围着院长打听情况,院长说:"快了,快了!今天肯定要生。"出出进进好几次,总是这句话。

大家忘记了饥饿和疲劳,满怀喜悦地等待着新生命的降临!

不知过了多久,大家困得眼皮抬不起来,都在靠着墙打盹。突然,"哇——"的一声,产房里传来婴儿响亮的啼哭声……大家精神一振,心都飞了起来!

院长打开一条门缝,向外喊道:"好漂亮的男伢子!六斤四两……"不等大家问上一句,又立即关上了门。

孩子降生了!是个漂亮男孩!那,春桃呢?春桃怎么样了?

过了好半天,女院长慌慌张张开门出来,白大褂上到处是血,语无伦次地说:"不行了,不行了……出血了,止不住了!两大盆……"她脸色煞白,雀斑都吓没了!

四个人一听,惊得魂飞魄散!肖银水战战兢兢地问道:"谁不行了,大的小的?"

女院长吓得哭了起来:"女的……女的!不行了,呜……"她跺着脚,翻来覆去就是这句话。

"那赶快救人呀!快输血……"肖银水急了!

"哪有血浆啊?又没有验血设备……"女院长跺着脚说。听见里面护士在喊,急忙又进去了……

肖银水长叹一声,一头撞在墙上,晕了过去!另外三人慌得手足无措!肖银山抱着银水坐在地上。银水眼睛闭得紧紧的,双泪长流……芸草吓呆了,脑子里一片白茫茫的,忘记了哭……

海棠嘴里不住地喊:"银水,银水……春桃……"

银水醒过来,摇摇晃晃地站起身,推开门进了产房。

— 496 —

第十六章

　　里面两盏马灯照着,春桃死了似的,仰面躺在床上,脸色惨白如纸,已经昏迷过去。床单上大片大片的血迹,地上的两个脸盆里,各有半盆血,上面漂满棉球。婴儿被放在一只竹篮里,一边啼哭,一边吃自己的拳头……

　　肖银水一把抱住春桃,不停地呼唤道:"春桃,春桃,春桃……"见春桃不理他,又摇一摇春桃。春桃的身子随手而动,死了一样,毫无知觉。

　　银水把脸埋进春桃怀里,无声地哭泣起来……

　　这时已是后半夜。外面黑黢黢的,河面上寒气袭人。小船上挂着风灯,载着一行四人和春桃母子,急急忙忙往家里赶。

　　银水斜坐在船舱里,把春桃连被子一起抱在怀里,两眼恨恨地望着夜空。想这老天爷怎么如此不开眼!早上来时,还是一个大活人。现在却……突然,海棠怀里的婴儿大哭起来!一声接一声,上气不接下气……

　　银水扭过头去看孩子。忽然感觉春桃在被子里动了一下,他急忙低头去看,春桃睁开了眼!

　　银水心里一阵狂喜,眼里落下泪来!轻声唤道:"春桃,春桃……"

　　春桃:"嗯,银水……孩子呢……"

　　大家见春桃醒了,惊喜地围过来。海棠忙把襁褓递到春桃眼前道:"这里,在这里!"

　　春桃定定地看着孩子,眼里滚出泪水。

　　银水在春桃的耳边说:"春桃,是个儿子,眼睛、鼻子很像你。非常健康,你听他哭声多响亮!春桃,我们一起回家去,好好把他养大成人……"

春桃闭着眼睛，使劲点一下头，又陷入了昏迷……

她远远看见路上一辆牛车过来，车上装着几口黑漆棺材。几个灰头土脸的女人坐在车上，以袖掩口，哀哀哭泣……看那打扮却不像本地人，服饰也非新款，颇类古装。春桃想，这是谁家一口气买这么多棺材？也没听说谁死了呀……

牛车"吱吱嘎嘎"越来越近，来到面前停下了。一个骨瘦如柴的高个子婆婆，穿一袭黑色长袍，头上一块黑纱遮住了面部，看不清脸。她跳下车来，伸出干瘦的手，一把抓住春桃就往车上拽，说道："上来，上来，一起走！"那手指头尖利如爪，冰凉似铁，掐得春桃手腕生疼！

车上坐的几个女人，也停止了哭泣，一起向她招手，同时往一边挤了挤，让出一块地方。

春桃拼命挣扎，急得大哭大叫！黑衣婆婆回过头去，喊车上的人下来帮忙。趁她回头，春桃狠狠地咬了她一口！黑衣婆婆手一松，春桃大喊："妈！妈，妈——"

银水见春桃嘴唇微动，似乎在喊"妈"，声音细小微弱。急忙将耳朵贴近她的嘴唇。又听见她不停地叫"冷……"银水脱下自己的衣裳盖在被子上，把她搂得紧紧的！

过了一会儿，春桃挣扎着坐起来，大口大口地喘气。河风吹乱了她的头发，一绺黑发遮到脸上。春桃突然一把揪住，使劲往下扯。扯了几下扯不断，又急忙要剪刀。春桃接过剪刀，"咔嚓"一声，剪下一大把头发，紧紧地攥在手里，又大口大口地喘气……

喘了一阵，抓过银水的手来，把头发放在他手心里，说："对不起你，银水，我要先走了……等孩子长大了，把我的头发和照片一起交给他……告诉他……我这辈子清清白白，没做

第十六章

过一件对不起人的事,也没伤害过任何人……要教育他,做个好人,不能给妈妈丢脸……妈妈爱他……"不等说完,两眼又滚出泪来,虚弱地闭上了眼,奄奄一息。

忽然,海棠怀里的婴儿饿得"哇哇!"大哭起来!哭得声嘶力竭,回不过气,噎住了似的,好半天才又哭出下一声……孩子从出生到现在,还来不及吃上一口母亲的奶!

春桃身体里的血已经流尽,眼睛里的泪已经哭干。听见孩子的哭声,犹如万箭穿心!突然睁开了眼,歪过头去看孩子……还想再多看两眼时,无奈又虚弱地闭上了眼睛,一言不发,眼角默默地滚出最后一滴泪水……

海棠和芸草急得呜呜大哭,不停地哄着孩子,呼唤春桃!肖银水看着春桃苍白的脸,听着婴儿的哭叫声,心如刀绞一般,眼泪一串一串滴在春桃脸上。

过了好一阵,见春桃闭着眼睛一动不动。肖银水急忙试其鼻息,春桃已经气绝身亡!尽管有千千万万的放不下,也只得撒手,无奈地走过奈何桥,径向黄台而去……年十九岁。

五岔河载着春桃的遗体和一船哭声,马不停蹄地流向翻身大队。船上的人哽咽啜泣,悲声一片!

婴儿"哇哇"哭叫,大闹不止!哭声清脆响亮,直哭得精疲力竭,有一声没一声的……凄惨的哭闹声穿透黑夜的静谧,传向河两边黑暗的田野,消失在深不可测的夜空……

来到春桃住过的知青老屋后面,船停下了。芸草急急忙忙跳上岸,哭着去拍王娟和雨欣的门……

早晨六点多钟,空气闷热,没有一丝风。米儿热得睡不着了,起床站在门外凉快,眼睛看着不远处的小河。这时,太阳刚刚露出脸来，四周一片宁静，稻田里偶有小虫鸣叫。

米儿看一眼初升的太阳，心里想：昨天，春桃和银水去了曲湾卫生院，一天都没有消息。不知道怎么样了，可能已经生了吧？再过一会儿，把麻杆他们都叫起来，一起过去看看……

忽然，河水"哗啦"一声响，一个大火球蹿出水面一人多高，像篮球似的迅速滚上岸来，冲进水稻田里！所经之处，如飓风吹过，秧苗剧烈摇摆，急速地向两边分开一条路来！好像发现有人看它，那火球急急忙忙滚出七八步远，突然消失在稻田里，秧苗立刻回复原状！米儿惊呆了，根本没有反应过来，还想再看时，却没了……

这时，只见文龙的母亲背着虾箔子，正沿河边走来。米儿立即喊道："幺妈，幺妈！河里冒出一个火球，冲到田里去了！是什么东西呀？"边说边用手比画着，以为她能解释，毕竟老人见多识广。

幺妈一脸惊讶，回头看看河面，又看看稻田，说："在哪里呀？我怎么没看见？"

那么响的动静，那么大的火球，那么耀眼的火光，就在她身边，怎么可能看不见！可她竟然说什么都没看到！米儿明显感觉她在说谎。但看她一脸的迷茫，又不像在说谎……且不说火球是什么，单说她为什么就看不见，自己就看见了呢？这里面有什么蹊跷吗？是好事还是坏事？

这事米儿想了几十年也没想明白。他知道讲出来一定不会有人相信，一生中从未向人提起过这件事……

几条土狗挡在道上，一起冲着骗子狂吠不止！骗子理也不理，箭似的直冲过去，撞翻了两条土狗，一阵风似的向米儿跑来！冲到跟前，喘着粗气，咬住米儿的裤脚就往来路上拖。米

第十六章

儿朝路上一看,后面还跟着跌跌撞撞的芸草!

到了跟前,米儿一把扶住芸草,连忙问道:"怎么回事?"

芸草抱住米儿大哭起来,说:"哥……春桃姐……春桃姐……"

"春桃怎么了?"米儿预感到出事了,急忙问道。

"春桃姐走了,没了……"

"啊?!"

米儿仿佛挨了一闷棍,脑子"嗡"的一声,站都站不稳了!

他站在外面,大声呼喊另外三人赶紧起床。四人随着芸草一起,急忙向肖银水家赶去……

肖本鹊一天得不到消息,在家里忐忑不安,坐也不是,站也不是,一夜睡不稳。天不亮就起来,跑到河堤上去看了好几遍,都不见他们的踪影。回来坐在凳子上,心里七上八下……

忽见海棠怀抱婴儿,哭进门来!后面银水蓬头垢面地抱着春桃,眼睛通红,脸上泪痕未干……

肖本鹊和芸草娘见了心惊肉跳!得知凶讯,芸草娘魂飞魄散,"咕咚"一声跌坐地上,号啕大哭!

肖本鹊急火攻心,一口气上不来,往后便倒……

王娟、雨欣和米儿等四人也都赶到了。春桃的遗体,被放在堂屋中间的一块门板上,脸上蒙一块白布,一动不动。鼻子、嘴唇和额头的轮廓清晰可见,身上盖一条白被子。

王娟和雨欣疯了似的扑上去,一把揭开春桃脸上的白布,跟春桃脸贴着脸,放声痛哭……王娟边哭,边在春桃的耳边说:"春桃,我带你回去……回武汉,回去……"

米儿等人看着眼前的场面,无声地流泪,花蛇哭出了声。

银水坐在凳子上死了似的,面色如土,两眼发直。眼前忙忙碌碌的人影和高一声低一声的悲哭,他都视而不见,听而不闻。似乎这一切都与他无关,仿佛自己就是个无魂的木头人……

根据春桃的遗愿,遗体不回武汉,就埋于此地。她要与同班同学、丈夫和孩子朝夕相伴,要陪伴自己的孩子长大成人……

杜书记和强队长来了,队长肖本松也来了,文龙、文虎和段师傅随后也赶来了……

强队长安排人,立刻去曲湾邮电所发电报,向春桃的家人报讯。他把米儿叫出来,和杜书记、肖本松一起站在院子里,紧急商量后事。

米儿太年轻,哪里会处理什么后事!心里乱糟糟的,满是悲伤。迷迷糊糊听他们三人商量了一阵,最后强队长明确表态:一切按照春桃的遗愿办!安葬春桃的墓地,由米儿、王娟和肖家任意挑选,大队无条件支持!

肖本鹊歪在床上哼哼唧唧,把给自己准备的楝木棺材命人抬出来,让给春桃用。有人提醒说,天气闷热,又是梅雨季节,担心春桃……

王娟和雨欣赶紧把春桃擦洗得干干净净,换上了她去首都旅行结婚时穿过的那套衣裳。看见这套衣裳,想起去年春桃动身那天的情景,二人忍不住又大哭一场……

春桃的遗体在堂屋里停放了一天一夜,天气一天比一天热。棺木被两条长凳架空,暂厝在门外那棵大槐树下,上面搭了篷布,大家在下面日夜守护。王娟、雨欣、李月、素琴、芸草、米儿、华华、麻杆、花蛇等人默默不语,陪侍灵柩两侧,熬得

第十六章

双目通红，眼窝深陷。大家想起春桃往日的好来，想起和春桃在一起的日子，想起她的孩子；再看看眼前这死气沉沉的棺材，眼泪总也止不住……一人流泪，就引起一片抽泣。

骗子守在春桃的棺材前不吃不喝，寸步不离。嘴里"呜呜"哀鸣着，不时用前爪抓挠棺材板，"嚓嚓"作响……

村里的人提起春桃之死和她留下的孩子，无不伤心落泪，摇头叹息……

墓地已经选定。王娟和雨欣坚持要安葬在春桃曾经住过的知青老屋后面、老桃树右侧的土坡上。说春桃喜欢桃花，让这棵桃树跟她做伴，一开后门，我们也就能看见春桃了。还说这里紧挨着渡口，春桃要回来也方便些……

诸事安排停当，单等春桃家里来了人，方好下葬。

电报当日就到了。噩耗传来，由阿德和春桃妈如遭五雷轰顶！这突如其来的打击，使他们卧床不起。流泪挣扎着，要到翻身大队来，看这苦命的春桃最后一眼……几个女儿生怕出现意外，力劝不止。最后，只得由春桃的四姐和妹妹小杏代表全家，前来为春桃送葬。

四姐和妹妹小杏一到，二人跌跌撞撞冲过去，扑倒在棺材上，泪如雨下！悲怆地哭喊道："春桃呀，我们到了！你睁开眼看看我们呀！爹妈病倒了呀……爹叫你不要恨他了！苦命的春桃——"捶得棺材"咚咚"作响……

面对四姐和小杏的哭喊，棺材里的春桃面色如土，静静地仰卧着。头发整整齐齐，脸上干干净净，眉头微微蹙起，跟生前一样秀美而又文静……

突然，春桃的鼻孔里有两缕淡淡的血水流出。人们说，这是死者见到自己的亲人常有的现象；这是春桃在向亲人做最后的告别……

两个木匠一见流尸水了，赶紧抬起棺材盖，对准定位的槽臼放下去，"咔嗒"一声落了位，从地上拿起一尺多长的命钉就要钉下去！这时婴儿大哭大闹起来，任谁哄也哄不住，哭得像要断气似的！在场的人无不肝肠寸断！

肖本鹄躺在里屋，捶得床板直响，流泪喊道："天哪，让我替她去死吧！留我这条老命有什么用呀……"眼看就要闭过气去。忽然想起一件事，止住哭声吩咐银水道："春桃的身子弱，你把那瓶八珍桃花丹让春桃带去……"

银水木木地点点头。

下葬这日，一大早天气便闷热得令人窒息。墓穴头东脚西，先前已经挖好。正要把棺材放下去，王娟怕春桃冷，又叫人拿来几捆稻草，厚厚地垫在坑底。棺材放下去后，又在四周塞满了草，方准封土。

土块落在棺材盖上，"嘭嘭"作响！王娟和雨欣弯腰对着棺材，大声哭喊道："春桃——你等着我们！我们来生还要做同学呀——"

四姐、小杏和芸草哭喊，呼天抢地！骗子嘴里呜呜咽咽地哀号着，纵身跳进坑里，拼命地用前爪刨棺盖上的土，大家都停下手。王娟哭着喊着跳下去，把它抱上来……

五岔河流经春桃的墓前，脚步突然慢了下来。一串又一串密集的气泡从水底升起，一大片一大片，聚在河面久久不散。一颗一颗晶莹透亮，像珍珠，像星星，像鱼眼，更像这条河流出的眼泪！流淌的河水，把这成片成片的气泡变幻成条状、带状、星状，一缕缕、一串串、星星点点、断断续续……五岔河小心翼翼地托举着，缓缓地向东流去，流向尽头的洪湖，流向

第十六章

远方的武汉……

春桃墓前立木牌一块,上面是段师傅的隶书字体:"武汉知青由春桃之墓",两边又各植桃树一棵。

天色暗了下来,空气更加闷热。封土刚刚完毕,忽然头上乌云翻滚,狂风大作!紧跟着暴雨倾盆,"哗哗啦啦"搅得天昏地暗!五岔河的河水突然暴涨上来,洪水像失控的野马,一路咆哮着奔腾不止!黄色的浪涛像怒狮,疯狂地拍打着河岸!满河的浑水一起翻腾起来,令人心惊胆战……

骗子蹲守在墓前一动不动,眼里含着哀伤和悲凉,可怜地蜷缩着身子,任凭狂风暴雨鞭子似的肆意抽打,叫也叫不回来……

春桃死了六天了。王娟和雨欣终日处在悲伤和痛苦之中。看见河边的跳板,就看见了春桃蹲在上面淘米;看见锅灶,就看见了春桃正在做饭的身影;看见她的床,就看见春桃坐在床上笑吟吟的……满脑子都是春桃鲜活的影子!怎么也接受不了这一现实……

这天晚上,王娟饭也不吃,和衣躺在床上,眼睛睁得大大的,盯着屋顶发呆……

忽听外面下起了雨,打得屋顶窸窸窣窣响。王娟感到身上发冷,正想拉开被子盖上。只见春桃浑身湿淋淋的,头发上也在滴水,冻得双手抱肩在雨中独行。见了王娟,一把抱住她大哭起来!

王娟大惊,忙问道:"这么大的雨,你跑哪儿去了?我和雨欣到处找你……"

春桃满脸雨水和眼泪,抽抽搭搭地哭诉道:"下面好冷!我冷得受不了，老毛病又犯了……"说着朝四处张望，急切地问道："我的孩子呢？他冷不冷？我不在，他闹不闹？他……"

王娟正要答话，只见春桃慌慌张张地说道："我要走了，……你和雨欣替我照顾好孩子，我在下面不忘你们的大恩！"说着松开王娟，转身就走。

王娟流着泪拼命点头，急忙去拉春桃，却拉了个空！一惊，醒了过来！枕头上哭湿了一大片……

第二天一大早，段师傅和米儿他们过来了。段师傅悄悄对她们道：今天是第七天了，这头七要给春桃烧点纸的。小卖部用来包饼干的黄草纸也行……没有钱开路，寸步难行。有了钱，春桃才能少受罪……

大家立刻去了小卖部。谁知，得发老头子早已准备好了一大摞，上面还凿了一行行指甲似的印痕。见他们来了，他眼圈红红的，沙哑着嗓子说："昨天银水来，拿走了一大篮子。知道你们城里人不兴这个，他也不敢给你们送过去。"

王娟一声不吭，提了黄纸就走。来到春桃坟前，点火就要焚烧。华华上前拦住，低声劝道："这是封建迷信。晚上烧吧，大白天的影响不好……"

米儿几人也都劝她，晚上再来烧，免得惹火上身。

王娟两眼含泪，倔强地抬起头，说："人都死了，还有什么好怕的！你们都走开，我和雨欣来烧！"

段师傅阴沉着脸，说："烧吧，是我叫你们烧的，与你们无关。有事我顶着！"

烧完了纸，王娟和雨欣去银水家看春桃的孩子。大家便都跟了去。

第十六章

春桃死后,银水像落单的孤雁,不语也不食。整天在河堤上走来走去,坐在河边望着河水发呆。想着春桃柔弱,在阴间无依无靠,不知有多可怜……几次想寻短见,去给春桃做伴。一想到家里的婴儿,又于心不忍!终日丢了魂似的。

人们评价说,春桃的生活才刚刚开始,一转眼就没了。她的生命虽然短暂,却给肖家留下了一条根!她生前重情重义,呕心沥血地报答了肖家……她这样活了一回,比很多人强多了……值得!

肖本鹊大病一场,勉强支撑着下床。因感念春桃对肖家的情意,亲自为孙儿取名"肖念春",小名"念念"。取念念不忘春桃之意……

历尽千辛万苦,念念活了下来。在肖家人的精心喂养下,一天一个样,每天都在成长。念念的一双眼睛特别像春桃,目光朗朗,黑白分明,大而有神。明亮的眼睛里充满天真和好奇,见了人,盯着看个不停;大家见了他,无不怜爱!就像看到了春桃的影子……

这孩子确实聪明可爱!十个多月时,只要一问:"念念,眼睛呢?"他稍一定神,就眨眨眼睛,紧跟着摸摸鼻子,又指指嘴巴,揪揪头发,扯扯耳朵……逐个表演一遍,最后嬉笑着乱拍几下小手,表示"欢迎"。

由于经常有人这样逗他玩,问这又问那,这孩子便也摸到了规律。只要有人一问,便知道接下来会问鼻子、嘴巴、头发、耳朵……干脆从头到尾一次性做完,免得浪费时间!他那样子逗得人们哈哈大笑!若再接着问他:鼻子呢,耳朵呢?果然理都不理,只顾玩自己的。

肖本鹊将他视为命根子,当作自己活下去的全部希望,只恨不能把天上的星星摘下来送给他。天天将他抱在手上，在村里走来走去……

可怜的肖本鹊，一生算来算去，到死都没算到：念念长大后，竟然持枪抢劫，欠下数条人命，成了警方通缉的要犯！围捕中，肖银水亲手将其击毙，然后饮弹自尽……

然而，此时的肖本鹊早已作古……这些都是后话。

春桃墓前的鲜花终年不断。春桃殁去二十年后，当地村民又在春桃墓前建起一座"义女祠"。附近十里八乡，前来祭祀的乡民络绎不绝，四季香火不断，渐渐成为一景。

春桃墓前的两棵桃树，年年春天繁花满枝。桃花落下来，厚厚地覆盖在墓上，像天上落下一片彩霞——火红、艳丽、明亮、耀眼……

（上册完）

太阳雨（下）

「小说不是大说，不是学术著作，谈不上什么大道理，更无法指导人生，它没有那么神奇和伟大。小说就是供大众消遣的民间文化，只对文学负责，不对历史负责。闲了翻一翻，能够打发一点多余的时光，也就罢了。」

——本书作者

江水平 ◎ 著

北方文艺出版社

第十七章

又是一个闷热无风的下午。五岔河边的土路上，忽然出现一辆草绿色的"北京212"越野吉普车，一路颠簸着向翻身大队急驶而来。车尾扬起的滚滚黄尘，久久不肯散去……

车内端坐着一位身材高大、头发花白的军人，他左手紧握车窗上方的扶手，目光炯炯，直视前方。粗犷的五官如刀削斧劈一般，冷峻刚毅。从表面上，一丝一毫也察觉不到他的内心活动。

副驾驶座的警卫员，回过头来轻轻地说道："首长，快到了。"

首长应了一声，脸上依旧没有表情。土路坑坑洼洼，崎岖不平。车身颠簸得厉害……每逢此时，他便想起了解放战争，似乎看见自己正指挥千军万马，驰骋在硝烟弥漫的战场上！身边的电台声、呼叫声和远处的枪炮声、将士们的呐喊声还在耳边回响……他心里激荡着，热血沸腾起来！表面却依旧像座石雕，身子一动不动，仿佛用螺丝拧在座位上。

公社的章主任与他并排坐在后面，不停地透过车窗向外张望。已经看见了王娟她们的房子，也能看见渡口河面上那条缆绳了。他用手指着前方说："首长，您女儿就住河对岸那座灰砖房子，河面上那根缆绳旁，就是渡口了。"

首长突然开口说道："停车。"吉普车"嘎吱"一声响，屁股向上掀了两下，停稳了。

警卫员立刻跳下车，跑过来打开车门。首长的脚刚一落地，那车又"嘎吱"一声，猛地往上一弹，顿时比之前高了两寸。

章主任在前面带路，一行人向渡口走去。后面跟着警卫员、司机和秘书。走在中间的这位首长，正是王娟的父亲王大木。

这一年，全国各行各业开始整顿，在全国范围内大力恢复生产秩序。一大批老干部复出，重新回到工作岗位。

王娟的父亲原是正军职，担任副院长职务。这次不但复出，而且还官升一级，成了政委兼院长。王大木终于苦尽甘来，权势比之前更加炙手！全家又搬回了那栋小洋楼。以前那些疏远他，甚至落井下石的人们，又纷纷回来攀附，赶来祝贺。嘴里王政委长、王政委短地叫着，好不亲热！门前又是车水马龙，络绎不绝。

这王军长经过了此劫，头发比先前花白了许多，人也似乎大彻大悟了，对这批人一概不计前嫌，一改往日的威严。对每个来贺的人，都平静而和气，脸上挂着微笑。这些人出得门来，又纷纷改口，说王军长是好人不是坏人，以前我们就知道他是被冤枉的……

来到渡口边，一行人站住了。好奇的人们站得远远的朝他们张望，有人跟章主任打招呼，眼睛却盯着几位军人看。章主任赶紧吩咐人快去找杜书记和强队长。

杜书记和强队长满头大汗跑来了，惊慌失措的样子，不知发生了什么事。听了章主任的介绍，二人擦了一把汗，才放下

第十七章

心来。又赶紧派人去田里叫王娟回来……

自从春桃死后，雨欣仍在小学教书，王娟独自出工。身边少了春桃，不免感觉孤零零的，终日郁郁寡欢。事情虽已过去，但痛还在心里。好比蚊子飞走了，包还没消，痒还存在。除了雨欣，她不大理别人。

这天下午正和妇女们在水田里扯草，忽然听见有人叫她。抬头一看，远远的田界子上，有人一边跑一边喊道："王娟，快点上来！你爸爸来看你了！"

王娟听了一愣，又一惊！来不及洗掉腿上的泥，立刻蹚着水上了岸，拔腿就往家跑。远远看见一大堆人围在门口，中间有几位军人，一起朝她这边指指点点。她一眼认出了其中一位大高个子，正是自己的父亲！跑到跟前，把手里的鞋一扔，抱住父亲大哭起来……

渡口边，一堆人围着吉普车，兴致勃勃地看稀奇。这些人情不自禁地摸摸这里，看看那里，又对着倒视镜照照自己的脸。一看镜中的脸怪模怪样的，便张嘴傻笑，不知这小镜子是干什么用的。

孩子们兴奋极了！踩着保险杠往车头上攀爬。引擎盖子滚热发烫，都不敢坐，又赶紧蹦下来，扒着车窗往里瞅。

机工师傅没见过吉普车，他脸上带着羡慕，不停地驱赶孩子们，假装内行地吓唬道："这车头上有电，不要乱摸！当心碰到了开关，它跑起来，你抓也抓不到！万一冲到河里，你们哪个赔得起？"

听了这话，大家不由得后退一步。有人问道："鸭巴子，这

— 511 —

车能跑多快?"

"从汉口到这里,你一顿饭没吃完,它就到了!"鸭巴子打量着四个车轮子,不假思索地说。

大家惊得合不拢嘴,有人表示怀疑,说:"哪有这么快?五六百里呀,说到就到了?鸟也飞不了这么快!又不是孙悟空……"

大家都跟着摇头,表示不可信。鸭巴子指着车头上的"北京212"几个凸起的字,理直气壮地说:"不信你们看嘛!来,这上面写得清清楚楚,212!看见了吧,这就是二百一十二匹马力。相当于二百一十二匹马,拉起这个小车子跑,你说快不快?我们的手扶拖拉机才十二马力,只相当于它一个零头!"

大家想象着,一匹马奔跑起来就够快了!二百多匹马拉这样一个小车,那还不像飞一样!

人们开始点头赞叹。见人们相信了他的话,鸭巴子又指着车篷说:"这是军用吉普,跑得不快那还行?你们看过电影《南征北战》吧,那里面的张军长坐的就是这种车,那才叫威风!不是军长,哪有资格坐!"

金狗隔着车窗,看了看里面的空间和座位,见座位上还铺着软席子,便回头问道:"张军长旁边有个戴眼镜的,他为什么能坐?他又不是军长……"

鸭巴子一脸鄙夷,道:"金狗,你晓得什么!那个戴眼镜的,是师爷!军长走到哪里,他就跟到哪里,在军中就叫参谋长……"

金狗最要面子,不喜欢别人说他是井底之蛙,没见过世面。便回敬道:"我还不晓得他是参谋长啊?还要你说!参谋不带

第十七章

长,打屁都不响;打屁打得响,才能当军长;打屁打得臭,只能当教授……"

金狗嘴里念念有词,惹得众人捧腹大笑!孩子们兴奋极了,拍手跳脚,大声嚷嚷着,你一句我一句,把这当成儿歌了!

笑完了,大家又议论纷纷。你一嘴我一嘴地猜测起来:这王娟的爹,到底是多大的官呀?

鸭巴子眼睛朝四周望了望,见都是族人,不担心有人会出卖他。便神秘地说:"官有多大?说出来吓死你们!公社的章主任官大吧?你们都看到了,他见了王娟的爹,就像一条小狗,亲自在前面引路!你们想想看……"

屋里,杜书记和强队长坐得恭恭敬敬,在向王娟的父亲介绍本大队的情况,又极力赞扬王娟,说他们下乡以来表现出色,各样农活不落人后,还给农村带来了新变化。改厕所,挖水井,抓教学,办夜校……各方面表现非常优秀!说完,强队长拱拱手,急匆匆地出去了。

公社的章主任坐在旁边,瞅空子朝杜书记眨眼努嘴。杜书记领会,趁机介绍道:本地以前是湖区,旱涝严重,影响了农业生产。大队苦于没有大马力的柴油机和抽水机。仓库漏雨,也缺乏建房子用的洋钉。言下之意,当然不言而喻。秘书在一旁飞快地做着记录。

王娟的父亲一声不吭。秘书拿出一盒精装的"上海"牌高级香烟,拆开来敬给章主任和杜书记。二人恭敬地双手接住,连声说道:"得罪得罪!不该不该!"一看香烟上还带着过滤嘴,觉得稀奇,便点着了细品起来。

雨欣回来了,米儿四人也闻讯赶来。大家围着王娟的父亲,连声叫"王伯伯"。

王大木见到米儿他们,高兴极了!摸摸这个的头,说长高了。刮刮那个的鼻子,说晒黑了……居然与刚才判若两人!立刻变成一个慈祥的长辈……

他看着这些孩子,打心眼里喜欢!这些孩子,都是自己单位职工的后代,是亲眼看着他们出生长大的。想到他们来到这农村,虽然生活艰苦,却乐观积极!他突然意识到,这些孩子正在一天天长大,正在走向成熟……

想到这里,他站起来,向章主任和杜书记说道:"这些孩子给你们添麻烦了!我替他们的家长,谢谢你们!"说罢,行了一个军礼。

章、杜二人吓坏了,忙把香烟往地上一扔,来不及用脚踩灭,便赶紧鞠躬,连连说道:"哪里哪里,我们照顾不周,得罪得罪。请首长多多批评……"

一语未了,河对岸突然传来猪羊凄厉刺耳的哀号声,伴着人的喧闹和狗吠,乱成了一团!

王娟和雨欣在屋里听了,心头一紧!拔腿就往外跑。来到河边一看,只见对岸鸡飞狗跳,乱哄哄的。一大群人围着一头大肥猪和一只山羊,七手八脚地扳着羊角,揪着猪耳朵,使劲往仓库门口拖!猪羊长一声,短一声地号叫着,四蹄撑地,身子后倾,死活不肯往前去。

二人急了,一边挥手一边喊道:"喂——等一等!等一下……"急忙拉着缆绳过了河。

那群人听见喊叫声,停止了拖拽,抓着猪和羊不松手,眼

第十七章

睛一起朝这边看。

王娟和雨欣气喘吁吁地跑到跟前,指着猪和羊,上气不接下气地说:"你们干什么?快,快点放了它们……"

强队长上前拦住她们,挥一下手说:"王娟,你们快回去!你爹他们大老远的来了,我们这里拿不出什么来……"

王娟道:"别说了,我爸不会同意的。你们赶紧放了它们!"说着,便用手去掰那几个人的手。

几个人看着王娟和强队长,不知该听谁的。这只羊见了王娟和雨欣,不停地"咩咩"叫唤,眼里淌出泪水,眼珠里满是惊恐和不安……二人见了,心头一颤!这山羊趁人不备,猛地往上一跳,挣脱了。头一低,一溜烟地朝羊圈跑去!

揪着猪耳朵的两个人,眼睛只顾看王娟和那只逃走的羊。不觉松了手劲,这头猪趁机往前猛一窜,撞翻了一个人,抖着一身肥肉横冲直撞,也急急忙忙逃命去了!几只土狗紧随其后,一边追一边狂叫不止……

"王娟的爹是军长,是个大人物!"这消息像一阵风,很快传遍了这穷乡僻壤。这里的百姓跟红军很有感情,崇拜拿枪带兵的部队首长。翻身大队喜气洋洋,像迎接久别的亲人一样,迎接王娟的父亲王大木。贫协主席肖本洪见到王大木,就像见到当年的老红军,眼圈红红的,不停地挤眼擦泪,寸步不离地陪伴在王大木左右。

王娟跟父亲讲述了春桃的故事,王大木亲自到春桃墓上行了礼,又来到肖家,看望春桃的孩子和肖本鹄。肖本鹄心里感激不尽,欢喜得手忙脚乱!用袖子把凳子擦了又擦,赶紧请坐,急忙沏茶。他吩咐芸草娘和海棠，赶紧杀鸡宰鸭，准备款待贵客。

这王大木到了百姓家里，就像到了自己家，抱起几个月大的念念，亲了又亲。想起春桃小时候，经常在自己家里进进出出，上学放学都和王娟在一起，便不觉湿了眼眶。雨欣见了，赶紧上前接过念念！

肖银水一早就去了镇上，还没回来。王大木跟肖本鹊拉起了家常。他问到了肖家的每一口人，特别详细地询问了念念的近况。随后又让秘书拿出二百元钱交给肖本鹊，叮嘱道："这点钱别嫌少，拿去买点儿奶粉，给孩子增加点儿营养，把身体的底子打好。再难也要把孩子抚养大。今后遇到困难，就叫王娟写信给我。"

肖本鹊眼眶湿润了，不停地用袖子擦眼睛，颤动着嘴唇说："不缺不缺，屋里什么都有！我们再难，也不会缺了孩子的。你们能来看看念念，我们就心满意足了……"说着淌下泪来，又用两手挡着，坚决不肯接这钱。

章主任和杜书记在一旁颇受感动，也劝道："这是首长的心意，你就收下吧！日子还长，用得着的。以后如有什么困难，可以直接找我和大队杜书记。这是知青的后代，我们都有责任关心他。"

肖本鹊头摇得像拨浪鼓，固执地说："不用不用！没有困难，我们有能力把他养大……"

王大木站起身来，从秘书手里接过钱，又抓过肖本鹊的一只手，把钱放在他手里，动情地说："这钱是给孩子的，你就替孩子收下吧！春桃自幼就跟王娟是同学，这一点点心意就算给

第十七章

他们母子的吧！"

提到春桃，肖本鹊不停地抹泪，勉强接了下来。

芸草、雨欣和王娟三人，都抢着抱念念。念念看到来了这么多人，"咯咯"地笑，高兴得手舞足蹈，两手两脚乱挥乱蹬，抹了王娟一脸的涎水，乐得王娟哈哈大笑！芸草赶紧抱过念念，又拿手绢给王娟擦脸。雨欣捏着念念的一只小手逗着他玩，心里却是一阵阵的酸楚……

强队长急匆匆地来了，要请王大木一行去自己家里吃饭。肖本鹊哪里肯依？坚持要留大家都在这里吃。

正说着，段师傅和文龙也过来请了，一看这情况，也只能约定明天中午在家里请。强队长只好约了众人，明天早上都到他家吃早饭。王大木并不推辞，一概答应下来。大家又再三挽留王大木，希望多住几日。王大木一再感谢，表示明天午后必须回去。听到这话，章主任也不回曲湾公社了，直到第二天把王大木一行送走后，方才回去。

当晚，王大木单独跟王娟谈了一次话。父女二人坐在河堤上，王娟详细地向父亲讲述了下乡以来的经历。讲到了打井，讲到了修厕所；讲到了办夜校；讲到了前年回武汉，一路上的趣事，等等，却没提自己遇到的困难和所受的委屈。

王大木静静地听，也不插话。听完了，便缓缓问道："小娟，你下乡有三年了吧？"

王娟答道："还不满三年。"

"爸爸这次来是个人的私事，没有跟你们县里打招呼。只是来看看你和同学们，不能带你们走。你明白吗？"

"我明白，爸爸。"

"国家号召反对特权,爸爸是国家干部,要带头以身作则。你的前途要靠自己,不能靠父母。在哪里都是为人民服务,要服从国家的安排。"

"我有思想准备,爸爸。你和妈妈,不用为我操心。"

"小娟,你有什么打算?能不能讲给爸爸听?"

"长远的打算没有。只能走一步算一步,如果有回城的机会,就让别的同学先走……"王娟想了想,回答道。

王大木沉吟了片刻,说:"小娟,有件事我得告诉你。你小姑写信来,说他们部队今年要招女兵,主要是文艺兵。她说你完全够条件,她想年底过来带你走。你同意吗?"

王娟沉默了好一会儿,说:"我不去,爸爸。那是开后门,搞特权,我要靠我自己。再说同学们一个都没动,我先走了,今后说不清楚。这也会影响到爸爸。"

"好闺女!爸爸还要告诉你,事先没有经过你的同意,爸爸已经替你推掉了!"

"推掉了我就放心了。小姑还好吗?我想她了……"

"你小姑这次也重新出来工作了,她现在是军区文工团的团长。她也很想你和弟弟小冬,来信问过几次了。"

"爸爸,你走后,我和弟弟天天想你……妈妈总是偷偷地躲着哭,我和弟弟看见很多次……"王娟抽泣起来,扑进父亲怀里。

王大木抚摸着女儿的头,缓缓说道:"好孩子,都是爸爸不好,连累你们受委屈了……"

这次父女二人的谈话,是王娟一生中跟父亲讲话最多的一次,也是最严肃的一次。

第十七章

这天夜里,繁星满天,没有月亮。天边偶有流星划过,格外清晰。五岔河静静地流淌着,移动着,将时间一分一秒带走,一去不回头。蟋蟀在草丛里拨动琴弦,音色悦耳,节奏动听。河风吹来,风里带着淡淡的鱼腥味。眼前的河面上,不时有萤火虫飘过,三三两两,或分或合……

四周寂然无声。王娟把头靠在父亲的胸前,静静地靠着,眼望着星空,一声也不响。父亲把女儿揽在怀里,温暖的大手慈爱地抚摸着女儿乌黑、浓密、微感凉意的发丝……恍惚间,王娟仿佛又回到了童年,不知不觉,眼里涌出泪水……

这是一九七三年九月,再过两个多月,就是王娟十九岁的生日了。

王娟的父亲回去不久,从省城直接调来一台55马力的柴油机。柴油机几乎一人高,遍体通红,套着崭新的防雨护套。排气管像个大酒瓶子,高高地矗立着。抽水机的钢管比水桶还要粗。进水口的两块蝶阀,活像蝴蝶的一对大翅膀,抽水机一转,蝶阀自动打开。抽水机一停,回水落下,又自动关闭。那巨大的进水口连一两尺的大鱼都能吸进去!章主任又以公社的名义,每年专为这台机器配备二十桶柴油,足够它喝的了!

大队把这台宝贝机器放在段师傅家里,由文虎专人保管。文虎喜得合不拢嘴,见了王娟满脸是笑,直翘大拇指!见了鸭巴子,胸脯一挺,鼻孔里哼一下冷气,理都不想理!他心里清楚,若不是王娟帮他讲了几句好话,这机器的保管权,强队长就交给了鸭巴子!鸭巴子为了这事,还跟强队长吵了一架。

大家围着柴油机咂着嘴巴,不停地"啧啧"赞叹!像欣赏情人似的，看也看不够。瞅瞅这里，摸摸那里，想象着它开动时的威力和响声！只要它一转，每分钟能抽十几吨水上来！在空旷的田野里，它的吼声能传十几里远！周围的大队哪个听不见？哪个不羡慕？

王娟以前写的入团申请，这次一路绿灯顺利通过，很快便批下来了，成了正式团员！

入了团，王娟却高兴不起来。春桃的死，和父亲的到来，这一悲一喜，都只在转眼之间发生。这悲和喜来得太快了，太突然了！快得没有一点思想准备，突然得令人措手不及！似乎老天专爱跟人开玩笑，有意将这悲欢离合播撒到人间来演绎……

雨欣却替王娟高兴，解决一个是一个，总比都卡在那里好！同时，心里也为自己发愁，什么时候，自己也能像王娟那样，成为团员呢？米儿早已是团员了，现在王娟也成了团员，就我还不是。

如今王娟和米儿地位相等，平起平坐了，我坐的板凳，更显得比他们矮一截。今后团里搞活动，夜里开个会什么的，二人都在一起同出同进，同去同回，接触的机会那就太多了！时间一长，会不会出什么问题呀……还有，那次在回武汉的路上，他们二人的眼神和表情就有点奇怪，似乎在眉目传情！真让人不放心……王娟妖里妖气的，长得又那么漂亮，爸爸又是大官，米儿顶不顶得住呀？我看米儿这人有点靠不住，说不定……哎呀，这可怎么办？

秋季快到了，水稻正在成熟，田里的水越来越少，渐渐露

第十七章

了底。这时,大量的乌龟、甲鱼、青蛙、蛇等动物进入稻田,捕食各种昆虫和小鱼小虾,准备吃饱了肚子好冬眠。

骗子忙忙碌碌的,每天从稻田里衔回一些乌龟,扒着桶沿"咕咚"一声扔进去,又向稻田跑去。

米儿他们收工回来,总会发现有一些乌龟在木桶里乱爬,爪子挠的桶壁"刺啦刺啦"响,却又不见骗子的踪影。细看这些乌龟,却都不大,小的如土豆,大的也不过拳头一般。大家百思不得其解。回想这些日子以来,经常见到村里的一些野狗,嘴上叼的和爪下玩的乌龟都比这大多了!便心里纳闷,不知是何缘故。

又过了几天,眼看桶里的乌龟有大半桶了。华华便道:"管它是大还是小,壳子里总有肉吧,比螺蛳肉要多些。我们挑一些大的,给王娟她们送去,今天就在那边混顿饭吃。"说着,便动手挑了十几只大一点的,装在书包里。

一行四人提着乌龟,兴冲冲地出门而去。远远看见王娟她们屋顶上正冒着炊烟。骗子恰好从门里探出头来,抬眼看见路上的米儿等人,立刻又把头缩回去。紧跟着,雨欣出现在门口,转着脑袋四处张望。见米儿他们走近了,也不打招呼,转身就回屋里,米儿几人后脚也跟了进来。

屋里烟雾弥漫,王娟坐在灶门前,正望着火苗出神。见米儿等人进来,赶紧拍拍腿上的草末,站起来说:"饭还没熟,你们就闻到了?什么鼻子这么灵……"

华华摘下肩上的书包,打开来笑着道:"王娟,你看这是什么!"说着,又得意地晃了晃书包,里面"哗啦哗啦"地响。

王娟好奇地走过来,伸长脖子一看,见书包里是一些小乌龟,脸上便现出轻蔑,不屑地说:"这有什么稀奇的。你看看我们桶里面……"说着看一眼雨欣,二人以手掩口,相视大笑。

花蛇过去提过桶来,大家一看,里面堆垒着半桶大乌龟,一个个厚实饱满,沉甸甸的。最小的一个,都比他们带来的乌龟大了两三倍!

大家看着桶里的乌龟,好奇地问道:"你们从哪里弄来的?买的?"

王娟看一眼骗子,面露得色:"骗子送我们的礼物。怎么样,比你们的大吧?"

四人看看骗子,又看看桶里,再看看书包里的小乌龟,都不敢相信这是真的!

米儿说:"我们这,也是骗子送的呀,怎么这么小呀……"

大家也都说:"是呀是呀!为什么你们都是大的,我们全是小的?未必骗子偏心眼啊……"说完,都看着王娟和雨欣。

王娟忍不住大笑道:"不告诉你们,自己猜!"

雨欣看一眼米儿,笑得弯下腰去,捧着骗子的头说:"骗子知道好歹!谁对它好,它就对谁好。是不是呀骗子……"

花蛇皱着眉头,疑惑地说:"这狗是不是被你们训练过?"

一句话提醒了大家,都纷纷说道:"肯定训练过!不然骗子怎么知道区别对待?你们是怎么训练它的?"

王娟实在忍不住了,伸手从桶里拿出一只大乌龟,叫一声:"骗子!"抬手扔进了门外的稻田里。骗子机敏地死盯着王娟的手,看着乌龟飞了出去,便箭似的冲进稻田,又把这只乌龟衔了回来,"咕咚"一声,重新放回桶里!

大家见了连声喝彩!王娟又拿一只小乌龟扔进稻田,骗子

第十七章

又冲进去衔了回来。这回却不往桶里放，而是扔在王娟脚下，眼睛看看王娟，又看看雨欣。王娟拍一下骗子的头，手向门外一指，骗子叼起地上那只小乌龟，一溜烟地向米儿他们来的路上跑去！

雨欣看看他们，得意地笑道："怎么样，没想到吧？"

大家恍然大悟，原来是她们两个捣的鬼！米儿便说："你们真不够意思。我们有了什么好东西，总是想着给你们送过来。哪想到你们却坏我们……"

王娟嘴一撇："说得好听，还想着我们！一个星期见不到你们的人影子……"

雨欣纠正道："没到一星期，今天是……第六天！"

麻杆听了，心头一动！嘻嘻笑道："是啊，都还不到一星期呢。以后招工的来了，大家东一个西一个，又怎么办？"说着，瞟一眼雨欣。见雨欣脸上没有反应，便又说道："如果真的分开了，还确实很想念的！最好大家永远都在一起，不要分开。"

王娟噘一下嘴，把头一摆说："哪个想念你们，自作多情！你们都走了才好呢！眼不见心不烦。"

华华赶紧安慰道："麻杆说得对！我们永远不分开。如果我们都走了，谁来保护你们？谁给你们送小乌龟来？"说得大家都笑了。

说到小乌龟，米儿忽然想起上次打牌时，纸上画的一群小乌龟来，便说："这些小乌龟还没长大，我们留着也没用，不如把它们放了吧！"

雨欣和王娟说："最好放到屋后的河里去，不能放到田里，不然骗子又会把它们衔回来……"

太阳雨

大家提着乌龟正要去河边放生,骗子完成了任务,"呼哧呼哧"地跑回来了。

骗子已经两岁了。刚抱回来时,走路都歪歪扭扭地走不稳。如今,已长成一只体型匀称,四腿修长,肌肉强健的年轻雄狗了。尤其那一身黄毛,油光水滑,在阳光下金灿灿的,闪闪发亮!每当迎风而立或引颈远眺时,那雄健的身姿,无不充分展示出它的青春活力和俊美!

骗子成熟了,它已不再是那只欢乐无忧的小狗了!它身体里时常会有一种莫名的躁动在困扰它,使它心神不宁,寝食难安。它有了自己的心事。

村里的一群小母狗,被骗子的魅力所吸引,对骗子表现出极大的兴趣和爱慕,整天在骗子面前晃来晃去,眼里含着柔情和期待。

可是,骗子看在眼里,却并不放在心上。它总是高昂着脑袋,微眯着双眼凝视着远方,望着米儿他们住的杜家湾出神。对身边环绕的众多佳丽不理不睬,也不许任何小母狗闻自己的屁股。骗子的心已有所属,它爱上了杜家湾一只叫小花的小母狗。

小花不是野狗,自幼便被杜得志收养,在民兵连长家中一天一天地长大,也算是出身于干部家庭了。如今的它,已经出落得漂亮秀美,身材苗条。两只三角形的黑色小耳朵,像没长脆骨似的,软软的,耷拉在脸上。一对水汪汪的大眼睛清澈明亮,黑白分明,眼神里常常透着梦幻般的迷离。一身白地黑花的毛色,就像一件鲜亮的花衣裳,干干净净,格外抢眼!小花

第十七章

的性格活泼好动，但又不失教养，跟野狗不一样，从来不在外面乱吃东西，也不跟别的野狗鬼混。小花比骗子小半岁，正值豆蔻年华。它认识骗子，心里也深深地爱着骗子。

骗子在王娟和雨欣那边的时间越来越少，跑回米儿他们这边的次数越来越多。它心里时刻惦记着小花！

只要骗子一到，小花便有感应似的，立刻从村子的另一头跑过来，围着骗子又跳又闹又亲！见骗子的眼角有一粒黑硬的眼屎，便伸出舌头认真去舔。舔过了又看看，看过了又舔舔……骗子站着不动，眯着两眼把脸伸过去给小花舔。小花的舌头柔软灵巧，温暖而又湿润，舔得骗子痒痒的，心里美得不行！实在忍不住了便突然张大嘴，伸出长舌头舔舔自己的鼻子和嘴角……那一脸满足和受用的模样，看了令人发笑！

舔过了闹过了，小花一扭身向稻田跑去，边跑边回头看一眼骗子。见骗子不紧不慢地跟了过来，便"嗖"的一声窜进稻田，不见。骗子狐疑地跟过去，在田边站住了，朝稻田里探头探脑地看一阵，又回头望望身后，似乎不敢轻易进去。稻子"哗哗哗"地一阵响动，小花又跑回来，水汪汪的眼睛望着骗子，一动不动……

骗子不再犹豫，纵身一跃，冲进了稻田！稻田深处"哗哗"作响，稻子急剧地摇摆不止……

中午进去，直到天快黑了，骗子才摇摇晃晃地从稻田里出来。走路轻飘飘的，像踩在棉花上。跃上田埂时，腿子一软，打了一个趔趄，差点滚下来！

从此，骗子天天回来见小花。不是这块稻田，就是那块稻田，进去一玩就是大半晌。每次出来，骗子的身上都沾满草屑，一脸疲惫不堪的样子。回到家门口，趴在地上蜷起身子，一味地只想睡。米儿他们收工回来，它也不站起来迎接，踢它一下，挪个地方再睡……

骗子的辛苦没有白费。小花的肚皮一天天鼓胀了起来，骗子天天和它在一起，形影不离。当小花日益膨大的肚子快压弯脊梁骨时，骗子也该当爹了！

岂料，就在小花生产后不久，骗子却翻脸不认人，突然和小花大吵大闹起来！这时的小花还在月子里，这个当爹的板凳，骗子的屁股都还没坐热乎呢！

到底发生了什么大不了的事情，使这对原本恩恩爱爱的"夫妻"突然反目呢？杜得志也不明白，米儿他们更纳闷。大家围着一窝幼仔，左看右看，终于看出一点名堂，似乎猜到了其中的缘故。

原来，问题就出在幼仔上。小花这一窝一共产了五只崽，其中三只纯黑色的，两只花的。这两只花的极像母亲小花，可是那三只黑的根本不像骗子，却极像村口的那只大黑狗！骗子心里很生气，但又怕冤枉了小花，便想弄清楚再说。它竖起鼻子对着几只黑狗崽使劲嗅了几下——气味也不对！

村口那只大黑狗，骗子是认识的，那是村里四处游逛的一只野狗！骗子看它鬼鬼祟祟不正经的样子，便总是提防着它，不让它靠近小花。谁知防不胜防，忙中出错，竟然出了这样的事！自己的孩子不像自己，倒像别人！这谁受得了？它简直都不想活下去了！

骗子暴跳如雷，大声狂吠着，喷着唾沫星子质问小花，这到底是怎么回事？

第十七章

小花蜷在稻草窝里，怀里拥着五只幼崽，眼含委屈地望着骗子，吓得结结巴巴说也说不清楚。

骗子妒火中烧，越发觉得小花心里有鬼！它伤心极了，冲着小花大叫了几声，扭头便走！孩子也不要了。

从此，骗子很少回到米儿他们这边来住。

骗子真的累了。它万万没想到，自己当了一辈子骗子，最终却被别人骗了，并且还是自己的心头之爱！小花呀小花，你真的是个花心……

它万念俱灰，满怀悲伤地跟过去挥一挥手，彻底结束了这场糊涂的爱……它带着满身的疲惫和一颗受伤的心，步履沉重地向来路走去。伴随着它的，是夕阳下自己的斜影……想想无处可去，便重新回到王娟和雨欣的身边，休养自己受伤的身心去了。

王娟和雨欣并不知道骗子这些事。米儿几人也从不向她们说起，只是觉得骗子受了大委屈，都说这件事小花做得不对。见了大黑狗，几人就举起铁锨跺着脚，作势吓唬它。华华尤其愤恨，捡起地上的碎砖块，跟在大黑狗后面一路追打！可大黑狗始终也不明白，自己到底得罪了谁，又做错了什么？此后遇见米儿几人，便心里发虚，远远地对着他们吠叫几声，夹起尾巴溜得无影无踪……

这件事以后，华华心里总是慌慌的，无来由地心神不宁，右眼皮经常跳个不停。他想不出理由，便用"左眼跳灾，右眼跳财"来安慰自己。但是他并不能确定，到底哪只眼睛跳财，哪只眼睛跳灾？便问米儿，希望能够求证一下。

米儿也不能确定,不敢乱下结论。想了想便说:"好像右眼不会跳财,只会跳灾……"

华华对这答案显然接受不了,又去问麻杆和花蛇。二人异口同声地答道:"左眼跳财,右眼跳灾!哪有右眼跳财的。"那口气十分肯定。

华华听了这不可推翻的结果,心里的侥幸不再,大为失望!不免胡思乱想起来。七想八想,想到了王娟身上,心中立刻"扑扑"地跳,按也按不下去,满脑子都是王娟的影子!白天没心思干活,夜里趴在床上辗转反侧,无法入眠。没人的时候,便偷偷在笔记本上反复写"王娟"二字,密密麻麻写了大半本。一有动静,便往枕头下一塞……

麻杆发现后,看得津津有味,还请大家共同鉴赏。大家见这"王娟"二字,书写得法,字体多样。真、草、隶、篆和加了花边的美术体,应有尽有,无不形神兼备!看来苦练已久,绝非一日之功……

大家看了,便讥笑他是情痴,嘲讽他是"痴汉想丫头"。还说"痴"也是一种病,类似于癫痫,犯病时躺在地上口吐白沫!又说年龄还小,前途未卜,现在谈这事为时尚早。不如控制自己的情感,等回城后有了正式工作,再谈不迟……

华华见隐私暴露,却出奇地宽宏大量!听了大家的冷嘲热讽,并不当一回事,只是笑而不语。

其实别人哪里知道,他一半是情不自禁的内心流露,一半也是别有用心的。他想,先要有意无意地把"我爱王娟,王娟爱我"这影响散布出去,把舆论造足了,才能断了别人的念头,不要去碰王娟;同时可以坏了王娟的名声,断了她的退路,

第十七章

只能选择跟自己好……

可是这样做，手段是不是太阴暗、太卑鄙了一点？他左思右想，拿不定主意。忽然间想到了骗子的下场，终于下了决心："顾不得了！天下只有一个王娟，机会只有一次。如果错过，岂不肠子都要悔青？如今只要能够得到王娟，其他的什么都好说……"

他杜撰了几个小情节，假装说漏了嘴，漫不经心地讲给大队其他男知青听。并且一再叮嘱，不要传出去。不久知青中便传开了！说：华华和王娟自幼青梅竹马，互相爱慕，是天生的一对；王娟刚上初中就爱上了华华，经常主动找他讲话；华华小学时就爱上王娟了；他们两个偷偷地搂过抱过，前不久还亲过嘴……亲嘴时，王娟嫌华华的烟味太重，还买了两把牙刷送给他，要求他早晚刷牙讲卫生；华华给王娟买了一个上海产的塑料钱包，里面还带个小镜子……

这钱包，王娟恰好就有！大家都见过的。尽管其他的传言大家并没亲眼看见，也没亲耳听到。但有这钱包作物证，还不够吗？那其他的，便可以尽情地去联想了。

华华这一招确实管用！大队的那些男生宁可信其有。

这些风言风语传到王娟耳朵里，她鼻子都气歪了！立刻跑去质问华华。

当着米儿他们的面，她只说了一句话："许江华，你浪费脑细胞！你应该叫许狡猾，许多狡狡猾猾！"说完，不容华华分辩，转身就走。

大家望着华华，幸灾乐祸地大笑起来！华华"嘿嘿"地讪笑着，还想去送送王娟。

王娟一抡胳膊，说："你走开些，讨人嫌！"

米儿见王娟眼圈红红的，脸上带着委屈。心里有些不忍，便说道："我去送送你吧……"

谁知王娟一转身，指着米儿说道："哪个要你送？你也不是好人。明知他在外面造谣，你也相信？你为什么不管一管？"一边说着，眼泪都气出来了。

米儿假装一脸茫然和无辜："没有听到呀！什么谣言？你们听到没有？"他回过头去问麻杆和花蛇。

二人异口同声地说："奇怪！什么都没听到呀。我们刚刚起床，还没出门，去哪里听？"说着拍拍床上的被子，好像被子可以作证，他们确实是刚刚起床的。

米儿看着王娟道："你看到了吧，我们确实什么都没听见。你是不是听错了……"

王娟见大家态度认真，不像是骗她的样子。脸上渐渐迷惑起来："啊？你们真的什么都没听到啊？难道是我听错了……"

大家松了一口气，纷纷劝道："听错了，听错了，是的，你绝对听错了！哪有什么谣言。"

华华在一旁哭丧着脸，心里暗暗捏了一把汗。他本意不是要伤害王娟，只是想暗示别的男生，不要跟王娟套近乎。但没想到一大早王娟便找上门来，居然挑明了！一时竟想不出应对之策。

见王娟绷着的脸缓和下来，他的心也轻松了不少，便附和着大家说："对对对！我们什么都没听到，你肯定听错了。不是亲嘴，是斗嘴！那回吃泥鳅干，我们斗过嘴的，是的……"本来已经快没事了，他这一说，却又露出了马脚！大家心里又重

第十七章

捏一把汗。

只见王娟瞪圆了眼，盯着他问道："啊？你刚才不是说，什么都没听到吗？那你怎么知道亲嘴的事？"

华华脸都急红了，说："我不知道，我说错了。我，我没亲过嘴……"

"你没亲过嘴？那，烟味太重，又是怎么回事？"王娟揪住不放，步步紧逼。也许她并不知道，这样问下去，拆穿别人的同时，自己也会陷于尴尬。

果然，华华顺着她的话说道："我确实没亲过，这你知道。别人在冤枉我，害我空背了一个名……"

王娟正要骂他"不要脸，坏得很！"门口影子一晃，文龙进来了，要给他们安排今天的农活。王娟只好把要骂的那句话，使劲咽回肚子里，恨恨地去了。

在田里干活的时候，大家都埋怨华华，说他不该用这些下三滥的卑劣手段来对付同学，特别是女生……今后怎么见面？

华华答非所问，嘴上不咸不淡地说道："不说假话，办不成大事！"

傍晚时分，不知从哪里飞来一大群黑色的小蜻蜓，扇动两片黑绸布似的翅膀，齐聚在一块水塘上方，忽高忽低，翩翩起舞。空中黑压压的一片，竟像焚烧后的纸灰，在风中漫天飞舞。看得人眼花缭乱！

王娟和雨欣静静地坐在水塘边，看着眼前这些黑蜻蜓把尾巴弯成钩状，一下接一下地在水面点水，水面上便出现了无数小圆圈。另有些蜻蜓，居然能在飞行中互相把尾巴对接在一起，紧紧地连成一对一对的情侣,在空中共进共退,上下飞舞!有的还能在空中静止不动……

正看得有趣,忽然一阵风吹过,水面上漂来一大块干牛粪,圆面包似的浮在水面,下面无数的小鱼在啄食。鱼群推动干牛粪在水面忽左忽右,忽前忽后,不停地摇来晃去。

王娟越看越有趣!便打一下雨欣的手腕道:"你看,一坨牛粪有什么好吃的?恶心死了!鱼就吃这种东西呀,我以后都不敢吃鱼了!"

雨欣的眼睛被水面上反射的夕阳映得晶莹透亮,她正盯着水里的鱼儿看得出神,听了这话也笑了,道:"你吃鱼跟牛粪又不相干!鱼是干净的,这叫作变废为宝,化腐朽为神奇!你又不是直接吃牛粪……"

王娟吐口唾沫,道:"呸呸呸!你越说越恶心了,你才吃牛粪!"

雨欣道:"你莫嫌恶心。我问你,你吃的菜和米是不是粪种出来的?香蕉、苹果、大鸭梨,又香又甜又漂亮,一点不恶心吧,还不是粪肥种出来的。还有你爱吃的子鸡烧板栗,那只鸡什么虫子不吃?还吃苍蝇和蛆呢!大自然中,美的东西都是表面的,不能深究细想,否则你就无法活下去……"

听雨欣这一讲,王娟忽然想起去年中秋节,在芸草家吃过的莲蓬、菱角、鸭梨和子鸡烧板栗,那时春桃还在……便抬头朝天上望去。见暮色中,刚出的一钩新月挂在天边,便自言自语道:"今年的中秋节又快到了……八月十五月儿圆,家家户户人团圆……雨欣,中秋那天,我们要不要也聚一下,团个圆呢?"

第十七章

雨欣马上说道:"我也是这样想的!下乡三年了,都没好好聚过。如今趁大家都在,好好地聚一回,过个中秋节!说不定几时招工招生的一来,走的走,留的留,东一个,西一个,大家就离散了,想聚都聚不成!"

王娟听到"离散"二字,便心里一阵难过,低了头默不作声。好一阵才开口说道:"我们两个加上李月、素琴、芸草和银水,就六个了。田米那边有四个,再写信请芳芳和梅儿过来,一共十二个人。你看还差不差谁?"

雨欣想了想,说:"把念念也抱过来吧,跟我们在一起热闹热闹……这样一来,就只差春桃了……"雨欣眼睛红红地说。

王娟听了,心里一酸,一把捂住自己的嘴,转过头去……

八月十五这天午后,鄢文芳和金雪梅到了。二人路过白鹭区的时候,特意买了四十个沙市产的枣泥冰糖酥皮月饼,二十个皮蛋,二十个盐蛋。月饼用淡紫色的油纸裹成四筒,雪白的盐蛋和青色的皮蛋装在一个硬纸盒里。

米儿四人特意去了一趟窑场的水坑,钓了两条金色的肥鲤鱼和八九条白色的大鲫鱼,蹲在井边杀鱼刮鳞。

肖银水宰了四只子鸡,芸草娘做了满满一瓦盆子鸡烧板栗,叫芸草端了过来。稍后,海棠又送来一篮子菱角,一筐莲蓬和一海碗青虾炸胡椒。

王娟在小卖部打了二斤镇上出的头子酒,又买了二两茉莉花茶叶。

大家在野外采了一大篮野菊。傍晚便随肖银水一起,来到春桃坟前。春桃坟头上已经长出了青草,从土堡子的缝隙里拱出来，东一簇西一簇的。竖立在坟前的木牌，历经日晒雨淋，上面的字迹略微褪色……

大家默默地把一篮野菊花、三个月饼、三个莲蓬、一碟菱角、一小碗青虾炸胡椒、一碗米饭、一盏茉莉花茶、剥了壳的皮蛋盐蛋等物，在木牌前一一摆好，又点了一盏油灯……

肖银水蹲下去开始烧纸，嘴里喃喃自语道："春桃，今天是八月十五中秋节了，给你寄点钱过去……你在那边孤单一人，要随时照顾好自己，不要吃太多辣椒，不要喝凉水，对肠胃不好……咱们的孩子……孩子，念念他很健康。家里的人也都还好，不要挂念……"一边说一边扯起袖子揩泪。

听了这话，大家的眼泪也出来了，纷纷弯下腰去拿起黄纸，点燃了放在火堆上。含泪看着那黄纸在火堆里焚烧，渐渐地卷曲变黑，火苗呼呼作响……突然，火堆上方卷起一股旋风，地上的纸灰急速地打着旋，带着火星一起被吸上天，又散开来朝五岔河上空飘去！

王娟抬头向天空望去，只见漫天的纸灰，犹如那天见过的黑蜻蜓似的，在空中忽高忽低，忽聚忽散，翻滚不止！她望着空中的纸灰，含泪喊道："春桃——我们都在这里！芳芳和梅儿也来看你了！你妹妹小杏也高中毕业了，她放心不下念念，要求下放到我们队，和我们住在一起！我已经给她办好了手续，下个月就要来了，我们会把她当亲妹妹一样看待的。你就放心吧！"

大家泪眼向天，一起喊道："春桃，你多多保重！我们想念你——"

第十七章

这天傍晚，天还没有黑透，月亮就早早地出来了。看上去竟像舞台上的背景，又大又圆又亮，又似乎近在咫尺，一伸手就能摸到！

肖银水借了一个圆圆的大桌面，几个人抬回来，七手八脚架在露天的一个方桌上。圆桌面上放了四盏煤油灯，都把灯芯捻足，照得桌面一片通明。杯盘碗碟、酒菜果子杂错其上，一目了然。大家推让一番，共推肖银水坐了首位。其他人也杂七杂八地坐下了。

芸草捧着酒壶，小心翼翼地给每个人面前的小酒盅斟满了酒，又从哥哥手里接过念念，也挨着银水坐下来。

肖银水见大家都坐下了，便站起来开口道："今天是八月十五，俗话说，天上月圆，人间团圆……如果没有了人，天上的月亮便没什么好看和不好看的，也没有任何意义。只因有了人，人又带了情感去看，才觉得好看起来……我肖家能和在座的各位弟弟妹妹相遇相识，又相处得胜似一家，是我肖银水和春桃前世修来的福分！我们十分珍惜这份友情……在此，我和春桃共敬大家一杯！"说完端起酒杯，先将这酒对着月亮举了举，又缓缓地将酒洒在脚下。

大家跟着站起来，对着月亮举起了酒杯。然后，也默默地将酒洒在地上……

芳芳从芸草的手里抱过念念，揽入怀中。大家都看着念念，默不作声。念念两只乌溜溜的大眼睛忽闪忽闪的，看看桌上的油灯，又看看各人的脸，然后抬头盯着天上的月亮，目不转睛地看，不哭也不闹……

李月轻轻地说："念念看见月亮了，知道今天要团圆……"

梅儿伸出一根手指,在念念粉嫩的脸上逗了两下,说:"小念念真乖!明年这个时候你就会走路了!你妈妈在那边不知有多高兴……"

念念突然把目光从月亮上收回,对着梅儿"哇"的一声,大哭大闹起来!梅儿赶紧接过来,念念仍然哭闹不止!

王娟站起身来接过了念念,紧紧地搂在怀里,一边轻轻拍着,一边在地上走来走去,嘴里哼着小曲。念念大声哭闹着,身子一挺一挺地挣扎!好一会儿才止住了哭声,只听见有一声没一声的抽噎……大家过去一看,念念已经睡着了,梦里还在抽噎,脸上的泪水横着往下流,把王娟的褂子打湿了一大片……

银水站起来说:"难得一聚,你们先坐坐。我把他送回去睡觉。免得这小家伙给我们捣乱……"说着抱过念念去了。

大家望着他的背影,叹息道:"银水比以前瘦多了,脸上都是骨头,眼圈也是黑的,胡子也长了出来。跟去年相比,完全像换了一个人,话也少了许多……"

米儿端起酒杯举了举,哑然道:"好了,都过去了。今天是中秋之夜,我们大家能聚在一起,应该……高兴一下才对!来,为了我们的战斗友谊和相聚,我们一起举杯,干了!"

大家二话不说,一口饮尽了杯中酒。王娟把酒杯往桌上重重地一放,指着空杯叫道:"芸草,给大家满上!今天我带头,大家都痛快痛快!"

芸草见王娟这样,也兴奋极了!立刻站起来,给每个人斟满了酒。坐下来静静地看着大家。

众人被王娟的豪气所感染,一起竖起大拇指叫好!纷纷说

第十七章

道:"出门在外三年了,父母老师都不在,反正天不管,地不收!我们今天就彻底放开一下,开怀畅饮一番!能喝的多喝,不能喝的意思一下!"

大家又连喝两杯,感觉心头轻松了些,渐渐地,话也多了起来。

雨欣道:"只埋头吃喝,那也没意思,三下两下吃完了,又能去干什么?"

李月笑道:"吃完了不回家睡觉,你还想干什么?做强盗也还早呀!"大家都笑起来。

雨欣也笑了,看了看天,说:"做强盗是早了点,回家睡觉又辜负了这么好的月亮……你们看,今天是八月十五,月亮正圆,月上柳梢头,多美的画面呀!我们也学学古代文人的雅兴,在月光下玩玩文字游戏如何?"

王娟侧过头去,看着雨欣问道:"什么文字游戏?不要太难,越简单越好,这样大家都能来两句。"

大家都放下筷子,看着雨欣,想知道接下来是什么游戏。

雨欣抬头看看月亮,略一思忖,便道:"我们就在月下吟诗作赋!一人对一句。男生那边对一首出来,女生这边也对一首……"

王娟马上叫道:"不行不行,诗词歌赋太难了!又有很多的限制,搞不好就冷场。不如就做民间的打油诗,一人一句往下接……"

大家听了,都说打油诗好,打油诗简单些,谁都能接上一两句。

雨欣觉得打油诗也是诗,而且更加灵活有趣!便站起来道:

太阳雨

"好,那就打油诗!不过,我们要把打油诗的要求先讲清楚,这样大家才好往下接。"

大家来了兴致,嚷道:"你说你说,我们洗耳恭听!"

雨欣像在课堂上讲课似的,一字一句地说道:"首先,内容要与月亮和秋天有关,不能跑题。其次,打油诗也是诗,虽然不必讲究对仗和平仄,但也要押韵才好,不然就不叫诗了。比如我起第一句:八月桂花香。一共五个字,这最后一个'香'字,就是江阳韵,它就是本诗的韵脚。那么接下来的第二句和第四句,都必须押在韵脚上。第三句可以不讲究。另外,每首诗的句子,必须是双数不能是单数。四句、六句、八句……都行,以此类推。还是每人一句,不分男女。对错了又拒不改正的,罚酒一杯!大家说好不好?"

王娟带头叫好!大家跟着一起喊道:"行行行!就听你的。你先来第一句!"

雨欣道:"头一句,我就起:八月桂花香——下面谁来接?"

华华立刻站起来,说:"我接,一夜秋风凉。"

雨欣听了有点感觉,便说:"一夜对八月,秋风对桂花,凉对香……接得好!"听她这一讲,大家都清楚明白了,也都鼓起掌来。

麻杆说:"华华对得好,雨欣起得也好!虽然是打油诗,但这两句简直可以跟李白的'床前明月光,疑是地上霜'相媲美了!就看这第三句怎么样了。谁来接呀?"

李月站起来道:"既然上句有夜晚,那接下来应该有早晨。我就接:早上打开门——"大家品味一番,觉得第三句也还可以。都说关键要看第四句了,如果精彩,就是一首好诗,如果

第十七章

不精彩就完了！

米儿接着第三句往下想：早上把门打开，看见了什么？感觉到了什么？忽然想到地上的落叶，正要对："又见落叶黄。"但又觉得此时落叶似乎还早了一点，还不到深秋呢，不会有那么多落叶。心里便琢磨开了……

正踌躇间，只见王娟把嘴里的菱角壳往地上一吐，马上道："我接！赶快加衣裳！"

大家听了哄堂大笑！都说这哪像诗？就像妈妈在跟孩子说话！不行不行，要罚酒！

王娟道："这怎么不是诗？打油诗嘛，押到韵了就行！哪有那么多讲究。"

华华立刻给王娟帮腔，说道："不能罚她喝酒！我觉得这一句最好，最有生活气息！天冷了还不加衣服，那不是憨丫头啊？"说得大家又笑起来。

米儿见王娟认真起来，不想扫她的兴；再说，王娟向来嘴巴也不饶人……便端起杯子喝了口水，"咕咚"一声，将那句"又见落叶黄"给咽了回去。

雨欣把前后四句连起来，吟诵一遍，然后说道："作为打油诗，这一句还是可以的，虽然俗了一点，也没关系。通过了！再来一首，谁先起第一句？"

芳芳抬头望着月亮，想了想，说："明月空中挂——"这第二首，她没有跟着前一首的韵脚来，却改成了"发花"韵。

梅儿抢着对道："江山美如画。"

芸草接住第三句，道："嫦娥娘娘月中舞——"

众人一愣，随即拍掌大笑，都说对得好极了，很通俗，很口语化！但也有人说："好是好，不过上面两句都是五个字，芸草你这是七个字，字数不对呀！没有人这样写的。你赶紧去掉娘娘二字，好跟上面对齐！"

芸草脸也羞红了，低着头小声说："我们乡下都是叫嫦娥娘娘的……"

雨欣仔细品味一番，摆摆手说："不用改了，我觉得非常生动有趣，别具一格！只要诗的意境好，就不必限制字数，更不能因词而废意。芸草这个句子，诗意饱满，画面感强，语言朴实无华，有淳朴之美！"

王娟立刻站起来道："我也觉得很美！很有人情味。不能改！把娘娘二字一去掉，这诗就空洞了！"说着，用手里的一支筷子指着月亮道："凭什么古人没有写过的，我们就不能写？古人又不是金口玉言！那第一个吃螃蟹的人，又是跟哪个学的？再过五百年，我们也是古人了，说不定芸草这句诗还出了名，成了古代女诗人呢！"

大家听了齐声叫好，都说"娘娘"二字坚决不能动！又齐夸芸草思路开阔，思维活跃，格调清新自由，今后在诗歌方面一定大有作为！

雨欣见大家一致通过，便说："下面还差第四句，谁来接？"

话音刚落，素琴站起来道："这句我来接，还是五个字：千古传佳话！"

这五个字从素琴口里念出来，如珍珠落玉盘，叮当作响！

大家又是一阵欢呼，都说这最后一句接得很有水平！不但把诗又拉回到五个字，并且联想空间大，令人想起古往今来，有关月中嫦娥的许多美好传说……

第十七章

　　王娟拿眼看着米儿说道:"哎田米,你又不讲话又不对诗,就只晓得吃鸡——"

　　雨欣马上出来袒护道:"算了,两首诗已经够了。他也不懂诗,不要为难他了!他有个笑话我听过,还蛮笑人!叫他讲出来给大家听听……"

　　王娟立刻警觉起来,扭头盯着雨欣问道:"你几时听过的?我怎么没听过?"

　　米儿连忙岔开道:"我确实不懂诗,所以不敢乱接。我讲个笑话吧,给大家添一点笑声……"说着用手指着面前的酒杯道:"酒这种东西,少喝点儿可以,大家聚在一起时,喝点儿酒能够增加点乐趣——可是,不能多喝,喝多了就醉!一醉,就神志不清,就胡言乱语起来!这个笑话就跟酒有关,说的是:夜深了,两个酒鬼喝得烂醉,醉醺醺地从酒馆里出来。二人勾肩搭背,歪歪扭扭地走在路上。一抬头,看见天上的月亮很大。一个就说:'哥啊,你看这是月亮啊,还是太阳啊?'另一个仰着脖子看了好半天,还是看不明白,便嘻嘻地笑起来,说:'真的不好意思……我不是本地人……你,你还是问别人去吧!'怎么样,这笑话里也有月亮,没有跑题。好笑吧!"米儿故意怪腔怪调的,一边说一边比画。

　　还没讲完,众人都笑得东倒西歪,乐不可支。尤其是几个姑娘,笑得花枝乱颤!王娟一边大笑,一边用手指着月亮对芳芳道:"姐呀,你看这是月亮啊,还是太阳啊……"

　　芳芳伸手搂住王娟的肩膀,接着说道:"妹呀,我今天刚到,真的不晓得呀,我也不是本地人哪,你问别人去吧……"她学着米儿的声音,拖腔拖调地说。

大家又"轰"的一声,拍着巴掌乱笑起来……

华华握着酒杯站起来,说道:"明月几时有,把酒问青天!今天是中秋之夜,天上的月亮最大最圆最亮,也离我们最近,它代表了人间的团圆和美满!就像我们面前的圆桌,团团圆圆,欢聚一堂!古人说,相聚时难别亦难,东风无力百花残!这调子太悲凉,我们不想这样。我们只想永远不要分离!来,我敬大家一杯!"说完一仰脖子喝了。大家一起鼓掌喝彩,都说比喻得好!

芳芳笑着说道:"我们在座的有武汉的,有沙市的,还有翻身大队的,每个人的老家、籍贯又各不相同!如果没有缘分,不可能聚在一起。我们每个人都好比是天上的一颗星,这群星星能够聚在一起,这是天上不知多少亿年的偶然与巧合,才能完成这段缘分!想想太不容易了!如果不是那回在白鹭区食堂相遇,如果不是田米脸上那莫名其妙的笑容,我们就会擦肩而过,也不会有今天了……"说着说着,突然想起春桃来,便说不下去了。

听芳芳这样一说,大家便又攀起老乡来。互相打听籍贯哪里?老家何处?有的不同省份,便略感遗憾地说:相聚十分难得,我们更要珍惜!有的是同一个省份的,便惊喜地说:那我们是老乡啊!老乡见老乡,两眼泪汪汪啊!

王娟是苏州的,跟谁都不是老乡。见大家攀得亲热,没人理她,便酸溜溜地说:"我见不得你们搞小圈子!聚会就聚会,攀什么老乡。老乡见老乡,背后打一枪!"说完,噘着嘴巴,赌气侧过身去。

大家听了,又大笑起来!纷纷说道:"好好好,不攀了,不

第十七章

攀了！我们都是中国人，都是中国老乡！"

雨欣见王娟被冷落，开心极了！她看一眼米儿，端起桌上的酒杯一饮而尽！站起身来说道："我们今天在月亮下团聚，最讲究友好和气。所以王娟，你要控制好自己的情绪，不要动不动就生气。这样下去对身体不好，也影响别人的……"她话没讲完，大家便一齐看着王娟，大笑起来！

王娟也跟着笑了，她伸手去揪雨欣，说："以为你要赞美月亮呢，搞了半天是点我的筋！不行，我非要掐你一下……"

雨欣一边躲一边说："你莫慌，先点点你的筋，再来赞美月亮……刚才银水说得很对，月亮是因人而美！因为有了人，月亮才美。月圆是团圆的象征，代表了圆满无缺。人们看着月亮就会产生情思，似乎月亮与远方的亲人就有了某种联系，进而有了情感上的牵连。所以古人说，明月千里寄相思！古往今来的文人才子们，无不赞美月亮，也为我们留下了众多脍炙人口的诗歌和散文！最有名的，如李白的《静夜思》，如朱自清的《荷塘月色》，哎哟……"正讲得入迷，一不留神，她的腰被王娟掐了一下……

麻杆立即接着说道："你说得很对！不知是谁还说过：'古人不见今时月，今月曾经照古人！'我们看着月亮，似乎就与古人也有了联系，和祖先有了对话。"

王娟报了仇，浑身舒坦！"咔嚓"一声咬开一只菱角，仰面朝天在牙齿上磕出里面的碎末，边吃边说："古人还说了，但愿人长久，千里共婵娟。婵娟代表月亮，这个娟字就是我王娟的娟……"大家一起大笑！说一个"娟"字怎能代表月亮，你应该叫"王婵娟"，那就对了！

— 543 —

芳芳笑道:"还真说不定!王娟极有可能就是前世的嫦娥下凡来,是上天赐给我们的!就像七仙女那样。但不知你看上了人间的谁?"说着,含笑盯着王娟。

王娟脸一红,正要答话。只听雨欣说道:"她哪个都看不上!王娟是寂寞嫦娥舒广袖,一个人在广寒宫里住惯了,生来就清高,根本不可能看上别人。我说得对不对啊王娟?"

王娟看一眼对面的米儿,又斜看一眼雨欣,道:"你说得不对!我生性偏偏喜欢热闹,广寒宫有什么好?又高又大,冷冰冰的!吴刚还拿把大斧头站在门口,不让别人进来,也不放我出去,把我闷死了……"说着把菱角壳朝月亮抛去……

大家听了捧腹大笑!纷纷劝她,那的确有点闷,还是赶紧搬出来了事,那地方不是人呆的,一点不好玩!

芸草一直静静地听着大家讲,并不吭声。这时也忍不住了,站起来说道:"哥哥姐姐们有文化,讲得真好听。我从来没有听过这么多关于月亮的故事。等我们念念长大了,也要当知青!"

众人听了哄然大笑!花蛇说:"念念长大了不用当知青,他本身就在翻身大队,在外面读完书再回来,应该叫回乡青年!"

雨欣笑道:"芸草也没有说错!知识青年本来是指有文化知识的年轻人,并不是一定要下乡当农民!也可以当工人,当教师,当科学家,当文学家,都是祖国建设所需要的人才!这都离不开文化知识。"

听到这里,米儿站起来挥了挥手,语气豪迈地说:"用不着当知青了!等念念长大了,农村到处实现了电气化,自动化。到那时,念念坐在家里把电门一按,自动抽水,自动灌溉。耕田耙地,插秧割谷都用上了大机器,一个人能种一千亩田,还

第十七章

很轻松！农村还要那么多人干什么？大家都搬到城里去住呀！"一番话，说得大家又兴奋又激动，浑身都来劲了，一齐鼓掌欢叫起来……

王娟大声说道："念念今后当个表演艺术家也很好！每逢过年过节，表演一些好节目给大家看，让老百姓都高兴高兴！"

芸草却道："当戏子不好。我听爹说过，旧社会有三丑，戏子、王八、吹鼓手……不当戏子！"

雨欣说："那是旧社会，戏子地位很低。如今是新社会，戏子受到尊重，被称为人民艺术家。逢年过节，可以给劳动人民带来欢乐和笑声，是很光荣的。"

麻杆兴致勃勃地说："今天就是节日，也该高兴高兴！王娟，你用口琴吹首曲子给我们听听吧！"

王娟没有答话。雨欣抬头望了望月亮，又看看月光下的田野，说："好月色是要配笛声的。我们眼前就是河流和田野，笛声悠扬婉转，月色如梦如幻！笛声与月色是相关的，听着笛声，看着月亮，是一种听觉上的美，视觉上的美，直觉上的美！能给人带来一种牵挂和情思……曾抗美，你不是会吹笛子吗，笛子带来没有？"雨欣的脸被酒烧得红红的，讲话也随意起来。

麻杆听见雨欣问他，连忙奉承道："你真有美的感觉，真会欣赏美！我当然知道月色要配笛声，哪有不带来的！"说着从书包里抽出笛子。

米儿听见雨欣一味赞美月色与笛声，还请麻杆吹笛子；又见麻杆曲意讨好雨欣，心里便产生一丝嫉妒和不快……

只见麻杆横过笛子放在嘴边，刚吹出第一句，大家便听出是耳熟能详的《珊瑚颂》，于是一起跟着笛声唱起来：

太阳雨

一树红花照碧海
一团火焰出水来
珊瑚树红春常在
风波浪里把花开
哎……
云来遮，雾来盖
云里雾里放光彩
风吹来，浪打来
风吹浪打花常开
哎……

这首曲子刚一吹完，大家便鼓起掌来。都说吹得好，还想听，要求再来一首！

麻杆见大家的掌声热烈，满意极了！便深吸一口气，模仿舞台上表演家的京腔，得意地喊道："感谢大家的鼓励！现在正是秋收季节，我再为大家演奏一首：《扬鞭催马运粮忙》！"边说边把笛子往空中一举，目光却落在雨欣脸上，那两只小眼睛，被桌面上的灯火映得闪闪发亮！

笛声一起，立刻传来悠扬婉转、节奏欢快的旋律！笛声中，似乎感觉马蹄声声催人急，紧张又热烈；似乎又听见马铃声声，叮叮当当，清脆悦耳；又似乎有小马驹在其间撒欢戏闹……奔放激越的笛声中，大家似乎看见了人欢马叫运粮忙的热闹场面，看见了麦浪翻滚的丰收景象，感觉到了庄稼人喜悦的心情，听到了庄稼人热情爽朗的笑声！悠扬的笛声在田野上，在河面上

— 546 —

第十七章

传出很远很远……

此时清风徐徐，凉爽宜人。天上月朗星稀，地上月色如银。月光倾泻下来，洒在田野上，洒在河面上，也洒在每一个人的心头上……月光和笛声勾起了人们的心事，拨动了人们的心弦，也撩起了人们的无限情思……

云淡风轻月光白。这清风，这月色，这笛声，似乎把人的魂都勾去了！大家都喝了头子酒下去，此时半醉的身子软软的，坐也坐不稳；酒精把脸烘得灿若桃花，更觉生动可爱；带酒的眼睛水汪汪的，情也不能自禁，眼也不受管束，不免乱瞟乱看起来……

芳芳坐在麻杆身边，目不转睛地盯着麻杆吹笛子。耳朵听着，眼睛看着，不由得心头一动！眼睛里顿时波光潋潋，眼神里渐渐添了柔情！

麻杆何其精明，怎能察觉不到！一边吹一边冲芳芳挤眉弄眼。一曲终了，趁大家都在鼓掌欢叫时，他不失时机，偷偷在桌下拍了拍芳芳的腿！芳芳脸一红，低下了头。麻杆心里有数了，胆子也大起来……

掌声一落，桌面上暂时安静下来。芸草提了一壶茉莉花茶来给大家斟上，众人便以茶当酒，闲聊起来。此时麻杆也顾不上讨好雨欣了，一心和芳芳套近乎。趁人不备，斗胆将一张纸条迅速塞给芳芳。芳芳一把接过，立刻塞进兜里……米儿瞥见，心里暗笑，顿感心头轻松了不少！

米儿看着油灯里冒出的青烟出神，嘴里说道："明年八月十五，还不知大家都在哪里呢。还能不能相聚，也不好说……就好比一股青烟，开始是凝聚的，遇到风一吹就散了……"

大家听了这话,噤若寒蝉,一个个作声不得,不免心情沉重起来。

这时,众人见银水久不回来,便叫芸草去请。芸草转了一圈回来,独自坐下默默不语。大家连忙问,银水呢?他怎么不来?

听见大家在问,芸草便滴下泪来,又赶紧用袖子擦了,低头答道:"我哥在春桃姐的坟前,坐在灯旁陪姐姐说话……"

刚说到这里,突然西北角浓烟滚滚,火光冲天!火光中,有人一边跑一边呼叫:"失火了!失火了!快救火呀……"

大家一惊!立刻站起身来,拔腿就朝火光跑去……

第十八章

王娟一边跑一边喊："快点快点！好像是羊圈失火了，里面还有那么多只羊……天哪！我的腿都软了……"

花蛇冲在最前面，一边跑一边脱下身上的裋子，拿在手上挥动着喊道："男生在前，女生随后，大家注意安全！"

火灾现场一片混乱。社员们手里提着木桶、端着脸盆、拎着水瓢，喊着叫着从四面八方赶来。人们在强队长的指挥下，迅速排成两队，从河里舀了水传上来，七手八脚朝羊圈里乱泼乱倒。

花蛇"扑通"一声跳进河里，又急忙爬上岸，浑身水淋淋地挥着湿裋子，照着火堆又扑又打又用脚踩。米儿、华华和麻杆来不及细想，也学他的样，"扑通、扑通"跳进河里，爬上岸冲进火场！

火光中，山羊纷纷跳窜，四散而逃！羊圈里烟雾弥漫，还有山羊在里面"咩、咩"惨叫，困在大火中无法脱身……

肖银水举着一把大斧子，奋力砍开了羊圈的围栏。可是里面的山羊被大火吓昏了头，一群群急得团团转，却不知从哪里逃出去！

肖银水正要冒险进去驱赶，忽见骗子冲进羊圈，追着羊群又叫又咬,把羊群从围栏的缺口处撵了出来!

众人顾不上追羊,手忙脚乱地只顾灭火。乱了一阵,火势渐渐被扑灭,零星几处仍在冒烟。羊圈里到处是水,泥泞不堪,空气中有皮肉烧焦的煳臭味。一只怀孕的母羊被火烧死,四脚朝天直挺挺地倒在地上,浑身湿淋淋的。另有四只山羊,身上的毛被火燎得一干二净,本来雪白的山羊烧成了灰狗模样,露出难看的皮肤,挣扎一阵也断了气……

米儿、花蛇、麻杆、华华和银水的脸上,被烟灰和汗水染成了黑一道白一道的。米儿和花蛇的头发也被火苗燎去一块,现出焦黄色。

王娟、雨欣、芳芳、梅儿、李月、素琴和芸草七人在人群中传水,从上到下浑身精湿,鞋子上满是泥浆……

强队长在大声追问起火的原因,大家听了,又一起围过去。饲养员余悸未消,提着一盏烧毁的马灯架子,向众人讲述起火的原因,他说:"今天中秋节,屋里事多,我干完活就回去了。哪个屋里没得一点事呢?回去酒还没喝完,就发现起火了!

估计是两只大公羊在斗角,撞落了柱子上挂的马灯,把草点燃了……这两只公羊白天就打过架的,我赶都赶不开!它们都喜欢那只新买来的黑母羊,隔三岔五就对打,打来打去打成了仇人,你看我不顺眼,我看你不顺眼!肯定是想起过去的旧恨了,白天没打好,晚上又接着打……这下好,烧死了一个,打不成了……"

这饲养员的脸被烟火熏的黑黢黢的,只见两只眼睛和白牙在动。手里不断地晃着那盏破马灯架子,一边说一边比比画画。那口气仿佛不是在说山羊,倒像是人在争风吃醋,大打出手似

第十八章

的。大家听了，又忍不住笑起来！

第二天在田里干活时，文龙走了过来。低声对米儿几人说："等一下收了工，去我屋里吃羊杂碎，喝羊肉汤！"

麻杆却说："不去。芳芳和梅儿还没走，我们要去王娟那边陪她们。"

文龙道："把她们都叫上一起去！我爹一大早就去给社员分羊肉，带了一篮子羊杂碎回来，还有几个羊头，够你们吃的！"

米儿在捆稻子，听见文龙这样说，便直起腰来擦一把汗，道："麻杆，你现在就去一趟，告诉王娟她们不用做饭，中午都去段师傅家。"麻杆高兴地答应一声，扔下钎担，转身就跑。

文龙与大家一再咬口约定后，也放心去了。

华华见麻杆跑远了，便神秘地说："你们看出来没有？麻杆就是个花花！他以前喜欢夏雨欣，现在又喜欢芳芳了。唉，这种人，吃着碗里看着锅里，感情太不专一。这哪行？就像打井一样，东挖一锹，西挖一锹，到处乱挖，永远挖不出水来！我要劝劝他，叫他一心一意只在夏雨欣身上下功夫……"

花蛇说："你就少管闲事吧，他和夏雨欣两个人，根本打屁不沾大腿！夏雨欣怎么会看上他，你是什么眼光呀，这都看不出来……"

米儿听了，心里热乎乎的，有点感激花蛇，便也顺嘴说道："麻杆那是盲人点灯白费蜡。你放心，夏雨欣不会喜欢他的！"

华华听米儿的语气肯定，不免惊讶！便问花蛇道："啊？那你说她喜欢哪个？"

花蛇哈哈大笑，道："反正不是你！少操冤枉心。你心里有

— 551 —

王娟还不够啊?"

米儿听了这话,心脏"怦怦"直跳!生怕他们扯到自己身上,那就麻烦了!

正不知如何是好,忽听文龙喊道:"收工了,收工了!回去吃中饭,下午再来!今天要把这块田全部收完!"

收工以后,大家便都去了文龙家。过一会儿麻杆独自一人来了,沮丧地说:"王娟她们已在芸草家吃过了,不肯过来。五个人正在河边寻找顺风船,说是要陪芳芳她们到曲湾镇去玩,晚上才回来……"

米儿立刻反应过来:"不行!来回几十里,路又不好走。到家都半夜了,太不安全!快叫她们回来,明天早上再去。"

麻杆说:"我也是这样说的呀,但她们不听。说找机帆船去快些,两个小时就能到。"

文龙从伙房里出来,听了这话,也赶紧说:"那不行。去的时候有机帆船,回来没有怎么办?走路回来更不安全!明天早上队里有两条船去镇上卖谷,早去晚归,叫她们随这两条船去!"

米儿站起身说:"我去拦住她们,今天坚决不准去!"

来到渡口,只见对岸五位姑娘打扮得鲜艳夺目,迎风站在河边,叽叽喳喳地向过往的船夫问道:"你们的船,到不到曲湾镇呀……"

王娟一眼看见对岸的米儿,便叫道:"喂!你来干什么?我们去镇上玩,跟我们一起去吧!"

米儿走下堤来,站在河畔向她们招手道:"你们快过来!我有话要说……"

第十八章

王娟大声道:"听不见,听不见!有话过来说。我们要走了,没时间听你说废话……"

米儿只好上了渡船,拉着缆绳过了河。一本正经地把文龙的话转告给她们,并劝说道:"明天早上再去吧。船到了曲湾镇,他们去卖粮,你们就去逛街。下午再随船回来,放心玩一整天,不好吗?荒郊野外走夜路不安全,万一走丢了怎么办……"

听了这话,雨欣望着芳芳和梅儿犹豫起来。到镇上去玩,这点子是王娟最先提出的,她铁了心要去。便坚持道:"五个人怎么会走丢?我们顺着河边走,不就走回来了?不要你管,万一走丢了还好些,省得你们费心,拖累了你们!"后面这句话说得不明不白,大家听了都笑起来。

米儿不耐烦了,吓唬她们道:"即使不会走丢,一路上那么多荒坟野冢,你们没看到吗?河里有多少水鬼,你们知道吗?这条河里淹死的人,你数都数不清。深更半夜的,万一河里爬上来一个大头鬼,那会把你们拖下去的……"

芸草忽然抢着说:"是的是的!以前涨大水时,我都见过这条河里冲下来的死人,脑壳肿这么大个!那天晚上睡觉都吓醒了……"说着用手夸张地一比,那脑壳比洗脚盆还大!

听说死人脑壳有那么大,大家吓得毛骨悚然!雨欣、芳芳和梅儿便低声商量道:"今天不去了吧,万一碰到了淹死鬼,把我们拖到水里去,就完了……"

王娟胆子更小,听了这话心里害怕起来,她望着大家说:"算了,不去了…… 那,今天下午干什么呀?事假都请好了……"

米儿道:"跟我去文龙家,下午你们帮幺妈串鱼卡。我们把那块田收完了就回来,晚上就在那里吃饭,都等着你们呢!"大家只好渡过河来,一起去了文龙家。

世上本无鬼,都是人在闹。尽管这道理谁都懂,可是心里还是怕鬼。米儿虽然也不信鬼神,但为了阻止她们去冒险,只好编了这套鬼话,把她们拦了下来。有时恐怖的谎言,可以避免危险;有时诱人的馅饼,却是恐怖的陷阱!

吃过午饭,大家又下田干活去了。王娟等人帮着文龙的幺妈串鱼卡,傍晚要布置到河里去捕鱼。地上几捆理好的鱼线,上面拴着密密麻麻牙签似的小竹签。这竹签都有一寸多长,两头尖利,中间留着薄薄的竹皮,对弯过来之后,用一小截麦管套上,最后在麦管里塞一粒豌豆做诱饵。一个精心伪装的陷阱便做成了,专门引诱贪嘴的鱼儿。

串鱼卡这几个动作,姑娘们一看便会,纷纷蹲在地上围着一堆鱼卡,帮幺妈弯竹签、套麦管、塞豌豆。

雨欣拈起一颗豌豆看了看,小心塞进麦管里,笑着说:"我怎么有一种感觉……就好像在参与一场谋杀案似的!"说得大家都笑起来。

王娟见麦管有粗有细,豌豆有大有小。便在碗里挑挑拣拣,选了一颗大小合适的豆子,试了试,塞进麦管。又把鱼卡放在掌心看了一会儿,说道:"这河里的鱼好傻!为了一颗豆子,丢了一条小命,真的划不来……"

芳芳忍不住笑道:"如果都像你这样贼精贼精的,什么也不敢吃,那水里的鱼不早就饿死了?"

第十八章

梅儿拈一粒豌豆,在鼻子上闻了闻,说道:"也不香呀……为什么下鱼卡要在晚上,鱼不睡觉吗?"

王娟说:"我真希望鱼都睡着了,没有发现豌豆,逃过这一劫!"

幺妈笑眯眯地看着她们说:"你们这几个女伢子呀,小小年龄倒有一副菩萨心肠!"

段师傅刚在河里洗干净了屠宰用的橡胶围裙,湿淋淋的,提在手上正往门口的墙上挂。听了这话,回过头来说:"睡什么觉哇!鱼浮在水里又不累,一天到晚游来游去,就为了找口吃的!其实人也是一样,一年到头忙忙碌碌,还不是为了一张嘴……"他早上天不亮就出去宰羊,累了一上午,大队给他记了一天的工,下午便在家里休息。

他把早上用过的刀具、抓钩一一擦洗干净后,又用一块帆布包好,仔细收藏起来。一切收拾妥当后,便消停地坐在竹椅上点燃一支香烟,深深地吸了一口,眯着眼道:"历史上那么多次农民起义,血流成河,尸积如山!这都是为了什么?还不是因为没有吃的,活不下去了才造反,说到底还是因为脸上这张嘴嘛!多亏了共产党……"

幺妈越听越不耐烦,打断他的话,说:"老头子呀,你中午又喝多了!大家都在说鱼,你又扯到革命!唉,你这张破嘴呀……"

姑娘们听了这话,都笑着抬头望望段师傅。段师傅听了老伴的责备,不但没有冒火,还嘿嘿地笑!

王娟话多,忽然问道:"幺妈,这鱼卡子撒到河里,能逮到些什么样的鱼啊?我看这鱼卡是直的,又不带弯钩,鱼把豆子吃掉了，会不会又跑了呀？"

　　段师傅听了哈哈大笑道："姜太公钓鱼，愿者上钩！这故事你们都听过吧。他的钩就是笔直笔直的，上面也不挂鱼饵，却钓了很多鱼。周文王见了，觉得他一定是个奇人，于是招入帐下，奉若上宾。后来这姜太公帮助周文王推翻了商纣统治，建立了周王朝。历史上称作西周……"

　　他从地上拾起一支鱼卡当牙签，张开嘴在齿间挑刺拨弄一阵，从牙洞里挖掘出一团羊肉屑，往地上一吐，嘬着牙花子说："你不要看这竹签子不带弯钩，可是它弹性大得很，鱼吃豆子时咬破了麦管，竹签突然一撑开，就卡住了它的喉咙！跑都跑不脱！"

　　雨欣看这竹签并不大，问道："如果是大鱼呢？大鱼也跑不脱吗？"

　　段师傅摇头说："鱼太大了也不行。大鱼的身子重，牙齿大，有时吃了豆子，连竹签都咬碎了……不过大鱼经验多些，也不会轻易上当。鱼卡只能诱骗那些小鱼。小鱼嘴巴馋经验少，只看到利看不到害。上当受骗的都是些不懂事的小鲤鱼苞子、小鲫鱼、麻姑嫩子、土憨巴这些鱼。所以人哪，千万不要贪小利。不然也跟土憨巴一样……"

　　幺妈又嫌他话多，横他一眼，埋怨道："你这老头子呀，吃了驴肉发马疯，今天这多话！快点进房里睡去，天黑了还要去河里下鱼卡。"

　　段师傅噘着嘴看她一眼，抓过紫砂壶，咕噜咕噜喝了一气，站起来回房里睡觉去了。

　　大家听见幺妈说段师傅"吃了驴肉发马疯"，虽然不知典

第十八章

出何处,更不明白驴肉和马疯有何关系,但似乎知道大概的意思,便都嘻嘻哈哈笑起来。王娟低着头串鱼卡,忍不住张嘴一笑,便掉下一串口水来,赶紧用手背去抹……

雨欣看天不早了,突然站起来说道:"哎呀,差点忘了!今晚夜校要上课,轮到我和田米两个了,我先回去准备准备!"

王娟听她提到米儿,脸上先不高兴,后把手上的鱼卡往地上一掷,说:"你什么事急嘛?生怕哪个跟你抢似的!芳芳和梅儿还在这里,你叫素琴替你去不就行了?只当今天去了镇上不能按时回来,还怕没人去上课?田米一人也能应付!"

芳芳劝王娟道:"夜校上课要紧些!让雨欣去吧。我们几个自己玩,再把曾抗美叫来,他吹笛子,你吹口琴,我们来唱歌……"

雨欣听王娟这样说,也有点不高兴。但见芳芳和梅儿都在,便只好笑着说:"七点到九点,只有两个小时的课。明天我们去镇上玩一天,还不够啊?芳芳梅儿,你们先玩。我上完课就回来……"说着出门去了。

爱是一种纠缠,是情和欲的一种交织。日久可以生情,也可以不生情,还可以生恨。所以便有了有情无缘,有缘无分,有分无情这样的来来回回,循环往复。有情有缘又有分,还能相伴一生,不离不弃走到底的,当然很好,可惜不多。

夜校放学后,学员们提着油灯陆续离去。田野里的小路上,便忽然出现了星星点点的灯火,在夜色中一闪一闪地晃动着,移动着,伴随着人们的说笑声一路前行。过一阵又分开来,三三两两地朝各村散去。

太阳雨

雨欣急急忙忙收拾好课本,背上书包便出门去。米儿见她今晚不高兴,脸上好像惹不起的样子,也不知她哪根筋不顺了,便心里慌慌的,赶紧跟了她一起出门来。

月亮被乌云遮住了脸,千金小姐似的偶尔露一下面,便又飞快地钻进去,好像在云缝里捉迷藏,独自在天上玩得不亦乐乎!

二人一前一后都不讲话,转眼便来到了河堤下。堤并不高,坡也不陡,米儿却怕雨欣摔倒,便回头捉住雨欣的一只手,想扶她一把。

谁知雨欣把他的手一打,说:"少献殷勤,我自己会爬!"说着拔腿上了堤顶,回过身来看米儿往上爬。

米儿讨个没趣,心里有点窝火,三两步也上了堤顶。问雨欣道:"哪个得罪你了,今天这么大的火气?"

雨欣扭过身去,低头不语。

"是不是今天没让你们去镇上玩,为这事生气了?"

见雨欣一声不吭,便又说道:"不让你们去,是因为担心你们的安全,大家也是好心。明天跟船去跟船回,我不拦着你们!如果是为这事生我的气,那你就有点好歹不分了……"

"不是为这。"雨欣冷冷地说。

"那是为什么?我真不明白你……"

"我恨你!"雨欣大声道。

"恨我?为什么?你不是说一辈子都爱我,而且只爱我一个吗……"米儿越听越糊涂。

"现在不爱了!"

"不爱就不爱!但是你得让我明白,到底是怎么回事?白

第十八章

天不是好好的吗,天一黑就说不爱了……"

"你自己去想。"

"我想不出来,你有话就直说!"

"你要我只爱你一个,你却想脚踏两只船,爱两个!你……我,我见不得你跟王娟讲话!"雨欣叫道。

米儿听她提到王娟,心脏"扑通扑通"乱跳起来,不知该如何向她解释,便一时语塞。

雨欣见米儿不吭声,以为这话触到了他的心思,越发觉得就是脚踏两只船了!心里积存已久的陈年醋坛子突然打翻在地,泼出来的老醋渍得她心里作痛,脸上变色,眼泪都快被酸出来了!

正要发作,忽听米儿道:"原来是这呀,都是同班同学,哪能不讲话呢?又不是仇人,你叫我怎么办?"

雨欣听了这模棱两可、态度暧昧的话,更加认为他心里是袒护王娟的。便冷笑一声道:"是的,你们是同学,你们的父母都是一个单位的,你们两个从小青梅竹马,你们亲些!就我不是,我是外人,我是在你们班上借读的,我们不亲!既然不亲,我们就算了……"说到这里,委屈地哽咽起来。

米儿说:"这话从哪里说起呀?我越听越糊涂了,我哪有这想法嘛?我们从小就在一个班上,都在一起长大,我从来没想过什么借读不借读!在我心里,你和王娟是一样的……"

雨欣抓住这一点不放,说:"这可是你说的!不打自招了吧?在你心里,我又和王娟是一样的了……那你总不能两个都要吧?问你,到底是喜欢王娟,还是喜欢我?"

米儿觉得这问题不太好回答。在他心里,王娟和雨欣确实都很优秀，这两人他都喜欢。可是这喜欢，又不是那喜欢。这喜欢多半是一种欣赏，并不带什么个人欲望。就像天边的彩霞，只能远远地看，远远地欣赏，但并不属于个人，王娟便是这彩霞！雨欣当然也是彩霞，并且这片彩霞已经飘落下来，就落在眼前，属于自己了……

可是王娟确实对自己很好，她的心思再明白不过了。如果她知道了我和雨欣的事，不知该怎样伤心绝望！一想到这，心里便有一种深深的痛……要不，干脆把鞋退给雨欣吧。这双"牛二眼"皮鞋，就像牛鼻子，缰绳一穿进去就由不得自己……可是再一想，华华在向王娟进攻，并且火力很猛……

雨欣见米儿沉默不语，也不回答她的话，知道他心里摇摆不定，正在进行比较。既想知道答案，又不敢知道答案——如果米儿在两者之间选择，自己很有可能要输给王娟！

雨欣心里紧张起来，不想把事情搞得太僵。她害怕用力过猛，把手里这根绳子绷断了。

想到这里便不再较劲，脸上又换了柔色，走上前拉住米儿的手，温言温语地说："我知道王娟喜欢你，你也喜欢她，这我看得出来。王娟很优秀，我也喜欢她。如果我是你，也会选择她的……但不管怎么说，毕竟，毕竟我们两个在先，她还在后，你说对吧？别生我气了，刚才是我态度不好，是因为我，我太爱你了……"

这话说得米儿心里热乎乎的，他低头看了看脚上的皮鞋，又决定不退了！便抬头看着雨欣说："雨欣你说得对，没想到你这么通情达理！我，我不退了——不是，我不变了！心里只爱你一个。那你也不能变，只准爱我一个！呃，对了……麻杆有

第十八章

没有给你一张字条呀？"

雨欣吓了一跳，惊讶道："什么字条？"

米儿见雨欣好像不是在说谎，心里踏实些了，便装作若无其事的样子说道："呃……没有就算了，我随便问问的。"

雨欣放下心来，笑了笑说："我看你就是小肚鸡肠，整天疑神疑鬼的！你没看出来吗，麻杆喜欢上芳芳了……"

"你也看出来了？我昨天晚上就看出来了！他还给了芳芳一张纸条。我真希望他们能成，两个人也蛮般配的！"米儿快活地叫道。

"那当然。如果他们两个成了，你当然就好过了嘛！"雨欣打趣说道。她嗅出了米儿话里的酸味，知道他心里吃醋了，忽然轻松起来。

"什么意思？他们成不成关我什么事，我听不懂……"米儿嘴上这样说，心里却有点发虚。

"少装，你还有不懂的？他们两个一好呢，你就轻松了，就没有后顾之忧了！对吧？"雨欣一说完，捂着嘴笑起来。

米儿一伸大拇指，冲她笑道："聪明！什么都瞒不了你！果然是个人精，美人精……"

"那当然！你那点小心思，我清清楚楚，你瞒不了我！"雨欣得意地把头一扬。

米儿见她心情好了，便道："不过，我觉得我们现在还不满十九岁，什么条件都不具备，谈婚论嫁也还早了些。"想了想又道："我想趁现在年轻，没有负担，多学点文化知识，如果有机会还想再去读点书，为将来打下一个良好的基础。不然总觉得对不起你，你对我又这么好……"米儿忽然觉得有点肉麻，不说了。

雨欣却鼓励道:"继续,这话我爱听!你知道就好。不过我看你这人意志不够坚定,有朝一日上了大学,你还认得我呀?校园里那么多花花草草,还不把你眼睛看花?不行,得先把我们俩的关系确定下来,我心里才踏实。免得今后夜长梦多……"

米儿一愣,说:"确定下来?怎么确定?你说。"

雨欣道:"比如,你要先给我下点聘礼呀什么的,也让我有点保障呀……"说完闭上眼睛,痴痴地冲米儿扬起了下巴,脸上满是期待和陶醉……

米儿忽然明白过来,心头一阵狂喜,立刻倾身把嘴凑过去!还没碰着雨欣的嘴唇,忽然鼻孔里一阵奇痒,似有小虫在里面乱钻乱拱!他来不及扭头,对着雨欣的脸张大了嘴巴,"阿,阿——嚏——"一声,打了一个大大的喷嚏,连眼泪鼻涕也打出来了!雨欣正闭着眼期待着,猝不及防间,被他喷了一脸唾沫星子,赶紧扭头回避!米儿的喷嚏正方兴未艾,又接连带出几个小的来,这才勉强打住。二人哈哈大笑起来!这一笑,忽然没了兴致。

天上落下几滴雨来,打在脸上凉飕飕的。米儿打了个寒噤,脱下外衣顶在头上,又拉雨欣钻进来,左手揽住了她的腰。这时,听见远远传来了王娟的口琴声……

送走芳芳和梅儿以后,王娟突然心情很不好。特别是八月十五那天晚上,她已经感觉到了雨欣对米儿的关注和关心。从小到大,她心里一直偏向米儿,认为这是很正常很自然的事,二人也无话不说,并没感觉到这有什么不对。现在凭空杀出一

第十八章

位女生来，抢去了自己的专利，便深感大权旁落！偏偏这女生又是自己的同班好友，她绝不容许！

近两年来，她每月都会有几天这样的躁动不安。她不明白，这是来自生理的还是心理的。每到这时，她总是感到心烦意乱，总想找人吵上一架……她烦躁地一把扯下头上的发夹，赌气掷到地上！有机玻璃做的蝴蝶发夹被摔散了，发夹上的弹簧蹦到了桌下。

过了一会儿，她又蹲下身去，把散落在地的蝴蝶翅膀和弹簧一一捡起来，心疼地放在手心里仔细地看。这蝴蝶有一大一小两对翅膀，连着一个蚕形的小身子。身体、头部、眼睛和翅膀上的脉络，都用极细的游丝阴线刻出，线条干净利落，勾画简洁明快！蝴蝶的一对大眼睛圆鼓鼓的，中间凹处还特意用红漆点了睛，更显炯炯有神，栩栩如生！窗外的阳光射进来，照在有机玻璃的蝴蝶发夹上，晶莹剔透，好似宝石般熠熠生辉！她看着看着，不由得想起了小姑……

那年王娟十二岁。过生日时，小姑从部队回来探亲了。刚一进门，王娟便飞跑上去，一把抱住了小姑！小姑搂着王娟亲了又亲，摸着她一头浓密的黑发，赞不绝口！她仔细地给王娟梳好了头发，又编成两条粗辫子，然后从自己头上取下这只蝴蝶发夹，夹住王娟的双辫。王娟摇头晃脑地看，又赶紧跑去照镜子。在镜子里，她看见了美丽的发夹和漂亮的辫子，衬托出一张俏丽灵动的脸。她高兴极了，一头钻进小姑的怀里……

小姑告诉她："别小看了这蝴蝶发夹，它的来历可不寻常呢，它是用战场上的战利品制成的。那是一次战斗中，志愿军叔叔击落了一架敌机，在残骸灰烬中找到这块未烧完的有机玻璃。战斗间隙时,战士们在坑道里用军刀一点一点刻成了这个蝴蝶发夹……蝴蝶象征了战士们对和平和自由的向往!那年在战场上慰问演出时,志愿军叔叔赠送给了我。你可要好好地珍惜……"说完,小姑亲了亲她的额头。

王娟眼睛睁得圆溜溜的,似懂非懂地点了点头,记住了这段话。

此后,王娟最爱看的电影便是《英雄儿女》这部电影。电影里的英雄哥哥王成,面对敌人的疯狂进攻,猛地跳出战壕,拉燃手中的爆破筒,纵身跃入敌群,与群敌同归于尽!

妹妹王芳得知哥哥壮烈牺牲的消息,强忍悲痛,演出时含泪为战士们演唱《英雄赞歌》……那悲壮豪迈、荡气回肠的音乐和歌声深深地打动了人心!每次看到这里,王娟眼里总是充满泪水,情不自禁地联想到父亲和小姑……

这年元旦节,铁路俱乐部又放映这部电影,可是买不到电影票。王娟急了,便央求米儿给她想办法。米儿见她可怜兮兮的样子,知道她又想念父亲和小姑了。便带她早早来到俱乐部门前碰运气,希望有人临时退票,能够抢到一张"飞票"进去。

俱乐部的铁门前,早已聚集了一大堆来碰运气的年轻人,他们手上捏着钞票,三三两两游来荡去,贼溜溜的眼睛到处乱瞄。一见有人走过来,便赶紧迎上去低声问道:"有票吗?退票吗?"见来人摇摇头,便失望地散开,再寻找下一个目标。

偶有个把退票的,这些人便"嗡"的一声,一窝蜂似的拥上去,叫着嚷着,把退票人围得紧紧的!退票人刚要从上衣兜里掏票,立刻有七八只手伸过去抢着代劳,你一把我一把,把

第十八章

这只衣兜扯得稀烂。退票人赶紧用手捂住衣兜,大喊道:"不退了,不退了……"一猫腰,冲出人群就跑!三五个抢飞票的跟在后面穷追不舍。

退票的一溜烟跑出去老远,喘息未定地看着这边,又在身上东摸摸西摸摸,突然发现钱包不见了,便吓出一身冷汗!又瞪着眼跑回来找人拼命……

如果是年轻女人来退票,失去的就不仅仅是钱财了,还得被人摸几下,揪几把!——不过,现在女人都变精了,没有谁敢来退票。

米儿和王娟站在昏暗的灯光下,看得心惊肉跳,目瞪口呆!买飞票的那点信心也荡然无存,不知飞到哪里去了。

离电影开映的时间越来越近了。有票的人三五成群,一副高人一等的样子挺着胸,说着笑着,不慌不忙地鱼贯而入。来到检票口,大模大样地掏出票来递给检票员。检票员挡在门口,接过票来撕去一角又递回去,侧过身去放人。

时有赖皮的青少年趁人多的时候,故意拿过期的假票想鱼目混珠。这些过期作废的假票,曾经也是真票,颜色也与今天的电影票相似。他们心里发虚,外表却假装大摇大摆的样子,面对检票员伸出的手,镇静地掏出票来握在手里,只露出一小角给检票员撕。检票口的灯泡瓦数不够,又挂得太高,光线昏暗如路灯。检票员晚饭刚刚喝过酒来,醉眼蒙眬,看不清楚,趁着人多拥挤,有时也能混过去。

如果运气欠佳,碰上了年轻力壮的检票员,眼睛虽然不大,却目光如炬、明察秋毫。晚饭时又刚和老婆吵过架,当然心情不好板着脸。正好碰上不知趣的赖皮来捣乱,一看是假票,立刻揪住耳朵扯出去，照准屁股就是几脚，踢得屁股酸痛酸痛……

有票的人陆陆续续都进去了，没票的人也三三两两扫兴而去。大门口的热闹渐渐退去，场面变得冷清起来。只剩几个无票又想看，看不成又不甘心的人，像被情人抛弃了似的站在空荡荡的大门口，伸长了脖子朝影院里探头探脑地侧耳倾听——虽然看不成，能听一下也好。

影院内人声鼎沸好一阵，突然安静下来，电影开始了。米儿和王娟知道，现在放映的只是正片前的加映，全是国际国内的新闻简报，没有什么故事情节，一点也不好看。十五分钟的加映放完了，才正式放映故事片，那才叫好看呢！

一看时间过了没人再来，两个检票员放松下来，各自点燃一支烟，悠闲地站在大门口的灯下吸烟聊天，时不时瞥一眼寒风中的米儿和王娟，一点也不同情。

王娟一副可怜样子，像卖火柴的小女孩似的，冻得缩成一团。她眼巴巴地望着米儿，小声说："怎么办？电影马上就要开映了……"声音里略带哭腔。

米儿听了心一横，把她的手一拉，低声道："走，我带你进去！"说着，转身朝外面走去。

王娟一边走一边问："从哪里进去呀？这里不是大门吗……"声音更加焦急。

米儿小声说："别出声，你跟我走！看个电影又不犯法！就看你有没有胆量。"说时，脸上现出一副无赖相。王娟看着他的脸，忽然想笑，又不敢出声。

二人顺着铁轨，转了半圈到了影院侧面的院墙外，翻过这

第十八章

道墙,便可从两边的侧门进入放映大厅。只要没人看见,便一路畅通了。

冰凉的铁轨在车灯下闪着寒光,停在远处的一个火车头,正在放气,从炉子里往外卸煤渣,铁路上空无一人……

米儿指着一人多高的院墙小声道:"从这里翻过去,就是公共厕所的后面。只要不被人发现,赶紧躲进厕所里去。然后再假装上厕所出来,就可以大摇大摆地进入影院大厅了……你敢不敢?"

王娟看看院墙,又朝四周望了望,见没有人,便一挺身子说:"你敢我就敢!可是,这么高的院墙怎么上去呀?你翻过吗?"

米儿压低声音说:"翻过两次。我先翻上去看看,如果里面没有值班员巡逻,我再把你扯上去。"说着来到墙下举起双手,往上蹦了好几次,才攀住了墙头,胳膊一使劲身子也上去了。他骑在墙头上,弯腰朝里面观察了一阵,然后朝王娟点头,又一招手。

王娟兴奋极了,赶紧跑到墙下伸出了两只手。米儿弯腰抓住王娟的手腕,拼命地往上拽。王娟借着米儿的拉力,双脚蹬着砖缝也上了墙头。

下来时很方便,墙下面是一堆乱砖头,米儿踩着砖头顺利地溜下了墙。看看四周无人,便伸出双手把王娟接下来,二人一起来到了厕所后面。厕所里的一只灯泡,挂在男女厕所的隔墙上方,同时兼顾着两间厕所的照明。这个灯泡瓦数小,上面布满灰尘和蛛网,灯光幽暗如鬼火,勉强能照见里面的几个蹲坑……

太阳雨

二人溜下墙来,又紧张又兴奋!王娟心"怦怦"直跳,感觉又新鲜又刺激,偷着干坏事的快乐她从未有过,高兴得心花怒放,真想跳起来尖声大叫!

正要溜进厕所,突然有手电光一晃一晃地射向这边!米儿一把拉住她,二人急忙躲到砖堆后面。

脚步声越来越近,大皮靴子"咔嚓咔嚓"地响!一个戴红袖章穿棉大衣的值班员,拿着一支三节的大手电来到厕所后面。看看无人,便把手电往胳肢窝里一夹,解开棉裤对着砖堆,"哗啦哗啦"撒起尿来。也许是嫌厕所里面太臭太脏,这家伙连撒尿也不肯进去,站在外面一边撒尿一边仰着脸看天,嘴上叼着的香烟一明一灭的。

这泡尿也不知憋了多久,热气腾腾地尿起来没完没了,又漫长又骚臭!尿完了还反复地抖个不停。一使劲,又挤出一个响亮的屁来,这才慢吞吞地转过身去系裤子……

米儿和王娟趴在砖堆后面一动也不敢动,捂着嘴巴屏住呼吸,紧张得大气也不敢出。那人的尿星子飞起来,溅了他们一脸,他们急忙把头低下去。过了很久,尿声才由强转弱,渐渐消失,又听见那人在棉裤里放了一个悠长拐弯的响屁,这声音就像在头顶上响起。二人听得真真切切,便心里有了数,猜想快接近尾声了。

王娟在黑暗中低头强忍着笑,心里想:"这个人到底喝了多少水下去呀,肚子里这么多尿!尿完了还不快点走,还要放个臭屁……"

目送值班员进了影院,米儿和王娟分别溜进男女厕所,各人真实地撒了一泡尿才出来,又捧起自来水,胡乱洗了洗脸上

— 568 —

第十八章

的尿星子。王娟紧紧抓住米儿的手，二人得意地相视大笑！王娟对米儿又感激又崇拜，简直把他当成了大英雄！

放映大厅光线暗淡，只有头顶上一束强光笔直地射向舞台，落在一张床单大小的银幕上。雄壮的乐曲声响起时，银幕上出现了一个鲜红的五角星，不断地向四周放射出万道金光——电影正式开映了。

上百条五人座的长条木椅排列有序，上面坐满了人。嗑瓜子的、啃甘蔗的、剥花生的声音响成一片；手上在开柚子的，剥橘子的，削梨子的应有尽有。还有人嘴里含着水果糖，腮帮子鼓鼓的。吸烟的人占了一半，到处星光点点，烟雾袅袅。仿佛这里就是极乐世界，就应该挥金如土，所有好吃的好喝的，都应该集中到这里尽情享受……一见到银幕上的红五星，都一起鼓掌欢呼起来！

米儿和王娟刚从外面进来，眼前黑乎乎一片，过了好一阵才看清里面的场景。二人眼睛四处逡巡，想找个空位，可是令人绝望。椅子背后都写有编号，凭票对号入座，一个萝卜一个坑，已经塞得满满的，哪里还有空位！

无票就无座，只能在最后一排靠墙站着看。刚才撒尿的值班员开始查票了，亮着手电专查站着无座的人。强烈的手电光死死照住人的脸，嘴里吆喝道："票，拿出来看看！"发现无票，便驱赶出去，毫不留情。遇到熟人谦卑谄媚的笑脸，便一愣！手电光一晃，再换一张脸。表示高抬贵手，给个面子。

米儿不是熟面孔，当然无缘享受这待遇。他远远看见了，便跟王娟耳语一阵。王娟猫着腰向过道跑去，眼睛不断地朝两边看，见一位戴眼镜的女人，穿着打扮似乎有点档次，样子也还斯文和善，便走过去轻轻地说："阿姨，我没票，想在你这里躲一躲，怕查票的赶我……"

女人扭头看她一眼，见是位小姑娘，略一犹豫，便收了收腿，容忍她蹲在自己膝下。王娟见她肯窝藏自己，简直等同于救苦救难的活菩萨！便感激地向她笑一笑，缩了身子猫一样乖顺地蹲下来，仰着脖了看电影。一见到手电光晃过来，便赶紧把头一缩，又好像在逃犯似的。

过了一阵，那活菩萨女人的腿无法伸直，感觉僵硬发麻，抽筋似的难受。她实在忍无可忍了，便跟同席联坐的另外四人打招呼道："请大家都往那边挤一点吧，让小姑娘坐下来看……"她的北方口音婉转柔和，王娟觉得格外好听！

另外那四个人来看电影，是堂堂正正出了钱的，再说互相又不认识，当然不大情愿挨这份挤，便慢吞吞地挪挪屁股，每人让出一寸来表示一下。王娟难为情地前倾着身子，勉强将半个屁股挤进去，斜坐在这施舍出来的肤寸之地。

这种姿势坐久了就腰痛。一看后面，两边都是别人的肩膀比翼相连，又不敢靠，坐着反比站着难受多了。可是站着又怕引来查票的，只好将两瓣屁股轮换着坐，不停地扭来扭去，心里说不尽的苦。王娟虽然只有十三岁，但那屁股怎么也不止五寸，一坐下去受到身体的挤压，屁股可能还会更加宽大些……此时的她，真恨不能长个尖屁股出来才好……

米儿自己站在侧门口，远远看见查票的手电光照过来，便转身出门假装上厕所。查票的一转身，他又进来靠墙站着看。他知道电影放到快一半时，就不会有人再查票了。最难熬的，就是这上半场……

第十八章

一卷影片放完后，该换片子了。忽然银幕上出现了几个大字："影片未到，等片中！"中间画了一瓶插花，上方一钩弯月几粒星星。全场"哇——"地惊叫起来！满腹的遗憾、失望和不满，全都在这一声里瞬间爆发出来！接着，顶棚上的照明灯一起亮了起来，这预示着影片不会很快就到。

全场一片骚动！起身出去上厕所的、活动腿脚伸懒腰的、打个哈欠点根烟的、掏出瓜子吃的、咒骂声、抱怨声、呼哨声乱成一团……

外面的厕所里人满为患，几个蹲位根本不够用，女厕所的门前排起了长队。男厕所里站满了人，再也挤不进去。男人们等不及了，便跑到厕所后面，六七个人围成一圈，对着米儿他们躲过的砖堆撒尿。撒完尿又打个寒噤，才转身让位给后人……

忽然影院里传来了"轰隆轰隆"的枪炮声，片子提前到了，电影又开映了！厕所里面的人提着裤子急忙跑出来，外面排队的女人也无心再进去，都赶快往回走。站在厕所后面撒尿的男人赶紧抖上两下，也不管尿没尿完，便草草收兵，转身一起往影院里跑，谁都不愿漏看一段。

王娟眼见别人上厕所，心里也痒痒的，很想去。但又怕失去了这立锥之地，只好忍着不动。凳子上有几个男人出去了，便空出一些位置，她趁机把整个屁股挪上来，身子往后一靠，心里一阵轻松，顿时舒展多了！

几个男人回来仔细一看，见形势起了变化，地盘变小了，便黑着脸不高兴。但没有人带头发作，也只好挨挤着坐下来。

王娟假装没看见，坐着不动。心里却暗暗发笑！经过这番努力,总算有了一小块属于自己的地盘——虽然合情不合法。她内心感激"影片未到"给自己提供了可乘之机!

王娟有了座位,不必东躲西藏担惊受怕了,这时才想起米儿,又伸长脖子东张西望起来。

米儿这次也混到一个座位,就在王娟身后。他身子瘦小不起眼,所占空间更有限,倒也没遇到大的麻烦,只是被挤得紧紧的,侧着身子不能舒舒展展地坐……

不知谁的脚上踩了粪便进来,刺鼻的臭味从脚下升腾而起,瘟神似的到处游荡。左右两边的人毫不当回事,只顾张大嘴巴看电影。

米儿捂着鼻子转动脑袋,到处寻找这气味的发祥地。忽见前排的王娟东张西望地找他,便伸出手一拉她脑后的辫子。王娟惊慌地一回头,发现米儿坐在后面,高兴得笑起来!同时发现的还有这气味。二人总算都有了合情不合法的席位,虽然气味难闻,但电影好看,也值得,便皱着眉头看起电影来。

银幕上的英雄战士王成,这时身背步话机,面对围上来的敌人,正在请求火力支援。他拿着对讲机大声呼叫道:"向我开炮!向我开炮——"突然,银幕上出现了一块焦黄的"糊锅巴"。这块锅巴上满是气泡,大大小小不停地变幻着形状,颜色越来越深,顷刻间变成了焦黑。"呼"地一下,"锅巴"中间忽然熔出一个大窟窿来!窟窿周围的大气泡也鼓破了,接二连三出现几个小窟窿。这些窟窿越来越大,颜色越来越黑,怪物似的张牙舞爪!只听"咔嗒"一响,片子烧断了!

全场又爆发出一片惊呼:"哇!烧了烧了!片子烧了,烧片了……"照明灯随之一亮,人们又开始打呼哨、抽烟、咳嗽、

第十八章

吃瓜子、骂人……

九十分钟的电影很快放完了,银幕上出现一个大大的"完"字。铃声骤然响起,全场灯光齐亮,人们纷纷起身离座,影院里一片骚动。王娟坐着一动不动,眼里含着泪水,痴痴地盯着空空的银幕,不肯起身……

米儿拉了拉她,王娟才恋恋不舍地站起来,随着人流,一边走一边回头看台上的银幕……

电影散场后,人们踩着厚厚的一层果皮,低头小心地走出影院。外面还有等着看第二场的观众,早已聚集在大门口等着进场,门口水泄不通。米儿拉着王娟费了好大劲才钻出去。

回家的路上,王娟低着头,一声不响。快到家时,她突然拉了拉米儿的袖子,说:"你这个办法真好!以后买不到票,我们就翻院墙进去!这个秘密不要告诉别人,就我们两个晓得……另外,你刚才翻墙的样子不好看,像个青蛙!"说完,哈哈笑起来。

可是,他们谁都没有想到,这次翻墙看电影,却成了王娟有生以来第一次,也是最后一次。这唯一的一次,给她留下了永远的记忆!

现在王娟又想起这些事来,忽然心里一阵温暖和感动!更觉得她和米儿很亲,她不愿失去米儿,她想尽快见到他。她想找个机会,直白地向米儿表达清楚自己的意思,绝不能让雨欣占了先!

几年来,她心里一直隐隐约约有些疑团——为什么雨欣见了田米总是那么兴奋?为什么那次插秧,雨欣硬要把自己的斗笠让给田米戴？为什么夜校教师分组时，他们两个恰巧分在一个组？为什么田米单独讲笑话给雨欣听，却没讲给我听？为什么雨欣总是盯着田米脚上的皮鞋看，有时还帮他擦鞋上的泥巴……还有，前年也是这个季节，到曲湾镇领教材的路上，我多次暗示他，他却装聋作哑，这是为什么……

王娟想破了脑壳，也得不到答案。她越想越烦，转身跺了跺脚，心里对着米儿说："看你样子也不傻，你怎么就看不懂呢？你叫我怎么跟你说呀？我就在你身边，你却视而不见……你脸上那两只鼓眼泡子根本就是鱼泡，白长了！真想给你抠下来踩它几脚才解恨……"想象着鱼泡踩在脚下，"啪"的一声瘪了气，不觉又笑出声来……

一般来说，女人生下孩子，便说是母亲身上掉下的一块肉，没人说是父亲身上的一块肉。可是这块肉一落地，便随了父姓而不随母姓。不像母系社会，孩子只知有其母，而不知有其父。想想女人真够可怜！辛苦怀胎，痛苦分娩，孩子还在肚子里，产权便归了坐享其成的男人！上至帝王将相，下至黎民百姓，毫无例外，根本没有道理可讲……

然而，凡事没有例外本身就是例外。"上门女婿"便是这例外。在农村，"上门女婿"又称作"倒插门"。这"插门"不难理解，通常指睡觉前从里面把门闩插牢，防止坏人和野兽进来。插门就是插门，意思清楚明白。但这"倒插门"的含义就很费解。难道是从外面把门闩插上？谁又见过门闩在外的门？这"倒"字谁也不知从何讲起，只知道含有一定的贬义。

倒插门的男子，结婚后要居住在女方家，不但所生子女要

第十八章

跟女方姓，就连自己也要改为女方的姓。还要像儿子似的，给女方的父母养老送终。倒插门的女婿不但外人看不起，自己家人和女方家人也看不起，在人前抬不起头来，地位很不堪。若非家境寒彻骨，实在无力娶媳妇，没人愿意去当上门女婿。

米儿队里的"干勾于"便是这样的上门女婿。"干勾于"本姓于，由于同音字很多，别人分不清，便随口问他："哪个鱼？"他便写一个大大的"干"字，收笔时手指往上一勾，说："干勾于！"

干勾于眼圆嘴阔，下巴宽，脑袋大。米儿他们便总管他叫胖头鱼，他也不太在意。

干勾于原名于三槐，是湘西常德人。于三槐这名字，顾名思义，上面还有两个"槐"，分别是大槐和二槐。

传说他父亲以前是个走村串户的银匠，靠替人打金银首饰赚一点加工费，日子勉强混得过去。后来，私人小贩从事金银制品的生意没落，家里的日子也过得一天不如一天。

原本这双灵巧的手，是专为打造金银首饰艺术品的，如今也只得拿起锄头，下地干起了农活。

等到干勾于长大了，家里愈发一贫如洗。无奈之下，经人介绍做了上门女婿，来到了米儿他们所在的杜家湾。招女婿的，便是本队的杜文举老头子。

杜文举包养了队里的一头水牛，除此之外，没见他干过什么农活。他膝下无儿，独养一女，芳名再珥。这再珥颇有几分姿色，温柔而又多情。平时说话不多，但一开口便娇声细气的。尤其那双凤眼，明亮灵活，眼稍微微翘起，总是给人一副笑眯眯的感觉。

— 575 —

论起辈分来，再珥也是"得"字辈。所以干勾于一进门，便顶了这"得"字，叫作杜得于，成了杜文举的假儿子。假儿子毕竟不是真儿子，取名字的时候不好太独断，还是要客气一点，兼顾到女婿的感受才好。杜文举这才格外开恩，非情非愿地把于三槐的这个"于"字，吸收进了名字里。按照他的想法，本来是要把这"于"字，改为"年年有余"的"余"，就叫"杜得余"，这才能遂他的心愿……

可是干勾于毕竟也是年轻人，多少有些脾气，每每想起这名字来，总是觉得又委屈又窝囊，心有不甘。便总是在外面把名字颠倒过来，说："我不叫杜得于，我叫于得杜！"

村子里的人都姓杜，都是杜文举的族人，干勾于受了气，往往找不到地方诉苦。想到米儿他们几个也是外地来的，同是天涯沦落人，也许容易沟通一些，便有事无事跑到他们这边来，唉声叹气地倒苦水。

虽然米儿他们也是外地人，但尚未被人招女婿，当然也不会有上门女婿的切身体会和感受。几个人横七竖八地躺在床上好像听故事，听完了不但毫无同情心，反而嘻嘻哈哈，没心没肺地跟干勾于闹起来。

麻秆嬉笑道："算了吧胖头鱼，你得了便宜还唱哑调！你空脚打手进门来，现在有吃有喝有老婆，再珥还给你生了一对儿女，你还不知足啊，还想怎么样？"

干勾于鼓着眼睛说："吃的喝的，还不是我自个挣来的！我又不是齐白石（吃白食）白吃他的。我挣的工分不比他养的水牛少！他对那头牛比对我还要好些。生了一儿一女又如何呢，还不是跟他姓，又不跟我姓……"

第十八章

　　米儿盘腿坐在床上,像个瘦骨罗汉似的,说:"我劝你以后还是要管住自己的嘴巴,安分守己做上门女婿。明明叫杜得于嘛,非要说自己叫于得杜。那杜老头子不成你的女婿了?他听了当然生气,你不挨骂才怪!再说这名字叫的,也不太顺口……"

　　大家听了又笑,华华说:"你想嘛,杜老头子成了你的女婿,那再珥成了哪个的老婆?那你的老婆又是哪个?明摆着丈母娘就成了你老婆嘛!就因为你把名字反着一念,关系全部搞乱了。你说你,该不该骂?"

　　花蛇在一旁说道:"有一句话说,犟人多挨打,犟牛多耕田!我看你这是自找的。你既然做了上门女婿,就该听人家的。其实姓什么叫什么,只是一个识别的符号,哪有那么重要?不管姓于还是姓杜,你还是你,生下来的儿子姑娘,还是管你叫爹,不能管他叫爹吧。再珥还是你的老婆,不能是他的老婆吧。这有什么好争的!你真是不懂事,闹得大家都不愉快……"

　　干勾于不服气,梗着脖子说:"你们站着说话不腰疼,都会讲!你们晓得什么啊,那回肚子里寡得很,老子偷偷摘了一块腊肉煮着吃了。他发现后拿扫帚赶着我打,还骂我吃断头食,吃了去死的!哪有当爹的这样骂儿子?"

　　大家听了又是一阵大笑,华华道:"你呀,真是狗肉上不得正席,烂泥巴糊不上墙,确实不争气!一个大男人,为了一块腊肉和一个字,闹来闹去,也不怕人笑话!看来杜老头子也真是倒霉,你人在他家做女婿,心还在湖南!"

　　麻杆靠在被子上,说:"喂,胖头鱼,有没有烟,搞根烟来嘛!等下我帮你想个主意,包你满意!"

— 577 —

大家嚷嚷起来，连声说："拿烟来拿烟来！陪你讲了这半天，你一点表示都没得……"

干勾于犹豫了一下，从口袋里摸出一个瘪瘪的烟盒，手指撑开看了看，又用眼睛数数人头，连自己在内一共五人。便说："只有四根烟了，还差一根，你们哪个不要？"

米儿在灯下看见是八分钱一盒的"大公鸡"，嫌这烟档次低辣喉咙，便道："算了我不要，你们吸……华华你先吸，留半截烟屁股给我吸……"

华华夹了香烟在油灯上点着了，深吸了一口，然后把烟递给米儿，讨好地说："你是排长你先吸，头道烟，二道茶！烟屁股更呛人……"

大家点了烟吸起来。干勾于问麻杆道："你刚才说帮我出个主意，什么好主意？"

麻杆吸烟忘了这事，听了一愣，喷出一口烟，笑了！道："饿狗子记得千年食！你还记得这呀。我看你白长个大脑壳，里面装的全是水！你不晓得先熬几年呀？熬得杜老头子翘了辫子，一切都是你的！你再把名字颠倒过来，改叫于得杜——叫于三槐也可以。再把伢们的姓也改过来，这叫作……认祖归宗吧。至于腊鱼腊肉嘛，想吃几块就吃几块，只要你不怕咸……他总活不过你吧，你想是不是？"

大家听了都摇头说："麻杆你太缺德了，这种话你都说得出口！杜老头子又没得罪你……"

干勾于听了摇头，觉得不太现实：这老头子才四十出头，身体比我还健壮些，还不晓得谁先死在前头呢！这要熬到几时……

第十八章

　　正要开口,再珥打着电筒找来了。见大家都在,脸一红,羞怯地拉拉干勾于的袖子,细声细气地说:"还不快回去,爹在屋里冒火了,说你又野到哪里去了……"再珥刚刚洗过澡,身上散发着肥皂的香味。她腰上扎一个蓝底白花的小围兜,愈发显得身姿轻盈活泼,苗条好看……

　　这段日子,麻杆日夜想念芳芳,无数次地回忆和她在一起的短暂时光,熬煎不住了便给她写信,先后写了五封信,芳芳也回了三封信。这八封信的内容全是扯淡:谈谈读书,谈谈理想,谈谈友谊……双方都在小心翼翼地互相试探,并没有什么实质性的进展。

　　麻杆这次是真的爱上了芳芳,这是他的初恋。三封来信,他反复看了多遍,想从中发现一点蛛丝马迹,从而确认芳芳是否对自己有那种意思……然而没有,芳芳伪装得太好了!

　　麻杆心里狐疑起来:她到底怎么回事?那天晚上她明明对我有意思的嘛!我给她的字条,她也接了,怎么酒一醒就冷淡起来?他很想再陪芳芳喝一次酒,然后趁着酒壮英雄胆,一把揽入怀中,嘴巴在她耳边讲出那三个关键的字……不过这事还须慎重,不能乱来。这可是要跟她结婚的呀!事关终生,再多想想。

　　此后麻杆的去信,更加文绉绉的,不敢随便乱写。芳芳读起来感觉废话连篇,内容枯燥乏味,只是在边上绕来绕去,跟主题一点不沾边。也看不到滚烫的浪漫字眼,不能让人脸红心跳……恋爱是这样谈的吗?这哪里有诚意嘛!便丢到一边,故意按兵不动。

— 579 —

信发出去后，麻杆度日如年，天天盼着芳芳的回信。过段日子不见动静，他沉不住气了，心里慌慌的。想了想，赶紧又写一封过去。这封信里，他忍不住向芳芳大诉相思之苦，说：自从那天见到你，爱情之火冲天起！火花一闪又一闪，就像身上过了电……还说：自从你走以后，自己就病倒了，病得不轻，也不发烧，好像不是感冒，就是心里有点疼……目前茶饭也不思了，路也走不动了，心里总是想着你。你能不能来看我一眼啊？好歹再见上一面……结尾故意空了大半截纸不写，表示情思未尽，话还没有讲完。

　　这些句子悲悲切切，凄凄惨惨，东一句西一句，也不知从哪里拼凑来的。

　　芳芳看了这些火辣辣的句子，并不感到肉麻，反而心跳加速起来！心里笑道：这就对了，这信写得还差不多！像一封情书的样子，这话才好听！

　　她思忖良久，便回一封信道：我看你这病，不用打针，不用吃药，也不用治疗，你的意思我明白。希望你好好吃饭，好好睡觉，好好劳动，好好照顾自己。我们的战斗友谊永垂不朽，万古长青！现在才刚刚开始，希望你不要想得太多，又是火又是电的，你又不是发电机，这也太猛了吧，鬼才相信。我和梅儿请好假后，就去你们那边看你……

　　写完后看了好几遍，又改正了几个错别字，这才开始写信封。这信封上的格式，跟前几封一样：上面写了收件人地址，中间写"曾抗美同志亲启"。后面四个字略小一号，并且与前面的名字拉开了一点距离，以突出"曾抗美"三个大字。最下面一行，本应写寄件人地址和姓名，但芳芳不写。她学麻杆的

第十八章

样子，只在正中写上"内详"二字。希望这样可以瞒天过海，做到人不知，鬼不觉。

麻杆看了来信，心里有底了，知道这事八字有了一撇，不觉精神大振！便天天期待着早日见到芳芳。他想，如果进展顺利，今年春节就把芳芳带回去，父母见自己领了一个漂亮的女朋友回去，不知有多高兴呢！下了一回乡，也总算没白来。

但芳芳的来信里并没有说哪一天来，何时能到，便总感觉芳芳随时都有可能到，因此整天都处在高度亢奋中，人也变得勤快起来，特别在意个人卫生。出工劳动的时候，也要把自己收拾得清清爽爽，头发梳得整整齐齐，好像变了一个人。此后见了雨欣，也不怎么搭理了。

秋风渐起，湖水渐退。这几天的任务，便是去较远的野湖滩上挖蒿排，提前为过冬做准备。

当地称为"蒿排"的东西，就是芦苇的根须，挖下去尺把深便可见到，而且越近湖边，越厚越密。这些根须埋在泥里不知多少年了，粗粗细细交错编织，相互纠缠在一起，一层又一层，形成了一两米厚的根须层，再往下便渐渐发黑，腐烂成泥。越靠近上面的"蒿排"颜色越浅，呈现出烟丝似的金黄色。用锹子插下去，切割成土砖似的长方块扔在一边，晒干后，便可以运回去当作燃料。

这种"蒿排"耐烧。每到冬日，家家户户在堂屋中间的地上，架起两三块蒿排，点燃后围起来取暖，一天都不用再加柴。做饭时，灶膛里扔一块，能烧很久。是很受欢迎的燃料。

来到野湖滩上，干勾于和米儿四人在一个组，另外还有一个叫"亏"的社员。亏长了一张"地包天"的嘴巴,饱满的下唇倔强地向前凸出,不容分说地包住上唇,又圆又大像个瓢。米儿几人嘴上无德,背后叫人家"粪瓢",当面还是叫他亏。

麻杆怕把衣裳弄脏了,袖子和裤脚卷得高高的,干活也不卖力,老是钻进芦苇丛去撒尿。撒完尿回来,又着腰这里走走,那边看看,晃来晃去的。

亏看不惯他的样子,忍不住对米儿道:"田排长你也不管管,麻杆的懒劲又发了!蒿排挖了没有二十块,尿都尿了十几泡。这也能记一天的工分?"

麻杆嫌他多管闲事,说:"冷尿热屁你懂不懂?天冷了尿就多,你没看到今天这么大的风!你管天管地,还管得了别人撒尿放屁呀……"

米儿站在坑里埋头切蒿排,两腿沾满泥水,只穿一件单褂子还嫌热。他直起腰来,看麻杆一眼道:"你下来干活就不冷了,脚下的泥巴是热乎的。你问华华和花蛇,他们冷不冷?你不流汗,尿肯定多。我们撒尿就在坑里……"

亏一边挖一边笑道:"伢子家话多,蛤蟆子尿多。下湖来搞事嘛,还穿得像个公子哥!你干活不出力,当然冷了……咦,这是什么东西呀……"他挖下去时,锹子尖触到了一件硬物,"嘎吱"一声,滑了一下。

大家听了,头都没抬。麻杆走过去蹲在坑沿,看见乌泥里露出一线雪白,闪闪发亮。便对亏道:"轻一点,你用手把稀泥巴扒开,看看是什么东西……"

亏扔了锹子,蹲下去用两手扒稀泥。扒了几下,他叫起来:"呀!是个大瓷罐子,死人用的!晦气,晦气……"说完,赶紧

第十八章

从坑里往上爬。

听说挖到死人,大家都从坑里爬出来,跑过去看稀奇。只见坑底一只水桶粗的白地青花大瓷罐,侧卧在乌黑的稀泥里,露着半边身子。

大家跳进坑里,七手八脚把罐子抬上来,放在坑沿上围着看。罐子里满满的,全是稀泥,不知稀泥里面有什么,谁也不敢下手去里面摸。

亏和干勾于跑到上风处,站得远远的,搓着两只泥手叫道:"这是死人用的东西,小心沾上晦气,赶快打碎!"说完赶紧去洗手。

麻杆边看边说:"有一回在江边的沙滩上,我和癞子两人也见过这种罐子,已经被人打碎了,里面还有骷髅!那个骷髅没有下巴,白森森的好结实!我们用大石头砸,半天都砸不开!把这个罐子打破,里面肯定也有骷髅……"说着,举起铁锨就往下砸。

华华一把拦住,说:"等等,搞清楚了再说。"又对大家道:"哪个敢把泥巴抠出来,看看里面到底是什么?"

花蛇打量一下罐子,说:"我来抠,一个骷髅算什么!"袖子一卷,两手插进稀泥里乱摸起来。摸了一阵,拉出一根骨头。再摸,又是一根骨头!不一会工夫,地上便扔了一堆大大小小、长长短短的黑骨头,却没有骷髅。他又把罐子翻个底朝天,慢慢倒出里面的稀泥,还是不见骷髅!

大家看了感到失望。怎么只见骨头不见骷髅,这头去了哪里?难道是个无头尸?这会不会连着一桩谋杀案呀?大家心脏"怦怦"直跳,身上起了一层鸡皮疙瘩!

花蛇提着铁锹,还想下去再挖一挖,找到头骨。大家七嘴八舌地劝他不要再挖了,挖到了又有什么用?那头骨的牙齿白森森的,眼睛是两个黑洞,鼻子也是两个黑洞,一点都不好看!

花蛇止步,拾起地上的骨头扔回原来的坑里,又用稀泥掩埋好,提起罐子到水边去洗。洗了一会儿,突然在那边叫起来:"喂,你们来看,大明是不是明代呀?"

大家又围过去。只见水边一只白底青花大瓷罐,已被花蛇用草把子在水里擦洗得干干净净,鲜亮地躺在枯草上。

细看这瓷罐,直口向上、丰肩圆润、腹部微敛,罐身从上到下一共画有四层纹饰,都用双线间隔开。直口外侧,绘一圈藤蔓忍冬草纹作装饰。

肩部又是一层装饰,龟背纹上有四块图案,每一个图案里都单独画一条游龙或一只飞凤,一共二龙二凤。

肩部往下便是腹部,宽大的画面便是该罐的主体纹饰。

这个部分画着一条青花巨龙,张牙舞爪地围绕罐身一周。这条巨龙相貌异常凶猛,瞪着大眼,张着巨口,昂首穿行在云端。身上除了鳞甲以外,前身还长有一对翅膀,腾云驾雾做飞翔状。四只龙爪刚健犀利,镰刀似的舞动着,仿佛在云间行走。

龙身和四肢凸显出强健的肌肉,充满力量。翅膀、四爪和鳞甲,分别代表了这条龙能在天上飞,能在地上走,能在水里游!这一切,都似乎强烈地暗示着:它,拥有无穷的能量!

龙的四周漂浮着灵芝状的云朵,大大小小,都带着云脚在空中悠闲地升腾、滑翔,充满了神秘感……整个画面有主有次,刚柔相济;既显霸气,又不失灵气!

靠近肩部的空白处,从右至左,横排写着"大明宣德年

第十八章

制"六字款识。这六个青花楷体字,端庄规整,表明了它高贵的身份和明确的年代……

最下面靠近圈足处,绘有一层装饰效果的仰莲纹。一片接一片的莲瓣仰面朝天,围绕圈足一周,烘托着上面的巨龙和天空。

这青花大罐制作十分精良,白底青花鲜艳夺目!青花沉稳,蓝中带黑;釉水清亮润泽,宝石般闪闪发光,令人眼前一亮!只可惜肩部粘一粒小石,无论如何刷剔不去……

米儿等人蹲在地上摸了又看,看了又摸,爱不释手……

亏看他们这样子,便道:"快点扔了吧,带回去不吉利!鬼魂会找过来的。"

干勾于也说:"这种不吉利的东西,别人也挖到过,都是当场打烂,没什么用!装过死人骨头的,拿回去又不能装腌菜……"

华华蹲在地上,盯着瓷罐琢磨了好半天,突然站起来,道:"我想起来了!明代宣德年间,就是一四二几年,现在是一九七三年。这罐子起码五百多岁了!能保存到今天没破,那是不容易的……说明它的命大,本身就是个吉祥之物!不能让它毁在我们手里,先带回去再说。"

米儿、花蛇和麻杆一听有道理,不再犹豫。也不管什么鬼魂不鬼魂了,都说:"带回去,带回去,世界上哪有什么鬼神!自从有人类以来,至今已经几十万年了,从头到尾不知死了多少人,如果真有鬼魂,这世界上装都装不下了,连空气里都是鬼魂!还在乎这一个罐子!"

这宣德青花大罐,便被几个人带了回来。话虽如此说,但还是不敢放进屋内,便扔在门外。

放在门外屋檐下,长年累月日晒雨淋,里面总是存有半罐子清水。这水下雨的时候便漫出来,气候干旱时,数月不下雨也不见少,冬天也从未结过冰。闻一闻,又没有异味。骗子便总是把头伸进去喝,里面的水喝浅了,过一夜又涨了回来,像井水似的总是那么多。骗子喝了这罐子里的水,也没见它生病。

亏走过来看了看,说:"叫你们不要拿回来吧,你们又不听。这罐子就是个怪物,邪得很!放在地上,会吸土里的水分。放在屋里,会吸人的阳气。阳气没了,人就死了,他就赶去投胎。趁早扔掉!"亏说话时,上唇不动,地包天的下唇向上一张一合的。

麻杆本来就烦他,更嫌他这话说得太不吉利,便推他道:"快走快走,一个罐子投什么胎!我们死了关你屁事。你怕死,以后少来……"

亏偏不走,他笑道:"说了你们不信,还讨厌我。以后你们就晓得了,不利的事情一件接一件。到那时,你们后悔就来不及了!听我的,趁早扔掉……"大家嫌亏这张乌鸦嘴讲话不中听,连推带搡把他给轰走了。

青花罐终究没扔,依然放在门口。可是后来发生的事,确实如亏所说!米儿小组四个,王娟小组三个,一共七人。在后来的日子里,祸事不断,包括先死的春桃,竟然陆续死了五个!就连骗子也未能幸免,竟死于非命……不知与这青花罐子是否存在某种瓜葛?也许只是一种巧合……

这罐子常年放在外面,默默地守在门口。两年以后,米儿接到入学通知书,最后一个离开翻身大队。临走时,米儿回头

第十八章

看了它两眼，也没能带上它。此后罐子下落不明。

第二天午饭时，华华吃了一大碗泡饭，又吃了十几根辣萝卜条。这些东西在他的胃里不停地蠕动翻搅，又从胃里途经小肠来到大肠，堵在了大肠的出口。他急忙找了一张纸，便向厕所跑去……

事后并不立刻起身，磨磨蹭蹭地蹲在那里想开了：信都寄出去五天了，怎么还没收到电报呀？难道父母不同意这样做吗……突然听到外面有人跑动，他赶紧站起身来……

米儿今天去了一趟大队小卖部，得发老头子刚从镇上打货回来，正戴着老花镜，弯着腰在一件一件地点货记账。

见门口有人进来，两只鼓眼珠子往上一翻，越过镜片上方仔细看去，见是五队的米儿，便说："你来得正好，有许江华的一封电报，你快给他带回去！"说着，从上衣口袋里掏出电报来。

米儿一听是电报，不知华华家里发生了什么大事，拿过电报撒腿就往家跑！骗子在后面一边追一边叫，像撵小偷似的。

人和狗还没进门，米儿就大声喊道："华华！华华！你家里来电报了……"

华华在厕所里听见了，赶紧跑出来问道："啊，在哪里，在哪里？"

米儿赶紧把电报递给他，紧张地看着他的脸。

华华接了电报，当着米儿的面撕开了封口，从里面抽出一张电文稿。米儿赶紧侧过脑袋去看，见电文上写着"母病危速归父"六个字，连标点符号都没有！他知道，电报不比信件，每一个字,每一个标点,都是要算钱的。发电人能省则省,只要收电人能看懂内容就行。

华华看了电文,立刻阴沉了脸,一声不吭进了屋。

米儿心里捏着一把汗,小声问道:"怎么回事,好好的突然就病危了?"

华华眼里涌出了泪水,说:"已经住院两个多月了,一直都不见好……"说着,扯起袖子揩泪。

"那你还不赶紧回去看看!"米儿着急起来,眼圈也红了。

"前段时间农忙,不好意思开口请假……"

"这么大的事你怎么不早说?我去帮你请假呀!这么多人,农忙也不缺你一个。"

"我不是不想回去,是怕紧要关头走了影响不好,别人会说闲话,想等农忙过去再说。现在田里不忙了,我才写信回去,叫家里拍个电报来,我好请假……"

"走,我们去大队找杜书记请假。你明天早上就动身!"

翻身大队一年到头,也没谁家来个电报。这封电报立刻传到杜书记和强队长的耳朵里,但都不知道电报的内容。

杜书记和强队长心里七上八下的,正想派人去问一问,米儿和华华找来了。

"家里出什么事了?"强队长问华华。

华华掏出那份电报递给强队长。强队长打开看了看,又递给杜书记。杜书记拧着眉头看完电报,说:"赶紧回去,不要耽误了!"

强队长把烟头往地上一丢,用脚踩了踩,对华华说:"你做好准备,明天早上派条船,赶早送你去镇上!"

第十八章

杜书记叮嘱华华:"你也别太着急,回去看看情况再说,有什么事写封信回来。"又看一眼强队长道:"我看也不用急着回来,等他母亲病好了再说……"

强队长连连点头道:"不急不急,那边事大,这边事小!"

听了这话,华华眼圈一红,连忙给二人鞠了一躬。米儿也一旁道了谢,拉了华华便走。

次日天还没亮,米儿几人送华华到了渡口边,船已等在那里。华华上了船,向大家挥挥手,又朝王娟她们住的房子看了又看。

因为电报来得突然,这件事并没有告诉王娟和雨欣。

华华走了以后,雨欣接到公社文教组的一份通知。通知中说,根据她在教学中取得的成绩和所做出的贡献,已被白鹭区教育系统评为先进教师,立刻到区里报到,参加表彰大会。

雨欣不想去。她有一种预感,如果这次去了,可能就回不来了!最近不断有风声传到她耳朵里,说公社要调她到曲湾中学任教,那边需要一个像她这样勤奋敬业的数学教师……

校长肖本科舍不得放她走,一直找借口拖着,但又怕耽误了她的前程,便几次试探她的态度。

雨欣的态度很坚决:"校长,我哪里也不去,我就在这里。我自己只是个初中生,怎么教得了中学生?我不去。"

校长听了当然高兴!可是,胳膊哪里拧得过大腿呢——迟早得去。他也在为这事担忧。

雨欣的想法很简单,反正不去。如果逼急了,就回来种田。跟同学在一起比什么都好,一个人在曲湾镇,孤孤单单的,一

太阳雨

天也待不下去……

同学们听说她评上了白鹭区先进教师，又听闻她可能被选拔到曲湾中学任教，都为她高兴，纷纷赶来道喜。

只有米儿心里七上八下的，不踏实。不知出于什么心态，他心里竟有一种酸溜溜的感觉，好像雨欣的出类拔萃，雨欣的优秀，雨欣的风光，对他都是一种伤害似的。他内心深处不希望雨欣比他强，雨欣本来是个含蓄温柔而又多情的小女人，这正是她的可爱之处！如果抛头露面在社会上混几年，那还不成了一个女干部？相比她的强势，自己倒成了弱势，哪里还有自尊？那只有等着散伙了……他对雨欣冷淡起来。

可是这冷淡是装出来的，并不真实。见了雨欣，讲话不免吞吞吐吐，表情极不自然。雨欣见他一反常态，言语失去了往日的亲热，鼻孔里直冒冷气，一眼就看穿了他的心事！她心里反而有点高兴起来，她知道米儿在乎她了！

她故意假装不解，伸手摸摸米儿的额头，说："咦，你今天怎么啦，好像也没病啊？"

米儿把头一摆，望着天空说："天高任鸟飞……你走吧，能飞多高飞多高，我没长翅膀，不能陪你飞，大不了……"他极力忍住，总算没有说出"散伙"二字，但是眼圈却红了，声音也开始发颤。

雨欣眼前一下子模糊起来，低声说道："我又没打算去，看你急的……"

米儿满不在乎地说："我一点儿都不急。你去，赶紧去！这么好的机会，今后当个女干部，那多风光！"口里说不急，语气里却明显带着讽刺。这讽刺像长了倒钩，抛出去刺别人的时

第十八章

候，也连带着刺得自己心里痛。心理学家一听，就知道是什么东西在作怪……

雨欣拉住米儿的手，说："我不要那风光，都是虚的。和你在一起才是真实的！我一走你就飞了，我去哪里找回来……"

米儿说："我往哪里飞，又不像你有翅膀！"他想甩开雨欣的手，可是她抓得很紧。

雨欣把头靠在米儿肩上，笑道："你放心，我才没有那么傻！我一走你就去找王娟，我才不给你们两个机会呢！好不容易逮到你了，还不把你当个窝金宝似的抓牢？"说着，又用力捏了捏米儿的手。

米儿闻到了雨欣头发上的香味，觉得这香味既熟悉又陌生。他想起了前年五月份的那个夜晚，在月光下闻到的也是这香味，他感到熟悉而又亲切！这香味以后恐怕不会属于自己了，会变味的，变成陌生的……想到这里，他眼里差点儿滚出泪来，扭过脸在雨欣的头发上嗅了两下，低声道："机会来了你不去，将来不后悔呀，不嫌我拖你后腿呀？"

雨欣在他耳朵上亲一下，说："才不后悔呢！我对那些没兴趣，只对你有兴趣！我愿意你一辈子拖我的后腿，那我才高兴呢！离开了你，我一个人跑出去，那有什么意思！想想都怕……"雨欣扑到米儿怀里，把他抱得紧紧的。

米儿的心彻底被融化了！他搂着雨欣的腰，在她耳边轻轻地说："雨欣，我也很怕失去你！其实心里不想让你走。你想想看，你走了我怎么办……"语气中带着无助，竟像个可怜的孩子。

"不会的！只要你不离开我，我一辈子也不离开你！"雨欣拼命摇头。想了想，又在米儿耳边说道："但是不许你爱王娟，顶多只能喜欢她……不，喜欢也不行，日久会生情的！即使你没这个想法，她也会有这想法的，我了解她……"

"你又来了！你就是小心眼儿，总是对王娟耿耿于怀……"

"不是小心眼儿！不小心不行。爱情好比一杯酒，两个人喝，那是甘露。三个人喝，就是酸醋了！谁都喝不好……"

米儿赶紧转移话题，说："我想过，如果你走了，对你将来很不利。"

"为什么？"雨欣抬起头来，警惕地看着米儿的眼睛。

"你想一想，如果你去了曲湾中学，那就是民办教师，今后很有可能转正，那就一辈子在那里回不去了。因为已经有了工作，今后招生招工的来了，肯定不会考虑你，会优先照顾其他人的。如果我走了，你留在这里，两个人不在一起，你怎么办？我怎么办？"米儿怕她不够坚定，日后产生动摇，便用这话来吓唬她。

雨欣一听是这意思，便放下心来，无比坚定地说："我说不去就不去，谁又能怎么样？逼急了，我就回来跟你们一起下田劳动！"

过了没几天，公社文教组果然派人下来了，给雨欣送来了白鹭区颁发的先进教师奖状，还带来一纸调令，催雨欣尽快到曲湾中学报到！

雨欣态度坚决，明确表示自己不能胜任中学教师，只能勉强教教小学，所以不敢从命。杜书记和校长也在一旁敲边鼓，帮雨欣找了各种理由来推辞，并且再三表示感谢。来人无奈，只好吃了一顿招待饭，便起身回去复命了。这事也就不再提起

第十八章

米儿见雨欣推掉了这件事，便彻底放心了。他知道，雨欣是真心的，她是不会飞的！麻杆如今也有了自己的爱情，不会再去打雨欣的主意。于是，便轻松起来，晚上没事就听村里人讲故事。

村里人习惯把家里最小的儿子叫作"落巴子"，女儿便叫作"幺姑娘"，都是指排行最末，落在最后的意思。这些本来不是名字，顶多只是个戏称，可是从小叫到大，叫着叫着，就叫顺了嘴，变成了名字。

于是，村里便有不少叫这名字的人。为了避免混淆，又按住址分为"东落子""西落子"……如果两家挨着，也有办法：分为"大落子""小落子"等，以示区别。除此以外，这些人当然还有自己正式的大名，但没人叫。

其中一个叫西落子的，跟米儿他们关系最好。西落子住在村子西边的尽头，门前是一片菜地，菜地边是一棵苦楝树。西落子的爹年轻时跟土匪有染，也跟着做过几次打劫商船的勾当，但似乎也没有发到什么财，依然住在一间草屋里。镇压土匪那阵，也把他爹给抓了去。由于不是首恶，劳教了一年，也就把他给放了。

当地俗话说："偷个鸡蛋吃不饱，一个恶名背到老。"有了这样一个坏名声，便很受歧视，村里人嫌弃厌恶他们，不跟他们一家来往。这家人便在村里灰溜溜地抬不起头来，日子越过越寒酸。房屋破败失修，身上衣衫不整，一副穷愁潦倒的颓废样子。

西落子都二十七了，虽然长得人高马大，浑身是劲，却怎么也说不到媳妇。此前也有媒婆给他说过几个,但人家一打听,家里是这么个情况,连面都不想见,直接没了下文。

西落子正值青春旺盛期,整天想媳妇都快想疯了,空有一身力气憋着,却没处去使。常常吃过晚饭后,便走到米儿他们这边来吹牛聊天,以此来排解心中的苦闷。

西落子识字不多,但是记性很好又健谈,最喜欢讲男女私情的故事。什么《莺莺传》《牡丹亭》等,故事中人物出场的环境、男女主角的动作、眼神和心理活动,他都一清二楚。经过他的嘴一描述出来,立刻惟妙惟肖、活灵活现的,让人回味无穷!

米儿他们没有接触过这些书,根本不知道世界上还有这么动人的爱情故事,一个个听得如痴如醉,浑身发热,心里也痒痒的!西落子像说书人那样,每天只讲一集,有时只讲半集,往往讲到关键的时候,又打住不讲下去了,把大家的胃口吊得足足的。

米儿他们听得上了瘾,收工回来一吃过晚饭,就盼着他过来讲故事。可是,西落子有时来,有时又不来。米儿他们憋不住了,便跑过去请。谁知一连几个晚上,也不见他的人影,不知跑哪去了。

白天干活时在田里碰到西落子,见他眉头舒展,面有喜色,大家围住他问道:"哎,落子,你这几天跑哪儿去了?到处找不到你。故事都没讲完,还讲不讲呀?"

西落子朝四周看了看,低声说道:"这段时间不得闲了,你们不要来找我……"

大家觉得奇怪,便说:"晚上黑灯瞎火的,除了睡觉还能做什

第十八章

么事?你是不是肚子里空了,讲不下去了故意找借口呀……"

西落子正弯腰挖垄沟,屁股上的补丁有脸盆大,上面歪歪扭扭的白线大针脚,一看就是西落子自己缝上去的。听见大家发问,他站起身说:"大人的事,你们伢子家莫打听。反正以后呀,没空给你们讲故事喽……"说着神秘地一笑,眼睛异常明亮。

花蛇道:"那你把书借给我们看一看嘛,故事没讲完,最后的结局我们都不晓得。"

西落子听了脸一红,小声道:"哪来的书呀,这是我……早年在铁塔寺学徒时听说书人讲的。"

麻杆不相信他没有,便道:"我们几个偷偷地躲着看,看完了就还你,哪个会晓得?即使被别人发现了,我们也不会供出你来的。请你放心……"

西落子急了,说:"你们莫冤枉好人,真的没有!不信,你们去屋里翻嘛。哪个有,哪个就是这个……"说着,用几根手指做了一个乌龟爬的动作。

大家都笑起来。米儿还不甘心,又道:"那你告诉我们,《牡丹亭》里面那个十六岁的杜丽娘,后来命运如何?你只讲了游园和惊梦,还没讲寻梦,杜丽娘到底有没有找到爱情呀……"

西落子脸色阴了下来,眼神黯淡地摇摇头,说:"结局很惨,她死了。她没找到爱情……"

大家心里一惊,连忙问道:"死了?怎么死的?"

西落子长长地叹了口气,说:"她日夜思念梦里那位手拿柳枝的书生,但在现实中呢,又没有。她就忧郁成疾,药石不治,最后香消玉殒,只好到阴间寻找自己的爱情去了!死后就被埋在那棵梅树下……三年后,一位叫柳梦梅的书生进京赴试,路过这棵梅树时,突然发病,晕倒在树下……"

刚讲到这里,看见亏和记工员扛着锹子,提着木桶向这边走来。西落子马上不讲了,大家也都散开。

那个姓柳的书生到底怎么了?他发病跟杜丽娘有没有关系?后来又发生了什么事?这些都不得而知。大家都在担心书生的病,等着听后面的结局……

又过了些日子,也不见西落子来讲故事,大家便慢慢地淡忘了这件事。

一天清晨,天刚蒙蒙亮。忽然听到外面有人边跑边喊:"不得了了,西落子吊死了!不得了了……"接着,便听到有人大哭!

米儿等人刚刚醒来,还没来得及下床。听到外面的哭喊声,一个个吓得失魂落魄,面面相觑!

慌了片刻,花蛇跳下床说:"走,看看去!"几个人打开门就往村西头跑。

刚刚跑到西落子门前那片菜地,便远远看见苦楝树上挂着一个人,只见背影不见脸,但是他屁股上的那块大补丁,格外醒目。他的爹娘在树下哭喊,另有两个人爬到树上去解绳子……

一阵手忙脚乱后,西落子被放了下来,直挺挺地躺在地上,脸上和身上伤痕累累,身子早已冰凉僵硬!家人赶紧拿了一块门板,把西落子放上去,抬到堂屋里。

第十八章

西落子上吊自杀，一开始令人们费解：年纪轻轻的后生伢，有什么想不开的事情，竟然走上这条绝路？身上的伤又是怎么回事？

时间一长，人们才渐渐了解事情的来龙去脉。

原来，西落子在看露天电影《地道战》时，认识了外村的一位姑娘，二人一见生情。西落子能说会道，又兼一表人才，姑娘心里自然欢喜！二人不禁眉来眼去，四目勾情起来。电影看了不到一半，两个人便先后偷偷离场，溜到河边谈情说爱去了。

交谈中西落子才知道，二人不是同一个公社的，姑娘住的村庄离这里有七里多路，今天她是跟嫂嫂们一起来的……西落子与姑娘，你干柴我烈火，相谈甚欢！谈到情浓时，便免不了搂搂抱抱，难分难舍……分别时，又约好了下次见面的时间和地点……

此后，西落子和姑娘暗通款曲，来往频繁，两人的地下恋情迅猛发展。西落子丢了魂似的，几乎天天夜里都不闲着，收工回来胡乱吃点晚饭，碗一丢便急急忙忙出门去。西落子年轻腿长走得快，摸着黑来回走十四五里地，根本不当回事，一心只想快点见到姑娘。

姑娘早在草垛子后面等着了，两人一见面，二话不说便紧紧地扭抱到一起，后来，二人便熬煎不住发生了私情……

过了些日子，姑娘发觉不大对劲，常常感到腹内震动，不想饭也不想茶。一问嫂嫂，立刻吓得大惊失色！见了西落子，便不停地催他快点过来提亲。西落子想到自家的现状，心里犹豫，便一拖再拖。

姑娘的老爹知道真相后，暴跳如雷！找了几个壮实的族人，逮住西落子痛打了一顿,并且扬言要告到曲湾公社,让特派员抓他去劳教……

西落子的牙齿被打落了两颗,嘴唇也肿得翻起,脸上青一块紫一块的,浑身都是伤痕……他一声不吭,爬起来一颠一跛地向家里走去。这段路,他以前走起来不要一小时,可是这次不行,走了几个小时才到家。

到家了又能怎么样呢?这又是个什么家?现在这副肿脸泡腮的样子,明天又怎么见人?又想到明天特派员要来抓他去劳教……

他似乎早就预感到会有这一天,所以不敢把家里的实情告诉这位姑娘。现在他感到自己面前已经无路可走,只有一条死路等着他……他没有悲哀,也没有眼泪。他从容地解下扁担上的绳索,一瘸一拐地向那棵苦楝树走去……

西落子死了。由于死得突然,家里没有现成的棺材给他入殓,只得砍了那棵苦楝树,打了一口薄薄的棺材,像个长木箱子。也来不及上黑漆,便寻了一块地势较高的荒堤坡,掏了一个洞穴,把棺材草草塞了进去。

这条废弃的防水堤狭窄单薄,棺材塞进去后,一头还暴露在外,便又挖了些大块的土垡子堆在上面。夜里,野狗、獾子、刺猬闻到了尸体的味道,成群结队地围着坟堆,又刨又挖又打洞,棺材又露出了一个角!

米儿每次路过这段堤坡,看着脚下白生生的棺材一角,都要停下脚步,搬几块土垡子盖严实。他想起了西落子活着的时候,想起了他的遭遇,想起了他讲的爱情故事……唯一没想到的是,他竟然也成了故事中的悲剧角色!他想念西落子,他心

第十八章

里为这个善良的苦命人难过、惋惜……

想一想，路边被践踏的小草，还要挣扎着开出一朵小花！石缝里羸弱的小树，也要顽强地结出一颗瘦果！这就是生命的自我完成呀！米儿每次想到这里，都难免一阵心酸……

米儿回来后闷闷不乐，进进出出百无聊赖。想干点什么，又心绪全无。

人，就不应该有情和欲，到头来害人又害己……

米儿蹲在地上，正对着青花瓷罐发呆。猛地听到背后有急促的脚步声，他头皮一炸，站了起来！

第十九章

米儿回头一看,发现文龙站在身后,便问道:"是你呀……吓我一大跳!找我有什么事?"

文龙瞟了一眼青花罐,见里面是半罐清水,水里什么也没有。便道:"这有什么好看的,吃多了!——我找你有点事,队里的仓库不够用,要另外盖一间。你和麻杆跑一趟沙市,去买三十斤铁钉回来。"说着,从口袋里掏出一张折叠的信笺纸递给米儿,道:"这是大队开的介绍信,你们要快去快回。"

米儿接过来打开一看,只见上面用钢笔写着:

证　明

各有关单位:

兹有我大队田米、曾抗美等两位同志,前往沙市采购铁钉,用于翻修仓库。望沿途各有关单位,给予食宿方便和照顾为盼!

此致

革命的敬礼!

江陵县白鹭区曲湾人民公社翻身大队革命委员会

(该证明五日内有效)

一九七三年九月十五日

第十九章

在这括号和日期上面,又加盖了翻身大队鲜红的公章。

米儿看完后重新叠好,小心地放在上衣口袋里。望着文龙,把手一伸:"钱呢?"

文龙照他手上打一下,笑道:"没有钱,你买什么呀,去找会计拿!你们要快去快回,队里等着用呢。"又叮嘱一句道:"把钱放好,莫搞丢了!"

米儿又把手一伸,说:"粮票呢?"

文龙一愣,摇头道:"粮票没有,你们自己想办法。"

这时麻杆和花蛇回来了。听说要去沙市,麻杆高兴了,便道:"我们这算是出差吧?除了工分照记以外,应该还有生活补助吧?每天补助多少?"

文龙道:"补助?净说些稀奇话,听都没听说过!没有。"

米儿道:"没有补助,又没粮票,哪个敢去?你要我们两个去沙市要饭呀!"

"就算我们背了米,也没地方煮啊,总不能吃生米吧?不去不去……"麻杆道。

文龙望着麻杆认真的样子,说:"你真的不去?那花蛇去!"

"我也不去!自古兵马未动,粮草先行。没有饭吃怎么行?"花蛇摆摆手说道。

文龙望着他们默不作声,心里盘算开了。

麻杆摸出一支烟,点着了递给文龙,道:"队长,你吸根烟冷静一下。你想想看,又要马儿跑,又要马儿不吃草,哪有这好事嘛!你多少补点,不够的我们再想办法……"

文龙吸口烟,眯起眼睛望着他们,心眼活动起来。沉思片刻，低声说道："这样吧，你们每人每天补助两毛五。早饭五分钱，午饭和晚饭各一毛。但要管住嘴巴，不能讲出去……"

麻杆立刻说道："不行不行！两毛五不行，吃两碗肉丝面都不够！还要扛三十斤钉子，这哪个扛得起呀……最少三毛！三毛怎么样？粮票不要你出，我们自己吃点亏算了……"一边说，一边伸出三根指头，在文龙眼前晃来晃去。

米儿也趁机敲边鼓，道："三毛可以了队长，这要求不算高，也就是两碗肉丝面。中午一碗，晚上一碗，就用完了。早上过早，吃两碗豆腐也得六分钱，这六分钱不找你要，粮票也不找你要。还不好啊？"

文龙觉得讲不过他们，便硬着头皮答应道："好吧，每人每天补助三毛。一共五天，三五一块五，两个人就是三块，你们找会计拿！"说完要走，想想不放心，又转身叮嘱道："出门在外尽量节省点，口袋里有几个钱，心里踏实，就不用求人。不要餐餐都吃肉丝面，太贵！素面一样填饱肚子……"

麻杆推他道："晓得晓得，你快去，不用你操冤枉心！"

到了晚上收拾行装时，米儿拿不定主意了。到底是穿皮鞋好呢，还是穿解放鞋？进城嘛，穿皮鞋肯定神气些。皮鞋有后跟，能把腰杆撑起来，人也显得精神些；可是解放鞋轻便柔软有弹性，又不挤脚，扛着钉子走得快！就是有点土气，万一要问个路什么的，怕城里人看不起……

正犹豫不定，忽然麻杆走过来小声说："我走了以后，万一芳芳来了怎么办？算了，我不去了，还是让花蛇去吧！"

米儿听了这话，把皮鞋往地上一扔，望着他说："那怎么行？介绍信都开好了，上面写了你的名字。明早就要动身，再去换介绍信也来不及了呀!"

麻杆一脸难色,后悔道:"唉!白天我没想起这件事,那时要换花蛇去就好了……"

花蛇在灯下补袜子,听他这样讲,便抬起头说:"不要紧的。芳芳她们来了,有王娟她们陪着。如果有什么事,还有我呢。你放心,我不会抢你的芳芳的!"

麻杆吞吞吐吐地说:"我哪里能放心,是我写信叫芳芳她们来的。她们来了一看,我又不在,那我不成骗子了!"

米儿说:"那你赶快再写一封信,让她推迟五天再来。明天路过曲湾镇时,丢在信箱里,也许她当天就能收到。"

可是大家并不知道,此刻芳芳已请好了假,正在整理东西。明天赶早就要动身前往翻身大队,去看望"心里碎碎的"麻杆……

钉子是一家校办工厂生产的。这种钉子的前身原是一圈一圈的铁丝,在学生们的手中变成一小段一小段的,用机器压出一个大头帽,下面挤成尖脚。一番改头换面后,铁丝就变成了钉子。

这种铁丝做的钉子没有韧性,锤子一钉上去就弯,一点都不好用。米儿他们哪懂这些?一看是钉子,办完手续付清了钱,把装钉子的木箱扛到肩上就走。

这木箱方正结实又坚硬,内装三十斤铁钉,扛在肩上走不了几步,便硌得肩胛骨生疼!二人轮换着扛,麻杆后悔不该来,一路怨声载道。

沙市北京路有一家酸辣面馆,二人扛着木箱来到门口。进去一看，里面人头攒动正在排队，一股煤烟味呛得人直咳嗽！正面墙上挂着几块匾，一块匾介绍"挑窝细面"的特点及口感；一块匾介绍"酸辣面"的用料、做工和风味……

其中一匾画有彩图，一只手从画面右上方斜出，从大碗里挑起一筷子面条给顾客看，碗里的面条梳理得一丝不乱，根根清晰，热气腾腾……可谓图文并茂，有形有色！

另有一块竖匾，上面全是文字，向食客详细介绍了酸辣面的前世今生：在什么朝代，是什么人，又是如何不经意间放错了佐料，偶然成就了这种面条。后来又怎样漂洋过海，享誉五大洲。又说哪个外宾吃了竖起大拇指，连连夸道："好！好……"米儿读得有趣，麻杆看得眼馋！二人放下木箱，忘记了肩痛，一人买了一碗这种举世闻名的酸辣面……

面条爽滑劲道，煮得还不错。听说揉面时，里面加了生鸡蛋和食用碱，才会产生这种口感。此外除了酸和辣，也并无太多特色。分量也少了点，一碗吃不饱……

吃过面条，米儿想去荆州城一趟，看一看承天寺的那口大铁锅到底有多大，锅沿上能不能跑马……以前来荆州，因承天寺关门而无缘得见，终是个遗憾。但扛着木箱太不方便，只得作罢。二人想起文龙交代的"快去快回"，便一路往回赶。

到郝穴镇的时候，天已经快黑了，街道上没有什么行人。镇上唯一的一家旅社，这时门前亮起了一盏灯。这家旅社原是民房改造，砖木混搭的平房上了年纪，老旧而破败，只相当于古代北方的大车店。

米儿和麻杆扛着木箱走进去，一个矮胖的女人正坐在条桌边织毛衣。见有人进来，抬头看了他们一眼，继续低着头，用指甲拨着竹签上的线圈点针数。专心点够了九九八十一针，这才抬头问一句道："有什么事？"

麻杆放下木箱，米儿上前答道："我们住旅社，还有没有床位？"

胖女人站起来道："听口音你们是汉口的吧？你们从哪里来？到哪里去？"

米儿回道："我们从沙市而来，要往曲湾而去……"

"你们去沙市搞什么？又到曲湾搞什么？箱子里装的是什么？"胖女人盘问道。

麻杆不耐烦了，说："我们去沙市吃面条，回曲湾屙粑粑！怎么了，不行啊？你把我们当坏人啊……"米儿使个眼色，不让他再说。

胖女人笑了，说："你们莫误会，派出所有交代。最近有一股流盗流窜到我县，在城里撬门扭锁，连续作案，闹得人心惶惶！为了防止他们流窜到我镇，要求我们提高警惕，严防死守，不给他们可乘之机……根据脚印分析，说其中有二人一高一矮，体型偏瘦，刚好你们……"

"有点儿像是吧？告诉你，我们是武汉知青，是有介绍信的！你莫搞错了！"米儿火了，掏出介绍信往桌上一拍，指着那张纸道："你看清楚点！"

胖女人不依不饶，又换个角度说道："你们怎么不早说！早点拿介绍信出来，不就没得事了！这伙流窜作案的，肯定不是武汉知青啦……"

看完介绍信，胖女人又叫他们打开箱子，看看里面的钉子，这才带他们去后面的房间。推开一间大房的门一看，里面顶着墙排了十一张单人床,床上的被子和床单五颜六色,散发出刺鼻的烟味和霉味。

屋里已经住了七个人,清一色的陌生男人。有的在蒙头大睡,有的在洗脸,有的在晾短裤、袜子,有的在仔细算账,记录这一天的花销……

胖女人指了指另外四张空床,对米儿和麻杆道:"你们随便睡。旅社晚上要锁门,你们若要外出,九点以前记得赶回来。"走了两步,又站在门口对众人高声宣布道:"贵重物品要放好,晚上睡觉警觉些,防盗防火灾!不准躺在床上吸烟!"

经她这样加重语气地提醒和强调,大家都不约而同地抬起头,眼睛望着新来的米儿和麻杆,不由得赶紧摸摸自己的口袋,看看自己的随身行李,又互不信任地相互审视打量……似乎这九个人里面,说不定就有特务和盗贼。

米儿和麻杆去外面端了盆水进来,洗过脸,又用这水洗了脚。二人两腿发软,肩胛骨生疼,都不想再动,靠在床上闲聊起来。

算账的中年男人算完了账,嘘出一口长气,把零钱和票据整理得齐齐整整,用夹子夹好,放在一个人造革提包里,转身压在了枕头下,身子斜靠在上面,点燃了一支烟。

这房子没有天花板,直接从屋梁上垂一个灯泡下来,光线昏暗。麻杆两手放在脑后靠在被子上,看着屋顶的瓦片说:"这也叫旅社,简直像牢房!还真把我们当坏人了……"

算账的男人听了这话侧过头来,笑眯眯地望着他们搭讪道:"这还算好的哩,俺见过比这更孬的,连电灯都没有……"

米儿听他的北方口音亲切,便增加了二分信任和好感,问

第十九章

道:"我们下乡的地方,也没有电灯,晚上就点煤油灯。"

麻杆道:"没有钱买煤油,就偷队里的柴油来点灯……也不叫偷,就公开地用脸盆端回来,队长也不管我们。"

算账的男人笑了,欠身道:"你俩是武汉下放的知青吧?下放到哪儿?"

米儿答道:"曲湾公社翻身大队……"

"好地方,好地方,曲湾俺去过!洪湖水浪打浪,洪湖岸边是家乡……那可是个鱼米之乡呀!那边儿的人可好哩,大方热情!俺还吃过他们的鱼糕哩……"算账的男人满脸笑容,连连点头。

他吃过鱼糕,说明他真的到过曲湾!麻杆来劲了,一翻身爬起来说:"你真的去过曲湾?以后再去了就找我们玩,我们在翻身大队,不太远!"

算账的男人口里应着,转身从枕头下拉出了黑提包,从里面摸出一包"黄金叶"牌子的香烟。拆开来抽出两支,客气地递给麻杆和米儿,说:"来来来,吸根儿烟!"

二人接过烟来点着了,麻杆吸了一口道:"你还抽这好烟哪,我们那里买都买不到!"

"好啥好……俺是搞采购的,成天跟人打交道,烟太孬了拿不出手。这是俺河南出的烟,两毛三一盒。烟丝不错,金黄金黄的,卷得不松不紧,可好吸了!俺自己吸的不讲究,也就是四分钱一盒的'城乡'牌,还可以——你俩老家是哪儿的?"

米儿说老家在河南,麻杆说原籍在东北。父母都因工作调动,才来到武汉。

算账的男人瞪大了眼睛,惊喜地说:"那咱们都是北方人,都算是大老乡啊！自古就有他乡遇故知，洞房花烛夜，金榜题名时这一说，这是人生三大幸事呀！你老家是河南哪个县的？"他又问米儿道。

米儿赶紧道："河南安阳市，祖辈几代都在铁路上……"

"安阳的？好地方，好地方！俺是汤阴的，那儿是岳飞的故乡，也归安阳管。安阳再往北一点，就是汤阴。咱俩挨得很近呀！"算账的男人激动起来，好像见到了家乡人，又把烟递过来，说："安阳可出了不少著名的历史名人和故事呀！比方说大禹治水、妇好请缨、苏秦拜相、西门豹治邺、岳母刺字等，这些都是……"

米儿听得惊呆了，说："我只知道岳飞是老乡，不知道大禹和西门豹这些大名人居然也是老乡！古代安阳真有这么多名人呀？"

算账的男人一拍大腿，满脸自豪地说道："你俩不知道吧，光是安阳的就有很多！要说河南省的名人，那就更了不得了！"

米儿和麻秆同时惊呼，说："啊？怪不得说黄河流域是中华文明的摇篮，原来出了这么多的名人！那为什么古代河南那么穷，出来要饭的人那么多？"

算账的男人吸了口烟，慢慢地吐出来，眯起眼睛道："战争。古代大的战争多发生在河南。再加上黄河泛滥没人管，老百姓那是真苦啊！"

算账的男人真不愧是走南闯北的老采购，不但见多识广，而且为人热情，跟谁都能找到话题，借此排遣孤独和寂寞，他天南海北、绘声绘色地说，米儿和麻秆支棱着两耳，聚精会神地听。除了蒙头睡觉的那位，另外几个男人也听得津津有味，

第十九章

但并不插话。

忽然灯灭了!有人在黑暗中嘟囔道:"熄灯了,该睡了。吵死人……"

算账的男人便收了话题,也说:"睡吧睡吧,明儿还得赶早班车哩!"

被子上散发着烟味、汗味和脚臭味;床单下铺垫的陈年老稻草,正在腐烂发酵,潮乎乎的可以种蘑菇了。身子一动,便有浓烈的霉草气味跑出来,钻进鼻孔……

米儿钻进被子,用脚蹬了两下,被头便滑到了胸前,远离鼻子和嘴巴。他进来时,看见枕套上大大小小的黄色污渍,一圈套一圈、重重叠叠,密密麻麻,像三流画家笔下的梅花,这应该是很多人的涎水和汗液通力合作的杰作……

他不敢想下去,抓起枕头一把扔到地上,僵尸一般仰卧在床,直挺挺地对着屋顶呼吸。

四周一片黑暗。有人在梦中和谁吵架,听不清吵什么;有人在磨牙,咬牙切齿地,有人在打呼噜,高一声低一声,有时又憋在喉咙里打不出来,让听的人为他干着急!忽然又听到黑暗中有人在偷笑;夜行的动物也出来了,老鼠不知在翻谁的包,扯动报纸"哗啦哗啦"响……

这一夜,米儿挺在床上,耳朵听着周围的各种动静,久久不能入眠……恍惚间,他听见有人高呼道:"洪水来了,洪水来了!快跑哇……"接着,便看到洪水卷着巨浪排山倒海地直冲过来!他吓坏了,撒腿就跑!可是下面两条腿不听使唤,像被什么东西缠住了,怎么也跑不快。他想喊,又喊不出,急出一身汗来……忽然见前面有人扛一块门板,光着脚在奔跑。他想抢下这块救命的门板,他不想死!他拼命地追,那人拼命地跑,总也追不上……

洪水追了上来,在他身后发出震耳欲聋的呼啸声!他心想,完了完了!绝望地伸出两只手,哭喊道:"门板……救命啊……"

前面那人稍一迟疑,回头看他一眼。米儿趁这机会,拼死命往前一扑,"咚"的一声,脑袋重重地撞在了门板上!他大叫一声,便急忙用手去摸,摸到一手血!他吓得大哭起来,可是又哭不出声,只有泪水往下流……

突然听到有人大喝道:"起来!起来!"话音未落,头上又挨一击!

他一睁眼坐了起来,一道刺眼的电光直射他的脸。他怔怔地摸着头上肿起的包,叫道:"为什么打人?"

"民兵巡逻,查证明!快拿出来!"一个戴红袖章的人喝道,手里攥一个手电筒,在米儿的脸上和身上乱照。

与此同时,另有一个戴红袖章的,正用手电筒的大灯头敲打麻杆的脑袋,嘴里喝道:"起来起来!查证件!"

正在做梦的麻杆,脑袋被敲疼了,一翻身坐起来,叫道:"哪个打老子?"眼睛到处乱找。

"民兵巡逻,证明拿出来看看!没有证明,就跟我们走!"那人喝道。

麻杆"腾"地一下上了火,跳下地一把揪住那人吼道:"民兵就能随便打人?我还是基干民兵呢,老子今天给你来个民兵打民兵!"说着挥拳就打过去。

第十九章

看管米儿的这个民兵，一看麻杆的个头高出他们一大截，便暂时丢下米儿不顾，也跑过去帮他的同伙，一起揪住麻杆就往外拖。

另外七人听到动静全醒了，都手忙脚乱地在口袋里翻找证明和介绍信。

米儿本来也在口袋里找介绍信，想把这事解释清楚，然后发一顿火就算了。头上的这两个包，也只当是场误会，就算了。但一看动了手，两个打一个，麻杆肯定要吃亏！不打也不行了……

他心里的火苗往头上蹿，头上的包火辣辣地痛，便横下心不要这条命了！他"咚"的一声跳下地，猛地一把掀翻了床，抽出一块垫床脚的砖抓在手上，冲过去一把揪住打他的那人后领，大吼道："松开他！不然老子跟你一命抵一命！"说着举起砖头，照他脑袋就砸下去！

那人一惊，赶紧松开了麻杆。麻杆趁势腾出了身子，转身一脚，踢翻了另一个家伙！麻杆正要冲过去揍他，算账的男人赶紧跑过来拦住："算了算了，大水冲了龙王庙，都是误会！消消气儿……"

其他人也在旁边劝米儿。

麻杆嚷嚷道："老子睡得好好的，平白无故头上挨了两下！不行，老子不要这条命了，老子要打他！"说着就要冲过去。又被人抱住……

米儿揪住这边的一个不放，举着砖头吼道："什么东西！你敢随便打人，老子跟你同归于尽……"

这人紧紧地抓住米儿的手腕，看着米儿手里的砖头，口气软了下来,说:"我们是在执勤巡逻,希望你配合一下。你是搞什么的?哪来的?"

"老子是武汉知青,民兵排长!是正的,不是副的!是……"米儿气呼呼地吼道。

"他是我们响当当,硬邦邦的基干民兵排长!瞎了你们的狗眼!当兵的打起当官的来了……"麻杆被人拦在那边过不来,便叉着腰,指着这人吼道。

武汉知青不好惹,弄不好违反政策,吃不了兜着走!他是民兵排长,看来不会是流窜犯……这巡逻的民兵心里嘀咕起来。

这时电灯亮了,门外又进来两个戴红袖章的人。进来看到这场面,其中一人冷静地问道:"你们谁是排长?"

这人的一双眼睛和一张长长的瓦刀脸有点眼熟,似乎在哪里见过,一时又想不起来。米儿不理他。

麻杆上前一步,用手指着米儿,说:"他就是我们排长!你是不是应该敬个礼……"

那人一听笑了,对米儿道:"我姓李,也是排长。你我平级,就免礼吧!你先把砖放下,有话好说。"

屋里的紧张气氛顿时缓和下来,其他七个人,也都回各自的床上坐下了。米儿觉得这人还和气,便松开了手上的人,把砖头往地上一扔,说:"他们凭什么打人?你摸我头上两个包,他头上也有!"又用手指指麻杆。

李排长阴阳怪气地说:"这是一场误会。不是有句话吗,坏人打坏人,活该!好人打好人,误会!来,我先看看你的证明。"

米儿生气地捏起拳头,道:"好!既然好人打好人是误会,

第十九章

那我就打他两下子,把这误会打消!"说着就要闯过去。

李排长赶紧拦住,说:"那何必呢?都是革命同志,打人是不对的。我先看看你的证明……"

米儿掏出证明递给他。他仔细看了看,突然睁大了眼睛,目光在米儿和麻杆脸上转过来又转过去,说:"你们是曲湾翻身的?"

米儿冷冷地说:"上面有公章,自己看!"

李排长突然兴奋起来,说:"那你们认不认识王娟和夏雨欣?她们也是武汉知青。还有春桃,我们共青团正在组织向她学习……"

米儿气呼呼的,别过脸去应道:"不认识!"

麻杆连忙答道:"认识认识!我们还是同班同学。她们在三队,我们在五队……那你是哪个?"

李排长满脸笑容伸出双手,好像在战场上会师似的,紧紧地握住米儿的手说:"哎哟,真是大水冲了龙王庙,一家人不识一家人!我是芳芳的表兄呀……"

麻杆听了心里一惊,这时才想起芳芳来!但听这人说是芳芳的表兄,便疑惑地问道:"啊,芳芳的表兄啊?真的假的?该不是芳芳的男朋友吧?"

"嘿——,那怎么可能!芳芳的娘是我四姑,芳芳管我爹叫舅舅的!我们是姑舅老表,怎么能开亲?这么好个表妹,将来还不知便宜了哪个家伙呢!"李排长说着,自己笑起来。

麻杆脸一红,道:"芳芳是我们的好朋友!前年回武汉下大雪,多亏了她求三爹用拖拉机把我们拉到郝穴,才赶上了夜班船。这两天,她应该就在我们翻身大队,和王娟她们在一起。

我们今天到家，就能见到她了……"他跟李排长套起近乎来。

李排长热情地说："晓得晓得！三爹就是我亲爹呀，他回来讲过这件事。芳芳也总是跟我提起你们，夸你们人品好，对人有情义，又聪明又能干，个个都很优秀！说得我都心动了，很想去见见你们！没想到在这里碰到了，真是不打不相识……"

转身又对米儿说道："这样吧，今天不走了，一起到我家里玩一天！明天早上我送你们上车。这两个民兵态度不好，打了你们，我替他们向你们道歉！回去加强教育，叫他们写检讨。你看好不好？"

米儿听他说是三爹的儿子，确实跟三爹的瓦刀脸和大眼睛对上了号。而且他还是芳芳的表哥，便消了气，站起来道："既然你是芳芳的表哥，那就算了，都是革命同志，也不必责怪他们了！我们今天必须赶回去，队里盖仓库等着钉子用。以后你有空了，欢迎你到翻身来玩，我们大家都来陪你！"

李排长搓着手，尴尬地笑了几声，道："一定一定！既然任务在身，那这次就真对不住了。得罪得罪！"

麻杆在一旁看着李排长的脸，心里想，这个家伙就是芳芳的表兄？那老子以后，不是还要叫他一声表哥啊……头上白挨了这两下子！算了，看在芳芳的面子上，饶他们这一回……

回去的汽车上，米儿一摸头上的包，还是来气。心里恨恨地想，几时我当了大官，定要回来撤他们的职！横行霸道，简直是秃子打伞，无法无天了！看在芳芳和三爹的分上，这次就算了……

回到翻身大队一问，果然芳芳来过了，刚刚又走了！

麻杆急忙又写一封信过去，请芳芳再回来，说有要事

第十九章

相告……

米儿和麻杆被人欺负的事,王娟和雨欣是第二天上午才知道的。

这些日子,田里的中稻收割完了,晚稻成熟还得一个多月。在这个空档里,大队便放了几天假。

王娟和雨欣一直惦记着念念,前些日子因为农忙,也顾不上过去看看。吃过早饭,便赶紧在隔壁的小卖部称了一斤蛋糕和一包薄荷糖,匆匆来到肖银水家。

海棠抱着念念坐在门槛上,芸草娘端着碗正在给念念喂奶糕。奶糕递到嘴边,念念闭紧了嘴摇头不吃,不停地用手去拨开。十多天不见,念念瘦了许多,两只大眼睛也不像以前那样有神……

远远的还没到门口,王娟一眼看见念念,惊喜地叫道:"念念!"

念念身子一颤,吃惊地扭过头来,眼睛四处乱找。见王娟和雨欣向他走来,眼睛一亮,立刻兴奋起来,在海棠的怀里扑扑腾腾的,两只小脚又蹬又踹!又欠着身子朝王娟和雨欣伸出两只小手,嘴里:"啊——啊……"地叫个不停……

海棠和芸草娘见了,也同时站起来迎上去。王娟一把接过念念,紧紧地搂在怀里,贴着念念的脸轻轻唤道:"念念,念念……你怎么瘦成这样了……"说着,眼里涌上泪水。

雨欣摸着念念的胳膊,感觉细细的,又摸摸身上,也都是骨头……鼻子一酸,不觉红了眼圈。

芸草娘心疼地说:"念念这几天发高烧,不肯吃东西,勉强喂一点进去,又吐出来。晚上不停地咳嗽,哭闹不休,要人抱着,整夜抱在手上走来走去……咳得不能睡,还能不瘦呀……"

正说着,肖本鹊从里间出来,手里拿一个紫铜药钵,"叮叮咚咚"地一边捣药,一边问道:"你们两个女伢子,不在屋里好好休息,清晨跑来干什么?"

王娟道:"放假了,我们来看看念念。念念怎么病了?"

肖本鹊轻描淡写地说:"不要紧的,就是感冒发烧,小儿常有的毛病。念念没吃母乳,体质是会差些。我在给他配药,吃了这副就差不多了。"

念念把王娟的脖子搂得紧紧的,乖乖地趴在她肩上,一动也不动。王娟听到"母乳"二字,便想起春桃,心疼地亲着念念的额头说:"可怜的念念……"嘴一挨上去,感觉还有点发烧。

雨欣问道:"怎么不见银水和芸草?"

海棠回道:"银水出诊去了。芸草刚刚还在的,一晃又不见了!我去找她回来。"说着便出门去了。

肖银山从园子里回来,肩上挑着满满一担新鲜烟叶。蒲扇大的烟叶子,一张一张叠在一起,码在担子里,压得密密实实。他来到院子里放下担子,撩起衣襟擦了擦汗,走进来说道:"爹,刚才碰到金狗子,说田米和小曾两人在郝穴被人打了,差点闹出大事来……"

肖本鹊听了一愣,手上停止了捣药,问道:"哪个搞起的,惹祸了?人打伤没有?"

"听说在旅社里睡觉,半夜进来两个查房的民兵,把他们打了……"

"我问你人打伤没有?"

第十九章

"我不晓得。金狗子没讲,他也是刚听到的……"

"闭门屋里坐,祸从天上降!睡个觉,半夜被人打。荒唐!"肖本鹊黑着脸嘀咕道。

王娟和雨欣正抱着念念在逗他玩,二人听了这话也吃了一惊!王娟把念念递给芸草娘,转身对雨欣说:"走,看看去!"说着就抬脚出门。

肖本鹊叮嘱道:"如果身上有伤,就叫他们过来,我用药酒给他们赶一赶!"

米儿和麻杆回到队里,把一箱钉子往文龙手上一交,就算了结了这趟差事。文龙又问了一下路上的情况,二人便轻描淡写说一遍,也没提打架的事。

文虎在一边听完了,脸上笑眯眯的,开口道:"你们在郝穴住旅社,有没有碰到查房的民兵用手电筒敲脑壳呀?老子年初那回住旅社,就被他们敲了!还不止我一个,以前好些人都被敲过。敲得生疼生疼的!你们运气算是好的……"

麻杆听到这里,急忙道:"啊,你也被敲过?我们这次也被敲了!还差点打起来了,头上的包现在还疼……"便把那天夜里的情况,一五一十地讲了一遍。

文虎听了笑起来,说:"这是他们的恶习!问他们为何打人?他们就说有流盗,年年如此。哪来那么多流盗嘛!"

幺妈把饭菜端上来了,催大家吃早饭。见段师傅在整理刀具,文龙道:"这几天放假,下午队里还要杀一头猪。你们先休息两天,大后天都去禾场上帮忙盖仓库。"

从文龙家回来,麻杆跟米儿商量道:"趁这两天放假没事,我想去芳芳那里玩。你陪我一起去吧?"

米儿说:"我才不去!你想跟她玩,有我什么事,你把我当电灯泡呀!"

麻杆掏出烟来,说:"哪个说没有你的分?我看梅儿对你就有意思,我再跟芳芳讲一声,叫她帮你牵根线。你陪我去一趟,这两天你的烟我包了……"说着,抽出一支烟来,递给米儿。

花蛇一听乐了,也打趣道:"还有这好事呀!好吃好喝还有女朋友,我去!他看不上梅儿的……"

麻杆看他一眼,道:"你不行,匪里匪气的样子,莫坏了我的事。交女朋友要假装斯文,女朋友才会喜欢!米儿还可以,文绉绉的,说不定跟梅儿能搞成……"

米儿忍不住笑了,说:"鬼!还跑那么远去找女朋友。我们大队就有几个女生,还是同班同学,哪一个不好?二队的李月和谭素琴不好?还有三队的王娟和雨欣,这些女光棍,都还单着……"

一语未了,只听窗外有人说道:"谁说我是女光棍?无聊!"话音未落,王娟和雨欣进来了,后面跟着骗子。

屋里的三个人吃了一惊,米儿急忙圆自己刚才的话,赔着笑脸说:"说曹操,曹操就到。你只听到后面这句,没听到前面夸你的那句!"

王娟走进来看了看三个人,说:"你们几个,鬼头鬼脑的又在议论什么事?是不是在说我和雨欣不好,都是女光棍?你们呢——男光棍!"又转身对米儿道:"你还是个组长,上梁不正下梁歪,带头说别人的坏话!你还会夸奖别人?我才不信。不

第十九章

错,我现在是女光棍。你呢,你永远是男光棍!"

雨欣靠在门边,两手插在裤兜里,抿着嘴笑!眼睛在米儿和王娟脸上滚来滚去。

王娟横了雨欣一眼,说:"你笑什么?他说你也是女光棍,你不生气呀,你也搞他两句嘛!"

雨欣"扑哧!"一声,笑得前仰后合!说道:"搞不赢他,我不生气……我只想看你们两个吵一架,光棍对光棍,我给你们当裁判!"

米儿赶紧扯过一条长凳来,笑嘻嘻地说道:"是我不对,我不该说女光棍的。来,你们坐下消消气!"

花蛇一脸认真地说:"我听了半天,你好像没什么不对呀!你本来就是在说她们好,她们完全听反了。还好她们听见了,还能当面说清楚。如果别人听见了,掐头去尾传给她们,那就成了是非。如果她们听了又放在心里不讲出来,那你就没有机会解释清楚,矛盾就会越来越深,意见就是这样造成的。其实本来就是个好话……"

米儿向花蛇眨眼睛,感谢他讲得好。麻杆见他们一唱一和,忍不住哈哈大笑!

王娟见花蛇那一本正经的样子,又讲了一大堆,也忍不住想笑!她坐下来,装出一副语重心长的样子,蹙着眉头说:"你们是男生,不要背后议论女生,要多想想自己的前途和抱负!不说马革裹尸吧,起码要三十而立什么的……"

大家听了又是一阵大笑,说:"王娟真像个老师了,你知道什么马革裹尸、三十而立!我们才十九岁,早得很呢!还没说起……"

"你们以为永远都是十九岁呀，十九过了就是二十，二十过了就是三十！转眼就老了，快得很！战死疆场，马革裹尸不光荣吗？人的一生并不在于结局怎么样，而在于过程怎么样。结局是给别人看的，过程才是自己的……"王娟站起来，认真地说。

米儿被她逗得合不拢嘴，一边笑一边说："你这话有毛病，二十过了就是二十一，怎么成了三十！你是逢十过日子的呀？还有什么结局、过程，不知你从哪里听来的……"

王娟正要开口，雨欣笑道："这是她外公来信说的！"

王娟看雨欣一眼，伸出一根指头，指指点点道："不管是哪个说的，反正讲得有道理，我才讲给你们听。希望你们珍惜自己的青春，不要一天到晚没有个目标，东混西混的……"讲到这里，忽然想起一件事来，便问米儿道："听说你们这次住旅社，三更半夜被别人打了，这是怎么回事？打伤了没有？让我看看……"

米儿摸摸头上的包，说："还好，就是被手电筒敲脑壳，小意思！现在不太痛了。"又和麻杆二人，你一句我一句，把这过程重复说了一遍。

雨欣听米儿说只是被手电筒敲了几下，也不痛了，便没放在心上。

王娟还没听完，气呼呼地说："太猖狂了，无法无天！我要到县里告他们去，县里不管，我就往省里告！非要告赢，让他们过来赔礼道歉！"

麻杆道："你怎么告？你还没到县里，我们头上的包就消了，证据都没了，拿什么告？"

第十九章

米儿也说:"算了,告起来麻烦。又要验伤又要拍照,最后鉴定是个轻伤,顶多批评他们两句……听文虎说,这是他们的恶习,很多人都挨过打,不光是我们两个。再说芳芳的表哥也向我们道过歉了。"

王娟说:"我们明天就去县里告他!小小一个排长,就敢随便打人——"

"排长没有打……"麻杆立刻接上去说。

王娟不理他的话,又接着道:"如果当了连长,还不要杀人放火呀!你们也是胆小如鼠,要是我,非要踢他几脚不可!"

麻杆委屈地说:"我们打了,打不赢,他们人多。再说看在芳芳和三爹的面子上,不想搞太僵了……"

王娟把嘴一撇,说:"对了,以后不准芳芳到我们这里来玩!要是再来了,我们都不睬她!什么东西呀,一群乌合之众……"

麻杆立刻截住她的话,说:"这又不关芳芳的事!我们半夜挨打的时候,她还跟你们在一起,她哪里晓得!你也不能好坏不分。"

雨欣也劝王娟道:"这话说的是,不能株连九族嘛!你一生气就好坏不分,一竿子扫一船人。气头一过呢,又跟别人好得穿一条裤子!再说三爹吧,还用拖拉机搭过我们,他对我们还是有恩的……"

王娟像只好斗的小公鸡,站在地上一手叉腰,一手指着门外道:"我就忍不下这口气!我们不满十六岁就背井离乡,步行几百里,走了十几天!一路上爬雪山,过草地,含悲忍泪往前走,什么苦没有吃过?几年来,什么难我们没有遭遇过?人也牺牲了一个,古人都说马革裹尸还,可春桃到现在还埋在这里!我们犯了什么过错?凭什么想打就打,想骂就骂?还把我们当成了流盗!在他们眼里,就把我们看得那么下贱……"说着说着,眼泪也出来了。

她这一番气话,道出了大家几年来的辛酸,听得人心里酸酸的,眼里潮潮的。见她哭了,都连忙劝道:"算了王娟,事情已经过去了,再说又打得不重。人狠不缠,酒狠不喝。今后我们不走这条路了,来来回回直接从沙市走,不跟他们打照面。跟他们生气划不来……"

花蛇听了站起来,把腰一叉,说道:"虽然犯不着大闹,但这事说大不大,说小也不小!他们之所以敢这样霸道,是因为没有遇到狠人,就只会欺负老百姓。碰到狠人,他们就栽了!秃子打伞——无法无天!教训他们几回,就不得不老实!一年上头抓流盗,来住旅社的每一个人,都成了流盗,都要无辜地受虐待!真是无法无天……"

正说着,芸草跑来了,说:"我哥回来了,爹叫你们赶快过去吃饭。王娟姐,念念哭着闹着找你呢……"

芸草娘正蹲在伙房门口,一手抓鸡,一手拿刀,嘴里说道:"鸡子鸡子你莫怪,你是桌上一道菜……"

王娟等人刚好来到跟前,一见这光景,她一把夺下这只鸡,说:"这么漂亮一只鸡,留着下蛋吧!"说着把手一松。那只鸡两脚刚一沾地,便连飞带跳地逃命去了。

芸草娘一愣,站起来说道:"这是一只公鸡,下什么蛋呀!养了就是吃肉的……"

第十九章

王娟看一眼那飞跑的鸡,说:"公鸡也是一条命,不会下蛋不是它的错。我宁可不吃鸡!"

肖本鹊在屋门口看见了,"嘿嘿"直笑,夸奖王娟道:"佛是不忍,这丫头一副菩萨心肠,心里有尊活佛!活佛保佑她一生平安……"

肖银水从房里出来,把手里的一封信递给王娟,说:"春桃的妹妹小杏写来的,说是过了国庆节,就来我们这里落户了。她要跟你们住在一起,还用她姐姐那张床……又要给你们添麻烦了,有什么难处尽管开口,我们……"

王娟和雨欣高兴得什么似的,连声说道:"不麻烦不麻烦!都是自家人,我们早就盼着她来呢!我们回去就打扫房子,把床给她铺好!"

芸草高兴地跳着说:"我也去帮你们打扫!我娘给小杏姐准备了两铺两盖,都是新的,一次都没用过!"又回头望着娘,恳求道:"娘,我也想搬过去住!小杏姐的英语成绩非常好,我要跟她学英语!"

芸草娘看着她的脸,说:"女伢子家家的,中国字都认不了几个,学什么英语!过两年给你说个婆家,嫁出去省心!"

芸草生气了,身子一扭过去,噘了嘴说:"动不动就要嫁我,我偏不嫁!若要嫁,我就不回来,就跟小杏姐她们一起住。"想了想又说道:"谁说我中国字认不了几个?唐诗三百首,我都能背十几首了,还写了几首诗,雨欣姐还帮我修改了。今后学好了英语,我要进城去工作,还要帮我哥翻译外国的西医资料。这些你又不懂……"

米儿几人听了哈哈大笑!交口称赞芸草有理想、有抱负,比他们都看得远，想得细些，将来一定会有出息！

芸草娘笑骂道："你这丫头，我不懂，你懂！不嫁人，你打光棍呀？你还想上天呢，可惜没这命。一天到黑四处乱跑，屁股不挨板凳，你能读得好书？"

肖本鹊瞪了芸草娘一眼，道："伢子家的事，你少操心。她到处乱跑脚不沾地，说明她健康活泼，身体没有毛病。难道我们家就不能出一个女秀才？"

芸草娘道："我倒想看一下，她能不能当女秀才！只怕没这命……"

雨欣拉着芸草的手，夸道："芸草聪明有灵气，一教就会！对新知识有兴趣，又肯学，这点很重要。她不但有理想，还有主见、有信心，对自己的将来也有明确目标，不愁没有大出息的！"

王娟看一眼米儿，嘴巴一撇，说："凡事都要努力去争取，不试怎么知道成不成？四平八稳等别人送上门呀？我就喜欢芸草这性格，敢于大胆追求自己的理想！芸草，你好好学，今后有机会了，我介绍你到大城市去工作！"

米儿听出了她话里的刺，心里一阵不安，转过头去看着芸草娘。

芸草娘听了王娟这话，心里当然是喜欢的，可嘴上却说："你们几个把她捧上了天，也不怕她摔下来……"

芸草越听越得意，说："我摔下来了，有娘接着，怕什么！"说完，一阵风似的跑到伙房里看了看，出来说："娘，饭熟了！快拿来给我们吃，吃过饭还要去给小杏姐打扫房子呢！"

第十九章

麻杆想去芳芳队里玩,终未去成,心里闷闷不乐。好在晚饭时有一大盆辣酱焖猪肉,他见了猪肉,立刻眼前一亮,把芳芳也忘到脑后了。

下午队里杀了一头猪,王娟和雨欣也得到一块排骨。米儿本来想把那块肥瘦相间、卖相不错的五花肉送给她们的,可是麻杆不同意,说:"肥的留给我们自己吃,把那些骨头给她们就够意思了!女生吃了肥肉,长一身膘也不好看。她们也不会要的。"说着,提起这块排骨,给王娟她们送去了。

王娟和雨欣没听见这话,把排骨装在筲箕里,用井水一冲,便一股脑地倒进锅里去煮。

没了春桃,这两位千金小姐事事都得亲自动手。炒菜做饭时不免手忙脚乱,不是糊了,就是烂了,不是忘了放盐,就是忘了加水。好在海棠经常过来把手相教,芸草也经常送菜过来,渐渐地习惯了,日子也能凑合着过。

煮了一阵,闻到了排骨的香味,也不知熟透没有。王娟抄起一双筷子,在排骨上扎了几下,对雨欣说:"行了,关火!"

排骨分成三碗,除了王娟和雨欣,骗子也分到一碗。骗子狼吞虎咽的,连肉带骨头一起嚼了咽下去。吃完还不够,舔了舔嘴巴,又在地上寻找二人扔的骨头。

王娟夹着骨头又啃又扯,歪了脑袋去看骗子,见它没吃够,便把碗里的排骨扔给它,说:"骗子,你这个吃相太不文雅,把骨头都吃下去了!你慢点啃嘛,小心卡了喉咙……"

雨欣喝一口汤,笑道:"骗子应该脖子上围一条白餐巾,坐在餐桌前,一手拿餐刀,一手拿餐叉,在盘子里轻轻地割一块,再叉起来送进口里,那就绅士了!旁边还有穿高跟鞋的洋夫人

太阳雨

和一小杯红酒……"

王娟听了忍不住,"扑哧"一声喷出一口汤,笑道:"再生一对龙凤胎,一男一女两个洋娃娃,都是黄头发!"说到这里,忽然对雨欣道:"骗子不小了吧,它有没有女朋友呀?也该结婚了吧?"

雨欣笑道:"骗子三岁都不到,结个'黄昏'!你看它一天到晚只晓得吃,就喜欢到处捡骨头。除了这什么都不想,谁会喜欢它?你还是管管自己吧,少操冤枉心……"

她们并不知道,骗子和小花是有过婚史的,而且有儿有女……不过后来分开了。

骗子也懒得听她们讲些什么,趴在地上只顾咬骨头,嚼得骨头"咔吧咔吧"响。

王娟若有所思,停住了筷子,突然问雨欣道:"什么叫女为悦己者容?"

雨欣听她这话问得蹊跷,一时不知该怎么回答……

几个孩子叽叽喳喳地从门外经过,走到跟前忽然没了动静,躲在门边探头探脑地往屋里瞅。见王娟和雨欣在里面啃骨头,便赶紧缩回头,拍着手又笑又跳起来……

孩子们在门口嘻嘻哈哈闹个不停。屋里的王娟听了,忍不住也笑了,站起来就要往外走。雨欣走出门去,断喝一声道:"厚脸皮!"

孩子们一看是夏老师,一哄而散,一溜烟地跑远了。

天气渐渐转凉。早上起来,田野里晨雾轻薄如纱,地上的小草湿漉漉的,叶尖上也挂了露珠。远处有三两头大水牛,在

第十九章

低头觅食青草。吃上几口，又仰起头来，朝远处凝望一阵，雕像似的影子凝重而悲壮。

放牛的孩子们，把缰绳往牛角上一盘，一手提着大竹篮，一手拿着小铁铲，在小路上跑来跑去寻觅野菜。

小路的两边和田里，有挖不尽的野葱、野蒜和野芹菜，这是人吃的；还有随处可见的荠荠菜、车前草、灰灰菜、剪刀菜、苜蓿芽等名目繁多的野菜，这些菜可以人吃，也可喂猪。

村子里炊烟四起，家家户户的妇女都早早地起来了，开始忙碌一家人的早饭。男人们起得晚些，饭快熟了才起床。起来了便什么也不干，趿着鞋坐在门槛上抽旱烟。抽一口，咳嗽几下，"吧唧"一声，往地上吐一口黄痰，两眼呆呆地望着田野，心里想着这一天的活计……

一辆崭新的上海产"永久"牌自行车，停在民兵连长杜得志家门口。车身漆黑锃亮，镀铬的龙头和钢圈闪闪发光，在这古旧灰暗的乡村里格外明亮耀眼！

杜得志的堂屋里，方桌被擦得一尘不染，四条长凳被摆得整整齐齐。刚刚洒过水的地面，也打扫得干干净净。

桌边坐着一位四十多岁干部模样的客人，穿一身洗得发白的旧军装，头上戴着旧军帽。他一边抽烟，一边跟杜得志谈话："这回征兵，我们公社八个大队，只争取到七个名额。能给你们大队一个指标，这就算不错了……"

杜得志赔着笑脸，谦恭地说："闫部长，您就照顾照顾，再给个指标吧，我们大队男知青多些……"他身上披一件夹袄，坐在客人的左侧。

"老杜哇，你也要体谅我。这八个坛子七个盖，你要我怎么盖?这回毕癞子的幸福大队,一个名额都没分到。他跑公社来找我扯皮,我硬起头皮答应他,明年一定给他一个指标。他要知道你得了两个名额,不找我拼命才怪!"闫部长弹了弹烟灰,又道:"毕癞子这个人呀,你又不是不晓得,难缠得很!"

杜得志欠起身,一张柿饼脸上堆满了笑容,双手又递一根烟过去,说:"这个毕癞子真不是个东西,见人屙屎喉咙痒,什么都想插一腿。您不消跟他计较……哦对了,今年的新兵去哪里?"

闫部长用手上的烟头续燃了这支烟,深吸一口,道:"接兵的说了,这批新兵是野战部队要的,全部送到云南。年底换装开拔,到部队去过元旦节。"

杜得志听了,脸上渐渐没了笑容。沉吟片刻,微微摇头道:"云南太苦了,路途又遥远。这些伢十几岁就来到我们这里,也吃了不少苦……算了,一个指标就一个指标吧,我也不多要了!明年如果有好兵种,闫部长多照顾我一个,帮我搁在心里哈……"

闫部长高兴了,胸脯一挺,道:"我们两个还不好说?你们大队的知青,个个都是好样的!公社谁不知道?有了好兵种,我会照顾你的!你放心,我搁在心里!"

鸡鸭鱼肉依次摆上了桌,杜得志又拿出一瓶"黄鹤楼"牌子的高度白酒,用牙咬开瓶盖,双手握着瓶子给客人倒满了酒……

这位喝酒的客人,便是杜得志的顶头上司——曲湾公社的武装部长,姓闫名九生。他虽然叫九生,但在家里排行并不是第九,而是老三,这名字是他爹闫大头特意给他起的。

第十九章

提起他爹闫大头来,在这一片那是无人不知,无人不晓。

闫大头本是打鱼出身,由于身强体壮胆子大,见了土匪毫无惧色,敢于拔刀相向,半夜都敢一人下湖去打鱼。平时为人敢作敢为,服软不服硬,又肯行侠仗义,渔民们多与他相交不错。闫大头自己吃得苦,耐得劳,勤扒苦做了十几年,也攒下了三条小渔船,便把其中的两条租给了几个外地人。从此日子过得安定,家里也一天天殷实起来。

这几个租船的外地人看了眼红,其中一个叫阿伍的起了坏水,便暗中串通土匪,瞅个空子绑了闫大头四岁的儿子闫九生。绑匪旋即放出话来:赎金三百大洋,限三天交齐。不然,三天后撕票!

闫大头正蹲在门口杀鱼,看了阿伍从外面捡回来的字条,冷冰冰地说:"老子没钱,不理他们!"说完,一刀剁下了黑鱼的脑袋!

那条无头的黑鱼蹦起老高,又重重地摔到地上,鲜血染红了地面。滚落一边的那颗鱼头,嘴巴一张一张的,似乎在喊冤!

闫大头站起来,用刀指着鱼头道:"老子要是查清了哪个在做鬼,老子给他三刀六眼,血流成河!"

阿伍大惊失色!哆哆嗦嗦地把这话传给了绑匪。过了两天还是不见动静,芦苇荡里蚊子又多,闫九生的嗓门又大,日夜吵着要回家,哭闹声传出很远。哭闹完了,又吵着要吃的,要喝的,要撒尿……绑匪烦死了,传话给闫大头:"你儿子的命重要还是钱重要?价钱可以商量嘛……"

闫大头脖子一梗,直接放出狠话:"老子没钱!三百大洋,老子可以买五条渔船,六个老婆了,多少儿子生不出来?这个儿子老子不要了！你们看着办，要杀快点杀。不杀，你们就养他！"

这几个绑匪本来只想敲诈几个钱，对人命压根没兴趣。一听闫大头竟然这种态度，心都碎了！哪有这样当爹的嘛？一个铜钱都不肯出！这孩子又会吃，又会喝，还会闹，就是不会干活。拿在手上毫无用处，白白地倒贴几顿饭！没想到我们这要钱不要脸的，碰到了要钱不要命的狠角色！这生意还做个屁呀。赶紧直接放人吧，不然还要多赔几天饭钱！

这孩子大难不死，半夜又被送了回来。

闫大头见儿子平安回来，又听人说"狗有七条命，猫有九条命"，这孩子九死一生，大难不死，必有后福！寻思猫命比狗命还多两条，便给他选定了猫命，起名为"闫九生"。

这个闫九生后来果然争气！十六岁时，解放军部队路过这一带时，他胸前挂着大红花，参加了中国人民解放军。闫大头也成了光荣军属，整天乐呵呵的，逢人便说："猫命就是比狗命好些！"

闫九生随着部队转战南北，在炮火连天的战场上，浴血奋战了数年，屡屡立下战功。之后，闫九生复员回来了，理所当然地坐上了公社武装部长的宝座……

闫部长在杜得志家里吃饱喝足后，出门来又交代了几句。然后摆摆手，把自行车一推，右腿一抬骑了上去，"叮叮当当"地响着车铃走了。

事有凑巧，闫部长刚走不久，杜得志的女儿满秀也回来了。她手上抱着吃奶的孩子，后面跟着那吊眯眼的女婿。一来就打

第十九章

听王娟、雨欣和春桃在哪里,想要过去看望她们。

杜得志说:"你们抱着孩子一路上够累了,就在屋里等吧。我去大队部一趟,布置一下征兵的宣传工作,顺便把她们请过来。"

杜得志先来到米儿他们这边,屋里没人。他又到大队部去,路过王娟她们屋子时,看见门上也是一把锁!心想:这些伢子,都去了哪里呀?

此时,王娟和米儿他们正聚在段义龙家里,叽叽喳喳的,吵着要吃幺妈做的姜丝炒猪肝。

王娟身穿一件碎花衣裳,头上包一块遮挡烟尘的白毛巾,坐在灶门口,用火叉往灶里添柴,两只眼睛被火光映照得亮晶晶、水汪汪的。

她挺直了细腰,伸长脖子朝锅里看了一眼,道:"幺妈,你放这多油啊?"

幺妈被灶烟熏得眯起了眼睛,说:"油多不坏菜!油少了不行,会糊锅的。炒猪肝要油大、火猛、动作快,八分熟就起锅,猪肝才能又嫩又脆……"说着,丢了一把干辣椒下去,又把一碗切成豆芽长的姜丝倒进锅里,拿起锅铲扒了几下。

王娟见她倒了这么多姜丝下去,噘起嘴巴不高兴了,说:"幺妈,你放这多生姜像炒青菜似的,不怕辣呀!"

幺妈笑道:"这是嫩姜芽,不辣的。爆炒猪肝,要多放些嫩姜丝才出味!"边说边在锅里翻动。看看差不多了,才把腌制好的猪肝倒进去。

冷猪肝遇到热油锅,"嚓"的一声响了起来,锅边上立刻卷起了一圈火苗！幺妈抄起锅铲，飞快地在锅里扒动着。猪肝在热油锅里不停地跳动、卷翘，渐渐变了颜色……幺妈迅速将猪肝起锅。油亮亮的猪肝，一大片一大片的，装在盘子里还在不停地颤动，"嗞嗞"作响！

满满一盘油爆猪肝端上了桌，幺妈又端出一砂锅红焖猪大肠、一盘卤猪头肉、一盘清炒野芹菜、一碗炸胡椒……

王娟走到门外摘下头上的毛巾，扭着腰肢掸了掸身上的烟尘，也走进来挨着雨欣坐下了。

段师傅见菜上齐了，坐下来"嘿嘿"一笑，露出嘴里长短不齐的黄牙，说："男将们喝酒，女将们吃饭！"又转过头来，逗王娟和雨欣道："你们两个小女将，要不要喝点儿白酒？这是苞谷酒，带甜味的……"

雨欣说不好喝，王娟说好喝也不喝。二人都说要吃饭，说着，站起身就去伙房盛饭。文龙的妻子金凤，捧着几碗饭出来，对雨欣和王娟道："快坐快坐！饭给你们添来了！"

文虎的妻子水莲，已经身怀六甲，挺着一个大肚子从房里走出来，一扭一扭的。她红着脸，含笑跟大家打了招呼，艰难地坐了下来。

桌子四周坐满了人。王娟和雨欣见幺妈和金凤端着碗站在一边，便赶紧起身让座。这时米儿和花蛇也站起来让位，段师傅和文龙一把扯住，说："坐坐坐，她们习惯站着吃……"

见大家都站起来让座，幺妈和金凤急忙往后退，涨红了脸道："不坐不坐，你们快坐下！站着吃还吃得多些！"说完笑了。

段师傅举起酒盅，"嘿嘿"笑着说："这话有道理！站在地上吃，肚子宽松装得多，吃两碗再跳几下，还能再装一碗。来

第十九章

来来,喝一口!"说得大家全笑起来!

六个男将乘兴端起小酒盅,一仰脖子喝了下去。五个女将,自幼受过良好的家教,吃相斯文规矩,每人手上端一碗米饭,夹一大片爆炒猪肝盖在饭上,扒一口米饭,咬一点点猪肝,抿着嘴在口里细嚼慢咽,一点响声都没有。

米儿、麻杆和花蛇这三位小将,长相倒也看得过去,吃相实在难以恭维!一盅酒下肚,便动起手来,抄起筷子夹起一块猪肝,吹也不吹就放进嘴里,烫得龇牙咧嘴、口里"嘶嘶"地乱哈气,只听到一片稀里哗啦声!麻杆最贪心,一次夹两块,张开大嘴就往口里塞……王娟和雨欣看了难为情,互相望一眼,低了头偷笑……

酒足饭饱,大家心满意足了。米儿摸摸鼓胀的肚子,忽然想起了"酒囊饭袋"这个词来,觉得又空玩了一个上午,什么也没干成,心里略感不安。

文龙掏出烟来,给大家每人发了一支。米儿学文虎的样子,把烟竖起来在桌上反复地磕着。发现这烟卷得不够紧,磕了没几下,上面就空出一截纸筒,又用指甲掐掉。

段师傅脸上油腻发亮,像抹了一层猪油。眼皮松松垮垮,眼睛下面一对大眼袋鼓鼓的,仿佛里面蓄满了水。他捧着紫砂壶努了努嘴,对着壶嘴"吱"地吸一口,咽了下去。两只眼睛盯着紫砂壶,反复把玩欣赏。

花蛇见段师傅拿着紫砂壶,在手上转来转去仔细看,便问道:"幺叔,这个小茶壶,有什么名堂?"

段师傅从茶壶上收回目光,咧嘴一笑,道:"嘿嘿,这里面的名堂大了!"

听说这小茶壶名堂大了,大家不觉起了兴致,都转过脸来问道:"什么名堂呀,这么神秘?"

王娟眼睛瞥了一眼茶壶,不屑地说:"一把茶壶,黑乎乎的!有个么好看,扔到路上都没人捡。"

幺妈正在收拾桌子,听见这话便笑了,说:"哪个说不是呢!就这个破东西,当宝贝一样。分家的时候,他什么都不要,就要了这把茶壶。有什么用呢,没有茶壶,就不喝水了?"

段师傅正了正脸色,道:"这话你都讲了几十遍了。你没有文化,跟你说不清,你哪里晓得这里面的故事!光说这把壶的年龄吧,到现在都有三百几十岁了!更何况还是明朝制壶高手做的名壶。分家的财产我不稀罕,单单要了这把壶,你当我真的傻呀!"

大家见段师傅喝了酒认真起来,便纷纷奉承他道:"幺叔哪里傻嘛!耕田耙地,打鱼撑船,杀猪宰羊,写毛笔字,样样都比别人干得出色!看看文龙哥和文虎哥就晓得,一个是我们队长,一个是机工师傅!还不都是幺叔培养出来的,幺叔才不傻……"

段师傅就喜欢别人给他戴高帽子,听了这一串恭维话,心里十分受用!便咧开嘴笑了:"嘿嘿,到底是城里人有见识。老话说:宁跟明白人吵架,不跟糊涂人讲话。跟你们讲话就不费力!来,今天就给你们讲讲这把壶……"他又看一眼茶壶,接着说道:"这把壶在老太爷手里时,就看得像个金镶玉!老太爷懂不懂?就是我爷爷。他曾经给我讲过这把壶的神奇,今天我让你们开开眼!"

说完,他一口气吸干壶里的茶汁,吸得茶壶肚子"嘶嘶"

第十九章

响。他亲自去清洗了茶壶，里外擦干后放在桌上，说："现在我把茶壶清洗干净了，里面没放茶叶。我把开水倒进去，等一下你们再看！"说着，提起热水瓶，把开水缓缓倒入壶内。又叫金凤洗了几个酒盅过来，在桌上一字排开。

过了一会儿，段师傅举起茶壶，给每个酒盅里注了一口开水，指着说："你们尝尝看！"

大家看他一脸正色，不由得都端起酒盅，喝了一小口。咂了几下嘴巴，又喝了一小口，含在嘴里细细地品味。

雨欣突然叫起来："哇，有茶叶的清香呢！"说完惊奇地看着王娟。

王娟没喝，端起来用鼻子闻了闻，也闻到了淡淡的茶香，说："这是怎么回事？里面没有茶叶呀！"又拿过紫砂壶，朝里面看了又看。

大家也都喝出茶味了，惊诧地睁大了眼睛看着段师傅。

段师傅得意地一笑，说："怎么样，这叫作：空壶白水有茶香！只有紫砂壶才有这种神奇，别的壶没有！新紫砂壶也没有。只有上百年的老紫砂壶，因为长期'吃'茶叶，成了'茶精'！才会出现这种奇特现象……"

文龙、文虎含笑不语；金凤、水莲低头做针线活；幺妈脸上没有表情，只顾忙着收拾碗筷。只有王娟和雨欣、米儿、麻杆、花蛇五个闲人，不解地望着段师傅，都想听他讲讲这壶的来头。

段师傅见大家很感兴趣，以为遇到了知音，不由得兴致大起！他把壶盖取下来，指着壶盖外沿道："你们看看，这上面还刻了字的，一般人都不会注意到这里。你们看一看这字就明

白了……"

大家好奇地凑过去一看,壶盖上果然工工整整地镌刻着六个楷体字,虽然都是繁体,但笔画流畅,清清楚楚!

段师傅转动壶盖引大家看,雨欣眼睛跟着壶盖转动,一边辨认一边念道:"广,东……巡,抚……珍藏。呀,这么大的来头呀!"

听了这话,大家嘴里说着:"稀奇!稀奇!"又一起望着段师傅。

王娟问道:"广东巡抚是多大的官?"

段师傅想了想,说:"那是中央直接派出的一品大员,相当于省委书记吧?"

米儿听说省委书记,看了王娟一眼,打趣道:"比你爸爸级别还要高些,至少高半级……"说得大家都笑起来。

王娟恼了,瞪着米儿说:"哪个跟你讲话!别人说这,你说那。真是八字不合,气场不对,让人讨厌!"说着,把桌下的鸡踢了一脚。那鸡一声惊叫,扇着翅膀逃开了。

麻杆"嘻嘻"一笑,露出一口小白牙,对王娟道:"你还敢说他讨厌?要是把他得罪了,下次连排骨都没得吃!这回还是我在旁边拼命讲好话,才给了你们一块的。他本来不想给……"

王娟道:"敢!我把你们的锅都端走!信不信?"

雨欣笑起来,回敬麻杆道:"晓得你是好人,肥的留给自己吃,女生吃了长膘不好看!这是哪个说的?你怎么晓得我们不能吃肥的,你们长膘就好看?太自私了……"话没说完,大家又是一阵哄堂大笑。

麻杆听这话耳熟,疑惑地望着米儿。米儿望着雨欣,哈哈

第十九章

大笑！王娟也迷惑地望着雨欣，说："这话我怎么不晓得，你听哪个说的？"

雨欣自知失言，红了脸不知如何是好。

米儿笑道："这话本来是麻杆说的，是我告诉雨欣的。他还说了，给你们几块骨头，就够意思了！免得你们吃肥了……"

王娟立刻站起来，说："你怎么有话总是跟雨欣讲，从来都不跟我讲呀……"

雨欣急忙道："他怕你嘴巴不紧嘛，讲出去了，麻杆心里不爽！"

麻杆笑道："这话也没讲错呀，我还不是为你们着想。怕你们吃了肥肉，就不苗条了嘛！"

王娟绕过麻杆的话，又接着雨欣的话往下讲："哪个说我嘴巴不紧？上次我们在一起，讲了许江华那么多坏话，什么吃藕，什么伪君子……我到现在都没跟别人讲……"她忽然意识到，这些不该讲的话正在讲！真的是嘴巴不紧！赶紧捂了嘴巴，"格格格"地笑。

大家也都开心地大笑，说王娟不打自招了吧……

段师傅见他们把话题越扯越远，便道："你们还听不听？这故事才讲了一小半，后面还有……"

王娟嘴一撇，说："听也可以，不听也可以。听来听去就是可以省点茶叶，空壶白水有什么好喝？说不定还有几百年前，那个巡抚留下来的口水……这个茶壶你也喝，他也喝，恶心死了！又不是没有茶叶。幺叔，明天我买一斤茶叶送过来，够你喝的！"

大家听了这话，仔细一想，又是一阵大笑！可不是吗，这壶被人说得如何如何神奇，不就是开水里面有点茶味吗，能有多大作用？丢几根茶叶在里面，什么都有了！真的没必要，白水里带什么茶香……

段师傅听了一愣，想想也对。随即也"呵呵"地笑起来，说："你这个女伢子嘴巴真厉害！三句两句就戳到点子上，把我的茶壶说得一钱不值！"

见大家都笑了，王娟也低了头笑，说："本来就是嘛，把个脏兮兮的破壶吹成了神仙！像路边卖狗皮膏药的……"

这时，大队的理发师傅打着赤脚，背着工具箱经过门口。一眼看见堂屋里坐满了人在说笑，便走进来，对米儿他们说道："杜得志到处找你们，逢人就问你们去了哪里……原来你们在这里玩！"

米儿连忙站起来问道："找我们有什么事？"

理发师傅放下工具箱，接过段师傅递过来的一支香烟，说："到底什么事，他也没说。只说碰到了，就叫你们直接去他家，说是满秀回来了。"

"他人在哪里？"米儿问。

"他和学校的老师在大队部，正在忙着写标语……"理发师傅回道。

"写标语？写什么标语？"

"冬季征兵开始了，今年我们大队有一个名额。要大力宣传号召，动员青年踊跃报名参军！"

花蛇听了，"唰"的一声站起来，兴奋地说："走，看看去！"

花蛇、米儿和麻杆浑身都来劲了，跨过门槛就赶往大队部！

第十九章

王娟在后面喊道:"不用去大队部,我们直接去满秀家!杜连长一回来,什么都清楚了,一样的!"

满秀抱着孩子,正坐在门口。一见到王娟他们,高兴极了!把孩子往娘手里一交,立刻迎了上去,抱住王娟和雨欣又跳又叫,问这问那!三个人拥在一起叽叽喳喳,嘴里"老庚,老庚"互相叫个不停!犹如久别重逢的一家人似的,竟有说不完的话,唠不完的情……

米儿这几个男的,被冷落一边,插不进嘴,又不能和她们拥抱,便转身去逗满秀娘怀里的孩子。

这孩子认生,见了米儿他们这几个陌生人,盯着看了两眼,便吓得"哇哇"大哭起来!几人轮番上前去哄,哄也哄不住。

满秀听见孩子在哭,松开王娟和雨欣,跑去把孩子抱过来。

王娟摸着孩子的手,问满秀道:"男孩女孩?"

满秀望着王娟,笑嘻嘻地说:"你猜猜看!"

王娟见孩子头上戴一顶虎头帽,脚上穿一双虎头鞋,便用手摸摸帽子上的虎耳朵,笑道:"不用猜,是个虎崽子!对不对?"见满秀笑着点头,又说道:"还好,这个虎崽子的眼睛像你,漂亮有神!不像他那个水货爹,要不然就完了!"

后面这句不给面子的大实话,引起一片笑声!满秀娘也笑了,看了一眼她那女婿。

这吊眯眼女婿站在一边,听见王娟夸他儿子眼睛漂亮,心里自然得意,也跟着"呵呵"地笑。但接着听完了后面这句话,那带着惯性的笑容还踩不住刹车,便一时涨红了脸,咂咂嘴巴尴尬地说:"吊眯眼又不传染……我屋里都没有,就我一个人有。这还好些，万一我走丢了，满秀出去找我，也不会认错人……"

王娟不等他讲完，便抢着道："走丢了拉倒，正巴不得呢，满秀，是不是啊……"

满秀红了脸，含笑看了一眼丈夫，说："其实他人还好，对我们母子也不错。万一哪天走丢了，我还是有点舍不得……再说，孩子没了爹也不行。再好的后爹，也不如亲爹。该找还得找……"

大家听了这番话，又是一阵大笑！王娟听到这里，摇头苦笑道："无药可救，你是被他彻底洗脑子了……"

满秀娘煮好了七八碗荷包蛋，招呼大家屋里坐。

家里生了孩子是喜事，客人上门要吃荷包蛋，这是风俗。风俗就是规矩，不能违反。规矩是四个糖水荷包蛋，没有多的，也少不得。不管客人的肚子是空的还是满的，都得吃了才合礼数。

大家刚在段师傅家里吃过饭，肚子还不饿，也只好勉强吃下了这四颗喜蛋。

满秀一边给孩子喂水，一边问："春桃怎么没来？春桃呢？"

连问几声，见王娟和雨欣低了头不回她的话，满秀急了，又问道："春桃到底去哪里了？"

米儿只好告诉她："春桃她，她今年五月份，就已经不在了……"

"不在了?！怎么不在了？"满秀急切地追问道。

米儿只得把事情发生的经过，简单讲了一遍。

满秀还没听完，眼里早已滚出泪水。她想到出嫁前，春桃

第十九章

她们陪了她三天；出嫁当日，又一路陪送她，到那遥远而陌生的男方家里；想到春桃跑前跑后地端饭倒茶，温语劝慰……她的影子还在眼前，声音还在耳边，谁知还来不及拜谢，竟然生死阴阳两相隔，说没就没了！想到这里，一阵悲痛涌上心头，不禁大哭起来！要去春桃坟上看看……

远远看见老桃树下春桃的坟了，还没走到跟前，满秀再也忍不住了，失声恸哭起来！来到坟前，满秀挣脱了王娟和雨欣的手，"扑通"一声跪倒下去，以额触地，"咚咚咚"磕了几个响头，叫一声："春桃，老庚……"抱着那块木牌又是一阵大哭……

王娟和雨欣含着泪，赶紧弯下身去扶她。米儿等人也洒泪相劝……

哭过后，满秀站起来，噙着泪眼问道："春桃的孩子在哪里？我要去看看……"

王娟和雨欣给她拍干净身上的土，带她来到肖银水家。

念念见家里来了许多人，其中还有不认识的，一下子愣住了！王娟上前接过念念，抱着给满秀看。

满秀仔细端详一阵，说："眼睛、眉毛和鼻子，活生生就像春桃……"说着，拍了拍巴掌，把念念接过来，搂在怀里。

念念在满秀的怀里，乖顺而又安静。忽然张开嘴巴，慌慌张张地在满秀怀里乱拱起来！满秀明白了，急忙解开衣襟，念念把头左右摆动，一口衔住了奶头，拼命地吸吮起来……

吃了好一阵，突然"吧"的一声松开来，张开嘴巴"哇哇"大哭。满秀急忙掉过念念的身子，换另外一边吃。念念一衔住奶头，立刻止了哭声，一口接一口贪婪地吮吸起来，只听见喉咙里"咕咚咕咚"的吞咽声。微闭着眼睛又吃了好一会儿,不知不觉在怀里睡着了,嘴上含着奶头还不肯松开……

这是念念从生下来到现在,吃的第一次人奶。这人奶,竟然不是母亲的,而是别人的!

满秀心里一酸,眼泪滴滴答答落下来,落在念念的身上……

这段日子,满秀每天都过来给念念哺乳。念念吃饱了,就能安安静静地睡一大觉,醒来后不哭不闹,脸色也渐渐地丰满红润起来。

几次哺乳后,念念便产生了依赖。满秀哺过乳临走时,念念总免不了大哭大闹一场……满秀也跟念念有了感情,离开时看着哭闹的念念,也含泪依依不舍,形同母子。

她想留下来为念念哺乳几个月,过了断奶期再回婆家。肖家当然知道,这个时候如果能让念念吃到人乳,那可是雪中送炭!但是,一想到满秀自己也有吃奶的孩子,便不同意,一再婉言劝阻。

满秀拿定了主意。回去后,便跟爹娘商量道:"娘,春桃不在了,念念正是吃奶的时候,也没了娘。念念体质又弱,总是生病,远不如咱家的孩子壮实。想起春桃和念念我心里就痛……春桃为人有情有义,应该得到好报。我不能只顾自己。我想在家里住半年,一直把念念喂养到断奶再回去……"

杜得志蹙着眉头抽烟,沉默不语。满秀娘听完了女儿的话,眼圈红红的,心里像塞了一把稻草,乱糟糟的,拿不定主意,便拿眼去看自己的女婿。

第十九章

女婿抱着孩子,阴沉着脸听完了满秀的话,一时心里感动起来。他深吸一口气,平静地说道:"我嘴巴生得笨,不会讲大道理……但我觉得满秀讲的是对的。人不能无情无义、有难不帮,一心只为自己,那还有什么人情味?"

见大家不作声,他看看腿上的孩子,又道:"我们的儿子少吃一口不要紧,毕竟有爹有娘……我明天赶早回去,把这里的情况跟爹娘直言相告,我爹娘心软人善,不会反对的,你们放心。我顺便把满秀和儿子的衣裳、用具带过来,把家里的鸡也全都抓过来……满秀和儿子住在这里,我放心。明年开了春,我再来接她……"

满秀娘望着女儿,女儿望着爹。杜得志低着头抽闷烟,耳朵一边听,心里一边想,听完了,也想清楚了。他站起来,望着女婿说:"关键时刻才见人心!你们能这样想,这样做,说明你们有情有义,不糊涂。满秀,我们没白养,你这女婿我也没看错。我没说的,我支持!你把我的意见也带回去,做好爹娘的工作。满秀和孩子在我这里,请他们放心。"

见满秀低着头想心事,便又说道:"肖家不同意,主要是有顾虑,不想拖累了我们,他们的工作我去做。如果他们不忍心你跑来跑去,就叫芸草抱着念念来我们家住一段时间。我现在就去!看他们还有什么好说的。"

女婿听了这安排,咧开大嘴笑了,说:"爹这样安排最好!两家都方便,我也更放心了……"

肖本鹊仔细听完杜得志的安排和打算,内心自然感动不已,不好再三推辞,便答应下来。尽管肖家上上下下都舍不得念念,但眼下为了念念着想,也只好如此。便由芸草抱着念念住进了

643

杜家。各种衣物用具、食物补品,一样不会短缺,肖家拣好的悉数送去。几乎每天,肖家都有人过来看望念念,来人都不会空着手,不是吃的就是用的,都送到杜家来。因为念念,两家来来往往,形同一家。

满秀本来就苗条细瘦,现在一人奶了两个孩子,自然负担倍增,人也越来越消瘦,还不到二十岁,嘴角便有了皱纹……

自从念念和芸草住进满秀家里以后,王娟三天两头往杜家跑,一来牵挂念念,二来惦记着满秀和芸草。雨欣在学校当她的猢狲王,一人肩负着五个年级的数学课程,被一群小猢狲绊住了脚,有时能来,有时不能来。

几乎同一天,各村都挂出了征兵的横幅标语,上面写道:

"依法服兵役,是每个公民应尽的义务和责任!"

"一人当兵,全家光荣!"

"巩固国防,保卫祖国!"

这红底黄字组合在一起的大标语,热烈而抢眼;句子的内容神圣而庄严!看上一眼,就能令人热血沸腾起来……直把热血青年的心,鼓涌得躁动不安!人人都看到了希望,人人都觉得自己这次要飞出去了,要去见世面了!

适龄青年报名十分踊跃!一天下来,包括知青在内,全大队竟有二十七位青年报了名!

参军入伍不但光荣,对于乡下人来说,也是一个跳出农门的机会;对于知青来说,更是一条好出路。可是人人都明白:名额只有一个,必定会有二十六个人被淘汰。这无异于鲤鱼跳龙门!但这就是现实。

第十九章

于是，人人心里都打起了小鼓：一个萝卜二十七个坑，这个萝卜最终会落到谁的坑里呢？谁都觉得不够优秀，谁都觉得不如别人，谁都有点不自信了。但有这样的机会，谁也不想错过。只好尽人事，听天命，碰碰运气吧！虽然说人事是愿望，天命是因果，也许天上掉个果子下来，正好落到自己手上呢，那也说不定……不是说，一切皆有可能吗。

华华在武汉接到米儿的来信，考虑到自己的家庭成分不佳，感觉这事比登天还难，干脆就不回来报名。

米儿、麻杆和花蛇在第一时间就报了名，三人都在心里编织着自己的美梦，规划着自己的未来……

米儿想象着换上了新军装、肩上背着军用背包、胸前挂着大红花，在男男女女羡慕的目光里，笑着爬上了军用大卡车，转身向欢送的人群挥手告别……告别时，笑容应该比平时更加灿烂；挥手时，应该用右手——不，好像是左手……

忽然在人群中，他发现了雨欣！她一边挥动着小手绢，一边不停地抹眼泪……他想起来了，雨欣还不知道他参军了！他忘了告诉她，还有王娟——怎么不见王娟？王娟呢？想到这里，他便不顾一切地往车下跳。刚刚一落地，便两腿一软，摔了个仰八叉，屁股酸痛酸痛的！随后听到雨欣一声惊叫……他一睁眼，这才发现自己正趴在桌上，刚才不过打了个盹……

王娟一阵风似的走了进来，抱着一个肥粗的花皮大菜瓜，往桌上一放，说："看你眼睛都睡肿了，大白天的，做梦啊！这是满秀给你们的大菜瓜！我走了……"说着转过身去，又站着不走。

米儿想着刚才的梦境，揉揉眼睛说："王娟，你别走……我

有话对你说。"

王娟听了转过身来,望着米儿秋波一闪,说:"有话快说,我要走了……"说着,身不由己地在桌旁坐下了。

米儿望一眼窗外的天色,见天色不早了,麻杆和花蛇还没回来。他想了想,站起身来说:"我们出去走走吧——就我们两个。"

王娟两腮一红,点点头站了起来,顺从地跟着米儿出了门。

日头落山了,夕阳的余晖把西边的天空染成了金色。天上大大小小的云朵也被染成了彩霞,好像女娲炼石补天时炼出的五彩织锦!

田野里暮色苍茫,空寂无人。远处一团一团的影子,像写意的水墨画,浓色中微微泛着青绿,那是农家的村庄。村庄的上方,数道炊烟浓淡有致,微微摇晃着向上升去,直插云端……该回的回了,该去的去了,鸟儿也归巢歇了……

田野里静悄悄的,只有几只惊霜的秋虫,明知严冬不远,还要傻傻地垂死挣扎,"唧唧哝哝"地悲鸣着,哀叹生命的短促和严冬的漫长……

小路上一男一女两个人影,一前一后地走着。来到一条小河边,二人站住了。面前的小河,正是两年多前的春夜,米儿和雨欣二人经过的那条小河。眼下已是秋天,河水也只剩了不到一半,多余的水都退回去,又还给了五岔河。河面上的水草正在衰亡,陆续沉入河底。河边的青草也由绿转黄,变成了衰草……眼前的一切,都与两年前的春色,大不一样了……

看着眼前的这一切,王娟没有任何感觉。米儿心里泛起一股莫名的惆怅,这惆怅他也说不清,不知是因为春还是因为秋,

第十九章

也不清楚是因为雨欣,还是因为王娟,或许还有这条河……但他隐隐约约有一种预感:大家快要散了,离别也不会太远了……

王娟不知他要讲什么,也不知他在想什么,便一直低着头,等他开口。

米儿转过身来,望着王娟,眼圈微微发热。他尽量平静地说:"王娟,我报名参军了。你以前说过,十八岁的哥哥要把军来参,如今我都十九了……这件事我先告诉你,随后再告诉雨欣。但是,但是我心里还是牵挂着你们这些同学,虽然参军是件好事,但我还是不舍,不知如何是好……"

还没听完,王娟一把抱住米儿哭了起来!一边哭,一边断断续续地说:"我不许你走!你走了我们怎么办……我怎么办?你走了,我在这里还有什么意义?难道你真的不明白吗……"

米儿心里是明白的,听了王娟这番话,更明白了。他想克制,但没忍住。心里一个热浪翻上来,眼前一阵模糊,不由得紧紧地抱住了王娟,嘴里却说:"王娟,你别这样,该走了!"双臂却不肯松开,而是越抱越紧,竟难分难舍!

这两个感性动物,一个是顺嘴说,一个是耳边过,双方都没细想这句话的意思。这句话模棱两可,好像是提醒王娟:王娟,你哭什么?你不能抱着我,我不是你的!该散还是要散,该走还是得走……又好像是劝慰王娟:王娟,你不要哭……这样抱着不好看,我们换个地方……又似乎两者都不是——因为二人越抱越紧,并没有想走的意思!

王娟不想听,也不管三七二十一,踮起脚来用嘴唇堵住米儿的嘴,二人紧紧地吻在一起了!

这个吻，密不透风，热烈而又持久！二人紧紧地拥抱着，热血沸腾着，情感像野马汹涌奔腾着，都恨不得把两个身子并作一个！两人的两只手也不闲着，猫爪子似的，急切地抚摸着对方的头发、脊背和腰身……

王娟一直在哭。长期以来压抑在她心底的委屈、等待、猜疑、怨恨、思念……夹杂着身体成熟带来的烦恼、焦虑、躁动、敏感、痛苦等诸多莫名的情感和哀伤，一股脑地爆发出来！这股巨浪来势凶猛，她实在无力抵挡，被浪头打得晕头转向，不知所措！她也不想抵挡，任由洪水般的情感肆意奔腾、宣泄！

她像一朵雪白的浪花，站在浪尖上向着蓝天旋转、起舞、高歌！转眼又跌入波谷，脑子里一阵一阵发晕，被巨浪一涌一涌地推送到岸边，"哗"的一声，拍在了沙滩上，不停地鼓着白沫……

她想回到水里，重新站在浪尖上高歌起舞！可是，她没有力气了，回不去了……她瘫软在米儿的怀里，嘴里不停地哼哼着，呻吟着！好像快要死了的样子……

米儿喘着粗气，脑子里一片空白！他像喝醉了酒的醉汉，头重脚轻，摇摇晃晃……他想豁出去了！他感觉火山要爆发，他想一把火烧了自己！他想找人打上一架，最好打死一个，最好死的是自己！但又不知道去和谁打。他想把自己痛打一顿，然后大哭一场！然后听天由命，死了干净……

他感觉脑袋正在迅速膨胀，意识变得模糊不清。物体的轮廓和界线越来越蒙眬，就像隔了一层毛玻璃，好像在云端飘忽，又像在梦游……迷迷糊糊中，他轻轻地唤道："雨欣……雨欣……"

— 648 —

第十九章

这是王娟的初恋,这是米儿的初吻。王娟的感情是真的,米儿的感情也是真的,双方都忘记了自我的存在,一心只在对方身上。少男少女那颗滚烫的心,化作火热的情感,熔岩似的向外奔腾!那互相欣赏、互相牵挂的情思里带着甜,甜里带着酸,酸里带着涩,涩里透着苦……心里这百般的滋味,一起从心底涌出来聚集到舌尖,又通过热吻闪电般地传递给对方,电光火石般震撼着二人的心魄!

这个长吻,如果从孩子眼里看来,可能比半个世纪还要长久!热吻中的一对少男少女,渐渐地感到窒息,憋得透不过气来!这才从梦境里、从意识里渐渐地找回了灵魂。

王娟首先挪开了嘴唇,那嘴唇湿湿的,又丰满又红润,似乎刚刚新擦了口红。她双臂搂着米儿的脖子,扬起脸来看着他,似乎看也看不够!春水似的眼睛里秋波盈盈……

看了一阵,又吻上去!吻了半天,忽然离开米儿的嘴唇一寸远,睁开眼问道:"你刚才说什么,好像在叫雨欣……"说这话时,嘴里吐出的气息如兰似麝,芳气袭人!那声音,又轻又细又柔又弱……好像蚊子的腿,轻得令人察觉不到,细得令人看不真切,柔得好像一根纤维,弱得好像一缕细烟……

米儿嘴角上挂着一滴涎珠,那是热吻后的遗产;眼睛湿湿的,正在欣赏王娟的眼睛、鼻子和嘴唇……越看越觉得王娟娇美如仙,不似凡人!神态又俏皮又可爱,俏皮得灵气四射,可爱到令人心疼……她怎么会爱上了我这个混蛋?我一无潘安的貌,二无唐伯虎的才……

正在拷问自己,忽然听到王娟问他这句话,他想如实告诉她，但是勇气又不够。便含糊应道："我，我没叫谁呀，我记不清了……"他想，这时候千万不能伤害王娟，这有点伤天害理，有勇气也不行！走一步看一步吧，挨过一天算一天……现在已经伤害了雨欣，不能再伤害王娟。

王娟看着他笑了，说："你想抵赖呀，我听得清清楚楚，你叫了一声的……算了，我也不在乎，知道你是昏了头。谁让你是驼子呢……"米儿本来是叫了两声的，可她只听到一声。还有那一声，她当时丢了魂，没听见。

"驼子？我的背又不驼……"米儿说着，挺了挺胸脯。他本来心里希望，王娟不要原谅他才好，不要跟他"算了"，干脆直接跟他吵一架！这样才会减轻一点负疚感。现在听到王娟说算了，不免失落……

王娟笑道："哪是这个意思呀，是驼子死了——两头翘（俏），我不管你心里有几个，反正我心里就你一个，非你不要……"说着，转过身去靠在米儿身上，伸出两根食指，一上一下比画着跷跷板的样子，同时"咯咯"地笑！

米儿一听这话，可吓坏了！这明明是要赖上我呀。雨欣她说非我不嫁，这个又说非我不要！这两个搅在一起，扯也扯不开，割也割不断了……我的初恋给了雨欣，初吻却给了王娟；雨欣的初恋给了我，王娟的初恋也给了我，还附带了初吻……这真是两个大麻烦，我不能带着两个人参军入伍吧！这该怎么办？

忽然心里歹念一闪，便阴阳怪气地说："王娟，你是不是第一次亲嘴呀，我口里有没有烟味……"米儿认为，这话应该说到了她的幽微之处，点到为止！就像针灸似的，一针下去，扎

第十九章

到穴位上即可。

王娟听了一愣！马上推开米儿的手，转过身说："我是第一次，这你知道……许江华诽谤我！他是瞎说的，你比谁都清楚。你心里的阴影，几时才能消失啊……"说着转过身来，猛地抱住米儿，去咬他的嘴！

米儿被王娟咬住了嘴唇，痛得龇牙咧嘴，"哇哇"乱叫！王娟松开口，腾出嘴巴来讲话："你还说不说？我咬死你……"说着又要去咬。

王娟的嘴一松，米儿赶紧退后一步，心坎上感觉安全些了。他望着王娟，舔着嘴唇上王娟留下的牙痕，说："但你确实有那个钱包呀，我亲眼见过的！里面还有个小镜子，华华说，是他买了送给你的……"

王娟一听这话急了，叫道："亲眼见的就是真实的吗？魔术也是亲眼见的，并且还有千百双眼睛在盯着！电影还可以配音呢，难道都是真的吗？这钱包本来就是我自己的。许江华的阴谋……他的阴谋诡计，难道你不明白吗？他是不把我搞臭，他不罢休！他就是不明白，人要互相欣赏，才会来电，强扭的瓜不甜！我跟他八字不合，他越这样我越讨厌！你现在还站在他那边帮他讲话，不站在我这边帮我！你快跟他差不多了，也讨厌……"说完，气得直抹眼泪。

米儿故意激她道："没有就没有嘛，你紧张什么。还说我也搞阴谋诡计，好像都在算计你。到底有没有，你自己心里清楚——"他这番话谁都清楚，这是醉翁之意不在酒，意在减轻自己和雨欣的关系的严重性，释放一点精神上的压力……

唯独王娟不明白。她以为米儿当真了，把这事看得比失身还严重！便急得把脚一跺，说："你叫我怎么说才相信嘛？又没有人能出来证明我！你心里肯定总是有这片阴影，这阴影还会越长越大，这辈子我们还怎么在一起……要不要我以死明志，来证明自己的清白？"说着就向河边走去。

米儿吓了一大跳，赶紧一把拉住，说："我跟你开玩笑的，你千万别当真！"说着，一拍胸脯："我就能证明你的清白！还需要别人吗？谁说我不相信你？从小到大，没有人比我更了解你，更相信你！你……"话没说完，就后悔了：不对呀，本来是想激怒她跟自己吵架的，怎么变成了理直气壮地讨好她、信任她——而且还是发自内心的！

王娟听了，惊喜地转过身来，激动地搂住米儿的脖子，说："真的?！你想给我作证？谢谢你，米儿……"说着又吻上去，一边吻一边说："米儿，米儿……请你以后，再不要说这样的话，再不要伤害我了，我听了心里会伤心……"说着，眼泪止不住地滚落下来，顺着脸往下流，钻进二人的嘴里……

不知不觉，天黑下来了。天上没有云彩，也没有月亮，只有满天繁星。星空下，一对少男少女并肩坐在小河边，面对着河水相依相偎。河对面是一望无际的稻田，晚稻正在扬花吐穗，风里也带着稻花的清香。有鱼儿在河面觅食，忽然在水面翻个浪花，"哗啦"一声，又钻入河底……

王娟翘着兰花指，手上拈一根枯草，在米儿的脸上扫来扫去。听到水面"哗啦"一响，吓了一跳！探头朝河里看了一会儿，又看看天空，说："你看，天上的星星落到了河里，满河都是星星！鱼儿在吃星星吧？"

第十九章

米儿一看,水面上漂满了大大小小、疏疏朗朗的星星,一粒一粒、金光闪闪,果然像金豆!便笑道:"鱼把星星当豆子了,一口一个!吃到嘴里才知道,原来是空欢喜一场……"

王娟抬头看米儿一眼,又把嘴唇吻上去,在他耳边轻轻地说:"我先把你吃进肚子里,免得空欢喜一场……"

听了这话,米儿的心"怦怦"直跳,不知如何回答才好,便伸手去摸王娟的辫子。那辫子编得紧紧的,又粗又黑又亮,滑滑的、凉凉的。那支漂亮的蝴蝶发夹,夹在辫子中间偏上的地方,拢住了两条辫子。蝴蝶的一双翅膀亮晶晶的,上面也沾满了星星,一闪一闪的,像刚刚从银河飞落到人间……米儿松开了手,心里一阵疼惜……

王娟将头靠在米儿肩上,说:"米儿,你还记得我们那次翻院墙看电影吗?一晃,都快五六年了,时间过得真快……"说完,轻轻地叹了一口气。

"嗯……我记得。你还说,以后我们买不到票,就再去翻。可是,我们没有再去翻过。不知不觉,我们都长大了……"说着说着,心里一酸,眼前模糊起来……

王娟抬起头来,吻着米儿的耳朵,动情地说:"你知道吗,从那时起,我就深深地爱上了你!我爱你,爱得很深很深……你不嫌弃我,事事都帮着我,护着我……那时没人愿意理我,没人关心我,只有你这一个亲人……有几年我没理你,也不跟你讲话,那是因为怕你受到我的牵连……其实我心里也难过……那是为了你好,可是你却不明白我的心……"说着,又委屈地哭起来。

哭了一会儿又说:"你就是我前世的冤家,我上辈子欠了你

— 653 —

的。这辈子我跟定你了,非你不要!如果想让我变心,除非海枯龙现身!如果这辈子不能和你在一起,我死也不甘……"

米儿的泪水"哗哗"地流下来,鼻子有点堵塞……他一把搂过王娟来,仰面放在自己腿上。低头在王娟的嘴上、脸上热烈地狂吻!眼里的泪水滚落下来,洒了王娟一脸!

王娟的眼泪似乎永远也流不完,她闭着眼睛,承接着米儿雨点般的热吻……泪水顺着眼角横着往下流,滑过鬓丝,钻进浓密的乌发里……

王娟终于找到了另一半。王娟有了爱情,王娟恋爱了!王娟是幸福的,王娟是快乐的!

米儿却陷入了深深的矛盾和痛苦之中……

他在心里权衡着,把雨欣和王娟反复比较,比来比去,每次的结论都是一样:两个都好。

雨欣含蓄,王娟活泼。雨欣和王娟,一个优秀,一个出色,二人都能让自己来电……

雨欣像白莲花,像春风,清香宜人,丝丝入心……

王娟像杜鹃花,像火焰,活力四射,情趣无限!

热了,找雨欣吹吹风;冷了,找王娟取取暖。两个都精彩,两个都不舍,两个都想要……可是,这不合法,是被禁止的……

可是仔细一想,这两个人,一个像风,一个像火,能捏到一起吗?两个人其实内心都要强,暗地里也是争强好胜,好像两只斗鸡关在一起,在一个笼子里岂不要打翻了天?天天这样闹,谁能受得了?你说去压哪个,不压哪个?去偏向谁,不偏

第十九章

向谁？

王娟不能再受伤害了！不是不能，是不忍；王娟更不能得罪！不是不能，是不敢！王娟的性格刚烈似火，如果得罪她了，让她绝望了，说不定她会寻了无常……

可是雨欣就能伤害吗？雨欣就可以得罪，就该让她绝望吗？雨欣哪一点不好？她哪一点配不上自己？再说雨欣也是个"一根筋"，也很固执……

唉……二马同槽，这个踢，那个咬！这个也不能得罪，那个也不能伤害！我夹在中间，只有被她们伤害的分了。谁说娶回两个太太来、左拥右抱是好事？这是好事吗？你能保证她们不吵架吗……

这根本就是自寻烦恼、自讨苦吃，自掘坟墓呀！长年累月不得清闲，自己的肾也不得闲，很容易去世……本来能活一百岁的，这样一来，恐怕不到四十岁，就得半路上撇下她们，撒手归西！

唉……难道上辈子欠了她们，这辈子注定了要一一偿还不成？

还好，这事目前还没有穿帮，她们两个还互相不知道。暂时得过且过，混一天算一天吧……

如果有一天穿了帮，知道我脚踩两只船，那还不闹得鸡飞狗跳？别说两只船了，到时鸡飞蛋打，"扑通"一声掉进水里，一个也得不到……

不好！

第二十章

吃早饭的时候,不知从何处来了两条大木船,停泊在杜家湾不走了。几个城里模样的人,背着人造革的黑提包,手上拿着铁皮做的喇叭筒,由段文龙带着挨家挨户地收购芦苇和稻草,说是运到造纸厂去当造纸的原料。

不到半天工夫,便装满了两条大船,堆得小山似的。城里人拉开黑色的提包,掏出一沓票子来,一五一十地点给卖家。卖家两眼直勾勾地盯着他数钱,接过钱来又仔细数了一遍,高兴得合不拢嘴。

花蛇远远看见了,走过去小声问文龙道:"现金收购稻草?"

城里人听见他问,不等文龙答话,便抢先道:"现金收购!一手钱一手货,你们有没有?"

花蛇道:"你们不是已经装满了吗,哪里还装得下?"

城里人道:"这只收了两三户的,还差得远呢!我们要在这里连收十来天。"

"那,芦苇什么价?稻草什么价?"花蛇问道。

"按一百斤起价算,芦苇九角五,稻草八角二。芦苇贵些……"城里人回答。

"芦苇……我们没有。稻草,倒有一些……"花蛇道。

第二十章

"没有就去砍呀,这满湖满滩到处都是芦苇,哪里不能砍!现在田里又不忙,花两天工夫,砍几船回来,一卖了就是钱!手上有了几个活钱,用起来也活泛!"文龙嘴上叼着烟,似笑不笑地望着花蛇道。

见花蛇不作声,他又远远地看了一眼花蛇他们的稻草垛,那草垛子又矮又小,跟农户家的一比,还不到三分之一!便嘲笑道:"你们那点稻草,还不够做饭用的。卖掉了,看你们烧什么?"

"那你批两天假,我们明天一早就下湖砍芦苇!"化蛇说。

"我给你们三天假!不过,你们要保证不贪玩,每天都要砍一满船芦苇回来!我让你们赚点钱……"文龙脸上收了笑容,认真地说。

花蛇一挺胸脯,信心十足地说:"我敢保证,不装满一船就不回来!"

文龙听了这话,连忙叮嘱道:"不回来不行的,野湖里晚上危险,天黑之前一定要到家!其实你们三个人只要下点力气,用不了半天就能装满一船。一船芦苇,少说也有一千多斤,十块钱就到手了……"

午饭时,花蛇对米儿和麻杆讲了这件事。大家一算,三天砍三船芦苇,每船芦苇能卖十块多钱,三船芦苇三个人,正好每人能分到十块钱!多出来的钱,就去镇上打一顿牙祭!

大家不由得佩服文龙想得周到!便决定明天早点起床,多做点饭菜带去!选的目标,便是五里之外的泪湖。

泪湖是个野湖,被茂密的芦苇包围在中间,面积并不是很大。湖的形状一头大一头小，湖水晶莹透彻，恰似一滴眼泪。

相传，在春秋战国时期，这一带人迹罕至，是楚国的云梦大泽。满眼的芦苇莽莽苍苍，无边无际。飞禽走兽在此密集，种类繁多，不时有大蛇出没。

有一对相恋的青年男女，为了逃避包办婚姻，来到这里，在岸边筑起了两间茅屋，恩恩爱爱地过起了世外桃源的生活。

平日里，男子下湖打鱼挖藕，女子在家纺麻织布。闲下来，二人便读书作诗，写写画画。夜里耳鬓厮磨、相拥而卧，听着外面的风声、雨声、鸟鸣声入眠……日子虽然清苦，但能与心爱的人厮守在一起，甘愿过这平静清闲的日子，倒也觉得很幸福……

然而，人生无常，吉凶难测。一个秋天的傍晚，男子打鱼回来穿过一片芦苇荡时，被潜伏在此守候多时的一条巨蛇吞噬！小路上遗下了一个鱼篓和一只鞋……

女子失去了伴侣，一个人坐在芦苇荡里，呼唤男子归来，抱着那只鞋日夜啼哭不止……眼泪流成了河，河又聚成了湖，湖水漫了上来，女子纵身投入湖中……这便是泪湖名字的由来。

这悲惨凄美的爱情故事流传至今，是真是假无从考证。但这泪湖，却是少有人敢去的地方……

大家想起传说中的大蛇，心里有点儿发怵起来。

花蛇满不在乎地说："哪有什么大蛇！那就是个传说，都是别人编出来的。即使有，也已经两千多年了，它还活着？那不成精了……听说大蛇成了精，就躲起来一心修炼，不再吃人了！再说我们是三个年轻男人，一人手里一把大镰刀，还怕它不成！前年我们在蓼子田里，不就砍死一条大毒蛇吗……"

第二十章

麻杆道:"蓼子田的那条蛇才多大?顶多只能吞一只鸡下去!泪湖的大蛇能吞一个人,至少也有水桶这么粗吧……"说着用手比画了一下。

花蛇反驳道:"我说了,那是两千多年以前的事情,它已经不在那里了,你就不信……"

米儿开口道:"我也相信不在了!但是为了防止万一,明天我们把骗子带上,让它在前面打头阵!狗的耳朵和鼻子最灵,反应最快,发现什么动静它会预先报警,我们就迅速做好战斗准备!"

麻杆又为骗子担忧了,说:"万一大蛇把骗子缠住了,怎么办?"

米儿忽然想起动物园里的蟒蛇,便道:"大蛇一般都笨笨的、懒懒的。骗子敏捷得很,不会被它伤害到吧……"

花蛇鼻子里哼一声,冷笑道:"我们三把大镰刀,难道是吃素的不成?看不把它斩成几段!碰到我们就该它倒霉。我正想为那对小夫妻报仇呢……"

泪湖周围的芦苇很多、很密,三个人一天砍一千多斤芦苇,并不困难。起早贪黑地砍了两天芦苇,除了普通的蛇,也没见到什么大蛇。

水鸟倒有不少,湖面上各种水鸟的鸣叫声喧闹不止。湖滩上、浅水边,堆积着螺蛳和湖蚌的空壳,一层又一层,白花花地裸露着。

无数的野鸭、鸥鸟、鸳鸯和叫不出名字的水禽,身披鲜艳的羽毛,悠闲地漂浮在湖面上。一群又一群白色的鹭鸶,懒洋洋地散落在湖畔，或站在浅水里专心捕食，或单腿立在湖滩上，把头插进翅膀里打盹……

四周的芦苇茂密高大，一望无际。骗子兴奋极了，一头钻进去就不见了踪影，撞得芦苇"哗哗"作响！惊起的野鸭和水鸟，四处乱飞乱逃……

骗子抓不住这些会飞的鸟，便竖起耳朵摆开架势，去抓地上爬的乌龟和青蛙。青蛙一蹦，它也跟着一跳！骗子不吃青蛙，玩一阵便失去了兴趣，又去抓乌龟。

骗子一发现了乌龟，冲过去对着乌龟先是几声狂吠，然后伸出前爪，在龟背上试探着拍两下，再按一按。见乌龟把四肢和头都缩进了壳里，它一口叼起来，转身就跑！骗子把抓到的乌龟堆在一起，趴在一边守着。

乌龟有硬壳保护，不怕骗子。见外面没了动静，便慢慢地探出头来朝四周看一看。骗子紧紧地盯着它，一动不动。乌龟以为没有危险了，便伸出四肢来，刚刚撑起身子想走，骗子站起身，对着它突然狂吠一声！乌龟吓得把头一缩，四肢赶紧收进壳里。骗子见它不老实，伸出前爪一拨，将这只乌龟翻了个底朝天。那浅色的肚皮吸引了骗子，便把鼻尖凑上去嗅了又嗅。

这只乌龟从来没有这样肚皮朝天、四脚悬空地躺过，感到很不习惯，只觉得头脑发晕想吐，心里恶心极了！便又探出头来，把长脖子一弯，脑袋顶着地想再翻回去……

骗子竖起耳朵，瞪着眼睛，对着乌龟又是一声低吼！吠声未落，乌龟的脖子闪电般地缩进了壳里，一动也不敢动。过了一会儿，壳里的黑皮渐渐地松弛下来，轻轻蠕动一阵，中间打开了一条缝。这条缝渐渐地向外张开来，变成了一个洞，洞里

第二十章

缓慢地探出一个鼻尖……

骗子见它还不死心,便用前爪去挠它的鼻尖。这鼻尖往里一缩,洞口一闭,四周的黑皮挤过来,紧紧地封住了洞口……骗子用尖牙去咬壳里的黑皮,乌龟在壳里拼命往后一缩,屁股便露了出来。骗子又去咬屁股,乌龟又往前面一挤,屁股又缩进壳里,头又露出来……这边还没完,其他几只乌龟也探出头蠢蠢欲动了……骗子顾了这头,顾不上那头,忙来忙去干着急,一点儿办法也没有……

米儿、麻杆和花蛇拄着大镰,围在旁边看骗子玩乌龟,忍不住哈哈大笑,涎水都笑了出来!

米儿扯起袖子擦一下涎水,得意地说:"怎么样!我说养狗好吧?像这样的荒郊野外,有只狗跟在身边,心里放心多了!麻杆,你还说养猫好,猫有个屁用!又不能跟你出来捉乌龟……"

麻杆不认账,说:"我几时说过猫好?那是华华说的好吧,是你记错了,又赖到我头上……"

花蛇说:"就是你说的,你还说猫可以抓老鼠,还敢跟蛇斗,叫作龙虎斗。这话就是在你屋里说的……华华不在这里,你又赖到别人身上。"

麻杆脸一红,说:"不是我赖他,我真的没说这话!那次我只听到米儿说,养个小狗就不会闷了,还说王娟哪有小狗好玩!这是你说的吧……"说着,嬉皮笑脸地望着米儿怪笑。

米儿忽然想起了王娟和雨欣,这几天只顾着下湖砍芦苇,早出晚归的,她们还不知道我们下湖了。这几天,也不知她们在干什么……便抬头望望天色,见日头已经偏西。又朝河边望去，见船上的芦苇高高的，都快堆不下了。便道："再砍一点就差不多了，准备上船回去。对了，把这些乌龟也带走，前两天还抓了一些在家里，一起给王娟和雨欣她们送过去……"

麻杆道："都送过去？那我们呢，我们不吃了？"

米儿道："我们卖了两船芦苇，已经有二十几块钱了，明天再把这一船卖掉，就有三十几块了。我们到镇上潇洒去，还吃什么乌龟！"

花蛇问道："不带她们两个一起去啊？"

麻杆说："要她们去干什么？她们又没来砍芦苇！按劳分配，多劳多得，不劳动者不得食！这是社会主义分配原则……"

花蛇不同意，看他一眼道："话不能这么说。当年我们在镇上吃肉丝面没有粮票，多亏了人家王娟给钱给粮票，我们才吃了一顿，你忘了？第一次回武汉，来回的费用都是她们几个女生帮我们出的，你也忘了？那个时候你就不讲社会主义分配原则了！"

麻杆道："八百年的事情了，你还提它！再说那顿饭钱米儿已经还给她了……"

"还给她了也不行，做人不能这样。同甘共苦是什么意思？人家女生都能做到，我们却做不到。这脸往哪里搁……"花蛇说完，看着米儿。

米儿吐口唾沫，道："那次的钱和粮票，我还给王娟时，她死也不肯要。回武汉往返的费用，也是王娟、雨欣和春桃三个人主动出的。想起这些来，心里确实惭愧……我看把她们都叫去，李月和素琴也去！钱不钱的，并不重要。假如我们没有砍这几船芦苇，没有这几十块钱，还不是照样过……"

花蛇赞同道:"这还差不多,我也是这样想的!"

麻杆无语。过了一会儿,他说:"她们不敢杀乌龟的,我们杀好了给她们拿过去!这些乌龟她们也吃不完,再分一半给李月和素琴。我们按需分配,大家都沾点光……"

米儿笑了,说:"你呀,刚才还是社会主义的按劳分配,现在直接转到共产主义的按需分配了……弯子转得真快,比磨子还快!"

花蛇道:"其实,不管到了什么社会,总还是人类社会。友情总还是存在的,人际关系也总是绕不开的。不然,个个都只顾自己,不顾别人,那还叫什么社会!钱算什么?多有多用,少有少用,够用就行!"

见米儿和麻杆都不作声,转而又道:"乌龟壳子晒干了就是贵重的药材,卖给镇上的供销社,大概八毛一斤。这几年的乌龟壳子我都留下来了,差不多快有一篓子。这次我们都带去卖掉,又可以卖一二十块钱了。大家在一起,不能计较钱……"说完,便把乌龟捡起来扔进船舱里。

米儿把大镰抓起来,说:"我们再加把劲,每人再砍五捆,把船装满了就收工。后天到镇上去,好好地吃一顿滑鱼片!"

大家分散开来,又砍了一阵。骗子在芦苇丛里窜来窜去,到处找乌龟,找到了也没兴趣再玩,衔起乌龟就往船舱里丢。

正准备收工,突然,麻杆在那边叫了起来:"喂喂,你们快来看,那是什么东西?是不是芋头呀……"

大家过去一看,见前面一块沼泽地里,蓬蓬勃勃地长着一大窝绿色的大叶植物,与周围枯黄的芦苇形成鲜明的对比。其中一棵,硕大的叶子像小伞似的撑开来,碧绿碧绿的叶子下面,是碗口粗的茎！而周围的又矮又小，只有它一半大。这十几棵植物聚集成一窝，除此之外，附近再也见不到一棵！

三个人围着看了起来，都说这一定是芋头！以前在家上学时，经常路过塘边的一块芋头地，那芋头叶子的形状就和这一样……

可是，这里远离村庄，谁会到这荒滩野地来种一窝芋头？再说，这里的老百姓根本没有种芋头的习惯，很多人恐怕都没见过芋头！难道是野生的？

米儿琢磨道："看那叶子的形状，就跟我们以前见过的一模一样。不太像是野生的，或许以前是家生，现在变成野生了……"

麻杆道："家生变野生也有可能……但它是从哪里来的呢？这一带都没这种东西呀，总要有个来源吧！最开始的那个芋头，不可能自己长了脚走过来吧？"

花蛇摸着下巴，推测道："也许很久很久以前，有个背芋头的人路过这里，无意中掉下一颗来……可是这里没有路呀，谁往这里走？这也说不通……或者是某一年发大水，从别处漂来一个芋头。水退了以后，就在这烂泥里落地生根，存活了下来。年复一年，变成了野芋头……说不定这棵最大的芋头，就是当初第一代的芋头王呢……"

麻杆道："挖吧，挖出来带回去给肖本鹊看一看，他一定知道！"说完，跑去船上拿来两把锹子。

花蛇接过一把锹子就走下去，说："挖开看看！"

这里地势稍稍低洼，脚下的泥土又黑又粘，松软的地面上满是圆圆的窟窿眼，大大小小，状如铜钱。

第二十章

花蛇走到一棵芋头旁,将锹子用力插下去,一股鲜血突然激射出来,差点喷到他脸上!他吓了一跳,身子一躲,又睁大眼睛一看,下面一条大黄鳝被挖成了两段!锹把似的粗身子,还在扭来扭去往泥里急拱,鲜血不停地往外喷涌,把黑泥染成了红色……

米儿和麻杆在挖这棵大芋头,本以为这颗芋头埋得很深,谁知锹子插下去一撬,"咔嚓"一声,把芋头撬破了一块!芋头仍然在土里稳稳的,一动不动。雪白的茬口里冒出牛奶似的乳白色浆液米,不一会儿,便在黑泥里积了一大摊。

米儿一看,提醒麻杆道:"这个芋头很大!锹子要离它远一点儿,下手轻一点儿!"

花蛇走过来说:"看来这块烂泥地里,下面东西多得很!我刚才一锹子下去,挖断了一条鳝鱼,有这么粗!还挖出几条泥鳅。不知道下面还能挖出什么来……我仔细观察了一下,地面上这些小洞眼,就是他们的出气孔!这里地势低洼,食物丰富,估计是退水的时候,很多水生动物来不及回到湖里,就被困在这里。水一干,只好躲进烂泥里过冬,等待明年春水涨上来,再游回湖里去……"

米儿头也不抬,接着他的话道:"那就算了,莫挖泥鳅、鳝鱼了。它们困在这里也可怜,还要熬过一个冬天……来,帮我们挖芋头!"

三个人埋头挖了一阵,把芋头挖上来一看,并没有想象的那么壮观,比一个甜瓜也大不了多少……这就是芋头王?

大家把这芋头扔在一边,不免失望起来……

麻杆道:"搞了半天是个假的!害我们白激动了一场!"

花蛇看着躺在地上的芋头,疑惑地说:"既然不是芋头王,那为什么它的叶子和杆子长得那么高大,比别的芋头高出了一大截?哪想到下面这么小点儿……"

米儿也觉得有点滑稽,看了看麻杆,便笑道:"跟人一样,只长个傻大个子,脑壳并不大!没有屁用……"

麻杆立刻反应过来,说:"你在说我头小吧,你有屁用?看到一个大甲鱼,都把你吓得屁滚尿流,腿也软了!你还说我呢,你再说一遍,我就……"说着,举起手里的锹子。

米儿赶紧跑开几步,摇手笑道:"没说你!我明明在说芋头……"

花蛇心有不甘,出神地看着旁边的一棵芋头,又走过去踢了踢。这棵芋头的大叶已经枯萎,散落一地,中间只剩一大一小两片嫩叶,叶柄也不甚粗壮。他用手摁了摁芋头根部,感觉硬邦邦的,又在周围摁了摁,下面也是硬的!

他张开十指扒掉软泥,扒了一会儿,忽然惊叫道:"有了有了!芋头王在这里!快过来……"

大家凑过去一看,只见扒开的软泥里露出了芋头的肩部。这肩部圆圆的,足有菜盘子大,中间一块白色,顶着两片小叶子,下面不知还有多大!

大家像打了兴奋剂似的,立刻精神大振!三个人六只手,獾子刨洞似的在泥里刨起来,嘴里互相提醒道:"慢点慢点,莫伤到它了!带回去交给肖本鹊,让他种到院子里,再把这野芋头种成家芋头……"

泥坑越刨越深,芋头渐渐显露出来。几个人像挖人参似的,小心翼翼地起上来,放在地上。一看,芋头上部略大,下部稍

第二十章

小，形状像个大人头！几个人轮番抱起来掂了掂，各有各的感觉，说有六斤、八斤、十斤……

在湖水里把芋头清洗干净再一看，芋头浑身黑毛黑皮，下半部满是黑色的窟窿眼，大大小小，深深浅浅，都成了焦炭状。样子丑陋极了，根本不能吃！只有头顶上那一圈白色，好像还有点儿嫩……

这颗大芋头被带回来后，就摆在了肖本鹊的方桌上。芋头面目狰狞，上面大窟窿小洞眼，龇牙咧嘴黑乎乎的。一圈圈的黑毛黑皮，头上还谢了顶，像个大秃头。

肖本鹊戴上老花镜，瞪大了眼睛翻来覆去地看。看了半天，又用鼻子闻来闻去，然后道："嘿，少见……这个水芋头不同寻常！没有上百年的工夫，无论如何长不成这么个怪相，皮毛也没有这么硬。上百岁了呀！不容易。这老芋头的药用价值，要比普通芋头高出很多……"

王娟听了把嘴一撇，看着黑芋头说："一个丑八怪、大秃头，还能成了仙草？不就是做菜吃吗！"王娟最爱凑热闹，她听说米儿他们挖到一个黑乎乎的丑八怪，便立刻赶到肖本鹊家来看。

米儿、麻杆和花蛇听了全笑起来。都说确实是个丑八怪！长得像个人头似的，又黑又丑，头上还秃了顶！一个芋头一百多岁，都成芋头精了，不是仙草也成了妖……

肖本鹊也笑了，说："不要看它长得丑，丑有丑的用处。这个老芋头药性好，作用大，能治很多病！像这种岁数的芋头精，拿着钱也买不到！我见过最老的芋头，也不过就是长了十年八年……这个上百岁的芋头精被你们遇到了，它就有了价值，也算它的幸运！如果被别人挖到，一看不能吃，就扔了，那就可惜了！"

米儿笑道："这个芋头精就送给你，留着当药材吧……你看它能治哪些病？难道像百年的人参一样，能起死回生吗？"

肖本鹊摘下眼镜，摸着芋头的黑毛说："百年的老芋头，说它是个宝，也不过分。它跟人参性质不同，起的作用也不同，不是同一类的就不好比。

什么病下什么药，君臣佐使，缺一不可。就说这个老芋头吧，它能补中益气、宽肠通便、解毒、益肝肾、消肿止痛、益胃健脾、散结、调节中气、化痰、添精益髓等功效。用处多得很……一句话，主治肿块、痰核、便秘等病症……"

想了想，又道："有些药是猛药，有些药是慢药；猛药是救急的，慢药是调理的。芋头就是慢药，它能调整人体内的酸碱平衡，有美容养颜、乌黑头发的作用，还可以防治胃酸过多，等等，用处很多很多……平时经常吃点芋头，对人体很有益处……"他细数着芋头的药用价值，仿佛能够包治百病似的……

米儿看着王娟，笑道："听见没有，平时多挖点芋头吃，可以美容美颜，还可以乌黑头发……"

王娟脸一红，抓起胸前的辫子看了看，低声说："我的头发够黑了。我不爱吃芋头，黏黏糊糊，不甜不咸的……"又指着芋头笑道："你看它自己也是个大秃头，还想美别人的头发呢！有可能吗……也许再过一万年，大脑越来越发达，人就不长头发了。都跟它一样，每人一个大秃头上街去，满街都是白葫芦，那才真叫有趣……"听她如此一说，满座无不捧腹大笑！

第二十章

王娟忽然话题一转，问道："对了，你们这次砍芦苇，卖了多少钱？"

麻杆笑道："赚了三十几块。再把乌龟壳子一卖，就有五十几块了！眼红了？"

王娟瞪他一眼，说："我才懒得眼红呢！我是想问问你们，有什么计划和安排没有。比如，要去哪里潇洒潇洒……"

麻杆连忙道："有有有，你跟我们想到一起了！你和夏雨欣，还有李月和谭素琴，加上我们三个，一起到镇上玩一天，吃的喝的，我们包了！"说着，连拍几下胸脯。

米儿和花蛇也面带笑容地看着王娟，等她开口表态。

王娟却说："就我们这几个呀？还有芸草、满秀、海棠……"

麻杆笑道："你这样一说就搞不成了！还有银山、银水、幺叔、幺妈、文龙、文虎、大嫂、二嫂、杜连长、杜书记、强队长、干勾于……这样排下去，五十几块钱还不够喝水的！"

说得大家又是一阵笑！

王娟听他像课堂上点名似的，一想，也笑了！说："满秀去不成，家里有两个吃奶的伢秧子……芸草一定要去！加她一个，一共八个人，刚好一桌。就这样定了！"

王娟看着门外，忽然又说道："对了，还有文龙哥！是他照顾你们去砍芦苇，还给你们批了三天假，你们也要去感谢一下才好……"

听到这里，花蛇插话道："是的，我也正想这事呢！文龙哥能去就去，不能去，我们买一条烟给他，再给幺叔买一斤茶叶送去……"

王娟道:"茶叶不用再买,前天我已经买了一斤给幺叔了。你们买一条烟给文龙哥,再打几斤酒给幺叔,再买两斤鸡蛋糕给幺妈,再买几斤奶粉给念念,再给满秀……"

大家又笑了起来。麻杆笑道:"你还有多少'再'呀?像你这样'再'下去,这五十块钱就'再'没了……"

王娟生气了,说:"给念念买奶粉你都不愿意啊?想想春桃,她在的时候是怎样待我们的……"说着,眼圈又红了,低了头去抹眼泪。

肖本鹊赶紧说:"念念不用你们操心,我这里不缺他的奶粉钱。你们好好地去镇上玩一天,回来就到我这里来吃饭!"

麻杆知道错了,心里一酸,连忙解释道:"我不是这个意思,我是顺嘴说着玩的,你误会了……春桃不在了,念念当然应该有一份,奶粉钱我们先给他留出来!"

花蛇听了他们的话,眼圈也红了,说:"王娟讲得很对,有情也有义,我赞成。这才是友情!不管今后走到哪里,我们永远不会忘记春桃,也不会不管念念,更不会忘记翻身大队的人!王娟,你放心!"

米儿感觉心里沉甸甸的,胸口一阵发堵……他站起来,深深地吸了口气,说:"我赞成王娟的意见,就按她的意思办!"

王娟补充一句道:"小杏这两天就会到,等她来了,我们一起去!"

由春桃的妹妹由小杏,在家里排行第六,也是由阿德最小的女儿。在这六个女儿中,他最心疼的就是小杏。按照规定,他本可以提前退休,让小杏顶了他的职,把这幺女儿留在身边

第二十章

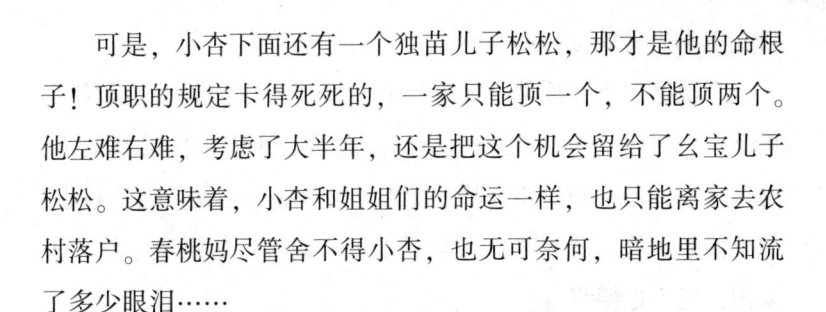

可是,小杏下面还有一个独苗儿子松松,那才是他的命根子!顶职的规定卡得死死的,一家只能顶一个,不能顶两个。他左难右难,考虑了大半年,还是把这个机会留给了幺宝儿子松松。这意味着,小杏和姐姐们的命运一样,也只能离家去农村落户。春桃妈尽管舍不得小杏,也无可奈何,暗地里不知流了多少眼泪……

自从春桃死后这半年来,由阿德头发白了不少,人也似乎活明白了许多,把人生也看淡了些。话也没有以前那么多了,有时好好的,不知怎么就会突然流下泪来……他把家里唯一的那只皮箱腾出来,让小杏带去。这只皮箱做工考究,精致气派,是选用上好的黄牛皮制作而成。皮箱的八个黄铜护角和一对弹簧锁,金灿灿的。这是他和春桃妈结婚时置下的一件贵重物品,平时格外珍惜,上面五个女儿,他都没舍得给。

春桃妈牵着小杏来到裁缝铺,给她做了一件白色"的确良"衬衣,又做了一条军绿色的卡其布长裤。另外新买了两双花尼龙袜子,一双带襻扣的黑布鞋……

给念念带去的东西,也早已准备好了。那是春桃妈在灯下熬夜缝制的三套衣裤、一件棉袄、两双鞋,还织了一顶粉红色毛线帽子。又买了两个玻璃奶瓶、四个乳胶奶嘴、几斤"梅林"牌奶粉等,一起让小杏带过去。

小杏聪明伶俐成绩好,不但天真活泼,更有一点调皮和任性,心眼也比春桃活泛些,长相和穿着打扮,也比上面的姐姐们更显得洋气。论身材和相貌,也是全校一等一的漂亮女生!

小杏天生就像一块磁铁,磁场足足的,自然带有吸引力。平时,班上暗恋她的男生不少,看她的时候,眼睛热辣辣的,

太阳雨

目光里不光是欣赏……

听说这次下乡插队,她并不跟着班级走,而是去她姐姐那里落户,男生们不免大失所望,再也无法淡定了!谁都知道,她这一飞,还不知猴年马月才能再见面,这机会就白白错过了!在外面天不管、地不收,天晓得是怎么回事!如果肥水流入外人田,岂不遗憾终身?

眼看幻想要成泡影,还是要先下手为强!有几个胆大、脸皮厚的男生再也坐不住了,偷偷地往她书包里塞纸条,希望能够先入为主,在她心上预留下一颗多情的种子,日后也好生根发芽。纸条上或抄一首朦胧的青春爱情诗,或摘录一段情感暧昧、格调忧伤的句子,借他人之口隐晦地表达自己要死要活的意思……

书包里这些纸条,小杏照单全收,约会不去,表面上跟没事人似的。其实暗地里,她把这些纸条都打开认真地看过。小杏不傻,男生们那热辣辣的目光代表什么意思,她心知肚明。固有的虚荣心使她心跳不止!觉得有人爱毕竟是好事,哪怕就是一条毛毛虫,也希望别人的镜头能对着自己,这说明有存在的价值嘛!

不过,这几个男生她都看不上眼,智商、情商也不达标。关键是,自己根本找不到什么感觉,也不能怦然心动,挑不出一个好的来……好像其中有一个,外表长得还不太丑,脸上也没么多青春痘,成绩也还将就,似乎不太讨厌……但是讲话有点结巴。听说他是抱养的,不是他爹妈亲生的……他的纸条上摘抄来的一首诗,表达的意思更是莫名其妙:"生命诚可贵!爱情价更高!若为自由故!两者皆可抛!"生命和爱情,你都

第二十章

不要了,那你写字条给我干什么?还为"自由"呢,我叫自由吗?真是瞎子补脸盆,乱用瓷(词)!以后再说吧……她把那些字条揉成一团,抛进了火炉里。不再理会什么种子叶子,一心去了姐姐的翻身大队。

高中毕业的由小杏,是翻身大队有史以来学历最高的知识分子,并且还是一位会讲英语的漂亮姑娘!小杏的到来,着实让大家热闹了两天。由于心里感念春桃,村里人都把这份情感放在了小杏身上,每天不是这家请,便是那家请,都把她当春桃对待。尤其肖家、段家、满秀家,更是把她当作自家人。

由于是春桃的妹妹,米儿、王娟、雨欣等人也都把她当妹妹看待,关系似乎比跟春桃更亲近一层。小杏因为春桃的关系,也把他们当作哥哥姐姐看待。

只有芸草比她小半岁,见了这打扮洋气的城市姐姐,倒腼腆起来,一听见小杏叫她,便慌得手足无措!

小杏上前拉住她的手,又勾住她的肩,亲热地笑道:"芸草,你别怕!我们都是你姐,男生都是你哥,今后我们就是一家人了!你叫我一声吧……"

芸草满脸通红,低声叫道:"姐……"忽然想起两年前在去洪湖游玩的船上,第一次和姐姐们在一起,当时春桃姐也是这么说的,今天又听到了这句话……不觉心里一热,便用袖子去揩眼泪。

小杏似乎没看见,转身打开皮箱,拿出一条桃红色的羊毛围巾,递给芸草。见芸草侧过身去,红着脸不肯接,便道:"来,姐给你戴上!"

芸草戴上了围巾,不好意思地看着大家。小杏退后两步,晃着脑袋看了看说:"漂亮!这桃红很配芸草!对了……"又从箱子里拿出一个大笔记本和一支钢笔,送给了芸草,让她抱在胸前。

雨欣拿过梳妆镜来,让芸草看。镜子里的芸草,皮肤白嫩,眉清目秀,桃红色的围巾在脖子上松松地绕了一圈,胸前垂下一截,背后搭了一段,露出两条乌亮的大辫子。围巾把两腮映成了桃红,睫毛一动,两只大眼睛如雨后秋水,纯净明亮,忽闪忽闪的……

雨欣笑道:"芸草,你看看,像不像城里的女学生?有空我们去镇上,就这样给你照一张!以后用得着……"

芸草似乎听不懂。王娟听了大笑,上前纠正了一下芸草拿本子的姿势,后退两步竖起一根食指晃动着,说:"眼睛看这里,目光再锋利些,像剑一样!哦,就是生气的样子——对,就这样!这才像个五四运动的女学生!"王娟耐心启发,芸草便将眉头微蹙,同时瞪起眼睛,与王娟怒目相对时,脸上却显出两个浅浅的酒窝。大家看了,全都拊掌大笑起来!

芸草不知道五四运动是什么,但是听说她像个女学生,心里自然高兴!她看着自己的表情,觉得怪模怪样的,嘴唇微微一动,"扑哧"一声,笑得弯下腰去!

小杏又拿出一瓶上海产的"花神"牌花露水,滴了几滴在芸草的头发和围巾上,花露水立刻弥散开来,屋子里顿时花香阵阵!她抓过芸草的手,把花露水往她手里一放,说:"送给你了!晚上睡觉在身上滴几滴,蚊子不咬!"

第二十章

小杏初来乍到,对一切都感到陌生和新鲜,也感到不习惯,就跟春桃她们刚来时一样。

晚上吹了灯以后,屋里屋外静得像世界末日。孤独感从四面包围过来,寂静得令人发疯,真想大哭一场!屋里黑得像天地未开之前,人就像掉进了墨水缸,每动一步,全靠两手摸索,以免撞墙。两只耳朵和眼睛根本派不上用场,成了多余的摆设!

她这时才明白,在这样的黑暗中,人是不如一只老鼠的。为什么穴居的老鼠,耳朵和眼睛那么小,两撇胡子却又长又硬?为什么尖嘴伸向前方,额头却在大后方?原来为了探路时免遭撞伤!简直是完美的进化……看来,人也应该长两撇横向的硬胡子,在黑暗中摇头晃脑向前探路,就不会撞墙了……是的,男人也是有胡子的。可那叫什么胡子!稀稀拉拉,没有一点作用,只会让人看了恶心……

她摸上床去躺下来,身下垫的是芝麻梗子和稻草。一动,稻草便窸窸窣窣地响;一坐起身,芝麻梗子便噼噼啪啪地碎了……她听妈妈讲过,乡下过大年的时候,家家门前都要铺一层厚厚的芝麻梗,全家老少都要去踩。冬天的芝麻梗又酥又脆,脚一踩上去就碎了,这叫"岁岁平安"……我躺在这芝麻梗子上睡大觉,不也是"睡睡平安"吗?

想我由小杏,一个寒门小女子,又不是个女王,居然福大命好,也能天天躺在一张"睡睡平安"的床上!对了,这床是姐姐留下的,她在天堂希望我平平安安……这张床,姐姐睡了几年,可是姐姐并没有平安……也许,姐姐不嫁过去,一直睡在这张床上,可能不至于……姐姐,姐姐——小杏来了,我现在就睡在你睡过的这张床上……她在黑暗中睁着眼,两只大眼

太阳雨

睛里不由得滚出了泪水……这是她有生以来,第一次睡不着……

天渐渐放亮了,外面相继传来"吱吱呀呀"的开门声,缓慢而沉重。窗外有路人经过,咳嗽吐痰的声音,浑浊而苍凉。一群鸡在大门外觅食,不时尖叫一声……

王娟和雨欣把头蒙在被子里,一动不动。屋子里弥散着淡淡的煤油味,还有新稻谷的粮食香。"六六粉"的气味从墙缝里散发出来,混合在一起钻进鼻孔,这些气味跟家里大不一样,让小杏感到孤独和陌生。她睁开眼,轻轻地翻身下床,悄悄地拉开门栓,走了出去。听到响动,门外的鸡一哄而散!

外面的雾还没散,空气中带着水腥气,吸一口进去,鼻管里冰凉,不由得连打两个喷嚏!走过隔壁的小卖部,往右一转,便来到了渡口。她停住脚步向东望去,一眼看见了姐姐春桃的坟。虽然刚到那天,她就在坟前给姐姐烧了纸。可是此刻,两脚仍然不听使唤,又来到了这里……

她静静地坐在坟前,看着木牌上"由春桃"几个字,好像见到了姐姐。想象着姐姐在这里生活了几年,寒来暑往,不知吃了多少苦,遭了多少罪!也不知心里藏着多少委屈和辛酸,竟来不及跟家里的亲人讲一声,便匆匆离去,独自一人躺在这冰冷的地底下!这土堆的下面,便是我的亲姐姐……

天已大亮,外面行人渐多,不断有人讲话,大声吆喝牲口。王娟醒来,拱出被子睁眼一看,不见了小杏!便急忙叫醒雨欣。二人心里惴惴不安,一边穿衣,一边猜测。

雨欣道:"别着急,我估计是在春桃那里……"

第二十章

王娟一边穿鞋，一边说："不一定，也许到满秀那边找念念去了！"

两个人来不及洗脸梳头，便慌慌张张地跑出去。先来到渡口往东一看，只见春桃坟前坐着一个娇小的背影，穿一件紧身的花衣裳，两条短辫垂在肩头——正是小杏！

二人怕惊着她，也不敢喊叫，悄悄地走到她身边。雨欣蹲下身去，搂住小杏说："回去吧，河边的风大，早上天冷……"

小杏听出两个人的脚步声，知道是她们，便急忙低了头，用手帕去揩眼泪，身子一动不动。

王娟鼻子一酸，也蹲下去拉住小杏的手，说："小杏，你穿得太少……地上凉，快起来吧……吃过饭我们去满秀家，看念念去……"

小杏站起身来，用手帕捂着眼睛，张着嘴抽泣，想哭出声，又忍着……

回到屋里，王娟赶紧烧水。雨欣一心要逗小杏开心，便说："今天跟着小杏沾沾光，我们也用热水洗个脸！"

小杏揭开锅盖看了看，低声说："怎么用炒菜锅烧洗脸水？"

雨欣笑道："炒菜、做饭、煮汤、洗脸、洗澡、喝开水，都是这口锅！家家户户都这样。先烧哪样后烧哪样，事先也要考虑好……"

小杏道："你们平时就用冷水洗脸呀？"

王娟说："你姐住在这里时，她勤快些，我们经常有热水用。后来嘛，都懒得烧，就直接用井水洗……"

小杏听了这话，说："从今以后，我天天烧热水，我姐这个班，由我来接！"

雨欣说:"那可不行!到了农忙的时候,腰都累断了,回来了只想躺着,饭都不想做,哪里还有劲烧热水!你是没经历过……"

小杏脑袋一晃,说:"我不怕!我姐能做到的,我也能做到,二位姐姐只管放心!"

王娟拿着火叉,坐在灶前说:"小杏来了,我们的习惯也要改一改了……这样吧,每个月一、四、七号我来烧。二五八雨欣烧,三六九小杏烧,包括开水在内。夏天停止供应热水……"

雨欣和小杏一听全都笑了!觉得这个办法有趣,烧一天,可以休两天,好像列车员倒班似的,有点科学管理的味道!

小杏眼珠一转,忽然笑道:"每个月还有几个零呢,那是谁的?"

雨欣也笑道:"不但有几个零,每年还有几个月是三十一号,刚好又和下个月的一号挨着,那又归谁?"

王娟一听傻眼了,说:"是呀,没想到还有零啊……算了,一也好,零也好,全归我烧!我是组长,大小算个领导……"

雨欣和小杏大不同意,二人抢着说:"不行不行,我烧,我烧!我烧一,我烧零……"三人争执不下。

这时,门外走进一个人来,说:"你们想烧什么?"

大家吓了一跳!回头一看,见是米儿走了进来,后面紧跟着麻杆和花蛇。想想刚才讲的话,王娟和雨欣忍不住都笑起来!

小杏嘴巴一翘,腰肢一扭,侧过身去道:"这是我们女生的事,你们当哥哥的要懂规矩,少问!哪个要你们进来的?"

雨欣笑道:"小杏讲的你们听到了吧,你们男生到女生屋里来,先要在门口喊报告!这里不是菜园,想进就进……"

第二十章

三个男生一听,脸也红了,不知她们之前在讲什么。米儿正想退出去,王娟站起来把锅盖一揭,看见水开了,说:"水开了,你们要不要洗个脸?"

麻杆看着沸沸腾腾的一锅开水,夸张地睁大眼睛,说:"啊?烫猪啊?"

小杏笑眯眯的,说:"这不叫烫猪,这叫请君入瓮!请吧,各位大人……"说着,做个请的手势。

米儿知道"请君入瓮"的典故,便笑道:"小杏,你想学武则天呀!我们又没干坏事,何必要害我们?"

小杏搂着王娟的肩,笑得弯下腰去,说:"你们私闯后宫,不打报告,就是违法……念你们是初犯,姑且不究,下不为例!"一想这"后宫"不妥,急忙摆手纠正道:"错了,我说的不是后宫……是皇宫!"说着,脸也红了。

王娟看着米儿,笑道:"如今小杏来了,我们是要重新立个规矩。你们男生要进来,门关着,必须敲三下门;门开着,要立正,喊报告!未经许可,不得擅入!没有规矩,不成方圆,从小养成习惯……"

三个男生一起摆手笑道:"小杏,你一来名堂就这么多!又是请君入瓮,又是下不为例……以后哪个还敢来呀!惹不起躲得起,算了算了,以后不来了……"

小杏掩口笑道:"不给你们一点下马威,你们不晓得厉害!你们来不来,自己看着办。反正有事,我一样要去找你们!哥哥不是白当的,不能坐视不管吧?我们三个都没哥哥,大事、难事、要紧事,还不是全靠你们了……"

正说笑着,芸草来了,笑嘻嘻地说:"早饭做好了,我娘请姐姐们过去……没想到哥哥们也在这里，我哥正好在家，就请一起过去吧！"

米儿对芸草说："她们去就行了，我们已经吃过了。刚刚是恰好出工，路过这里……"

王娟看着米儿，眼神迷迷离离的，柔声问道："忘记问了，你们要去哪里？"

米儿举了举手上的镰刀，说："河对岸的一亩芝麻成熟了，队里派我们去收回来。"

王娟听说割芝麻，便说："打了芝麻以后，给我们拿一小瓶过来，我们炒着吃。跟文龙哥讲一声，我来给钱。"

米儿道："这点小事不用跟他讲。到时候我们分了芝麻，拿一半给你们，我们要不了那么多。"说完，三人匆匆地去了。

雨欣见王娟跟米儿讲话时，样子妖妖娆娆的，心里不是滋味……

芸草喜欢小杏，事事都听小杏的，就连穿衣着装，梳妆打扮，也要模仿小杏。只要一有空，就和小杏泡在一起，问这问那，形影不离。

吃过早饭，肖银水打过招呼，便背着药箱出门去了。芸草娘忙着收拾碗筷，肖本鹊靠在躺椅上吸烟。小杏的到来，使原本哀痛沉闷的肖家，又重新有了欢声笑语，肖家上上下下无不庆幸。

芸草进屋拿出自己写的诗，请小杏鉴赏点评，希望能听到几声夸奖。

谁知小杏看了一眼，便往桌上一扔，不屑地说："学这些有

第二十章

什么用！那些诗人都是自作多情，见一片树叶落下来，也要叹息大半天！李白成天喝酒发酒疯，白发三千丈，谁见过？没有一句实话……苏轼就像个大馋猫，走到哪里吃到哪里，什么东坡肘子、东坡肉，成天只晓得吃！写出来的东西，没一点实用性……这两个人就是一对酒囊饭袋，跟我爹一个样。我爹还会做木工，钉两个小板凳出来，大家都抢着要，他们两个会干什么？当官都当不好，被皇帝贬来贬去，虚头巴脑的，就会卖弄……"

一番话，说得芸草羞惭，雨欣摇头，王娟却拍手叫好！

小杏得意地把脑袋一晃，拇指一翘，笑道："还是理科好！学好数理化，走遍天下都不怕！再懂几门外语，多学点先进技术，这才是实打实的干货，社会需要的是这……"

雨欣不以为然，道："不能这样说，各门知识都要学，数理化固然重要，文学也不是完全无用，它能改变人的精神世界。虚的实的都要来一点，进了大学再去选专业……"

王娟看一眼雨欣，抱歉地笑笑，表示不敢苟同。说："诗词确实没什么大用处！什么坎坎伐檀兮，置之河之干兮……我都不明白这些老夫子在讲什么，有话为什么不好好说。倒不如看看娃娃书和电影，比这强多了……"

雨欣正要说，娃娃书和电影也是文学呀！还没开口，小杏摇头道："电影也没有看头！看来看去总是那一套……越南电影就是飞机大炮，朝鲜的就是哭哭笑笑，阿尔巴尼亚的就是搂搂抱抱……千篇一律，耳朵都震麻了！不过电影院里很热闹，我倒是喜欢。再抓两把瓜子，带几颗糖进去……"说得大家全笑起来！

芸草听得入了迷，见大家都笑，也跟着笑。听小杏说到瓜子，忽然想起来，跑进屋去端了一碟炒南瓜子出来。

四人嗑着瓜子，又评论说，这瓜子炒得太焦了，一咬就碎了……

王娟望着小杏，边嗑瓜子边说："芸草说了，想找你学英语。你收她做个女弟子吧，今后也好帮你洗衣、做饭……"

雨欣笑道："不行，那芸草不成丫鬟了？现在收徒弟不兴这个！"大家嘻嘻哈哈地笑起来。

肖本鹊听了这话，忍不住正要笑，却被一口烟呛了气管，不停地咳嗽……他以前也收过一个徒弟，经常给他倒洗脚水。

笑过了，芸草眼巴巴地望着小杏，等着她开口。

小杏丢颗瓜子在口里，笑道："只要认真学就行。学英语嘛，首先要给你起个外国名字，才好交流。我想想……我叫凯莉，你就叫——朱蒂！怎么样？"

芸草娘从伙房里出来，刚好听见这话，便笑道："什么猪蹄牛蹄！起什么不好，非起这么难听的名字……"

小杏听了笑道："哪是猪蹄牛蹄呀，是朱蒂！朱蒂就是聪明、乐观、可爱的意思！我的英文名字凯莉是女战士，气场很强、想象力丰富的意思！要不然我跟芸草换一换吧？不行不行，同学叫我叫习惯了……"

芸草娘听完了小杏的解释，眉开眼笑，说："我听明白了，既然这么好，那就你说了算！你还是当女战士吧，不换了……"

芸草看看爹，不安地说："这，好倒是好，不过爹姓肖，我又姓朱了，不晓得他答应不答应……"还没说完，大家哄堂大笑起来！

第二十章

小杏身子也笑软了，一手掐腰，一手指着芸草，道："你的中文名字还是叫肖芸草嘛！这个英文名字，只是你在用英语交流的场合才用到。"

肖本鹊听了，笑得咳嗽不止！芸草娘不停地用围裙擦眼，笑道："这丫头！你爹不会怪你的。你听你小杏姐的，没错！"

小杏忽然对王娟和雨欣道："我再给你们一人起一个外国名字吧？有什么秘密话，我们就用英语交流，别人听不懂……"

王娟摆手笑道："你饶了我吧，我不稀罕什么牛蹄羊蹄！再说，我学的那点英语，早就还给老师了，哪里还有兴趣从头学起……"

雨欣笑道："哪有那么多牛蹄羊蹄！你让她起嘛，好就要，不好就再换，我倒觉得有趣！小杏，你给我们一人起一个，要好听点的！"

没想到，小杏的英语教学还颇为上手！为了让芸草记住单词的发音，她想了个懒办法，给每个单词都标出了生动形象的汉语读音。这等于汉语领导了英语，学起来果然方便多了！芸草觉得英语并不难，有了兴趣，便学得津津有味。师徒二人一教一学，配合默契。

没几天，芸草便掌握了十几个单词的发音，口语练习大有长进。小杏第一次当先生教别人，居然大获成功！心里不免得意，人也飘飘然的。

但凡上课，她读一个单词，芸草便认真地跟读一句，听起来很像那么回事。英语就是要多读多讲，读书千遍，其义自见，温故而知新嘛！

太阳雨

王娟和雨欣从外面进来,不知她们在念叨什么。拿过小杏编写的土教材一看,二人哈哈大笑!笑得差点闭过气去,蹲在地上直喊肚子痛,半天也站不起来!

天气渐渐寒凉,清早起来,已能见到霜的影子。大水牛卧在地上反刍,左一下右一下错动牙齿,发出咀嚼的响声。牛鼻子里喷出的热气,白烟似的环绕在嘴边,稀薄而清淡。田里的晚稻已经收割干净,只剩满眼枯黄的稻茬遗留在干裂的庄稼地里,上面也染了霜花。

花蛇起来有一会儿了,他挥拳踢腿,蹦蹦跳跳地在门口做了一套武术操。见米儿和麻杆还没起床,他抬头看一眼铅色的天空,又轻轻把门关好,便信步来到小河边。

前面一道丈把宽的沟坎,挡住了他的去路。他打量一下,又后退了几步,突然加速疾跑,冲至沟边说声"起",身子腾空一跃,"嗖"的一声飞了过去!他落定脚跟,深吸了一口气,望着肃杀的田野和低垂的天空,胸中一股豪气涌上来,令他眼眶一热……

他感到血管里的血在奔腾,"哗哗"作响!便不由得低声念道:

"万里赴戎机,
关山度若飞。
朔气传金柝,
寒光照铁衣。
将军百战死,

第二十章

壮士十年归!"

音量不大,却斩钉截铁,每个字都铮铮有声,像从牙缝里蹦出来的!语气慷慨激昂,豪情万丈……

他最喜欢《木兰诗》中这几句,每次一读到这里,就热血沸腾!

他仿佛看到,接到军令的花木兰,一身戎装,打马飞驰,星夜急赴前线!疆场上旗帜飞扬、狼烟遍地。木兰身披铠甲,手持长矛,英姿飒爽地骑在战马上,拍马向前冲锋陷阵!又似乎听到,战马喷嘶怒吼,将士杀声震天!沙场上战鼓动地,战旗猎猎……

他想,花木兰姓花,我不是也叫花蛇吗?真是无巧不成书!想那花木兰,只是古代一个弱女子,尚能上阵杀敌,保卫家园!如今我花蛇,一个堂堂男儿,若不能为国尽忠尽责,报效祖国,岂不抱憾终生!

想到这里,更觉胸中激情难却,一股豪迈之气直升上来!遂又念道:"醉卧沙场君莫笑,古来征战几人回!"

反复念了几遍,觉得不对劲:打仗还喝什么酒!喝得烂醉如泥,躺在地上等死啊?这个诗人王翰,看来是没上过战场,还不如人家木兰姑娘!

他略一思忖,便随口改道:"战死疆场终无憾,古来征战几人回!"他把"战死疆场"四个字重重地念一遍,立刻有了视死如归的悲壮和豪迈……

由此又想到,这次征兵,我的政治审查、个人表现、身体素质、家庭成分、体检、文化考核等,各项条件都合格,没有任何问题呀,为何还不见动静呢?可能符合条件的人太多了,部队要择优录取吧……可是,这要等到什么时候呢?

花蛇的担忧并非多余。公社武装部长闫九生,连日来正为这事犹豫不决呢。这次征兵,翻身大队合格的青年共有十七名,其中有知青,也有农村青年,但是名额只有一个。这唯一的名额到底给谁?

他有心将这个名额分给当地农村青年。农民太苦了,一辈子也没个出头之日,这个机会应该给他们!

可转念一想,知青的文化程度高,聪明机灵反应快。在今后的军事训练中,理解能力和接受能力更强,更容易训练成一名好兵!论个人素质,要比农村青年更胜一筹。再说,这个民兵连长杜得志,态度明摆着倾向于知青,这个名额就是为他们要的!

他想起了那天早上,在杜家吃的鸡鸭鱼肉,还有那瓶陈年"黄鹤楼"白酒……腊鸡和腊肉味道不错!腊鱼咸了一点,鸭子——好像皮上的细毛没拔干净,而且有点儿哈喇味儿……酒是好酒!他舔了舔嘴唇,便把注意力放在了知青的身上,在一堆表格中挑出三份来,排列在桌上仔细地分析研究。

他把这三份表格研究来研究去,渐渐地有了感觉。似乎直觉在告诉他:这一名好兵,就在这三个人中间!

可是,到底应该是谁呢?他把目光落到麻杆的表格上:曾抗美——这名字霸气,敢跟美国佬过招!身高,一米八四!啧啧……他没见过麻杆,不知道一米八四到底有多高。他站起身来,举起右手在头顶上比比画画。突然,又觉得这人不行!这

第二十章

次的新兵都是作战部队要的,又不是仪仗队。这么高的个子肯定不灵活,上了战场傻乎乎的,那还不是活靶子!不好不好……

他又拿起米儿的表格。田米,这名字倒跟我们农民有缘!他笑了笑,心里很是满意……接着往下看:家里兄弟四个……不错,万一他光荣牺牲了,家里还有三个……他本人是民兵排长,父亲是转业军人,好!跟我一样!再一看体检栏,格子里写着:消化不良,肠胃较差——那怎么行!部队又不是住院部,还得天天给你开病号饭!牛冷软硬你都得吃,忍饥挨饿你也要扛着。万一上了战场,你说肚子痛,要拉稀,怎么办?不行不行!

剩下这个刘华社,我倒有所耳闻,听说爱打架斗狠,眼睛一瞪像个豹子!他拿起花蛇的表格反复琢磨……打架要看对象嘛,要跟敌人去打!不能跟战友打,也不能去社会上打,这又不是敌我矛盾……城市兵如果又爱打架,又有文化,还能说会道的,部队不好管呀。如果在部队闯了祸,到时又要遣送回来!这可是我推荐的,那我这老脸往哪里搁……算了算了!

一定要挑最优秀的青年送到部队去!有毛病的不要。他想来想去,这几个都有点毛病。就像毛桃子似的,这个有虫眼,那个有疤痕,挑不出一个完美无缺的。一时心里委决不下,便喊道:"通讯员!"

通讯员小马立刻跑进来,身子一挺敬个礼,大声回答:"到!"

闫九生像在部队一样,习惯性地回个军礼。说:"你去翻身大队一趟,请杜连长来一下,就骑我的单车去!"

小马两脚一并，一个立正，大声回道："是！"转身便跑。忽然又回来，红着脸扭扭捏捏地说："部长，我还不会骑单车哩，怕把你的新车子摔烂了……"

闫九生一愣，说："哦！忘了。我自己去一趟吧，回头我来教你骑单车！"

他想，光请杜连长还不行，还要征求大队书记、大队长，以及小队的意见，还要搞群众调查，都签字盖章通过了，才能决定，还是得亲自跑一趟才行……

三堂会审似的比较一番后，大队一致同意花蛇参军入伍，所在小队和群众也都支持。杜书记最后的一番话，便决定了几个人的命运！他说："田米和曾抗美不太合适。这个小刘爱打架是不假，但是可以引导他去跟敌人打嘛！谁没有一点缺点？他还年轻，引导正确就是一个好兵！我来找他谈谈。"

花蛇是翻身大队的人，大队书记的话，当然一言九鼎！闫部长听了杜书记的这番话，也深以为然。特别是"引导他去跟敌人打嘛"这句，简直就是自己的想法！大家都没意见了，便一致通过。

过了几天，大队领导敲锣打鼓来到杜家湾，闫部长亲自带队，后面跟着杜连长、杜书记、强队长和段文龙等人。这些人后面，又跟了一大群看热闹的社员和孩子。

来到米儿他们住的屋门前，有人点燃了一挂鞭炮，"噼里啪啦"地炸起来！唢呐"呜哩哇啦"地吹，铜锣"当当"地敲，大鼓"咚咚"地捶，像出嫁新娘似的热闹！

硝烟中，闫部长满脸红光，将花蛇参军入伍的喜报展开来，

第二十章

当众大声念一遍。念完,便将大红喜报贴在大门上,转身带头鼓起掌来!大家一边鼓掌一边叫好,眼睛里全是羡慕。

花蛇两眼发亮,面色通红,双手抱着拳给大家作揖,嘴里连连说道:"感谢大家,感谢领导……"他反反复复,好像只会说这两句。

米儿和麻杆二人被淘汰,心里难过极了,恨不得找地方哭一场!两个人站在人群里,心里想哭,脸上又不得不假笑。一副皮笑肉不笑、哭笑不得的样子,让人看了难受。

雨欣和王娟见米儿落选,心里乐开了花!可是,都只在心里偷着乐。

王娟心里道:"看你往哪里飞!这是天意,我根本就不同意你走……"她心里的快乐直往上冒,这快乐在脸上堆满了,便开出一朵花来!这笑容是最真实的——既是为花蛇入伍高兴,也因米儿落选,替自己高兴!

雨欣比王娟更有体会,心里想:"你参军去了,今后还认得我呀?我不走,你也别想走!我去曲湾中学教书,你都不高兴,我更不能放你去千里之外的云南!真是天随我愿……"想到这里,她彻底放下心来,脸上的笑容从心底冒出来!

小杏挤在人堆里,看看这个又看看那个。看到花蛇抱着拳给大家作揖,觉得好笑,也远远地冲他还了一揖。见米儿和麻杆脸上的笑比哭还难看,太不自然了,便猜出了几分:可能是舍不得花蛇走吧?是的,我也有同感……没想到我由小杏刚刚来,板凳还没坐热乎,三位老兄就只剩两个了……臣妾这命啊!嘻嘻……

太阳雨

花蛇双手接过入伍通知书后,反复看了不知多少遍,似乎永远看不够!心里既高兴又留恋,既满意又沉重……

高兴的是,愿望终于实现。从此以后,自己就是一名光荣的解放军战士了!

部队是个什么样子?听说部队像个大家庭,战友们团结友爱,朝气蓬勃……部队又像个大熔炉,在这里可以百炼成钢。这令人向往的部队生活,够刺激,够新鲜!自己的抱负从此得以施展了,崭新的生活在向自己招手……

这事不会再有变了吧……听说马上就要换装了,换上了新军装,嘿,那多神气!一转身,自己的身份就变了!希望军装快点发下来,越快越好……

看到米儿和麻杆无精打采,坐在床边唉声叹气的,心里又感到沉重……

几年了,大家在一起朝夕相处,同吃同住同劳动,同悲共喜。这期间,共同经历了多少事情,又克服了多少困难!虽然也吵吵闹闹,却依然亲如兄弟,形同一家……再往前算,大家自幼就在一起玩耍,一个个赤膊光脚,打打闹闹,身上脏得像泥猴!谁碗里有点好菜,都要端出来分着吃……

稍大一点,便不能再野了,都被家长送到学校念书识字去了。恰巧大家又在同一个班级,一直念完初中!多少次考试测验,不是你帮我,我帮你偷偷传递纸条?多少次寒暑假的作业,不是你抄我的,我抄你的?考试不及格怕挨打,不敢回家了,便你往我家躲,我往你家躲,害得父母挨家寻找……

还有王娟、雨欣、春桃,都是在一起长大的……不料春桃却永远留在了这里,念念现在还不到半岁……华华去了武汉,

第二十章

一直没回来。来信说，母亲的情况很不好……

花蛇忽然想到自己的母亲，她这一辈子可算吃尽了苦头，还不到五十岁，就老得不成样子了，人也瘦完了……这全是为了我们！含辛茹苦总算把我们养大了，又一个一个飞走了！只剩她孤单一人在家里，风里雨里还要去"挑码头"。累了病了，也没个人在身边……我这一走，部队远在云南，何时才能回家看看她？自古忠孝不能两全，儿子只能在这里跟您道个别了！妈……

花蛇独自一人坐在河边，怀里揣着入伍通知书，眼里含着泪，心里七想八想。眼看要走了，他留恋这里的人，他留恋翻身大队，留恋杜家湾，留恋这片田野，留恋五岔河，留恋这里的一草一木……

他在这里生活劳动了三年。三个寒来暑往，在这里发生了多少故事，又发生了多少变化！同学们在这里流血，流汗，也流泪，还丢了一条人命，但是从来都没趴下！这里所有的故事和经历，都将成为记忆，今后只能回忆了……同学们还留在这里，故事还会继续演绎，今后还不知会发生些什么……

米儿，麻杆，你们的心情我理解，换了我也一样……我也很希望，我们能再次一起走进部队的大门，可是名额只有一个呀……今后虽然天各一方了，但我不会忘记你们的，我会经常给你们写信，我们依然亲如兄弟……

花蛇要走了。临走之前，他换上部队发的新军装，把米儿送给他的那套旧军装洗得干干净净，叠得整整齐齐，双手托着送到米儿面前，说："谢谢你了，兄弟！这套军装还能穿……"

米儿默默地接过来,眼睛看着他,低声说道:"花蛇,你到了部队上,要听首长的话,脾气要改一改。我们兄弟还是第一次分别,你要多保重……"说着,泪水在眼眶里打转。

麻杆拍拍花蛇的肩膀,诚恳地说:"花蛇,我们兄弟一场,你可不能忘了我们呀。你到了部队,要经常给我们写信,如果有什么事,就交给我们办。春节回去了,我们就去看望你母亲……"

花蛇心里发堵,说:"你们放心,我知道的……母亲那边,我写了一封信回去……就是这次见不到华华,你们帮我转告一声……"他好几天没有睡好觉了,眼窝深陷,眼圈红红的。

他又拿过一个网袋,交给米儿,说:"这是几件旧衣服和一双旧布鞋,都是母亲给我做的,我舍不得扔。春节回去的时候,你们帮我带回去,交给我母亲……"

这一天,米儿和麻杆陪着花蛇,挨家挨户去跟乡亲们道别。所到之处,家家都要留饭,人人都有说不完的话。

在满秀家道别的时候,花蛇抱着念念亲了又亲,恋恋不舍……

出来后,又去肖本鹊家聊了好一会儿。最后才去段师傅家——他们曾经住了大半年的家。

一进门,花蛇便给段师傅和幺妈分别鞠了一躬。段师傅早有准备,家里已经摆好了两桌酒席,专为花蛇饯行。

按当地农村的习俗,送别亲友要吃饯行酒。这意味着告别的酒席,在当地叫作"七星饯",也就是桌上七个菜的意思。为什么是这个数,"七星"又代表什么?不得而知。米儿正想开口问,客人们便到了。

第二十章

王娟、雨欣、小杏、芸草、李月、谭素琴、肖银水、杜得志都陆续到了，只差杜书记和强队长了。文龙又借了两盏气灯，悬挂在房梁上，把屋里照得通明雪亮。

这场面，除了结婚以外，在杜家湾算是少见的。虽然如此，气氛却显得有点沉闷，大家都沉默不语，就连王娟和小杏也不多言……

须臾，翻身大队的党支部书记到了，翻身大队的大队长肖本强也到了。一进门，二人先向花蛇拱手道喜，又向段师傅和众人拱了拱手。

见屋里不热闹，杜书记高声道："怎么都不讲话呀？小刘参军，这是我们的喜事呀！"他说完一笑，眼睛眯得只剩一条缝。

段师傅笑着，也附和道："就是就是，当然是喜事！这几个女伢子呀，平时就像鸦鹊子，今天怎么也不叫了……"

幺妈说："都好几年了，天天在一起，这说走就要走了，大家心里哪里舍得！"

强队长笑道："舍得舍得，有舍才有得嘛，都不去当兵，谁来保卫祖国？你们舍不得，我也是舍不得。不过呢，也许他这一走，过几天就忘记翻身大队了，哪里还会认得我们……"

花蛇连忙站起来，说道："不会不会，那绝不会！"

米儿和麻杆也帮腔道："那不可能，他不是那样的人……"

文虎把那张鲶鱼嘴一咧，笑道："话先莫说早了。他一到部队上，八竿子打不到，眼睛都长脑壳顶上了，屙尿都不会朝我们这边屙，哪还认得我们哩！"

一段话，把大家都说笑了！王娟和小杏私语几句，二人红了脸，笑个不停……

花蛇面红耳赤,知道是说笑话,但不知怎样应答才好。

段师傅赶紧解围,他看着花蛇,说道:"你都听到了吧,话不中听,理中听。都是希望你不要忘记翻身大队。记住,云南在西南边,我们就是东北边了。以后屙尿,先看看太阳在哪边,找对方向再屙,我们闻得到……"

文龙打趣道:"如果夜里起来屙尿,就看看北斗星在哪边,看准了再屙!不要瞎屙……"

父子三人一人一句,引得满座大笑!似乎花蛇这尿就是白花花的银子,浪费不得,一定要尿回来……花蛇满脸通红,也随着众人笑……

文龙的妻子金凤,给大家倒了酒。段师傅端起酒杯,站起来高声说道:"杜书记,强队长——还有大家,都一起来!为小刘的光荣入伍,干一杯!"

次日早上天刚微亮,外面还不见人影,花蛇就悄悄起床了。先在田野里采了一大捧野菊花,又折了几根芦苇穗,独自来到春桃坟前。

他把菊花和芦苇穗扎好,整整齐齐地摆放在墓前,又对着木牌鞠了一躬,这才坐了下来。看着木牌上"武汉知青由春桃之墓"几个字,嘴里默念道:"春桃,我今天就要走了……今后哪怕走到天边,我都不会忘记你们,不会忘记我们的友情,也不会忘记念念……"

他鼻子一酸,哽咽起来,又缓慢地说道:"我们从小就在一起长大,从小学升到初中,一直是同班同学……当年我们辛辛苦苦,一起从武汉步行到这里。因为幸福大队不收女生,你们

第二十章

偶然来到了翻身大队,我们才又聚在一起了……几年来,你吃尽了苦,受尽了罪。我心里的话,还来不及对你说,我觉得还不到时候……没想到……真没想到,到头来你却永远留在了这里……"他揩了揩泪水,好一会儿才又说:"春桃,我该走了……不知什么时候,才能再回来看你……你多保重!"

说完,他站起身来,深深地鞠了一躬,转身离去……

花蛇走了,此后再没回来过。

第三天下午,一条渔船停靠在渡口边,从船上下来一个年轻的乡下人,手上提个竹鸟笼,一只黑色的鸟在里面蹦蹦跳跳。年轻人把鸟笼往树枝上一挂,便进了王娟她们的厕所。

这只黑鸟在笼子里一边踱着步子,一边昂首吹起了口哨,哨音嘹亮而婉转,像从人的嘴里吹出来的,很有挑逗性。

王娟和小杏正在河边洗衣服。小杏听了怦然心动,看着王娟道:"你听,这是哪个在吹口哨呀?流里流气的……"

王娟两手沾满了肥皂泡沫,头也不抬,说:"莫看他!这种痞子,你一看他,他更得意。"

那只黑鸟似乎听到了王娟的话,口哨声一停,又换了一种调,又来了两声短的。

小杏住了手,眼睛一动不动,盯着盆里的肥皂沫侧耳倾听……

王娟生气了,拎着湿衣服站起身,眼睛到处乱找,河堤上不见人影。只见自己屋后的树枝上,挂着一个鸟笼,里面一只黑鸟上蹿下跳,却不知刚才是谁在吹口哨。

那只鸟远远看见王娟,把头一偏,对着厕所叫道:"快点儿！来人了！"

厕所里男人用力咳嗽了两声，以示警告，表示鸟主人在此。

王娟笑了，忽然明白是这只鸟在作怪！便把小杏一拉，说："走，上去看看！"

这时，年轻人也听到了外面的动静，厕所门一开，从里面走出来。

见两位姑娘正在看他的鸟，年轻人便道："这是我的八哥，你们是哪里的？"

王娟见了这陌生年轻人，不由得后退两步，指着屋子说："这是我的屋子，你把鸟挂在我的屋后，还问我是哪里的！你是哪里的？"

小杏也指着厕所，道："还有厕所也是我们的！你未经许可，就跑进去——你冲干净没有？"

年轻人这才明白过来，又见这两位姑娘厉害，脸也红了，连忙赔笑道："冲了冲了，冲干净了。不信你们看……"说着，就要带她们去厕所里看。

王娟一脸嫌恶的表情，用手在鼻子前扇了几下，道："你回来。我问你——这鸟哪来的？"

年轻人说："自个屋里生的，一窝三只……"

王娟故意打岔，问道："你屋里哪个生的？"

年轻人这才意识到没答清楚，连忙说："呃，是八哥生的。"

小杏盯着鸟，问道："你这鸟叫什么名字呀？"

年轻人回道："它叫小三……"

一听叫这名字，王娟和小杏都笑了。

年轻人见她们笑了，也放松下来，解释道："屋里一对八哥

第二十章

养了几年了,去年一窝下了九个蛋,今年只下了三个。它是最后一个出壳的,我们都叫它小三。"

那黑鸟低了头,自顾在笼子里踱步,走了半圈,忽然又吹一声口哨,哨音一落,又叫道:"小三,快点儿,喝茶……哈哈哈哈!"竟然一口地道的洪湖口音,还会哈哈大笑!

三个人听了,都跟着嘻嘻哈哈笑起来!年轻人说:"这鸟通人语,我们在旁边讲话,它就会接嘴!"

小杏笑得嘴都合不拢,凑到鸟笼跟前,对着鸟说:"你不叫小三,你叫痞子!"

这只鸟听了,睁着两只花椒粒似的圆眼睛,把小杏左看一下,右看一下,又看看主人,脑袋一偏,突然叫道:"你叫痞子!"这回的口音怪腔怪调,既不是洪湖的,也不像武汉的。

三人又是一阵大笑!

王娟走到跟前仔细地看,见这鸟黄嘴短尾,羽毛乌黑,两个翅膀各有几根白翎,嘴旁生出一撮黑羽毛,高高翘起,似乎有点眼熟……

她忽然想起,前年春天刚插完早稻,一大早便和雨欣在屋门口,也见到田野里有两只花翅黑鸟,正站在牛背上弹跳戏耍,当时还看了好半天,可以确定就是这种鸟!没想到它还会讲话呢……

王娟转过身来,问年轻人道:"你这只鸟,卖不卖?"

年轻人没想到她会问这个,便犹犹豫豫地说:"这呀……呃,你们喜欢的话,也可以卖,就怕你们喂不活……"

王娟说:"你教一下不就行了,我们又不比你笨。多少钱才卖?"王娟一心想得到这只鸟,便又追问一句。

年轻人有点为难,说:"钱嘛……倒不值什么钱。你就,就给三块五吧。"接着又把话绕回来,道:"就怕你们喂死了,我心疼……你们也白花钱了……"

王娟二话不说,从口袋里掏出一张钞票,看了看递给他,说:"这是五块钱,你也不用找了,都给你。这只鸟归我了……"说着就要去摘鸟笼。

年轻人急了,在口袋里乱翻起来,嘴里忙道:"有有有,有零钱,我找给你!讲好的三块五,我不多要你的!"

小杏心里更喜爱这只鸟,见年轻人同意卖,却并不爽快,又生怕他反悔,便连忙拦住道:"算了莫找了,这一块五只当是学费。你再告诉我们,怎样才能养好这只鸟?"

年轻人便告诉她们八哥的生活习性,一天三餐要吃什么,喝什么;除了冬季以外,春夏秋三季,每天都要给它洗澡。洗完澡,鸟笼要挂在通风处让它晾干;怎样教它与人对话,等等,一五一十交代得明明白白。二人听得清清楚楚,都一一记在心里。

年轻人把鸟笼摘下来,递到王娟手上。那鸟见主人要走,急了,尖嘴朝天"嘘"地打了一声呼哨,叫道:"带我走呀——痞子!"

王娟和小杏听了,粲然一笑!二人提着鸟笼进了屋,这鸟犹在叫喊吹哨,吵闹不休……

小杏笑呵呵地凑近鸟笼道:"痞子,安静点!"

这鸟转着脑袋把屋子打量一周,操一口纯正的洪湖腔叫道:"小三!好大的屋呀!"

小杏笑道:"你不叫小三,从今天起,你叫痞子!"

第二十章

鸟说:"小三!"

小杏:"痞子,痞子,痞子!"

鸟:"痞子……"

王娟端一盆井水进来,刚好听见他们在对话,觉得十分有趣,嘻嘻哈哈笑道:"痞子,要洗澡了,洗完澡吃饭!"说着,提起鸟笼浸到盆子里。

痞子从跳棍上蹦下来,一下跳进水里,抖开羽毛,双翅扑腾起来。看看洗得差不多了,站在水里抬头叫道:"挂起!"

王娟赶紧从水里提起鸟笼,挂到大门外。痞子两腿一弹,蹦到跳棍上,梳翅抖羽,水珠乱溅。它用尖嘴理理这里,啄啄那里……

忙了一阵,嘴里嘀咕道:"没洗干净!"又朝脚下看了看,似乎在找水盆,说:"水太冷!"

王娟和小杏眼泪都快笑出来了!引得一大群孩子也跑过来看,指着痞子,七嘴八舌地又笑又叫。

放学了,雨欣提着一串学生孝敬的青蛙,刚一踏进家门,就被痞子看见了,叫道:"蛤蟆!有人进来了!"

这声音似人非人,生硬嘶哑,吐字略有不正,雨欣吓了一跳。定睛一看,才发现鸟笼里有一只黑鸟!小杏和王娟兴奋异常,你一句我一句,抢着把这事讲了一遍。还告诉雨欣,它叫痞子,最喜欢吃鳝鱼丝、青蛙肉和蚂蚁……

雨欣笑道:"这还不好说,天天都有!"说着,把一串青蛙举给痞子看。

痞子看了一眼,把身子挺得笔直,理都不理雨欣,扬起头来又吹口哨……

699

痴心、痴情、痴恋……都带一个"痴"字。这"痴"字上面是个病字头,说明多多少少是一种病态。"痴"的意思是痴迷,指极度迷恋某人或某种事物而忘记了自我。

所以,这种病多见于正值青春期的少男少女,年纪大了就没有了,因为有了智慧。而青春期的这些痴情的少男少女,可以为爱而痴迷,可以为爱而忘我,甚至可以为爱而去死……

王娟本来没有这毛病,也不是个无智慧的姑娘。可是因为"痴",变得忘我,变得"无明"起来……

王娟如愿得到了爱情,米儿同时失去了原则。她并不知道。她一想到米儿就会怦然心动,就会产生激情和幻想。

这激情,当然是对未来美好生活的设想和预期。至于幻想的内容,则当属个人的私密,"恕不奉告"了!

王娟以为,终身大事有了满意的结局,人生的目标也已经明朗,生命由此进入了崭新的阶段!今后活着不为别的,就是为了米儿!只要他喜欢,一切我都依他的!只要能和他在一起,怎样都好……

对了,还要尽快学习烹饪和缝纫。将来和他在一起——不,是要结婚的!结了婚,这些技能都是需要的。不行,必须在结婚之前就学会,并且要精通!

再说,结了婚就会有孩子,什么都不会做怎么行。孩子?对,孩子肯定要的,至少五个!反正我喜欢孩子,再多也不嫌多,能生多少就生多少,生一群才有趣呢!将来长大了,各种人才都有,买菜也不用发愁了!身边再留一个,还可以照顾我们两个老家伙,给我们养老……

第二十章

我们老了是个什么样子？米儿会老吗？我也会老吗……

忽然觉得自己想得太多了！这八字的一撇还没写完呢，就把这辈子都想完了！不觉笑了出来，幸亏没人看见。

此后，王娟便对自己的体形相貌特别关注，对自己的着装打扮开始严格起来。她这时终于明白了，什么叫"女为悦己者容"。

王娟并未意识到自己的体形有多美，容貌有多出众！平时她只看别人，从来也不留意自己。不过，无论自己在什么场合，似乎总能吸引别人的目光，这从别人的眼神里可以看出来……谁知道他们在看什么！

王娟开始不自信起来。她开始对服装的款式、搭配产生兴趣，又不断地变换发型。她将前面的乌发梳得蓬蓬的、卷得虚虚的，衬托出一张清丽灵动的脸，像电影明星似的，尽显妩媚之态。她把原来的两条粗辫子，合编成一根大辫。

打开镜子一照，背后一根粗大的"黑麻花"挂在正中间，遮住了脖子，略感构图呆板。又拆开来，别出心裁编在了后脑的右边。这次把那细嫩秀巧的漂亮脖子露了出来，立刻有了活泼动人的感觉！她从不知道，自己的脖子竟然也是一道迷人的风景线！

吃饭的时候脑袋一动，辫子滑到了右胸，粗大而又沉重，碍手碍脚不好拿筷子……便又拆开来，重新编到后脑左边。脑袋晃一晃，辫梢扫来扫去，好像马尾巴赶苍蝇似的——不好看！又抄起剪子将辫梢剪去，剪得齐刷刷的，像理发店给人刮胡子时用的肥皂刷……

王娟的歌声清亮甜美，但她不常唱，多数时候只用口琴表达自己的心情。自从跟米儿过电——这是王娟心里满意的称谓，她觉得这仿佛就跟高手过招似的，让人振奋，令人感到刺激！交男朋友、谈恋爱、相好的……这些称谓都太浅薄，太片面，没有一点激情，就像寡淡的白开水，不值得回味！更不足以表达那种触电般的、眩晕的感觉！这些日子里，王娟就像一只快乐的蝴蝶，终日陶醉在百花园里，张嘴呼吸着风中的花香，振动着花翅膀，忽东忽西闪人的眼！见人未语先笑，动作轻盈敏捷，走路轻快如风……

但有时坐着坐着，便又会出神，又会发呆……发一会儿呆，便拿出口琴来，吹一首南斯拉夫民歌《深深的海洋》：

深深的海洋，你为何不平静。
不平静就像我爱人，那一颗动摇的心。
年轻的海员，你真实地告诉我。
可知道我的爱人，他如今在哪里？
可知道我的爱人，他如今在哪里？
啊！别了欢乐！
啊！别了青春！
不忠实的少年抛弃我。
叫我多么伤心……

那质朴纯真的歌词，那低沉缓慢的曲子，足以让人为之心碎，足以让人伤心落泪！王娟吹奏时出了神，一副忽忽若迷的样子，手捧口琴打着节拍，不知不觉坠入情感的旋涡，眼神里充满哀伤，眼眶里盈满泪水……

第二十章

一见到米儿，心情又会大好！见面的前前后后都会高兴几天。心情一好，便会拿出口琴来，反复吹奏《我爱北京天安门》这首歌曲：

我爱北京天安门，
天安门上太阳升。
伟大领袖毛主席，
指引我们向前进！
……

这是一首脍炙人口的少儿歌曲。从头到尾，歌词只有四句，音域只有九度，易学易唱。反复演唱时，尤其精彩而且欢快热闹！

王娟手捧口琴，斜倚着门框，脚打着节拍。她面向远方的田野，眼里含着笑意，表情生动而又神气！夕阳照在她的脸上，双颊浅窝忽隐忽现；夕阳滑入她的眼帘，眼睛通透而又明亮！

她一遍又一遍地反复吹奏着，欢快的节奏热烈而又活泼！清新明朗的旋律从口琴里飞出，立刻将人带入一个五彩缤纷的百花园，鼓舞着人向往春天，去追求幸福……

王娟的变化太明显了，就连周围的人都能感觉到这气场！小杏看在眼里，心里似乎也明白了几分。她悄悄地对王娟说："姐，我看出来了，你好喜欢米儿哥！一天不见他，你就……"

王娟扯住小杏的耳朵，道："你从哪里听来的？鬼头鬼脑……"

小杏"哎哟"一声，歪着脑袋说："这还用听，没长眼睛啊，看都看出来了！"

王娟揪住她的耳朵不放，说："你是怎么看的？你看出了什么？你要如实招来，不然我就不松手！"说着，手上又一拧。

小杏尖声叫道："哎哟姐，你把臣妾的耳朵快揪掉了！你松开手，臣妾如实招供……"

王娟忍不住笑，把手微微一松。小杏立即跑开了，却不招供，望着王娟嘻嘻地笑！

王娟赶上去抓住她，笑道："你不讲信用！"

小杏嘻嘻哈哈，双臂抱胸，弯着腰躲闪……王娟想去挠她的腰，小杏拼命扭动腰肢不让挠。王娟挠不到腰，便箍紧了小杏，朝她的耳朵里和脖子上吹气……

小杏的耳朵和脖子痒痒的，又见王娟的脸挨得近近的，眼睛瞪得圆圆的，便吓得尖叫起来，嘴里呼爹叫娘，乱嚷一气……

二人疯了一会儿，话题又扯回米儿身上。小杏忍不住了，便将嘴巴贴着王娟的耳朵，悄声说道："姐，你每次看他的时候，我看你眼神很特别，里面充满了柔情……还有，还有爱意！我在旁边帮你仔细审查过了，你跟他很般配！他很聪明，很帅气，你可千万不要错过……"

王娟被人看破心思，心"怦怦"直跳，脸上热辣辣的！但还要假装没听懂，扭头问道："这能说明什么？你是不是看上他了……"

小杏嬉皮笑脸地说："姐在这里，臣妾不敢！所以才劝姐千万不要错过，赶紧把他拿下。不然……"

第二十章

王娟紧张地盯着小杏,似乎要透过她的眼睛,一直看到她心里去!忽然开口道:"什么不然……小杏,你给我老实点,少胡思乱想。你还小,刚从学校出来,羞不羞!这不是你想的事……"

小杏跑开几步,坐到灶前的柴堆上,说:"姐,你紧张了吧?说明你心里在意他吧?告诉姐吧,臣妾也不小了,都十七了!碰到好的,先抓一个在手上,玩个七年八年的,就能结婚了……如果不是姐挡在这里,你看我小杏把他抓过来,做我由家的乘龙快婿!"这话半真半假,却充满了自信!似乎对方不是个有头脑的大活人,倒像是皮箱里的袜子,主人想拿就拿,想放就放,易如探囊取物。

王娟一听她这口气,吓了一跳!半天才摇头叹气道:"小杏,真没想到你这么坏!这哪像一个女生讲的话?按说你多读了两年高中,应该更加知书达理……唉,你这都是跟谁学的呀,难道也是生理老师教的吗……"

小杏嘻嘻一笑,油嘴滑舌道:"自学成才!这还要教啊。高中交男朋友的多得是,关键我没发现好的……所以姐,你要抓紧,小心飞了!嘻嘻……"说着挤眉弄眼地坏笑。

王娟走过去,坐在小杏身旁,搂着她的肩道:"小杏,我们在农村,还不知道哪天才能出去。听姐的话,你还小。姐在这里,就不许你谈恋爱——至少这两年不行!除非我不在了……"想了想,又说:"这件事,就在你心里,不要出去胡说八道。"

小杏转过头来,凑近王娟的脸,认真地看着她的眼睛,说:"姐,你看着我的眼睛!出了这个门——不,不出这个门,我也绝不乱说！因为怕痞子听见了，它到处乱嚷。但是你得答应我，你要把米儿哥看紧抓牢，我就不插手了……"说着，朝鸟笼子看了一眼。

痞子站在跳棍上，身子挺得笔直，脖子伸得长长的，脑袋扬得高高的，仿佛正在侧耳偷听。见小杏看它，翅膀一动，开口叫道："王娟……小杏！"叫声像一根干柴棍子，直直的，硬硬的。它原来那位洪湖的主人，不会发后鼻音，它一开口，就把小杏叫成了"小心"。还硬把两个人的名字组合在一起叫，变成了"王娟，小心！"

二人听了，捧腹大笑！王娟说："我是要小心点，不然你就飞了……"这话不知是在说鸟，还是在说米儿，抑或是说给小杏听。

小杏教痞子道："米儿！叫！"

痞子学舌叫道："米蛾！叫，咕噜噜噜……"脖子一鼓一鼓的，喉咙里发出一串奇怪的响声来！

王娟、小杏大笑！和痞子一起，二人一鸟，你一句她一句，嘻嘻哈哈地唠起闲话来……

雨欣正在学校里忙得不可开交。俗话说："若有薄田三百亩，来年不做猢狲王"，这些"小猴子"可不是好对付的！这两年，学生越来越多，竟比之前增加了近一倍！虽说十个人是一堂课，五十个人也是一堂课，人多人少都在一间教室，讲课时声音大点，也就一瓢水给舀了。可是审批试卷、批改作业、解决纠纷、管理学生等，这些工作却成倍地堆在那里，推都推不掉！教师仍然还是那几个，一个萝卜几个坑，想个替换的人都没有。雨欣做事向来一丝不苟，丝毫不肯马虎，就只有硬

第二十章

撑着。

对于王娟的变化,她也并非没有感觉。只是她整天在学校上课,口干舌燥,回到家精疲力竭,体乏言懒,也无心细想深究。

眼见王娟脸上的喜悦掩饰不住,整天兴高采烈的样子,雨欣忽然想起了前年的五月,自己不也是这个样子吗——啊?!不会吧……我和米儿……米儿和她?不可能!我相信米儿……

也许……是因为她父亲又恢复了工作,并且官升一级,一家人终于又团圆了,心里高兴吧?

此时的江城武汉,正笼罩在深秋的茫茫风雨之中。夜幕降临,一辆解放牌大卡车在风雨中开足了马力,轰鸣着由西向东飞驶而来,飞转的车轮冒着热气,激起的水星子四处飞溅!车头上扎着一朵盘子大的白纸花。一路上风吹雨打,纸花残破不堪,湿淋淋地紧贴在引擎盖上。车灯像两条光柱向前射去,无数的雨点急匆匆地扑进这光柱里,纷纷起舞!

和平大道被两边高大的法国梧桐树遮掩着,水泥路面上落满了败叶。卷曲的枯叶在风雨中飞转,翻滚不止……卡车来到杨树园,一个左转弯,进入了四新路,在一栋红砖的二层楼前缓缓停了下来……

从车上下来三个臂缠黑纱、神色凄惶的男人。其中一个少年,身材瘦削,神思恍惚,下车时一脚踏空,重重地摔倒在地。另外两个人一惊,大叫道:"华华……摔哪里了?"急忙伸手去拽他。

华华一身泥水,站起来摇了摇头,一声不响。三人冒雨跑进门廊里,卡车"嘀"的响了一声喇叭,开走了。

进了家门,屋里冷冷清清,华华将母亲的遗像挂在客厅的正墙上。披着黑纱的相框里,母亲正含笑看着他。他心里一颤,轻唤一声道:"妈,到家了……"便站在遗像下望着母亲,呆呆地流泪……

华华的母亲躺在医院里,被病痛折磨了几个月后,终于灯干油尽,昨天痛苦地死去。一个多月来,华华每天在家里做好了饭菜,便急忙趁热给母亲送过去,然后一步不离地守护在病床前。

病魔不肯松手,病情越来越重。母亲痛得吃不进,睡不稳,瘦得只剩一把骨头了……医院的病危通知书已经下了几次,眼看人不行了,母亲却硬撑着,就是不肯咽气——她在等待华华的哥哥和父亲……

四天前,华华的哥哥从遥远的大西北赶回来了;同一天,华华的父亲也从下放劳动的沙洋农场赶到了。母亲看着眼前的三位亲人,拉着他们的手,一边流泪,一边叹气……勉强又坚持了两日,黎明时分咽下最后一口气,眼里含着泪,一人独自去了。

那一刻,华华突然感到天塌地陷,眼前发黑,一头栽进母亲怀里……他是眼睁睁地看着母亲痛苦地死去,却毫无办法!连日来,为了照顾病重的母亲,他顾不上吃饭,也睡不好觉,熬得形销骨立,眼窝深陷,走路摇摇晃晃的……

母亲去世后,在冰凉的太平间停放了一天一夜。今天上午,在莲青寺火化了母亲的遗体后,华华捧着一坛骨灰,又和父亲、哥哥一起,直接去了扁担山安葬母亲。

第二十章

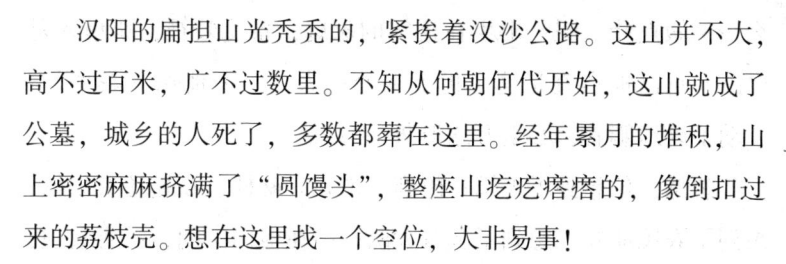

汉阳的扁担山光秃秃的,紧挨着汉沙公路。这山并不大,高不过百米,广不过数里。不知从何朝何代开始,这山就成了公墓,城乡的人死了,多数都葬在这里。经年累月的堆积,山上密密麻麻挤满了"圆馒头",整座山疙疙瘩瘩的,像倒扣过来的荔枝壳。想在这里找一个空位,大非易事!

三个人顶着北风,丢了魂似的在山上寻了大半日,找不到合适的地方。见山腰上一座无名无姓的荒坟,年久失修坍塌了半边,另一半长满了荒草。便紧挨这坟刨了一个土坑,坑底垫了一叠黄纸,把骨灰坛安放了下去,上面又用水泥做了一个"圆馒头"。趁着水泥未干,华华捡了一根树枝,在这水泥馒头正中间,刻上了母亲的名字,又和哥哥一起,跪下来磕了几个头……

几个人踉踉跄跄,一步三回头地走下山。正要上车回去,不料天上飘下雨来。华华失魂落魄的,又担心雨水把未干的水泥冲坏,便拿起一件雨衣往山上跑……雨水把头发淋得精湿,贴在了脑门上,泪水混着雨水,一边跑一边往下流……

办完丧事,父亲走了,哥哥也走了。该走的都走了,母亲也不在了,家里只剩华华一人。他躺在床上,两天不吃不喝也不动……他蜷缩在被子里,耳朵听着外面的寒风吹过,树枝上的枯叶"沙沙"作响,迷迷糊糊地昏睡一阵,又清醒一阵,不去管它黑夜还是白昼。

昏睡中,他能见到母亲,梦里全是儿时的欢乐和笑声!醒来后,屋里黑咕隆咚,冷冷清清!他又闭上眼睛,不想看这冰凉的世界……他闭着眼睛,开始思考人生,思考人生的意义,思考生命的价值,思考自己今后的人生,思考自己应该做点什么……做点什么呢？出生在这样的家庭，备受歧视，哪里才是出路？自己根本就是这个世上多余的人了……他像一具僵尸，一动不动地躺着，心里万念俱灰……

忽然，他想到了王娟！想到了米儿、麻杆、花蛇还有雨欣，想到了农民朋友，想到了翻身大队……在他们中间，没有歧视，都很友好！在那里，大家热火朝天，尤其是王娟也在那里，顿时感到生命有了意义！

回翻身大队去！说走就走，就这么定了！

他感觉浑身是劲！翻身跳下床来，摸黑打开电灯，胡乱收拾好行装，准备立刻动身……

黎明时分，他锁上家门，提起旅行袋，直奔粤汉码头而去……

第二十一章

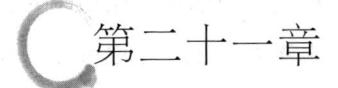

割完了晚稻"农垦58"后，打下了稻谷，队里开始分粮食了。

这个品种的晚稻产量很低，米也不涨饭，一碗生米煮成熟饭，还是一碗。所以，粮站对这种稻谷并不欢迎。各队就只好留下来，分给社员们做口粮。

可是用这种米煮出来的饭，却是非常好吃！华华形容说："喷鼻香，入口甜，糯糯的，滑滑的，饭里面像含了油，嚼起来很筋道！"

麻杆含了一大口饭，鼓着嘴巴说："好吃好吃，不用菜都吃得下！一粒粒亮晶晶的，赛过珍珠……"

米儿的喉管细窄，平时一口饭要在嘴里嚼上半天，才慢慢地咽下去。他端着碗，一边吃一边笑道："确实比中稻米好吃多了！不糙喉咙，一溜就进了肚子……"说着夹了一块酱洋姜，放在口里嚼得"咯吱咯吱"响。

麻杆抬起头，对米儿道："晓不晓得，'早稻691'更好吃！煮出来的稀饭，上面漂一层厚厚的米油！还没煮熟，饭香就飘出来了，让人流口水！早稻晚稻都好吃，就是中稻不太好吃，有点糙……"

华华吃了两碗下去，把筷子一放，说："刚打下的新粮带股甜味，都好吃！其实这'农垦58'，在武汉就叫粳稻米，只不过那是存放了多年的陈粮。粮食放久了，就走了油，变得又糙又没有香味。武汉粮店里卖的四号米最难吃，又糙又黄！不晓得存放了几年。每次淘米，还要先把里面的老鼠屎、谷子和小石子挑出来。煮出来的饭，没有一点香味！在农村就这点好，随时可以吃到新粮……"说完站起来挺了挺身子，胀出一个响屁来。

米儿和麻杆端着碗，急忙背过身去躲避。麻杆道："你秀气点行不行？"

米儿看了看华华站的那块地方，估摸着臭味正在扩散。便把碗举得高高的，捂着鼻子道："你走到门口去放不行啊，这么大个屁，小心烧燃了……"

华华自己也捂了鼻子，快步走到门口，又回过头来看。三个人一起大笑起来。

这时窗外影子一晃，肖银水背着药箱，抱着念念走了进来。

米儿端着碗，赶紧迎上去道："银水，这么早？吃了没有……"

银水绷着脸看了看大家，说："吃过了。我过来告诉你们，刚刚从洪湖防洪排涝工地传来消息，说那里发生了鼠疫，已经死了几个人……"

大家听了一惊，忙问道："怎么回事？什么老鼠这么厉害？"

银水道："具体情况还不清楚，省里和县里都派医疗队赶去了……据说是一种白色的野鼠，身上携带一种叫'出血热'的病毒，通过它接触过的食物和用具传播给人。人一旦感染了，就会发烧,皮肤渗血,死亡率很高!"

见他说的严重,大家不约而同看了看桌上的饭菜和碗筷,忽然没了食欲。

米儿的心揪得紧紧的,紧张地问道:"这怎么办?这些东西谁知道老鼠爬过没有?"说着指了指饭桌。

华华心里疑惑,说:"哪里见过白老鼠?那不是做医学实验用的吗?怎么跑出来了?"

麻杆也道:"我们这里都是灰老鼠,那种白老鼠我也没见过——那工地离我们这里有多远?"

银水严肃地说:"估计马上就会有通知下来,我们都要预先做好防范措施。我们大队也有十几个人在工地上,据回来的人讲,工地离我们这里只有十几里。听说工地上只要是人住的工棚,四周都挖了防鼠沟,防止白老鼠进入工棚……"

"那有用吗?老鼠这东西本事大得很,哪里爬不上去!顺着一根细绳子,都能爬到屋梁上去偷吃腊肉!"米儿不无担心地说。

银水道:"听说管用。据省里来的专家讲,这种白鼠爪尖很钝,行动笨拙,攀爬能力很差。只要在房屋四周挖上一尺宽一尺深的壕沟,就能有效阻挡。另外,听说家鼠和这种野白鼠是死敌,见面就打,有家鼠的地方,一般不会有野白鼠……"

大家听了稍稍松了一口气,都说:"还好,我们这里都是灰色家鼠,一个个身强体壮的,可以保护我们——没想到老鼠还有这好处!"

米儿笑道:"真是邪得很,长了这么大,还要老鼠来保护我们!"

银水道:"不可大意!如果家鼠被野白鼠咬过,同样也会感染上这种病毒,还不是一样传染给人!是老鼠都要防……"

午饭后,果然大队召开了紧急会议,通知各家各户立刻开挖防鼠沟。民兵们紧急集合,四处检查督促,壕沟挖得不够深不够宽的,当面责令整改。

米儿带着两个民兵,肩上扛着锄头和锹子,一路检查过来。远远看见王娟和小杏正懒洋洋的,在门口有一下无一下地挖沟。便走过去看了看,问道:"你们怎么回事?挖了半天,才挖了这么一点?"

小杏一见米儿来了,立刻打起精神,一锄头挖下去,"当啷"一声。

王娟直起腰来,看着米儿道:"站着说话不腰疼!你来挖一下试试,下面都是砖块瓦片,根本挖不动!手都挖出血泡了……"说着把两个手掌举给米儿看,上面果然有几个血泡。

小杏也凑过来,把手掌一摊,嘟着嘴说:"排长你看嘛,我手上的血泡比王娟姐的还多些!你们几个民兵逛来逛去又不帮忙,光靠我们两个人,天黑都挖不完!"

一个民兵指着地上对米儿说:"她们这屋是盖在一个老宅基地上面的,下面都是砖头瓦块,确实不好挖!"

米儿举起锄头试挖了几下,的确很难挖动。便扭头对一个民兵道:"水生,你再去喊两个民兵来,天黑前一定要帮她们挖好!"说完扛起锄头就要走。

王娟赶紧跑过来拦住,道:"哎哎哎——莫着急走。我还有话跟你说……"

米儿转过身来问道:"有话就快说,我们还要去检查……"

第二十一章

他对另一个民兵说:"你先去二队,我马上就到!"

王娟见那民兵立刻去了,便脸一红,笑道:"你权力蛮大呢,到处指手画脚,自个儿又不挖。当个小官,自我感觉良好吧?"

米儿看着王娟的眼睛,说:"那当然!你赶紧去挖,天黑前挖不完,小心夜里白老鼠爬到床上……"

王娟不屑,道:"屋里都是六六粉的气味,熏死人了。家老鼠都不敢进来,还白老鼠呢!"

"那也要挖,以防万一。这是通知要求的,开不得玩笑!"米儿板着脸说。

王娟嬉皮笑脸道:"你看你的脸嘛,黑得像锅底,冰得像块铁!哎,对了,刚才我和小杏商量了一件大事,你想不想听?"

"什么大事?"米儿看了看小杏,小杏一只手掩了嘴巴直笑!

"小杏说,等开春了,在屋后面挖个坑,把你埋了,再浇点水,等到秋天就可以收获很多个米儿了!到时候分配一下,几个出去挣工分,几个在家烧火做饭,几个下河打鱼摸虾,几个站岗当警卫……我呢就做个女王,只负责发号施令!现在就看你的态度,你同意了,我们就挖坑,嘻嘻嘻……"还没说完,王娟和小杏便笑弯了腰!

小杏抬起头,看着米儿摇手笑道:"不是我说的啊!我只说,到了秋天把你挖出来,就变成一棵冬虫夏草了,头上长两片叶子……"

米儿听了也忍不住笑,说:"原来你们在商量谋财害命啊!只怕到时候挖出来的是一个白骨精,还有一个骷髅,吓死你们!"说着一瞪眼睛!吓得王娟和小杏,赶紧扭过身去!

小杏笑道:"言过其实了啊!还谋财害命呢!你浑身上下,就脚上的两只皮鞋,还能值几个钱,顶多换两块打糖……"说着指指米儿的脚。

见米儿瞪着两只眼睛看她,似乎生气了。小杏便又笑道:"真的,你莫生气!有一天放学,看见路边一个卖打糖的,我走过去说:'卖糖的,给我敲两分钱的,多了我不要!'卖糖的看我一眼,大手一挥,说:'不卖不卖!姑娘,一边玩去!'我看了看他的筐子里,就有一双破皮鞋,也是用打糖换来的。看你的皮鞋嘛,顶多值一角钱……"她边说边表演,样子活灵活现的,王娟忍不住大笑,轻松而又开心!米儿又好气又好笑,不知该说什么好。

王娟不依不饶,边笑边补充道:"排长荷包里还有半盒烟,几根火柴。那更不值钱。谋财害命这个词,实在用得不恰当!下次请注意……"

米儿低头看看脚上的皮鞋,忽然想到了雨欣,不想跟她们再扯野棉花,便扛了锄头,匆匆离去。

王娟在后面喊道:"今晚我们多下几碗米,你们都过来吃饭!莫生气啊……"

几个人都聚在王娟这边吃晚饭。刚刚吃完,银水和芸草也来了。见华华臂上还缠着黑纱,便关切地问了问家里的情况,安慰几句,说:"人死不能复生,神仙也没办法,放在心里怀念就好……"

大家就这个话题,说起父母的艰辛和付出,做子女的应该

第二十一章

如何早早尽孝,乌鸦还知道反哺呢!不要等到父母不在了,空留下一堆遗憾,再来装模作样地摇头叹息……那些没用。

小杏撇撇嘴道:"现在的年轻人才不管这些,都巴不得把老人当用人!生了伢的,往婆婆那里一丢,就不管了!哪个屋里老人不是一门带十杂,做饭带带伢?一年到头辛辛苦苦,一分钱看不到不说,还要倒贴钱养孙伢……好像就是应该的!你跟哪个讲理去?"说这话时,好像她不是现在的年轻人,而是过来人似的,站在老人的立场上去谴责那些不懂事的年轻人。那指手画脚的样子,把大家给逗笑了!

雨欣看一眼米儿,说:"在外国就不是,生了伢都是自己带,没有哪个父母帮他们带。只有在中国,才把小伢看成命根子一样,当作自己的私有财产对待。这种传统习俗并不好……"

王娟道:"什么叫看成命根子?本来就是命根子嘛,有什么不好?古人说:不孝有三,无后为大!传宗接代是大事,几千年来都是这样的。爷爷奶奶,父亲母亲哪个不心疼伢秧子?不过还是自己带好一些,跟爷爷奶奶在一起久了,小伢会跟父母的感情疏远,不利于成长。要是我,我就舍不得。我要自己带,再苦也是甜的……"忽然感觉自己的话多了点,便红了脸,把话打住。

小杏见三个男生也不讲话,端起茶缸喝了一口水,提高嗓门道:"还有,老祖宗都说养儿防老,家家户户拼了命也要生儿子,生怕将来没有人养老!但是未必管用。像我弟弟那种人,在屋里横草不拿,竖草不抬,吃饭都恨不得有人喂!这种人,你指望他去养老,那不是个笑话!我看还是女儿好,一门心思把婆婆屋里的东西往娘家拿,就像我姐姐她们吧,也是这样……"大家听了，哄堂大笑起来！

王娟也笑软了，掩口问道："都拿了些什么东西回来，你讲来听听！"

小杏笑道："说出来丑……我看到的，都不是什么值钱东西。什么水果罐头、麦乳精、鸡蛋、鸭蛋、小麻油、酒、挂历、玻璃杯子……连万金油都要！全是些杂七杂八的小东西。我那些姐夫，一个个都是妻管严，四川叫粑耳朵。他们有时候过来玩，一眼就认出了这些东西，但是也管不了，只好笑一笑……你们说生儿子有什么用？"大家听她报出这些"赃物"，一个个笑得口水都喷了出来！

雨欣嘴也笑酸了，一边笑一边问："那你家不成仓库了？你父母也不管一管她们？"

小杏挠了挠头，道："我爸他不管这些。我妈说了好几回，要她们莫拿了，会让人看不起的。她们不听，还是拿。没有办法，拿习惯了……"

大家笑得肚子痛！特别是几个男生，眼泪都快笑出来了！银水一边笑，一边心里道："春桃就不是这样的！"

只听王娟笑道："这些小杂货真的不值一拿，又不值钱，吃完喝完又没有了……"

小杏弯腰笑道："这你不消担心，还没吃完喝完，新的又搞来了！反正值钱的东西没有，你总不能把房子也背回来吧，再说房子也是公家的……"

雨欣便笑道："小杏，你以后会不会像你姐姐她们一样，什么都往娘家拿？"

小杏道："我才不会！我最看不起这种人，就爱贪小便宜。

第二十一章

整天动这些歪脑筋,把人的心情都搞坏了,档次也搞低了……喂,你们几个当哥哥的怎么都不讲话呀?是不是在想对策,今后来对付嫂子们呀!"

男生们异口同声地说:"没有没有,要拿只管拿,想不出好对策……"说完一起大笑。

米儿笑道:"一穷二白,有什么好偷的。再说女方娘家也是亲家,搬来搬去还不都是一家人!"

雨欣转过身来,说:"你现在嘴上说得好听,到时候就不是这样了!说不定拿你一盒万金油,你都要瞪眼睛呢!"说完,看着米儿笑。

米儿正想分辩说,万金油哪里会……只听华华嚷道:"一盒万金油算得了什么?还瞪眼睛!只要喜欢一个人,她拿什么我都让她拿,要我的心我都给她!打我骂我都可以,打是亲骂是爱……"

小杏道:"你讲得太严重了,不好玩!打是亲骂是爱,话虽这样说,但夫妻两个应该平等,互敬互爱,那才浪漫!一天到晚吵吵闹闹、打打骂骂,鸡飞狗跳的,还怎么过得下去!夫妻之间尤其不能动手,一动手就完了!"

麻杆的眼睛笑成了一条缝,说:"这话说得好!特别是男的不能打女的,我最看不起这种人!在屋里打老婆,算什么本事?一盒万金油,几个鸡蛋,拿就拿了,还值得动手?"

王娟听来听去觉得不对劲,便道:"小杏说了个万金油,你们就抓住万金油不放。吵架也不见得是为了万金油嘛!跟你们讲话,真是没趣味!"

大家一听,这才醒过神来:说了半天,这盒万金油其实谁都没见到,只是口头上的一个比喻而已,确实不值一提!于是便都笑起来。

银水一直在听,却并不发言。这时也开口道:"出了嫁的女儿往娘屋里拿东西,不是现在才有,祖祖辈辈都是这样。我们这里,哪个屋里不是?媳妇要回娘家,背的提的全是腊鱼、腊肉、鸡蛋,连糍粑都要。反过来说,自己屋里出嫁的女儿回来的时候,带回来的也同样是这些东西。

农村讲究人情,讲究礼尚往来。你送我,我送你,家家如此。这些东西,最后转来转去又转回来了。其实就是走个过场,图个热闹,同时也加深了感情,其实这没什么不好。"

大家一边听,一边在心里琢磨,这话好像有点道理。不过,如果家里没有女儿,全是儿子呢?那就只出不进⋯⋯

见大家没作声,银水又道:"你们想想是不是?刚才讲到养儿防老吧,在我们农村的确很重要。你们想想,人老了,农活干不动了,无儿又无女,他们靠谁?光有女儿,没有儿子也不行。女儿一出嫁,又怎么办?我们大队就有两个无儿无女的孤老,最后转成了五保户。虽然也能分到口粮,但是越来越老,吃喝拉撒都在床上,没人照顾,那也不行!"

王娟耐心听完这番道理,长长地出了一口气,终于得出结论,说:"看起来还是要有儿子!过年买个菜,也要儿子伢去挤呀。怪不得农村重男轻女呢!"

小杏马上接过话,说:"那也要看是什么样的儿子。如果儿子不'醒簧',气都要把你气死!武汉就流传一个笑话:说是有个老父亲生了病,写信找儿子要钱治病。

儿子看了来信,回信道:爹同志,妈同志,两位革命老同

第二十一章

志,新社会,新国家,自己挣钱自己花。又要买这,又要买那,哪有闲钱寄回家!这种消费俺不花。

父亲看信后大怒,提笔写信道:儿同志,媳同志,两位革命小同志,一口奶,一块八,十月身孕两万八,这些都该你们拿!

新社会,新国家,自己赚钱自己花;管你买这又买那,十八年的抚养费寄回家!

儿子收信后又回道:爹同志,妈同志,两位革命老同志,你们当时太年轻,为了快乐把我生。又是哄,又是抱,为了开心逗我笑。开心费,解闷费,足够抵消养育费!如果二老嫌委屈,可以把我变回去!

父母接到信后,气个半死!又回信道:儿同志,媳同志,两位革命小同志,生儿育女我有罪,二十年后你尝味!

你们说,这样的儿子,不但不拿钱给老人治病,还要气老人,没病都要气出病来!小病气成大病,大病直接气死!"

刚一讲完,屋里便响起一片笑声,一致谴责这种儿子太不像话!

王娟大笑道:"干脆把他变回去!"

大家纷纷说,像这样的儿子有什么用,宁可当孤老都不要!老得爬不动了,就饿死在屋里,死都死了,还管那多!

大家云山雾罩地海扯了半天,桌上的煤油灯闪了两下。小杏站起身,朝王娟和雨欣递个眼色,三人拿了手电筒出门上厕所。刚一出门,突然传来一阵惊叫!三个人慌慌张张又跑回来,转身关紧了门,用身子顶得死死的,个个吓得花容失色,战战兢兢。

屋里的人惊得站了起来,连问:"怎么回事?"

小杏吓得面无血色,结结巴巴地说:"白老鼠……"

米儿和银水抓起锄头,轻轻地打开门,用手电筒一照:原来是几团白色的鸭毛,被风吹动,在地上滚来滚去!

放学后,雨欣经过小卖部时,得发老头子在里面看见了,便大声叫道:"夏姑娘,你的包裹寄来了,快拿去!"

雨欣走进去,拿过包裹一看,是父亲寄来的,便知道里面是什么了。

上个月,她接到父亲的一封来信。信中告诉她:据可靠消息,今后大专院校招生,一律从工农兵中选拔。规定卡得很严,必须要在工厂、农村和部队基层锻炼两年以上,才够推荐条件。

你虽然在大队小学教书,但也算农村基层,我打听过的,不必担心!

抽空我就去搜集、借阅近几年各科的高考试卷,抄写下来后,寄给你复习备考……

雨欣拆开包裹一看,里面厚厚的一叠材料纸,果然是手抄的高考试卷!每一张上面,都是父亲亲笔写的蝇头小楷,密密麻麻,工工整整!就像父亲在绘制工程图时,图纸上的说明文字一样,一笔一画,清清楚楚。

试卷的年份,从一九七一年到一九七三年;试卷的考区,有北京、上海、浙江、湖北四个省市;试卷的科目,主要有语文、数学、外语、政治、物理、化学等六门主课。只要认为是重点的习题,父亲都用红墨水写成红字,让阅读者一目了然,清清爽爽。

第二十一章

　　雨欣看着看着，眼前渐渐模糊起来……她仿佛看见瘦弱的父亲，穿着蓝色的工作服，佝偻着身躯坐在灯下，一笔一画地抄写试卷的样子……父亲的眼睛高度近视，都快八百度了，鼻梁上的玻璃镜片厚厚的，重重的，上面的同心圆像年轮似的，一圈又一圈……她心里一酸，眼圈红了，赶紧捂住了嘴，眼泪止不住地滚下来……

　　能够成为一名大学生，那可是天之骄子，意味着国家将要付出等量的黄金，来培养、打造一个金人！这是雨欣做梦都想实现的。如果通过自己的努力考上了大学，不仅无上光荣，而且前途无限光明！

　　早在今年七月份，雨欣就听闻了招生的消息。但全公社只有两个名额，一个给了前进大队的武汉知青，另一个给了胜利大队的回乡青年。这次根本没轮到翻身大队！那名武汉知青考取了北京航空学院；回乡青年则被上海复旦大学录取。这两所大学，那可不含糊，都是全国赫赫有名的高等学府！

　　这两名天之骄子都是男生，都给本大队带来了骄傲和荣誉！八月下旬办好了户口调动手续，吃过饯行酒后，在欢送的锣鼓声中，胸前戴着大红花，喜气洋洋地报到去了！现在已经开学几个月了，不知他们的功课能不能跟得上？雨欣在替别人操心的同时，也在担心自己。

　　这件事，在知青中间只激起了一点小小的涟漪，却并不强烈。谁都知道，这个目标离自己太遥远了！先不说名额少得可怜，光是那些条件，就难以达到。什么家庭出身好，劳动态度好，政治表现好，等等。就算家庭出身很好，但怎样才算劳动态度好，政治表现好？又没有一把尺子来衡量，推荐时全凭人的嘴说了算。人多嘴杂，有人说好，也会有人说不好……

这且不说。单说这文化考试吧，自己连个初中生都不合格，就算给你个名额，你敢去考那六门功课的大学卷子吗？真是癞蛤蟆想吃天鹅肉！太不切实际了……

六份试卷，要连考六天啊！到时候试卷往面前一摆，监考老师的眼睛像盯犯人似的！这时就要靠真本事了，吹牛不管用……这哪是我们能做到的！我们能做的，只是个梦而已……等招工的人来了，能够抽调回城当个工人，一个月有二三十块钱的工资，就算烧高香了！

这种想法在知青中很普遍，包括王娟，看了雨欣的卷子，也知难而退，没什么兴趣。米儿也一样，他深知自己能吃几个馍，喝几碗汤。掂量一下自己的分量，看看那高不可攀的高等学府，根本就不往这上面想了。

雨欣不同，她一心想通过奋斗达到目标。她想着米儿，设想着跟他携手进入大学校园，共同学习，再次成为同学。傍晚，在月光下的校园小路上并肩散散步，讨论一下功课，谈谈理想，讲讲情话……从此过上那种花前月下，恩恩爱爱的校园生活，那才叫浪漫！

她鼓励米儿复习备考，米儿却找各种借口抵制，还劝雨欣放弃。二人为此产生了分歧，分歧不能化解，谁也说服不了谁，由此争吵起来。

雨欣说米儿："人要有自信，目光要远大些，不能胸无大志……"

米儿说雨欣："小资情调，搂搂抱抱，不切实际！"

谁知这句话恰恰戳在了雨欣的疮疤上，伤到了她的痛点。

第二十一章

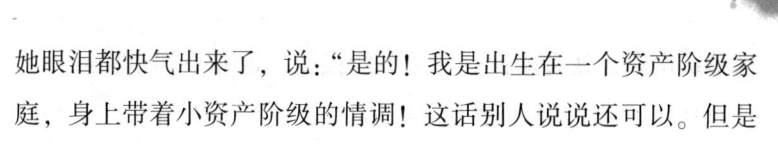

她眼泪都快气出来了，说："是的！我是出生在一个资产阶级家庭，身上带着小资产阶级的情调！这话别人说说还可以。但是你，不能说！"

米儿是那种明知自己错了，还死要面子的人。他不认错，甩开雨欣的手，说："你要去读大学，你走你的，我不拦着你，但是你别强迫我！"

雨欣一听这话，惊呆了！她睁大两眼，气愤地说："啊，你走你的，我不拦着你，这话什么意思，你解释一下！这话也是你能说的？我劝你去考大学，难道是害你吗？"

米儿对雨欣叫道："你明知我的功课不行，初中都是混过来的，怎么能去考大学的六张试卷呢，这不是逼着我去出洋相吗！你只看到上大学的风光，没看到这背后的艰辛！真是应了那句老话，只见强盗吃肉，不见强盗挨揍……"

"八月十五第二天的夜晚，那天在河堤上，是谁对我说，今后有机会了，我还想去读大学？嗯？"雨欣晃着脑袋，学着米儿那天的口气说。

过一会儿又道："才过了两个月，你就忘了？你说初中是混过来的，这几年全国的初中生都一样，谁又学到什么了？所以，我才劝你抓紧复习，准备迎接明年的高考呀……你倒好，把好言相劝当成了强迫——就算强迫吧，也是为了我们两个的前途，你就不能争点气，付出点努力吗？还强词夺理，什么强盗不强盗的，比喻都不恰当……真是扶不起的阿斗，稀泥糊不上墙，狗肉上不了正席，算我倒霉……"她一连用了好几个比喻，说完叹口气，眼睛望着天空，好像老天爷不开眼似的。

米儿当然知道自己就是块稀泥，没什么出息。但从雨欣的嘴里讲出来，就有损自尊，他不能接受！他并不知道，阿斗为什么扶不起来，但知道不是好话。便冷笑道："是的，我是阿斗，我是狗肉！那你跟狗在一起玩，你又是什么？你既然觉得倒霉，那就请你走开，不要跟狗在一起！"

雨欣一愣，反被他的话给气笑了，说："你这些赌气的幼稚话，最好对你妈妈说去，别对我说。你以为你还小啊？你是狗，可我又爱上了你，当然也是一条瞎了眼的狗——不对，是睁眼瞎的狗！因为你，我也变成了狗，你说我倒霉不倒霉？"

米儿见雨欣气极而笑，脸色便也缓和下来。想想刚才讲的话，内心有点惭愧，便道："对不起……我不会讲话，刚才态度不好，伤到你了。我不是故意的……但是高考的事，我，我再……"

雨欣大度地摆了摆手，说："好了好了，高考的事，我不勉强你。免得为这事闹掰了犯不着，不过还是希望你能听进去。最让我担心的是，在关键时刻，你总是犹豫不决、摇摆不定！让人感觉不踏实……真不知你什么时候才能成熟起来！"

是的，确实"摇摆不定"，也无法坚定！米儿心里承认。雨欣这话，恰好触到了他心底的那一小块地方。在这地方的深处，里面还藏着一个小鬼，他不知怎么办才好……

雨欣见他走了神，魂都不在了似的。突然有点心烦意乱起来，便道："算了算了，今天的伤害就到此为止吧！咦，你看，是不是麻杆来了？我先走了……"说着把手一指，便匆匆离去。

麻杆提着半桶绿壳大螃蟹，正从河堤上下来。到了米儿跟前，问道："刚才好像看见夏雨欣在这里呀，怎么转眼就不见

第二十一章

了？人呢？"

米儿笑道："一看到你过来，她就急忙走了！"

麻杆把桶往地上一放，直起腰来，说："这才出鬼了，我又不是瘟神，见了我就躲！你们刚才讲些什么事？"

米儿摸出香烟来，递给麻杆一支，说："你猜猜！"说完，故意一脸神秘的样子。

麻杆点燃了香烟，吸了一口，说："她看上你了吧？"说完，眯眼看着米儿，想从他脸上看出答案。

米儿摇摇头，笑道："不是，再猜。"

麻杆凑过身子，低声道："不是这，是什么事？我早就有感觉，要想人不知，除非己莫为……"

"这次还真不是！我们在说高考的事……"

"她动员你参加高考吧？你哪行啊，比我还差些，我都不敢想！这不是我们的菜。奇怪，她怎么不动员我，还见了我就躲，我还不如你呀……"

"我晓得自个不是那块料，我也这样跟她讲的。她信心很足，我没信心。"

"她很有希望，我看王娟都不一定行。小杏刚刚来，又不够推荐条件。只有她了！夏雨欣聪明、漂亮、成绩好，家庭条件也不错，父母都是工程师！她要是看上了你，那简直是天上掉下个林妹妹，你就走桃花运了！你还不赶快一把抱住，还等什么……你说实话，她有没有这意思？"

"你胡说些什么，人家哪有这意思！咦，华华呢？"米儿见他刨根问底，便赶紧转移话题。

麻杆心不在焉地应道："他在……我也没看到。你说夏雨欣有没有这个意思？我感觉她有……"

米儿不接他的话，把烟头一丢，蹲下去看桶里的螃蟹。一只只大螃蟹在桶里，正在不停地吐白沫，上面已经集了厚厚的一层，桶里一片响声。见有人影凑近，白沫一涌，从里面钻出两只大螃蟹，竖起火柴头似的眼睛，挥舞着巨螯急忙迎战。米儿的手指离得远远的，巨螯立刻戟张开来，举得高高的，警惕地跟着手指转动，随时准备进攻！

他站起身，问道："从哪里搞来的？"

麻秆踢了踢木桶，说："洪湖过来一条小渔船，鱼卖完了，这东西没人要。船老板要'一脚踢'，五分钱一斤，我看又大又鲜活，就全要了。这是八斤，才四毛钱，划得来吧……哎，我看夏雨欣肯定对你有意思，要不要分一半给她们？"

米儿叉腰笑道："不管有没有这意思，肯定要给，但跟这无关。总不能说，有这意思就给人家送吃的，没这意思就不给吧？那叫心怀鬼胎，动机不纯！"

麻秆勉强笑道："好好好，你动机纯！我心怀鬼胎好吧。走，先给她们送过去！"

王娟和雨欣都是江南人，最爱吃清蒸螃蟹。一见螃蟹来了，立刻眉开眼笑！叽叽喳喳忙成一团。王娟跑去小卖部打醋，雨欣忙着切姜丝。小杏对吃螃蟹不感兴趣，便拿一根草棍，在一旁逗螃蟹。

大家七手八脚将螃蟹放进锅里去蒸。不一会儿，一大盆通红油亮的螃蟹被端上了桌。

王娟抓过一只螃蟹，笑嘻嘻地对着螃蟹说："看你还敢不敢横行霸道！"说着掰下螃蟹的两只大钳，敲破外壳，取出里面

第二十一章

亮白的嫩肉,又蘸了点姜醋,放进嘴里品尝一下,赞道:"好鲜,好鲜!"

雨欣拣了一只饱满的团脐蟹,揭开蟹壳,见里面满满一堆蟹黄,便叫道:"看!好多蟹黄,像盐蛋黄似的!我在上海吃过蟹黄包子,里面就是这种黄!"

大家没吃过蟹黄包子,也不知道是哪种黄,便一起歪过头去看。

王娟拿起自己碗里的螃蟹,揭开蟹壳看了看,说:"空的,我怎么没有黄?"

大家便一起笑起来,说:"到底是你没有黄,还是螃蟹没有黄,要说清楚……"

华华站起身,拿过王娟的螃蟹,翻过来看了看,见肚子上是尖脐,便道:"这是公的,只长肉不长黄。来我给你找一个……"说着,选了一只团脐的母蟹,又在手上掂了两掂,放在王娟的碗里。指着道:"这只母的肯定有黄!吃螃蟹要吃团脐的母蟹,要挑选身子饱满厚实,掂在手上沉甸甸的那种。最好是那种翘屁股,屁股上的壳缝像要撑开似的!这种螃蟹,里面的黄就是满的,最好!"

听他一说,大家都伸出手在盆子里乱翻乱找一气。

王娟拿起那只母蟹往盆子里一丢,满脸不高兴地说:"不要你管,我不吃黄。"

小杏忍不住笑,看了看米儿,见他就着炸胡椒只管吃饭,便道:"哥,你怎么不吃螃蟹?"

米儿抬头道:"不感兴趣,都是壳,吃不到肉。有一次把我嘴巴都划出血了……"

王娟便把剥出来的蟹肉，放在醋碗里蘸了蘸，夹到米儿碗里，轻声说道："吃螃蟹不要心急。这没有壳，你就吃这，我帮你剥！"

米儿红了脸，赶紧端着碗站起来躲避，嘴里含着饭说："不要不要……"又拿眼去瞟雨欣。

雨欣涨红了脸，假装不关心，低着头往螃蟹壳里浇醋。

小杏举着手里的螃蟹，对王娟说："姐，你吃你的，我来给他剥吧，反正我也不爱吃！"

麻杆把各人扫描了一阵，又看看桌面，忽然说："要是有点黄酒就好了！吃螃蟹没有美酒，压不住这顿饭，多少有点遗憾！"

华华被王娟的话呛了一下，便觉有点难堪，正想没话找点话说。听到麻杆说没有酒，便附和道："有同感！李白诗里说：'蟹螯即金液，糟丘是蓬莱。且须饮美酒，乘月醉高台！'吃螃蟹没有美酒，实乃憾事，实乃憾事……"边说边摇头，大家一起笑起来。

王娟做个鄙夷表情，道："吃个螃蟹，不文不武地讲一大堆，酸不酸，真倒胃口！"

小杏却笑道："虽说没有美酒，但有这么多美人陪你们吃螃蟹，还不知足呀！"

米儿赶紧把话岔开，道："还是粉蒸肉好，吃起来痛快些！吃螃蟹太费工夫，又没有什么肉，在壳子里挖来挖去就挖那么一点点。这不是我们大老粗享受的……"

雨欣忽然抬起头，笑道："我讲个笑话给你们听！一个汽车司机路过湖边时，买了一串螃蟹扔在车上。车开进山里时，天

第二十一章

已经黑了,便住在一个小客栈里。想起那串螃蟹来,便交给店主去蒸熟了拿来。

这店主从小就在大山里长大,根本没见过螃蟹,蒸了半天蒸不烂,又用锅去煮。这司机倒了酒,空着肚子在房间里等着螃蟹。一等不来,再等还是不来……

实在等得不耐烦了,便去问店主:螃蟹还没蒸熟啊?店主说:我蒸了半天也蒸不烂,又煮了半天,用筷子一戳,还是不烂,硬得像石头!从来没见过这么难煮的,我看不能吃,就倒给狗了……

司机听说螃蟹喂了狗,气得跳脚骂道:我看你的脑壳才像石头!它的肉在里面,不在外面!乌龟你见过没有?

店主固执地说:乌龟我见过,但这不是乌龟呀……"

大家嘻嘻哈哈大笑起来,都说这店主真是个石头脑壳!死脑筋,不通电!

雨欣斜了米儿一眼,得意地笑道:"不通电的石头脑壳,大有人在……"

说话间,冬天就要到了。五岔河的水流越来越缓,水量也越来越少,只剩三分之一了。河水失去了原有的活力,渐渐平静下来,河水也变得清澈透亮。就像一个上了年纪的人,已经看淡了人生,渐渐没有了昔日的冲动,变得从容随意,谦谦然有长者风。

井里的水位不断下降,也只剩一半了。不知何日何时,井里忽然有了鱼。一群群寸长的小鱼,时而浮出水面,时而潜入水底,白肚皮一闪一闪的。井里并没有食物,却不知靠什么活

下来的。

村口那只厚脸皮的大黑狗失踪了,听说有人用猪油裹着"马钱子"引诱它,把它毒死了。也有人说不是,是因为它爱咬人,妨碍了民兵夜间巡逻,被杜得志一枪给毙了……

小花的五个孩子都长大了,纷纷离它而去。小花一身轻松,肚皮又紧了回去,毛色一天天鲜亮起来,根本看不出曾经生过一群孩子。它把自己身上弄得干干净净,上下一新,又出门去找骗子了。它想给骗子解释一下,那次不怪自己,是被强迫的,再说大黑狗也死了……大人不计小人过嘛,何必再计较呢。骗子经不起它的软磨硬泡和眼泪,心一软,又跟小花和好了。

田野里,收割过的稻田已经翻耕完毕,又种上了红花蓼子和油菜。

进入农闲的社员们,忙着准备渔船和工具,要择晴好日子下湖去挖藕。饲养的鸡鸭猪羊,也开始添料上膘。

麦芽已经买回来,正在屋顶上晒着。再过些日子就要泡糯米,准备熬糖了。要用麦芽糖粘住灶王爷的嘴,让他上天言好事,下地保平安。

黄豆早已变成了雪白的豆腐,一大块一大块晾在竹帘上。摊豆皮还早呢,再过几天泡绿豆不迟……

这时,家家户户伙房顶上的炊烟,终日袅袅。饭桌上,食物也渐渐丰富起来。

分红后,大姑娘小伙子兜里有了钱,三五成群,兴高采烈地往镇上跑,要把那几块钱抛撒完了再回来。

村里不时有陌生的妇女款款走动,身上穿得干干净净,头发梳得整整齐齐,眉毛扯得细细弯弯,不管走到谁家,都是好

第二十一章

吃好喝款待着。那是外面过来说媒提亲的，不好怠慢。

待嫁的姑娘红着脸，心里怦怦乱跳。跟说媒的见上一面，便躲出去了，却时时留意屋里的动静。

未婚的小伙子按捺住心跳，表面上若无其事的样子，在媒人的端详审视下，礼貌地打个招呼，也去玩自己的了，但同样惦记着屋里。

小卖部里渐渐热闹起来。打酒的，买烟的，买毛巾、牙刷的，打煤油的，买盐、买点心的；也有拿鸡蛋、鸭蛋、家织土布来换钱换物的，人来人往，络绎不绝。

王娟见小卖部新到了几条新华牌香烟，便掏出两块四毛钱买了一条，放在书包里。她想找个机会给米儿送去。两天没见，心里怪想他的。

有人说，初恋像美酒，越喝越想喝，不知不觉就醉了。也有人说男女之情像鸦片，尝试了以后就会让人上瘾，心里老是想着，再不能忘怀。

王娟并不知道有这些说法，她有自己的体会。她感觉，恋爱就是你中有我，我中有你。就像裹在蜂蜜和糖浆里的拔丝苹果，甜甜的、热热的、紧紧的，黏黏糊糊在一起，不会自行分离。只要一动，便会拉出无数条细丝，互相牵着，挂着。

她无数次地回忆那天和米儿的初吻，那细节使她不能忘怀。每次回忆，都会让她感到眩晕，眩晕过后便是痛苦、孤独和寂寞。这回忆使她陷入其中不能自拔，也不想自拔，她愿意。她思念米儿，想和他永远在一起，无论水里火里，永不分离。只要有了他，就是最大的幸福，其他都不重要……

从小卖部一出来，迎面碰到机工师傅"鸭巴子"。鸭巴子嬉皮笑脸地打量她,问道:"女伢子,要不要打米?"

王娟看也不看他,扭身就走。

吃过了晚饭,梳洗过后,王娟换上一身干净衣裳,便没事了。她在镜子前照了照,心脏"咚咚"地跳!时间还早,但又不知干点什么才好,便这里坐坐,那里站站,心里慌慌的。几次不知不觉走到门口朝外面看,自己也不知道要看什么,却感觉丢了魂似的,心都不着地……

又过了一阵,约莫时间差不多了,便拿上手电筒去了夜校。她知道,今天是米儿和雨欣讲课的日子。

米儿讲完课便没事了,下面就是雨欣的课。他走出教室来到操场上,点燃了一支香烟吸起来。通常,这个时候他是不会走的,他要等雨欣,要等夜校散学后把她送回去。

自从那天吃螃蟹后,几天来一直没见到雨欣。今晚在夜校见了面,雨欣的眼圈似乎有点发青。那颜色也不算重,淡淡的,仿佛上了眼影,倒平添了几分妖媚之气。脸上的表情有点冷淡,话也很少。米儿知道,这都是因为高考那件事闹的,便心里有点不忍。

他想夜校散学后,再跟她谈谈,温言解释一下。她那天的苦心相劝,毕竟也是一片好心。可是自己竟然不知好歹,还说出那么绝情的话!语气那么强硬,态度那么无情,放在谁身上能受得了?雨欣的自尊心本来就很强,更加难以接受。那些话,她肯定会记在心里反复地琢磨。越琢磨越委屈,越委屈越睡不着,便躲在被子里抹眼泪。那青眼圈,怕是这样来的……

我那天到底怎么回事,为什么突然绝情寡义起来?雨欣对

第二十一章

我那么好,我却黑心烂肝,忘恩负义……他仰天长叹一声,看见天上挂着半个月亮。这月亮的半个脸颊,微微有点浮肿,似乎刚刚被人打过耳光。

教室里传来雨欣的讲课声。这声音甜美清纯,如春风吹过,柔中带着温暖;又像湖风拂来,纯净而又芳香。深吸一口,沁人心脾!米儿心头一动,不觉向教室里看去。

忽然,一道电光直射过来,又晃了两下,然后照在他脸上。接着,便传来一串笑声!他听出是王娟的声音,便转过身去躲这电光。王娟来到跟前,在他背后低声喊道:"嘿!是我!"说完,拉了米儿的手就要走。

米儿略带诧异,问道:"你怎么来了?要去哪里?"心里的快乐却像生了翅膀,恨不得要飞出来!

王娟斜着身子使劲拉他,说:"走,我有话跟你说。"

米儿被王娟拽着走了两步,说:"等一下,我先去跟雨欣打个招呼,叫她跟学员们一起回去罢。"

王娟便附在米儿的耳朵上,说:"别说跟我走了!"

"我知道。"米儿笑了笑,便向教室走去。

王娟轻快地躲进了墙角,只露出半边脸向外看。见米儿来到教室门口,向里面招了招手。又见雨欣走了出来,二人刚讲两句,雨欣便朝这边张望。

王娟赶紧收回这半张脸,捂住嘴巴偷笑起来。见米儿回来了,便高兴地跳出来,一把拉住米儿的手,问道:"请好假了?你怎么说的?"

米儿故意逗她道:"我就照直说的,说你找我有事。她没说什么……"

— 735 —

"啊？你真这样讲的？八字还没一撇，你就提前暴露了！"说着，把米儿的手使劲一捏。

米儿笑而不语。但是王娟接着的一句话，却让他笑不出来了！

黑暗中，王娟转过身来抱着米儿的腰，踮起脚来吻米儿的嘴，说："说就说了吧！不怪你。纸是包不住火的，迟早有一天都会知道。我明天就告诉她，也好断了她的念头，免得她把你拐跑了！"

米儿吓了一跳！忙道："千万不能讲！我跟你开玩笑的，没说是你找我。这么早就让别人知道了，会影响我们今后的前途，那我们就只能分手了！"

王娟松开米儿，说："啊？你骗我的呀！这不行……"说着，扭过身去把脚一跺。

米儿拉住王娟的手，说："走，我们到堤上说去，这里人来人往，不安全！"

王娟开始耍赖了，弯着腰不肯走。说："不行不行！我要你背，谁叫你骗我……"

米儿笑道："你就饶了我吧，你这么重，我哪背得起呀！"

王娟嘴里说道："不重不重，还没有九十斤！你能扛起一袋谷，还背不动我呀！快背快背……"说着就往米儿背上爬。

米儿只好弯下身子，背上王娟往堤上爬。王娟身子轻轻的，确实不重。米儿故意装出背着石头上山的样子，一边吃力地爬，一边"吭哧吭哧"地喘着粗气。

王娟紧紧搂住米儿的脖子，高兴极了，乐得直哼哼！嘻嘻哈哈笑道："八岁以后，就再没人背过我了，都十年多了……

第二十一章

喂,你说这像不像猪八戒背媳妇呀?还记不记得那回在蓼子田里,我说你是猪八戒,你还生气了!今天怎么样,被我说中了吧……我来看看你的脸,像不像猪八戒……"说着,侧过头去看米儿的脸。

"想起来了,那次我还说你是妖精呢。对了,应该是猪八戒背妖精,不是,呃……背媳妇!"米儿气喘吁吁地说。

王娟在他背上捶一下,又贴着他耳朵,小声说:"总有一天会成为你媳妇。我爱你……"便把左脸紧紧地贴着米儿的右脸。米儿感觉到王娟的脸滚烫滚烫的……

登上了堤顶,王娟便赶紧从米儿背上下来。心疼地摸着米儿的脸,说:"累坏了吧,都有点出汗了……"忽然想起来,便从书包里拿出那条香烟递给米儿,说:"来,慰劳慰劳你!"

二人相拥着走下河堤,来到河边。月光下的五岔河白花花的,河水像一河碎银,静静的、窄窄的,细流涓涓,缓缓东去。大面积的河滩上,泥土干裂坚硬,裂缝里长出了野草。

王娟看着银白色的河水,指着说:"米儿你看,这是银河!"说完看了看天上。

米儿笑道:"那我就是牛郎,你就是织女!你在那头,我在这头,我披上牛皮,挑着担子去天上追你……"

月光下,王娟的眼睛亮晶晶的,她看着河水,忧伤地说:"牛郎和织女,一年才见一回面,太可怜了……我不当织女,你也不许当牛郎!我们天天在一起,永远不分开……"话没说完,眼里先滚出泪来……

月光倾泻下来,河滩上月色如银。二人站着,面对面地拥抱在一起。王娟踮脚仰脸,米儿俯首亲吻,吻了好一阵后,才找了一块平坦干净的地方，紧挨着坐下来。

刚一坐下，王娟便扑进米儿怀里，也不讲话，又嘟起嘴来求吻。米儿一见，顿时激情四射，一把搂过王娟，捧住她的脸狂吻起来……

他只知道，和王娟在一起，让他感到轻松快乐，充满激情！王娟的激情充满了能量，能使他迅速来屯！王娟的激情，能使他如痴如醉，能带给他极大的兴奋和愉悦！这兴奋和愉悦，足以改变和塑造一个人，使人脱胎换骨，重获新生……

和雨欣在一起，便缺少这种激情，缺少这种轻松快乐的气氛。总是感觉沉重郁闷，理性之下，既要考虑这，又要考虑那。无形中产生一种压力，使肩上的担子沉甸甸的，而且任重道远，似乎永远也没个头……

王娟简单快乐，没那么多理想，也没那么多约束，更不会逼着我去高考！人活着不是为了高考，也不是为了天天给自己找压力，挑着担子走路，毕竟走不快，也走不远……

即使考取了，不还要费心费脑、寒窗苦读吗？好不容易熬毕业了，又能怎么样呢？来到工作岗位上，还不是对着一堆图纸或文稿，搜索枯肠、绞尽脑汁！一辈子熬油似的，熬白了头，熬秃了顶，熬回一张奖状来，往墙上一挂，这辈子也就差不多了！想想真没意思……

雨欣那边，要尽快了断才好，不然会伤了两个人。可是怎么开口呢？雨欣亲口说过："如果有一天你不爱我了，也请你不要告诉我……"明摆着就是在提醒我，她经受不起这种打击……不让告诉，怎么能了断？

雨欣还说过："非你不嫁！"；我也亲口对她发过誓，说：

第二十一章

"非你不娶!"

如果我提出要分手,她能承受这无情的打击吗?肯定不行!她爱面子,自尊心强,一定会伤得不轻……如果让她主动提出分手,让她来伤我,是不是好些?可是她会提吗?如果不提,又该怎么办……

以前听说过,像这样的情况,如果男生先提出分手,就要赔偿女生"青春损失费",否则就可以告你……如果到那时,闹得双方家长都知道了,麻烦可就大了……

雨欣会去告我吗?会叫我赔偿青春损失费吗?这种费用,也不知是按什么标准来算的。是按年算,还是按月算?

第二天午饭后,得发老头子打货回来,从镇上的邮电所带回两封信。一封是花蛇写给米儿的,另一封是芳芳写给王娟的。

芳芳在信中告诉王娟,趁着农闲,要和梅儿一起过来玩两天,大家再聚一聚,给王娟过个生日……王娟这才猛然想起来,再过几天,自己就满十九岁了!过了十九就是二十,是要庆祝一下!便立刻回信邀请。

花蛇的来信足足写满两张材料纸。信中告诉大家说:到部队后,立刻被编到了步兵某团某营某新兵连,目前正在集训。主要训练队形队列,投弹射击,还有叠被子……训练紧张、新鲜而又刺激!

我们学校的"酱油麻子"和"方脑壳"也在这个连,这两个人你们都认识,以前打过架的。现在我们相处得很好,集训都在一起,亲如兄弟……

又说,部队生活"团结紧张,严肃活泼",我很喜欢这样的生活！只是一闲下来，就很想念你们，想念翻身大队，想念翻身大队的人……代我向大家问一声好！

随信还有一张二寸的黑白照片。照片很清楚，花蛇站在后排，身穿绿军装，佩戴着鲜红的帽徽和领章，英姿勃发的样子，两眼炯炯有神！感觉花蛇瘦了些，上唇也出现了淡淡的胡髭，毛茸茸的。

照片上一共五个人，酱油麻子和方脑壳也在其中。二人坐在前排，也是两眼炯炯有神的样子，正注视着前方。另外两个人，大家都不认识。

华华见了，既羡慕又嫉妒，酸溜溜地说："酱油麻子和方脑壳，这种人还能当兵！在学校里，匪里匪气的，专门打架撩女生！下乡后还撩过王娟……"

麻杆道："你吃不到葡萄，就说葡萄是酸的。当兵是要上战场打仗的，要的是勇敢，不怕死！像你，摇头晃脑文绉绉的，怎么打仗？枪一响，你不尿裤子啊？"

华华鼻子一哼，道："古人说，好男不当兵，好铁不打钉。有本事的人，不一定非要上战场，在哪里都能干出一番事业！"

米儿理解华华的心情，也因酱油麻子当兵这件事而吃醋。心里觉得，自己总比他俩强些吧？

但他并不同意华华后面的话。想了想，便道："你这话我不赞同。好男不当兵，那是古代，还要看当什么兵。如果是旧社会替反动派去当'炮盔'，去欺压穷苦百姓，这种兵谁想去当？《抓壮丁》这部电影你看了吧，躲都躲不及！现在是新社会，当的是人民子弟兵，是保卫我们自己的祖国和人民，免遭帝国主义的侵略，免受反动派的黑暗统治！意义完全不同吧？"

第二十一章

　　见华华不作声,便又拍拍他的肩膀,说:"你心里不平衡,我比你更不平衡。哪个不想去参军?你是出身不好,我是肠胃不好,麻杆又太高了。酱油麻子和方脑壳,在这些方面可能比我们强些……部队是个大学校,能够教育和改造一个人……脑壳方一点,脸上有几颗酱油麻子,又不妨碍打仗!"

　　麻杆拿着那信封翻来覆去地看,说:"这上面怎么没有地址呀?花蛇到底在云南哪个地方?"说着,把信封拿给二人看。

　　大家一看,只见信封的最下面,本应写寄信人地址的地方,花蛇却用钢笔写着一串代码"五三八二三,2529 邮箱转 91"。信封的右上角贴邮票处,加盖红色邮戳一枚,长方框内仅有"邮资总付"四个大字,也不清楚这封信是从哪里发出来的。

　　麻杆觉得奇怪,便道:"就这么稀里糊涂的,人就算失踪了?我们的回信往哪里寄?"

　　米儿道:"回信就按下面这串代码寄,他能收到。"

　　华华看了看门外,小声说:"部队的驻地是保密的,哪能随便暴露?这是军事秘密,要让敌人晓得了,那还了得?我们不要打听了,就按这个代码寄就行!"

　　正说着,王娟、小杏和芸草来了。三人拿过信来传看,王娟用标准的普通话念着信的内容。

　　当念到酱油麻子和方脑壳的时候,王娟停下来笑了,说:"他们两个也去了?到现在都不知道他们姓什么叫什么,只晓得他们的外号!人不可貌相呀……"

　　华华一直在观察王娟脸上的表情,听到王娟这话,便幽幽地说:"那年春节,他们还死皮赖脸地要帮你们买菜呢,怎么会不知道姓名?"

王娟听了一愣,忽然笑道:"那是骗你们的!是我们想的一条计策,哪个要你们上当的……"

麻杆装出吃惊的表情,夸张地说:"啊?原来是你们设计好的呀!那回把我们四个人害苦了,在冰天雪地里排了好几天的队,差点没冻死!这不行,你要请客,让我们吃一顿!"

小杏抢道:"请客还不好说呀,我们就是来请你们的!王娟姐的生日马上就要到了,芳芳姐也来信了,说要过来玩两天,大家聚一聚,热闹热闹!"

麻杆听了眼睛一亮!又一想:我怎么不知道?上次芳芳给我来信,也没说这事呀?话到嘴边又咽回去了。

华华满脸堆笑,立刻讨好王娟,说:"你的生日,可是一件大事,我们要好好庆祝一下!去土坑里钓几条大鲫鱼回来,我亲手给你红烧一个豆瓣鲫鱼,再抓个甲鱼回来清蒸。你放心,不会太辣的,我知道你不能吃辣……"说得大家都笑起来。

王娟没有答话,用眼睛看着米儿。似乎吃个豆瓣鲫鱼,也要经过他的许可才行。

米儿对王娟笑道:"华华说得对!您老人家的十九岁华诞,可不是一件小事!借此机会,我们聚在一起热闹热闹!到时候,我们把鱼钓回来,麻杆负责烧火,华华掌勺,我负责杀鱼!你就什么也别干,等着吃现成的就行!"

王娟笑道:"还华诞呢!我才十九岁呀,你就把我说得像七老八十的婆婆了!好吧,我就当一回老寿星吧。管他的,把十九倒过来念就是九十岁。我的妈呀……"

小杏和芸草笑道:"等你们把饭菜做好了,我们就把王娟姐从床上搀扶下来,慢慢地走过去,坐在上席位子……"说着,

第二十一章

二人把王娟一架，刚走一步，三个人便嘻嘻哈哈笑弯了腰！众人一起拍掌大笑。

闹了一会儿，米儿问芸草道："你哥呢？这几天怎么没见他过来？"

芸草把手向外一指，说："他也来了，在满秀姐屋里逗念念呢！小杏姐，王娟姐，我们也过去吧？"

米儿看了看门外，说："一起去，我也两天没见到念念了……"

刚到满秀家门口，就听到念念的哭闹声，肖银水正抱着他，在堂屋里一边哄一边走动。念念看到王娟、小杏和芸草，立刻收了哭声，眼泪汪汪地伸出手要她们抱。小杏赶紧接过来，抱在怀里。

王娟掏出手绢，替念念擦眼泪，心疼地说："看这脸，都皱了。我那里有一盒百雀灵，明天我带过来……刚才怎么哭得那么凶？"

满秀娘笑道："无名堂，伢儿见了娘，无事哭三场。娘不在，见了爹也是这样。他这是撒娇呢……"

银水叹了一口长气，掏出烟来递给米儿、华华和麻杆，问道："你们怎么来了？今天不出工？"

米儿接过烟，答道："今天休息。花蛇来信了，向你们问好……"说着，把信掏出来递给银水。

银水接过信，连忙问道："他说什么？在部队还好吧？"

"他很好。信中说目前正在集训，天天操练，训练任务很紧张……"米儿答道。

银水道："我估计他也该来信了！"说着，便去门口看信。

满秀抱着孩子从里间出来，笑着跟大家打过招呼，便坐下来。说："念念该睡了，他有点困了。见了他爸爸又不想睡，所以有点闹。"

满秀脸上带着疲惫，脸色有点蜡黄，好像睡眠不足似的，眼睛也有点睁不开。王娟便伸手接过满秀怀里的孩子，说："满秀，看你脸色有点不好，你要多吃多休息。两个伢秧子，把你累得不轻吧？"

满秀笑了笑，说："还好。有芸草和我娘搭手帮忙，倒也不难。这两个奶巴子还算是乖的，只要吃饱了，睡好了，一般不会哭闹……"

小杏问道："他们两个，夜里要吃几次？"

满秀说："一般要吃三四次。睡前一次，夜里一两次，早上醒来又一次。半夜醒来一哭，不是要喝水，就是要吃奶，再就是换尿片子……"

王娟笑了，说："半夜还喝水呀，奶水不是水吗？你怎么知道他是要喝水，还是要吃奶？"

满秀笑道："你当然不晓得，我就晓得！试过几次就明白了。比如说念念，夜里一哭，我就醒了。问他：喝水好不好？我一问他就不哭了，眼睛看着我不作声。又问他：喝'牛牛'好不好？嘴巴立刻吧嗒几下，就知道要喂奶了！反过来，如果想喝水了，他的反应也是这样。要吃还是要喝，他心里明白，就是说不出来……"

小杏把念念亲了一下，笑道："你这小坏蛋，把满秀妈妈累坏了！咦，不是吃奶吗？你的奶又不是牛奶，怎么是喝牛牛？"

芸草笑道："就是这样的！他以前在我们家一直喝奶粉。我

第二十一章

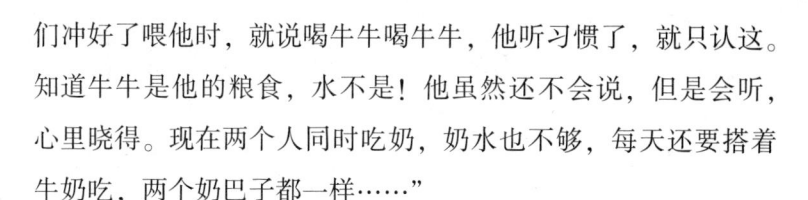

们冲好了喂他时,就说喝牛牛喝牛牛,他听习惯了,就只认这。知道牛牛是他的粮食,水不是!他虽然还不会说,但是会听,心里晓得。现在两个人同时吃奶,奶水也不够,每天还要搭着牛奶吃,两个奶巴子都一样……"

大家听了笑起来,一起看着念念。念念躺在小杏的怀里,仰着脸睡着了……

满秀走过来,说:"哎哟,这不行。堂屋里风大,小心感冒了,上床睡去。"便抱过念念进里间去了。

杜得志戴着斗笠,肩卜扛着一张犁从田里回来,手上还提个饭罐子。

米儿上前帮他接下犁来,杜得志连连说:"不用不用,当心犁尖伤到你,你们怎么都在这里?"

米儿道:"小刘从部队来信了,我们来告诉你。他向你问好!"

"他是不是正在集训?一定很紧张吧?"杜得志一边洗手,一边问道。

大家忙说:"就是啊,你怎么知道的?他给你写信了?"

"那倒没有。莫忘了我也是退伍军人,也是从新兵过来的。当年也跟他一样,天天训练。"说着,接过信来看。

看完信,又仔细看照片,嘴里便赞不绝口!笑道:"不错不错,很威武!今后一定是个好战士!"

华华见不得别人好,听了杜得志这话,本来想说:光看照片没用,那是照相馆照威武的,还没上过战场,怎么知道他们威武不威武?

又怕扫了大家的兴,这话终究没说出口。

太阳雨

第二十二章

在当地,如果形容一个人很穷,便往往会说:"穷得干鱼掉脑壳。"

从干鱼上掉下的脑壳,又干又轻,只剩两片薄薄的鳃盖,没有一点肉,当然是个弃物了。这句话无论从谁口里说出来,都无不带着讽刺和不屑。

机工师傅鸭巴子便是这样的人。鸭巴子姓肖名本利,只因天生一副公鸭嗓子,讲起话来声音嘶哑不亮爽,大家便送他外号"鸭巴子"。

鸭巴子虽然名本利,可是从出生到现在,并没给他本人或者家里带来一点好处,仍然摆脱不了一个"穷"字。反正就是穷,干脆"吃他娘,喝他娘,吃光喝光去他娘!"管他的!吃的在肚里,穿的在身上,光屁股一个,倒也省得贼惦记!麻雀不种也不收,也没见饿死的,何况人呢。

尽管家徒四壁,穷得只剩墙了,却整天乐呵呵的。

他爹是本队的贫协小队长,个头生得矮小干瘦,皮肤黢黑黢黑的,饱经苦难的脸上,皱纹如沟壑一般,纵横交错。额上盘一顶硕大的黑头帕,身上的粗布夹袍破旧肮脏,整日一副愁眉不展、沉默寡言相,看不到一点新鲜感。属于那种三杠子压不出一个屁的人。那样子，很像油画上画的老农形象，但面相没有那么壮观，也没有那么血性……

土改那阵，工作组见他是地地道道的穷苦农民，人又老实，是可依靠的对象，便吸收他进了贫农协会。因为老实木讷，他在协会并没做出什么成绩，却也和另外一户贫农合分了一座瓦屋。

这瓦屋有东西两边厢房，便一家住了一边，堂屋两家合用。那一户勤快些，在外面又搭了一间做伙房。而鸭巴子这边，一二十年了也不见添一块砖，加一块瓦，一直就这样住着。

他爹身体不好，干不动重活，队里便让他养一头耕牛，每天给他记半个工分。天一黑，他便把这头牛牵进堂屋里过夜。

牛是要吃夜食的动物，每天夜里又吃又喝，嚼得稻草"轰轰"作响，一边嚼一边"呼哧呼哧"地喘着粗气。膀胱里胀满了，便"哗啦哗啦"撒起尿来。胃里的草料变成了烷气，又放一个斗大的屁。放完屁接着拉屎，身上痒了，便在厢房的板壁上蹭，蹭得"刺啦刺啦"响……粪水混着尿水遍地横流，臭气刺鼻，熏得人睁不开眼！地面也被泡得稀软不堪，被牛蹄子一踩，便是一个坑。十几年踩下来，堂屋地面上到处坑坑洼洼，没有半尺平地。

每天早上起来，老汉做的第一件事，便是咳嗽着将牛牵出去，拴在门外的木桩上。然后端一个铺着灶灰的粪箕，把一大堆牛粪铲进去，再佝偻着腰倒掉。回到门口，把粪箕往墙根一扔，拍拍两手，便坐在门槛上抽旱烟，边抽边咳嗽……一年四季，天天如此。

鸭巴子上面只有一个姐姐，下面没有弟妹。由于家境淡薄，娶不起媳妇，便只好姨老表开亲，将姐姐嫁给了邻县姨妈的儿子。过了两年，姨妈又将自己的女儿嫁给了鸭巴子，又成了姑舅老表，两家互相免收彩礼。这在民间叫作"姑换嫂"，男女双方，两下便宜。不过，除了"姑换嫂"以外，双方还有一层"姨老表"关系，更是亲上加亲。

鸭巴子的姐姐，长相很是一般。可是给他换回来的媳妇金秀，却是个大美人！一双眼睛大大的，亮亮的；皮肤白白的，嫩嫩的；嘴唇鼓鼓的，红红的；身上穿得干干净净。除了身材稍稍粗壮了一点点，无论从哪个方面看，都俊俏！惹得村里几个年轻人像狗似的，一有机会就在她面前旋来旋去，只想瞅个空子，跟她搭上一言半语才好。

可是嫁过来几年了，也不见金秀生下个一男半女。鸭巴子急了，到处求医问药，终不见动静，也不知毛病出在哪个身上。

作为局外旁观者，几个年轻人看了眼馋，却又插不上手。便心里痒痒的，不免跃跃欲试，想入非非起来。

鸭巴子对此心知肚明，但他相信自己的媳妇，因为那是表妹，毕竟还亲上加亲。

直到天大亮了，娘和表妹已做好了早饭，鸭巴子才披着棉袄，眯着眼从房里走出来。他朝饭桌上看一眼，舀了一瓢水倒进瓦盆里，蹲在门口呼噜呼噜地洗了一把脸。

吃过早饭，他把柴油机上的传动皮带往肩上一搭，便出了门。这几天队里要打米，他要去把柴油机和打米机安装调试好，然后瞅个空子回来，再补个回笼觉——昨晚那头老牛总是嗳气打嗝，弄得他一夜没睡好。

第二十二章

冬天到了,燕子的身影不见了。燕子飞走后,往日的喧闹也一并消失。屋檐下,只留下一个冰凉的空巢,几根枯草挂在上面,破败而又寂然……

王娟一大早就烧好了热水,准备洗头。后天就是她的生日,明天芳芳和梅儿就要到了。她昨天就请好了事假,想高高兴兴地热闹几天!下半年这几个月,真是太顺了,喜事一个接一个!先是父亲恢复了工作;接着是自己的入团申请批准了,成为光荣的共青团员;前不久又得到了爱情,多谢爱神眷顾,真是三喜临门!不,应该是四喜临门,后天就是十九岁的生日!其中爱情最重要,这事关乎一辈子的幸福……

"为救李郎离家园,
谁料皇榜中状元!
中状元,着红袍,
帽插宫花好哇,好新鲜哪……
个个夸我潘安貌,
原来纱帽罩哇,罩婵娟哪……"

她心里的快乐从眼睛里透出来,模仿着严凤英的唱腔特色,清甜娇美的声音从嘴里飘出来!她一边哼着黄梅戏,一边把热水打在脸盆里,端到门外的凳子上,进屋拿来了毛巾、肥皂和梳子,转身向屋里喊道:"小杏,过来帮个忙!"

小杏把两手放在腰间一侧,委了委身子,嘻嘻一笑:"臣妾遵旨!"

笼子里的痞子听见了,拍了拍翅膀,也直着喉咙叫一声道:

"小杏！过来……王娟，小心！"

小杏手里拿着一只茶缸，朝着痦子挥了挥，说："嘘，关你什么事，多嘴！"

王娟拆开辫子，把头晃了两下，满头的乌发一松，立刻瀑布似的倾泻下来！她两手拢住长发，弯下腰将头发浸在水盆里，别过脸道："小杏，你来帮我淋水。"

小杏用茶缸在桶里舀了水，缓缓地往王娟头上浇，嘴里夸道："姐，你这头发好黑呀！又浓又密，羡死人的！啧啧……只怕这一桶热水都不够洗！"

王娟摸过肥皂来，往头发上一边擦，一边说："不够再掺点冷水——你帮我把领子再塞进去一点……好，可以了！"便两手抓了长发，细细地揉搓起来。

小杏把茶缸往桶里一扔，说："姐，你搓头发，我来帮你洗头。"

王娟闭紧眼睛说："我自己洗头，哪里痒我可以多抓几下。你帮我搓头发吧……"说着，把手里的一大捧头发递给小杏。

小杏接过这捧头发，站在旁边搓着。一边搓，一边笑道："姐，你看你这洗头的排场，跟慈禧太后似的！没几个人服侍还不行呢……"

王娟头上堆满了雪白的肥皂泡，扭过脸来嫣然一笑，说："慈禧有个夜明珠，这么大！晚上可以看报纸……"说着用手一比画。

小杏笑了，说："慈禧像个苕货，看个报纸，手里还要举个大珠子，累不累啊，点个灯多好！"

王娟眨眼笑道："还需要她举呀，旁边就有个小苕货帮她

第二十二章

举,她只管看报纸……"说完大笑!

小杏看看手里的头发,忽然明白过来,也笑了,说:"我晓得你说哪个了!苕货就苕货。再过几年就该米儿哥帮你洗了,到那时候,看你敢不敢说他是个大苕货……"

王娟听了,忽然心里一跳,也笑道:"你眼红了吧,好好好,以后我也帮你洗,免得你看了胀眼睛!"

洗完了头,王娟挤干了头发上的水,又用一块干毛巾搓着。

这时,听到柴油机响声,又听到鸭巴子的嘶哑喉咙在喊:"耍打米的趁早哇!下次打米要到腊月二十了!快点快点!"那声音像哭丧似的。

王娟抬眼向禾场望去,见仓库门前的柴油机冒着黑烟,一群人正在排队等着打米,还有几个人也挑着稻谷往那边去……

王娟偏了脑袋用梳子梳头,听说下次打米还要个把月,便转过身来,说:"小杏,去看看我们还有多少米。"

小杏进屋看了看米缸,出来说:"不多了,最多只够半个月。我们也打点米回来吧?"

王娟想了想说:"要多打些才好。芳芳她们明天就到了,这几天吃饭的人多,最少要打一麻袋谷!"

王娟回到屋里见头发未干,便拢在脑后,用蝴蝶发夹把发根一夹,转身去找箩筐和扁担。

小杏把那几袋稻谷都打开看了看,说:"我们就打这袋'农垦58',好吃些!"

王娟正要答话,忽然痞子在笼子里乱蹦乱跳起来,大叫道:"王娟,小心!王娟,小心……"

王娟走过去,对着痞子说:"痞子,你要乖一点,在家里安

— 751 —

静些。等我回来了，给你喂吃的……"

一麻袋稻谷，起码一百二三十斤。二人将稻谷装在两只箩筐里，分两次抬到禾场上去排队。

王娟把扁担递给小杏，道："你在这里排队，我回去找个麻袋来装米。"

鸭巴子见了王娟和小杏，嬉笑着贴过来，搭讪道："女伢子，打下来的碎米子和糠粉给我吧，你们又不吃糠。杀了年猪，我把一刀肉你们，行不行？"

王娟瞥了他一眼，说："不要你的肉。你少管闲事，把你的机器看好！莫像上次一样出问题。"

小杏见他靠得近，便往后退了两步，说："想得美！糠要给芸草家，凭什么给你……"

鸭巴子嬉笑着还想说什么，见王娟转身走了，便缠着小杏，有一句没一句地扯野棉花。小杏扭过身，不搭理他。

王娟开了门，进到屋里。屋里静悄悄的，空无一人。她忽然一阵心跳，两腿有点发软，便在床边坐下来。阳光从窗口射进来，投在地上，更衬出屋里大面积的黑暗和寂静。雨欣的床上，被子整整齐齐，床单平平整整……春桃的床，现在小杏在用，也是干干净净的，枕边还放了两本书……她又摸了摸自己的床……不知怎么的，忽然心里一阵痛，不觉伤感起来……

下乡三年了，当年下来时还不满十六岁。一晃，这三年就过去了，不知不觉春桃也走了大半年了……后天，自己就整整十九岁了。一进二十，就是大人了！这些年，自己都不知是怎么走过来的，幸亏有这些幼时的同学相伴着，大家亲如一家……米儿现在在哪里？他在干什么？他知道我在想他吗？

第二十二章

屋里半明半暗,静悄悄的,那一束光更增加了屋里的静谧……她呆呆地注视着眼前的光柱。光柱里有几粒灰尘在旋转起舞,一闪一闪地翻滚着,转眼又跌落黑影中不见了……她忽然又涌上一阵孤独,心里慌慌的,此刻很想见到米儿……

外面传来打米机"突突突"的声音,她猛一惊醒,站起了身。她打定主意,打完米就去找米儿,今天一定要见到他……

她拿起麻袋,锁上了门。听见痞子在里面叫道:"王娟,小心……"王娟被它逗笑了,走了几步,又不由自主地回头看了看这房子,眼神里似乎有无限的留恋……

过了小卖部,远远看见了春桃的坟。她眼圈一热,赶紧扭过头来,向杜家湾望去。远远看见小路上,骗子飞快地向她跑来……

跑到跟前,骗子立起身来就往王娟身上扑,嘴里唧唧哝哝地哀叫,好像受了委屈似的。

王娟两手捧住骗子的头,弯腰看着它的眼睛说:"骗子,你都这么大了,还往身上扑……谁欺负你了?"

骗子的眼睛里忽然涌出了泪水,伸出舌头不停地舔王娟的手……

王娟蹲下身来,在骗子耳边道:"骗子,你今天怎么了?后天就是我的生日了,你等着,我要做点你爱吃的,好好慰劳慰劳你!我现在去打米,回来再跟你玩……"说着,站起身就要走。

骗子用嘴叼起地上的麻袋,转身就往回跑。王娟一边追一边喊:"骗子,你回来……"

骗子跑到家门口把麻袋一丢,站在一边守护着。王娟拾起

太阳雨

麻袋又要走,骗子上前一口咬住王娟的裤脚,就往屋里拖。

王娟几次走不脱,嘴里说:"你真淘气!不打米我们吃什么。"便打开了门,对骗子说,"进去。"

骗子一溜烟地跑进去,又转过身来,一副可怜兮兮的样子望着王娟。王娟站在门外,把两扇大门迅速一关,"咔嗒"一声上了锁,说了声:"在家等我,马上就回来!"

骗子在里面抓得门板"刺啦刺啦"响,嘴里哼哼唧唧地哀叫,又从门槛下挤出半个脸来,看着王娟离去……

禾场上,柴油机"突突突"地响,带动打米机的轴辊"呼呼"飞转!旁边不见机工师傅鸭巴子。前面打米的人越来越少,渐渐排到跟前,快轮到王娟她们了。

机器声震耳欲聋,王娟大声问小杏:"鸭巴子人呢?不在这里看着机器,又跑哪去了?"

小杏四处一望,大声回道:"不晓得,你刚走不久,他就不见了!"

王娟松开发夹,抖开长发,感觉里面还没干透,便对着阳光用两手掸着。嘴里对小杏说道:"你快去芸草家,叫她拿个袋子来装糠……"

小杏去了一会儿,不见回来。她忽然想起来,芸草在满秀家里住,此刻未必在家。但肖家现在应该有人……正想着,远远看见海棠手上拿着麻袋,一路小跑过来,后面跟着小杏。

这时,排在后面的人喊道:"女伢子,该你们打了,还不快点!"

王娟答道:"哎,来了来了!"便把发夹往头上一夹,跑了

— 754 —

第二十二章

过去。

她探头往打米机的料斗里看了看,见里面还剩下一点点稻谷,正向底部的进料口迅速地滑去,转眼便消失不见了,露出雪亮的螺纹轴辊在飞转!

突然,轴辊上的螺纹齿一口咬住了王娟的发梢,"呼"的一下卷了进去!"嘭"的一声巨响,王娟一头栽进料斗里,发出一声惨叫……

这一切都发生在刹那之间,快如闪电!禾场上等候打米的人,谁都没注意到,也没看清楚,更不知道发生了什么事!

柴油机突然增加了负荷,变了声调,排气管"突突突"地冒着黑烟!待看清是王娟的头发卷了进去后,人们惊呆了……

鸭巴子不在,谁也不懂关停柴油机。大家惊慌失措,乱喊乱叫起来!慌乱中急忙用扁担去打那柴油机,可是依然停不下来!

小杏吓得一屁股跌坐在地上,海棠急忙去拽王娟……可是已经晚了!王娟整个头皮已经被机器撕去,露出白森森的头骨!脸上满是鲜血,已经昏死过去。

突然,"咔嗒"一声,王娟的蝴蝶发夹卡住了轴辊,柴油机终于停下了!

顿时,禾场上死一般的寂静……

米儿赶到时,王娟已经被送走了,只看到地上一大摊血,打米机的网筛上,还在往下滴血,下面的糠粉已经被血染红,结成了一大块。那钢质的出米口,明晃晃的,上面流动的血迹蚯蚓似的,弯弯曲曲。黏稠的血液顺着血迹滑下来,一滴、一滴,滴落在雪白的大米上……

面对眼前的惨状,麻杆惊愕得张大了嘴!华华脸色铁青,一声不吭!

米儿颤抖着手,从进料口里抠出那个有机玻璃的蝴蝶发夹,拿在手上看。发夹已被打成了三块,上面沾着王娟的血、肉和碎发……他看着看着,身子一晃,突然眼前一黑!本能地伸出手想去抓住什么,可是抓了一个空,"咕咚"一声,栽倒在地!

这一天,是一九七三年十二月七日,后天便是王娟十九岁的生日。

昏迷中,米儿看见了王娟,看见她满面春风地走来,笑盈盈地邀请大家说:"哎,到了这一天,请大家都过来,我们聚在一起,好好热闹热闹……"

事发后,雨欣闻讯丢下课本,立即和小杏、肖银水三人一起,乘木船护送王娟去了曲湾镇卫生院。

米儿、麻杆、华华三人赶到镇卫生院时,天已经黑了。

因条件有限,卫生院已经把王娟送到县人民医院去了。院长说,已经电话联系过,人已经到了县医院,但县医院条件不够,又立刻转到了地区医院。还说王娟伤势非常严重,整个头皮完全没有了,必须大面积植皮……地区医院也不具备手术条件,紧急处理之后,便派救护车直接送省城大医院,目前还在路上。据说王娟流血不止,一直昏迷不醒……

听了这话,三人心脏扑通扑通地跳!王娟生命垂危,生死不明!又无法联系,一时不知该怎么办。三个人出来,坐在卫生院门口的台阶上,一筹莫展……

第二十二章

第二天，公社的章主任和公安特派员来了。调查了王娟出事故的原因后，章主任把杜书记和强队长狠狠地训斥了一顿！

强队长又当面把队长肖本松，狠狠地臭骂了一番！

肖本松看着鸭巴子，两只眼睛都快喷出火来，恨不得上去扇他几个耳光！

章主任挥了挥手，特派员二话不说，从腰里掏出明晃晃的手铐，黑着脸把鸭巴子给铐走了……

王娟还是没有消息。快中午时，芳芳和梅儿到了。路过曲湾镇时，她们就从人们的嘴里听到了这消息，但只听说是翻身大队一个女知青出事了，如何如何惨……二人骇得心惊肉跳！但却不知道是谁。

见到米儿他们之后，一问竟是王娟！二人听了，惊得腿都软了！半天说不出一句话来……

李月、谭素琴、芸草、满秀也来了，互相打听王娟的消息；肖家、段家、满秀家以及大队的社员们，都在议论这件事，都在为王娟的生命安危捏着一把汗，所有人的心都揪得紧紧的！

米儿打开王娟的门，骗子立刻从里面冲出来，惊慌失措地跑到门外四处张望。一看没有王娟，又惊慌失措地跑回来，不停地在米儿脚边打转，焦躁不安地喷着鼻息哀叫……

痞子听见开门声，又见有人进来，便大声叫道："王娟，小心！王娟……"一看不是王娟和小杏，便默然不语。屋里静悄悄的，空无一人，只有这声音在空屋里回响……

王娟的房间里静悄悄的。三张床上空空的，收拾得干干净净，整整齐齐，似乎刚刚出门下田去了，中午便会回来……米儿眼里涌出了泪水，他在心里呼唤着王娟，一遍又一遍地叫着她的名字，希望她能平安活着，盼望她能早日回来……

这天晚上，米儿躺在床上无法入眠。黑暗中，他睁着两只眼睛，默默地流泪……他想知道，此刻的王娟是死还是活……他仿佛看到灯火通明的抢救室里，王娟躺在手术台上，脸色苍白，双眼紧闭，鼻子里插着氧气管，花褂子上全是血！各种各样的针管插在她身上，医生和护士在她周围忙得团团转！

叮叮当当忙了好半天，又听见护士进来说：血浆没有了……大家又是一阵乱。心电图上的脉冲波低迷而微弱，有一下没一下的……渐渐地变成一条直线！手术的医生无奈地摘下口罩，拔掉王娟的氧气管，往旁边一扔，宣布说："没用了，下死亡通知书，通知亲属！"

医生在那边说"没用了"，米儿在这边一惊！什么叫没用了？你说没用了就没用了？我算不算亲属？我还没到，你竟敢说没用了……

他现在很想成为王娟的亲属。他知道，王娟现在最需要的是他……我算不算亲属？米儿在心里反复问自己。从王娟的角度说，我是她的亲属；从我的角度说，她是我的亲属。王娟会同意，我也很愿意，这肯定没问题。问题是，除了我们两个以外，谁承认我们是亲属？王娟已经"没用了"，她无法证明我，我拿什么来证明我自己？孤证是没用的，法院不认……

想到这里，米儿悲从中来！他想跑到河边大哭一场，然后跳下去……又一想，不行，自己的水性极好，像个水猫子似的，在水里根本沉不下去！唉，想死都死不成……

他设想就这样静静地躺着不动，就这样静静的，静静的，一心一意地死去。让自己的血肉化成水，渗进土里……地面上

第二十二章

只剩一具白骨架,任凭风吹日晒雨淋。渐渐的,渐渐的,白骨架开始发黄,又慢慢变黑,最后变成土消失了。地面上重新干干净净,一点痕迹都不要留,就像自己不曾来过这个世界。王娟走了,自己还活着干什么……

王娟过生日,事先肯定要打米,这事我应该想到的。如果我去了,肯定不会让她动手,这事就不会发生,这一劫就算过去了。也就几秒钟的事,如果我提前一分钟赶到,哪怕远远地叫她一声,她向我跑过来,这场惨祸也就躲过去了……我真该死,真是个废物!我还有什么脸活着?就这么一件小事,几秒钟就把王娟给毁了……

整个头皮,硬生生地被机器给撕扯下来,绞得血肉模糊……王娟不知有多痛苦,心里不知有多惊恐,当时不知有多可怜!想到这里,米儿泪如泉涌,心如刀绞……我怎么就没想到帮她打米?我怎么就没想到会有危险……

如果王娟活下来了,等她伤愈后,不管变成什么样子,也不管够不够年龄,我都立刻和她结婚!我要守护她一辈子,一辈子用心去爱她,生生死死不分离,绝不能让她再受到伤害!哪怕一点点也不行……

如果王娟挺不过这一关,像医生说的那样"没用了",我就戴着赎罪的枷锁,决心独身一辈子!

村里的鸡叫了三遍了,他似乎充耳不闻,孤魂野鬼似的到处游荡。迷迷糊糊中好像又回到了童年……他把碗一丢,便跑出了家门,见几个小伙伴在路灯下嬉戏玩耍,他跑过去蒙他们的眼睛,高兴得大喊大叫!

路灯下有昆虫在乱飞乱撞,地面落了几只"地狗子",蛐蛐、蟋蟀，满地乱爬。他趴在地上屏住呼吸，窝起手掌去捉……

好不容易，他捉到了一只蛐蛐，小心翼翼地握在掌中。蛐蛐在手心里乱拱，拱得他心里发痒，便忍不住想看一看。刚把手掌一打开，蛐蛐两腿一蹬，翅膀一展，飞不见了！

他正在懊丧，忽然看见王娟和几个小姑娘，在院子另一边空地上跳橡皮筋。这些小姑娘的牙齿还没长齐，嘴里一边"咿咿呀呀"地唱，一边翻身腾转、扭腰旋腿，用足尖勾住空中的橡皮筋，缠在脚上弹跳，小辫子一甩一甩的，身姿轻盈得像燕子……

米儿看见王娟，忘记了蛐蛐。他跑过去想帮王娟牵橡皮筋。王娟却只顾自己跳得满头大汗，根本不理他！

米儿沮丧地站在一边，眼巴巴地干看着。心中正觉不是滋味……忽然，王娟的母亲从二楼窗口探出头来，向下面喊道："小娟，天黑了，赶快回来吃饭……"喊了几遍，她才恋恋不舍地上楼去。

米儿也跟了上去，站在门口偷听。听见她母亲问王娟道："你们刚才跳橡皮筋，唱的什么歌呀？我一句都没听懂……"

王娟放下碗，站起来唱道："一个伢的妈，真拉呱儿！洗脚水，烫粑粑！马桶盖子敬菩萨……"她平时和母亲都讲苏州话的，但这歌，她是用武汉腔调唱的。唱时，清脆的童音里带着节奏，还使劲地点着小脑袋打拍子，头上两个弯垂的羊角辫，也跟着一晃一晃的。

她正儿八经的样子，和那莫名其妙的歌词，把全家人逗得哈哈大笑！米儿没笑。他想，这有什么好笑的，我们本来就是

第二十二章

这样唱的!

饭没吃完,楼下又有几个孩子在呼朋唤友了:"伢们伢们出来玩哟!莫在屋里打'皮寒'哟,'皮寒'打不得哟,一天打到黑哟……"米儿听见了,丢下王娟就往楼下跑。

她母亲听不懂孩子们唱的是什么,王娟能听懂。她心神不定起来,睁圆眼睛望着母亲。母亲明白她的意思,点了点头。她丢下饭碗,飞跑下楼!母亲在后面喊道:"少玩一会儿,早点儿回来……"

大家在一棵人梧桐树下玩捉迷藏,玩官兵捉强盗,玩老鹰抓小鸡,忽东忽西地跳着嚷着。忽然又聚成堆,一起往天上看。月亮从云缝里滑出来,高高地挂在天上。周围重重叠叠的云朵,在月光下现出深深浅浅的颜色。

忽然,孩子们指着天上,一起喊道:"天狗吞月了!天狗吞月了……"

只见月亮旁边一朵黑云,正在悄悄地向月亮移动。转眼间,便把月亮啃缺了一块。黑云依然不肯松口,一路啃过去,一会儿便把月亮吞没了!天地顿时暗了下来……

一群孩子张大了嘴,眼睁睁地看着月亮被天狗吞去,望着夜空像丢了魂似的,默默不语。王娟心里难过,不知不觉流下了泪水……她恨这朵黑云!

米儿跑回家拿来一个铝盆,望着天上使劲地敲!孩子们一起扯开嗓子跳着脚,拼了命似的朝天上大喊大叫:"天狗天狗快滚开!月亮月亮快出来……"一心要把天狗吓跑……

黑云过去,天上的月亮终于露了出来,地上又明亮了!孩子们欢呼雀跃,流着泪欢呼这伟大的胜利!

欢声未了,又一朵脏污的浮云飘过来!大家的心揪得紧紧的……浮云无声无息地飘动着,距离月亮越来越近、越来越近……王娟大喊一声:"月亮快跑!"喊完转身就跑。

米儿敲着铝盆,正想跟她一起呐喊助威。忽然看见王娟血淋淋的,哭着喊着向他跑来……他突然打个惊悸,醒了过来!

这时,听见外面有人敲得铁锹"当当"响!又听见文龙喊道:"出工了,出工了!今天带铁锹和箢子,去西河滩灭钉螺!"

几天以后,雨欣、小杏和银水回来了,带回了王娟的消息。王娟的生命总算保住了,已经脱离了危险。人也醒过来了,就是不讲话,问她什么都不肯说,只是不停地流泪……目前,正在协和医院植皮。她的母亲和弟弟都在医院里陪护,苏州老家也来人了……

王娟的生命保住了!不到一小时,这消息立刻像风似的传遍了全大队,所有的人都松了一口气:毕竟人还活着!

芳芳和梅儿得了这确切的消息,也都放下心来,准备回去了。她们是专程为王娟的生日而来,本想大家在一起好好聚一聚,热闹一番的,不料恰恰碰到这事……几天来,她们吃不下也睡不安,心惊肉跳的,一心惦记着王娟的安危。

临行前,大家都赶来相送。芳芳含泪对大家说:"如果有了王娟新的消息,记得立刻写信给我们……再过一个月就放假了。今年春节,我要去一趟武汉,看一看王娟!"

大家立刻表示欢迎和感谢!麻秆说:"放假后你先回去,就在家里等我们。到时候我去接你,我们都从沙市坐船走!"

雨欣拉着芳芳的手,说:"到了武汉,就住我家。姐姐今年

第二十二章

不回来探亲,我一个人住一间房,很方便!我父母平时话不多,但对人很真诚……"

小杏抢着道:"跟我住吧!我姐姐她们都嫁出去了,就我和弟弟两个,正好你给我做个伴!家里很多空床,想怎么住就怎么住,想住多久就住多久!到时候,我们一起回来!"

芳芳听了这些话,心里热乎乎的。米儿不放心,又叮嘱芳芳和梅儿道:"这一路上又是车又是船的,天黑才能到家。今天在路上你们一定要机灵些,注意安全,再不能出事了。不行,麻杆,我帮你请两天假,你把她们送到家了再回来,你在路上也要注意安全……"

麻杆心里巴不得有这句话!立刻答应下来,就去接芳芳和梅儿手上的提包。

这话正中芳芳的心思!她心里高兴,嘴上却说:"不用,不用,我们注意就是了……"一边麻利地把提包递给麻杆。

麻杆去了,第三天晚上才回来,脸上满是喜色!看得出来,精神状态不错,这一趟不虚此行!

这年冬天,天气特别寒冷。仓库屋檐下住的一群野鸽子,冻得"咕咕咕"直叫。半夜又下起了暴风雪,一只年幼体弱的雏鸽,终于抵挡不住严寒的侵袭,一头栽下来,打了几个滚,死在了地上!身子冻成了一个雪球……

这一年的春节,麻杆把芳芳领进了家门,跟家里的亲人们见了面。芳芳得到了麻杆家人的一致认可,芳芳终于松了一口气。麻杆家里,上上下下喜气洋洋!

可是,王娟躺在医院里,却死活不肯见人。特别是熟人,

太阳雨

一个也不肯见!

大家连去两次都被护士挡了回来。大家从医生的口中了解到:由于头骨暴露时间太长,大面积植皮效果很不理想,不断地化脓坏死,成活率很低,病人情绪也不稳定……

大家听了情绪低落,心里沉甸甸的。想见她一面,又见不到,不知如何才好……

雨欣分析道:"王娟爱美,自尊心很强,从小到大听到的全是夸奖。如今这个样子,她是不想让别人看见。这不能怪她,完全可以理解……"

小杏看米儿一眼,道:"我了解王娟姐,她跟我不同,把美看得比命还重要。我们应该尊重她的选择,不然只会增加她的精神痛苦。"

芳芳想了想,慢慢说道:"王娟个性要强,又正在治疗期间,这个时候见面,确实不大好,会引起她的情绪波动,我们见了心里也会难过。还不如不见……我们可以把礼物放在值班室,请护士转交给她。另外,我们每个人再给她写几句话,鼓励她增强信心,积极治疗……"

雨欣觉得这主意好,便从书包里掏出笔记本,撕了几页下来,给每人发了一张。

米儿接过纸来,却不知该怎么写。写得太直白了,王娟的家人看见了不好。如果含蓄地表达思念之情,又会勾起她的回忆,增加她的痛苦,也不好!此时此刻,在这样的场合下,有话不能当面直说,有情不能当面表达。他感到左右为难……

忽然看到医院的外墙上,白底红字写着一条毛主席语录:"我们的同志在困难的时候,要看到成绩,要看到光明,要提高

764

第二十二章

我们的勇气。"他觉得这条语录不错!无论是从医院的治疗,还是鼓励王娟树立信心,以及自己心情的表达,从各个角度来看,都是积极的,有针对性的,还能给病人增加希望!其中的道理不言而喻。而且我引用这条语录的含义,王娟一看就能明白……

他像抓到了救命稻草似的,赶紧把这条语录抄在纸上。后面又加了一句双关语:期待早日康复,我们一起去看星星……写这句话的时候,他心里一酸,眼泪都快落下来了……

他把这张纸反复折叠,折成一个紧绷绷的方胜结的形状,最后在上面写上自己的名字,交给了雨欣。

华华手里拿着纸,一脸的沉痛,不假思索地拔笔写道:"王娟,我的心都碎了!我永远永远等着你!海可枯,石可烂,我的心,永不变!——许江华敬上"

王娟如石沉大海,依然没有回音。

几乎每天晚上,米儿都要在王娟家的楼下站一会儿,眼巴巴地望着二楼。那是王娟的家……

楼上静悄悄的,不见一点灯火,整栋楼死气沉沉,被寒冷的黑暗包裹着。脚下满是梧桐树的落叶。夜空衬出树枝的轮廓,清晰、坚硬、冰凉!枝上缀着几片残叶,在寒风中瑟瑟颤抖,发出"嚓嚓嚓"的响声,似落又不落……看着看着,树下的米儿落下泪来——这曾经是一座充满欢乐的小楼,曾经是一个充满温暖的家呀……

王娟走了,告别了这座城市,告别了所有的熟人,在家人的陪同下,去了苏州外婆家。她要远避熟人,去外婆家隐居,在那里疗伤……

春暖花开的时候,痞子死了!它死得很惨。一条菜花蛇趁夜间钻进鸟笼,恶狠狠地缠住了痞子。痞子惊得大叫:"王娟,小心!王娟……"挣扎一阵便不动了……

菜花蛇把痞子生吞了进去,腹部变得硕大无比。出来时卡在鸟笼子上,想出出不去,想退退不回,想吐又吐不出……

雨欣和小杏大惊失色,躲在被子里一动都不敢动。天亮才跑出去叫人。来人二话不说,一刀砍下了蛇头……

雨欣一边教学,一边紧张地复习功课,准备迎接高考。

小杏在队里拿着八分工,每天随着女社员们早出晚归在水田里劳动。正是早稻插秧的时节,天天泥里水里忙得不可开交,累得腰酸背痛,两腿浮肿发亮,初次尝到了农忙的滋味……

好在队里并不给她规定任务,社员们也都事事关照着她。收工后,便直接去芸草家里吃饭。比当年她姐姐春桃刚下来时,情况好多了!不过,生活中少了王娟,便少了很多乐趣,出工也失了伴,形单影只的。心里倍感孤独和悲凉,一有空便往米儿他们这边跑。

正巧这天雨欣也在米儿屋里,二人身子挨得近近的,正津津有味地在看《红楼梦》。

雨欣用手指着书,说:"你看,他们做的文字游戏,宝玉说'敲断玉钗红烛冷','玉钗'明明是指宝钗嘛。怎么能这样讲呢,我要是宝钗,肯定心里生气。这不明明暗示结局不好吗?"

米儿凑过头来看了看,也皱起眉头说:"你再看香菱讲的嘛,'宝钗无日不沾尘',这更明显。明明是在批评宝钗世俗,

— 766 —

第二十二章

热衷的事情太多,什么都想要,什么都想抓,到头来宝玉愤然出家,她什么都没得到。黛玉就跟她不同,把功名利禄看得很淡,所以宝玉跟黛玉合得来……"

雨欣扭过脸来,对着米儿道:"话不能这么说。宝钗从小就受儒家道统教育,看重科举功名,在那个社会没有什么错。而宝玉在小说里面并不是真实的,他是一个道家人物,老庄思想的代表,看空一切……前面讲得很清楚嘛,当初癞头和尚和跛足道人,就是把他当作混世魔王,才推落红尘混一遭的。小说都是虚构的,不能当真……"

正说着,小杏进来了,二人吓了一跳!小杏见雨欣的脸红了一下,又见二人的脸挨得很近,距离还不到三寸!便心里不快,噘着嘴不讲话。

雨欣走过来搂住她,说:"小杏,你怎么来了?这些天累坏了吧?"

小杏扭了扭身子,表示不要她搂。说:"满秀姐快要走了,我过来看看!"

雨欣一愣:"走了,去哪里?回洪湖是吧?"

小杏勉强点了点头。

米儿见小杏一脸不高兴,便安慰道:"满秀为了念念,付出了很多,想起来真是过意不去……她长期不回去也不行,那边还有一家人呢。她走的时候,我们买点东西,一起去送送她!"

小杏嘴巴动了动,想说:"不是因为这!"又见雨欣在场,便把这话咽回去了……

雨欣下午还有课,便先走了。小杏依然赖着不走,坐在桌边鼓着嘴巴。

米儿见她不好惹的样子,便站起来,倒了一杯"三匹罐"放在她面前,说:"先喝点茶,等一会儿吃了饭再走。这些天插莶秧还习惯吧,看见蚂蟥没有?"

小杏喝了一口水,摇摇头说:"田里的水冰冰冷冷的,冻都冻死了,哪里有蚂蟥……哥,我不想跟你讲这个!"

"那你想讲什么?有人欺负你了?"米儿有点意外。

"没有人欺负我,我就是看不惯!"小杏扭过头去,看着窗外。

"什么东西看不惯?劳动嘛,就是又脏又累,又冷又热的,还没到双抢呢,那更累!有我们在,你不用怕,慢慢就习惯了。你姐春桃……"

"哥,你又跟我扯野棉花!别人说这你说那。王娟姐都那样了,现在还躺在医院里……你想过没有?"说着,用手去抹眼泪。

"咦,这说的什么话!王娟躺在医院里,谁不知道,谁不挂念?我也想啊,想有什么用!你这是……"

"是的,想也没用。所以你就当陈世美,另寻新欢……哥,王娟姐的心思你最明白不过,你看看她,现在多可怜……王娟姐不在,你要保持'晚节'!像个什么哥嘛!"说到这里,眼泪也给气出来了。

米儿听了这话,惊得合不拢嘴,半天才回过神来,说:"小杏,你这话从何说起呀,王娟的心思你怎么会知道?再说我也没干什么坏事,更没有什么新欢呀……"

"有没有,你心里最清楚!我点到为止。只有王娟姐才能配得上你,别人不配!"说着站起身来。

第二十二章

米儿尴尬地笑一笑,心里发虚但还嘴硬:"莫名其妙,莫名其妙!我怎么惹了你了?太可怕了……"

小杏走到门口,使劲踢一脚门,恨恨地说:"男的没有一个好东西!什么爱人?害人!"

米儿怕她带了气出去乱嚷嚷,想让她消了气再走。便笑道:"你发脾气莫把门踢坏了,你说男的全都是坏东西,这也太绝对了吧?"

小杏回头道:"才不绝对!检验男人是好是坏,只要把手放在他鼻子下面一试,就知道!"

米儿大感兴趣:"啊?还有这种事呀!无稽之谈吧,我才不信,不科学……"

小杏的眼睛如雨后秋水,纯净、透明!她指着米儿道:"哥,你不信是吧?那好,我来告诉你!把手指放在男人的鼻孔下面试一试,如果还有气出,就证明这个男人不是好东西!百分之百准确……"

米儿听了止不住大笑起来!说:"你这个小杏呀,从哪里听来这些乱七八糟的东西!我算服了你了,我投降我投降……"说着,把两手举得高高的,弯了腿在地上转了两圈。

小杏看了,"扑哧"一笑:"哥,你看你的样子,像个狗熊!"

渡口边的那棵老桃树,早在前年冬天,两根主权就死去了一根。去年冬天特别寒冷,这根死权不知被谁砍了去,拿回家烤火去了。剩下这半条命的老桃树,独臂英雄似的屹立不倒,依旧坚守在这里。

太阳雨

熬过了严冬,这棵肢体不全的老桃树,又迎来了一个春天!春风吹过,泛青的枝条上又绽出了花蕾。夜间开放了几朵,花瓣上还沾着露珠……

"闻鸡起舞",是说听到鸡叫就起来舞剑,苦练剑术,比喻有志报国的人及时奋起……

雨欣不是女侠,也不会剑术,但她心中有坚定的梦想。鸡一叫,她也悄悄起来了,端坐在桌前,开始看书。灯里的油快熬干了,"吱吱"地响。灯头上,火光如豆,忽明忽暗的……她感觉腿脚冰凉僵硬,便站起身来,在地上轻轻地走了几步,心里念道:"头悬梁,锥刺股……少壮不努力,老大徒伤悲……"

她抬眼看了看床上的小杏,小杏把被子裹得紧紧的,一动不动,睡得正酣。"这些天在水田里插秧,又冷又累,也够她受的了……唉,人人都在吃苦,人人都在努力……"想到这里,便吹了灯,轻手轻脚地打开屋门,走了出去。

外面,曙光初现,空气新鲜。田野里,薄雾如纱,不见人影。劳作了一天的社员们,还在梦乡里,四处静悄悄的。

她信步来到渡口,渡口空无一人,那条摆渡的小木船泊在对岸。五岔河的水涨了起来,连接两岸的那根缆绳湿漉漉的,弯弯的低垂着,都快挨到水面了。河面上,雾气沉沉,没有渔船来往。

雨欣看了一阵,又走到这棵桃树下。伸手摸了摸那根孤独的树干,树干上沾了一层霜露,她掏出手绢擦了擦手。见枝条上几朵鲜红的桃花正在绽放,桃花迎着她张开了花瓣,露出了花蕊,里面含着露珠……

第二十二章

突然,露珠里映出了春桃的脸!她揉揉眼睛,仔细去看,忽然又变成了王娟的脸!这两个脸换来换去,交替出现。不过,看上去这两张脸有点变形,有点像鱼眼镜头靠近人脸拍出的影像。可能露珠的表面是个球面,才会这样吧?正想着,忽然又一起消失了……

她想起了四年前的那天中午,那时春桃还在,王娟也在……三个人端着饭碗,跑出来欣赏桃花。春桃站在那边,王娟站在这边……三人站在春风里,叽叽喳喳,说笑不休!可如今……如今春桃没了,王娟走了,只剩下我一个……

"去年今日此门中,人面桃花相映红。"那是何等的热闹!可是如今,"人面不知何处去,桃花依旧笑春风!"她转过身来,看了看春桃的坟,心里一酸,不禁落下泪来……

河还是那条河,渡口还是那个渡口,木船还是那条木船,桃树还是这棵桃树……但已"物是人非事事休,未语泪先流"!命运为何如此捉弄人?雨欣看着看着,不禁悲从中来,赶紧用手绢捂住了嘴……

一只喜鹊飞过来,落在春桃坟边的树梢上,对着雨欣"喳喳"地叫,雨欣抬头看了看喜鹊。不知怎的,突然涌上一阵孤独!又忽然想起了米儿,便转过身来,两只脚不由自主地朝杜家湾走去。

走了几步,又停住。米儿现在肯定还没起床,这段时间正是农忙时节,他又黑又瘦,两眼深陷,看了让人心疼……不知为什么,米儿就是不肯复习备考,还为这事跟我赌气。我是为了他好,也是为了我俩的将来更好,两好归一好,这有什么不对吗?真是莫名其妙……

还有,上次在武汉,大家一起去医院探视王娟,他写给王娟的纸条上说:我们一起去看星星……怎么回事?而且他明明说的是"我们",哪个我们?这个"我们"里面有没有我?看来没有——因为他是写给王娟看的。这是什么意思?难道……

古代神话故事中,有"鲛人泣泪成珠"的美丽传说。鲛人,又名美人鱼,住在海里。鲛人会唱歌,会织绡。歌声凄婉,能在海面上传出很远很远。所织之绡,称作鲛绡,轻若鸿羽,千金难得……鲛人每天夜里会坐在礁石上,向月哭泣,流下的眼泪会变成珍珠,价值连城……

王娟也爱哭,自从出事后更是日夜流泪,终日以泪洗面……但她流出来的不是珍珠,而是血泪!她也并不住在海里,而是住在外婆家里。

那天出事时,她受到了极度的惊吓,还没等她反应过来,便失去了知觉……

事故发生后,由于植皮屡屡失败,爱美之心驱使她拒见一切熟人。护士给她换药,她都要求其他人回避。甚至连她平时最爱的镜子,也不敢再碰一下。

那天大家去看望她,她当时就知道了,心里十分渴望见到他们,梦里都想重新回到他们中间去!可是,那只是梦想,她知道回不去了。看到大家写给她的字条,心里又温暖又悲凉,忍不住又大哭一场!

米儿就在病房外,她都听到他的声音了,但她却不敢相见!她真想让米儿抱抱她,她有一肚子话要跟米儿讲!她想让米儿带她去五岔河看星星,看银河……可是,她不能让米儿看见她

第二十二章

现在的样子,那会吓着他……二人近在咫尺,却又隔着一条天河!

米儿,你现在怎么样了?听说今年冬天特别寒冷,我也没能出去看看……翻身大队更冷吧?回武汉时,在路上没有遇到风雪吧?冷了记得多穿点……雨欣、小杏、念念……他们都还好吧?

那天你来看我,我听见你在门口跟护士讲话的声音,我的心都要跳出来了,差一点叫出你的名字来!可是,我忍住了,我只能用泪水相送……我知道,你是我的亲人!从小到大,你都是真心地护着我。从小到大,我也是真心地喜欢你……你对我的恩情,我永远记在心里。这辈子,我只能用眼泪来报答你了……

米儿,我打算离开武汉,中断一切熟人的联系,去另一个地方,过另一种生活……从此再不能相见……我不忍一别,但又不得不别,命运已经注定!它捆绑着我,我无法挣脱……

米儿,你不在的日子里,我仿佛经常能看见你。我看见你站在我家楼下,望着楼上默默地流泪……我想跳下去,可是我被绑着……我想叫你,可是嘴被堵着。只剩下眼泪还是我的,我只能流泪,陪着你流泪……

米儿,"观音"之所以叫观音,是她能够听见人世间最微弱的痛苦!观音,她能够听见我的哭声……

王娟被迫离开武汉来到苏州,隐姓埋名在外婆家住下来。

植皮不能成活,不断溃烂坏死,天天都要耐着性子去打针换药。从外婆家到医院这条路,她都快走出一道槽了。医生私下断定说，这样的情况活不了多久……

这话被她知道了，她从此不再开口讲话。

原本一个聪明活泼的美少女，有情有爱也有梦，竟然遭受如此沉重的打击！精神上的长期痛苦和身体上的伤痛，还有心灵上的创伤，都使她生不如死，痛不欲生……

听说死后再无痛苦，一切都解脱了……既然活不了多久，那我就不如一死！

王娟被逼上了绝路，她做好了安排。含悲流泪给米儿和同学们各写了一封诀别信，然后依依不舍地投入邮筒……这是她人生的最后一封信。

为避免家人四处寻找，又写下一封绝命书，压在外婆的枕头下。趁着换药的机会，她离家出走。傍晚，在苏州大运河投河自尽……

这一天，是一九七四年六月九日。

王娟寄给米儿的这封信，是亏带回来的。

这几天，恰好进入"抢早复晚"的农忙季节，米儿正和一群人在大田里插秧。听见有人叫他，手上抓着一把秧直起腰来。见亏站在田界上拼命向他招手，便蹚着水走了过去。

米儿接过来信，看了看信封，一眼就认出是王娟的笔迹！信封最下面只写着："苏州王娟"四个字，并没有详细地址。米儿把信放在衣兜里，心"怦怦"直跳！他似乎听到王娟在哭泣，立刻有了不祥的预感……

收工后，大家在河里洗干净手臂和腿上的泥污，又掬起河水，洗了洗脸上的泥点，便准备回去。

第二十二章

"我去那边河沟里看看,采一点茭白回来做菜。你们先走,我就来。"米儿向华华和麻杆打个招呼,转身就走。

走了几步,米儿坐在河边拆开了信封,慌慌忙忙抽出信纸,展开来看。

只见王娟信中写道——

米儿,亲爱的!

等你收到这封信时,我已经不在了。我去了很远很远的地方,那里没有痛苦,也不用治疗,一了百了。春桃也在那里,我能见到她……

短短的十九年,一晃就过去了。这十九年里,我们一直都在一起,从未分离。最后如愿以偿,我终于得到了想要的爱情!这是我生命中最灿烂、最幸福的时刻……

可惜这灿烂和幸福太短暂了!我刚刚品尝到这爱情的滋味,便被无情地夺去!接下来的日子,是来自各方面的无穷无尽的痛苦……这是命!我已经没有力气了,我挣扎不过命,我抗不过命,我认了,不抗了……

一想到我的痛苦也会传递给你,让你也跟着痛苦,我心里就更加痛苦!此时此刻,我真渴望再见你一面,可是我不能再加深你的痛苦……

米儿,忘掉我,好好地活下去,亲爱的!这辈子,我们有情、有缘,但无分。此生无分,还有来生。你信不信有来生?现在我信了!

永别了,亲爱的米儿!让我最后吻你一次……你别难过,也别伤心……天堂里有莲花开放,是白色的,雪白雪白的那种;

— 775 —

太阳雨

天空和湖水都是金色的,到处是一片宁静与祥和,就像夕阳下,那傍晚的洪湖……这是我在梦境里多次看到的景象……

米儿,亲爱的,我会在那里等着你的,一直等着你。我不会走远。我永远是你的……

吻你的王娟
绝笔

赶紧一算日子,今天是六月十五号,王娟已经走了一个星期了!

米儿脑袋"嗡"的一声!对着田野大喊道:"王娟——糊涂啊——"便倒在了河边……

几乎同时,雨欣也收到了王娟的诀别信,和小杏二人哭得昏天黑地……

很快,全大队的知青和社员都知道了。王娟曾经住过的知青老屋门前,聚集了一大堆人。人们抹着眼泪,摇头叹息着。有些人进去劝慰雨欣和小杏,屋里挤满了人。劝着劝着,也都跟着一起哭起来。

杜书记和强队长立刻将此事上报公社,公社的章主任和团委书记朱新燕,匆匆赶来了……

几位领导聚在一起紧急磋商。由于王娟跟春桃不同,并没有死在翻身大队,一时又不知该怎样处理才好。

但是,王娟毕竟是翻身大队的人,也是在这里出的事故,各级领导都脱不了干系,这事怎么向她父母交代?如果王娟的父亲王大木怪罪下来,不要说他们几个了,恐怕区里、县里也

第二十二章

扛不起！到那时就被动了……

最后大家一致认为：这件事他们先扛着，不给上面增加压力，暂时不要惊动县里，立刻向区委汇报！根据王娟在农村的表现和贡献，建议以白鹭区团委的名义，追认王娟为优秀共青团员、"三八"红旗手的光荣称号，并号召全区共青团员向王娟学习！另外，附慰问信一封，连同嘉奖决定，委派专人亲自送到王娟的父亲王大木手中。

自王娟出事以后，王大木虽然是身经百战的军人，但晚年遭受这沉重的打击，他显得更苍老了，白发也更多了！他的心脏病发作，住进了医院。得知王娟已在苏州投河自尽，尸首也未打捞到，心脏突然骤停！经过医生抢救后，将他从死亡线上拉了回来……

在医院特护病房里，他会见了来人，丝毫没有责怪之意，反而平静地安慰了对方一番。并立即指示秘书复信，向农村的各级领导表示谢意……来人回到王大木安排的招待所里，立刻给公社章主任打了一个电话，哽咽着汇报了见面的情况。

章主任在电话那头，听着听着，忍不住流下了眼泪……久久地才说出一句话："代我向首长问好……"

身经百战的王大木，没有倒在战场上，也没有倒在迫害中，更没有倒在敌人的糖衣炮弹面前，却倒在了医院的病床上。王娟的意外，以及王娟的死，给了他沉重的一击！白发人送黑发人，他感到了深深的悲凉和哀伤，这是压垮他的最后一根稻草……

他内心刚强，他想强撑着。但心脏不争气，他无可奈何！他深感自己老了……他有时会后悔，如果去年年底，同意妹妹把王娟带到部队去就好了,也许这场横祸就避免了……

"小娟,爸爸对不住你!小娟,小娟……"他在心里一遍又一遍地呼唤着女儿。

就在这天黎明,这个一生刚强、铁骨铮铮的硬汉王大木,心脏永远停止了跳动,不幸离开人世……

尽管王娟给同学的信上,意思已经写得明明白白,但华华就是不相信。听到王娟的死讯,脑袋像被人猛击了一下!他摇晃着抓住门框,两眼直直地望着外面……

王娟不会死的!我们自幼一起玩耍,一起上学,一起下乡,从来也不曾分离过!她怎么会死?

她聪明、活泼、善良,是个可爱的天使!天使怎么会死?谁敢让她去死?善有善报,恶有恶报,只有恶人才会死!王娟心地善良,绝不会死!不会不会!她是回去看父母了,过几天就回来了……

回来的路不好走,碰到狼怎么办?碰到野猪怎么办?还有狗熊……不行,我要去接她!我已经没有妈了,我不能再没有她!

对了,我没有妈了!我妈去哪了?她会不会碰见王娟?我妈一死,怎么王娟也死了?肯定去陪我妈了!对了,王娟是死了!如果这样就对了,她是我妈的儿媳妇,她当然愿意陪死,这才是孝道……

不对!王娟没死!谁敢说她死了,我就扇他的耳光!

他举起手来,看了看自己的手掌。这手掌像熊掌,够大够厚,上面还有黄色的茧子,这要扇到脸上,够他小子受的!

第二十二章

"啪"的一声,他重重地扇了自己一个大耳光!这一掌把他打醒了,他高兴地咧开嘴笑了!自言自语道:"嘿嘿!嘿嘿……王娟死了,真的死了,死了好!哈哈哈……死了好!"他抓起一把筷子,撒向空中……看着筷子像流矢般落下来,落到房顶上,又滚落到地上,铮铮作响……

他低头看着地上的筷子,也不去捡。又抬头望着天上,嘴角流着涎水,眼珠一动不动。忽然爆发出一阵狂笑:"哈哈哈哈!天上下筷子啦,下筷子啦——筷子摔死了,哈哈哈哈……"那笑声歇斯底里,令人毛骨悚然!

晚上灯一灭,他衣服也不脱,钻进被子就睡。不到一分钟,就起了鼾声。睡一会儿,又坐起来流泪。睡至夜深人静时分,忽然被子里又传出笑声……

黑暗中,米儿和麻杆听了,头皮发麻,汗毛直竖!

华华精神失常后,已经不能正常出工。整日迷迷糊糊的,仿佛活在另一个世界,魂魄都不在身上了。他有时清醒,有时糊涂。清醒时,就说要去苏州找王娟;糊涂时,又说不用找了,王娟去陪我妈了,她自愿的,口里喃喃自语道:"两个够了,少一个是一个……"

从此,再没人敢提"王娟死了"这件事,尤其不敢当他的面提这四个字。

米儿看了,心里又同情又难过,既为自己,也为华华。自己和王娟之间的那层关系,此时又不能说破,一旦说破了对他的打击会更大。

华华爱王娟是他的权利,本质上没有什么错。就像我爱王娟,也没有错。这说明王娟很优秀,是值得人去爱的!

虽然王娟并不喜欢华华，但华华对王娟的痴心和执着却是一贯的，持久的，以前就是这样，这辈子看来也不会改变。王娟已经不在了，不如给他留下一个想象的空间，保留一个完整的梦想，也许更好。何必去说破……

华华突然失踪，是谁都没有料到的，一大早便没了人影。床上的被子被叠得整整齐齐，箱子上堆放的换洗衣服也都在，毛巾牙刷也没动，就是少了挂在墙上的那个书包。给人的印象，不像出远门的样子。

一开始，谁都没有预料到这事的严重性，以为他是临时去了镇上。更没想到，从此以后他就再也没有回来，也没有他的任何消息。

两天后还是不见人影，大家慌了，文龙派了两个人加上米儿和麻杆，开始四处寻找。整个大队的荒郊野地，河沟渠道，各家各户的水井，凡是能想到的角角落落，全都找了一遍，依然不见人影。他们把目标扩大到曲湾镇。到了镇上，见人就问，到处打听，还是没有消息。人们摇头说：没见过这人。

米儿忽然意识到，他会不会出了远门？便把这疑惑告诉了麻杆。

麻杆也觉得有这可能，便道："不管去哪里，也该给我们讲一声，留个条子吧？这说走就走了，害得我们大家好找！"

听了麻杆这话，米儿忽然心里一亮，道："赶快回去，好好找一找！说不定他给我们留了纸条，我们没看见！"

回到屋里，他们把枕头和床单下都翻开看过了，什么也没有。米儿把被子一拉开，抖了两下，从里面飘出一张纸条，落到地上！

第二十二章

赶紧捡起来一看，只见上面写道："你们别找我，我去找王娟。王娟找不到，我就不回来！——许江华即日"

二人看了，面面相觑：去找王娟？王娟已经不在了，你去哪里找她？找不到王娟就不回来？这明摆着是找不到的，那他会不会也……而且他精神又不正常……米儿和麻杆越想越紧张，越想越害怕……

二人赶紧把这事报告给段文龙，又把纸条拿给他看。文龙看了也大吃一惊！立刻去找杜书记和强队长。

人命关天，不能再出事了！杜书记和强队长慌了，立刻找到米儿，吩咐他快去一趟武汉，看看华华在不在家里。

两天后，米儿到了武汉，一下车便直奔华华家。一看，门上一把大铁锁，上面落满了灰尘……

又问了左邻右舍、楼上楼下所有的邻居，都摇头说："没见他回来，好像还是春节时见过的……"

米儿垂头丧气地回到家里，将此事向父亲讲了一遍。公安出身的父亲和华华的父亲同在一个单位，虽然部门不同，但彼此都很熟悉。

父亲听说华华精神失常，心里一沉，立刻感到事情的严重性，说："你先别急，沉住气。我现在就去向院领导汇报，叫他父亲回来！"

这时，院长王大木刚刚离世不久，新院长还没到任。听了汇报，管业务的几个副院长研究来研究去，谁也不敢承担责任。

一边是患了精神病的孩子失踪；一边是犯了错误的父亲正在接受改造。孩子不找不行，万一出了人命，谁负责？要找孩子，父亲不回来也不行！但他父亲是政治错误，正在农场改造思想，如果调回来找孩子，脱离了思想改造，一旦上面怪罪下来，这政治责任谁来承担？

唉，要是王大木在这里就好了，只有他敢承担……

几个人戴着眼镜，你看我，我看你，谁也不敢拍板决定。但是这孩子失踪了，是明摆着的事，不找肯定不行！要万一发生意外，那责任更大了……

最后，资格较老的赵副院长先开口了，他说："毛主席教导我们说：世间一切事物中，人是第一宝贵的。在共产党的领导下，只要有了人，什么人间奇迹都可以创造出来！根据这一指示，建议立刻通知沙洋农场方面，把人调回来，先找到孩子再说！

至于责任嘛，大家都来签个字。我们先说好：责任由我们四个人集体承担，到时候谁也不许溜肩膀！"

华华的父亲得了一纸调令，风尘仆仆地赶回来了。

找了几天，仍然不见踪影。本单位的子女发生这样的事，米儿父亲所在的公安处责无旁贷，也立刻行动起来，仔细分析案情，派出侦察员四处寻找。

米儿作为唯一的知情人，也被"扣留"下来配合调查，暂时不准回生产队。天天上班似的去公安处报到，写交代材料、回忆细节、提供蛛丝马迹，以供侦察员分析研究，做出判断。

年轻的侦察员高高在上，坐在桌子后面。一边听米儿的口供，一边皱着眉头做笔录。不时用笔敲敲桌子，厉声喝道："你老实点！有什么交代什么。到了这里，就别想蒙混过关！我问你，华华到底在哪里？说！"

米儿一惊，脸都红了！突然意识到自己不是犯人，便忍不

第二十二章

住站起来叫道:"我怎么不老实了?你问我爸爸,华华又不是我搞丢的!"

父亲在一旁也笑了,说:"职业习惯,你别在意。先配合一下,回去再说。"

侦察员忽然意识到搞错对象了!摸了摸头,也不好意思地笑了,赶紧把角色转换过来。

为了能够找到华华,米儿只得把委屈吞在肚子里。积极开动脑筋,回忆有价值的线索,继续向侦察员提供情报……

又找了多日,还是毫无音讯,把掌握到的情况汇集到一起,侦察员做出了判断:华华精神失常后,是临时出走。第一,因为他随身携带的钱粮不多,其他东西又没动,必定走不远,第一站一定是先回到武汉。

第二,因为他患有精神病,时时都有可能神志不清,出走这么多天了,身上的钱粮也该用光了。没有吃的,最终只能流落街头。

第三,种种迹象表明,他没有去苏州,因为没有钱,他去不了苏州。如果他还活着,现在应该还在武汉。下一步的搜索范围,确定在武汉市区,适当扩展到周边乡镇。重点是流浪人员中,患有精神病的男青年……

公安处立刻张贴寻人启事!并同时向当地公安部门申报人口走失!

办完这一切后,米儿回到了翻身大队,向杜书记和强队长做了汇报。

从城市到农村,从武汉到曲湾,华华的走失,一时牵动了无数人的心……

— 783 —

太阳雨

本来四个人住在一起,热热闹闹的。现在只剩米儿和麻杆两个,一下子变得冷冷清清。加上王娟没了,华华走失,目前生死不明……这些,都给大家心里带来了巨大的伤痛!

米儿想起王娟,便锥心地痛!想起华华又是一阵担忧,天天盼着有他的消息传来,两种痛苦交替折磨他。从武汉回来后,他便病倒了……

华华呀华华,王娟已经不在了,你去哪里找她?你现在到底在哪里呀……米儿在心里一遍又一遍,不停地发出这样的疑问……

可以说,侦察员的判断是正确的。此时的华华不在别处,正在武汉!

华华心心念念要去苏州找王娟。离家出走后便回到武汉。不料病情加重,在汉口火车站一带,迷迷糊糊的,辨不清东南西北,也记不清回家的路了,便流落在街头。

华华身上带的钱和粮票他也不知道用,饿了便咬自己的衣服,咬得衣领和袖子稀烂,偶尔也去餐馆里捡别人的面汤喝。好在是夏天,到处都能睡,路边,屋檐下,过道里,都是他的安身之处。也不管白天和黑夜,只要困了,他倒卧下来便睡。除了蚊子多以外,倒也冻不着他。

有好心人见他可怜,便会给他一毛或者五分钱。他接过来东放一下,西放一下,一会儿又放没了……

在街头流浪时,见清洁工人拖着垃圾车清理垃圾箱,他便自动过去帮忙,干得满头大汗。他见垃圾箱旁扔着一块半生不熟的西瓜,上面被人啃了两口,看那样子还能吃。他走过去赶

第二十二章

跑苍蝇，捡起来就咬。

清理垃圾的工人见了，赶紧放下铁锹，上前夺过西瓜扔在垃圾车上，说："吃不得的！呀，吃了要生病的！我这里有茶，你就喝我的！唉……"说着，从车把上挂着的网兜里，摸出一瓶茶来。

华华接过茶来正要喝，两个年轻人被一群社会油子殴倒在地，头上流着血，不停地哀叫呼救！

华华见了，不问青红皂白，操起垃圾车上的铁锹高举着冲过去，嘴里狂叫道："老子来了！"疯疯癫癫地犴笑着，抡起铁锹就砍！

一群油子一哄而散，边跑边喊："疯子的劲大呀，砍死人不抵命呀！快点跑啊……"

这群人不吃眼前亏，谁也不想把小命丢在一个疯子手里，转眼便逃入小巷，不见了踪影。

这两个被打的青年，一个叫林森，一个叫白羽，也是老三届的知青。因为家庭出身问题，下乡五年了，始终未能抽调回城。刚回到家来，便去粮店排队买米。见一群油子旁若无人地在前面插队，气不过，说了他们几句，便遭到群殴，从粮店打到街上，头也被打破了！幸亏遇到华华相救，才得以脱险。

二人从地上爬起来，对华华感激不尽。便问他叫什么名字，家在哪里，为什么流落街头……

华华答不出，眼睛痴痴地看着他们，口里含混不清道："王，王……苏州……"又伸手抹掉白羽头上的血……

林森和白羽见他可怜，低声商量几句，便决定收留他。华华这才有了安身之处。

住了几日，白羽头上的伤好得差不多了，又要回农村去。二人便决定带上华华一起走，三个人生死在一起……

林森和白羽同在一个知青小组，下放落户在监利县汪桥区的芦林大队，这个大队的知青都陆续招工回城了，只剩下他们两个。

这汪桥区的芦林大队地处偏远，恰恰和白鹭区最偏僻的翻身大队接壤，相距不过七八里路。米儿所在的杜家湾和华华所住的村子更近，距离不到四五里，两个村子鸡犬声相闻。天气晴好的时候，米儿站在门口遥望，甚至能看见这个村庄！但由于不同县也不同区，两个村子的人老死不相往来，知青也不互相走动。

华华兜了一个大圈子，又鬼使神差地转了回来，而且就在米儿他们眼皮子底下，双方竟然毫不知情！

林森和白羽也曾经猜到华华是知青，但华华却怎么也说不清楚。要么终日不语，要么就是："王，王……苏州……"

二人见他面皮白净，安静的时候倒也斯斯文文，但又不知他到底是谁，从何而来，叫什么名字……他嘴里老是说："王，王"，便只好给他起个雅号，叫作"王秀才"，一日三餐，汤汤水水地养着他。从此，芦林大队便多了一个王秀才。

翻身大队由此失去一个华华，武汉街头也少了一个流浪的疯子。人们都找不到他，谁也不知道他在哪里。日子一久，都以为他死了，也就无人再提起。

这年夏天的"双抢"，天气特别炎热，中稻刚刚抢插完毕，便遇上了干旱。田里的水薄薄一层，还不到一指深，被烈日晒

第二十二章

得滚烫滚烫的。

王娟的父亲王大木支援的那台大马力抽水机,这时正好派上了用场。文虎、米儿和麻杆三人,把这大家伙安装在五岔河边抽水,轮流值班,人休机不停,日夜守候在旁。

蜿蜒百里的五岔河,从头到尾,这几天不知有多少抽水机在抽水!眼看着河里的水越来越少,为了多抢抽一点水,各村的抽水机日夜不停,河两岸机器轰鸣,彻夜不止。

翻身大队的这台抽水机功率最大,口径最粗,喷出来的河水又大又急,竟把稻田冲出一个十儿平方米的大坑!别村的机工师傅见了,眼睛里都看出火来,一看就是半天,一个劲地给文虎他们几人递烟……自己没有,多看几眼也是好的。

五十五马力的大机器往那里一站,开口一吼,地都震动了!把别人的"八马力"小机器压得噤若寒蝉,哪里还敢出声!不是吹的,你们七个也不是它的对手!嘿嘿……文虎打心眼里得意,见了别的机工师傅,不免白眼向人,接烟时的样子跟平日不同,明显带着傲慢。

围观的机工师傅们,哪里会感觉不到?不过,表面上装着不在意罢了,心下却想:"文虎,你小人得志便猖狂!老子以前对你那么好,你都忘了……唉,也该他得意,谁让人家命好!如果老子有这个大机器,肯定比他还要张狂些……"

文虎几人手上的烟还没抽完,又有人递过来了,接过来没处放,两只耳朵上都夹满了……

天刚亮时,抽水机忽然停了,河里再也抽不上水来!米儿正迷迷糊糊地倒在稻草捆上打盹,机器声一停,他便一惊,揉揉眼睛钻出窝棚。见文虎正在河边的机台上关机器,拿扳手敲

— 787 —

着抽水机的铁管，嘴里骂骂咧咧道："又抽不出水了……"

米儿站在河堤上，见了心里不高兴，便道："你打它干什么？河里没有水了，又不关抽水机的事！"说着，便朝身后的田里望去。

忽然，他发现水田里满眼白花花的一大片，不知是什么东西漂在水面上。走下去一看，居然全是死鱼！

米儿惊讶地大叫起来："喂，快来看呀！好多死鱼，怎么回事……"

麻杆从窝棚里跳出来，捞起一条大鱼看了看，见这鱼的脑壳不见了，身子却是完整的，只是蹭掉了一些鱼鳞。又捞起几条看了看，也差不多。小一点的鱼，有的脑壳还在，但是鳃盖也碎了。那些小的黄骨鱼、土憨巴、麻姑嫩子侥幸还有许多活的，晕头晕脑地浮在水面上，嘴巴一张一合地大口地喘气，傻乎乎的，见了人也不知道躲……

麻杆惊得瞪大了眼，用家乡话叫道："这是咋整的，天上掉鱼啦？快来捡鱼呀……"喊声未落，"扑通"一声跳进水里，专拣大鱼往岸上扔！

文虎跑过来看了一惊！捡起一条鱼看了看，恍然大悟道："哦，我晓得了！这是大河里的水少了，鱼只好跟着这一点水走，不小心被抽水机吸进去，在里面通过转叶时，大鱼直接被打死，打不到这些小鱼，只是被转晕了，才捡了一条命……"

米儿看着地上的死鱼，看来看去不明白，说："奇怪，怎么身子都是完整的，单单把鱼头打不见了？抽水机长了眼睛啊……"

文虎笑道："你没看明白，鱼的脑壳又薄又脆，通过抽水机

第二十二章

的转叶时,大鱼的头很容易被打碎。鱼的身子肉厚,软绵绵、滑溜溜的,一挤就溜过去了……"

二人一问一答地说着。麻杆在田里捡了鱼,不停地往岸上丢。见他们还不下来,便叫道:"快点下来捡,管它有没有鱼脑壳,我们又不吃鱼头!快点快点,再等一下,出工的人都来了,还不够大家抢的!"

文虎跑回去拿箩筐扁担,惊动了文龙,也一起赶来。四个人蹚着水,满田满畈去捡死鱼。

两只箩筐很快就装满了,大家又往岸上堆。文龙站在抽水机的铁管旁边,点燃了一支烟,盯着脚下的大水坑看了又看,见水面上浮着无数的小鱼。忽然把烟往嘴上一叼,跳了下去!坑里的水齐腰深,脚一踩下去,感觉踩到了鱼堆上,脚下滑溜溜的全是鱼!便惊喜地叫道:"喂!喂!都在这里!大鱼都在坑里,快点过来!嘿,运气来了门板都挡不住……"说着从水里摸起一条大白鲢,兴奋地举给大家看。

原来,这些鱼从抽水机里出来时,一两斤以下的鱼身子轻些,被抽水机冲到较远的田里,顺水漂去。大鱼体重,一出来便直接掉在坑里沉了下去,一堆一堆地堆在坑底……

这坑底不知有多少鱼!文龙大方地说:"只要大的白鲢和鲤鱼,其他的一概不要!留给别人去捡!"

大家便只拣两三斤以上的鱼装进箩筐,文龙喜气洋洋的,挑了好几担回去,转身又来。

文虎高兴得大嘴巴合不拢,苍蝇都能在里面飞几个来回!他拍着抽水机的大铁管,道:"这抽水机要得嘛,不但能抽水,还能打鱼呢!嘿嘿嘿嘿!喂,你们两个,等一下到我屋里挑一担鱼回去,给你们同学分一分……"

麻杆光着两条腿坐在岸上,问道:"去年天旱,我们也在抽水机上啊,怎么没见到鱼?这是怎么回事?"

文虎抑制不住心里的喜悦,拍着抽水机道:"这就是大家伙的优势!小抽水机马力小,管子的进水口还装了过滤网,把鱼和杂物都挡在外面,当然抽不到鱼!这个就不同了,功率巨大!管子的进水口采用的是大蝶阀,蝶阀一开,粗管子开始大口猛喝水,顺便把鱼也喝进去了!嘿嘿,这机器,没话说……"又把大拇指一翘,用力抖了两下。

文龙吸了一口烟,缓缓地往前喷去,道:"河里的水大了也不行,鱼不会靠拢来。只有河里的水很少了,鱼被迫跟着那点水走,才能被抽水机吸进去。还有,小抽水机也不行,抽不上鱼来。这全要感谢王娟的父亲王军长……是他,造福了我们呀!唉……"说着,轻轻地摸了摸抽水机……

米儿听了这话,心头一热,眼圈也红了!要是王娟在就好了,她最爱吃鱼,而且不吃鱼头,刚好这鱼没有头……对了,把这些鱼给雨欣和小杏她们送些去,多送一些,还有李月和素琴……

雨欣从学校里回来,一进门,见小杏和芸草二人正蹲在地上,拍着巴掌逗念念玩。念念已经一岁多了,穿着小开裆裤,蹒跚着在二人之间走来走去,挥着小手"咯咯咯"地笑!

雨欣眼睛一亮,弯下腰喊道:"嘿,念念过来,阿姨抱!走,买糖糖去!"说着伸出手抱过来。

念念在雨欣怀里,一听有糖,便把一根手指放进嘴里,眼

第二十二章

睛看着雨欣,另一手指着门外:"糖糖,糖……"扭动着身子要出去。

"走,阿姨给你买去!买棒棒糖好不好……"念念点点头。雨欣把手里的教材一放,摸了摸裤兜,抱着念念去了隔壁小卖部。

不一会儿便回来了,念念一手抓着四支棒棒糖,嘴里还吃着一支。

小杏故意把地跺得"咚咚"响,冲过来张大了嘴,吓唬念念道:"我也要吃!我要吃糖糖……"

念念紧张地盯着小杏的嘴巴,抓着糖的手猛地收回来,藏进怀里,转身趴在雨欣的肩上一动不动。

三人开心地大笑起来,雨欣道:"这个小念念,这么小就晓得护食了!"

小杏笑道:"怎么不晓得?食色性也!这是天性!"

大家又是一阵大笑,说:"他懂个屁,还食色性也!"

正笑着,念念忽然放了一个屁。芸草急忙道:"拐了拐了,他要屙粑粑!快点给我……"赶紧把念念抱过来。

芸草把着念念端了半天,也端不出来,便把他放回地上。

念念在地上跑来跑去,嘴巴上糊的像茅厕板子。正跑着,忽然从屁股上掉下一坨屎来,念念回头看了一下,用棒棒糖指着说:"粑粑……"

几人同时叫道:"拐了拐了,真的屙了!快点拿纸……"

小杏端起念念,说:"小姨来端你,快点屙完……"说着,闭紧嘴巴憋着气,把头扭过一边,挤着眼睛叫道:"我的妈呀,把人熏死了!辣眼睛……"

雨欣端来半盆水，芸草拿着手纸，都站在一边候着。端了半天端不出来，念念只顾吃糖，不屙了！几个人又七手八脚给他洗干净。

小杏忽然问道："雨欣姐，你出过麻疹没有？"

雨欣一愣，想了想，道："麻疹……我好像没出过。小时候打过疫苗呀，你怎么问起这来……"

小杏说："你没有出过，就要注意回避，不能接触麻疹病人，不然会传给你的。听我妈说，麻疹很可怕，如果不及时治好，脸上会长麻子的！幸亏我出过了，终身免疫，不会再出。"

雨欣摸了摸自己的脸，还好，没有麻子。便道："你说的那是天花吧，我们小时候都打过疫苗了！麻疹应该不会长麻子。再说，幼儿容易出麻疹，大人不会，早就过了少儿期了！"

小杏心里也吃不准，这麻子到底是天花还是麻疹造成的。好像是天花，又好像是麻疹……

只听芸草道："我听七奶奶说，麻疹谁都逃不掉。一生中，每个人都要出一次的。如果生前没有出，死了以后挖出来的骨头，上面密密麻麻的也全是痘疹，吓死个人……"

大家听了，身上起了一层鸡皮疙瘩！雨欣道："好好的，你们怎么想到麻疹了？"

芸草忽然想起来，便赶紧提醒道："我家隔壁的小女伢子出了麻疹，我爹正在用草药给她治。爹叫我告诉你们也注点意，特别是念念不能靠近……"

正说着，念念忽然不动也不闹，站在地上扶着桌子发呆，嘴里"嗯嗯"地使着劲，眼里也憋出了泪花……

芸草见了，赶紧跑过去，说："完了完了，他又要屙粑粑！

第二十二章

快点快点……"话没说完,果然又屙了!

雨欣笑道:"奇怪,你怎么晓得他要屙粑粑?"

芸草端着念念,笑道:"像这么大的小伢,几分钟静悄悄,必定在作妖!这是我娘说的。他只要一声不响,就是在干坏事!你们看是不是……"

几个人笑得合不拢嘴,又是一阵手忙脚乱!小杏转身去拿凳子,一不小心踩翻了水盆!雨欣到处去找手纸……

自从王娟走后,雨欣一直闷闷不乐,不免有点物伤其类,一静下来就不免胡思乱想。还不知什么时候,倒霉事会轮到自己头上。一想起王娟来,就想大哭一场,她跟王娟自幼在一起,二人的感情最深。突然少了王娟,顿觉空落落的,一颗心找不到地方去安放。

想当年,一起毕业一起下乡,同住一间房,同吃一锅饭,虽然劳动繁重,条件艰苦,但大家都在一起就不怕,就快乐!收工回来,大家一进门就忙着淘米洗菜,烧火做饭,忙得不亦乐乎。三个人齐心协力,有说有笑;大事小情,也有人商量,共同进退。心里踏实,日子倒也过得有趣!三颗青春的心勃勃跳动,就像三团熊熊的火焰在燃烧,似乎照亮了前途,对未来充满了憧憬和希望,对未来的生活充满了热情……

未来,未来会是怎样的?生活又是什么样子?看看春桃和王娟,再看看华华,不好预料。也许前途坎坷不平,布满了荆棘;也许前途一片光明,洒满了阳光,路边鲜花夹道,香气袭人……这个时候,我应该和米儿走在这条崭新的大道上,脸上喜气洋洋,心里充满阳光!二人携手并肩,去共筑爱巢……

太阳雨

他应该穿西装打领带,西装和领带是深色的,衬衣是雪白的那种……我应该穿泡泡纱的婚纱,也是雪白雪白的,曳地长裙那种。头发要染成金色或者栗色的,太黑不好。手上要拿一捧鲜花,花要最新鲜的玫瑰,颜色要红的和紫的两种。红的是我,紫的是他。红要红得浓淡相宜,不能血红的一堆,要有点层次感;紫要紫得淡雅一点,颜色不要太深。这样才配雪白的婚纱……

他的步子大些,应该他在前,我在后。我要让他牵着我的手,带我去看春江花月夜这种人间美景;带我去看雪白的樱花和带刺的玫瑰,任由花瓣撒满全身,撒满小路……带刺的玫瑰只能远看,不能靠近,以免刮破婚纱长裙;更不能去摸,以免伤手。十指连心,伤了手就伤了心……

怎么一回事?我和米儿初恋至今,一点进展都没有,他把我扔在这里就不管了!自从王娟出事后,他一次都没找过我。前两天他送鱼来,站着说了两句就走了,根本没有多留的意思,我想跟他讲两句话都没机会!

米儿,你到底什么意思?到底心里有没有我?这几个月,见了我都没有一个笑脸,我又没得罪你。王娟的悲剧,每一个人心里都痛,不光你一个人!再说这事又不怪我,干吗冲着我来?是不是看我不顺眼了?真是的,这谈的什么恋爱嘛,一点热乎劲都没有!要谈就谈,不谈就算了!你给我个准信……

不谈了?如果真的不谈了,那怎么办?我可没想好,受不了这个打击。不行,要找个机会摸摸他的想法,探探他的口气……

雨欣又气又恨,心里难过极了。想起四年前的那个春夜,

第二十二章

想起月光下的缠绵，风中带着禾苗的清香，四周蛙声一片，二人紧紧相拥……便不知不觉流下泪来……

一旦见到了米儿，心里的话又不好直说了。见米儿的态度不冷不热，跟以前也差不多。又好像跟以前有些不同，感觉目光里少了点什么。讲话也不像以前那么随意和轻松，双手插在裤兜里不肯拿出来，似乎与她刻意保持着一点距离……

二人的谈话有些不投机，有一句没一句的。一个有意往话题上引；一个答非所问，心不在焉。也不知是有意的，还是无意的……

破天荒的，雨欣先开口了："米儿，今晚的月亮真好……"

米儿抬头看了看："是好……天好热，鱼吃不完要腌起来……"

雨欣："看见这月亮，我就想起了那天晚上。转眼四年了……"

米儿："是的。多放点盐，不然鱼就臭了，就会生蛆……"

雨欣有点生气了："鱼鱼鱼，你就知道鱼！鱼腌好了，你放心！盐也放了很多，也请你放心！"

米儿一怔，忽然醒悟过来，抱歉地笑了笑，说："哦，我在想——抽水机为什么能抽出鱼来？我告诉你，文虎说是这样……"

"你都说了一百遍了！抽水机很大，河里水很少，鱼跟着水一起被抽了上来……除了鱼，你就不能说点别的？"

"好好好，说点别的。你先说，我听你说。"

轮到雨欣了，她又不知该说什么好了，这话不太好接。便道:"我劝你好好复习,准备高考,你又不听……我还会害你吗?"

"你没害我,是我自己没信心。你复习得怎么样了,难不难?"

"卷子上就那些试题,我都做了很多遍了,重点部分都能背下来。家人又给我寄来些相关的教材,叫我根据这些试题的类型,把复习范围扩大,展开来……"

"啊?还这么麻烦呀,把卷子上那些试题背下来,不就行了嘛!"

"就你聪明!那是去年和前年的考试卷子,难道今年还会出相同的试题吗?你以为考官比你傻呀!既然要去考,就要准备得充分一些,弄通试题的基本原理,心中有数,就不怕试题变化了。变来变去,总跑不出这个原理吧……"

米儿听了,脑子里乱糟糟的,头都大了!六门课的卷子,光试题就一大堆!还有六门教材要展开来复习,还要弄通原理,还要去猜题……白天要下田劳动,还要双抢,晚上又热,蚊子又多……莫把人搞死了!

他想想就怕!便叫道:"这不叫复习!这叫……自学高中课程。还有一个多月就要考试了,我还来得及吗?"

雨欣笑道:"你早不听我劝!今年肯定来不及了,还有明年嘛。老三届都快走完了,该轮到我们这一届了。听说今后招生标准会越来越多,大专、中专这些院校,都直接从工农兵中招生。高中生也不能直接考大学,都必须在工农兵中间锻炼两年以上才行!我们刚好够条件,所以,重回校园读书不是梦。"

米儿可怜巴巴地说:"你的成绩一向都好,肯定能考上。我

第二十二章

不行，还是等招工的来了，我去当个工人算了。大学这个目标太高了，我想想就怕……"

雨欣听了这话，心里一软，想去挽住他的胳膊，安慰鼓励一番。但又恨铁不成钢，便有点生气，道："我就知道你会讲这话，工人工人，不是说工人不好！但有高考机会，为什么不去试试？又不损失什么，你以前可不是这样的。算了，不想说你了……"

见米儿低头不语，也不还嘴。便有点心疼，又说道："你不用担心，我复习的时候，都做了详细的笔记，重点都用红笔画出来了，你复习的时候认真地去背，动点脑筋去理解就行了。"

想了想，又道："这些试题也并非高难度的，很多内容我们以前都学过……看得出来，这些出题的人比较有良心，针对的就是我们这些初中毕业生，比较符合实际。多下点功夫，还是能搞懂的。从小到大，你在我眼里就是玩性大些，可并不笨呀！关键还是态度……"

话都说到这分上了，如果还不振作，还要自暴自弃，那就真的是稀泥巴糊不上墙，让人看不起的狗熊一个了！

米儿忽然有了一点勇气："那就试试吧……"

这年八月初，高考开始了。考生们从四面八方赶来，都集中在白鹭区白鹭中学。沙市卫生局派来的医疗组，为考生们做了常规体检。雨欣一切正常，顺利通过。接下来便是填报志愿。

雨欣填了两个志愿：华东航运学院和华中工学院。第一志愿是她父亲的希望。第二志愿才是她自己的愿望。华航在上海，华工在武汉，她不想离家太远，也不想离开湖北。这原因很复杂，内心也很纠结……

月底，录取通知书到了。雨欣见信封上的邮寄地址是上海，心"咚咚"地跳！打开一看：华东航运学院船舶动力设计专业！报到期限：九月十五日……自己的愿望落空了，父亲的希望却实现了……

这么巧，竟然和父亲的专业一模一样！是不是招生的看了我的简历，有意让我继承父业呀？

通常，第一志愿要求比较高，不容易录取。为了应付父亲，我才故意报的呀！看来，国家和我父亲想到一起去了……也许是父亲早就知道，国家急需这方面的技术人员……这样看来，我这辈子注定只能干这行了……

上大学，是雨欣长期以来的梦想。如今这梦想变成了现实，眼看就要动身了。这次一走，还不知什么时候再回来，也不知还能不能再回来……她心里忽然充满了留恋和不舍……

初中毕业还不满十六岁，就离开父母来到了这里。如今四年了，不知不觉长成了大人！这里的人，这里的情，这里的河流渡口，这里的田野村庄，门前的水井，屋后的厕所，还有那棵孤独的老桃树和春桃的坟……都历历在目！屋里的锅碗瓢盆和农具，用过的桌椅板凳和油灯，睡过的木床，戴过的斗笠……一件一件都在眼前……

还有学校和学生，还有夜校的学员，还有小杏和念念，还有我和米儿的初恋，还有那条小路和那条小河，还有天上的月亮，风中的稻香……

四年来，在这里发生了多少令人难忘的事情！虽然心酸，但却依旧留恋……如今却要离开了……我这次一走，还不知什

第二十二章

么时候再回来,也不知还能不能回来……雨欣含着泪,在心里一遍又一遍地问自己。终究无法得到答案……

　　雨欣上完了最后一堂课,深深地鞠了一躬,告别了学生和学员,告别了这里的乡亲……她要走了。
　　临行前,她把所有的复习资料和试卷,加上今年刚考过的习题,整理得清清楚楚,一件一件地交给米儿,并且一再叮嘱:人活着不是为了高考,但不能不学习。学习是进步的阶梯,希望你能听进去……
　　雨欣走的这天很热闹,大家都知道,今日一别,不知何时才能相见。很多人流下了眼泪,学生和学员们哭出了声……满满的四船人把雨欣送到曲湾镇上,眼见雨欣上了汽车,才依依不舍地洒泪相别……
　　送走雨欣回到家来,米儿浑身无力,心里空空的,感到空前的寂寞和孤独一起涌上来……他看着雨欣留下的复习资料,在心里一遍又一遍地念着雨欣的叮嘱……忽然觉得雨欣讲的话、做的事都是对的,她的关心令人感动!可惜自己以前不知道珍惜。以后还有谁来关心自己?还有这样的人和这样的关心吗……
　　从此,米儿像变了一个人,不多言不多语,除了劳动,便是专心复习功课,打算奋斗一年,赶上雨欣。不然对不起她,也对不起自己。

　　几个月后,雨欣给米儿来信了。信中写道——

　　米儿:

太阳雨

人海茫茫,来去匆匆,陌路相逢,各不相识。庆幸这辈子我能遇见你,有幸从小学到初中与你同窗,上山下乡插队又与你在一起,欢乐与痛苦有你在身边……前后十几个年头,数千个日日夜夜不曾与你分离,这是我一生中最美好、最有意义的十几年……

这是缘分,也是我的福分,这是上天的恩赐!这恩赐让我明白了生活的意义,令我感动,令我感恩!你知道,我不是个有神论者,但我始终感觉冥冥之中有只手,在操控着我们的命运……

米儿你知道吗,四年前的那个春夜,我们拥抱在一起,你给了我莫大的快乐和幸福,使我品尝到初恋的美好,感受到相爱的滋味,那一刻,我的心都飞起来了!爱,使我突然间长大了,成熟了!使我明白了生命的意义,帮我解读了爱情的内涵,感受到生活的美好,生命的美好,世界的美好!

我感激上天给了我爱的机会,我感激那个春天的夜晚,我感激你给我的爱。虽然那一刻我们都未表白,但月亮、云彩和春风见证了我们纯洁的初恋,纯洁的爱!

米儿,那个美好浪漫的春夜,那幸福醉人的拥抱,永远让我刻骨铭心,永远珍藏在我的心里!还有那每一个细节,每一种声音,每一种情,每一个景,甚至每一丝气息……一幕一幕,都是那么清晰,那么鲜明!都令我永生难忘,回味无穷,更令我心驰神往!有了这些,我知足了!我会用我的方式,一生去守候和珍惜……

米儿,你也知道,在插队的这些年里,发生在我们身上的不幸太多了……有天灾,也有人祸,这些人间的悲欢离合,生

第二十二章

离死别，现在想想似乎都是不可改变的，都是命中注定的……幸福和欢乐相伴，痛苦与悲伤相随……

春桃不在了，王娟也不在了，华华也没了！对我的伤害和打击太大太大了，我们从小到大从没分开过，现在却永远失去了他们……一想起来我就揪心地痛！

当年我们可是活蹦乱跳，热热闹闹一起走来的呀，如今却阴阳两隔！一想起他们的音容笑貌和鲜活的身影，我就肝肠寸断，像有刀在刻我的心……

米儿，我爱你，爱得很深很深！可是毕业后，我也要走了，不会再回来。我的父亲，已经为我联系好了出国留学，我也同意了……离你而去，这是我极痛苦的选择……

米儿，亲爱的！我恨自己不是一个强者，我无法承受这一切，我的心已经伤痕累累，就像那晚河面上的月亮，被水草分割得支离破碎，就像一块破镜子！我也终于明白，水中的月亮是虚幻的，那只是一个泡影。当时你是对的，痴的是我……

我内心的痛楚你能明白和理解吗，米儿？

米儿，我会用一生一世守住我曾经的这一份爱。可是，请你务必忘掉我，不必背这个包袱，从头开始自己新的生活。但是我会始终爱着你……

米儿，亲爱的！想想我们几个人平时最要好，现在扔下你一个人，我实在于心不忍……

可是我还是要走了，我对不住你，米儿……

雨欣笔

看完这封信，米儿彻底被击垮了！躺在床上两三天才恢复

801

过来。对外只说自己病了,眼泪流在自己心里……

米儿又痛苦又失落。痛苦的是,雨欣走了,不知何时才能见面;失落的是,曾经的恋人,如今也离我而去……

雨欣呀雨欣,你听我说,我不想失去你,可是又忘不了王娟,一生一世也忘不了。如果我和你在一起,这辈子我怎么面对你,我不知道该怎么办,不知道心该往哪里放……

他想起脚踩两只船的往事,果然一只都没踩稳,"扑通"一声掉进水里,只落得两眼泪水一场空!多好的两只船!可惜一只沉了,一只漂了,还漂到外国去了……以前竟不知道珍惜!今后还去哪里找这么好的人?

不过,这也不能怪我没有珍惜,只怪我同时珍惜了两个……现在倒好,一个没了,一个飞了!

一想到王娟,再想想雨欣的离去,少了这份牵挂和纠结,似乎又有一点解脱和轻松,未尝不是好事……但好像又不是:如果王娟还在,少了雨欣当然轻松些;可是王娟已经不在了,现在少了雨欣,再有何人?一时心里无可奈何,不是滋味,竟无法表达自己的痛苦……

三年后,雨欣一毕业便去了欧洲比利时,在父亲原来的母校——根特大学留学深造。从此,与米儿失去联系。

雨欣走后许多天,骗子不吃也不喝,夜里不停地哀叫。整天皱着眉头,哭丧着脸,在渡口转来转去。听见有人叫它,便扭过头来,眼睛挤成三角形,可怜地看着对方……

这年冬天的一个深夜,刮起了大风,骗子忽然在外面狂叫不止……突然一声枪响,划破了夜空!骗子惨叫一声,倒在血

第二十二章

泊里……几个黑影迅速冲过来,提起骗子扔进了麻袋,匆匆离去。

梦中的米儿和麻杆被惊醒了!赶紧披衣下床,趿着鞋跑出门去查看。可是已经晚了!手电光下,只见地上一摊血迹……

第二十三章

一转眼，到了一九七五年。田米二十一岁了。

此时的他，外形变化很大，早已今非昔比，远不是过去的米儿了！

一转眼，这个曾经的早产儿，终于走出了苦难，完成了自身的发育，变成一个挺拔、帅气而又精神的青年！英俊的脸上，线条俊朗，棱角分明。两只眼睛明亮有神，眼角微微向上翘起，眉宇间英气逼人！深邃的目光里透着坚定、沉着，又似有一丝淡淡的忧伤……浑身上下，无不洋溢着青春的气息和旺盛的生命活力，朝气蓬勃地一起扑面而来……

此时的他，像脱胎换骨了似的，已经彻底蜕去了往日毛孩子的那层旧皮，清清爽爽从里面挣脱出来！一眨眼，一转身，立刻焕然一新，令人眼前一亮！

可是，痛苦依旧藏在他的心里，他心里依旧装着王娟。他的衣服口袋里，依旧装着那支断了翅膀的蝴蝶发夹。人最大的痛苦，是失去了伴侣，把苦憋在心里，又无处宣泄。王娟，便是他一生的守望。

那些日子里，几天不见便有变化。人们见了他，既惊奇又

第二十三章

羡慕!

大家当面开玩笑了:"你这个伢,像浇了大粪的白菜苔子似的,唰唰唰地往上长,一天一个样呢!"

有的说:"小田,别走了,就在我们农村做女婿算了!"

还有人说:"我认识一个鸭拐子,想招上门女婿呢。他有个独生姑娘,身材相貌,那,配你刚好!我帮你去说说吧?"

文虎见了他,两只眼睛上下打量,脸上的羡慕掩盖不住心里的嫉妒,皮笑肉不笑地说:"你吃了什么仙草呀,还在长!我一米七四,在农村就算高的了!你比老了都高半个脑壳……"好像米儿这个品种,不能比他高,应该比他矮才对。

段师傅"嘿嘿"一笑,说:"瞎说!这跟吃什么没有关系,跟品种有关。比方说一只羊,你给它吃得再好,它也长不成一匹马!"

肖本鹊拔下嘴上的烟杆,看着米儿道:"男长三十慢悠悠,女长十八就回头。小田二十才出头,刚吃二十一的饭,恐怕还会再长一点……"说完嘿嘿地笑,脸上全是喜悦,好像在夸自己的孩子。

小杏见了米儿,便斜起眼睛看上两眼,嘴角一翘,说:"士别三日,刮目相看呀!"

然后神秘兮兮地告诉米儿:"哎,哥呀,芸草偷偷地告诉我,说她一见到你就紧张,距离稍微近一点,她就屏息收腹不敢出气……你晓得这是什么意思吗?啊,你不晓得?那我就提醒你。她也十八九了,又生得这样漂亮,就是不肯相亲。你想想看,这是为什么?她肯定有心事!我就跟你明说了吧,你要防着她……"

见米儿沉默不语，便又说："你记不记得，前天她过来叫我们去吃饭？她走得满头大汗，你就掏出小手绢递给她。她呢，用完了捏在手里，不想还给你。昨天，我看见她用香肥皂洗了一遍又一遍。晒干了，又在上面洒花露水，然后收到自己荷包里了。这些，我都看在眼里……我问你，她是不是还没还你？"

米儿下意识地摸了摸自己的裤兜，里面是空的。正想说，她喜欢就留给她吧！一块小手绢也不值什么，只是这里买不到。下次回武汉，多带几块送给她就是……

还没开口，忽听小杏叹了一口气，说："唉，不是小手绢的问题。王娟姐不在了……她要是还在，见了你现在的样子，还不知道该多喜欢。唉，命苦……哎，哥，我跟你说——王娟姐不在了，你要保持晚节！不能像个饭锅，来什么装什么，想都不要想。不然我就不把你叫哥了，就把你叫饭锅……"

米儿虽然四肢强健了，但头脑却并未因此而简单！绝不会"来什么装什么"。他心里只装着王娟。

王娟不在了，雨欣也走了。米儿终于开了悟，渐渐地从眼泪中，从苦难的阴影中走了出来。从内到外，都在逐渐成熟。他的眼光和心胸，以及人生的格局大非从前可比！心智也在渐渐地打开，根本不会在意别人说什么，评论什么。这些善意的玩笑话，他才不会往心里去呢！

米儿收心了，他知道自己现在该做什么。

从此，他除了出工以外，一门心思复习功课，准备迎接高考。这时的他，因为底子差而信心不足，经常感到力不从心，大有"书到用时方恨少"的恐慌！有些科目的习题，对于他来说，简直就是对牛弹琴！

他真想有个宝葫芦，在考试时，能自动把答案送到面前来！又幻想能像七仙女似的，在急难之时，从怀里摸出难香来点燃，用羽毛扇子一扇，细烟直达天庭，立刻便有仙女们下凡来相救。六个仙女每人做一张卷子。还剩一个，陪自己聊聊天……可惜，那是做梦。

转念一想，别人肯定也会觉得难，谁又长了三头六臂出来？这个时候，需要的是勇气，拼的就是吃苦和毅力……无数的革命先烈为了新中国，抛头颅，洒热血，牺牲了自己的生命！中国人死都不怕，还怕这几张卷子吗……

缺了这有求必应的宝葫芦，也没有那救急救难的七仙女，雨欣也不在，只能靠自己了。就像《国际歌》里唱的："从来就没有什么救世主，也不靠神仙皇帝。要创造人类的幸福，全靠我们自己！"

麻杆对考大学没有兴趣，但能理解米儿。他叹口气道："唉，这才几年呀，以前学的那点东西，如今就像洪湖水浪打浪，沉的沉，漂的漂了，一点影子都不见，脑壳里像被水洗过似的！要不然我还能辅导辅导你……"

米儿忍不住笑道："你算了吧，一天到晚想芳芳都着迷了，还顾得上我？你还是多关心关心她吧！芳芳人不错，你要珍惜……"说着，突然心里一痛！

一提到芳芳，麻杆便兴奋起来："我想好了，一参加工作我就和芳芳结婚！芳芳也同意。我二十二，芳芳二十一，我妈说了，这个年龄结婚不算违法……"

米儿放下笔，拿起扇子扇了几下，问道："芳芳家里什么意见?"

麻杆尖起嘴吐了一个烟圈,轻蔑地说:"她屋里老头子看不起我!她老娘不敢表态,怕这个老头子。"

米儿笑道:"这就奇怪了,这么好的女婿,有鼻子有眼的,去哪里找?这都不要,还想要什么样的?"

麻杆一想起来就有点生气,说:"就是呀!你晓得,我人又不坏。在她老头子眼里,老子浑身是缺点!不看芳芳面子,老子对他不客气……"

米儿用扇子一挡,说:"莫骂人麻杆,你告诉我,到底是怎么回事,你哪里浑身是缺点了?岂有此理!"

麻杆递了一支烟给米儿,说:"反正把老子说得一无是处!我不晓得从哪里说起才好……来,就说这吸烟吧,说我还不会挣钱,就吸这么好的烟,这哪像过日子的!这是他说的。你都看见了,平时我也不吸这么好的烟。我心里想,女婿上门嘛不能太寒酸,才买了一盒精装长江牌的香烟,三角五分钱。他就开始算账,说一天一盒,一个月就是十块零五角……半个月工资就不见了!这是他说的,你听听……"

米儿实在忍不住了,哈哈大笑起来,说:"你怎么知道的?他当面跟你算账呀?"

"不是当面,是他暗中说给芳芳听的。还要芳芳莫跟我交往,说老子是个败家的相……十块钱就败家呀?米儿,你说说看,老子像不像个败家的相?"麻杆说着,在自己脸上摸了两下,凑过来给米儿看。

米儿认真地看了一眼这张脸,笑道:"不太……像。这些话是谁告诉你的?"

第二十三章

麻杆一听"不太像",也笑了,说:"还不是他姑娘讲的!芳芳绘声绘色,一五一十都讲给我听了。还说我是大城市的,心眼多,以后会欺负芳芳的……你说,我跟芳芳这么好,怎么会欺负她呢,这不是挑拨我们关系是什么?最恨人的是,他说老子眼睛色眯眯地,今后恐怕是个花花……老子有他花呀!想起来就恨人……"

米儿嘴都笑酸了,说:"我听出来了!这里面有一半是老头子的话,有一半是芳芳的话!芳芳是借他爹的嘴,在警告你……哈哈哈哈!你们两个,天生一对活宝……"

正说着,小杏进来了,二人赶紧闭了嘴……

麻杆看着小杏,笑道:"你进来也不打个报告?"

小杏看他一眼,嘴一撇,道:"笑话!没听说过。你们还能有什么秘密啊!"见米儿坐着讲闲话,便不满道:"哥,你要抓紧复习,快临考了,你还扯野麦子。要不要我辅导你?"

麻杆道:"怎么不要?这就是高中教材,你刚读了高中,现蒸热卖,正好!你快帮帮他,我的武功算是废了,现在教不了他……"

米儿把扇子递给小杏,笑道:"有劳由先生了,学生天生愚钝顽劣,朽木不可雕也!唯恐有负先生……"

小杏和麻杆听了这文绉绉的话,大笑起来!小杏近前看了看米儿的脸,道:"酸不酸呀,孔夫子挂腰刀,不文不武!说的就是你……"

麻杆道:"不对吧,好像是孔夫子进茅厕,文进文出。这个文,就是用鼻子闻的意思,在厕所里东闻闻西闻闻……"说着弯了腰,嘟起嘴,老鼠似的四下里嗅探。

三人大笑！米儿道："这个要不得！无缘无故辱没圣人，小心文曲星打你的板子！"

小杏摇头道："这不算辱没！圣人也要上厕所。他又不是大肚貔貅，只进不出啊？孔夫子听见了，顶多笑笑而已，不会怪罪……"

麻杆忽然心血来潮，睁圆眼睛神秘地说："我总在想，那些领袖和皇帝，还有总统，穿得整整齐齐往高处一站，向欢呼的万民百姓含笑挥手时，简直像神一样！就是不知他们上不上厕所啊，上厕所是不是跟我们一样，也是站的站，蹲的蹲……"

米儿一听，突然也来了兴趣，道："那倒没见过！我也跟你一样。以前一上厕所，我就会想到这件事，总觉得他们应该不会上吧。现在想想应该会上，不上怎么办，难道不吃不喝呀！至于蹲着还是站着，我也不太清楚……"

小杏做个"暂停"的手势，低声道："停停停，小心别人听见了不好！生理课你们没上过吧？人都有消化系统，都有新陈代谢，有进就有出，只要是人都上厕所！没见过，不代表不存在。你没亲眼见过原子、离子，但它就存在！这个常识问题就此打住，不要再谈……"

麻杆想想也对，便对小杏道："你这一说，我就明白了。按说原理还是一样的，他们应该也会上。"

米儿道："我也明白了。明白了就放在心里，不能去外面说，免得别人笑话。消化系统都是一样的，只不过厕所不同而已。可能是抽水马桶吧……"

小杏赶忙拦住，道："说了不要再谈，你们又谈。就说了个孔夫子进茅厕，你们就浮想联翩，扯出这么多野棉花来！"

第二十三章

这一年的七月份,武汉来了几批招工的。麻杆、小杏、李月和谭素琴,先后被招走了。小杏进了财经学校培训,麻杆进了一家毛纺织厂,做了保全工。

麻杆工作不到两个月,便熬不住了,想和芳芳结婚。

这年沙市招工,芳芳去了沙市棉纺织厂,在细纱车间当了一名纺织女工。这个车间分早班、中班和晚班,三班连倒,和布机车间一样,都是纺织厂最辛苦的车间。芳芳刚去还不习惯,一个多月下来,拖得黄皮寡瘦。麻杆看了来信,便心疼……

麻杆的父亲为了成全儿子的婚事,也千方百计找关系,四处去托熟人开后门,好话讲了一火车……半年后,才把芳芳从沙市调到了武汉,和麻杆同在一个厂。芳芳住在女工集体宿舍,麻杆住在自己家里。一下班,二人便粘在一起,形影不离。

初恋的青年男女谈恋爱,免不了搂搂抱抱,不厌其烦地反复说"我爱你,你爱我"这样一些废话,自己觉得有意思,别人看了会肉麻。这种事需要一个私密的空间,所以不好在麻杆家里谈,也不能在女工宿舍谈。

好在麻杆从小就在这里长大,熟悉这一带的地形。江边、塘边、小树林、沙湖沟……哪里人少,哪个角落隐蔽,哪里草多草少,好不好坐,他都摸得一清二楚。

不知是在江边还是在河边,或者是在树林草丛里,反正不到三个月,芳芳的肚子就鼓了起来。她把麻杆的手一打,说:"好啊麻杆,你看肚子鼓了!都是你搞的!"

麻杆想赖账,把手一缩,顺嘴道:"怎么都是我搞的……"

芳芳诧异地望着他,喝道:"不是你搞的,难道是别人搞的?"

麻杆一想也是,便道:"但是你同意的呀,我又没……"

芳芳恼了,把眼睛一竖,说:"每次你都是花言巧语地骗我,说不要紧不要紧!现在又来说这话,你看要紧不要紧……奇怪,我是算好了天数的呀……"说着,伸出指头又重新掐算一遍。

对于这种事,麻杆是无师自通,不需要别人指点。他说:"你又不是神仙,会不会计算有误呀,书上的推算方法也不一定安全。再说你看书喜欢一目十行,会不会没看清楚,漏掉了几行?"

芳芳摇摇头,语气十分肯定:"不会!那段内容我看了不知多少遍,看得很仔细!不可能漏掉……"

"那……是怎么回事呢?会不会吃多了饭不消化,肚子发胀,有没有这个可能呀?"

芳芳一听笑了:"你胡说八道!饭在肚子里还会动啊……"

麻杆听了不免发愁,便试探道:"还没结婚就有了,这怎么办?要不要去医院找个熟人,偷偷地打掉?"

芳芳想了想,坚定地摇摇头,说:"不打!我要生下来。既然意外地来了,就说明这是缘分!顺其自然,坚决不打!别人爱说什么说什么……"

事到临头,麻杆觉得多少有点突然,便犹豫道:"别人怎么说可以不管,关键你家人反对呀!这次调你来武汉他们都不同意,闹了那么大一场,还差点跟你脱离关系!现在还没结婚,肚子就大了,他们要是跑过来闹,那还不把老子的门打烂呀!"

芳芳道:"管他的,天高皇帝远,他们鞭子再长也够不到我……生下来再说，日子一长，还怕他们不认！毕竟是自己亲外孙，迟早肯定会认的……麻杆，快点结婚吧，我现在没有退路了！"说完竟哭了起来。

麻杆一听心中大喜！一把揽过芳芳来，连声说道："好好好，结婚结婚，马上就结！日子由你定……"

芳芳抹着眼泪说："麻杆，现在我只能靠你了，以后你要对我好，不能花心……为了你，我连家都不要了，跟你跑出来受罪……"话没说完，又哭了起来。

麻杆吻一下芳芳的脸，心疼地说："我发誓不花心！自从认识你以后，在我眼里世界上就再没有女的了，只有你，我只爱你！你放心，我不花心！你摸一下这里……"他抓了芳芳的手，让她摸自己的心。

婚后不到九十九天，芳芳为麻杆产下一对漂亮的双胞胎女儿。一胎两个，母女平安，麻杆喜不自胜！分别给两个女儿取了好听的名字，一个叫曾可喜、一个叫曾可爱。夫妻二人，将可喜、可爱视如掌上明珠，倍加珍惜。发誓要给她们提供最好的条件，好好栽培。并且还说"儿子要穷养，女儿要富养。绝不能让她们输在起跑线上……"

可惜好景不长。十几年后，毛纺织厂在行业竞争中关张倒闭，麻杆和芳芳双双下岗回家。可喜、可爱这对小姐妹，此时正读初中……夫妻二人失业在家，突然失去了生活来源，一家四口顿时陷入了困境。

麻杆和芳芳夫妻二人，整日愁眉苦脸，唉声叹气的……

华华在芦林大队已经快一年了。他不知道自己是谁，也不知道这是什么地方,为什么来到这里。有几次他远远地看见了杜家湾,但他认不出来,不知道那是他曾经生活了几年的地方,更不知道那里还有他的同学,还有他的梦……

但他能认出林森和白羽,一见二人收工回来,他就高兴得哇哇直叫!他像哑巴似的,指指自己的嘴巴,表示要吃的;又伸出手掌来,在自己脖子上猛地一割,表示再不吃就饿死了……

林森像个大哥似的,过来摸摸他的头,笑道:"王秀才,今天在家里没捣乱吧?"

华华点点头,又摇摇头,指着门外含混不清地说:"火车……王,王……"说完"嘻嘻"地笑。

林森道:"秀才呀,你心里到底有什么话,有什么屈,有什么冤,讲出来大哥也好帮你。难道你是苏州的?为什么又讲的武汉话?"

白羽进门就把铁锹藏好,又扒开灶灰,看看藏在里面的菜刀,见没有动过,便放心了。华华是个武疯子,这些危险东西,都不敢让他摸到手上。菜刀、火叉、锄头,都要藏在他看不见的地方。

检查了一遍,白羽走过来对林森道:"还好没动……秀才心里,肯定藏着一个天大的冤屈,受了刺激才变成这样子!可怜他讲不出来。"

林森叹了一口气,说:"唉,也不知什么时候他才能清醒过来,给我们讲讲他心里的故事!"说着,眼圈不觉红了。

白羽沉默了一阵,开口道:"我判断他不是苏州人。但又不是地道的武汉口音……说明他原籍不是武汉,只是在武汉生活。

第二十三章

看他的长相，斯斯文文，说明他家庭条件还不错，也许跟我们一样，也是个知识分子家庭……是不是家里突然遭遇了大的变故？"

林森拧着眉头点点头，疑惑地说："苏州……火车……还有'王'，他是不是在苏州看见什么了，然后受到刺激？"

白羽点头道："不能排除，我也想过。也许看到一个惊天的大秘密……也许就是个人情感受挫。如果是个人情感，说不定是一个十分悲惨、凄美的爱情故事……"说着，也红了眼圈。

华华坐在门槛上看着外面，不吵也不闹。说来奇怪，来到这里快一年了，他能吃能睡，也不生病，人也白胖了些。

这年七月，白羽在武汉听到一个消息，说为了支援世界革命，云南那边有成千上万的知青跨越边境，自发过去参加缅共领导的解放军。在边境还设有兵站接待，那里不讲条件，不讲出身，来者不拒，只要报名就能参加解放军……

还说缅共的解放军部队里，几乎就是中国知青的世界。还有知青旅，都是中国的老三届知青，以北京、上海、武汉、重庆、成都、昆明等地的知青居多。知青们一进部队，换上军装就成了战士，互相之间行军礼，称同志。他们在那里学军事，学政治，学毛著，跟国内一样。作战时，他们冲锋陷阵，英勇顽强，个个都像董存瑞、黄继光！

又说，通过战争的考验和锻炼，很多知青立下战功，当上了部队的首长。例如中部战区司令员谁谁谁，东部战区司令员某某某，参谋长叫什么，还有军长，旅长……都是知青。为开创革命根据地和解放区，他们做出了巨大的贡献，受到缅共最高领导人的嘉奖和接见……

白羽回来后，立刻告诉了林森。二人热血沸腾，激动不已，恨不得立刻就去参军入伍，投身革命！

林森咬着牙说："这是个机会，我们去闯一闯！在哪里都是革命，先去立点战功，回来也有面子！"

白羽把拳一握，道："反正将来要解放全人类的，革命不分先后，也不分国籍。哪里有战争，哪里有反动派，我们就去哪里战斗！不混出个名堂，就不回来！可是，王秀才怎么办？"

林森坚定地说："带去！一起走，三个人生死在一起！"

白羽点头赞同道："对，不能丢下他不管！说不定关键时候能起大作用……"

机不可失，说走就走。两天后，林森和白羽带着华华，怀着一颗火热的心，直奔云南而去。

这时，米儿接到了华南师大的录取通知书，依依不舍地挥了挥手，含泪离开翻身大队……

第二十四章

民间老话道:"只愁生,不愁长。"意思是,只有发愁生不出孩子的,没有发愁孩子长不大的。只要能生出来,孩子一落地,风一吹,在地上打几个滚,不知不觉就长大了。为了不让岁月流逝得太快,便会在旧年的除夕之夜给孩子"压岁钱",希望把岁月"压住"。

岁月是时间,时间会流动,"压"是压不住的。磕磕碰碰中,念念十二岁了,正在读小学五年级。

他见别人从小到大都有妈妈,自己为什么从来就没有?自己是从哪里来的呢?难道真的像孙悟空似的,是从石头缝里蹦出来的……

这些年来,放学一回到家里,念念总是缠着爷爷奶奶要妈妈,追问妈妈的下落,妈妈到底去了哪里?又追问自己是从哪里来的……

大家不忍看他伤心绝望,只好编出各种故事去哄他。

尽管故事编得很美,但毕竟不是真实的,看不见也摸不着。念念想念妈妈,但他又想象不出妈妈长什么样子。幼时看到年画上有年轻漂亮的妈妈,抱着娃娃满面笑容地望着他,便在心里认定那就是自己的妈妈。他常常出神地看着年画发呆,看着看着，眼睛里便涌上泪花……

在学校里，他写了一篇作文《我的妈妈》，文中写道：

爸爸说，在我还没出生时，他做了一个梦，知道我要来做他的儿子了，就拼命追我的妈妈。我妈妈在前面飞，爸爸就在后面追。我妈妈飞得快，爸爸追得很累很累……

妈妈也做了一个同样的梦，她知道只有让爸爸追上来，她才能生下我。为了我，妈妈就停下来等他，后来妈妈真的生了我……

妈妈一生下我，就飞回天上去了。所以，我一直没见过妈妈。爸爸说，我妈妈是天上最亮的那颗星星，村里人也是这么说的，所有人都是这么说的……

我每天晚上都看着那颗星星，那是我的妈妈！我想念妈妈，妈妈也想念我。妈妈看着我，对我眨着眼睛……如果哪天看不见，我就会一直等下去，盼着她出来。我想要她下来抱抱我，可是她总是不下来，总是对我眨眼睛……我不知道，妈妈为什么不要我了……

后来，我的小姨走了，我的小姑也走了。爸爸说，她们都去了武汉……我还有很多很多的亲人，他们都很爱我。

可是我依然想念我妈妈。晚上睡觉，经常在梦里看见妈妈，我高兴地大喊着跑过去！一喊，我就醒了，又没有妈妈了……我不想醒来，但再也睡不着，就躲在被子里哭……

老师在班上念了这篇作文，所有的同学都哭了！男生们低头掉泪，女生们趴在桌上哭出了声，老师含泪哽咽着……

第二十四章

　　念念一天一天懂事起来，肖本鹊再也瞒不下去了，只好把一切真相都告诉了他。同时说，因为农村的医疗条件不好，才导致你失去了母亲。念念一边听，一边流泪……他终于明白过来，我原来是有妈妈的，妈妈是为了我，才丢了性命……

　　肖银水把春桃的遗照交到念念手上，又把春桃的临终遗嘱也告诉了他。一再叮嘱他，要做个好人，不能给妈妈丢脸……

　　念念还是第一次见到妈妈的样子，看着照片上的春桃，他觉得比年画上的漂亮妈妈还要美……妈妈的眼睛、鼻子都很像我……好像不对，应该是我很像妈妈……

　　这年冬天，在一个寒冷的清晨，肖本鹊和肖银水领着念念来到了春桃坟前。这座坟，念念以前是见过的。上学后，木牌上的字他也能认识，但却不知道"由春桃"是谁……

　　三人站在坟前沉默了一阵。银水拉念念蹲下身去，给春桃烧了一叠黄纸。银水对着木牌说："春桃，念念来了……念念来认娘了……"

　　肖本鹊摸着念念的头，赶紧说道："念念，快跪下，给你娘磕个头……"

　　念念用袖子擦了擦眼泪，"扑通"一声跪下去，对着春桃的木牌，"咚咚咚"地磕头不止……

　　地面上坑洼不平，念念额上都磕出红点来。银水见了心疼，便拉住道："念念……快叫一声娘！"

　　念念跪在地上，对着春桃的木牌哭喊道："娘——娘——"便哭得泪人似的，不停地抽噎……寒风中，五岔河静静的，这凄惨的哭喊声传出很远很远……

　　银水拉起念念，指着知青老屋说："这是你妈妈当年住过的地方……你妈妈不是我们这里的人,她是武汉下来的知青……知青都走了以后,我把这间屋买了下来,里面还是保持原样不动……"

银水掏出钥匙打开了门。迎面是一个低矮的方桌和四条长凳,桌上摆着当年用过的茶缸和粗瓷碗。右面靠墙是一座土灶,上面有一口大铁锅。不远处的墙边是一口水缸,旁边还有两个木桶。门后面是锄头、铁锹和竹扁担。墙上挂着几个竹斗笠、几把镰刀和一个鸟笼……

厢房里安安静静。靠墙摆着三张床,床上干净整洁,还铺着当年春桃、王娟和雨欣用过的床单。被子被叠得方方正正,上面放着枕头。春桃用过的一个木箱,原样放在床头,里面是她生前穿过的衣物……

窗下的桌面上,放着一盏煤油灯,玻璃灯罩的口沿残缺了一块。转过身来,进门靠墙的右手边,放着一条长凳,上面摆着三个洗脸盆……屋里打扫得干干净净,用具摆放得整整齐齐。一切都井井有条,好像主人刚出门去,不久还会回来……

从此,念念把妈妈的照片时刻带在身上,从不分离。每当独自一人时,便拿出照片来,看着妈妈的相片出神。他从头看到脚,每一个细节都看得很仔细,头发、脸型、眉眼、嘴鼻、下巴、身材、服饰、鞋子……无一遗漏。看着看着,眼前模糊起来,感觉跟妈妈融合在了一起……他对妈妈渐渐地有了一个大致的印象,这印象深深地刻在了他的心里!

他不明白,这么年轻漂亮的妈妈,怎么就死了呢?他也不明白人为什么会死。别人的妈妈也是妈妈呀,为什么都活得好

第二十四章

好的？为什么？！为什么偏偏要夺走我的妈妈？我宁可替我妈妈去死！如果早知道，我宁可不出生，也要妈妈活着！

念念好像忽然间长大了！人也变得越来越沉默寡言，常常一人坐在河边或妈妈坟前，捏着妈妈的照片，望着远方发呆……

小学毕业了，念念以优等生的成绩，轻而易举地考取了曲湾中学，成为一名住校的中学生。

离开了家，离开了爷爷、奶奶和爸爸，见不到妈妈的坟，他魂不守舍，心里慌慌的，隔三岔五便往家里跑。大家以为他刚刚离开家，还不适应，时间一长就好了。便安慰他几句，谁也没往心里去。

一晃一年多过去了，念念还是这样，得空便往家里跑。在学校里，在寝室里，他从不跟别人讲话，也从不跟同学来往。有人说他孤傲，有人说他孤僻，他全当耳边风，不理不睬。有人说他娘死了，他冲上去就揍……打了几架，便打出了名，学校给他一个处分。同学们都离他远远的……

上课时他心不在焉，也不认真听讲。把书打开往课桌上一架，便趴在书后面出神。虽然看似漫不经心，可是各科成绩，却一直名列前茅！

公社文教组和卫生院都给学校打过招呼，老师们都知道他是知青的后代，也了解他的身世，既可怜他，又拿他没办法。好在他的学习成绩优秀，除了性格孤僻以外，也挑不出什么毛病。

这时的念念虽然很瘦，但个子都快赶上他爸爸肖银水了，只是脸上还稚气未脱。

再有一个学期,初中就要毕业了。偏偏这时,爷爷肖本鹊突然离世!

那是一个冰天雪地的日子,学校还没放寒假,学生们都在复习功课,准备迎接期末考试。一大清早,食堂还没开早饭,肖银水一身雪花,急匆匆来到学校。

找到念念后,把他拉到一边,只说了一句话:"爷爷昨天半夜走了!"

停了片刻,又说一句不带主语的话:"临终时念着你的名字,叫你赶快回来……"

念念听了,如遭晴天霹雳,惊得魂飞魄散!他呆立了片刻,两只黑眼睛里滚出泪来,嘴里低叫一声:"爷爷……"拔腿便往翻身大队跑!

河堤上,树林里,到处是冰雪,他顾不上天寒地冻,一路上不知摔了多少跤!一进家门,抱住爷爷便大哭起来……

爷爷的棺材赶制出来了。入殓后,念念日夜守着爷爷的棺材,默默流泪,不吃也不喝,任谁也劝不动他……

棺材里躺着的,是他的爷爷;棺材外面守着的,是爷爷的长孙。爷爷对他的爱,只有他知道;他对爷爷的爱,也只有爷爷知道。他从小是爷爷一手抱大的,他是爷爷的心头肉,命根子……爷爷就是他的天!

天塌了,念念的天黑了!他感觉跌入悬崖,急速地直线下坠,坠入悲痛的深渊之中,四周一片黑暗……

爷爷死了。念念的情绪一落千丈……

念念考上高中那一年,刚过十五周岁。十五岁的少年,心

第二十四章

智尚未完全打开，性格还不成熟，正处在一个不确定的懵懂期。十五岁，这是人生一个尴尬的年龄段。这时的念念，却要张开翅膀，飞出家门去了！

曲湾中学没有高中部，高中几年的学习生活，念念将在四十里以外的白鹭区中学度过。

报到那天一大早，外面天还没亮，念念就摸黑起床穿好了衣服，轻手轻脚地打开屋门，走了出去。

他先去了爷爷坟上，在坟前站了一会儿。坟地里静悄悄的，只有小虫在草问偶尔"唧唧"两声……他陪着爷爷讲了一窝子心里话，诉说着心里的思念和痛苦……见天快亮了，才依依不舍地抹着眼泪离去……

来到五岔河渡口，他拉着缆绳渡过河，径直来到妈妈坟前，站住了。

坟头上的青草又长了出来，叶尖上的露水一颗一颗，晶莹剔透，亮晶晶的……他知道，那一定是妈妈流出来的眼泪，妈妈舍不得他走……

他看着看着，"哇"的一声哭出了声，情不自禁地跪下去磕了几个头……抬头看着木牌上"武汉知青由春桃之墓"九个字，长跪不起……

渡口边的那棵老桃树早已死去，连根带梢被人挖去烤了火，地面上只留下一个凹坑。春桃墓前的两棵桃树早已长成，树上果实累累，几个熟透的桃子掉落地上，摔得稀烂……

念念跪在地上，盯着木牌上妈妈的名字，心里暗暗发誓道："妈妈，今天我要去区上读高中了。我不想去的，可是奶奶和爸爸逼得太紧，我不得不离开你……再说我现在年龄不够，还领不到身份证，也无法出去找工作……

妈妈，读完高中我就不读了！一拿到身份证，我就去南方打工。我要去挣钱，我要挣很多很多的钱！挣够了，我就回来守着你和爷爷，还有奶奶和爸爸。我就哪里都不去了……

妈妈，我挣够了钱，就给你修一个好大好大的墓，墓上面建一座结实的大亭子，四周有墙，顶上有瓦，再也不怕刮风下雨了！里面要挂上妈妈的大照片，点上长明灯，我每天都过来陪妈妈……

我还要给爷爷修一个同样的大墓，跟你的一模一样。让爷爷安心地住在里面，再也不怕风霜雨雪，再也不怕天寒地冻！

妈妈，我还要给爸爸建一个现代化的医院，里面全是进口的先进设备，能治好天下所有人的疾病，让天下所有的母子都能平平安安，再也没有悲剧发生……

妈妈，你看我的，我一定要做到！我要给你和爷爷争一口气，不然，我死不瞑目！

妈妈，爸爸来了，我要走了……"

银水站在身后有一会儿了，他含泪拉起念念，二人对着春桃的坟，鞠了几躬，转身离去。

肖银水亲自送念念去了白鹭区。一路上，银水千叮咛万嘱咐。念念含泪，有时点头，有时摇头，话也不多。

念念报到后，找到了寝室，铺好了床铺，又把换洗衣服码放在床头，把洗漱的物品放在脸盆里，塞在床下。新的学校，新的环境，周围全是新面孔的陌生人，一个都不认识。

一切安排好后，父子二人呆呆地坐在床边，一言不发，只拿眼睛打量着室内的二十几张双层床。寝室里人声嘈杂，门口

第二十四章

不断有学生和家长进来,探头探脑地到处找床位。找到后便大呼小叫,手忙脚乱地解开行李,打扫床铺,清理物品,忙得满头大汗……

银水拉着念念出了寝室,一出校门便来到街上。外面已是傍晚,暑热渐渐退去,凉风习习吹来。

二人来到一个丁字路口,在一座大房子前停下脚步。银水抬头看去,只见大门边挂着一块长条木牌,白底黑字写着:"白鹭区国营食堂"几个大字,里面挤满了吃饭的学生和家长。

银水把念念一拉,父子二人走了进去。迎面墙上挂着一个脸盆似的大电钟,时针指着六点……

父子二人并不知道,这间食堂,正是十几年前春桃、王娟、雨欣、米儿等七个知青在此吃过饭的那间食堂……那是他们第一次回武汉路过此地……那一天,七个人在雪里跋涉了几十里路,才从曲湾镇赶到这里;那一天,正是冰天雪地,七个人的鞋子都湿透了……那时,他们才十七岁,比念念稍大一点。

银水掏出钱来看了看,给念念交完学杂费和伙食费,手上只剩十多块钱了。他拣出十块钱,塞进念念上衣兜里,说:"念念,留着零用,省着点……"

念念掏出钱来,又塞回爸爸的衣兜,说:"不要。我还有奶奶给的八块钱。你明天回去还要买车票的……"

银水掏出钱来,又拍拍另一个衣兜,说:"这里还有,车票钱足够了,你别担心。你身上不放几个钱,爸爸不放心……下个月爸爸会来看你,再给你带点钱来……"说着,又把钱塞进念念兜里。

银水知道,自己那个衣兜根本就是空的……但他不需要留钱坐车。从区里到翻身大队只有几十里，自己有腿可以走回去，他早就想好了。

银水转身，用剩下的钱买了两碗冬瓜盖浇饭，又专为念念点了一份回锅肉烧豆角。

念念把菜碗里的肉片都拣出来，堆在爸爸碗里。爸爸又把肉片夹回儿子碗中。

父子二人夹过来递过去。银水假装生气了，说："还有完没完，菜都凉了！你正在长身体，要多吃点，爸爸不需要！"说完心里一酸，想到念念今后一个人在这里，眼泪便往心里流……

念念含泪看着爸爸。这顿饭，念念吃得很不是滋味。肉片嚼在嘴里，味同嚼蜡，竟吃不出一点味道来，根本咽不下去……

给妈妈和爷爷修一座好坟，给爸爸建一间好医院，这成了念念的人生目标，也是他唯一的梦想。

上完了晚自习，大家就回到寝室里躺在床上，开始天南地北地闲聊起来。聊天只需要嘴巴和耳朵，不需要眼睛。所以，熄灯以后还可以接着聊。

这时的黑暗是个好东西，它能遮蔽人的双眼，躺在床上听、或者讲八卦。自己想起一句就插一句，想好一段就讲一段。没想好，或者想好了不想讲，可以闭着眼睛听别人讲。

听见有趣的，就开心一笑；听见气人的，就竖眉瞪眼。还可以双泪长流、咬牙切齿、挥拳作势……只要不闹出动静，各种情态可以随心所欲。反正在黑暗中，别人看不见你，你也看

第二十四章

不见别人。真是方便多多……

听说南方有个经济特区，街上遍地是黄金，走路要留意路面，一不小心就能踩到金项链！别人都说，东西南北中，发财在广东……黑暗中，大家躺在床上，闭着眼睛东拉西扯地聊起来……

"我们村的阿猫在那里干了两年，成了万元户呢！"

"这算个锤子！我们镇上的阿狗只干了一年，就是万元户了！"

"喂，听说那边工资高哇！一个月随便都有三百多……"

"啊——一个月就拿那么多钱呀？"

"也不算高！你光看工资高，物价也高呀，没得用！吃碗面两块五，吃个甲鱼——他们叫水鱼的——你们猜多少钱？一百七！"

"啧啧啧，乖乖呀！一个甲鱼那么贵呀，我读一年高中也要不了那么多钱！不就一个王八吗……在我们草湖买一个，顶多八角钱……"

几十个青少年同住一间寝室，个个风华正茂，精力过剩！虽然熄灯很久了，寝室里一片黑暗，但讲到富裕的南方，讲到了钱和自由，人人心里都似乎亮起了一盏灯！

可以说，念念是一个绝好的听众，他从来只听，不讲。他认为，说一千道一万都没用，关键要想想怎么干。

再说那什么乌龟王八，他从来都不吃，对阿花阿草也不感兴趣。他心里只装着爷爷奶奶和爸爸妈妈，他只想多挣点钱回来尽孝，让死者安息，让生者活得好一点……羊羔尚有跪乳之恩，乌鸦也有反哺之义。这，他知道。

他对吃的不挑剔，平时最爱吃的就是炸胡椒，跟他妈妈春桃一样。炸胡椒拌饭，就能撬开他的胃口。爸爸每次来看他，都会给他带一坛炸胡椒来。奶奶心疼他，每次做炸胡椒都会放很多油。

他把这油汪汪的炸胡椒打一勺出来，拌在饭里。碗里的米饭立刻变得油亮亮，红通通的！这是奶奶亲手做的，这是妈妈最爱吃的，这是爸爸老远送过来的……吃在口里，又香、又辣、又糯，咸味正好！

有时爸爸还会多带一坛虾炸胡椒，里面放了很多新鲜虾米。一打开坛口，鲜味让人口水直流……

爸爸告诉他，虾米能够补充营养，还能补钙。多吃一点，能够增强体质，骨头才硬。

两年的高中生活过去了，念念以优异的成绩从白鹭高中毕业。

所有人都对他充满了信心和希望，相信他一定能考上名牌大学，能为学校，为家庭争光！这几乎没有悬念……

可是这时，他选择了放弃高考。他决定远走高飞了！

他抬头看了看天，眼里充满泪水！为了这一天，他等了太久太久……

他不顾学校的苦劝，也不顾家人的反对，为了理想，毅然独行。

念念在武昌火车站挤进挤出，买到了一张去往广州的站票。这火车只能到广州，打算到了那里再转车去特区。

第二十四章

南下打工的人群如潮水一般，每一节车厢的门口都是人山人海。人们举着行李，汗流浃背地呼叫着往车门里挤，涌过来涌过去，把列车员也挤没了。

念念见车门上不去，心里着急。他见几扇车窗打开着，有人在向外吐瓜子壳，站台上有人在翻窗户往车厢里爬。他摘下背包往车窗里一塞，扒住窗沿就翻了进去。

那车窗只打开尺把多高，头和胸勉强钻进去了，还有大半截身子挂在车外。他抓住里面的小桌板，扭动身子往里钻。里面的人不肯让他进，一边咒骂一边堵住窗口，朝他头上吐瓜子壳，吐唾沫，吐了他满头满脸。还有女人揪住他的头发往外推……

面对屈辱和谩骂，念念不管不顾，低了头牛似的拼命往里拱，只要能进去就行！为了妈妈和爷爷……

"阿姨，你让我进来好吗，别打我，我妈妈也是铁路的……"念念悬着半个身子，向里面哀求道，脸上还挂着唾沫和汗水……不知怎么，他突然冒出这样一句话。

见他大半截身子已经进来，退不出去了，女人松了手，男人闭了嘴，冷漠地望着他爬了进来。

车厢里水泄不通。过道里、座位下、盥洗间、厕所里……到处都是人！站的站，蹲的蹲，坐的坐，靠的靠……两边的车门也被人堵得死死的，到处人声鼎沸，到处是行李……

念念在人堆里，脚却没处放。一动，不是踩到别人的脚，就是倒在别人身上，被别人推来搡去，不停地遭到斥骂……

凭借地球的引力，念念的脚总算挨到了地板。他用袖子擦了一把汗，长吁一口气："天哪，这么多人！幸亏火车皮是铁的，要不然就被挤炸了!"

车动了，车厢里渐渐安静下来。念念还是第一次坐火车。他静静地看着窗外，感觉车速越来越快……两边的电线杆和树木像要倒了似的，一闪一闪地向后退去……忽然，他看见了大片的田野!有人在弯腰收割庄稼。一个年轻的女人直起腰来看火车，他感觉那双眼睛看见了他……

"妈妈……"他在心里呼喊一声，眼里涌出泪来!

"妈妈……我走了!我要不混出个人样来，就不回来见你!"

他眼里闪着泪花，浑身充满了力量……

不论大站小站，火车见站就停。摇摇晃晃，走走停停，一个白天就过去了，车厢里亮起了灯。蹲下去占的空间更大，会遭人骂的。他只好直直地站着。他觉得两腿肿胀酸痛，肚子咕咕叫，嘴唇都干得爆了皮。包里有熟鸡蛋，那是奶奶给他煮的；还有一瓶水，那是爸爸给他准备的……

他想喝点吃点，除了饿，主要还是口干。可是一看那包，还在两丈开外的行李架上，那小小的行李架子堆得像货运码头似的，下面都是人头!他挤不过去，更没信心去翻。算了，再忍一忍吧。

爸爸叫他到了武汉先去找小姑和小姨，他没去；叫他再去看看外公外婆，他也没去。见了他们以后，不让走了怎么办?不去。

七八月份的天气，正是最热的时候。火车开动时还好过一点，外面的风从车窗里灌进来。火车一停，风也停了。没有了风，满满一车人都憋得脸色紫涨，车厢里这点氧气，还不够每

第二十四章

人吸一口的！

车顶上的几个小电风扇像玩具似的，还没有菜碟子大！只够给婴儿睡觉的时候吹一吹。念念头上的小风扇偏偏又坏了，有人憋不住，上去拍了它几下，还是不肯转。反引来列车员一顿呵斥，说破坏公物……

入夜，车厢里灯光昏暗。没吃没喝，又加上天热缺氧，乘客们横七竖八，昏昏欲睡，一个个脸上油腻腻的，好像身体里的油脂经不起高温的熬煎，一起从脸上冒出来……念念垂着脑袋，站立着挤在人堆里打瞌睡。人在摇晃的火车上，居然能像鹭鸶似的站着睡觉而不倒，也算是人类的一大奇迹了！车厢里的人居然都能做到……

刚刚睡着，忽然听到身后有人喊道："香烟、瓜子、矿泉水，啤酒、饮料、方便面！让一让，让一让……"

念念回头一看，刚才那训人的列车员，不知什么时候变成了售货员，推了一个窄窄的铁皮食品车，使劲挤过来。

过道上的人赶紧起的起，站的站，都收紧腹部给车让路。那车子还是挤不过去，赶紧再次提臀收腹，一起躬着腰给车子让路。似乎那车上载着的不是香烟、瓜子、矿泉水，而是尊贵的大国总统……

有些人身子站起来了，但眼睛还睁不开，脑袋摇来晃去的，不久又睡过去……

似乎故意捣乱似的，刚过去不到五分钟，售货员嘴里憋腔憋调地喊道："醒一醒，醒一醒！不要睡着了啊，小心感冒了……来，看一看瓜子、香烟，还有啤酒、饮料……"又把车子推了回来，车上的食物一点没少——这种时候根本没人买。

车厢里热得人油都冒出来了,他却说小心感冒!人们刚刚沉沉睡去,又被吵醒了!又要翘臀凹腹给这辆车让路……

有人极不耐烦,嘟囔道:"三更半夜了,卖什么瓜子!"

"挤不过去了!没人买的,推回去算了!"

"我们都不买你的,看你么样!"

念念看着车子上的水,口干得实在受不了,便掏出五块钱递过去,买了一瓶矿泉水。

列车员找给他两块钱。

念念接过钱来看了看,问道:"不是一块钱一瓶吗,怎么收三块呀……"

列车员看他一眼,道:"你长得漂亮些!一块钱卖给你?还一块钱呢……"

有人插话道:"这也太贵了吧?你这水进价才三毛钱一瓶,你卖三块,暴利啊……"

见被人揭露了底价,列车员死死地盯住这人的脸,骂道:"你少废话!你不要,有人要!这么辛苦的工作,不赚你们一点钱,哪个愿意来干?真是的……"

又有声音道:"你这不止赚一点,是赚大了!你辛苦,哪个不辛苦呀?我们站着睡觉不辛苦?你还不停地在这里穿来穿去,害得我们不能睡!"

列车员轻蔑地扫那人一眼,毫不客气地说:"哪个要你上来的?想舒服坐卧铺车去!又没人请你……"见那人不作声了,列车员移开目光,又嘀咕一句道:"不想坐,就滚!没人求你……"

念念"咕咚咕咚"喝完了一瓶矿泉水,过了一会儿,忽然

第二十四章

又想拉尿了。只见不到两平方米的厕所里，七八个人东倒西歪地挤在一起，洗手池上坐的也是人，都闭着眼睛打呼噜，又不敢叫他们出去……没地方尿，就只好憋着，忍着，让身体自己去消化吸收这泡尿。

熬到天明，列车停在田野里，不开了。也不通知为什么停，也不说什么时候再开。

车厢里闷热不堪。人们身上的汗，还是从武汉一路带过来的，随身带到了上千公里之外。一路上又添了不少新汗。车一停，几十种气味一起蒸发出来……其中汗味、烟味、狐臭名列三甲！

火车行驶了一天一夜，车上的人个个熬得满面憔悴，脸上带着烟火色，在鼻孔里挖一下，指头上也是乌黑的，跟这火车头喷出来的烟尘色调，有过之而无不及！

人们横七竖八地歪倒在过道里，一个个愁容满面，唉声叹气。有人掏出烟来点燃了，在人堆里吸起来……

两个小时后，一列火车迎面开过来，呼啸而过……车窗下的牌子上写着"广州—北京"。里面的人好像都有座位，个个精神饱满，衣着光鲜，看起来很有档次……

又过了一个多小时，后面一列火车追上来，也从身边呼啸而去……车上标着"西安—广州"。车窗都开着，里面的人伏在小桌板上，表情漠然地看着窗外，看着念念他们这倒霉的列车，以及车窗里愁眉苦脸的人们……

有人自作聪明，说："我明白了！原来是在错车……让别人先走！"

有人故作内行,道:"这不叫错车,这叫让道。别的车过了,我们才能过……"

更有思路清晰的人,便说:"在铁路上,错车和让道是一个意思,都是停下来让别的车先走……"

人们抱怨起来:"我们都等了三个多小时了,凭什么停下来让别人先走?"

列车员欠着身子扶着椅背,一边在人堆里找地方插脚,一边挤过来。

人们见他过来,又来打趣他了:"列车员,早上好!"

"列车员,你老人家睡醒了?车几时开?"

"列车员,你睡得舒服啊,眼睛都睡肿了!"

"列车员,你半边脸都是红的,还有衣服印子哩……"

一天一夜的朝夕相处,吵吵骂骂,不是亲人,也成了熟人。眼看快到站了,列车员态度温和了许多。他一边低头找地方落脚,一边道:"信号没来,来了就走。来,让一下啊……"

"为什么别人有信号,我们没信号啊?都过去好多辆车了……"

"就是啊,北京的过去了,西安的也过去了,还有……"

列车员头也不抬:"快了快了,还有个把小时吧!来,让一下……"

大家听了列车员肯定的答复,心里稍安。

又等了一会儿,不知是不是信号来了,车厢连接部位突然"轰隆隆隆"一阵巨响,震得大家东倒西歪,耳朵发麻!然后,列车开始无声无息地缓缓滑行,车速渐渐地越来越快……大家的心也飞了起来!

第二十四章

一个多小时后,列车减速。广播里说,广州火车站就要到了!

念念一路上听了不少新名词,什么错车、信号、列车员、乘警、单号双号……听说广州站马上到了,便急忙向车窗外望去,见外面高楼林立,街上汽车川流不息,又闻到热烘烘的空气里,带着一股陌生的气味……

念念随着潮水般的人群出了车站,来到广场上。他深吸了几口新鲜空气,活动活动腿脚。"终于到广州了!"他心里一阵轻松,同时又有点茫然,这里不是他的目的地,他还要买票去特区,还要继续赶剩下的一段路。

广场的西北角有几个小吃排档,很多从车上下来的人走过去,围在那里买面条,端在手上站着吃。念念挤进去看了看,见那面条金黄金黄的,一团一团堆在筐子里,每一团都有拳头大小,跟他见过的面条不太一样,好像是预先煮熟的。

煮面的师傅手脚麻利,抓起一团面条塞进小钢丝篓里,浸在滚汤中抖动几下,提起来往碗里一倒,浇一瓢卤汁,扔两片菜叶,一碗面就成了……

念念站着看了一会儿,面条的香味钻进他的鼻子,引得肚子"咕咕"直叫。他想现在还早,先吃饱了再走吧。便去裤兜里掏钱。

手一伸进裤兜,发现里面是空的……赶紧一摸另一边,也是空的!

他慌了,把肩上的行李往地上一扔,两只手在身上乱摸起来……爸爸给了八百,奶奶给了三百,大伯也给了三百……一共一千四，都放在右边裤兜里……小偷，难道遇上了小偷？

这一急，脑子里一片空白！他想来想去，想不出是在哪个环节出的问题。反正一路上都在挤，上火车也挤，车厢里也挤，下火车时还是挤……也许是后半夜自己睡着了，被人摸了去？也许是下火车时挤丢了？还是……

面条吃不成了。念念无精打采地提起行李，绝望地挤出了人群。

身无分文，下一步该怎么办？特区去不成，回也回不去。写信回去寄钱来，来回至少要六天。如果是钱，在路上还不知要多走多少天！再说，落脚的地方都没有，钱往哪里寄？远水救不了近火，来不及了……

钱弄丢了，身上的筋骨都好像被人抽去了似的，两条腿都软得走不动了……念念坐下来，靠在售票厅的墙根下，眼睛里空空的，脑子里白茫茫的一片……

火车站人来人往，这里不是久留之地。念念拎着行李，拖着沉重的双腿离开火车站，漫无目标地到处游荡。

傍晚来到一条巷口，抬头一看路牌，上写"流花二路"几个字。想想这名字有点讽刺，自己眼下的处境，不就成了流浪的花子吗……实在走不动了，便坐在一棵大榕树下喘息。

从武汉上车，到现在已经两天一夜了，他还没吃东西，只喝了两瓶水……他忽然想起来，奶奶给他煮了二十个鸡蛋，让他在车上吃的。他打开背包翻出来。一看，鸡蛋都挤碎了。刚打开塑料袋，便闻到一股浓烈的臭味……他逐个闻了闻，全部坏了，弄得两只手奇臭无比！他不敢再吃……

马路对面有一间公共厕所，他进去洗了洗手，接了一瓶冷

第二十四章

水,咕咚咕咚喝下去,感觉好了点,精神也恢复了些。

人在旅途,身无分文。真是一分钱难倒英雄呀……难道我真的要落魄到秦琼卖马,杨志卖刀的地步吗?秦琼还有匹马,杨志还有把佩刀,多少还能值几个钱。我比他们更不如,除了几件没人要的旧衣服,也没有什么东西可卖呀……

念念坐在榕树下,两眼无神,呆呆地看着天边的落日,愁肠百结……想起在校时学过的一首诗来。诗云:

枯藤老树昏鸦,
小桥流水人家,
古道西风瘦马。
夕阳西下,
断肠人在天涯……

这好像是元朝诗人马致远写的吧?这个马致远,写的真是好!也许,当时他也是我这种处境吧?可是他还有一匹瘦马可骑,而我只有两条腿,他比我还好一点……本来我也好好的,可一转眼,就变成了一无所有的"光屁股"!

念念又饿又累,又热又困。他靠在大榕树下,脑子里一阵胡思乱想。思家的愁绪渐渐升上来,越想越悲凉!不知不觉,眼里充满了泪水……

恍恍惚惚中,眼前出现了幻觉……在幻觉中,他见到了爷爷,见到了奶奶,见到了爸爸,见到了妈妈,见到了小姑芸草,见到了小姨小杏……

由小杏从财校一毕业，便分配到银行系统工作。小杏对这份工作十分满意，便把全部精力都用在业务上。加上她聪明、灵气、人缘好，接待客户时热情周到，满面春风，有很强的亲和力，业务开展得顺风顺水。年年都被评为先进个人。

银行的领导很看好她，有意把她作为第三梯队的业务骨干培养。两年后，又保送她进了中南财大，带薪深造。

在中南财大拿到硕士文凭后，小杏归来。恰逢银行要开发理财产品的项目，行长二话不说，便直接任命小杏为该项目部经理。

小杏摇身一变，乌鸡变凤凰。转身一个亮相，成了一个精彩的白领丽人！

手里有了人事权，小杏抓紧机会，立刻将芸草调到了自己身边。悉心培养她跑单位，拉客户，成了她麾下的一名业务员……

芸草兴奋极了！事事都以小杏为榜样，学习刻苦，业务勤奋。不到一年，业务能力大大提高，工作大有成绩！不到两年便成为一名优秀的业务员，也被评为先进个人。

小杏抓住时机，说服银行的领导。不到半年，芸草的户口也转到了武汉，关系直接调入银行，成了正式职员。

渐渐地，芸草变得洋气精神起来。身着紧身制服，脚穿高跟皮鞋，头发梳得光光的，短辫扎得紧紧的，扭腰含笑，举止优雅而含蓄，加上天生就是个美人，和小杏二人肩并着肩，成为银行系统一对漂亮的姊妹花，出色的并蒂莲！

小杏和芸草都属鸡，同是老庚，一个上半年，一个下半年，小杏稍大一点。眼看都已二十九了，却闭口不谈终身大事。

第二十四章

其实,无论个人条件、工作条件、还是经济条件,都不愁找不到一个好对相。银行内部的优秀青年不少,献殷勤、套近乎的也大有人在。但二人就是看不上眼,说没有男人味。谁走路有点扭,谁讲话有点娘娘腔,谁的个子矮了点,谁的屁股大了点……

"最看不得男生屁股大!走路一扭一扭的像鸭子!男生屁股一大,这人直接报废。"小杏如是说。说完,望着芸草嘻嘻一笑,脸都不红一下。

芸草把嘴一撇,说:"我最不喜欢信贷科的张玮玮,脸色苍白,像个姨娘!还说要送花给我,真是有毛病……"

小杏掏出化妆盒,补了一点口红,对着小镜子端详了一阵,说:"银行是个女人窝,男的一进来,不用几天就被同化了。看来,这里没有我们的菜!"说完,又咧开嘴,看了看牙齿。

芸草凑过去,也照了照镜子,说:"姐,依我看,银行就该女人来干,男的不要进来。你说呢?你看我们行长,不就是个女的吗……"

小杏侧过头看了她一眼,想了想,说:"男的还是要几个。保卫科,后勤科,厨房炒菜焖饭,打扫卫生,这些他们可以干!完全不要,你去干呀?"

芸草低头沉默一会儿,忽然转个话题,问道:"姐,米儿哥,他有三十二了吧?那他……"

小杏立刻警觉起来,打断芸草的话,说:"哪怕五十二了,你也莫想!哥的心思我最清楚,他心里只有王娟姐,没有别人。你有想法是好的,我也有呀,但不切实际。七想八想,小心耽误了你自己,肖芸草同志……"

几句话，羞得芸草满面绯红……

银行内部看来没戏了，挑不出一个好的来，可以不予考虑。银行外面的呢？不知有没有好的。

外面有联系的，全是大公司、大企业。接触到的都是些企业家、大老板、成功人士，这些人都上了岁数，孩子都不小了。再说有些私营企业大老板，虽然富有，但富而不贵，缺乏教养。开口闭口自己多有钱，有多少房子多少车，成天戴个大金链子，一副财大气粗的土鳖相！档次跟不上，让人看不起……

遇到过几个让人心动的，事业有成，谈吐得体，年龄大概四十岁。可是人家早已有了幸福的家庭，他会去离婚吗？再说这种二手货，也不合适。一个白领丽人，挑来拣去最后嫁个"二锅头"？岂不让人笑掉大牙！

其他的，要么是年龄合适，人不合适；要么是人合适，年龄又太小，还是个嫩秧子……唉，大的早已成家，小的还没长成，老的又不合适……这天下的好男人，都去了哪里呢？

行长以及女同事们，催她们赶紧解决个人问题，早点成家为妙。不要高不成低不就，当心失婚！再说成了家，工作也安心，还可尽享鱼水之欢，一举多得，多好！单身一人，多孤独呀，不寂寞吗……

这是好心，不理不好。一开始，小杏还能认真听。听多了，耳朵听出茧来，便莞尔一笑，说："子非鱼，安知鱼之乐？我心里有数。"

芸草的耳朵听麻了，便拿小杏做挡箭牌："我姐不结婚，我就不结婚，姐先我后……"说完脸上一红。

话虽这样说，可是芸草的运气先来了。没过多久便谈了一

第二十四章

个，据说是公司老板。把这人带过来，小杏瞥了一眼，说外表还算优秀。芸草最崇拜小杏，听了这话，心里喜不自禁，便一心一意倾注感情。

谈了不久，此人便花言巧语，哄得芸草晕晕乎乎，二人隔三岔五在外过夜。甜蜜过后，便借口公司接了一个工程，需要垫资才能开工。坐在床边愁眉苦脸地说："公司缺少周转资金，都愁死了，唉……"

鬼迷心窍的芸草把这人当个宝贝，想都没想，也不跟小杏打招呼，便取出十万元交给此人。这是她十多年来所有的积蓄，为了爱情，悉数付了出去。

能为他付出，芸草心里是高兴的。她觉得自己做得很值！他是我的人了！他的事就是我的事。人都交给他了，钱算什么！今后一家人了，谈什么借不借的……

既然这样，此人倒也不把自己当外人了，借条也不留一张，天一亮便卷款走人，再也没有露过面。

一个多月毫无音讯，芸草心里慌慌的。天天担心他，不会出了什么事吧……

按照这人之前说的公司地址，芸草一路找过去。一问，原来这不是他的公司，他只是挂靠在这里拉业务的一个混混！

这公司的人告诉她，此人是汉口的大骗子，他的孩子都快十岁了，还专门在外面骗姑娘！一笔生意没拉到，却惹了不少姑娘上门来闹，公司早就把他赶跑了！在这里游手好闲混了大半年，鬼都不知他住在哪里……

芸草听了羞愤交加，暗暗叫苦不迭！又怕遭人耻笑，为了顾及面子，也不敢声张，只能哑巴吃黄连……

841

多情的芸草本来是想舍己救人，好好谈一场恋爱的。谁知一开始就掉进了一个设好的圈套里，遇到这样一个无情无义的人！多年的积蓄也舍了个一干二净，全给了这个"外表还算优秀"的混混！

画虎画皮难画骨，这话一点也不假！看那样子多可怜呀，听那情话多甜蜜呀……呸！

初战大败，全军覆没。栽了一个大跟头，吃了一个哑巴亏，芸草从此不敢再谈男朋友。

她怕了，她觉得城里人不够诚实，心眼比藕眼还多，缠不赢……不如就像小杏姐那样，做个什么"子非鱼……"的女光棍算了……

第二十五章

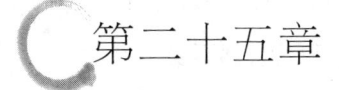

三十六年过去，不知不觉米儿五十七岁了，头上也有了白发。这个时候的米儿，已经是海连市的副市长了。

"全心全意为人民服务"是他工作的准则。他把这句话奉为座右铭，贴在办公桌的左上角，时时事事对照检查自己。

"惟将旧物表深情，钿合金钗寄将去。"《长恨歌》中这两句话，刻在他的心上。王娟那只断了翅膀的蝴蝶发夹，他时刻带在身边。看见这只发夹，他就看见了王娟。往事一幕一幕，像电影回放似的，一一重现在眼前……这是他对王娟的情感寄托，他深深地埋在心底……

此时的他，仍然是独身一人，不恋爱，不结婚，把精力都用在了工作上。闲暇时间，便与书籍为伴。工作与阅读，成了他精神生活的全部寄托。

机关的干部群众甚感不解：这么好的条件，为什么不结婚成个家？难道里面有什么故事？便免不了议论纷纷。

有的干部就说："不近女色，便少了许多腐败。这才是好干部，好领导！"

有的说："不对。不近女色，不等于不结婚呀！此人背后有故事，肯定受过伤害……"

还有人私下说:"他生理上肯定有什么毛病,才不能结婚的。这种病看西医没用,还是要去看看中医,搞点中药吃一吃……"

还有对他心怀不满的,便背后说:"此人肯定有野心!为了追逐权力,连家庭和后人都不要了!"

有人觉得这话说不通,便不同意,道:"也不是野心啦,就是难言之隐啦。既无家又无后,金钱和地位都没有用的啦……"

种种猜测在人们心里长期存在,这议论在机关院子里悄悄扩散。大家心照不宣,只瞒着他一人。

下级和同级可以心照不宣,因为不敢或者不便。

领导忍不住,开始关心他的个人问题了:"田米啊,考虑过没有,该成个家啦!家庭是社会稳定的基础,孩子是祖国的未来和希望啊……嗯,我倒有个合适的人选……她以前在文化局工作,今年五十六岁,比你小一岁,我看跟你倒很般配……她爱人是……是得癌症吧,死了两年了……"

组织部的老部长,都快退休了,也跑来说媒:"小田啊——"

米儿一听便笑了:"老部长,我都五十七了,还小田啊?"

老部长胖乎乎的,"嘿嘿"一笑,浑身的肉都跟着一起颤动!他笑道:"你啊,一天不结婚,就免不了这个'小'字。不结婚不行啊,我们国家需要接班人啊,你说是不是啊……这样吧,实验小学有个退休的女教师,离婚五年了,儿子孙子都在美国,条件还不错。好像比你大一岁,你不会在意吧,革命伴侣嘛……"

确实,不结婚不生育,在任何国家,任何社会都是不对的。

844

第二十五章

即使一万年以后,也是不对的。如果大家都这样,那世界上岂不要路断人稀?

可是,不是我不想结婚,只是心里放不下王娟呀……知道你们都是好心。可是,你们谁解其中意?

王娟说了,她会在天堂的金色湖畔等着我,一直等着我,不会走远的……话都说到这分上了,我怎么能忍心丢下她……王娟古灵精怪,如果她在天堂看见我结婚了,能乐意吗……

说来也巧,恰在此时,他突然听到一个消息:王娟还活在世上!

米儿惊呆了!

这消息,只是家乡人来信中偶然提及的。写信人也不清楚此事到底是真是假,更不知道王娟人在哪里……只是听说,有人在二十多年前见过她,估计现在人还活着。这也是他刚听到的……

虽然只是一句传言,而且语焉不详,可是米儿却坚信不疑,他认为这绝不是空穴来风!他宁可信其有,也不愿信其无……哪怕最后证明这句传言不实,或者是认错人了,对于他来说,也算有点希望,总比绝望的好……

他决定立刻回武汉一趟,查明这消息的来源,弄清真相!

米儿来到武汉,为了找到这个"目击者",可谓大费周折!他先找到了写信人,这人带他去找到了传话人。传话人说,他并没亲眼看见,也是听别人讲的……又带他去找上面那个传话人。顺藤摸瓜,转了好几圈,见了七八个传话的人,总算找到了根子上,见到了这个目击者。

一看,这个人也是过去的街坊,王娟曾经提到过此人。虽

— 845 —

然不住在一个院子里,但米儿还有印象。他,便是幸福大队的知青——酱油麻子!

花蛇参军那一年,幸福大队本来没有分到征兵的名额。但毕癫子不甘心,找到区武装部当部长的舅舅,软磨硬泡,磨到两个征兵的名额回来,使方脑壳和酱油麻子二人得以参军入伍。

酱油麻子退伍复原后,分配在武汉一家节能锅炉厂当业务员,现在已是这家工厂的厂长了。

二人一见面,又惊又喜,互相问长问短!寒暄过后,米儿问起了王娟的下落。

酱油麻子挠了挠花白的头,眯起眼睛回忆道:"二十几年前,我在厂里当业务员,一年到头,全国各地到处跑。

有一次,在沿海城市办完事后,顺便去参观郊外一座著名的寺庙。记得那天寺庙里很热闹,各地来的僧侣和居士们,聚集在一起举行活动。

那天,天气很热,人也很多。一群游客却饶有兴致地围着几个尼姑,在看她们诵经。

我挤进去看了一下,其中一个年轻漂亮的尼姑,显得格外出众!她双手合十,微闭双目正在诵经。从她嘴里出来的声音清脆甜美,大家都盯着她看。我觉得她有点眼熟,声音有点耳熟,便多看了几眼。

突然,我感觉越看越像王娟!当时,我并不知道王娟早已死了,只是奇怪她怎么去当尼姑了?又怎么会在千里之外的这里?我又怕认错了人,便一直站着不动。

直到念完了经,这位尼姑才站起身,微微低着头,目不斜视地看着地面,和其他六七个尼姑排成一行,准备离去⋯⋯那

第二十五章

身材和动作,一举手一投足,与王娟平时一模一样!我越看越像,忍不住喊道:'王娟——'

就她一人回过头来,看了人群一眼。我跟着又喊了一声,并向她招了招手。她看见了我,立刻把目光移开,低着头,匆匆地去了……

后来我才知道,王娟已经死了多年了!可是我明明看见她了,样子也基本没变……你说,我是认错人了,还是见了鬼?这件事,在我心里多年也解不开……别人都说她死了,我说没死,我还见过她!但是没有一个人相信……"

按说,酱油麻子是认识王娟的,应该不会看走眼。米儿心想。同时,一道电光像闪电似的,在他心里一亮!

可是王娟明明不在了呀,如果她还活在世上,这么多年了,为什么没找过我?一时又疑惑起来……

酱油麻子见他走了神,又问道:"你说说看,我是不是见了鬼了?"

米儿既不希望"认错人",更不希望"见了鬼",这两样他都不希望。他只希望王娟还活在世上……

但他心里也觉得确实可疑,毕竟事隔多年了……便一再刨根问底地追问。

酱油麻子见米儿迫切而认真的样子,反倒犹豫起来。一会儿十分肯定,一会儿又不敢确定……米儿耐心启发开导,又详细询问了一些细节——酱油麻子都答对了,与王娟很相符!

但酱油麻子还是不敢断定:此人就是王娟!

酱油麻子摇摇头,看着米儿,忽然问道:"你这么远跑来,打听她干什么?她是你什么人?"

太阳雨

米儿站起身来,语气坚定地说:"我要去找王娟!"

酱油麻子亲眼见到了王娟!这件事令米儿无比震撼,他心潮激荡,精神大振!他感到自己突然年轻了几十岁,又回到了从前,他感到这颗沉睡的心,突然苏醒过来……这辈子有救了,今生有希望了!他心里热浪翻滚,眼里涌出泪水!

王娟,是他生命的意义!王娟,是他生活的全部……他决定,立刻动身去找王娟!哪怕只是见上王娟一面,死了也值!

晚上,米儿独自来到江边,他想静静地理一理思路,仔细分析酱油麻子提供的所有细节。每一个细节,每一句描述,都不能放过,都要仔细甄别,做出判断……这样,才能更快地找到王娟……

长江两岸灯火辉煌,彩灯和霓虹灯闪闪烁烁。倒影映在水里,把江面染得五颜六色。

大江滚滚东去,江水奔流不止……这江水发自高原,流入大海,源源不断,千古不绝!这江边的清风、浅滩、沼泽、草地……给人们带来了多少童年的欢乐!又给人留下了多少美好的回忆和思念!同时,还有无穷无尽的感慨!

他凝视着滚滚的长江水,感慨万千!又抬头仰望夜空,天河星汉灿烂……看着看着,他的思绪忽然穿越了遥远的时空,又回到了童年的时代!儿时的往事像电影回放,一幕一幕在眼前浮现……

春回大地,万物复苏,春天回来了!麦子开始吐穗时,燕子也回来了……

午后,江边的柳林里安安静静,太阳暖烘烘的。蝴蝶忽东

第二十五章

忽西，翩翩起舞；蜜蜂扇动翅膀，嗡嗡作响；柳枝吐出了新芽，嫩草钻出了地面；暖暖的、湿湿的空气里，带着花的芬芳，嫩草的清香……长满青草的沼泽地里，有一坑一坑的清水，水面上，覆盖着一团一团绿色的水藻。

青蛙鼓着肚子，在水坑边呱呱地叫个不休。见有人走近，立刻止了声，"扑通"一声跳进水坑，钻入水底。水底激起一团黄雾似的浑水，浑水在清水里缓缓散开……清水里，黑黑的小蝌蚪成群结队地游动着，有时又聚成黑压压的一大片……

米儿和几个孩子拿着柳枝和玻璃瓶，在水坑边走来走去，聚精会神地寻找蝌蚪，不时发出惊叫声！孩子们清一色赤着脚，衣服和裤子上，都是泥浆。柳枝是赶蛇用的，玻璃瓶是用来装蝌蚪的……小蝌蚪滑滑溜溜的，不好抓，须用两手去捧，十次便有九次空，捧上来的多是清水。

日头偏西时，一群孩子也有了收获，多多少少都抓了几只蝌蚪养在瓶子里。

米儿瓶子里也有了六七只小蝌蚪。隔着玻璃一看，小蝌蚪似乎放大了一倍，扭动着长长的小尾巴游来游去。他觉得奇怪，又从瓶口望下去，蝌蚪又变回原来那么小。他又隔着玻璃再看时，小蝌蚪又变大了……

他当宝贝似的，捧着几只小蝌蚪回到家里。母亲见他一身泥水，又看了看小蝌蚪，知道他又去了危险的江边，气不打一处来，抄起鸡毛掸子就抽他的屁股！

他哭得眼泪汪汪的，心里恨恨的，赌气不肯吃晚饭，爬上床就睡着了，梦中还在抽噎……

母亲打完了，又后悔了，又心疼了……很晚了又爬起来，摸了摸米儿的头，怀着歉意给他炒了一碗油盐饭，里面加了一个鸡蛋。端到床边，叫醒了米儿。米儿紧紧蒙着头，死也不肯吃……他不原谅母亲。

母亲温言相劝，用手拉一拉被头。米儿不肯出来，便在里面紧一紧被子。母亲拉一拉，他又紧一紧……母亲心里在流泪，从身上掏出五毛钱，默默地塞在米儿的枕下……

第二天，王娟跑来了。一看桌上的小蝌蚪，伸出手就去抓！

米儿急了，一把推开她，照她脸上就吐了一口唾沫！

王娟"哇哇"大哭！一边哭，一边说："口水吐到脸上要长癣的，要长癣的你知道吗……好哇，我要我妈妈告诉你妈妈，要她打你！你等着……"用袖子抹着眼泪和唾沫走了。

米儿担心又要挨打，见了母亲便察言观色。还好，母亲脸色未见异常。两天了，王娟的妈妈没有过来。米儿暗自庆幸，心里感激王娟。

可是，王娟从此不再理他了！一见了他，就往地上吐口水，还用脚踩几下……米儿也不在意，因为他有小蝌蚪，也懒得跟王娟玩了……

玩了几天，米儿玩厌了，对小蝌蚪渐渐失去了兴趣，又想去找王娟玩。为了跟王娟取得和解，便忍着心疼，装了三只小蝌蚪送给王娟。

王娟一见，嘻嘻笑了，高兴地接过来看了看，问道："小蝌蚪吃什么？"

米儿说："我也不知道。"想了想又道，"蝌蚪是益虫，可能吃蚊子吧？"

王娟低头仔细去看小蝌蚪，嘴都快挨到瓶口了！忽然抬头

第二十五章

问道:"青蛙有腿会爬,小蝌蚪没有腿呀!这是不是青蛙生的?"

米儿急了!叫道:"不是青蛙生的,难道是我生的?我亲眼看见青蛙生的!我还骗你呀,不信你问华华去!"

王娟听他说得像真的,也不多想,便信了。亲热地说:"米儿,下次再抓小蝌蚪,你带我去吧?我们多抓点回来,让它变成青蛙!"

米儿不想去抓蝌蚪,他玩厌了。便说:"嘘,小点声!上次我都挨打了……下次我们去抓小虾吧?"

王娟黑黑的眼睛看着米儿,问道:"谁打你了?我没告诉你妈妈呀?我又没想让你挨打……"随即又摸了摸脸说:"咦?还好呀,我脸上没长癣……你妈妈为什么打你?"

米儿把挨打讲了一遍。王娟听说他哭得很伤心,晚饭也不吃就睡了,便心里难过,眼泪都快出来了。她气愤地说:"鸡蛋炒饭,你就应该吃!凭什么不吃?不然,白白挨了一顿打!"随即又笑了,说:"幸亏我没告诉你妈,说你吐我口水,不然你又要挨打了……下次我们去抓小虾,抓了以后放在我家来养!"

米儿说:"那不行!你妈妈看见了,也会打你的!"

王娟想都不想,说:"撒谎你都不会呀,我最会骗我妈了!我就说是你给我的。再说我妈妈从来不打我——小虾放在我这里,你是不是舍不得呀……"

米儿用三只小蝌蚪换取了跟王娟的和解。但没过几天,他和王娟又闹翻了……

清晨来到学校,有男同学把蚕带进了教室。蚕是装在一个药盒子里的,盒盖上扎了许多小洞给蚕透气,十几条幼蚕跟蚂蚁似的，长着黑黑的细毛，趴在两片嫩桑叶上。桑叶的边缘，已经被蚕啃出了几个小缺口，两条小蚕正爬在缺口上，小脑袋一上一下啃食桑叶。缺口渐渐扩大，啃到叶脉处，忽然停下不啃了！抬起上半身，晃着脑袋扭来扭去到处看。看了半天才缓缓起身，蠕动着身子换了一个新地方，接着再啃……

一大堆孩子围着蚕盒，看得津津有味！米儿趴在课桌上，背上还压了几个人，脸和蚕挨得近近的，笑得合不拢嘴，口水都快流下来了！他用手指轻轻地摸了摸小蚕，感觉小蚕肉乎乎、凉冰冰的。他想拿起来放在手掌上看。蚕太细小了，手指捏了几次捏不住，又怕捏死了，不敢用劲……

小蚕的主人叫细毛，这蚕是他带来的，他有绝对的权力爱给谁看就给谁看。他见大家都看他的蚕，又羡慕他，脸上便得意扬扬的。忽然看见米儿用手去摸他的蚕，心里便不高兴。见他还用手去捏，便忍无可忍！

他把盒子一盖，眼睛一瞪，说：“莫摸！这是我的蚕，又不是你的。你手真贱，不给你看了！”

大家盯着小蚕，正看得目不转睛。忽然蚕没了，只看到盒盖！都一愣，又听到细毛口里说"馍馍"，便一起大笑起来，说："馍馍加稀饭，还有萝卜干！细毛，你早上没过早呀！"

整整一上午，米儿无心听课，心里只想着小蚕。要是能搞几条过来，就好了……

放学后，米儿缠着细毛讨好他，提出用十张玻璃糖纸换他几条小蚕。

细毛一听是玻璃糖纸，动心了。但不同意换小蚕，只同意换蚕卵。他用袖子擦一把鼻涕，说："我屋里还有一张蚕纸，撕一块给你，你自个拿去孵。你的糖纸新不新？"

米儿急忙说："我的糖纸崭新崭新的，平平整整夹在书里，你又不是没看过！你给我蚕卵有什么用？我又不会孵……"

细毛说："你先莫慌，下午你把糖纸拿来，我先看看再说。如果好就换。然后教你孵蚕卵，我孵过的，又不难……"

"那你也要记得把蚕卵带来，我也先看看再说。你莫忘了。"米儿补一句道。

米儿花费了十张糖纸，只换回一张邮票似的小纸片。细毛拿来的小纸片肮脏不堪！上面一摊一摊的黄斑，像尿迹似的。黄斑上，牢牢地粘着十粒蚕卵，一颗一颗像小米粒似的。他把蚕卵捂在手心里，生怕冻坏了。

"这个细毛太小气了！十颗蚕卵，就换走我十张糖纸，一颗都不多给！这上面的黄印子，说不定就是细毛的鼻涕……"米儿口里不说，心里很不平衡！

晚上，他按照细毛的交代，从被套里扯了一把棉花出来，把蚕卵裹进去，夹在胳肢窝里，开始人工孵化。据细毛说，三天以后，小蚕会自己咬破卵壳爬出来……

米儿整天都把胳肢窝夹得紧紧的，一天要拿出来看无数遍。孵了两天后，发现蚕卵由金黄渐渐变成乌青。他打开棉花，拿给王娟看。

王娟接过小纸片，睁大眼睛用指头细数蚕卵，数了又看。看了一会儿，抬头问道："这么小的卵，还没芝麻大，能孵出蚕来吗？"

米儿不满道："怎么不能？细毛说了，三天以后蚕就出来了！我刚才看见里面都有小蚕在动了，可能在咬壳！"

王娟又细细地看了一遍，没有发现小蚕的动静，又问道："小蚕哪里动了？瞎说，我怎么没看见？"

米儿指着一粒黑卵，说："这不是吗！里面这个小黑点就是头，它刚才动了一下的，现在不想动了……"

王娟又看了看，说："小黑点我看见了，那就是头啊？哦，对了，那它出来吃什么？"

米儿说："细毛说了，出来后，要给它吃牛奶桑叶。细毛说要嫩的……"

"什么叫牛奶桑叶？没见过呀！学校门口卖的，是不是牛奶桑叶？"王娟问道。这些天来，学校门口不断有小贩提着篮子卖桑叶，她见过的。

"那哪是牛奶桑叶呀！牛奶桑叶我都没见过，你更没见过！细毛说，牛奶桑叶一摘下来，叶柄上就会流出黏黏的白浆来，小蚕吃这种桑叶长得快！细毛说，牛奶桑叶学校门口没有，只有他才有，叫我用糖纸去换。细毛说，桑叶要擦干水再喂，不然小蚕吃了会拉稀的。细毛说……"

米儿一口一个"细毛说"，王娟似听非听，把小纸片拿在手上打量一番，突然"刺啦！"一声，把纸片撕成两半！扔一半给米儿，说："你一半，我一半！"

米儿一看，惊呆了！他大叫道："不行不行！你还给我！十张糖纸换来的……"说着动手去抢。

王娟将纸片藏在背后，不让他抢，又摊开另一只手，说："明天我给你五颗真糖，你再去换一半回来……"说着就要跑。

米儿气急败坏，追上去用力一推，王娟摔在地上，手里的纸片飞了出去！

第二十五章

　　米儿捡起纸片，回过头来对王娟道："我辛辛苦苦孵了好几天，胳肢窝都夹酸了，小蚕都快出来了，你又跑来抢现成的，哪有这么好的事！"

　　王娟倒地大哭。米儿头也不回，径自去了……

　　米儿想到这些，心里无比愧疚……从小到大，他和王娟香了臭、臭了香；好两天，又坏几天。无论什么事，似乎总是有王娟的存在，王娟就像影子似的随着他。他觉得这辈子最对不住的，就是王娟……世间情为何物？谁又能说得清、道得明？

　　他对着滔滔江水，自言自语道："王娟，过去都是我不好，是我对不住你……王娟，你听见了吗？你还记得这些事吗？你还生我的气吗……"

　　天上残月，晦明晦暗；江边米儿，形单影只……

　　江风吹来，江水呜咽，如泣如诉……

　　米儿伫立江畔，心里流泪不止……

　　尼姑，王娟出家当了尼姑？这怎么可能，王娟最怕孤独和寂寞了！她不是那种性格，不会的……

　　他想起三十多年前，翻身大队的那个中秋夜，王娟看着天上的月亮，说月宫里太冷，太孤独；后来他想参军，王娟不许，抱住他不松手；在五岔河看星星，想到牛郎和织女的结局，又哭了一场；绝命书里也说要用眼泪陪我，还说要在天堂的湖畔等我……她最怕孤独和寂寞了，怎么会去当尼姑？

　　可是，这又是酱油麻子亲眼看到的呀……一晃都快四十年了，米儿始终不愿相信王娟去了另外一个世界！哪怕当尼姑也是好的，毕竟人还活在世上……

— 855 —

可是，王娟还在人世吗？如果在，她如今在哪里呢？

米儿孤立江边，对着滚滚江水，忍不住大声呼喊道："王娟——"

眼里滚出泪来……

千里之外的长江下游某地，一座草庵里。王娟面对青灯双手合十，正在蒲团上静静地打坐。心里静静地默诵着经文……

突然，她心里一动！一阵慌乱袭来，身子猛一摇晃，差点跌倒在地。她惊得睁开双目，似乎听到有人呼叫她的名字！心"怦怦！"猛跳起来……她已经很久很久没有这种感觉了。最近，这种感觉却接二连三地出现！这是怎么回事？莫非他……

直觉告诉她，这里不能久留！自从偶遇酱油麻子以后，她已经换了好几个地方。不过事后证明，都是虚惊一场，并没人来找过她，才又回到这里……她摇摇晃晃地站起来。这次要不要回避？算了，这么多年了，谁还记得我这个不存在的人呢……

当年，王娟投入运河，一心想死。不料昏迷之际，大运河中一艘夜航的运煤船经过此处，将王娟救了上来。随着运煤船一路来到镇江，被船家夫妇收留下来。

王娟欲死不成，只好暂住于此，终日不与人语，也不再流泪。多日后，留书一封，以谢船家夫妇相救之恩，随之悄然离去。

漂泊多日之后，辗转来到宁甬市，于郊外一座名为"静波庵"的院门前，停下脚步。抬头望望，头上云淡风轻。踌躇良久，敲门而入……随之皈依佛门，落发为尼。王娟穿上僧衣，

第二十五章

换上僧帽。庵里管事的老尼沉吟许久,嘴里念念有词,替她取了一个好听的法号——妙静。

自此,这世上便少了王娟,这庵里却多了妙静。妙静安安静静住下来,终日与晨钟暮鼓、黄卷青灯为伴。在梵铃声中,一天一天地度起日来……

庵里的生活单调清苦。出家人日常一天两餐,上顿是稀饭和馒头,还有茄子炒辣椒。下顿是馒头和稀饭,还有辣椒炒茄子。偶尔也能吃到豆腐,吃到苋菜梗炒辣椒。王娟不爱辣椒,但也由不得她。日子一长,慢慢也就习惯了。

入空门,一心向佛。过去所有的情感纠葛、爱情回忆、理想人生,到此一刀两断!只得通通收拾干净,紧紧地打个包,搁在一边。从此,墙内墙外,各不相干……

喜欢热闹的王娟身在墙内,心却还在墙外。

她心里的情感依然还在,岁月流逝不但没有冲刷干净,反而更加清晰鲜明,更加刻骨铭心!似乎岁月冲去的只是泡沫,留下的都是真实的精华。

这精华像一块美玉,坚硬而沉稳,冰凉而璀璨!在佛家思想的浸染下,不断得到升华,不断超凡脱俗,像宝石一般闪耀着光芒!

活泼好动的王娟,表面无动于衷,内心情感丰富,精神更加痛苦……

唐代诗人王维有诗曰:

红豆生南国,
春来发几枝。

劝君多采撷，
此物最相思。

红豆产于南方，名为"相思子"。果实鲜红浑圆，晶莹如珊瑚，南方人常用以镶嵌饰物。传说古代有一位男子戍边未返，妻子终日立于村前道口树下，朝盼暮望，哭断柔肠，泣血而死。血泪落地后，化为红豆……

静波庵有一口古井。井台外壁上，苔痕浓绿厚重，一团一团毛茸茸的。王娟常常在此打水浣衣，每次忍不住，都要用手去摸一摸。一摸，便心里一动！

井旁不远处的墙根，有几株野生相思子，长势旺盛。她的脚常常不听使唤，不由自主地带着她来到这里，一站就是半天……她看着枝上鲜红的果实出神发呆，泪水蒙住了双眼。心底一遍又一遍，轻轻地呼唤道："米儿，米儿，你在哪里？你现在怎么样了？是不是已经儿孙绕膝了，你还记得我吗……"

米儿按照酱油麻子提供的线索，找了一大圈，一无所获。回到海连市，往床上一倒，便病了……病中他感觉自己活不长了，但又不想死，因为王娟可能还在，希望还在……

海连市呈半岛型凸入海中，背靠大陆，三面临海，航运资源极为丰富。为了建设一座现代化的港口，几年来米儿操尽了心，召开了多次论证会，又筛选了多种方案，写了多次报告，盖了无数章，现在总算有了眉目。下一步，除了引进资金参与开发外，还要引进国外的先进技术，共同合作建造。

国外对此态度积极，发出了数次邀请。米儿要去欧洲考察

第二十五章

访问了。秘书送来了一份国外的传真文件，上面列明了对方参加会谈的代表名单。名单很详细，有政府官员，合作的乙方，专家代表等。

米儿仔细过目，逐一核对。专家名单这一栏，共有九位代表，每一位代表后面，都有相关的介绍。审核完前面的会谈代表，他便把目光移过来，重点看专家代表的介绍。这对整个工程非常重要，质量好不好，关键在专家……

他看了看专家代表团的领队，是个外国人。他接着往下看首席专家。突然，他惊得张大了嘴，不敢相信自己的眼睛！只见上面赫然写着："夏雨欣"三个字！后面介绍是：比利时皇家船舶动力首席专家……

这个夏雨欣，会不会是那个夏雨欣？世界上同名同姓的人多得很，会不会是偶然的巧合？

他忙把电铃一按，秘书进来了。

米儿指着文件上"夏雨欣"三个字，说："邢秘书，你立刻去省外事办一趟，请求他们通过外事口，调取这个夏雨欣的简历资料过来。我等你回音！"

邢秘书答应一声，将这一页复印下来，拿了这张纸匆匆去了省外事办。

米儿站起来，走到窗前，默默地看着楼下的杉树林。秋天到了，杉树正在落叶……夏雨欣一人在国外，已经漂泊几十年了，也该落叶归根了吧……如果是，那就太巧了！如果不是，那也好，免得影响工作……不过，倒真想看看这个夏雨欣长什么样，像不像那个夏雨欣……

省外事办通过电脑系统查询，很快有了结果。秘书带回了对方出具的一份简历。简历上清清楚楚地写着：

夏雨欣，女，比利时籍华人，1954年10月5日出生，出生地中国武汉，1970年初中毕业，于1971年2月作为武汉知青，插队到江陵县白鹭区曲湾人民公社翻身大队……

现为比利时皇家船舶动力首席专家。登记居住地址：比利时根特市某街某区某号……竟然一清二楚！

夏雨欣的身份已经清楚明白，她正是米儿苦苦寻找多年的雨欣！

中方代表团即将来访，领队是老同学田米，雨欣提前就知道了！听到这消息，她表面上不动声色，可她心里却一石激起千层浪！她的心狂跳不止……

这消息，使她心里的死灰又一次复燃。重新点燃的火苗在她心里跳动，使她彻夜难眠、辗转反侧……

一九七八年，雨欣从华东航运学院毕业。这一年年底，比利时根特大学迎来了一位特殊的中国留学生，这位留学生就是夏雨欣。当年，雨欣的父亲也是这所大学的一名中国留学生。

父亲当年的同班同学德鲁和米娅，如今已是这所大学的著名教授了。他们带领全系的师生在雨中打着伞、捧着鲜花、举着横幅，热烈地欢迎中国同学的女儿——夏雨欣的到来。

德鲁是个大胡子，浓密的胡须包裹了大半张脸，就像德国思想家马克思那样。德鲁是本系主任，又荣幸地兼任雨欣的导师。他见到雨欣到来，老远就张开了双臂，快步抢上前去，一把将雨欣揽在了怀里……

米娅接过雨欣的行李，站在一旁微笑。这是一位优雅精致

第二十五章

的漂亮女人。丈夫是一位外交官……

因为名字里带个"米"字，雨欣很欣赏米娅。身在异国他乡，雨欣见到米娅便会想到米儿，便感觉到亲切，心里也暖暖的……

雨欣思念米儿，思念同学，思念翻身大队，怀念四十年前那个夜晚的月亮和月亮下的稻田……她想尽快见到米儿，想看看他变成什么样子了，也不知还认不认得出……

想到这里，又有点不敢见……她在后视镜里照了照自己的脸，感觉有点憔悴，应该是昨晚没睡好的缘故吧……突然发现一根白发，便将车缓缓停在路边，仔细地用手指找出这根白发，毫不犹豫地扯了下来……

孤身一人漂在海外三十多年，此刻她想家了。她想叶落归根，想回到自己的出生地，她想回到下放的翻身大队，去看看五岔河，看看住过的知青老屋，去看看春桃，看看那里的乡亲们，还要去看看那条小路和小河……那里有她的青春和梦想，还有初恋……想到这里，她鼻子一酸，泪水盈了上来……

她想明天去一趟布鲁塞尔，给米儿买一套西装，再买一双皮鞋，再买一只手表和一条皮带……男人可以没有别的，这几样必须有，而且质量必须好！

她打开车门走出来。外面有风，路两边的法国梧桐树正在落叶，绿化带里的杜鹃花和月季花开得正好，这有点像她的家乡武汉……这个城市，是比利时最具有文化气质的城市。

前面不远便是本市的文化广场。图书馆、展览馆、博物馆、艺术中心都在这里，这也是她最喜欢来的地方。她喜欢在这里感受文化的气息，静静地享受艺术的气氛……

太阳雨

　　雨欣戴着墨镜，裹着风衣，在风中向广场走去。她双手插在风衣口袋里，漫无目标地在广场上徜徉，在一组雕塑前停住了脚。

　　这是一组抽象艺术的雕塑，用陨石般的黑铁打造。一对青年男女高高地举起一个孩子。青年男女的身材修长，长腿和上身不成比例，但强烈地表达出欢乐的气氛！雨欣看着那几张欢乐的脸，脸上没有五官，只有凸凹的轮廓。但是凭想象，她能感受到这是一个快乐的家庭……看着看着，她似乎也受到了感染，身上似乎也有了活力！她抬手摸了摸那女子的铁裙子，感觉冰凉冰凉的！便摇了摇头，轻轻地叹出一口气来……

　　广场的一角，有中国人在卖糖炒栗子，栗子装在小纸袋里，每袋十二颗。她买了一袋，坐在花坛边的长椅上，吃了一颗，便不再吃了。她想起了那年的春节，在汉口的江汉路看乡下来的小贩炒板栗。那时，王娟、春桃、米儿、华华、麻杆、花蛇都还在，如今却……她又一阵心痛，摘下墨镜，用纸巾轻轻揉了揉眼睛。又掏出化妆盒，补了补眼影，站起身来……

　　雨欣吃了安眠药，才勉强睡了几个小时。天一亮，便早早地起床精心打扮起来。今天，是米儿到来的日子，她的心"怦怦"直跳……

　　她仿佛又回到了四十多年前的翻身大队，回到了十六岁的少女时代……她站在村头小路上等候着米儿，远远看见米儿向她跑来。一边跑，一边挥动着手里的褂子，向她打招呼……

　　"曾经沧海难为水……"一晃，四十多年过去了，不知不觉都五十七岁了！为了心中的那条小路，为了那条小河，为了那

862

第二十五章

晚的月亮,为了那次初恋,为了初恋的这个人……独身一人,一守就是四十多年!

今天,他又飞越千山万水,飞越万里重洋,从大洋彼岸飞到身边来!是缘?是情?还是命?好像也说不清楚。似乎冥冥之中有只手,就要把人捏住提起来,挪来挪去,像下棋似的……

她摇了摇头:"不知他现在个人情况怎么样?成家了吗?有孩子了吗……"

机场上,雨欣手捧鲜花,站在接机的人群里,翘首望着天空,等待着米儿乘坐的飞机出现……

机场不是当年翻身大队村口的那条小路,雨欣也不再是当年那个十六岁的少女,她等待的也不再是一个少年。她明白,这是四十多年后,在欧洲的重逢……可是,她的心一如当年,局促、不安、心动……竟然一点也没改变——虽然别人看不出来。

东南方向传来了飞机的"嗡嗡"声,大家一起抬头看过去……这动静越来越大,一架银色的飞机穿云破雾,出现在天际,盘旋半圈后,对准机场飞来!

一架巨大的"波音777"客机,在跑道上缓缓滑行。雨欣的心,在剧烈地跳动!机舱的门一开,雨欣一眼便认出了米儿!这一刻,她感到一阵眩晕,身子一晃……她深吸一口气,想让自己平静下来,尽量保持一个科学家应有的理智和风度。可是不管用……她不知道,自己的泪水已经流了下来……

米儿走下舷梯,快步向人群走来!来到跟前,含笑与前来欢迎的皇家代表、政府官员、乙方代表、专家领队等依次握手，互致简短的问候，又拥抱一下……最后松开这位专家领队，向几步开外的雨欣大步走去，热情地伸出了手……

雨欣不顾一切地飞奔过去，紧紧地抱住米儿！把头靠在他肩上，一阵啜泣不止……

面对雨欣的情绪，米儿早有思想准备。重逢见面时可能出现的情况，他在飞机上就预想过多遍了……他拥抱着雨欣，却对欢迎的人群微笑，腾出一只手来向人群挥了挥。又用另一只手轻轻拍了拍雨欣的背，在她耳边低语了一句。

雨欣松开米儿，抬起头来，用泪眼打量着他……米儿的样子没变多少，还是瘦瘦的，只是长高了，头上也有了白发。脸上的线条比先冷峻了些，目光比以前更加深邃成熟。此外，眼睛里还有一丝淡淡的哀伤……雨欣看出来了，她心里一酸，用手捂住了嘴……

这一切都发生在一刹那间，在外人看来那是正常的礼节，跟其他人比起来并没有什么不同，只是多了一份热情，也许是见到了祖国的亲人……可是在雨欣和米儿二人的心里，却完全不同！个中滋味，只有他们才知道。

这一刹那的拥抱，是四十多年的等待和期盼，是天涯海角的相思和相念……这一刹那，跨越了遥远的时空，又把二人的心，紧紧地连在了一起！

这拥抱，让雨欣突然找回了曾经的感觉！这拥抱，是那么的熟悉、温暖、踏实而又轻松！这感觉，是真实的，是有质感的，不是她在梦里梦到过多次的那种幻觉……

可是毕竟四十多年了，眼前的米儿，早已不是当年的那个

第二十五章

大男孩了！这四十多年他是怎么过来的？他的婚姻状况如何？他心里还有没有我？他的性格变了没有……

这一切，她都很想知道，又不得而知。雨欣的心里，忽然又生出一分陌生感。同时，又为自己几十年前的决定和刚才的举动，而深深地自责和后悔……

同样的一刹那的拥抱，让米儿感到了深深的友情，浓浓的温情，还有那少年时代朦胧的爱情……刹那间，他眼前出现了那条小路，那条小蛇，还有小河里的月亮；看见了月光下，雨欣明亮的眼睛和雪白的牙齿；听见了雨欣轻轻的叹息……

后来雨欣走了，是我对不起她……忽然想到，这次建设港口的项目，又意外地得到雨欣的鼎力相助！雨欣一丝不苟、绝不马虎的工作态度，让人放心！雨欣总是在我最困难的时候，出现在我身边！我亏欠她太多了……米儿心里沉甸甸的，对雨欣生出一份深深的内疚和歉意……

考察访问期间，每天的活动都安排得满满的——不是会谈就是参观。

该国的语言比较杂乱，讲荷兰语的，讲法语的，讲德语的都有，偏偏没有比利时语，外来的人短时间内很难适应。好在这些语言雨欣都懂。整个考察访问、参观会谈的过程中，雨欣始终陪伴在米儿身边，随口翻译和介绍。米儿讲话的含义和心思，雨欣一清二楚，甚至包括他的习惯和眼神，她都了如指掌。雨欣熟练地翻译，为双方起到了很好的沟通作用。

考察结束后有两天休息时间，雨欣开车带米儿来到了海边。

车刚停稳，雨欣立刻走下车来，拉开左边的车门，伸出手掌护在门框上方，另一只手拉住米儿的手，说："首长，到了。下车吧！小心头……"随即"咯咯咯"地笑起来。笑声还是那么好听！

米儿的手，被雨欣抓得紧紧的。他忽然想起四十多年前翻身大队的那个夜晚，大家七手八脚抬着一坛辣椒酱，黑暗中，米儿偷偷摸了摸雨欣的手。雨欣一把抓过这只手，攥得紧紧的……

海滩辽阔明亮，雪白的浪花滚上沙滩，"哗哗哗"地响成一片。成群的海鸥在头顶盘旋，叫声尖利而悠长……突然，雨欣拉着米儿的手奔跑起来！四十多年了，她从来没有像今天这么开心快乐！

跑到海水边，二人站住了。

"可惜天太凉，不能打赤脚踩浪花了……"雨欣望着米儿，用武汉话说道。

"不踩就不踩吧。我们海连市多得是浪花，一年四季海水都不冷。"米儿也用武汉话回道，感觉二人又回到了从前。

"那你可以经常……带夫人和小伢去海边踩浪花了……对了，小伢也不小了吧，你夫人肯定很漂亮吧，她是干什么的？"雨欣牵着米儿的手，看着米儿的眼睛，小心地试探道。

米儿把两手一摊，轻松地笑道："谁看得上我呀，根本没想过。一人吃饱全家不饿！对了——你呢？"

雨欣别过脸去看着大海，半天说了四个字："跟你一样……"

米儿见她眼里含了泪，便心里一热，眼眶也红了！说："雨欣，是我害了你……我看了你给我的最后一封信，看完后我病

第二十五章

了好几天……我知道,是我害了你……"

"说不清谁害谁……我不怨你……我不后悔。这是命……如果有来生,我还愿意和你们在一起……不过,我会从头来过,不会再走今天这条路了……"雨欣啜泣起来。

米儿见雨欣哭了,慌得手足无措!几十年来,还是第一次有女人在他面前哭得这么伤心,他不知道应该上去抱一抱,还是应该为她擦擦眼泪……雨欣最后的一封信里,已经说得很明白了……算了,还是不抱得好……

他深吸一口气,拉住雨欣的手说:"雨欣,该回来了,祖国需要你这样的专业人才……你想过没有?"

雨欣点点头,又摇摇头……

"雨欣,我告诉你一个好消息——王娟还活着!"

"啊?!你说什么?"雨欣吃惊得张大了嘴!

"王娟还活着,有人亲眼见过她!"米儿道。

"王娟还活着?她在哪里?"雨欣急切地问道。

米儿摇摇头,沮丧地说:"现在还没找到,也不知确切的方位……"接着,便把酱油麻子看见王娟的经过,仔细讲了一遍。

雨欣仔细听完了米儿的叙述,眼睛望着大海,喃喃自语道:"是王娟,肯定是她!王娟,王娟……你怎么入了空门……"泪水又滴了下来!

雨欣忽然转过身来,拉住米儿的手,急切地说:"米儿,我要回国,我要跟你一起回国!我要去找王娟!米儿,你带我走……"

米儿回国后不几天,雨欣也回国了。本来她是想跟米儿同机回来的,可是,等她处理完手上的要事,米儿随代表团已经走了两天了。

二人见了面,雨欣急着要去寻找王娟。米儿告诉她,自己去找过,跑了一大圈,一无所获……

雨欣听了默默不语。

米儿皱着眉,忧郁地说:"酱油麻子见到王娟这件事,可以肯定是真实的。但是,这事已经过去二十几年了,如今谁也说不清她到底在哪里。我拜访过那座寺庙的老方丈,他也说记不清了。并且说,参加观音得道日的僧尼们,来自全国各地,人数众多,形形色色。再说,二十几年来去世的也不少……"

雨欣问道:"那一带的小庙小庵,你去找过没有?也许……"

"去过,也没有……出家人四处为家,到处云游,行踪也飘忽不定,很多人不在寺庙里,而且所用的都是法号,很少有人知道真实姓名。这也给打听和寻找增加了难度……"米儿心情沉重。

"我这里有王娟的照片,我们可以拿着她的照片挨个去问。不过,已经几十年了,就不知道王娟的变化大不大……"雨欣一边说,一边从箱子里找出一本影集。

翻开影集,里面有雨欣和王娟的合影照,也有二人各自的单人照,有半身的,也有全身的……

雨欣指着一张竖幅的单人全身照,说:"这张照片是一九七二年春在翻身大队照的,也是她最后一张照片。离现在快四十年了……你看,她那时的头发多漂亮……"

米儿没见过这张照片,赶忙接过来,拿在手里仔细端详。

第二十五章

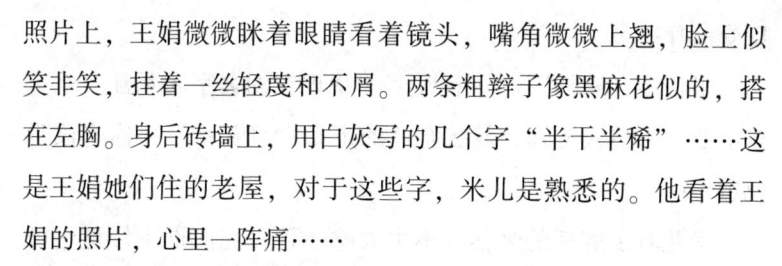

照片上,王娟微微眯着眼睛看着镜头,嘴角微微上翘,脸上似笑非笑,挂着一丝轻蔑和不屑。两条粗辫子像黑麻花似的,搭在左胸。身后砖墙上,用白灰写的几个字"半干半稀"……这是王娟她们住的老屋,对于这些字,米儿是熟悉的。他看着王娟的照片,心里一阵痛……

"这底片还在我这里,我们可以把它放大几张出来,让寺庙里的人去辨认!"雨欣拿出一张底片,迎着光看了看说道。

米儿接过底片,如获至宝!这底片保存得很好,正反两面干干净净。

米儿举着底片,迎着亮一边看,一边感叹道:"四十多年了,底片还在,真不容易呀!太谢谢你了!"

雨欣忽然道:"各地不是都有宗教事务局吗,你们市有没有?可以向他们求援,通过这条线去查找呀,他们应该有登记的吧……"

米儿一拍脑门,"啪"的一声,像打蚊子似的,连声叫道:"哎呀呀!提醒我了……"

雨欣乐了,笑道:"驴子脑壳,应该多打几下!"说着站起身来,也在米儿头上敲了一下……

求援信函发出去不久,各地宗教事务管理局陆续回函。都说:经查证,目前没有发现真实姓名叫王娟的出家人……

二人看着一堆回函,又陷入了迷茫……大千世界,人海茫茫,王娟的去向不清,目前生死不明,令人心里疑团重重……

正在这时,米儿忽然接到了麻杆的来信。信中说,他在俄罗斯的一家酒店里,意外地遇见了华华。华华已经失忆,对以前的人和事一无所知,完全没有印象了。目前正在俄罗斯医院接受治疗……

来信中，麻杆还告诉米儿："华华现在的名字叫瓦江。就是东南亚一带尽人皆知、赫赫有名的走私大亨瓦江……你应该听说过……"

米儿看了麻杆的来信，不由大吃一惊：瓦江谁不知道？可他是缅甸人呀！

瓦江……华华……失忆……走私大亨……这是怎么回事？这些，又是怎么联系在一起，扯到华华身上的？

正所谓命运难测，造化弄人。今天的乞丐，也许就是明天的大富大贵之人；今天的大富大贵之人，也许就是明天的乞丐。世间的每个人都只是个角色，角色往往会变换的，一切都难以预料……

且说当年，为了支援世界革命，林森和白羽摩拳擦掌，带着华华一路奔波来到云南，却找不到报名参军的兵站！在大山里转了几天后，最后决定偷越边境去缅甸，直接去找缅甸解放军。

大勐龙在中国一侧，与缅甸接壤。这里山高林密，云雾缭绕。夜间摸黑越境时，又担心被野兽吃掉，又担心被边防军抓到，几人又慌又急又怕！

黑灯瞎火的山上，到处是沟沟壑壑，悬崖峭壁，本来就没有现成的路可走，晚上更是难行。脚下的落叶沾了露水，又湿又滑，野兽也难通行。几人在山林里猫着腰，动物似的手脚并用，抓着树根拉着树枝，攀爬而行。

华华痴痴呆呆，摇摇晃晃地跟在林森后面。天微亮时，来

第二十五章

到边境。翻过眼前这道陡崖，那边就是缅甸了……

眼看大功告成，华华忽然脚下一滑，身子晃了几晃，一个趔趄跌下山崖！

白羽走在最后，一把没有拽住华华，也差点滚下去，吓出一身冷汗！急忙叫住前面开路的林森，一起下去寻找。

二人猫着腰，一边寻找，一边低声唤道："秀才！秀才！"

这里已经是边境线了，二人不敢高声呼叫，只能多用眼睛和耳朵，每下去几步，便低唤几声"秀才"。

这山崖，不知下面还有多深才能到底，二人心里都捏着一把冷汗……忽然听到左前方有人在哼哼！二人赶紧循声摸过去。在一块巨石下，发现了躺在那里的华华。他滚到这里，被这块巨石挡住，救了他一命……

华华四仰八叉地躺着，歪头闭目，额上带血。林森和白羽二人慌慌张张，在他身上乱摸一气。摸了胸口，又摸鼻子又摸头，感觉他身上软软的，温温的，好像还活着！

二人在他耳边低声唤道："秀才，秀才……你没死吧，摔痛哪里了？讲话呀……"

喊了半天，华华不动……又喊了一阵，华华长叹了一口气，忽然睁开眼睛，说："哎哟，屁股痛，脑壳痛……"又看了看天，说："天亮了，想吃饭了……"

林森和白羽听了这话，方知没有大碍，便放下心来。都笑道："你想得倒美，这里哪有吃的，又不是武汉……"

华华道："热干面好，放芝麻酱……"

二人听了，哈哈大笑！笑完了，白羽一想不大对呀，他不是疯子吗？怎么一问一答，思路这般清晰？还晓得吃热干面，

871

还要放芝麻酱……便不解地望着林森。

林森更觉奇怪，也疑惑地看看白羽，又看看脚下的华华。华华躺在地上，好像伤势并不重，只是不想起来……

白羽想多问几句，试试他的反应。便蹲下身子，问道："你叫什么名字？"

华华道："我叫秀才……"

白羽把手一指林森，问道："他叫什么？"

华华："他叫大哥。"

"我叫什么？"

"你叫二哥。"

"你是哪里人？"

"我不晓得。"

"嘿——你这个秀才，怎么总是四个字一句，四个字一句的？你作诗啊……"白羽和林森忍不住又笑起来！

林森见华华神志清醒了，心里感动，他眼圈一红，摸着华华的手，说："秀才，刚才这一跤，倒把你摔好了。你听话，这里不能久留，我们要赶紧走。你还能不能走？"

华华又是四个字："你们扶我……"

这次华华跌下山崖，半路又被巨石一挡，才躲过了鬼门关。捡回一条小命后，精神分裂症竟然逐渐好转起来……但却又失忆了，对过去的事情一概不知，对过去的六亲，一亲不认！前后判若两人。

几人进入缅甸，却并未见到什么缅甸解放军，只见到满目疮痍，民不聊生，比中国差远了！幸好这里是边境，人民币在

第二十五章

这里好用,才不至于饿死……

时逢缅甸战乱,正处于无政府的混乱状态,各方势力争来斗去,大小战争接连不断。找不到缅甸解放军,又不肯落草屈就别的武装组织,几个人只好四处漂泊。身上带来的钱渐渐消耗殆尽,最后饭也吃不上了。三个人形同乞丐,只剩手里一根打狗棍……

流浪多日,三人来到一个叫滚弄的镇子。这镇上的人早已逃光,只看到几人正往卡车上装东西。一个戴遮阳帽的洋人,在一旁指手画脚地吆喝着。几个瘦骨嶙峋的缅甸人,龇牙咧嘴地抬着大木箱子,费劲地往车上放。

太阳下,有几颗小菠萝似的军用手雷,正放在路边地上……

开车的司机是中缅边境的边民,通晓汉语,还能说一口流利的云南盈江话。他从驾驶室里跳下来,对林森道:"有工钱!你们干不干?"

三人干干脆脆,一起答道:"有工钱就干!"说着都把棍子一扔,一人扛起一个大木箱来。

三个人年轻力壮,又都在农村干过体力活,这些百十斤重的木箱扛在肩上,根本不当一回事!

林森三人听司机说,"缅解"跟他们是好朋友,以后还可以认识认识,便动了心!三人商量一阵,便决定暂时留下来,先解决眼前的吃饭问题。至于参军的事,走一步看一步,以后再说。

事后他们才知道,原来这是一家有国际背景的走私集团。

约翰是集团的头子,总窝子设在加拿大。约翰偶尔也来缅甸看看,那天刚好被林森他们遇到了,走投无路之际,便被充当了马仔。

约翰问了他们的姓名,又一个一个地记在了小本子上。

问到华华时,华华没有名字。白羽和林森把华华的情况讲了一遍,约翰咬着笔杆沉吟片刻,在本子上写下了"瓦江"二字。从此,华华有了新的名字——瓦江。

瓦江,这是一个很有缅甸特色的名字。在缅甸,在东南亚金三角一带,姓"瓦"的人很多,也很普通。但就是这么一个普通得不能再普通的名字,几十年后却响遍东南亚,以致家喻户晓,妇孺皆知……瓦江,有人敬佩,有人胆寒!有人视为英雄,有人视为魔鬼……

华华并不知道自己的前世今生,也不知道自己叫许江华。世人也不知道,许江华就是瓦江,瓦江就是许江华。从此,这世界上再没有许江华,而只有个瓦江……

华华杀人不眨眼,心狠手辣。他没有过去,没有历史,没有亲人,没有任何人可牵挂,也没有任何人牵挂他。他的过去是一片空白,什么都没有……他不知道自己从何处来,今后要回归何处去。就像鲁智深在戏台上唱的那样:"赤条条来去无牵挂"。他的内心是冰冷的,没有一点温度!就像天外掉下来的一块陨铁,又黑又硬又冰凉!

华华诡计多端,阴险毒辣。林森和白羽坚定地和他站在一起,一心辅佐他,甘当他的左膀右臂。渐渐的,华华的眼睛里生出一股寒冷的杀气来……凡经他处理的人和事,干净利索,从不拖泥带水,也不留后患!死在他枪口下的对手,无计

第二十五章

其数……

有了他们的加盟，几十年来，公司的规模越做越大，资产遍及各地。老约翰赏识华华，将他视为自己的接班人、得力助手。约翰老了，力不从心了，只能动动手指，很多事情都交给华华去办。渐渐地，华华成为公司的第二号实权人物……

但华华并不爱钱，却对自己的手下非常好！无形中，培养出一大批敢于为他赴死的亡命之徒。

约翰死了以后，公司留下了大量财富，堆积如山。埋掉约翰以后，他办的第一件事，便是立刻拿出一半，按功劳大小分给每一个人。

这些人感恩戴德，欢声雷动！含泪高呼："瓦江！瓦江！英雄！英雄……"欢呼声中，众人将他抬上了约翰的宝座，林森和白羽往他左右一站，成了他的头号帮凶……

至此，华华完成了自己的血腥创业。在东南亚一带，牢牢地坐稳了头把交椅，没有任何走私集团敢跟他争锋……

华华变了，这个昔日爱打屁的少年，当年回武汉，大雪封了路，风雪之夜困在曲湾镇咸鱼婆婆的斗室里，一筹莫展的少年彻底变了！变成了一个令人胆寒的大魔头——瓦江！

这是谁也没有想到的。

跟华华同在这间斗室里，同在一张床上挤过一夜的麻杆，跟华华的经历却另有不同。

麻杆和芳芳从毛纺厂下岗以后，困在家里无处可去。夫妻二人带着两个孩子，没有了任何经济来源，全靠手上一点微薄的积蓄度日。

俗话说,坐吃山空,立吃地陷。家里没有进账,只有开销,手上这点积蓄,一天天在缩水。一家人的吃穿怎么办?水电房租怎么办?万一孩子病了怎么办?孩子上学又怎么办……太多的怎么办等着他们去办。可是,他们也不知道该怎么办,一点办法也没有。

大人还好将就,孩子上学可不是小事。手上这点钱要留着救急,再也不敢动了,只得另想他法。结婚时买的自行车和手表卖了。后来添置的电视机和冰箱,也卖了。麻杆平时舍不得穿的一件呢子大衣,也便宜卖了。值点钱的东西,都先后卖了,家里再也没有东西可卖……

麻杆摸摸屁股,在屋里转来转去,眼睛盯上了女儿的那架钢琴。这架珠江牌钢琴,当年咬着牙花了四千多买回来,是想培养女儿当音乐家的……用了五六年了,不知现在还能值多少钱?

麻杆出去转了一圈,打听到同款的珠江牌钢琴,如今新的要八千多了。麻杆这架钢琴,芳芳很爱惜,还有七八成新,不知还能卖多少钱。因为不是新的,麻杆也不敢奢望卖高价,按原价回个本就行……

"芳芳,把钢琴卖了吧,先顾人要紧……今后有了钱再买回来……"麻杆回来跟芳芳商量道。

"什么?卖钢琴?不行!卖什么也不能卖钢琴!这是可喜可爱的命根子,坚决不卖!"芳芳激烈反对,眼睛都气红了。

"这我晓得,我也舍不得呀,可是不卖……你看还能熬几天?其他东西又不值钱,总不能把床和被子卖了吧……"麻杆眼圈红红地说。

第二十五章

"卖被子卖床也不卖钢琴!我还指望两个女儿今后当音乐家呢。不行,坚决不卖!你要敢卖,我们就离婚,钢琴归你,女儿归我……"芳芳含泪倔强地说。

"唉……怎么扯到离婚了呢……你的脾气越来越……你想想,当年为了你,我挖空心思,千方百计才把你娶到手。哪个舍得离呢,不离的……"麻杆走过去,把芳芳揽在怀里心疼地说道。

芳芳扑在麻杆怀里,大哭起来……

古人说,贫贱夫妻百事哀。居家度日,开门七件事:柴米油盐酱醋茶,谁也别想绕得开……

有钱还好说,可是没钱怎么说?离开了这七件事,一切都是空的……恋爱时的花好月圆,那是吃饱了肚子才好看!两手捧个空肚子,那花,那月也没什么看的,一钱不值!过去花前月下的那些浪漫话,已经没了浪漫……

可喜和可爱,一天天在长大。今后怎么办?竟然连两个孩子都养不活!想想就心酸……这辈子,真是"错把老醋当墨汁,写尽半生都是酸"呀,现在居然穷得卖起家当来了!这个麻杆,当初我是不是看错人了?当年看他笛子吹得好,可是光会吹没有用,笛子不能当饭吃呀……

芳芳看看一对女儿,再看看麻杆,心里不是滋味……

"芳芳,你就在家做做家务,带带孩子,好歹也能省点钱。我出去打零工……天下人都在活,下岗的人那么多,我还不信,偏偏就饿死我们一家人……"麻杆跟芳芳商量道。

芳芳含泪点点头。

麻杆出去打零工,有一天没一天的,经常找不到活干。

一阵寒风吹过,街上的尘土飞起来,迷了他的眼睛,灌了他满鼻子满口!他咳嗽一声,赶紧背过身去吐唾沫,竖起衣领遮住半个脸……

一个卖荔枝的人,弯腰弓背推着自行车走来,后座上绑着一个竹筐,里面还有没卖完的半筐荔枝。

麻杆背对着风,倒退着往后走,差点撞到这人的车轮上。听到背后一阵车铃响,麻杆猛地一转身!

"国庆——尹国庆!"麻杆认出了这个卖荔枝的人是粗纱车间的工人。

"啊?麻杆!曾抗美——是你呀!"国庆赶紧把自行车架稳了,从口袋里摸出烟来,递给麻杆。

麻杆连忙摆手,说:"不要不要,抽不起,戒了!"

国庆便硬要塞给他,说:"拿着拿着,我不信。你要能把烟戒了,我就把饭也戒了……"

麻杆勉强接到手里,叹口气道:"唉,我晓得你不信……像我们这种人,还抽个什么烟呀。不信你问芳芳去……"

"芳芳还好吧?可喜可爱两个姑娘还好吧?总想去看看你们,但是我都混成这样了,也不好意思去。再说天天卖这……也没有空。"国庆正了正头上的鸭舌帽,难为情地说。

"莫说这话,国庆。咱俩,割头换脑壳的兄弟,有什么不好意思?你只管来。我们两个,半斤对八两,我也好不到哪里,只不过比你屋里多架钢琴。老子想卖,芳芳死也不肯。妈的……"

国庆抽了口烟,说:"听我劝,麻杆,钢琴莫卖,免得伤了她们母女三人的心!人不会永远苦的,再熬一熬……"

第二十五章

麻杆看了看后座上的半筐荔枝，关切地问道："多少钱一斤？好不好卖？"

国庆收住刚才的话题，看了看荔枝，说："十块钱一斤，不太好卖，大家都嫌贵！很多人买个一斤半斤的，还有人买几颗的，反正有人要，我就卖，只能灵活点……对了，你带点回去给芳芳和可喜、可爱，让她们母女也尝个鲜！"说着，从筐子里挑选出一大串递给麻杆。

麻杆连忙说："不要不要！哪里有钱吃这个！你留着卖吧。"说完就要走。

国庆拎着一串荔枝追上去，说："为什么不要？我送给你的！拿去拿去……"

麻杆挡住荔枝，把脸一抬，说："那我更不能要了！一天也卖不了几斤出去，这么冷的天……"

"这点荔枝还是请得起的，拿去拿去，不然我生气了！"国庆把荔枝往麻杆怀里一塞，推车就走。

麻杆接过荔枝，在口袋里一摸，掏出十块钱看了看，追上去往他筐子里一扔，转身离去。

国庆想去追他，看他已经到了马路中间，汽车穿来穿去的，望着他的背影摇了摇头……

过了几天，尹国庆来了，手上提了几斤鸭梨和两串葡萄。

芳芳赶紧让进屋里坐，可喜和可爱腼腆地站起来，一人叫一声："尹伯伯好！"

芳芳一个劲地埋怨道："来就来了，还带什么东西，真是……嫂子和儿子还好吧？"边说边接过水果来。

麻杆过去把国庆一拉,说:"国庆,你就坐床上,妈的,桌椅板凳都卖了……"

一家四口都跟国庆打招呼,国庆不知道先回答谁的好。他笑嘻嘻地摸了摸可喜、可爱的头,说:"哥哥在屋里写作业,改天接你们两个到我家去玩!"

麻杆递过茶来,国庆接了。大家寒暄一阵,麻杆问他今天怎么有空了?

国庆忽然想起来,便道:"无事不登三宝殿呀。我是来告诉你,我儿子他们学校,要办个课外兴趣班,教伢们吹拉弹唱。一个星期上一节课,一节课三十二块钱,大概有十多个小伢报了名,缺个老师来教。我找了他们学校的教改主任,推荐了你,对方叫你去试试!不知你愿不愿意去……"

麻杆迅速心算一遍:每个月四节课,每节课三十二元。三四一十二,二四得八……

芳芳比他算得还快,脱口便道:"每个月一百二十八块,怎么不去?去去去!"

每个月增加一百二十八块钱收入,当然好!夫妻二人立刻答应下来,对国庆说了不少感激的话。

没想到下岗了还能进校门当老师!麻杆心里既惊喜又紧张……芳芳给他找出几件稍微体面的衣服,用熨斗烫了烫,里里外外换得干干净净。麻杆对着镜子,一丝不苟地梳头发……

芳芳退后两步,从头到脚仔细打量一番,看看无可挑剔了,满意地说:"我家麻杆就是有出息,看上去也像一个教授嘛!"

麻杆脸一红,笑道:"水货教授!教授,教授,越叫越瘦……"

第二十五章

芳芳又反复叮嘱，叫他好好干，多卖点力，争取留下来当个音乐教师……叮嘱了半天，才把他打发出门。

从此，麻杆每个月多了四节课，也多了点收入。其他时间，他白天出去找零工，晚上便把大衣一裹，帽檐压得低低的，蹲在路灯下摆一个小地摊，卖点小镜子、小梳子、毛巾、袜子、针头线脑之类的小杂货。来买这种东西的顾客，多是女人家，免不了讨价还价，麻杆不胜其烦，但也只好耐着性子，硬着头皮应付……

谁知不到半个学期，兴趣班停办了！据学校说，教育部门为了给学生减轻负担，除了正课以外，取缔一切五花八门的补习班、辅导班……还孩子一个健康成长的环境。兴趣班也取消了，麻杆的笛子吹不成了，"教授"梦也做不成了……

少了这一百多块钱，日子照样得过下去。为了省钱，麻杆很少在外面玩，更不敢跟朋友聚会。没事便待在家里，哪里也不去。啤酒也不喝了，宵夜也不吃了，香烟早就不抽了……过去的朋友和同事，跟麻杆的情况也差不多，不是各忙各的，便是不好意思见面。渐渐地没了什么来往，朋友也越来越少……

不相干的普通朋友，也许可以忘掉或者不来往。可是亲戚就不同了，那是有血缘关系的，骨头断了还连着筋呢！你想忘掉他，他不忘掉你，不来往也不可能。黑龙江老家的亲戚，就和麻杆一直保持着联系。

麻杆有个堂哥，下岗后在东北老家养水貂，专做貂皮生意。写信告诉麻杆，说最近几年，貂皮生意很好做，未来行情看好……如果麻杆过不下去，可以回老家来共同发展……

麻杆看了来信，心里活泛起来。但拖家带口的不方便，那

— 881 —

边又是冰天雪地的,又怕芳芳不同意,便也没当回事,依然过一天算一天。

可是,劳务市场僧多粥少,找零工越来越难。物价眼睁睁地看着往上涨,麻杆拿到手的几个工钱,还不够买米买青菜的。

眼看着无路可走,麻杆又想起水貂皮这件事来,便和芳芳商量。

谁知芳芳一听,立刻说:"你怎么不早说?有这机会为什么不去试试!管他冰天雪地,天冷正好卖貂皮……常言道,树挪死,人挪活。我们又不是树,何必非要困在这里?"

夫妻二人商量了几天,最后果断决定:等孩子放了寒假就动身,过去碰碰运气!

谁知他这一去,竟然命运大转!不过几年工夫,便成了远近闻名的貂皮大王,由此变成大富大贵之人!

此时恰逢貂皮大行其道,皮货供不应求。无论男女都以拥有一件貂皮大衣为荣,觉得很时尚,很有面子。穿在身上,腰杆立刻直了一些,人也精神多了!

常听人说,运气来了,门板也挡不住。麻杆这棵小树,眼看着快不行了。谁知一挪到家乡本土,不但没死,居然起死回生,渐渐长成一棵参天大树!

麻杆天生能说会道,巧舌如簧,再加上脸皮又厚,做生意待人真诚热情。谈价时又肯通融,不太计较一时得失,只为交个长久朋友。客户买到了好货,不但心里满意,还交了朋友,一团和气,无不皆大欢喜!没有不愿意跟他做生意的。

俄罗斯的海参崴,是个美丽的海滨城市,也是美人扎堆的

第二十五章

地方。不但有风情万种的俄罗斯女郎，还有麻杆最爱吃的"大列巴"和鱼子酱。这座城市离中国边界很近，只有五十多公里，说远也不远，麻杆一脚油门就过去了，来回方便快捷。

麻杆飙着车，几十分钟便过来了，住进五星级的云天大酒店。这也是该市星级最高，设施最全，最豪华的大酒店。

麻杆身着黑色貂绒大衣，头戴银灰猞猁皮筒帽，鼻子上架着金丝眼镜。他吃完"大列巴"和鱼子酱，走出餐厅回房间去。

正在找房间，忽然前面走廊房门一开，出来两位人高马大的洋人，目光炯炯地看了麻杆一眼。

随后又出来两位中国人，都穿着大毛领的黑色皮大衣，头发梳得光光的，没戴帽子。

其中一位气宇轩昂，相貌威严。他扭过头来，用武汉话对另一位道："白羽，你跟大哥打个电话，叫他明天过来。这件事再莫拖了！"

白羽也用武汉话回道："好的瓦总，林总明天不一定能到，中间还要转机……"

麻杆一听是武汉话，在俄罗斯碰到了武汉人，忽然来了兴趣！目不转睛地盯着他们看。

两个洋人神色紧张，一起向他走来。来到跟前，突然一把揪住麻杆，死死地顶在墙上！

麻杆立刻把双手一举，背贴着墙结结巴巴地说："误会……误会！好汉松手……"

白羽一听也是武汉话，手上夹着香烟踱过来，下巴一扬，问道："你是什么人？看什么呢？"

— 883 —

麻杆道:"我听你们讲武汉话,我也是武汉的,没别的意思,就是感觉很亲切……"

"你是武汉哪里的?你叫什么名字?"白羽盘问道。

麻杆道:"听口音你是汉口的吧,我是武昌杨树园的,我叫曾抗美……你们快点松开我……"

瓦总的右手一直在大衣口袋里摸着枪,听到是这回事,便把手拿出来,拍拍麻杆的肩膀,盯着他的眼睛说:"真的也好,假的也好,少管闲事!不然要惹麻烦的,听到没?放了他,我们走……"

麻杆看着瓦总的那双眼睛,感觉那眼神实在太熟悉了!那讲话的嗓音,突然使他想起一个人来——

"华华?许江华!我是麻杆呀,你都忘了?我们找你找得好苦呀……"麻杆大叫一声,眼里滚出泪来,扑过去就要抱住瓦总……

瓦总眼珠一动,又定定地看了麻杆一眼。

白羽急忙拉住麻杆,说:"你疯了,这是我们瓦总!怎么成了华华?你认错人了吧……"又对两个洋保镖摆摆手,说:"这里没事了,你们先去餐厅等着!"

麻杆把头转来转去,然后看着瓦总叫道:"一点都没认错,千真万确就是华华!不信,你看他左肩后面,有一块元宝似的胎记,是青色的!这假不了……"

瓦总脸上略显惊讶,皱皱眉说:"这是个疯子,他疯了……"

"你才是疯子!你疯了以后,米儿专门去了一趟武汉,没找到你,回来还病了一场……"麻杆又叫道。

第二十五章

白羽在一旁听出名堂来了,这话都对上了,心里突然一震!便和颜悦色地问麻杆道:"这到底是怎么回事?你小点声,跟我讲一讲。来,我们找个包房,坐下来讲……"

包房里,三人举起酒杯碰了一下,各自抿一小口。白羽盯着麻杆的眼睛,开口道:"你可以讲了。到底怎么回事?你慢慢地讲,不准讲假话。小心你脑壳掉了,还不知怎么掉的!"

观察瓦总举手投足和走路的样子,麻杆心里更加确定——他就是华华!

麻杆心情激动不已,深深地叹了口气,便把事情从头到尾讲了一遍。他讲到了小组的几位同学,讲到了幼年的友谊,讲到了下乡插队,讲到了华华是哪一年疯的,如何疯的,大家又如何寻找……

然后再次肯定地说:"绝不会错的!不信,可以看看他左肩后面就知道,是不是有一块胎记?"

瓦总脸上似有所动,又似乎没有表情。白羽听到这里完全明白过来,前后情节完全接上了!胎记确实有,而且形状就像一只元宝,颜色乌青……

想到这里,白羽的脸色渐渐温和下来,又问道:"你们当初下乡,具体在江陵哪个地方?"

麻杆道:"就在白鹭区曲湾公社翻身大队嘛,那里是湖区,都种水稻。华华就是在那里疯的,一大早就不见了人影,害得我们到处找……"

白羽沉思片刻,忽然问道:"你知不知道监利县有个汪桥区?"

"怎么不知道?就跟我们翻身大队挨得很近,我还去过汪桥区,还在街上吃过饭团子,那个饭馆在一楼,是个红色的木门……你怎么晓得汪桥区?"麻杆兴奋又好奇。

"我是老三届的知青,就下放在汪桥区的芦林大队,跟你们翻身大队很近。后来瓦总,也就是你说的华华,也来到了我们这里……"白羽盯着麻杆的眼睛,边说边观察他的表情。

麻杆嘴里描述的汪桥区,以及风土人情和地名,都没错。表情也很自然,白羽没有看出什么可疑来。心里有数了,便把遇见华华,又把他带回农村,后来又失忆的经过讲了一遍,但并没讲在缅甸的勾当。

麻杆听了,惊讶得嘴都合不拢!好半天才说:"原来是这样啊,哪晓得就在我们眼皮底下!怪不得我们满世界找不到……"

白羽低声提醒道:"现在时间和情节都对上了,整个过程也完整了。我们的瓦总,就是你们要找的华华!这是一件喜事……这事你晓得就行了,不要到处声张。"

瓦总坐在皮椅子上,好像在听别人的故事,一动不动。

麻杆望着他,说:"华华,你还记得吗?那年下大雪回武汉,我在队里分红,只分了九块多钱,你怕我路费不够,说把你的钱分给我一半……你真的忘了?都忘干净了?我心里还总是记得……"说着说着,眼泪又下来了……

瓦总听到这里,似有所思……

麻杆擦了擦眼泪,又道:"你还记得吗华华,我们小组,除了你和我,还有米儿和花蛇。本来是四个人的,后来花蛇参军去了……那时,我们还养了一只小狗……"

突然,瓦总的嘴唇抖动起来!喃喃自语道:"骗子……痞子……"脸色由红变白,身子摇晃起来。

第二十五章

麻杆急忙接上去,说:"对呀对呀,想起来了?小狗就叫骗子……痞子是只鸟,是王娟养的,记不记得王娟……"

听到"王娟"二字,瓦总脸色惨白,身子剧烈地摇摆不止,突然栽倒在地板上,不省人事……

一辆救护车迅速来到楼下,瓦江住进了医院,麻杆始终陪着他……

有人说,一个人的命运不是预先能够设定的,也不可能一辈子按照这个设定去走完,时时刻刻都有可能会变。人世间的事,都是有因果的。如果一辈子都顺风顺水,当然好。如果栽了跟头,也未尝不是一种际遇,未尝不是一种开悟……

在病房里躺了两天,瓦江浑身大汗淋漓,一直处于昏迷状态。第三天才睁开眼睛,意识渐渐清醒,记忆也在逐渐恢复……

他睁开眼睛,看见麻杆,便道:"你是——麻杆?"

麻杆抓住他的手,高兴地说:"对,我是麻杆!你是华华!你醒了?"

瓦江看了看旁边站着的白羽,问道:"我是华华,你是哪个?"

白羽见他醒来,心里高兴,便笑道:"瓦总——不,你是华华,我是二哥呀!怎么又把我忘了?"

麻杆见他这样子,也跟着笑起来,说:"完全糊汤了!想起那又忘了这……"

瓦江闭上眼睛,摇了摇头,说:"我不叫瓦江,我叫华华。我家兄弟两个,我只有一个哥哥,没有二哥……"

麻杆告诉他："是的,你家里只有两个兄弟……"华华的父亲早已过世,麻杆不敢告诉他。

又过了一天,早上睁开眼睛,华华似乎彻底清醒了。他问到了米儿、化蛇、王娟、雨欣,又问到了肖银水和念念……

麻杆根据自己所了解的情况,向他做了介绍。但是没有提肖银水和念念的事,他怕华华再次受到刺激。

随后,又告诉华华说:"米儿知道你在这里,让我代他向你问好!他正在主持一座港口的建设,如果请到假,他就和雨欣过来看你……"犹豫好久,又吞吞吐吐道:"据米儿说,王娟好像,也许,可能还在人世。不过,下落还不清楚,正在查找……"

华华一听,"腾"地跳下床来,说:"我早就说过,她不会死,你们非要说她死了!"说完,又扶着床躺下来,大口地喘气……

王娟死了,又活了……华华变成瓦江,瓦江又变回华华……他时而清醒,时而迷糊……似乎还没彻底弄清自己的前世今生,更不知道"生我之前谁是我,死我之后我是谁……"这一切,都迷迷糊糊,竟有恍如隔世的感觉……

他感觉,对过去的人,似乎有过一段缘分,又好像没有。对过去的事,好像有点印象,但又模糊不清。这些人和事,好像跟自己有点关系,但似乎又是前世的,不是现世的。

现世的是什么?好像没有别的,就是打打杀杀……对了,枪呢?他摸了摸枕头下面,摸到一件冰凉的东西……他突然浑身一震!

一阵眩晕上来,华华又陷入了昏迷之中。

第二十五章

加拿大温哥华，一幢摩天大楼直插云霄！这里，是华华的帝国中心。尽管外面冰天雪地，大楼里却温暖如春。第六十六层是他的办公室，八个身材高大的洋保镖，身穿一色的制服，分列大门两边。除了林森和白羽，任何人不得擅入。

巨大的落地玻璃窗前，伫立着笔直的华华。他遥望着窗外的城市，看着白雪皑皑的屋顶，看着脚下的汽车冒着热气，甲壳虫似的川流不息……

"伫倚危楼风细细"……再见了温哥华！再见了加拿大！再见了……他在心里反复地念叨……今天，他要在这里和林森、白羽一起，做出一个重大的决定。

"高处不胜寒"。月满则亏，水满则溢。刀尖上的日子，不可能长久，说不定什么时候就栽了……再说，三个人都一把年纪了，也该金盆洗手，叶落归根了……他必须要把这个道理，讲给他们两个听。同时决定：解散公司，遣散员工，变卖资产，准备回国！

华华有了下落，并且已经恢复了记忆。这消息，让米儿和雨欣悲喜交加！

可是，王娟依然下落不明……

米儿和雨欣，正携带王娟的照片，四处寻找打听。虽然历尽千辛万苦，但王娟还是杳无音信。二人心里七上八下，不禁对此产生了怀疑……

雨欣道："酱油麻子说他看见了王娟，但二人并没对上话，怎么能确定那个人就是王娟呀？"

米儿沉默不语。雨欣又道:"即使当时看见的是王娟,可是事过二十几年,如今她在哪里?她还在不在人世?这些也是未知数……"

雨欣见米儿不语,叹口气道:"唉,都四十多年了,王娟的母亲和弟弟早已不在武汉了……如果能找到他们,也许还能得到一点消息……"

米儿点燃一支烟,吸了一口,不无忧虑地说:"既然进了空门,她是不会告诉家里的。她的性格,我知道……"

他在地上走来走去,来到窗前,望着窗外如烟的细雨,缓缓说道:"综合各方面的情况判断,王娟应该还在人世。没有找到,不等于人没有了……当年投河自尽,也许没死呢?也许被什么人救了呢?也许投河自尽是她当时的一个想法……绝命书发出去以后,或许又发生了什么事,导致她又后悔了呢?这些不是没有可能……死,只是一种结果;没死成,背后却可能有很多种理由和原因……"

雨欣点头道:"这些理由是成立的,只是真相没有揭开而已,法律上不是也说:活要见人,死要见尸,才能做出结论吗……"

米儿道:"继续找,一座庙,一个庵都不漏过!每到一处,我们都留下照片和联系方式。只有这样一个一个地排除,心里才能踏实。"

雨欣沉思一会儿,犹犹豫豫地说:"如果,一个人想要刻意地躲着你,即使在你眼皮底下,恐怕也不一定好找。不是说吗,装睡的人是叫不醒的。你想,她如果要找你或者麻杆,不是很容易吗?而且跟家里联系更容易……王娟会不会是这样呢?"

第二十五章

米儿坐下来，叹口气道："这就更可怜了……假如王娟还活着，很可能就是这样的，她会躲着我们。这我也想过。站在她的角度上，这不难理解。所以，只能我们去找她……"

柳絮纷飞，又是一年开始。米儿五十八岁了。他和雨欣二人，除了工作就是找人，依然没有王娟的消息。

这天早上，米儿刚走进办公室，突然看见办公桌上端端正正放着一封函件。一看封面，上面印着："宁甬市宗教事务局"。便急忙拆开来看。信中道——

经查，日前在我市的"静波庵"发现一位法号"妙静"的出家人，几十年前登记的姓名叫王娟，但籍贯填写的是苏州，不是武汉……

经了解，这位妙静师太目前还在庵里，但不知是不是你们要找的人。请速来电来函与我局联系……

米儿立刻抓起电话打过去，询问清楚后，再三叮嘱道："请不要惊动她，我们随后就到！"

他立刻赶到工程指挥部，把雨欣叫出来，亲口把这件事告诉了她！嘴里不停地说："找到了！找到了！可以见到王娟了，果然还活着……"

雨欣愣在原地，一时惊呆了……突然眼里滚出泪水，想哭，又用手捂住了嘴……她一把抱住米儿，抽泣起来……

二人不敢耽搁，风尘仆仆赶到宁甬市。当地宗教事务局派了一位女科长，领着米儿和雨欣去了静波庵……

静波庵距离长江很近，是一座不大不小的院落。远远望去，白墙黑瓦，四周绿树成荫。院墙外面是大片的田野，地里的麦子快成熟了，麦穗正在由绿变黄。不远处，还有个小小的村落。

这一带地处僻静，罕有人至。只有一条崎岖的小路，蜿蜒向前通往村庄，又在村子边上绕了半圈，再穿过大片的麦田，才能到达庵前。村里几条野狗闻风追过来，对着米儿他们狂吠不止……

三人穿过半人高的麦田，来到了院门前。四周寂静无声，但闻树叶沙沙作响，顿感凉风习习，空气清新……数十年前，王娟一人来到这里，也曾在这门前踌躇良久……

这是一座有年头的尼姑庵了。依稀可以看出，历朝历代都有简单地修葺和粉刷。但是院子的两扇大门，却似乎一直没有换过。表面的油漆早已剥蚀，裸露在外的木头也失去了原来的颜色，被无情的风风雨雨冲刷得老态龙钟，龇牙咧嘴地诉说着历史的沧桑和悲凉！

门头上面一块匾额，刻着"静波庵"三个大字，每一个字都有一尺见方。年深月久的木质匾额上，被风吹开了几条裂缝……字写得还不错，好像是颜体。但没有落款，不知是何人写于何年何月。

女科长停下脚来，抬头看了看匾额，说："到了，就是这里！"遂趋身向前，拍了拍大门。

米儿和雨欣的心，紧张得都快跳出来了！

米儿的手插在口袋里，紧紧地抓住王娟的发夹不敢松开！生怕一松手，王娟便又飞走了……

庵内寂无人声，但闻院内鸟声鸣啭。女科长侧耳听了听，见无人应答，便又连着拍了几下，同时喊道："有人在吗？请开一下门——"

第二十五章

只听里面有女声远远应道:"哪个敲门呀?来了,来了,这雀儿吵得听不见……"随着轻微的脚步响,这语声也由远而近。

来到门跟前,"哐啷"一声拔掉门闩,吱吱呀呀一阵门响,门缝里探出一张女尼的脸来。看了看门外的来人,便露出了笑容:"哎哟,是余科长呀,我当是谁呢!快请进……"说着打开大门,双手合十,低了头退至一边。

雨欣和米儿仔细打量这位女尼,见那身材、相貌和年龄与王娟对不上,讲话的声音也不像。二人互望一眼,摇了摇头。

余科长笑着对女尼道:"是妙能呀!一直想过来看看你们,总不得闲。况局长叫我代他向你们问好!"

妙能双手合十,对着三人深深地鞠了一躬,说:"感谢政府,感谢余科长和况局长,还挂念着静波庵。阿弥陀佛!托政府的福。上次送来的粮油还没用完……这次余科长和两位施主,有何吩咐?"

余科长似乎早就预备好了香火钱,从包里掏出两张五十元的钞票塞给妙能。

妙能念一声:"阿弥陀佛……"伸手接过来,塞进怀里,又对余科长鞠一躬。

米儿和雨欣马上醒悟过来,也赶紧掏钱。见余科长给了一百,也不好当面多给,每人也随了一百。

妙能一一接过,又一一鞠躬,念过"阿弥陀佛",三人随之也回了礼。

妙能跟着问道:"不知施主有何吩咐,贫尼随时效劳。请随贫尼来……"说着关了院门,趋步在前引路。

进入园子,一条石子铺就的甬道打扫得干干净净,两边种的全是夹竹桃，下面是修剪过的草地。

透过夹竹桃，可以看到散落的三五间禅房，都掩映在绿荫之中。禅房之间均有小路连通，路两边是绿油油的冬青树，一排排修剪得整齐划一。

石栏围起的一口莲池里，碧绿的新荷密密匝匝，挤满一池，挤得满池翠屏，满池绿！风吹荷动，池水微漾，水质清澈而幽绿……尽管江南春早，但毕竟还不到六月，荷花尚未出水，只有满园的荷香透人心扉……

莲池对面，一座不甚高的房子，门额上挂着一块竖匾，依稀写着"观音殿"几个字。大门敞开，从里面传出众尼的诵经声……

余科长站住脚，问妙能道："怎么，正在诵经呀？"

妙能答道："是。余科长要找谁？可以吩咐贫尼去唤来……"

余科长望了望观音殿那边，说："不用了，我们就在这里等吧……妙静在不在？"

妙能回道："妙静在。余科长找她吗？"

米儿和雨欣听了，心里"咕咚"一声，一块石头落了地！松出一大口气来……

余科长对妙能道："先别去打扰她。是这两位客人要见她……"便把来意说了一遍。

妙能惊讶地看着雨欣和米儿，半天方问道："贫尼有一事不明。请问二位施主，你们是她何人？如此费劲找她，所为何来？要带她走吗？这恐怕很难……"

雨欣和米儿忙问："为什么？"

第二十五章

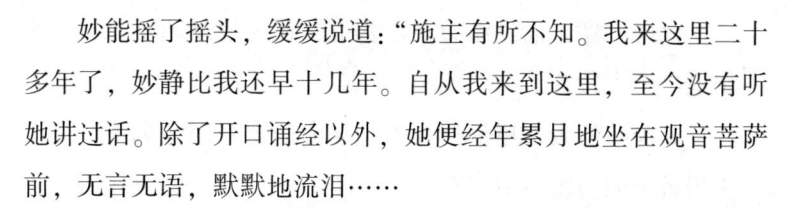

妙能摇了摇头，缓缓说道："施主有所不知。我来这里二十多年了，妙静比我还早十几年。自从我来到这里，至今没有听她讲过话。除了开口诵经以外，她便经年累月地坐在观音菩萨前，无言无语，默默地流泪……

比我们更早的老师傅，现在早已圆寂。她曾经告诉我说，妙静来的时候很小，可她心里的痛苦比海都深，比天还大。但她始终放不下，也从不与人说起，只是对着菩萨流泪……谁也不知道她心里在牵挂什么……

另一位师傅评价妙静时，说她可能尘缘未了，凡心未尽，心里的疙瘩无人能解……"

说到这里，妙能走到池边，手扶栏杆望着池水道："出家人生活清苦。妙静每天吃的两顿斋饭，全化成了眼泪，就像这池子里的水，终年不绝……更奇怪的是，最近半年突然像丢了魂似的，又开始刺血写经，不到几个月便写出三本血经……眼泪和着血往外流，眼看身体一天不如一天。谁也劝不动她……这样的人，她还能还俗吗……"

雨欣听了，泪如雨下，捂着胸口心痛不已！

米儿心里不停地在滴血，犹如万箭穿心而过！他知道王娟心里的疙瘩是什么，更知道她心里牵挂的是什么……他强忍着泪水，在心里一遍一遍地呼喊道："王娟呀，王娟，几十年了，你又何必……"

余科长也听出泪来，她拉拉妙能的衣袖，轻声道："他们是幼时在一起长大的同班同学，四十多年没见了……他们见面时，我们两个回避一下，让他们好好谈谈……"

太阳雨

木鱼声一停,诵经结束了。六七个比丘尼站起身来,一个一个退出了大殿。

空旷幽暗的大殿里悄然无声,高大的观音塑像脚下,只留下王娟娇小的身影……

她背对殿门低着头,双手合十,跪在一个蒲团上,对着高高在上的观音,一动不动,默默无语……

此刻,王娟似乎已有感应,她不想再躲了。该来的,终归要来,躲也躲不过……

这个冤家追到这里,知道我还活着,绝不会罢休的。如果见不到我,他会一直找下去……

半年来,她感觉自己的身体越来越差,越来越虚弱,还时有眩晕。刺血写经耗干了她的心血……她再也无力折腾了,她无可奈何。不躲了……

一切随缘吧。命里该是怎么样,就怎么样,天命难违……她闭着眼,一动不动……

米儿和雨欣抬腿走进来。可是,心脏狂跳不止,按都按不下去!进得殿来,一眼看见王娟的背影,突然两腿开始发软,犹如踩在云端里……二人一步一步走过去,弯了腰,仔细地辨认起来……

四十多年了,只见眼前的王娟,外貌几乎没有变化……这简直令人难以相信!岁月到了她身上,竟然停住了似的,几乎没有留下什么痕迹!依然形体婀娜,相貌秀美,五官透射着灵气……只是脸色稍有点苍白,却更显玉洁冰清,更像月宫中一个安静的仙子!

在他们眼里,王娟没变!只是让人感到敬畏,敬畏里更

896

第二十五章

多的却是心痛和怜惜……前后两个王娟，一生一死，一死一生……这中间漫长的生离和死别、悲欢与离合，不光带来眼前的陌生感，还有距离感，还有阴阳隔世感，还有许许多多说不清、道不明的感受和感慨……唯一不变的，是过去的情感……

这眼前的感受和过去的情感激烈地碰撞在一起，产生出震撼人心的火光！这火光在心里燃烧，烧得人五内俱焚，痛苦不已……真想找个没人的地方，张大了嘴，痛痛快快地把它全哭出来！

可是，这里……二人屏住呼吸，不敢惊动她，只用眼睛默默地注视着王娟的脸……

王娟虔诚礼佛，一动不动。

雨欣以手掩口，泪眼婆娑……米儿眼里噙着泪水，木木地呆立一旁。良久，良久，大殿里静悄悄的……

殿外传来杜鹃的叫声："阿公阿婆，栽秧插禾！阿公阿婆——"

忽然，王娟睫毛一动，滚出两颗泪来……好半天，嘴唇微微开启，吐出四个字道："你们来了？"

话一出口，声音还是原来的声音，还是那么清脆如风铃，竟然一点也没改变！

雨欣再也忍不住了！双膝一软，"扑通"一声跪下去！抱住王娟，痛哭道："王娟……王娟……好妹妹，我是雨欣呀，你怎么成了这样子……我们来晚了……"

王娟双手合十，低着头一动不动。

雨欣摇她，哭喊道："王娟，你还记得当年吗？你叫我以后当教师，育人心智……叫春桃当医生，救人生命……问到你的将来，你说你不知道……没想到你却走了这条路……王娟呀，好妹妹……"

雨欣泪流满面，一边抱着她，一边哭诉……

王娟双手合十，一动不动。也不睁眼……

米儿眼泪滚落下来，不停地抽动鼻子，瓮声瓮气地说："王娟，我是米儿……我和雨欣来看你了……"一想不对，又改口道："我要带你走！跟我们回去吧……"

王娟身子一震，眼睛里又流出泪来！她闭着眼睛低着头，胸脯剧烈起伏！

好半天，才轻轻叹出一口气来，垂泪道："王娟已死，这里只有妙静。你们回去吧，好好地过……祝福你们。"说完，起身要走。

雨欣一把扯住，哭道："你说什么呀王娟，好妹妹，你真的忘记了过去吗？你真的这么绝情，不要我们过去的感情了吗？当时虽然苦，但我们都在一起呀……"雨欣说不下去了……

王娟看了米儿一眼，突然瘫倒在蒲团上，泪如泉涌！

这一眼，让米儿极为震撼！这眼神他极为熟悉……他从王娟的眼神里看到了柔情，看到了留恋，看到了过去，也看到了哀伤……

十六岁那年的早春，在五岔河边的蓼子田里，王娟看他时的眼神，就是这样的……那年王娟刚过十六岁……

还是那一年的金秋，二人去公社领教材，坐在五岔河畔休息时，看着河对面的风车，王娟用口琴为米儿吹了一首《九九艳阳天》。王娟一边吹，一边用眼睛看着米儿……那眼神也是

第二十五章

这样的……那时,王娟十六岁半了……

还有后来许多次,王娟看他的眼神也是这样的……这眼神,他一辈子也忘不了!这眼神,成了他一辈子的痛……

只听雨欣大哭道:"好妹妹,听话,跟我们回去吧……"

米儿哽咽道:"听话,王娟……今后我们重新在一起,好好度过余生……"他哽咽不止,说不下去了。

雨欣泣不成声,好一阵才娓娓劝道:"好妹妹,你听姐姐一言:你跟我们在一起,三个人都会快乐。你不跟我们在一起,三个人都会痛苦!我们天天要往这里跑。何苦呢,不为你自己,也要为我们。你说是吧,好妹妹……你知道我们找你找了多久吗?你知道我们找你找得有多苦吗?你知道我们心里有多痛吗?"

雨欣泪眼看了看观音像,又说:"观音是救苦救难的菩萨,菩萨希望看到人间幸福快乐,不希望看见我们痛苦悲伤……好妹妹,听观音菩萨的话吧!不为我们,也要为观音,不能辜负了菩萨的好意……"

王娟依然不为所动。

外面又传来杜鹃的啼叫声,仿佛在一声一声地催促人们:春天到了,该播种了!声音里似乎都啼出血来……

雨欣侧耳听了听,对王娟道:"春天来了,插秧的季节又到了……王娟,你还记得翻身大队和五岔河吗?记得我们住过的老屋吗?还记得春桃吗?还记得骗子和痞子吗?还有念念、芸草和小杏……分别快四十年了!余生不多,今后我们不要再分离,就让我们天天相守在一起吧……"

王娟忽然泪如雨下,哭倒在地……半晌才坐起来。

雨欣告诉她：骗子被枪打死了，痞子被蛇吃了……

王娟双手合十，闭眼念道："阿弥陀佛！罪过，罪过……"

雨欣犹豫一下，又把念念和银水后来发生的事情，毫无保留地告诉了王娟……

王娟双手抓胸，泪流不止！半天才说："阿弥陀佛！这就是人生，人来到这世上，就是受苦受难……"

雨欣道："所以我们要珍惜眼前，快快乐乐在一起，不要再经受苦难！人靠什么活着？就是情啊——"

王娟不语。

雨欣想起自己这辈子，摇摇头，叹口气道："人这一辈子，就是一个情字呀！人就靠这活着，你说对不对？王娟……"

王娟："不对，靠呼吸。"

雨欣一愣："呼吸？这谁都知道呀！此话怎讲？"

王娟："呼，是要出一口气。吸，是要争一口气。念念和银水便是……"她心痛得揪住胸前的衣裳，抓得紧紧的，说不下去了……

雨欣悟了过来，道："说到底，这也是个情字啊……人没有了情，活着还有什么意思？"

王娟："……"

雨欣流泪道："好妹妹，听话，快跟我们回去吧……"

米儿过去扶起王娟，替她擦去泪水，心疼地说："听话，王娟……回去吧，今后我们再也不分开了，一直到死也不分开！分开了几十年，大家没有一个过得好的……"

王娟站起身，乖乖地让米儿擦泪。低着头说："只是，以前的王娟已经不在了。妙静跟你们回去，你们会失望的……见，

第二十五章

不如不见,还是留下回忆的好……"

米儿轻轻地搂着她的肩,王娟一直低着头……

过了一会儿,只听她轻轻说道:"劫数,这是劫数。命里注定此劫难逃……只怪我尘缘未了,凡心未净,这是自作自受……"话没说完,突然剧烈抽泣,泪如涌泉,大哭起来!

大家再也忍不住了,三人抱头痛哭!米儿满脸泪水,两眼哭得通红,鼻涕都哭出来了……佛堂里哭声一片……

夕阳从门外斜射进来,照在地砖上。大慈大悲的观音菩萨,一手持着净瓶,一手拿着柳枝,用那双智慧的眼睛,默默地注视着眼前发生的一切,洞察着人间的大苦大难、大悲大喜……他不能主宰人间的一切,管不了的,只有不管,他只能默默地送去祝福……

哭了好一阵,人也哭乏了。王娟慢慢站起身来,看着门外,说:"天命难违。走吧,再随你们走一遭,去了结这段尘缘……"

找到了王娟和雨欣,米儿像找回两个会说话的活宝贝似的!有了说话的人,便再也不会寂寞了,整天笑呵呵的,高兴得嘴都合不拢!

为了更好地照顾王娟和雨欣,他向上级递交了提前退休的报告……

副市长的位置可是个抢手的宝座,报告一交上去,很快就批下来了。

看着手上的批文,米儿忽然又觉得有点意外和失落……这也太快了吧,自己在这里干了一辈子呀!

太阳雨

  他摇了摇头,第一次深深地感到:这个地球不管离了谁,都照样转动!

  一切都是过眼烟云,虚虚幻幻,缥缥缈缈,经不起一阵风吹……只有真情永在。友情、爱情和亲情,才是人类永恒不变的主题。一旦消失,这世界将变得一文不值……

  他不再留恋什么,告别了同事和领导,告别了海连市,陪同王娟和雨欣回到了武汉。

第二十六章

王娟竟然还活着,并且人也找到了!还有雨欣,也找回来了!华华也有了下落……

这三个喜讯,通过米儿的电话传到武汉,对于小杏和芸草来说,是天大的喜事!二人惊讶不已,又喜出望外!小杏拿着电话,心跳得说不出话来……

电话里,米儿委托她们道:"在武汉买两套新房子,面积要大些,最好都在同一栋楼或同一小区。其他不做要求,全听你们的,由你们做主代办。"

小杏和芸草立刻行动起来,到处联系,看房询价,整天乐呵呵的,兴奋不已!把这当作自己的事情来办。

小杏和芸草都已五十五岁了,到了女性退休的年龄。前不久,刚刚办完了退休手续,先后卸了职回来。

二人都没嫁人成家,但小杏似乎从来都不缺男友。用她的话来说,也谈不上什么男友,属于"有事奏事,无事退朝",需要时见个面那种。双方经济独立,互不过问,似乎倒也逍遥自在,从不扯皮拉筋。

"杏姐,米儿哥他们四个人都回来以后,就是两男两女了,刚好组成两个家庭。你说,米儿哥会选择谁?华华哥会选择谁?

他们肯定是回来结婚的吧?"芸草忽然问小杏。

小杏想了想,说:"这还用问呀,哥虽没明说,但买两套新房子,我想必有缘故。你想啊,现成的两对孤男寡女闲在那里,总不能两个哥住一套,两个姐另住一套吧?不过,你的立场有点问题。应该说王娟姐会选哪个,雨欣姐会选哪个,让女的选男的,这才对!"小杏像个女权主义的先锋,似乎女人才是主角,男人不值钱,只能当配角。

"如果按你这样讲,王娟姐肯定会选择米儿哥的。雨欣姐嘛……肯定也会选择米儿哥。但华华哥又是喜欢王娟姐的。这就麻烦了……他们会不会打起来呀?"芸草皱着眉头,不无担心地望着小杏说。

小杏笑道:"你真是听评书掉泪,替古人担忧!"

王娟几人要回来,二人不敢怠慢。小杏和芸草跑了二十几天,终于选定房子。两个人挑不出什么毛病,心里满意了,便把首期房款一交,这事就算办成了。

小杏松了口气,往沙发上一倒,笑道:"唉,真是皇帝不急,太监急!就像贵妃娘娘回来省亲似的,大兴土木啊……臣妾也累得不行了,腿都快跑断了!"

芸草摇摇头,说:"对我们来说,这比贵妃娘娘回来省亲重要多了!王娟姐死而复生,又回来了,这是天大的喜事!不把房子准备好,他们回来住哪里?你快给米儿哥打个电话吧,告诉他,叫他放心!"

这话提醒了小杏,她拿起电话打给米儿。告诉他说:"房子已经定下了。在洪山区的瑶池仙境C座'群仙阁',两套房

第二十六章

子都在同一栋,一套在八楼,另一套在十八楼。都是一百七十平方米,三房两厅带一厨二卫。阳台很大,东南朝向,阳光充足通风好,还能遥望东湖……全部都带精装修,风格一致,都是中式古典风格,清一色的红木家具。我们仔细看了,家电家具齐全,一样不少,可以拎包入住……"

最后又得意地说:"怎么样哥,很满意吧?我和芸草恭候你们早日光临,不用谢……这是臣妾——不对,这是我们应该的……哥,只要你满意就好!我小杏办事,那不是吹的,包哥放心满意!稍后,我把新房的图片发给你……"小杏一口一个哥,叫得好不亲热!

见小杏挂了电话,芸草忙问道:"哥怎么说?两位姐姐满意不满意?"

小杏脸上还挂着余笑,见芸草问她,便把胸一拍,大拇指一挑,说:"我小杏办事,还有么话说!我的眼光一流,哥还有不满意的?他还使劲夸我呢!电话里没听到两个姐姐的动静呀,是不是不在一起?"

米儿面对这两个曾经都深爱过他的人,他也无法选择。他不能选择一个,伤害另一个,只能把欲望重新深埋在心里,糊糊涂涂地过。三个人,除了分房而卧以外,其他时间都在一起。表面上看,倒也像一家人,只是关系让人看不懂。

米儿尽心尽力地照顾着王娟和雨欣,回到家来,门一开,一见到她们两个心里就高兴,脸上笑呵呵的,把买来的水果和零食端到她们面前,卷起袖子就下厨房。他从心里愿意伺候她们,这是真心的。他觉得是他害了她们,他欠她们太多,这一

— 905 —

辈子也无法还清……

王娟便说:"别这么说,谁欠谁的也分不清。人这一辈子,就是个欠字。丈夫欠妻子的,妻子欠丈夫的,父母欠儿女的,老师欠学生的,医生欠病人的……一生都在欠,一生都在还债,谁也还不清……"她看着忙忙碌碌的米儿,心疼地说。

在米儿和雨欣的精心照料和开导下,王娟渐渐找回了一点以前的感觉……和米儿在一起,心情日渐开朗,脸色也渐渐红润起来。雨欣帮她换上女装,王娟又恢复了往日的妩媚。

米儿为了训练王娟,使她尽快回归正常生活,便将自己所有的积蓄和工资都交给她,由她来当家,自己则按王娟的吩咐和指派,一趟一趟地外出采买。

王娟想起了当年在农村挖防鼠沟时,对米儿讲的那句玩笑话:"……在院里挖个坑,把你种下去,到了秋天,就能收获很多个米儿了!几个出去种田,几个出去打鱼,几个在家烧火做饭……我呢,什么也不干,就做个女王,只负责发号施令……"又想起了当年的美好憧憬:结婚后,要对米儿如何如何好……看看现在,心里便涌起一阵悲痛……

雨欣贴身陪侍王娟,给她讲自己在国外的经历、见闻,国内国外文化习俗的异同等,陪她说笑,却从不提起自己的情感生活。王娟问过一次,雨欣避而不答,以后便不再问。她猜到了雨欣的心思。

米儿和王娟、雨欣三人,虽然同在一个屋檐下生活,却跟以前在翻身大队时一样。那时是友情,现在似乎又多了亲情。三人坦然地面对这种胜似友情的关系,倒也相安无事。

人是感情动物,不会无动于衷。王娟和雨欣天天看着眼前

第二十六章

晃动的米儿，便会想起四十多年前的一幕：

春桃一边忙，一边说："以后哪个男的敢娶你们两个，我就不姓由！"说完一想不对劲，便"扑哧"一声自己笑了：哪有一个男的娶两个太太的……

一想起当年这番情景，二人暗自伤心落泪！不知是为自己，还是为米儿……天下哪有这么巧的事，命运偏偏逼着她们走上了这条路！这命运怎么如此捉弄人？一句玩笑话居然成真！难道人的命运真的是天注定吗？

看看米儿，却又像孩子似的，整天乐呵呵的，别提多满意了！似乎什么也没有去想。

人生无常，人生又无奈……面对目前这种现状，二人似乎既希望又不希望……希望的是什么？不希望的又是什么？她们心里明明白白。可是这些话，又怎能跟米儿去说破？

雨欣是个完美主义者。当年的爱，就像火山喷发后的熔岩冷却，变成亿万年不动的石头。这石头，正是熔岩的记忆和纪念……既然已经错过，她便宁愿这样。

王娟把美看得比生命还重。遭受了身体和精神的双重打击之后，失去了信心，深感绝望。她不愿带着残缺走进婚姻的殿堂，那对不住米儿……

王娟和米儿的恋爱，是第一次，也成了最后一次。在她心里，这已经成了一座青春纪念碑……在她眼里，这座纪念碑通体放射出耀眼的光芒，不断地向上升华，距离天堂越来越近！

她很清楚，回到凡尘，只是因为心中尘缘未尽，情丝未断……她要了却这段情缘，斩断心里这一丝牵挂，然后就该走了……

太阳雨

可是,她心里痛,她可怜米儿,不知今后他又该怎么办……

天黑了,王娟站在阳台上,手扶着栏杆,望着远处的湖面,默默地发呆……楼上,不知谁家的电视机里传来歌声,歌词里唱道——

花的心,藏在蕊中,
空把花期都错过。
你的心,忘了季节,
从不轻易让人懂……
……
花瓣泪,飘落风中,
虽有悲意也从容。
你的泪,晶莹剔透,
心中一定还有梦……

王娟侧耳倾听,她听出了歌声中的缠绵悱恻,听出了歌手的哀婉悲凉,听出了曾经动人的爱,到头来却是一枕黄粱……听着听着,不觉滚下热泪……

米儿见王娟泪流满面,便走过去,轻轻地把她揽进怀里,心疼地说:"王娟,我们结婚吧,我等了快四十年了……"说着,也流下泪来。

王娟紧紧地抱住米儿,把脸贴在他的胸前,摇了摇头,猛烈地抽泣起来!泪水浸湿了米儿的衣衫……

第二十六章

米儿深深地吸了一口气,把肺吸得饱饱的,感觉胸膛也宽阔厚实起来。同时,他明显感到王娟的柔弱和娇小……他轻轻地抚着王娟的背,闭上了眼睛……似乎又回到了多年前,他背着王娟,翻过五岔河的大堤,来到了河畔。面对着一线河水,并肩坐在星空下……

突然,王娟抬起头来,望着米儿的脸,眼里含着泪水急切地说:"米儿,你听我的,快跟雨欣结婚!不要犹豫!也许我还能看到……别等我,我已经回不去了……你们两个,今后互相有个照顾,我也就……"

米儿一震!心里一阵惨痛上来……他松开王娟,从口袋里掏出一件东西,抓过王娟的手,放在她手心里。

他看着王娟的眼睛,说:"你看看!"

王娟一看,见是她那只心爱的蝴蝶发夹,已经断成了三块!她一下子愣住了,双腿一软,倒在了米儿怀里!

米儿泣不成声,悲伤地说:"三十九年了,一万多个日日夜夜,它没有一刻离开过我!今天,我把它还给你……"

王娟紧紧地攥着那只蝴蝶发夹,脸色惨白,泪如雨下!她想起了三十九年前的那一幕……

那是她十九岁生日的前两天。她愉快地哼着歌,好像是黄梅戏《女驸马》中的唱段……一边哼一边洗头。洗了头又去打米,想着打完米就去找米儿,她已经两天没有见到他了,今天无论如何要见到他……

打米之前是有很多不祥之兆的:鸭巴子的喊声像哭丧似的;回去拿麻袋时,进屋后突然两腿软得走不动;痞子在笼子里不安地跳来跳去,大吵大闹,一再提醒"王娟,小心!";骗子从老远跑过来，咬住她的裤脚不放，把它关进屋里后，它还把脸挤出门缝哀号；当时自己走出很远了，还一再回头看那间老屋，心里突然留恋不舍起来……这些预兆是过去没有的，当时并没留意，这些年来却在心里想过无数遍……

她把出事前的这些预兆和心情，都告诉了米儿。然后说："当时心里慌慌的，我没想那么多。只想快点打完米，然后马上去找你……谁知，这一别就是三十九年！一切都……"她心痛地弯下腰去，捂着胸口说不下去了……

米儿蹲下身去扶着她，对她说道："王娟，你知道吗？事后我和华华、麻杆追到公社卫生院，说你转到县医院去了。县医院又说，你转到了武汉……那天晚上，我们一直坐在公社卫生院门外的台阶上，喊天天不应，叫地地不灵……后来去协和医院见你，没见到。再后来，听说你去了苏州……我没有办法，只好天天晚上站在你家楼下，看着楼上……再后来，就收到你的来信了……那时我也不想活了，生不如死……"他突然孩子似的抽噎着，把脸放在王娟肩上哭了起来……

二人抱在一起，哭得泪人似的……王娟摸着米儿的头，断断续续地说："劫数……不被人救过来就好了……也没有了今天的痛苦……一了百了……米儿……哥，我们没有今生……只有来世……听话，不哭了……"自己却又哭了。

米儿抬起泪眼，看着王娟说："王娟，你听我说……我知道你心里有两个结打不开，一个是创伤，一个是年龄。这是两个死结……我可以告诉你，不管你变成什么样子，我始终只爱你！因为我们有过去，是从过去一路爱过来的，不是现在才开始……我们两个差不多大，都是五十八……"

第二十六章

忽然,门铃响起来,雨欣回来了。后面跟着小杏和芸草。王娟抹了抹泪,站起来回到客厅。

小杏一把抱住王娟,惊讶地说:"姐,你怎么眼睛都哭红了?叫你跟我们出去玩一天,你偏要坐在家里伤心。咦,哥的眼睛也哭肿了!你们是不是在家里上演孟姜女哭长城啊?"

雨欣看看王娟,又看看米儿,笑道:"应该是罗密欧与朱丽叶,正在阳台上对台词呢……也许是梁山伯与祝英台,正在破茧化蝶……一场好戏没看到,可惜可惜……"

米儿尴尬地苦笑,对小杏道:"你们今天都去了哪些地方,说出来也让王娟开开心。她正在为过去而伤心,我劝着劝着,也……"

小杏话里有话,道:"娟姐,过去的都过去了,该跟过去一刀两断,说再见了!你心里想干什么,就干什么,别苦了自己……联合国说我们还年轻,那可是权威的!"

说得雨欣和王娟都笑起来!笑时,王娟的脸上现出一丝惨白……

小杏从包里拿出一个白色的盒子,递给王娟说:"姐,我给你买了一部苹果手机,相当于一台小电脑,可好用了!没事你就听听歌,上上网,了解一下世界的变化,它能让你忘掉过去!"

王娟接过手机,放在一边。忧郁地说:"过去的回不来,想忘也忘不掉,也不想忘掉……"

小杏坐过去,搂住王娟道:"姐,你要想开一点……现在的人都是向前看的,没有向后看的。总是活在过去的人,那是傻子!人生短短三万天,活一天就少一天。活在当下,及时行乐才是王道，才是聪明人！你看我，根本不想那么多……"

雨欣摇头笑道："小杏，你又来了。就凭你那一套东西，还想给我们洗脑？你们是你们，我们是我们，不一样的……"

"这有什么不一样，都是同龄人，难道我们还有代沟呀？"小杏不以为然道。

不料芸草却说："当然不一样！杏姐，你是上过生理课的，什么都懂，什么都明白。两个姐姐都没上过，所以看不透……"

米儿煮好了米酒汤圆，用托盘装了四碗端出来。又拿了一瓶白糖，说："谁喜欢甜一点的，就自己动手。"说完，自己舀了半碗汤，放了一点白糖，搅了搅，在一边喝起来。

吃完汤圆，小杏和芸草要回去了。王娟和雨欣叮嘱她们，路上开车要小心，车速慢一点，不要太快。

王娟忽然说："要不，你们两个搬过来一起住吧！这样也不用来回跑了。"

小杏道："那当然好！我和芸草也有这想法。反正到处没家，到处是家，住哪里都一样。我们把那边的两套房子卖掉，也买到这边来……"

王娟摇摇头，说："搬过来一起住就行了，要那么多房子干什么。"

雨欣心里明白，便劝王娟道："王娟，你莫管她的闲事。小杏不可能跟我们住一起的，她有需要……住在一起，那不是太不方便了吗？"说完笑了起来。

王娟摇摇头，看了小杏一眼，叹了一口气，不再说话。

小杏本来就是这样想的：住近点，可以。住一起，不可以，太不方便了……现在听见雨欣点到她的筋上，一时倒不知该说什么。

她见大家都看着她，等她回答。便脸一红，眨了眨眼睛，若有所思地说："华华哥不是快回来了吗？等他回来了再调整吧……"

人们常说："百鸟在林，不如一鸟在手。"现在手上已经有了大笔财富，不必再去追求那些得不到的东西……钱是赚不完的，财是发不尽的，该放手时且放手，要留些给别人……

华华深谙此道，他把这些道理讲给两位同道听，劝他们把握进退，不要贪得无厌，到头来把手上这只鸟也弄飞了……

林森和白羽听了此话，点头深以为然。他们也早有此意，以前只是不知华华的家乡在哪里，担心他回国后无处可去，无家可归，才一直陪着他。现在一切都清楚了，再也没有必要漂泊在海外。

三人开始商量如何变卖资产，如何遣散员工，如何安置这些人。这些手下跟着他们出生入死……

事到临头，白羽又有些伤感起来，说："真舍不得呀……这么好的公司，这么好的员工，这么好的财路，公司的势力也越来越大……别人想都想不到，也做不到。唉，这真是——有人辞官归故里，有人星夜赶科考……"

华华听了他这婆婆妈妈的话，站起身来，烦躁地摆摆手，说："解散！解散！有什么好留恋的！这本来就不是什么好事，迟早有一天要栽进去的！你们两个留下处理后事，我先回去！"

林森担心他的安全，站起来说："我跟你一起去吧，路上也有个照应……"

太阳雨

华华道:"不用不用,人多了目标大,我一个人悄悄回去!"

华华避开耳目,轻装简行,悄悄地回到国内。在麻杆的陪同下,找到了米儿等人。

快四十年了,生离死别后的再次重逢,使大家既悲又喜,像迎来一位久别的亲人似的,围着华华问长问短!

华华便将自己精神失常以后的经历和遭遇,简要地讲述了一遍。重点解释自己怎样从华华变成了瓦江……但闭口不谈瓦江的残忍冷酷,也不谈血雨腥风的争斗厮杀,只把走私勾当说成冠冕堂皇的国际贸易,一笔带过……

但是瓦江这名字,大家并不陌生,心里多少都有点数……不过,那是失忆后的"瓦江"干的,不是华华干的。如果不是因为失忆,也就不会有这事……好在一切都已过去,便都不再提起。

麻杆也把下岗后,自己的种种经历讲了一遍。着重强调说:"如果不到东北做貂皮生意,也不会经常去俄罗斯会见客户,那就碰不到华华了……"

大家听了二人的经历,都咋舌不已,觉得太不可思议了,简直像听评书里的故事!不禁扼腕长叹起来,摇头唏嘘不已……

见王娟不停地在抹眼泪,华华走过去,拉住王娟的手,说:"王娟,过去我少不更事,伤害了你……让你受了很多委屈,蒙受了不白之冤,多有失礼……我知错了,我向你道歉!如今算起来,前后四十多年了,也请你原谅,别再生气了……"

王娟也不看他,抽出手来,朝旁边点了点头,温和地说:

第二十六章

"你坐吧。"

说完,长长地叹出一口气来,起身走到阳台上,眼睛望着远处的湖面。湖面上雾蒙蒙的一片,水天一色,混沌不开……

麻杆也想跟雨欣说两句,为四十年前的那张字条……忽而又觉得没有必要,反正也没搞成,后来还是跟芳芳在一起了……再说,小杏和芸草都在这里,说出来不免尴尬,特别是雨欣……又见雨欣也走到阳台上去陪王娟了,便把这话在嘴里打了几个滚,又咽了下去……

这天晚上,米儿、华华和麻杆三人住在一起,谈到很晚。华华把自己这些年在海外的经历,一五一十、毫无保留地告诉了米儿和麻杆。二人听得惊心动魄,数次为他捏着冷汗……华华胸前有两处枪伤,深深地凹陷进去,紫红发亮,看了让人落泪……

当年小组的四个人,先后回来了三个,只差花蛇了。大家都盼着他能回到武汉来,见上一面,以慰相思之苦……

谁知,花蛇正在参加军事演习。电话里炮声隆隆,战机呼啸!他简短回复说,军演结束后有几天休假,他会立刻赶到武汉……

米儿放下电话,对大家说:"这段时间部队工作太忙,抽不开身,忙完了他就立刻回来。"

华华沉思着,在地上踱了两步,转身对米儿道:"我想回翻身大队去看看。可是,又想等花蛇回来一起去……"

不等米儿答话,麻杆便道:"他太忙了!不要影响他。他回武汉顶多一两天,也来不及去,不如我们先去!花蛇回来后,再把那边情况告诉他,不就行了?"

米儿扳着指头算起来："花蛇今年五十八，再过两年该退休了……不过，他那个职务可能要干到六十五……这样算来，可能还要七年才能退休……不要等他了，以后有机会，还可以再去。"

听说花蛇六十五才能退休，华华咕哝道："他这一生，算是都献给国家了，值得！看看我，都不知干了些什么……"

麻杆也有感而发，道："其实，我还不是跟你一样，整天钻在钱眼子里，满脑子想的都是自己和家人！很少想起祖国，好像不存在一样……唉，一晃就老了，我们这辈子算完了……"

米儿刚想说，家庭也很重要，只要把自己的日子过好，不给国家增添负担，也算一种贡献……

不料，雨欣却在一旁笑道："你们这一群人呀，真是位卑未敢忘国忧啊！满肚子的家国情怀，敬佩，敬佩……甘乃迪曾经说过：不要问国家为你做了什么，要问问自己为国家做了什么……二十来岁时在农村，我们的青春不值得炫耀，但值得骄傲。那同样也是一种贡献……"

麻杆睁着眼问道："甘乃迪是谁？"

米儿笑道："肯尼迪！以前的美国总统。这是他对美国青年讲的一句话。"

麻杆笑了，说："我还以为是印度人呢，搞了半天是美国人！这个人我认识，他讲得有点道理！雨欣，你喝了几天洋墨水……"

米儿听了笑起来，说："雨欣岂止喝了几天洋墨水？而是喝了大半辈子的洋墨水，吃了大半辈子洋面包！她再讲几句洋话，你就更听不懂了！"

第二十六章

雨欣看着麻杆笑道："你一天到晚只认识貂皮和钞票，你还认识谁呀！"

华华半天不作声，听到钞票，突然问麻杆道："现在国内有什么生意好做？我手上有点闲钱，不知该往哪里投……"

麻杆想了想，道："貂皮没有以前好做了，要不然我拉你做貂皮……你有多少钱？几万？"

华华放下茶杯，站起来说："几万倒不止。应该把后面的万改成亿，都是美元和加元，这是我名下的第一笔资金，后续还有正在处理的资产，折现后的资金也会陆续回来……"

麻杆惊得目瞪口呆！结结巴巴地说："这，这，这还做什么貂皮呀！都可以买几座山挖煤去了，或者建两条高速公路坐着收钱……"

华华摇了摇头，坐下去……

米儿想了想，说："建一座港口，发展国家的物流也不错！或者买两条巨轮，发展海运……"

华华听了摇摇头，说："手续太复杂，操不了这个心……"

雨欣道："要不然……建一所大学，培养航运专业人才……"

正说着，王娟从房里走出来，大家都看着她。

王娟走到餐桌边坐下来，一声不响。大家都望着王娟，问她有何高见。

王娟的眼睛透过阳台，望着外面的天说："基金会，知青基金……交给小杏去办。"然后回过头来，望着大家。

华华一下子站起来，兴奋地说："做金融！跟我想到一起去了！小杏和芸草就是现成的专业人才，也不用我操心！太好了！"

王娟道:"先别高兴得太早。这是公益事业,基金的获利,要全部用在困难知青的身上,帮助他们解决燃眉之急……既然是知青基金,最好面向全国,不分地域不搞差别。"

华华连忙说:"当然,当然!我不需要钱。这也正是我心里想的!通过这种方式,为知青做点功德,善莫大焉!"

王娟的建议,说出了大家的心里话!米儿、麻杆和雨欣也纷纷表示,要为知青基金捐款,支持这项公益事业。

大家纷纷夸奖王娟!说:四十年后,王娟重新出山,果然不同凡响!还跟四十年前一样,看问题的角度,解决问题的方法就是与众不同!一句话,难题就迎刃而解了,脑子就是好用……

麻杆拍着胸说:"我把我的积蓄捐献一半出来!做基金好!风险可控,钱生钱来得快!再说,我们还有专业管理人才!天下知青是一家,做好了,多少可以帮困难知青们一把……好主意,好主意!"

大家突然来了热情!顺着这条思路,又讨论起基金的宗旨,基金的管理,基金救助的对象和标准,以及上限下限……

雨欣和王娟又提出,还要大力推动祖国文化,鼓励文学创作。基金要分一块出来,单独设立文学奖,两年评选一次……奖金要超过诺贝尔文学奖,搞出我们中国的文学大奖来!要挺直了腰杆,按东方的价值观来考量、评价一部作品,促进人类的和平与社会的进步,让国际与我们接轨!我们几千年的文化大国,历史从来就没有中断过,凭什么我们一定要跟国际接轨?

大家越谈越激动,越谈越兴奋!忽然感觉到,当年在农村时的闯劲又回来了!

第二十六章

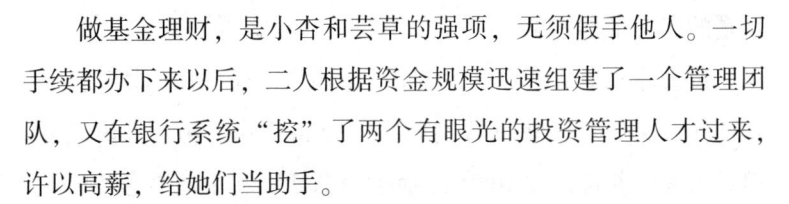

做基金理财，是小杏和芸草的强项，无须假手他人。一切手续都办下来以后，二人根据资金规模迅速组建了一个管理团队，又在银行系统"挖"了两个有眼光的投资管理人才过来，许以高薪，给她们当助手。

小杏自己荣任董事长，芸草出任总经理，直接对小杏和董事会负责。下设投资部若干个，都有专人负责管理。

这时，在武汉光谷买的一层高档写字楼，也装修完毕，全新的牌子往上一挂，便开始全面运作起来。

米儿、华华和麻杆去了一趟翻身大队。王娟很想去，但又不敢去……大家能够理解，也都劝她最好不去。便留下雨欣，在家陪着王娟。王娟一再叮嘱三人，要多拍些照片回来给她看，特别是春桃坟前的照片……

去了好几天，三人回来了，摇头慨叹了一阵，向王娟和雨欣介绍了那边的情况——

曲湾镇总体还是原来的模样。房屋建筑经过翻修，依然保持原样。不过，街上比原来热闹多了，前来参观旅游的人很多。听说这里已被划为文物保护单位，成为爱国主义教育基地……

如今，曲湾人民公社改成了曲湾乡。从曲湾乡到翻身大队，沿着五岔河的大堤，修筑了一条水泥公路，一直通到翻身大队。每天路过这里的客运班车有两三趟，站在河边，招手就停……

翻身大队也不叫翻身大队了，已经改名为翻身村。小队改叫村民小组，三队就是三组，五队就是五组……社员也不叫社员了，一律改叫村民……村里的老房子，已基本不存在了。家家户户都建起两层的水泥小楼，外墙还贴了马赛克。房屋的造型和外观都一样,也分不清谁家是谁家了。印象中,记得清清楚楚的老房子都不见了……

过去那些地势低洼的淤泥田,统统退田还湖,重新变成一片汪洋。又一块一块承包给私人,变成了养鱼场。水田还有,但是不多。养鱼比种田赚钱,而且还省事,哪个还愿意种田?

五岔河还是老样子,但昔日的渡口已经不存在了,在原址上建了一座结结实实的水泥桥,来来往往安全方便,再也不用拉着缆绳过河了……傍晚,桥上乘凉的人很多,全是老人和孩子。

三队的知青老屋,因为建在高高的河堤上,不能养鱼,也无法种水稻,没有人打它的主意,便幸存下来,还原样不动在那里。但年深月久,看上去也不太行了……其间也修缮过几次,现在由肖银山和海棠管理……

五队的知青老屋早已不见踪影,只见湖水一片。干勾于一家承包了下来,在里面养了些螃蟹……

以前翻身大队的那些熟人,也很少见到,不知都去了哪里。少数几位老人还依稀可辨,但也糊里糊涂,老态龙钟走不动了。见了面,颤颤巍巍站起来,一脸迷惘不敢相认。提起过去的事,嗯嗯啊啊,好半天才明白过来。说不到两句,便又哭又笑,一个劲地流泪……

在村里所遇到的人,大部分都是陌生面孔,完全不认识……村里也见不到什么年轻人,据说都到外面打工去了……

段师傅一家早已搬到镇上。段师傅和幺妈也已去世多年……段师傅死后,文龙子承父业,成了镇上杀猪宰牛的专业户。但他还是喜欢打牌,不吃不喝,也要留钱打牌,赚点钱都

第二十六章

输在牌桌上了……日子过得不是很好。

弟弟文虎与人合伙买了一台挖土机，风里雨里往乡下跑，忙着给人挖鱼塘。听说赚了点钱，日子过得还不错……

鸭巴子当年被特派员带走后，他爹天天去公社诉苦，说家里没有劳动力，生活过不下去……章主任本来想判他两年刑，材料报上去又退回来，说条件不够……住了一个月学习班，教训一顿，只好把他放了。

鸭巴子回来后，强队长不许他再干机工。金狗趁机顶了他的缺，当上了机工师傅。

鸭巴子一直没有孩子，后来得了血吸虫病，肚子胀得像一面鼓，不几年便死了……他那漂亮老婆金秀，又改了嫁，嫁给了金狗。都说金狗确实厉害，金秀也不弱，结婚不到几个月，一个健康的儿子便出生了，取名叫金娃……人们戏说，金狗金秀金娃三个金，都金到一块去了。这就是各人的命……

春桃的坟还在原来的位置，没有动。念念和银水死了以后，村民们自发集资，在春桃墓前建了一座小庙，叫作"义女祠"，里面点了长明灯。附近来此祭祀的人很多，香火旺盛……

王娟和雨欣听了，不停地掉泪……问了这个，又问那个。又把拍回来的照片，反反复复地看……

王娟听说连名字都改了，摇了摇头，叹口气说："大队改成了村，小队改成了组，社员叫村民，不种水稻去喂鱼，这哪是翻身大队？越听越不像，越听越别扭……"

雨欣也道："我也不习惯，听起来七不像，八不像的……这说明我们老了，老了就念旧，不免抱残守缺……"

王娟望着米儿，忽然问道："镇上那家卖肉丝面的饭馆还在不在?"

米儿回道:"饭馆还在,还是老样子没变。但是那位师傅已经不在了,据说他也去世多年,后人也不知去了哪里,打听不到。另外,当年那个大肚子女服务员也没见到,听说是跟孩子在一起,搬到城里去住了……"

华华绷着脸道:"我想把那家饭馆买下来,再把面积扩大些,建一家星级酒店,方便来来往往的旅客,也为前来参观旅游的客人提供住宿。全部建好以后,无偿捐献给曲湾镇……建个六七层,一百多个房间,差不多够用了……"

麻杆抢着说:"够了够了……在当地建六七层,两三百万也就差不多了。这个钱我来出!小事一桩……"

众人都不同意。说:不能让你一个人出,这是我们对当年的一份情感,人人都有份,不是哪一个人可以代替的。有能力的可以多出点,没有能力的表示一下就可以了……

米儿想了想,说:"可以。大家都表示一下,也算尽心尽力了,不在于多少……王娟没有收入来源,她那一份由我来出……"

华华摆了摆手,对米儿说:"你是拿退休金的,也没什么钱。王娟和雨欣这两份,由我来出吧!其他人稍微表示一下就行了,不够的部分全部由我来支付。"

雨欣说:"不用考虑我,我还有积蓄,放在那里也没用处。王娟那一份就算我的,由我来出,我捐一百万出来,不够再补……基金那边,我认捐六百万,全部捐出。我退休是有年薪的,和王娟两个怎么也用不完。"说完,搂着王娟,看着大家。

大家都望着王娟,想听听她的意见。王娟看着那些照片,

第二十六章

正在出神发呆……她想起很多很多往事来……

她想起了当年下乡,刚到曲湾镇的第一天,就在这家餐馆里,看见米儿他们四人正在为粮票发愁;也是那一年的秋天,她和米儿一起,在这里吃的滑鱼片;她想起了那位女服务员和她的孩子,女服务员夸她:"像仙女……";又想起那位炒菜的师傅,第一次回武汉时的那个风雪之夜,就是多亏他的帮助,才找到一个安身之处……

大家看着她,都不敢出声。过了好一阵,王娟苦笑一笑,开口道:"谢谢大家的好意。建宾馆方便旅客,这是一件善事。可惜我没能力,深表歉意……我就为宾馆起个名字吧。名字就叫……召唤!"说完,掉下泪来……

众人细品这名字的含义,无不称赞叫好!说,我们就是被情感所召唤,才又聚到一起的;又被这情感所召唤,才又回到曲湾镇,去修建宾馆的……

华华说:"这名字,一听就让人感动!两个字的读音也上口。名字确定下来了,就叫召唤!项目也确定下来了!王娟,你别难过,接下来我们就分头去跑,先把地皮拿下来,施工也很快的!你什么都不用管,开业的时候请你去剪个彩!到时候你一定要去,没有你不精彩……还记得我们在农村打井、修厕所吗……"他越说越激动。

"我一定去!但愿我能看到……"王娟眼睛湿湿的,起身进房去了。她要为春桃祈祷,为念念和银水祈祷……

晚上,小杏和芸草过来了。吃饭时,王娟催她们赶紧搬过来住,这样跑来跑去不安全。

小杏道:"打听过了,这个小区的楼盘全部售完,没有空房了。我已经委托地产中介,在周边寻找房子。可是找来找去,不是离这里太远,就是两套不在一起,芸草不愿意,我也不愿意。还在继续找……"

王娟埋怨道:"这边两套房子,有六个房间。你们两个一人一间,随便你们挑,还不行呀?都住在一起,像个大家庭似的,多好。就是不听……"

麻杆拿了一片嫩藕,放进嘴里"嘎吱嘎吱"地嚼,一边望着小杏,道:"我觉得很好!你们六个人刚好一人一间,我只是临时住几天,随便在哪里都能歪一下,当年睡地铺还不是过来了。你们就听王娟的,搬过来吧……依我看,米儿、王娟、雨欣三个人住一套,华华、小杏、芸草三个人住一套。吃饭就合在一起,睡觉就分开,自觉点就行了……两个男生,一边一个给你们壮胆,有事也好有个照应……这样男女搭配,不打架,也不扯皮。这种安排最好不过,就像当年在夜校编组一样!"说完,挤眼怪笑。

大家听了也全笑起来!都说他这话本来好好的,说得也有道理,但不该怪笑;虽然话里有话,但说了不等于白说吗。

小杏一口饭差点没喷出来!芸草红脸低了头。王娟吃饭不看人。

雨欣抬头看着麻杆,笑道:"你忙完了就赶紧回去,芳芳还等着呢!我们的事情,就不麻烦你费心了……"

小杏勉强把这口饭咽下去,望着麻杆嘻嘻一笑,道:"你也管得太细了,我们又不是幼儿园小朋友,睡觉都要管?还担心我们不自觉……完全多余!你还怕三个人睡一床啊……不是,

第二十六章

还怕半夜敲房门呀！"

华华伸手抽了张餐巾纸，在嘴上抹了抹，盯着米儿道："能不能买一块地？我们自己建个四合院，大家全部住进去，免得东一个西一个。你看怎么样？"

米儿一听建四合院，大感兴趣！放下筷子道："这个想法好，我也喜欢那种生活！院子里种点萝卜、白菜，墙根栽点丝瓜、扁豆，再搞个葡萄架子遮太阳，冬暖夏凉……"

他这一说，大家心里也痒痒的。小杏笑道："应该挖个地下室！倒是可以把地下室装修成歌舞厅，吃完晚饭在里面跳跳舞、唱唱歌，外面听不见，也不会扰民，想玩到几点就玩到几点！"

王娟听了，抬起头来看着米儿，小声说："我也喜欢四合院，住在里面接地气，活动空间也大些。再养条小狗，也叫骗子……"说到这里，她想起骗子来，眼睛也湿润了。

雨欣接嘴道："再打个卫生井，挖个文明厕所，屋里墙上挂几把镰刀、几个斗笠，就跟翻身大队一样了！对了，窗外种芭蕉听雨声，门前种蔷薇闻花香，白墙边种上细竹看影子……真是神仙过的日子！"

芸草兴奋得脸通红，对王娟道："王娟姐，能不能像我爹那样，在院子里种上一点药材，再种几棵栀子花，夏天满院都是花香和药香，还有蜜蜂和蝴蝶……"

王娟抬起头，说："当然可以，跟我想到一起了……就按你家后院的布局复原，靠墙还有两棵无花果树……"

华华听了大家的描述，坐直了身子说："这些都好说，一点不难！我也想过了，既然是四合院，肯定要建平房，尽量建得宽大些。房子的外观和里面的布局，就按照肖家的样式来复建，外面是白墙黑瓦，里面是左右厢房，中间是厅堂……只是稍做改动，把木窗换成玻璃窗。我们的眼睛也不大行了，书房的玻璃窗要宽大明亮，玻璃要加厚……我这次去，拍了些照片回来，图纸由我来设计。"

芸草满脸高兴，对华华道："那就太好了，我每天就像生活在老家一样！我最熟悉我家，你设计图纸时，我可以帮你补充！"

麻杆也来了兴趣，说："记得留一间给我呀，莫把我忘了！我老了就和芳芳一起回来住。再留一间给花蛇，也莫把他忘了……"

米儿摇头道："花蛇回不来了。他是部队的人，部队有部队的规矩，部队会集中安排的。再说，一个将军怎么可能随意乱住……不是我们想得那么随便。"

麻杆疑惑地看着米儿，道："按说他的少将级别，跟你的厅级也是不相上下的吧？为什么你能跟我们住一起，他就不能？"

米儿解释道："这你有所不知。级别虽然差不多，但他在部队，我在地方，两者不同，管理方式也不同，部队管得严些。再说他在部队有家，不像我，单身一人比较自由……"

雨欣道："如果你在海连市不回来，可能也没这么自由。我见机关干部都住在一个院子里，统一管理……对了，我们的四合院建在什么地方？王娟，你想过没有，说说看……"

王娟想了想，说："避开繁华和喧闹，环境越安静越好，最好离东湖不太远……看大家的意思吧。"

众人一致赞同。都说年纪一天天大了，也不想去凑什么热闹，找个环境优美的世外桃源，窗明几净的，泡杯好茶，读读

第二十六章

书，写写字，眯起眼睛晒晒太阳，大家一起安度个晚年，比什么都好……就不知，能不能找到这样合适的地方。

米儿道："地皮问题……董事长应该有办法，她的社会资源多，交给她……"说着，指了指小杏。

小杏说："建四合院我举双手赞成！到时候我第一个搬进去。地皮还不好说吗，除了江汉路步行街和洪山广场以外，其他都好办，有钱还怕办不成……"望着王娟出了神，忽然道："我有个客户在庙山建了一座别墅，我去过她家好几次，那边空地很多，距离东湖也很近，可以看见湖心亭。一到傍晚，晚霞把湖水染成了金色，波光粼粼，白帆点点，渔舟唱晚。湖边还有很多荷叶，夏天大朵大朵的荷花一开，真的像仙境……"她这样一描一绘，大家的兴致更高了！

庙山，大家都还有些印象。以前去东湖春游时，多次到过那里，确实环境很好！都认为是个理想的位置……

华华把手在桌上一拍，说："好，说干就干！就在庙山一带找。小杏，越快越好，拜托你和芸草了！"

严格地讲，庙山其实不是山，也没有寺庙，只是丘陵状的坡地，比周围的地势稍高些而已。可是，为什么叫这个地名？是不是历史上这里曾经有过山，山上曾经有个庙，庙里还住着老和尚？大家不得而知。反正这一带人都叫它庙山，人们也跟着叫，没有谁去考证。

以前，庙山并不出名，这里除了小路以外没有公路。又因为地处湖边，冬天湖风凛冽，寒冷潮湿，除了零星的几户渔民以外，没有什么人住。

太阳雨

曾几何时,开发商在此建起了几个小区,一幢幢崭新的楼房,如雨后春笋般冒了出来。但是,这里比较偏僻,离市区也很远,公交车不往这边来。如果住在这里不买个汽车,生活大不方便。也正因此,小区入住率并不高,房价也很便宜。

小杏和芸草跑了好几天,终于跑出了结果。距离东湖两箭之遥,有一块朝北的坡地,上面长满了狗尾巴草。湖风一吹,狗尾巴草随风摇动,白浪翻滚……奇怪的是,却见不到一棵像样的树木!这块荒地,建个社区又嫌小,建栋别墅又嫌大,便撂在那里无人问津。

王娟听了庙山这地名,以为又有庙又有山,不觉心中大动!也执意要跟来看看。

一群人站在坡上,放眼远眺,东湖便尽收眼底,湖水茫茫,望无际!清风从湖面吹来,空气中一尘不染,更有淡淡的荷香……顿觉氧气充足,令人神清气爽!

王娟睁大眼睛看着湖面,湖面上笼罩着一层淡淡的薄雾。看了一阵,回头问小杏道:"你说渔舟唱晚,白帆点点,还有人吹笛子,在哪里呀?"

小杏看了看湖面,笑道:"这么大的湖,你哪里能看见。非要等到傍晚,渔船都回来了才看得见。现在是上午,渔船还在天边……"

小杏领着大家,这里走走,那里看看。雨欣采了一大捧紫色的薰衣草,又采了一把狗尾巴草拿在手上。芸草采了一把野薄荷、几枝芦穗,用鼻子嗅着。说要带回去,放在瓷瓶里做插花。

米儿、麻杆、华华三人,用脚步反复丈量,商量院子的大

第二十六章

门朝哪边开,后门开在什么位置,房子如何布局,院子如何规划……又考虑地下室挖在哪里合适……

说到地下室,米儿有点担心起来,看着脚下道:"这下面会不会是大石头挖不动啊?不然,这地面上为什么只长草不长树?"

华华用劲跺了跺脚下的土,说:"我也有这担心……万一下面是石头挖不下去,那就只好堆上来,用土把房子埋掉一层,也等于是个地下室……"

麻杆连忙摇手道:"不行不行,那不行!好好的房子,你把它埋掉一层,人住在里面,又没得窗户,那不成了活棺材啊!像个什么样子……"

雨欣走过来,看了看米儿脚下,也说:"挖不动就算了,要什么地下室!有月亮的晚上,就叫麻杆去湖心亭吹笛子,我们就坐在这里听!月光下,笛声从远远的湖面传过来,那笛声最动听!听着听着,就能听出眼泪来……"

麻杆笑道:"吹笛子还不好说,现成的!你们给我买一条小船,再请一个漂亮的船娘,专门帮我划桨。我在湖心亭吹一阵笛子,又下船去湖面吹一阵……月光下,一叶扁舟漂浮在远处的湖面上,小船上传来悠扬的笛声……又有听的,又有看的,岂不更好!"

小杏指着麻杆笑道:"我看你居心不良,只怕美不死你!小船可以有,船娘不能要!就叫芳芳扮成船娘的模样,穿上蓝底碎花的衣裳,腰上扎个小围裙,头上包块花布就行了!反正晚上也看不清,主要看个影子罢了……"

米儿见小杏和芸草都不胖,雨欣也偏瘦,便笑道:"有了,眼前就有几个好船娘！你们看小杏和芸草像不像？雨欣也行呀，衣服一换，一人一天轮流来，不用去请人了！而且，在湖面一边听笛子一边划船，同样也是美差呀……"

芸草自愿报名，笑道："我可以！我想扮演船娘！我以前就会划船，杏姐也会划，我再把雨欣姐教会，就不用请船娘了！"

雨欣听了，摆手笑道："你们两个就够了，别拉上我。我都七老八十了，又不会游泳，船一歪，掉到湖里还活不活呀！"

小杏也笑道："雨欣姐不会游泳，那就算了。就由我和芸草两个来扮演船娘，这我有兴趣！明天我就去戏剧用品商店，看看有没有船娘的服装，买两套回来！"

大家觉得又新鲜又刺激，兴致勃勃地议论起来，别出心裁地设计着剧情场景，别提有多高兴了……

要说吹拉弹唱、歌舞表演，没有谁能比得过王娟，这是她的强项，是与生俱来的……可是此刻，并没有谁提起她……

王娟站在米儿身边，看着大家兴高采烈的样子，似乎一时都忘了她，不免心中索然。便望着米儿，小声说："回去吧，天不早了……"

米儿这才想起王娟来，忽然觉得冷落了她！又见她的眼神里带着一丝淡淡的哀伤，像受伤的羊羔似的，既无助又可怜的样子，不觉心里一颤……

陶渊明的《桃花源记》中，记载了一件奇事：说是一个捕鱼的人因为忘了路，沿着小溪不知不觉进入一个奇境！"忽逢桃花林，夹岸数百步，中无杂树，芳草鲜美，落英缤纷……"然后采用虚写和实写相结合的手法，讲述了一个神秘动人的美

第二十六章

丽故事……

这奇景，并非陶渊明亲眼所见，桃花源也并不存在，故事当然是虚构的，但并不妨碍它成为千古名作。

正如千古名篇《岳阳楼记》，实际上，范仲淹一生并未到过岳阳楼，也只是他凭想象而发的一通感慨。

还有苏东坡的名篇《赤壁赋》，也是一样。他当时所见的那个赤壁，也并非历史上真正的赤壁，而是他心中的赤壁！他便对着江边峭壁上的一块红色，借此产生想象，大发思古之情……同样也不失为千古佳作……

作者是否亲眼所见不重要，到没到过现场也不重要，关键要看作品内容是否足够好。

地皮买下来以后，四合院动工在即。为了取一个高雅动听的名字，米儿等人颇费了一番脑汁。想来想去，便临时挑出这三篇名作，想从中找出浪漫的字眼，要给四合院取个不同凡响的名字。

小杏喜欢《桃花源记》，便道："就叫桃花源吧？我们也来造一个世外桃源，院子里挖一条河流，两岸多种桃花，到了春天，也有落英缤纷……再喂上几只鸡，让它们早上叫一叫……"

雨欣喜欢《岳阳楼记》里"岸芷汀兰"这句，便道："就从这里面取出两个字来，组成'芷兰苑'作为院子的名字。芷是香草，兰是兰花，间杂在一起，芳草鲜美，有花有香……你们闭上眼睛想象一下，似乎能够闻到花草的芳香！是不是美如仙境？"

芸草不由得先闭了眼睛，小杏跟着也闭上了。二人抬起下巴尖着鼻子，一副陶醉的样子……

麻杆看了,忍不住笑道:"搞什么花花草草嘛,没得一点大胸怀!依我看,来点大气的,就叫'把酒临风',怎么样?这也是《岳阳楼记》里面的句子。你们想想看,站在湖边,皓月当空,临风举起酒杯……这个气势够大吧?"

三人各有各的理解,这个如此说,那个如彼说,各说各的好……芸草觉得都不错。华华听了不作声,不知是在琢磨他们取的名字,还是另有所想。

王娟用心在看苏东坡的《前赤壁赋》,也不参加他们讨论。

米儿琢磨来琢磨去,感觉《桃花源记》有点消极避世,原本是躲避战乱的,当前又没有战争,躲什么战乱?《岳阳楼记》却不同,无论写景抒情,胸襟开阔大气!尤其是"先天下之忧而忧,后天下之乐而乐"这两句,表现了范仲淹爱国爱民的思想境界,不愧为千古名臣……能不能给四合院取个名字,就叫"忧乐园"呀?取"先忧后乐"这个意思……一想,又觉这个"忧"字不太好,别人避之唯恐不及,有谁放在家里天天看?家嘛,就是个放松的地方,又不是个衙门。再说,我们也不是千古名臣呀……或者就把"忧"字换作"安",就叫"安乐园"如何?在心里细品一番,感觉更不好!这有点像公墓的名字,还有点像安乐死……不行不行!太不吉利……

正想着,忽听雨欣笑道:"我们说的都不算,还是听听王娟怎么说吧!王娟,你来说个名字,我们大家听一听!"

众人见王娟一直没有开口,估计她心里琢磨得差不多了,便都催她快讲……

王娟眼睛不离书,指着上面两句,说:"苏东坡说:挟飞仙以遨游,抱明月而长终……感觉这两句好。要不然,就叫'飞仙抱月'吧，后面不加任何字……"

王娟一开口，大家便静下来。听她说出"飞仙抱月"四个字，便各自在心里细细品味起来……

麻杆说："好是好，就是听上去有点像旅游风景区的匾额……又有点像电影的名字，武打片之类的……"

雨欣听了麻杆如此说，摇头笑道："你不懂，你要连起来看这两句的意思。你想象一下，挟飞仙以遨游，抱明月而长终……那是多么自由，多么奔放，多么浪漫，多么有画面感！这体现了诗人的浪漫情怀……我觉得这名字好！"她越说越兴奋，一连用了四个词，来形容这四个字的妙处！

小杏也不坚持自己的"桃花源"了，眼珠一转，忽然笑道："我也觉得飞仙抱月很精彩！我们现在住的小区叫瑶池仙境，这栋楼就叫群仙阁，马上又要住进飞仙抱月的院子里，过上如诗如画神仙般的日子！这不正是：巧巧的妈妈生巧巧，巧上加巧吗！你们说这是不是天意呀？"

大家听了小杏的话，回头一想，都惊讶得合不拢嘴！谁也没想到，无意中竟然出现这种暗合！并且"飞仙抱月"这四个字，又有气势，又有动感，画面也美，给人一种忽然飘起来的感觉……不得不由衷地叹服起来！便都去看这名字的创作者。

王娟端端正正地坐着，眼睛痴痴地望着天空出神，默然不语……

华华频频点头称赞，又向米儿眨了眨眼睛。

米儿明白，这是向他征求意见了。但他觉得，"飞仙抱月"这四个字固然好，他也明白这是王娟向往的美好理想……可是，后面紧跟着的两句"知不可乎骤得，托遗响而悲风"，却不是好兆头！这两句里面，有一种失落和悲凉，还有无可奈何……难道王娟看不出来？

"飞仙抱月"！王娟为何要选这四个字？难道……难道她要走了？米儿不敢再细想下去，便胡乱点了点头……

果然不出所料！施工时工人发现，这四合院恰恰建在一块巨大的白色岩石之上。工人挖下去两尺多深，便挖不动了。

包工头报告说：下面全是大石头！挖掘机挖得火星直冒，也只留下几个白点，实在挖不动……看来，水井、河流、地下室无法施工了。如果硬要开凿，只能用炸药来炸了。使用炸药需要上报，审批手续不但复杂，而且相当严格！

米儿、华华和小杏赶到现场，听了介绍，又看了看巨石上那些小白点，一时不知如何是好。因为少了这三样，图纸要重新修改，合同要重新签订……关键是四合院少了这三样，感觉是个遗憾，有点不太完美……

大家看着坑里的巨石，一时踌躇不决。

一位戴黑眼镜的白发老渔民路过，见这里开工动土，踱过来看了看，说："这巨石下面有一条暗河直通长江，湖里的水就是从这条地下河里引过来的。相传上古的时候，这条地下暗河就是一条白龙，每年长江涨水季节，便在湖里兴风作浪，搅得湖水巨浪滔天，百姓深受其害……后来大禹治水时，用一块巨石将白龙的脖子压住，上面又建了一座禹王庙，湖水才平静下来。这块巨石动不得！不能往下面挖……"

小杏听说下面有龙，不由得发起愣来。忽然又恍然大悟，道："原来我们是骑在龙背上啊，怪不得王娟姐要飞仙抱月呢！"

第二十六章

她是怎么知道的？真是奇怪！"她不解地望着米儿和华华，不住地摇头。

米儿听小杏这一联想，也不免心下疑惑起来……但又觉得，这只是个神话传说而已，哪里真的有龙？便笑道："那你说的桃花源那条河，还挖不挖？"

小杏急忙摆手，说："不挖了不挖了，挖不得！还要派工兵用炸药来炸，万一把白龙炸出来了，那还得了呀？"

众人全笑起来。

这三样掘土打洞的工程取消了，营建速度便快了起来。不到三个月，一座崭新的四合院便落成了。

四合院的大门面向东湖。门额上方，嵌一块蓝底红字的扇形匾额，上书"飞仙抱月"四字。这四个柳体大字均衡瘦硬，点画爽利挺秀，骨力遒劲飘逸……系黄鹤书院名家王羡之得意之作。

大门内是一面照壁，外面的路人轻易看不到院里的情况。转过照壁，左边两座房子是留给麻杆和花蛇的，四周有翠竹环绕；右边南座，住着小杏和芸草，门前植一行矮品种的桃树和杏树；北面这座，住着米儿和华华，门前是一架葡萄藤；正面一座宽广大房，住着王娟和雨欣，也是翠竹环绕，窗外种着几株芭蕉……各屋都有长廊相连，脚下是浅流游鱼，芷兰夹岸……

大门左右，又各有一座房子。一座是客房，专为来访的客人而备。另一座便是佛堂，王娟平时上香诵经，便在此处。

刚搬进四合院不几天，曲湾的宾馆工地便打来电话，要求派人过去监理工程,以便随时沟通协商。放下电话,华华和麻杆便开车去了曲湾镇。

深夜,米儿的手机忽然铃声大作!他一惊,抓过手机翻身坐了起来!

电话里,麻杆结结巴巴地说:"坏了坏了……华华不行了……我们正往县医院赶……你快点过来……"

米儿大吃一惊!急忙问道:"华华怎么不行了?麻杆你莫慌,慢慢说,到底怎么回事?"

麻杆紧张得语无伦次:"不行了,真的不行了……心跳还有呼吸都不行了……正在救护车上抢救……在做人工呼吸!医生说是肺部的枪伤发作了……你看怎么办?恐怕到不了县医院……"

又听到电话里人声杂乱,有女人声音惊慌地说:"不好了!口里吐血泡子了……"

米儿的心"怦怦"乱跳!他深吸一口气,对麻杆道:"我现在立刻过去!你沉住气,注意保持电话畅通,随时告知你们的方位!"

说完,立刻穿衣下床。出门时,只跟小杏打了个电话,简单交代两句,叮嘱她暂时不要告诉王娟和雨欣……

外面下着雨,院子里黑黑的。他来不及打伞,冒雨跑到汽车跟前,猛地拉开车门,发动了汽车!

这时,他发现王娟的房间突然亮起了灯,便将车大灯对着王娟的窗户闪了三下……挂了倒挡,退出了院子。

倒车时,小杏已经起来开了院门。汽车一出门,箭一般消失在茫茫的夜雨中……

第二十六章

汽车疾如流星，过了长江二桥，便上了汉蔡环城立交，又从环城立交上了高速公路。米儿猛踩油门，直向荆州方向飞驰而去！

外面的雨越下越大，高速公路上雨蒙蒙的，能见度不高。汽车的雨刷飞快地甩动着，仍然来不及赶走密集的雨点……挡风玻璃后面，米儿一双眼睛全神贯注地注视着前方，右脚踩一踩油门，又松一松……

他心里七上八下的，上午走的时候，华华还是好好的，怎么突然就会……快到蔡甸服务区时，前方车道上的一辆白色面包车，也不亮转向指示灯，突然向右变道！米儿一惊，方向盘往左一打，右脚一踩刹车，轮胎冒着青烟，尖叫着与面包车擦身而过！

米儿惊魂未定，他停下车来，刚刚喘了一口气，身边的电话突然又响了起来！

电话里，麻杆带着哭腔说："华华抢救无效，已经去世……现在进了医院的太平间……"

米儿一拳砸在方向盘上！砸得喇叭"呜呜呜"地响……

太平间……人进了太平间！这怎么可能……华华这辈子坎坎坷坷，生生死死，经历了多少枪林弹雨，进了多少次鬼门关，他都闯过来了！最后还平安归来，大家又聚在一起了！眼看可以过上安稳日子了……怎么会突然进了太平间！

不会的！他不会死的……阎王都怕他！东南亚的野人山他闯过来了，危机四伏的热带雨林他闯过来了，胸前中了两枪他挺过来了，跌下悬崖他也活过来了……相信这次他一定能挺过来！

米儿相信,他一定能够见到活着的华华!他要把他带回来,带回四合院……不知不觉,泪水上来,蒙住了他的眼睛……

雨点打在车窗上,"噼噼啪啪"地乱响一气!野外的高速公路上起了浓浓的白雾,能见度越来越低……王娟房里的灯,怎么突然亮了?她知道我要出去吗?唉,王娟呀王娟……你知道华华不在了吗?我可能要几天后才能回去,我要把华华的事办完,回去我再告诉你。你等着我……

米儿松了油门,打开雾灯,看了一眼仪表盘。液晶屏上显示:凌晨3:15分……

半个小时后,这辆黑色的轿车尾部闪着红灯,在茫茫的夜雨中下了高速,转了一个大弯,便上了国道——荆州不远了!

国道不宽,双向只有四车道。前方出现了一块液晶显示牌,上面的红字从右向左不停地滑动,反反复复只有两句话:"雨天路滑,小心驾驶!"米儿本能地抬了抬脚尖,车速慢了下来……

观音桥,既无观音也无桥,不知这地名是怎么来的。但他知道,过了观音桥,便离荆州城北门不远了。

透过浓雾,眼前出现了一块蓝色的指示牌,上面用白字写道:"前方掉头",下面一个弯箭头指着左边!

过了这块牌,米儿睁大了眼睛,正在寻找左转的缺口,忽然电话响了起来!一看还是麻杆打来的。电话里,麻杆问他现在到了哪里?还有多久才能到……米儿踩住刹车,告诉他自己的方位,说快到了……

正在此时,一辆红色大货车从后面赶了上来!车轮飞转,巨大的轮胎上冒着热气,裹着水雾,"轰隆轰隆"的像一辆铁甲战车似的,热气腾腾地朝着米儿的黑色小车直冲过来!高高

第二十六章

的驾驶室里，一个年轻的小伙子低垂着头，眯着眼睛在打瞌睡，脑袋一点一点的……

来到跟前，一眼看见米儿车尾的红灯，小伙子大惊！赶紧急踩刹车，手忙脚乱地向右猛打方向盘，可是来不及了！车轮猛一打滑，庞大的车身带着惯性侧翻过来，"轰隆"一声巨响，砸在了米儿的车身上……

这一刻，是二〇一三年十月九日凌晨三点五十分！米儿刚过五十九岁……

朦朦胧胧中，王娟听见外面的发动机响，猛地坐起身来打开了床头灯。一看，墙上的时钟指着12点……忽然又见窗户上有白光闪了三下，心脏"突"地一跳！她赶紧打开门跑出来，站在廊下朝院子里张望。只见小杏打着雨伞，从院门外走进来。

王娟立刻问道："小杏，谁出去了？是不是……"

小杏来到廊下收了雨伞，说："姐，你还没睡呀……曲湾工地打来的电话，叫哥去一趟，不知有什么事……"

王娟抬头看了看黑洞洞的夜空，疑惑地说："什么事这么急！深更半夜下这么大的雨，明天去不行吗？"

小杏看着院子里的雨，摇头道："哥什么也没说，只说出去一趟，很快就回来……"

"阿弥陀佛……"王娟心里默念一句，转身进了屋。

她呆呆地立在窗前，外面下这么大的雨，深更半夜的，米儿急急忙忙去曲湾镇干什么？他的车灯在我窗前闪了三下，这是什么意思……是在向我告别吗？

啊？她的心突然猛地一紧！拿起电话摁了几个数字，摇了摇头又放下……米儿正在开车,不能让他分心……

冰凉冰凉的寒意从脊背袭来,她感觉心里冷得发抖,心脏也揪得紧紧的!她上床靠在床头,拉过被子紧紧地裹住身子……她要坐等天明,直到米儿打来报安的电话……

她半睡半醒地靠在床头,手里抓着电话,等着米儿来电……

迷迷糊糊中,她看见少年的米儿向她跑过来,把她的手一牵,笑嘻嘻地说:"王娟,我们出去走走,就我们两个!我带你去五岔河看星星……咦,你怎么哭了……"

她抹了抹眼泪,说:"我没哭,其实是心里高兴……"又从兜里掏出蝴蝶发夹,摊开手掌递给米儿,说:"米儿,你帮我夹在辫子上……我再用这最后一次,以后就留给你做个纪念……"

米儿帮她夹好辫子,看着她的眼睛,认真地说:"以后我有了工作,挣了钱,第一个月的工资就给你买一个珍珠发夹!我还要天天帮你梳头……"

她紧紧地抱住米儿,流着泪说:"米儿,你带我走吧!我想去河边,看看吃星星的小鱼……我想去江边,看看那些小蝌蚪……我想去天边看月亮……我不是妙静,我是王娟……米儿,你知道吗,我不想再回那边……我想和你逃得远远的,就我们两个……"

忽然,她又看见了童年的米儿!两个人翻墙去看电影,米儿把她拽上墙头又抱下来,二人一起躲在砖堆后面……

一转眼,又看见米儿穿着小汗衫,满头大汗地飞跑过来!一伸手,让她猜里面是什么……她猜了几次都不对,便伸手去抢……米儿双手一开,里面是一个小瓶子,瓶子里是几只萤火

第二十六章

虫,在里面一闪一闪的……

米儿递给她,说:"这是我在塘边菜地里给你捉来的,你放在帐子里,关了灯还可以看书!"

她一把接过瓶子,高兴得合不拢嘴!爱不释手地看着瓶子里的萤火虫,见那虫子的尾巴一闪一闪地发亮……她不知道为什么是尾巴发亮,头不发亮?

她正想问问米儿,一转眼,见米儿站在几步开外,已经长成一个高个子大人了……头上有了银丝,一闪一闪的发亮!眼睛里带着哀伤,看着她,默默不语……她飞奔上去,一把抱住米儿,抱得紧紧的,久久不放……她流着泪,告诉米儿说:"米儿,记住我说的那个金色的湖畔,我就在那里等你,我不会走远!不见到你,我永远不会离开!切记不要去错了地方……"

她抬起头来看着米儿,等他回答。忽见米儿满脸都是血!她惊得手一松,米儿突然扑倒在地,浑身冒出血来……米儿的眼睛无神地看着她,大口大口地喘着气,断断续续地说:"王娟……王娟……我要先去了……那个金色湖畔……我认识路……"

她一惊,跪倒在地抱住米儿大哭起来!这一哭,猛然醒了过来,才知道刚才竟是一场梦!她一看墙上的挂钟,4点20分!

她的心揪得紧紧的,再也等不下去了!她拿起电话打给米儿……电话那头是通的,可是"嘟"完了都无人接听!她的心越跳越快,疯了似的一遍又一遍,不停地拨打米儿的电话……

终于,电话接通了!里面传来警报器的响声和混乱嘈杂的讲话声……过了好半天,才传来米儿微弱的声音:"王娟我，我去天堂的……金色湖畔……等你，等你……不见不……"话没讲完，他便没了声音，只听见电话里一片杂乱……

王娟悲声大叫道："米儿！米儿，你回来……"电话里除了杂音，只有她自己的喊叫声在回响。忽然又断了线……

不知过了多久，这个电话又打了回来。王娟赶紧抓起电话！里面一个低沉的男声说："我是交警方坤……这里发生了一起严重的交通事故！车祸造成一死一伤。这个电话的主人不幸停止了心跳……你是他的家属吗？好的，我们会随时与你联系的……"

王娟眼前一黑！手一松，电话"啪"的一声掉在地上，晕死过去……

雨欣、小杏、芸草三人闻讯，吓得魂都丢了，半天找不回来！一夜之间死了两个……突然遭此变故，这让她们怎么也无法接受！

四合院里乱了套，四个人像八脚蟹似的，六神无主！芸草、小杏只会哀哭；雨欣胸闷气短，心口绞痛；王娟摇摇欲倒，精神恍惚……

王娟见没了主事的人，也只得打起精神来处理后事。人没了，就是一把骨灰也要背回家来！她把小杏叫来商量，要去荆州处理后事，光是麻杆在那里不行，一人难顾两头。

她见小杏和芸草失魂落魄的样子，不放心她们开车。便道："你们今天都不要开车，叫两个司机带车过来。车一到，我们就动身……"

小杏猛醒过来，对芸草说："快打电话通知公司，叫他们另

第二十六章

外带一辆面包车,多带一个司机,荆州还有一辆车也要开回来。这次麻杆哥也不要开车了,安全第一!"

芸草立刻打电话给助手,一件一件交代明白,立刻落实下来。

大家劝王娟不要去了,就在家里等着。四合院里没有了人,也不行。

"事情办完最少也得三天,你和雨欣姐身体不好,就在家里等着。我和芸草过去,那边还有麻杆哥,再加上公司的三个人,六个人够了!"小杏流泪劝道。

"不行!我和雨欣商量好了,爬也要爬过去!"王娟站起来,坚定地说。

雨欣脸色苍白,摇摇晃晃走进来,流泪说道:"当年下乡,我们是一起走到那边去的……今天,我们还要一起去,去把他们接回来……"她泪流满面,心痛得说不下去了……

几天后,一行人捧着米儿和华华的骨灰盒回到了四合院。

这时,花蛇闻讯从部队赶回来了,芳芳也来了……

华华的生前好友林森和白羽来了,国外的友人们接到通知,也赶来了……

米儿的生前好友来了,海连市政府、老干部局也派人来了,港口指挥部也来人了……

小杏又从公司调了几位姑娘过来,专门负责接待来宾。

四合院里哀乐低回,笼罩在一片肃穆悲痛的气氛中……满院子都是来宾,满院子都是人,却静悄悄的。大家脚步轻轻的,交谈低低的,动作缓缓的……似乎都怕惊扰了这两位好友……

— 943 —

人一断气,便盖棺定论。对于亲友来说,死者生前全是好的,没有一件不好……大家心里怀着悲痛,眼里含着泪,怀念着往日的友情……这场面,这气氛,在场的人看了,无不心酸落泪……

王娟长跪不起,一动不动。雨欣陪侍在侧,不离左右,端茶送水,亲自照料王娟……一应生活琐细,无不尽心尽力。

王娟一天只喝两盏白粥,其他一概不肯再用……

过了几天,林森和白羽来见雨欣,说有点事想跟大家商量。

雨欣请了麻杆、小杏和芸草,人到齐了,林森站起来,沉痛地对大家说:"华华不在了,他是我们的好兄弟!如果当年没有他,也不会有我们的现在……按照他的意愿,海外资产已经悉数变卖完毕,资金也全部归拢到账。这些资金,我们决定一点不留,全部捐给知青基金会!华华的愿望,就是我们的愿望……还有,最后的一点,一点……"他眼圈红红地望着门外,说不下去了……

白羽站起来,接着道:"我和大哥商量过了,决定把我们多年的积蓄,也全部捐给知青基金……我们也是老知青,今后只要是华华的事,只要是知青基金的事,我们都会全力支持……华华突然一走,也让我们猛醒过来,把人生也看淡了,身外之物都是多余的,没有用处……不如捐给需要的人,用在需要的地方,也能有点意义……华华知道了,他的在天之灵也会感到欣慰……"

雨欣、小杏和芸草起身相谢。雨欣说:"感谢你们当年收留了华华……感谢你们对知青基金的支持……谢谢你们的一片心意……"

第二十六章

　　林森和白羽摇头道："我们两个还要感谢华华，如果没有他，就没有我们的今天！还不知混成什么样子……他有情有义有担当，对我们有恩……他永远是我们的好兄弟……"说着，眼睛也湿润了。

　　小杏抹了抹泪，眼睛红红地说："我们的两位哥哥突然一走，一句话也没留下……今后，你们也是我们的哥哥了，这里也是你们的家……希望你们能经常回来看看……"

　　林森和白羽点了点头，随后站起身来，与众人洒泪而别。

　　院子里静悄悄的。麻杆走过来，递给花蛇一支烟，说："我给你买了几条好烟，走的时候你带回去吧……"

　　停了停，又叹口气道："唉……王娟已经不肯吃东西了，雨欣喂她都不张口……又不讲一句话，也不吐一个字……看了真让人心酸……哪个劝都劝不动……你看怎么办？"

　　花蛇抬头看着夜空，心情沉重地说："劝不过来的。我和小孟也去劝了多次，头也不抬……我们这些同学都是重感情，有个性的人。一下子走了两个，哪个接受得了……我是上过战场的，我深有体会……方脑壳和战友们的牺牲，我至今忘不了！米儿和华华是我们大家心里的痛……再说，他们各自尝尽了人生的苦难，最终也都没成个家，心里就只有这几个同学了……"

　　二人站在院子里抽闷烟，相对无言，四周静悄悄的……夜空中，一群水鸟从远方飞来，越飞越低，叫着掠过屋顶，纷纷落在湖里……

　　从前天起，王娟便开始停食，连粥也停了。

　　平时最爱吃的茭白和酸笋，她不肯再吃；脆藕片、莲子米放在一边，她看也不看……芸草特意用小河虾做了她最爱吃的虾炸胡椒，放在一边，也一口未动……每天只喝几口凉水……

王娟彻底关上了自己心灵的门，独自唱响了自己的挽歌……她在心里一遍又一遍地默念道："米儿，你等等我，等等我……"

今天，就是头七了。雨欣一上午都在佛堂里陪着王娟，中午回来吃了几口粥，感觉疲惫不堪，迷迷糊糊睡了一阵。起来后晕沉沉的，便坐在书房里发起呆来……

阳光透过落地窗射进来，明亮而又温暖，更觉书房里静悄悄的。一只马蜂扇动着翅膀，"嗡嗡嗡"地飞着，在窗棂上这里停停，那里看看，不知在寻找什么……

忽然又飞来两只紫燕，身上的羽毛闪闪发亮，胸前的一块白羽像围兜，剪刀似的尾巴一剪一剪的，在院子里飞来飞去，速度快如闪电！晃得人眼花缭乱……

雨欣伏在书桌上，侧过头去静静地看着窗外，眼睛随着燕子的身影转动着……已经深秋了，这个季节应该不会有燕子，燕子都飞到南方过冬去了。怎么这里还有两只燕子？它们为什么还不走？寒冬说来就来，再不走就来不及了！难道它们还在留恋什么？

心里正在疑惑……突然，一只燕子箭似的向她飞过来，"嘭"的一声撞到玻璃上，一头栽倒在地，死了！

雨欣一见，大惊失色，本能地站起身来！这时，只听院子里小杏和芸草哭喊道："王娟姐，王娟姐！姐呀——"那哭喊声凄厉悲怆，撕心裂肺！

第二十六章

"王娟!"雨欣心惊肉跳,抬腿就往外跑!"咣当"一声,被身后的椅子绊了一跤,重重地摔倒在地!

她急忙爬起来,一瘸一拐地来到佛堂里……

只见王娟穿戴得整整齐齐,静静地坐于蒲团之上,已经坐化……

王娟双手合十,仍做礼佛状,虔诚地低着头。双目微微闭合,长长的黑睫毛上下相交,两颊浅窝隐现……秀美的脸上,平静而又安详,看不到痛苦……

香案上,整整齐齐放着她写的三部血经,字迹鲜红,灿若赤霞!旁边一张字条写着:

众生皆离苦,

天下尽吉祥。

下面一行字写着:雨欣,经常去看看春桃,别忘了她……当年,我们是一起走到翻身大队去的……

火化后,在王娟的骨灰里,发现红色舍利子十九枚。舍利子鲜红圆润,一枚枚状如红豆,坚如瑙玉……

王娟走了。她了却了这一段尘缘,结束了自己的苦难……她的爱,无法在人世间完成,她去了天堂,她希望能在那里完成自己的爱……

从十三岁开始,王娟便一直活在悲伤中……十九岁那年,父亲和小姑恢复了工作,她高兴了好几天;过了不久,和米儿的初恋,又让她兴奋不已,一度看到了幸福和希望……然而,这加起来不过几个月,她便陷入绝境……

人生最后的结局,不外乎生离和死别。除此之外,世界上再没有第三种结局……

王娟去世后，下葬在青山区的九真山。这里群山环绕，草木葱茏……墓碑上，镶嵌着王娟的一幅烤瓷照片。

这张经过放大的黑白单人照，还是一九七二年早春，在知青老屋旁拍的。那一年，她刚十八岁……照片上，王娟两条乌黑的粗辫子搭在左肩，头微微偏右。一双乌黑的眼睛似笑非笑看着镜头，嘴角微微翘起，似乎流露出一丝轻蔑和讥诮……相貌、笑容……无不再现出四十多年前她的模样……

米儿、王娟、华华去世以后，雨欣悲痛欲绝，终日以泪洗面，整天处于思念与回忆之中。一夜之间，又添了不少白发……

雨欣整天昏昏沉沉的，打不起精神来。只要一想起这几个人，便要哭一场！胸中的郁结硬而不化……饮食日减，身体一天不如一天。

小杏和芸草劝她尽量往好处想，想些开心的事，不能老活在悲痛中……可是她对一切都失去了兴趣，怎么也高兴不起来，一闭上眼睛，全是米儿、王娟、华华的影子……

似乎预感到来日不多，第二年开春，她不许小杏和芸草陪同，独自一人去了曲湾镇，在新建成的酒店住了一夜。

她看着酒店楼顶"召唤"两个红色大字，忍不住悲从中来……第二天一早，她便去了翻身大队。

翻身大队是她熟悉的地方，那里曾经有她的青春，那里曾经有她的伙伴们，那里还有春桃……翻身村，这名字她觉得陌生，她心里只认可翻身大队……

以前住过的知青老屋，还是四十几年前的老样子，像一个

第二十六章

风烛残年的老人,尽显一副老相和疲态……肖银山和海棠总想把这房子大修一番,以免成了危房,但一直没有动工。以前是肖银水不同意,他要保持原样不动……银水死后,肖银山再提这事,却又遭到了小杏和芸草的反对,此后便不做此想。再说,肖银山也快七十了,越来越感到力不从心。

春桃的墓还在老地方,土堆比原来大了些,基座还用砖砌了一圈,有两尺多高。坟头植了草皮护顶,毛茸茸的,一年四季绿草如盖……

墓前多了一座"义女祠",面积不大,约有十几平方米。里面供奉着春桃的牌位和大照片,条案正中摆着香炉,两边各摆一碟塑料做的仿真仙桃。条案两头的地上,各摆一盆开花结果的桃树,也是塑料做的工艺品……

还没走到跟前,雨欣的眼泪便下来了。一进门,看到春桃的大照片,她两腿一软,"扑通"一声跪倒在地,泣不成声地叫了一声:"春桃呀,我来看你了……"身子一晃,两手扶地,啜泣不止!

旁边两个上香的婆婆见了,说:"这是哪个呀,又不认得,像是城里来的……"

见雨欣不拜也不说,只是哭泣不止,另一个婆婆道:"唉!春桃娘娘已经走了几十年了,早就不在这里了……你心里有什么苦,告诉她就行了……"见她哭得伤心,两个婆婆也抹起眼泪来。

雨欣缓缓站起身来,泪眼看着春桃的像。这张像,雨欣也有一张,是四十多年前村里接春客那次,就在老屋旁照的……那时,春桃还没结婚,还是个姑娘;那时,王娟也在,三个人一人照了一张单人照……

海棠陪着雨欣，在村里走走看看。村里没有几个面熟的了。当年认识的女孩子，早都嫁到外面去了，一个也没见到。肖本鹊、芸草娘、段师傅、幺妈、强队长、杜书记、肖本科、肖本松等人也不在了，都相继离世……

还剩几个当年在夜校读过书的女学员，如今也是白发苍苍。见了面，免不了哭哭笑笑，笑笑哭哭。哭几声又说，说几句又哭……问起王娟、米儿、华华、麻杆、花蛇等教过她们的这些老师，得知他们不平凡的经历和遭遇，又不免泪水涟涟，唏嘘不已……

村里的年轻人和孩子们根本不认识雨欣，以为是来旅游的，也不在意她。雨欣也不认识别人，心也不在这些人身上。很多人并不清楚，眼前这位气质高贵的女人，几十年前曾经是这一带有名的数学老师，从这里走出去的几位名牌院校的大学生，都是从她手上送出去的……如今，也都远走高飞，在大城市里安家落户了！那时，家家户户谁不知道她？就连公社、区里都知道……

夜里，雨欣回到知青老屋。躺在四十几年前用过的那张床上，她浮想联翩，脑子里全是回忆……

整整四年，她在这里从少女变为成人，告别了自己的豆蔻年华，告别了少女时代，也告别了自己的初恋……想想觉得不值，但又觉得很值……不值里面有很多值得的部分，值得里面也有些不值的部分，都纠缠在一起……她一时竟说不清，道不明……她想不明白，人生为什么会是这个样子？值与不值也不

第二十六章

能用尺子去衡量,也不能用量角器去测度,更不能用科学去解答……

如果再让我回到十六岁,我会怎么做?很可能我还会选择米儿……不过,方案应该修改一下……那时胆子太小了!谈个恋爱也畏首畏尾的。心里天天想,但又不敢让人知道……其实没有什么好怕的。回过头来看看,谁不谈恋爱?那时就应该大胆地宣布出去,让自己铁了心,米儿也就铁了心……

关键是,米儿也不会同意那样做……恨就恨他这一点!谈个恋爱躲躲闪闪的,有什么好怕的!其实他又不是不爱我……比如那次在月光下,他把手电筒都扔了,把我抱得那么紧……还有一次在河堤上,他很想吻我,我感觉到了,可是后来……唉,一辈子就恋爱了这一回,连个吻都没有……

再说,接个吻又能怎样呢?如果感情不和,没有共同语言和兴趣,离婚分手的还少吗?如果到了那种地步,反而不美……还不如把这月亮下的初恋留在心里去回忆和想象,想想就美得不行……米儿,你如今在哪里?你知道我回翻身大队来了吗?你知道我一个人躺在原来那张床上在想你吗……黑暗中,雨欣睁开眼睛对着屋顶,两行眼泪滚落下来……

每天清晨和傍晚,雨欣都独自一人静静地坐在以前的渡口边。五岔河陪伴她静静地流淌,河风掀动她花白的头发……

春桃的墓就在身边,她仿佛看见了老桃树,看见了春桃,看见了王娟和自己,看见三个快乐的美少女站在春风里,围着桃树赏花品诗,叽叽喳喳又笑又叫!四十几年前的情和景,一幕一幕,重现眼前……

她静静地坐着,看着脚下的河水缓缓向东流去,流向看不见的远方……她忽然又想起"大漠孤烟直，长河落日圆"这两句诗来，记得当时是那位照相的徒弟随口吟诵的……如今这位徒弟可谓大红大紫，在国外都很有名气了！人呀，一辈子说不清楚是怎么回事……

这几天，雨欣去了与米儿初恋的那条小路。小路依旧，两边水田依旧。但是没看见小蛇，也没听见蛙声……现在还是早春，天气尚冷。水田还是水田，可是田里还没有栽上水稻秧苗。如今，农民种田有了自主权，单种一季中稻给自己吃。田里顺便再养些鱼虾，秋后捞起来卖掉，又多一笔收入，算下来也不比三季稻差。

雨欣在小路上走来走去，朝路两头望了又望，以两头的村庄为参照，目测良久，居然找到了她和米儿遇到小蛇的那个地方，辨认出了他们当时站脚的准确位置！她的心"突突"地猛跳起来，感觉胸口发闷……

现在还是三月初，傍晚的田野里还有寒气……没有四十多年前那天晚上温暖，天上也不见月亮，路上没有小蛇，身边也不见米儿……可是，他的影子还在眼前晃动，他的声音还在耳边萦绕……

这情景，她还记得清清楚楚！她把米儿拥抱得紧紧的，在他耳边说："米儿，如果……如果有一天你不喜欢我了，你也不要告诉我，就放在你心里……好吗……"声音里带着哽咽和请求。

米儿心里一酸，含泪答道："雨欣，不会有那一天的！你放心，你永远看不到那一天！"

隔一天，她来到那条小河边。小河两岸都是枯草，河里的

第二十六章

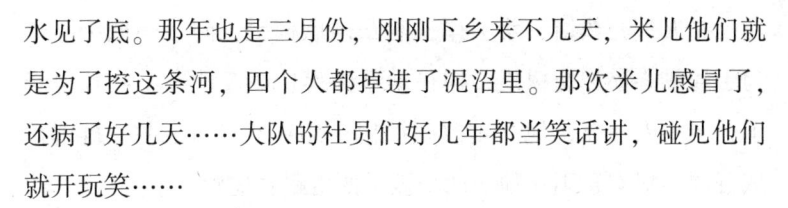

水见了底。那年也是三月份,刚刚下乡来不几天,米儿他们就是为了挖这条河,四个人都掉进了泥沼里。那次米儿感冒了,还病了好几天……大队的社员们好几年都当笑话讲,碰见他们就开玩笑……

后来二人相恋了,又来到这条小河。那天晚上,月亮又大又圆,河里的水满了上来。月亮落在河面,好像就在眼前,手一伸就能捞上来。二人并肩站在河边,戏说白娘子和许仙,又说猴子捞月……说着说着二人起了争执。其实也不算争执,是他傻乎乎的,没有理解我的意思,不明白我的心思,两个人讲的不是一个事。就像磁铁的另一面,不是相吸,而是相斥,拧得很!他也不知道让着我一点……唉,也不能怪他……那年他才十六岁,按现在眼光看,他也不懂什么……

这两个地方,她永生难忘,她清楚地记得二人所说的每一句话。如今,睹物思情,当时的情景历历在目,鲜活而又真实,宛如昨日发生的……一转眼,却又物是人非!她呆呆地望着干涸的小河,心如刀绞,不知不觉泪如泉涌……

她沿着这条小河,又去了杜家湾。米儿当年就下放在这里,她要去看看……

米儿他们当年住过的房子,早已不见踪影,变成了鱼塘。眼前一片白茫茫的,全是湖水……

在这里,她遇见了再珥。当年漂亮曼妙的再珥,如今青春不再,变得又老又丑!头发白了,脸却黑了,口里没有牙了,褶皱松弛下垂……正在小船上弓着背,一勺一勺往湖里抛撒着饲料。比较而言,干勾于倒并不显老,只是肚子圆鼓鼓的,脑袋比原来大了一圈,成了一个大黑胖子……

二人一脸热情，跳上岸抢着跟雨欣握手，问三问四……干勾于的掌心糙如槐树皮，捏得雨欣生疼！如今他也不叫杜得于了，老丈人一死，他立刻改朝换代，又叫于三槐了……再珥百依百顺，根本管不住他。两个孩子便也跟着他姓了于。

再珥的手，焦黑枯瘦，掌心沟壑纵横，手背上一道一道的，全是血口子。雨欣问她怎么回事，她说是螃蟹抓的……

二人系好了船，要留雨欣吃饭，雨欣一再婉谢。干勾于便提起两串螃蟹塞给雨欣，雨欣躲闪不要，说要去满秀家里看看。

干勾于告诉雨欣说，满秀死了好些年了，听说是得了痨病，死在了洪湖……杜得志夫妇也早已不在了。剩下满秀的两个兄弟，也分了家，都各过各的……你想见的这些人都不在了，还去干什么？

听说满秀死了，想起当年和满秀在一起的往事，想起满秀这个人，便怅然若失……

雨欣闷闷不乐地回到知青老屋。老屋里的布置还跟四十多年前一模一样，她和王娟、春桃当年用过的东西都还在。三张床还是摆在原来的位置，桌子还是摆在窗下，上面放着以前她们用过的那盏油灯。

四十多年前，她们刚刚来到这里，第一次见到这盏油灯，又兴奋又新鲜！三个人围着油灯，看了又看，摸了又摸，有说有笑……油灯，给她们带来了光明和温暖，也带来了对未来的憧憬；油灯，照得三人眼睛通透明亮，清澈如水……也是在这盏油灯下，春桃决定嫁给肖银水……

雨欣趴在这桌上，对着油灯痛哭了一场！

第二十六章

告别了翻身大队，雨欣启程。车开动了，她还一再回头，凝望不止……

回到四合院以后，雨欣便一病不起，整天病恹恹的。身体状况一天不如一天……小杏和芸草一个上班，一个留家，轮换着陪伴她。

病病歪歪的日子，挨过一天又一天，好歹又挨了两年……这年五月中旬的一天，雨欣忽然容光焕发，精神一振！连续两天，像正常人似的，自己下床走动。

她来到院子里，这里走走，那里看看。回到屋里，摸摸这，又摸摸那，看了又看，摸了又摸……

这天午后，雨欣心里一动，忽然起了兴致！她打起精神，换上了最好的衣裳，梳了最漂亮的发式，打扮得漂漂亮亮，上下一新……又照了照镜子。做完这一切，忽然又感到一阵疲乏，便端坐于书桌前，默默地看着窗外出神……

突然，空中乌云翻滚，暴雨如注！下到地上哗啦哗啦地响，雨水鼓着鸡蛋大的水泡，急速向排水沟流去……奇怪的是，这大雨只在离窗五步之外倾泻，雨欣屋前的台阶和路面却不见一滴，也无半点湿痕，依然洒满阳光……

不一会儿，雨后天晴。阳光里，依稀可见牛毛细雨晶莹透亮，还在飘飘洒洒……

刹那间，一道七色彩虹横空出世，绚丽夺目！巨大的彩虹映于窗外天际，悬于湖面上空，映得湖水金光闪闪……

雨欣痴痴地望着彩虹，眉头舒展，面含笑意，脸上一片光明……忽然，空中隐隐传来吹奏之声，仿佛瑶池仙乐，袅袅不绝……雨欣眼珠不动，凝神谛听……

太阳雨

此时虹霓漫天,瑰丽辉煌!彩虹之上,有大朵大朵的彩云不断涌来堆积,一时云蒸霞蔚……忽见王娟、春桃、米儿、华华四人,相继现身其中,一起向她含笑招手……四人皆与生前一样,俱是四十几年前少年模样……

雨欣明白其意,面对天空,频频颔首微笑……她心里知道:时辰到了,该走了……眼里不觉滚出泪水……片刻,云推霞拥,彩云簇拥着空中四人,渐次隐去……

小杏和芸草轻手轻脚走进书房,见雨欣端坐不动,脸上的笑容已经凝固,泪痕已干……

面前桌上有五彩花笺一幅,上书:"一轮明月缺又圆,夫妻难以得团圆。满天寒星凄凉夜,萤火点蜡不得燃。一轮圆月照水中,摸来摸去一场空。天涯海角不相见,一把苦泪在心中。"

空了五行,又录唐代刘禹锡《竹枝词》一首,词曰:

杨柳青青江水平,
闻郎江上踏歌声。
东边日出西边雨,
道是无晴却有晴。

此刻,书房里异香阵阵……七彩虹霓透过落地窗照射进来,映得满室通明,金碧辉煌!

桌上的台历显示着日期:2016年5月21日,星期六,农历四月十五,丙申猴年,癸巳月,癸卯日……

四十五年前的这天晚上,明月如盘,天空如洗,蛙声如潮……

第二十六章

她和米儿站在小河边，望着水中的月亮，忽然问米儿道："你听过猴子捞月的故事吗？"

米儿自作聪明，赶忙接住她的话，说："听过听过！不就是一场空吗……"

2020 年 6 月 25 日上午于深圳

全书完